ZUM BUCH:

›Herrin der Stürme‹ ist in der Chronologie des Darkover-Zyklus der Nachfolgeband zu ›Landung auf Darkover‹. Dieser Zeitraum, 1000 Jahre nachdem die Menschen auf Darkover gestrandet sind, wird das Zeitalter des Chaos genannt. Durch bewußte Zuchtwahl hat sich inzwischen die Gabe des »Laran« unter der herrschenden Schicht ausgebreitet. Mit Hilfe der Matrix-Kristalle werden diese Geisteskräfte noch verstärkt. Aus der Verbindung zwischen Lord Aldaran und Aliciane geht eine Tochter hervor, deren »Laran« übermächtig ist. Sie ist die Herrin der Stürme. Obwohl erst ein Kind von elf Jahren, kommt ihr in der Auseinandersetzung der Clans eine Schlüsselrolle zu.

ZUR AUTORIN:

Marion Zimmer Bradley, Jahrgang 1930, entdeckte ihre Liebe zur Science-fiction-Literatur bereits im Alter von 16 Jahren. Ihre erste eigene Story erschien 1953 in dem Magazin *Vortex SF*, und schon ihr erster Kurzroman *Bird of Prey* (1957) war nicht nur ein Volltreffer – er legte auch den Grundstein für den großangelegten Zyklus um *Darkover*, den Planeten der blutroten Sonne, mit dem die Autorin zu Weltruhm gelangte.

Mit zunehmendem Erfolg und der damit verbundenen Selbständigkeit dem Zwang zur SF-Massenproduktion entronnen, konnte Marion Zimmer Bradley die Qualität ihrer Romane immer weiter verbessern und auf die Probleme eingehen, die ihr am Herzen liegen – so die Stellung der Frau in der SF und die Beziehung der Geschlechter unter völlig neuen Bedingungen. Heute ist Marion Zimmer Bradley die mit Abstand bekannteste, erfolgreichste und beliebteste SF-Autorin der Welt. Um ihre *Darkover*-Romane hat sich längst ein regelrechter Kult gebildet, der auch in Deutschland immer mehr Anhänger gewinnt.

MARION ZIMMER BRADLEY

Herrin der Stürme

ROMAN

MOEWIG BEI Ullstein

Moewig bei Ullstein
Amerikanischer Originaltitel:
›Stormqueen‹
Übersetzt von Bernd Holzrichter

Ungekürzte Ausgabe

Umschlagentwurf:
Theodor Bayer-Eynck
Umschlagillustration:
Oliviero Berni/
Agentur Thomas Schlück

Printed in Germany 1995
Druck und Verarbeitung:
Ebner Ulm
ISBN 3 8118 2909 2

September 1995
Gedruckt auf alterungs-
beständigem Papier mit
chlorfrei gebleichtem Zellstoff

Von derselben Autorin
in der Reihe
Moewig bei Ullstein:

Hasturs Erbe (63515)
Die Jäger des Roten Mondes (63528)
Reise ohne Ende (63548)
Der verbotene Turm (63553)
Die blutige Sonne (63572)
Die Zeit der hundert
Königreiche (63584)
Die Flüchtlinge des
Roten Mondes (63540)
Landung auf Darkover (63653)
Die zerbrochene Kette (63671)
Kräfte der Comyn (63693)
Das Schwert des Chaos (63702)
Die Monde von Darkover (63883)
Zauberschwestern (63884)
Herrin der Falken (63886)

Die Deutsche Bibliothek –
CIP-Einheitsaufnahme

Bradley, Marion Zimmer:
Herrin der Stürme : Roman / Marion Zimmer
Bradley. [Übers. von Bernd Holzrichter]. –
Ungekürzte Ausg. – Rastatt : Moewig bei
Ullstein, 1995
ISBN 3-8118-2909-2

Für Catherine L. Moore
First Lady der Science fiction

Ich habe, so hoffe ich, mit der Nachahmung aufgehört, von der man sagt, sie sei die offenste Form der Schmeichelei. Ich werde dennoch, so hoffe ich, nie darüber hinauswachsen, ihr nachzueifern; und ebensowenig über die Bewunderung, die Zuneigung und die Begeisterung, die sie in jeder Frau erzeugt hat, die Science fiction und Fantasy schreibt – wie auch in den meisten Männern!

MZB

Vorbemerkung der Autorin

Seit dem dritten oder vierten *Darkover*-Roman haben mir meine erstaunlich treuen Leser geschrieben und gefragt: »Warum schreiben Sie keinen Roman über das Zeitalter des Chaos?«

Lange Zeit war ich unschlüssig, zögerte, diesem Wunsch nachzukommen. Der Kern der *Darkover*-Romane schien mir folgender zu sein: das Zusammentreffen der Zivilisation von Darkover und Terra. Hätte ich den Bitten, über die Zeit »vor der Ankunft der Terraner« zu schreiben, nachgegeben, wäre – so meinte ich – dieser Kern verlorengegangen; was übriggeblieben wäre, hätte große Ähnlichkeit mit tausend anderen Science-Fantasy-Romanen gehabt, die sich mit fremden Welten befassen, deren Bewohner seltsame Kräfte und andere Interessen haben.

Es waren meine Leser, die mich letztendlich dazu überredet haben, dies doch in Angriff zu nehmen. Wenn jeder, der einem Autor schreibt, nur ein Hundertstel von denen repräsentiert, die es *nicht* tun (und mir wurde gesagt, das Verhältnis sei noch höher), müssen es bislang mehrere *tausend* sein, die an der Zeit interessiert sind, die als Zeitalter des Chaos bekannt ist; jene Zeit, bevor die Comyn das Bündnis ihrer sieben großen Häuser etabliert hatten, um über die Reiche zu herrschen; und auch die große Zeit der Türme und der merkwürdigen Technologie, die als »Sternenstein« bekannt ist und später zur Wissenschaft der Matrix-Technik wurde.

Leser des Buches *»The Forbidden Tower«* werden wissen wollen, daß *»Herrin der Stürme«* sich mit einer Zeit befaßt, *bevor* Varzil, der Bewahrer von Neskaya, der auch als »der Gute« bekannt ist, die Techniken vervollkommnete, die es Frauen gestatteten, als Bewahrer in den Türmen der Comyn zu dienen.

In *»Die Amazonen von Darkover«* sagte Lady Rohana:

»Es gab eine Zeit in der Geschichte der Comyn, in der wir die selektive Fortpflanzung einsetzten, um diese Gaben in unserem

Rassenerbe festzuschreiben. Es war eine Zeit großer Tyrannei, an die wir nicht gerade mit Stolz zurückdenken.«

Dies hier ist die Geschichte der Männer und Frauen, die unter dieser Tyrannei lebten; eine Geschichte darüber, wie diese Tyrannei ihr Leben und das jener, die nach ihnen kamen, beeinflußte.

Marion Zimmer Bradley

1

Mit dem Sturm stimmte etwas nicht.

Anders konnte Donal ihn nicht einschätzen ... *es stimmte etwas nicht.* In den Bergen, die man die Hellers nannte, war Hochsommer, und eigentlich dürfte es außer den endlosen Schneegestöbern auf den weiten Höhen über der Baumgrenze und den seltenen wilden Gewittern, die durch die Täler schossen, von Wipfel zu Wipfel sprangen und entwurzelte Bäume und manchmal Brände in den Schneisen ihrer Blitze zurückließen, keine Stürme geben.

Aber obwohl der Himmel blau und wolkenlos war, grollte leiser Donner in der Ferne, und die Luft schien von der Spannung eines Sturms erfüllt. Donal kauerte sich hoch auf den Zinnen zusammen, hielt den Falken in seiner Armbeuge, streichelte den unruhigen Vogel mit einem Finger und summte ihm fast unbewußt eine Melodie vor. Er wußte, daß der in der Luft liegende Sturm und die elektrische Spannung den Falken ängstigten. Er hätte ihn heute nicht aus dem Vogelgatter nehmen dürfen – es würde ihm recht geschehen, wenn der alte Falkner ihn prügelte, und vor einem Jahr noch hätte dieser das auch ohne viel nachzudenken getan. Aber jetzt waren die Verhältnisse anders. Donal war erst zehn, aber in seinem kurzen Leben hatte es bereits viele Veränderungen gegeben.

Die herausragendste davon war, daß im Verlauf weniger Monde die Falkner, Hauslehrer und Reitknechte aufgehört hatten, ihn als »den Bengel« zu bezeichnen und ihn statt dessen mit »junger Herr« ansprachen. Und außerdem hatten sie aufgehört, ihm mit Knüffen, Stößen oder sogar Schlägen Respekt einzubleuen.

Gewiß war das Leben für Donal jetzt leichter, aber das Ausmaß der Veränderung bereitete ihm Unbehagen; denn es war keine Folge seines eigenen Tuns. Es hatte etwas mit der Tatsache zu tun, daß seine Mutter, Aliciane von Rockraven, nun das Bett mit Dom Mikhail, dem Lord von Aldaran, teilte und ihm schon bald ein Kind gebären würde.

Ein einziges Mal, vor langer Zeit (seitdem waren zwei Mittsommerfeste ins Land gegangen), hatte Aliciane zu ihrem Sohn darüber gesprochen.

»Hör mir genau zu, Donal, denn ich werde dies nur ein einziges Mal und dann nie wieder sagen. Das Leben ist nicht leicht für eine schutzlose Frau.« Donals Vater war in einem der kleinen Kriege gestorben, die sich zwischen den Vasallen der Gebirgsfürsten entzündet hatten, und so besaß er keinerlei Erinnerung an ihn; ihr gemeinsames Leben hatte sich seitdem als unbeachtete Beziehung in den Heimen immer anderer Verwandter abgespielt. Donal hatte die abgelegte Kleidung dieses oder jenes Cousins getragen, war immer auf dem schlechtesten Pferd aus den Stallungen geritten, hatte unbeachtet herumgelungert, wenn Cousins und männliche Familienmitglieder die Waffenkunst erlernten, und versucht, möglichst viel durch Zuhören aufzuschnappen.

»Ich könnte dich in Pflege geben. Dein Vater hat Verwandte in den Hügeln, und du könntest dort aufwachsen, um bei einem von ihnen in den Dienst zu treten. Nur gäbe es dann für mich nichts, außer Küchenmädchen oder Näherin zu sein, oder im besten Fall Sängerin im Haushalt eines Fremden. Aber ich bin zu jung, um dies Los erträglich zu finden. Daher bin ich als Sängerin in die Dienste Lady Deonaras getreten; sie ist schwächlich und gealtert und hat keine lebenden Kinder geboren. Man sagt von Lord Aldaran, er habe ein Auge für die Schönheit der Frauen. Und ich bin schön, Donal.«

Donal hatte Aliciane heftig umarmt; sie war wirklich sehr schön, eine schlanke, mädchenhafte Frau mit flammendhellem Haar und blauen Augen, die für die Mutter eines achtjährigen Burschen zu jung aussah.

»Was ich im Begriff bin zu tun, tue ich zumindest teilweise für dich, Donal. Meine Verwandtschaft hat mich dafür verstoßen; verdamme mich nicht, wenn die, die das nicht verstehen, schlecht von mir sprechen.«

Es sah in der Tat anfangs so aus, als hätte Aliciane es eher zum Besten ihres Sohnes als zu ihrem eigenen getan; Lady Deonara war zwar freundlich, zeigte aber die Reizbarkeit aller chronisch Kranken. Aliciane war bescheiden und zurückhaltend geblieben, hatte Deonaras Strenge und den boshaften Neid der anderen Frauen gutmütig und gelassen auf sich genommen. Aber Donal besaß nun zum ersten Mal in seinem Leben maßgeschneiderte Kleidung, ein eigenes Pferd, einen eigenen Falken und lernte bei den Hauslehrern und Waffenmeistern von Lord Aldarans Schützlingen und Pagen.

In diesem Sommer war Lady Deonara erneut von einem totgeborenen Sohn entbunden worden; woraufhin Mikhail, Lord von Aldaran, Aliciane von Rockraven zur *Barragana* genommen und ihr geschworen hatte, daß ihr Kind – ob männlich oder weiblich – gesetzlich anerkannt und so lange als Erbe seiner Linie gelten solle, bis er eines Tages Vater eines ehelichen Kindes werden würde. Sie war die anerkannte Favoritin Lord Aldarans – selbst Deonara, die sie für ihres Fürsten Bett ausgewählt hatte, liebte sie – und Donal konnte von ihrer hervorragenden Stellung profitieren. Einmal hatte Lord Mikhail, grauhaarig und furchteinflößend, ihn sogar zu sich rufen lassen und ihm mitgeteilt, daß Hauslehrer und Waffenmeister Gutes über ihn berichteten. Dann hatte er ihn in eine freundliche Umarmung gezogen. »Ich wünschte in der Tat, du seist von meinem Blut, Pflegesohn. Wenn deine Mutter mir solch einen Sohn gebiert, werde ich sehr zufrieden sein.«

Donal hatte gestammelt, »Ich danke Euch, Verwandter«, ohne jedoch den Mut zu haben, den alten Mann »Pflegevater« zu nennen. Jung wie er war, wußte er doch, daß er – sollte seine Mutter Lord Aldaran ein lebendes Kind gebären – der Halbbruder von Aldarans Erbe sein würde. Die Änderung seines Status war bereits außergewöhnlich und bemerkenswert gewesen.

Aber der drohende Sturm ... er erschien Donal wie ein böses Omen für die bevorstehende Geburt. Er schauderte; ein Sommer seltsamer Stürme lag hinter ihnen, mit Blitzstrahlen aus dem Nirgendwo und nie verstummendem Grollen und Krachen. Ohne zu wissen warum, verband Donal den Sturm mit *Ärger* – dem Ärger seines Großvaters Lord Rockraven, als dieser von der Entscheidung seiner Tochter erfahren hatte. Verloren in einer Ecke kauernd hatte Donal mit anhören müssen, wie Lord Rockraven sie als *Flittchen* und *Hure* beschimpfte. Er hatte seine Mutter mit Namen belegt, die Donal noch weniger verstand. An diesem Tag war die Stimme des alten Mannes vom Donner fast verschluckt worden, während er in der Stimme seiner Mutter das Krachen zorniger Blitze vernahm, als sie zurückgeschrien hatte: »Was soll ich denn tun, Vater? Zu Hause warten, meine Wäsche stopfen und mich und meinen Sohn von deiner erbärmlichen Ehre ernähren? Soll ich mit ansehen, wie Donal aufwächst, um ein gedungener Söldner zu werden? Oder in deinem Garten nach seinem Brei graben? Du verschmähst Lady Aldarans Angebot ...«

»Nicht *Lady* Aldaran ist es, die ich verschmähe«, schnaubte ihr Vater, »aber sie ist es nicht, der du dienen wirst, und das weißt du so gut wie ich!«

»Hast du ein besseres Angebot für mich gefunden? Soll ich einen

Hufschmied oder einen Köhler heiraten? Lieber bin ich die *Barragana* Aldarans als die Ehefrau eines Kesselflickers oder Lumpensammlers!«

Donal wußte, daß er von seinem Großvater nichts zu erwarten hatte. Rockraven war nie ein reiches oder mächtiges Haus gewesen; es war verarmt, weil der alte Lord für vier Söhne und drei Töchter sorgen mußte, von denen Aliciane die jüngste war. Einmal hatte sie voll Bitterkeit gesagt, wenn ein Mann keine Söhne habe, sei dies eine Tragödie; besäße er aber zu viele, dann sei es um so schlimmer für ihn, denn er müsse dann mit ansehen, wie sie sich um seinen Besitz stritten.

Als letztes seiner Kinder war Aliciane mit einem jungen Mann ohne Titel verheiratet worden, der knapp ein Jahr nach ihrer Heirat gestorben war und Aliciane und den gerade geborenen Donal zurückgelassen hatte, der nun im Haus eines Fremden aufgezogen werden mußte.

Jetzt, als er auf den Zinnen von Burg Aldaran kauerte und den klaren, von unerklärlichen Blitzen erfüllten Himmel betrachtete, weitete Donal sein Bewußtsein nach außen – er konnte die Linien der Elektrizität und das merkwürdige Schimmern im Magnetfeld des Sturms beinahe *sehen*. Gelegentlich war er fähig gewesen, den Blitz zu rufen; einmal, als ein Sturm wütete, hatte er sich damit vergnügt, den großen Blitzschlag dorthin zu lenken, wo er ihn haben wollte. Es gelang ihm nicht immer, und er konnte es nicht allzuoft tun, sonst würde er krank und schwach werden. Einmal, als er (ohne zu wissen wie) durch die Haut gefühlt hatte, daß der nächste Blitz in den Baum, unter dem er stand, einschlagen würde, hatte er etwas in seinem Innern *ausgestreckt*. Ein unsichtbares Körperglied hatte die Kette explodierender Kraft ergriffen und sie in eine andere Richtung geschleudert. Der Blitz war zischend in einen Strauch eingeschlagen, hatte ihn zu einem Haufen geschwärzter Blätter verschmolzen und eine kreisförmige Grasfläche versengt, während Donal schwindlig und mit trübem Blick zu Boden gesunken war. Der Schmerz hatte seinen Kopf beinahe in Stücke bersten lassen, und er war tagelang nicht in der Lage gewesen, richtig zu sehen. Aliciane hatte ihn daraufhin umarmt und ermahnt.

»Mein Bruder Caryl konnte das auch, aber er starb in jungen Jahren«, sagte sie zu ihm. »Es gab eine Zeit, da die *Leroni* in Hali versuchten, die Fähigkeit der Sturmkontrolle in unser *Laran* hineinzuzüchten, aber es war zu gefährlich. Ich kann die Donnergewalten zwar ein wenig *sehen*, aber nicht beeinflussen. Sei auf der Hut, Donal. Nutze diese Gabe nur, um Leben zu retten. Ich möchte meinen

Sohn nicht von den Blitzen, die zu beherrschen er anstrebt, verbrannt sehen.« Und sie hatte ihn mit ungewöhnlicher Herzlichkeit erneut umarmt.

Laran. Gespräche über die Gabe der außersensorischen Kräfte, denen sich die Bergfürsten – ja, sogar auch die weit draußen in den Tiefländern lebenden – so intensiv widmeten, hatten seine Kindheit stets begleitet. Wenn er wirklich eine außergewöhnliche Gabe, etwa die der Telepathie oder die Fähigkeit, Falken, Hunden oder Eichelhähern seinen Willen aufzuzwingen, besäße, wäre er in die Zuchtlisten der *Leroni* aufgenommen worden, jener Zauberinnen, die Aufzeichnungen über die Elternschaften derjenigen anfertigten, in denen das Blut von Hastur und Cassilda, den legendären Vorfahren der begabten Familien, floß. Aber er besaß keine. Er konnte ein wenig Sturm-Sehen und spürte, wenn Gewitter sich zusammenbrauten oder Waldbrände zuschlugen. Eines Tages, wenn er etwas älter war, würde er seinen Platz als Feuerwächter einnehmen. Es würde hilfreich für ihn sein, zu wissen, wohin sich das Feuer als nächstes bewegte. Aber seine Fähigkeit war nur eine mindere Gabe und keiner Fortzüchtung wert. Selbst in Hali hatte man schon vor Generationen davon abgelassen, und Donal wußte – ohne sich darüber im klaren zu sein, woher –, daß dies ein Grund für das Nichtweiterblühen der Rockraven-Familie war.

Aber dieser Sturm lag weit jenseits seiner Kräfte. Irgendwie schien er sich, ohne von Wolken oder Regen begleitet zu sein, über der Burg zu sammeln. *Mutter,* dachte er, *es hat mit meiner Mutter zu tun.* Er wünschte sich, den Mut zu haben, durch die erschreckende und zunehmende Bewußtheit des Sturms zu ihr zu laufen, sich zu vergewissern, daß mit ihr alles in Ordnung war. Aber ein Junge von zehn Jahren konnte nicht wie ein kleines Kind zu seiner Mutter rennen, um auf ihrem Schloß zu sitzen. Außerdem war Aliciane, die sich wenige Tage vor ihrer Niederkunft befand, schwerfällig und unbeholfen geworden. Es würde unmöglich sein, sie jetzt mit seinen Ängsten und Sorgen zu behelligen.

Besonnen nahm er den Falken wieder auf und trug ihn die Treppenstufen hinab. In einer Luft, von Blitzen und diesem merkwürdigen und unerhörten Sturm erfüllt, konnte er ihn nicht frei fliegen lassen. Der Himmel war blau (es sah nach einem guten Tag für Falken aus), aber Donal konnte die schweren und drängenden magnetischen Ströme in der Luft und das mächtige Knistern der Elektrizität *fühlen.*

Ist es meiner Mutter Angst, die die Luft mit Blitzen füllt, so wie es bisweilen der Zorn meines Großvaters tat? Plötzlich wurde er von seiner eigenen Angst überwältigt. Er wußte wie jedermann, daß Frauen manchmal während einer Geburt starben. Er hatte sich Mühe gegeben, nicht daran zu denken, aber jetzt, von der Angst um seine Mutter überwältigt, konnte er das Knistern seiner eigenen Angst im Blitzschlag fühlen. Noch nie hatte Donal sich so jung und hilflos gefühlt. Er wünschte sich sehnlichst an den ärmlichen Hof von Rockraven zurück. Selbst die in Lumpen gekleidete und unbeachtete Existenz als armer Cousin in der Festung irgendeines Verwandten wäre ihm jetzt recht gewesen. Zitternd brachte er den Falken zu den Käfigen zurück. Den Tadel des Falkners akzeptierte er mit solcher Ergebenheit, daß der alte Mann glaubte, der Junge müsse krank sein.

Weit weg, in den Räumen der Frauen, hörte Aliciane das unablässige Grollen des Donners; undeutlicher als Donal spürte sie das Merkwürdige an diesem Sturm. Und sie fürchtete sich.

Die Rockravens waren aus dem intensiven Zuchtprogramm für die *Laran*-Gaben ausgesondert worden. Wie die meisten ihrer Generation hielt Aliciane dieses Zuchtprogramm für eine abscheuliche Tyrannei. In diesen Tagen würde kein freies Bergvolk erdulden, daß man Menschen im Hinblick auf wünschenswerte Eigenschaften wie Vieh heranzüchtete.

Und doch hatte sie ihr Leben in zwanglosen Gesprächen über tödliche Gene, rezessive Merkmale und Blutlinien, die das erwünschte *Laran* in sich trugen, verbracht. Wie konnte eine Frau ein Kind ohne Angst gebären? Aber hier war sie nun in Erwartung der Geburt eines Kindes, das Aldarans Erbe werden konnte, und im Bewußtsein, daß sein Grund, sie zu wählen, weder ihrer Schönheit – wenngleich sie ohne Eitelkeit wußte, daß sie es ihrem Aussehen verdankte, daß sein Blick auf sie gefallen war – noch der vorzüglichen Stimme, die sie zu Lady Deonaras bevorzugter Balladensängerin gemacht hatte, zuzuschreiben war. Aldaran wußte, daß sie einen kräftigen, mit *Laran* begabten Sohn geboren, damit ihre Fruchtbarkeit unter Beweis gestellt hatte und die Geburt eines Kindes überleben konnte.

Oder besser: Ich habe sie einmal überlebt. Aber beweist das mehr, als daß ich Glück hatte?

Als reagiere es auf ihre Angst, strampelte das ungeborene Kind heftig. Aliciane ließ eine Hand über die Saiten der *Rryl*, einer kleinen Harfe, die sie im Schoß hielt, gleiten und hielt das Instrument mit der anderen fest. Sie spürte die beruhigende Wirkung der Schwingungen. Als sie zu spielen begann, spürte sie Unruhe unter den Frauen, die zu ihrem Beistand anwesend waren. Lady Deonara liebte ihre Sängerin aufrichtig und hatte in diesen letzten Tagen ihre geschicktesten Ammen und Kammerzofen geschickt. Mikhail, Lord Aldaran, kam in ihr Zimmer. Er war ein großer Mann in der Blüte seines Lebens, wenn auch sein Haar vor der Zeit ergraut und er weit älter war als Aliciane, die erst im letzten Frühjahr ihren vierundzwanzigsten Geburtstag gefeiert hatte. Sein Schritt klang schwer in diesem ruhigen Raum, er hörte sich eher nach dem Tritt genagelter Schuhe auf dem Schlachtfeld an.

»Spielst du zu deinem eigenen Vergnügen, Aliciane? Ich hatte geglaubt, eine Musikantin gewänne ihre größte Freude aus dem Applaus, und doch finde ich dich hier, für dich und deine Frauen spielend«, sagte er lächelnd und zog einen zierlichen Stuhl heran, um sich neben sie zu setzen. »Wie steht es um dich, mein kostbarer Schatz?«

»Ich fühle mich wohl, aber auch müde«, sagte sie lächelnd. »Es ist ein unruhiges Kind, und ich spiele zum Teil deshalb, weil die Musik eine beruhigende Wirkung auf es ausübt. Vielleicht überträgt sich *meine* Beruhigung aber auch nur auf das Kind.«

»Das mag wohl sein«, sagte er und fuhr, als sie die Harfe zur Seite legte, fort: »Nein, Aliciane, singe nur, falls du nicht zu müde bist.«

»Wie du wünschst, mein Fürst.« Sie entlockte den Saiten der Harfe einige Akkorde und sang mit weicher Stimme ein Liebeslied aus den weiten Hügeln:

»Wo bist du jetzt?
Woher zieht mein Geliebter?
Nicht über die Hügel, nicht am Ufer des Meeres,
nicht weit draußen über die See,
Liebster, wo bist du jetzt?

Dunkel die Nacht, und ich bin so müde,
Liebster, wann kann ich die Suche beenden?
Dunkelheit überall, über und unter mir,
Wo weilt er, mein Liebster?«

Mikhail beugte sich zu der Frau hinunter, seine schwere Hand fuhr sachte über ihr leuchtendes Haar. »Ein grämliches Lied«, sagte er sanft, »und so deprimierend. Ist Liebe für dich wirklich eine Sache der Traurigkeit, meine Aliciane?«

»Nein, das ist sie nicht«, widersprach Aliciane und täuschte eine Fröhlichkeit vor, die sie nicht fühlte. Ängste und Zweifel waren für verwöhnte Ehefrauen da, nicht für eine *Barragana*, deren Stellung davon abhing, daß sie ihren Fürsten entspannte und mit Charme und Schönheit bei guter Laune hielt. Für sie zählte ihre Kunstfertigkeit als Unterhalterin. »Aber die schönsten Liebeslieder singen nun einmal von Kummer und Liebe, mein Fürst. Würde es dich mehr erfreuen, wenn ich Lieder vom Lachen und der Kühnheit sänge?«

»Mich erfreut alles, was du singst, mein Schatz«, sagte Mikhail freundlich. »Wenn du erschöpft oder bekümmert bist, brauchst du mir keine Fröhlichkeit vorzuspielen, *Carya.*« Er sah das Aufflakkern von Mißtrauen in ihren Augen und dachte: *Zu meinem eigenen Vorteil bin ich zu feinfühlig. Es muß angenehm sein, sich der Gedanken der anderen nie zu bewußt zu sein. Liebt Aliciane mich aufrichtig? Oder schätzt sie nur ihre Stellung als meine anerkannte Favoritin? Und selbst wenn sie mich liebt: Ist es um meiner selbst willen, oder nur, weil ich reich und mächtig bin und ihr Sicherheit geben kann?* Er gab den Frauen einen Wink, und sie zogen sich ans entgegengesetzte Ende des langen Zimmers zurück, um ihn mit seiner Mätresse allein zu lassen. Zwar waren sie weiterhin anwesend, um der Anstandsregel, daß eine Frau, die im Begriff war, ein Kind zur Welt zu bringen, nie ohne Beistand sein sollte, Genüge zu tun, befanden sich aber außer Hörweite.

»Ich traue nicht allen diesen Frauen«, sagte er.

»Lady Deonara hat mich aufrichtig gern, glaube ich. Sie würde niemals jemanden in meine Nähe lassen, der mir oder meinem Kind etwas Übles will«, sagte Aliciane.

»Deonara? Nein, wahrscheinlich nicht«, sagte Mikhail und dachte daran, daß sie nun zweimal zehn Jahre Lady von Aldaran war und seinen brennenden Wunsch nach einem Kind, dem künftigen Erben seines Besitzes, teilte. Sie konnte ihm jetzt nicht einmal mehr die Hoffnung darauf versprechen. Und so hatte sie die Nachricht begrüßt, daß er gewillt war, Aliciane, die zu ihren eigenen Günstlingen gehörte, in Herz und Bett aufzunehmen. »Aber ich habe Feinde, die nicht zu diesem Haushalt gehören, und nur zu einfach ist es, einen Spion mit *Laran* einzuschmuggeln, der alles, was hier geschieht, dem enthüllen kann, der mir Böses will. Ich habe Verwandte, die viel dafür geben würden, die Geburt eines lebenden Erben meiner Linie zu verhindern. Ich wundere mich nicht, daß du bleich aussiehst, mein Schatz. Es ist sehr schwer, eine Verderbtheit als gegeben anzunehmen, die einem kleinen Kind schaden würde, aber ich bin mir nie sicher gewesen, ob Deonara nicht das Opfer von jemandem war, der die ungeborenen Kinder in ihrem Leib tötete. Das ist gar nicht so schwer; selbst eine geringe Kunstfertigkeit mit der Matrix oder dem *Laran* kann die schwache Verbindung des Kindes zum Leben zerreißen.«

»Jeder, der mir etwas antun wollte, Mikhail, müßte von deinem Versprechen, daß mein Kind gesetzlich anerkannt wird, wissen und sein böses Handeln auch gegen mich richten«, sagte Aliciane besänftigend, »und doch habe ich dieses Kind ohne Krankheit getragen. Deine Furcht ist grundlos, Liebster.«

»Mögen die Götter geben, daß du recht hast! Aber ich habe Feinde, die vor nichts zurückschrecken. Bevor dein Kind geboren wird, werde ich eine *Leronis* bitten, alle auf die Probe zu stellen. Ich wünsche bei deiner Niederkunft die Anwesenheit keiner Frau, die nicht unter dem Wahrheitszauber schwören kann, daß sie dir gutgesonnen ist. Ein böser Wunsch kann dem Kampf eines neugeborenen Kindes um das Leben ein plötzliches Ende geben.«

»Gewiß ist diese Kraft des *Laran* selten, mein Fürst.«

»Nicht so selten, wie ich es wünschte«, sagte Mikhail. »Und seit kurzem habe ich merkwürdige Gedanken. Ich halte diese Gaben für eine Waffe, die meine Hand abschneiden können. Ich habe Zauberei benutzt, um Feuer und Chaos auf meine Feinde zu schleudern; jetzt fühle ich, daß sie die Kraft dazu besitzen, sie auch gegen mich zu richten. Als ich jung war, empfand ich das *Laran* als eine Gabe der Götter; als hätten sie mich berufen, dieses Land zu beherrschen, und mir diese Gabe verliehen, um meine Herrschaft zu stärken. Aber jetzt, da ich älter werde, halte ich es für einen Fluch, nicht für einen Segen.«

»So alt bist du nicht, mein Fürst, und sicher würde niemand deine Herrschaft bedrohen.«

»Offen wagt es niemand, Aliciane. Aber ich bin allein unter denen, die darauf warten, daß ich kinderlos sterbe. Ich werde noch manchen Kampf auszufechten haben ... Mögen die Götter geben, daß dein Kind ein Sohn ist, *Carya*.«

Aliciane begann zu zittern. »Und wenn nicht ... mein Fürst ...«

»Nun, dann, Schatz, wirst du mir ein weiteres gebären«, sagte Lord Aldaran freundlich. »Selbst wenn du das nicht tust, werde ich eine Tochter haben, deren Begabung mein Vermögen sein wird und mir starke Verbündete verschafft. Selbst ein weibliches Kind würde meine Stellung stärken. Und *dein* Sohn wird ihr Pflegebruder und Friedensstifter sein, ein Schild im Streit und ein starker Arm. Ich liebe deinen Sohn aufrichtig, Aliciane.«

»Ich weiß.« Wie konnte sie auf diese Weise in eine Falle geraten ... herauszufinden, daß sie den Mann liebte, den sie zuerst nur mit den Vorzügen ihrer Stimme und ihrer Schönheit zu betören gedachte?

Mikhail war freundlich und ehrenhaft, er hatte ihr den Hof gemacht, als er sie als gesetzmäßiges Opfer hätte nehmen können, und ihr ungefragt versichert, daß Donals Zukunft gesichert sei, selbst wenn es ihr mißlingen sollte, ihm einen eigenen Sohn zu schenken. Bei ihm fühlte sie sich sicher. Sie hatte ihn lieben und um ihn zu fürchten gelernt.

In meiner eigenen Falle gefangen!

Beinahe lachend sagte sie: »So viele Versicherungen benötige ich nicht. Ich habe nie Zweifel an dir gehegt.«

Er akzeptierte es mit der lächelnden Höflichkeit eines Telepathen.

»Aber Frauen sind in solchen Tagen furchtsam, und jetzt ist es gewiß, daß Deonara mir kein Kind mehr gebären wird, selbst wenn ich sie nach so vielen Tragödien darum bäte. Weißt du, wie es ist, Aliciane, wenn du die Kinder, nach denen du dich sehntest und die du schon liebtest, bevor sie geboren wurden, sterben siehst, noch ehe sie einen Atemzug getan haben? Als wir verheiratet wurden, habe ich Deonara nicht geliebt. Ich hatte ihr Gesicht nie gesehen, denn wir wurden einander wegen eines Familienbündnisses versprochen. Aber wir haben zusammen viel ertragen, und auch wenn es dir merkwürdig erscheint, mein Kind: Liebe kann aus geteiltem Leid ebensogut entstehen wie aus geteilter Freude.« Sein Gesicht verdüsterte sich. »Ich liebe dich sehr, *Carya Mea,* aber es lag weder an deiner Schönheit noch der Pracht deiner Stimme, daß ich dich erwählte. Wußtest du, daß Deonara nicht meine erste Frau ist?«

»Nein, mein Fürst.«

»Zum ersten Mal wurde ich verheiratet, als ich ein junger Mann war; Clariza Leynier gebar mir zwei Söhne und eine Tochter, alle gesund und stark . . . Schwer ist es, Kinder bei der Geburt zu verlieren, aber es ist noch schwerer, Söhne und Töchter zu verlieren, die fast zu Erwachsenen herangereift sind. Und doch verlor ich sie – einen nach dem andern, als sie heranwuchsen. Ich verlor alle drei beim plötzlichen Einsetzen des *Laran* – sie starben an Krämpfen, der Geißel unseres Geschlechts. Ich selbst war kurz davor, an tiefer Verzweiflung zu sterben.«

»Mein Bruder Caryl ist so gestorben«, flüsterte Aliciane.

»Ich weiß. Aber er war nur einer aus eurer Linie, und dein Vater hatte viele Söhne und Töchter. Du selbst hast mir gesagt, daß dein *Laran* nicht während der Pubertät zum Vorschein kam, sondern daß du von Kindesbeinen an langsam in es hineingewachsen bist, wie viele vom Geschlecht der Rockraven. Und ich weiß, daß dies in deiner Familie dominant ist. Donal ist kaum zehn Jahre alt, und wenn ich auch nicht glaube, daß sein *Laran* schon voll entwickelt ist, besitzt er doch viel davon und wird zumindest nicht auf der Schwelle sterben. Ich wußte, daß ich mich um deine Kinder nicht zu ängstigen brauche. Auch Deonara entstammt einer Blutlinie, in der das *Laran* früh einsetzte, aber keines der Kinder, die sie mir geboren hat, lebte lange genug, daß man erkennen konnte, ob es *Laran* besaß oder nicht.«

Alicianes Gesicht zeigte deutliche Bestürzung, und Lord Aldaran legte seinen Arm zärtlich um ihre Schulter. »Was ist, mein Liebes?«

»Mein Leben lang habe ich Abscheu davor empfunden – Menschen wie Vieh zu züchten!«

»Der Mensch ist das einzige Tier, das nicht daran denkt, seine Rasse zu verbessern«, sagte Mikhail leidenschaftlich. »Wir kontrollieren das Wetter, bauen Burgen und Straßen mit der Kraft unseres *Laran*, erforschen immer größere Gaben des Geistes – sollten wir nicht danach streben, uns ebenso zu verbessern wie unsere Welt und unsere Umgebung?« Dann wurde sein Gesichtsausdruck weich. »Aber ich verstehe, daß eine Frau, die so jung ist wie du, nicht in Kategorien von Generationen und Jahrhunderten denkt. Solange man jung ist, denkt man lediglich an sich und seine Kinder, aber in meinem Alter ist es natürlich, auch all jene mit einzubeziehen, die nach uns kommen werden, wenn wir und unsere Kinder seit Jahrhunderten dahingegangen sind. Aber solche Dinge sollten erst dann etwas für dich sein, wenn du an sie denken möchtest. Jetzt denk an deine Tochter, Liebes, und daran, daß wir sie bald in unseren Armen halten werden.«

Aliciane zuckte zusammen und fragte leise: »Dann weißt du also, daß ich ein Mädchen gebären werde. Und du bist nicht böse?«

»Ich sagte dir, daß ich nicht böse sein würde. Wenn ich betrübt bin, dann nur deshalb, weil du mir nicht genügend vertrautest und es mir nicht gleich sagtest, als du es erfuhrst«, sagte Mikhail, aber seine Worte waren dabei so sanft, daß sie kaum einen Vorwurf offenbarten. »Komm, Aliciane, vergiß deine Befürchtungen: Wenn du mir keinen Sohn schenkst, so hast du mir doch einen starken Pflegesohn gegeben – und deine Tochter wird eine mächtige Kraft sein, um mir einen Schwiegersohn zu bringen. Und sie wird *Laran* haben.«

Aliciane lächelte und erwiderte seinen Kuß; aber sie war immer noch ängstlich gespannt, als sie das ferne Knistern des ungewöhnlichen Sommerdonners hörte, der mit den Wellen ihrer Angst zu kommen und zu gehen schien. *Kann es sein, daß Donal sich vor dem, was dieses Kind für ihn bedeutet, fürchtet?* fragte sie sich. In diesem Augenblick wünschte Aliciane sich leidenschaftlich, die Gabe der Zukunftsschau zu besitzen, das *Laran* des Aldaran-Clans, um wirklich zu *wissen*, daß alles gut werden würde.

2

»Hier ist die Verräterin!«

Aliciane zitterte vor dem Zorn in Lord Aldarans Stimme, als er wütend in ihr Zimmer trat und mit beiden Händen eine Frau vor sich her stieß. Hinter ihm erschien eine *Leronis*, die Zauberin seines Haushalts, die die Matrix – einen blauen Sternenstein – trug, die die Kräfte ihres *Laran* verstärkte. Sie kam auf Zehenspitzen; eine zerbrechliche, hellhaarige Frau, deren blasse Gesichtszüge von dem durch sie entfachten Aufruhr verzerrt waren.

»Mayra«, sagte Aliciane bestürzt, »ich hielt dich für meine Freundin und die Lady Deonaras. Was ist dir widerfahren, daß du statt dessen meine Feindin und die meines Kindes bist?«

Mayra – sie war eine von Deonaras Ankleidefrauen, eine stämmige Frau mittleren Alters – stand furchtsam und dennoch trotzig zwischen Lord Aldarans kräftigen Händen. »Von dem, was diese Zauberhexe über mich sagt, weiß ich nichts. Ist sie vielleicht auf meine Stellung eifersüchtig, da sie selbst nichts zu tun hat, als sich in den Geist der Privilegierten einzuschleichen?«

»Es wird dir nicht von Nutzen sein, mich mit Schimpfnamen zu belegen«, sagte die *Leroni* Margali. »Ich habe all diesen Frauen nur eine Frage gestellt, und zwar mit Hilfe des Wahrheitszaubers, damit ich es in meinem Kopf hören konnte, falls sie logen: ›Gilt deine Treue Mikhail, Lord Aldaran, oder der *Vai Domna*, seiner Lady Deonara?‹ Erwiderten sie *Nein*, oder sagten sie mit Zweifel oder einer Verneinung ihrer Gedanken *Ja*, fragte ich sie – und das wieder unter dem Wahrheitszauber –, ob ihre Treue dem Ehemann, dem Vater oder dem Hausherrn gelte. Im Falle dieser Frau bekam ich keine ehrliche Antwort, sondern nur die Erkenntnis, daß sie alles verschleierte. Und daher teilte ich Lord Aldaran mit, daß – vorausgesetzt, es gibt eine Verräterin unter den Frauen – nur sie diese sein könne.«

Mikhail ließ die Frau los und drehte sie, ohne unsanft dabei zu werden, herum, daß sie ihm ins Gesicht blickte. Er sagte: »Es ist wahr, daß du lange in meinen Diensten gestanden hast, Mayra. Deonara behandelte dich stets mit der Freundlichkeit einer Pflegeschwester. Bin ich es, dem du Böses willst, oder meiner Lady?«

»Meine Lady ist immer freundlich zu mir gewesen, und ich bin erbost, sie für eine andere beiseite geschoben zu sehen«, sagte Mayra mit zitternder Stimme. Die *Leronis* hinter ihr sagte in leidenschaftslosem Tonfall: »Nein, Lord Aldaran, auch jetzt spricht sie nicht die Wahrheit. Sie hegt weder Liebe für Euch noch für Eure Lady.«

»Sie lügt!« Mayras Stimme wurde fast zu einem Kreischen. »Sie lügt! Ich wünsche Euch nichts Übles, Fürst, außer dem, was Ihr selbst über Euch brachtet, indem Ihr die Hündin von Rockraven in Euer Bett genommen habt. Diese Viper ist es, die Eure Männlichkeit verhext hat!«

»Ruhe!« Lord Aldaran bebte. Es schien, als wolle er die Frau schlagen, aber sein Wort allein genügte. Jeder in Reichweite wurde von Stummheit ergriffen, und Aliciane zitterte. Nur ein einziges Mal hatte sie Mikhail die – wie es in der Sprache des *Laran* hieß – Befehlsstimme gebrauchen hören. Es gab nicht viele Menschen, die genügend Kontrolle über ihr *Laran* besaßen, um sie anzuwenden; sie war keine angeborene Gabe, sondern erforderte sowohl Talent als auch ein ausgeklügeltes Training. Und wenn Mikhail, Lord Aldaran, mit dieser Stimme *Ruhe* anordnete, war niemand in Hörweite dazu in der Lage, ein Wort herauszubringen.

Die Stille im Zimmer war so extrem, daß Aliciane die leisesten Geräusche hören konnte: kleine Insekten, die im Holzwerk der Wände knisterten, das furchtsame Atmen der Frauen, das weit entfernte Rollen des Donners. *Es scheint*, dachte sie, *daß wir den ganzen Sommer über Donner hatten. Mehr als je zuvor . . . An was für einen Unsinn ich doch denke, wo vor mir eine Frau steht, die meinen Tod hätte bedeuten können, hätte man sie an meinem Kindbett dienen lassen . . .*

Mikhail blickte die Frau, die zitternd dastand und sich an der Lehne eines Stuhls aufrecht hielt, an. Dann sagte er zu der *Leronis*: »Hilf Lady Aliciane. Hilf ihr, sich zu setzen oder sich aufs Bett niederzulegen, wenn sie sich dadurch besser fühlt . . .« Aliciane spürte, wie Margalis kräftige Hände sie stützten, ihr in den Stuhl halfen, und schüttelte sich ärgerlich, voller Haß auf die physische Schwäche, die sie nicht zu kontrollieren vermochte.

Dieses Kind zehrt an meiner Kraft, wie Donal es nie getan hat . . . Warum bin ich so geschwächt? Ist es der böse Wille dieser Frau, ihre Zaubersprüche . . .? Margali legte ihre Hände auf Alicianes Stirn, und sie spürte die besänftigende Ruhe, die sie ausstrahlten. Sie versuchte, sich unter der Berührung zu entspannen, gleichmäßig zu atmen und die heftige Unruhe, die sie in den Bewegungen des Kindes in ihrem Leib spürte, zu besänftigen. *Arme Kleine . . . auch sie ist geängstigt, und kein Wunder . . .*

Lord Aldarans Stimme sagte: »Mayra, sage mir, warum du mir Böses willst und versuchst, Lady Aliciane oder ihrem Kind Schaden zu bringen!«

»Ich soll *Euch* das sagen?«

»Du weißt, daß du das tun wirst«, sagte Mikhail von Aldaran. »Du wirst uns sogar mehr sagen, als du selbst je geglaubt hast – ob freiwillig und ohne Schmerzen zu erleiden –, oder unter anderen Bedingungen. Ich liebe es nicht, wenn man Frauen foltert, Mayra, aber ich bin ebensowenig bereit, in meinem Zimmer eine Skorpion-Ameise zu beherbergen! Erspare uns diesen Konflikt.« Mayra sah ihn stumm und trotzig an. Mikhail zuckte kaum merklich die Achseln. Eine Starre, die Aliciane kannte – und der sich zu widersetzen sie nicht gewagt hätte –, erfaßte sein Gesicht. Er fuhr fort: »Du entscheidest es selbst, Mayra. Margali, bring deinen Sternenstein. Nein, es ist besser, wenn du *Kirizani* holen läßt.«

Aliciane zitterte, obwohl Mikhail sich auf seine eigene Art gnädig erwies. *Kiriseth* war eine aus einem halben Dutzend Drogen und den Harzen der Kirisethblume, deren Pollen den Wahnsinn brachten, wenn der Geisterwind durch die Hügel blies, destillierte Mixtur. *Kirizani* war jener Bestandteil des Harzes, der die Schranken gegen einen telepathischen Kontakt niederriß und die Gedanken für jeden, der in sie eindrang, bloßlegte. Die Droge war weniger schlimm als die Folter, und doch . . . Sie schrak zurück, als sie die wütende Entschlossenheit auf Mikhails Gesicht und den lächelnden Trotz der Frau Mayra sah. Als das *Kirizani* gebracht wurde – eine helle Flüssigkeit in einer durchsichtigen Ampulle –, standen alle schweigend da.

Mikhail entkorkte sie und sagte ruhig: »Wirst du es ohne Widerstand nehmen, Mayra, oder sollen die Frauen dich festhalten und es in deine Kehle gießen, so wie man einem Pferd eine Arznei einflößt?«

Das Blut schoß in Mayras Wangen; sie spuckte ihn an. »Ihr glaubt, Ihr könntet mich mit Hexerei und Drogen zum Sprechen bringen, Lord Mikhail? Ha – ich verachte Euch! Ihr bedürft meines üblen Willens nicht – in Eurem Haus und im Leib Eurer verfluchten Mätresse lauert schon genug! Der Tag wird kommen, an dem Ihr darum betet, kinderlos gestorben zu sein – aber trotzdem wird es keine weiteren mehr geben! Ihr werdet keine andere mehr mit ins Bett nehmen, sondern genauso weiterleben wie seit dem Tage, an dem Ihr die Hündin von Rockraven mit ihrer Hexen-Tochter schwanger machtet! Meine Arbeit ist getan, *Vai Dom!*« Sie schleuderte ihm den respektvollen Ausdruck mit höhnischem Spott entgegen. »Mehr Zeit brauche ich nicht! Von diesem Tag an werdet Ihr weder eine Tochter noch einen Sohn zeugen können. Eure Lenden werden leer sein wie ein vom Winter getöteter Baum! Und Ihr werdet weinen und beten . . .«

»Bringt diese Todesfee zum Schweigen!« sagte Mikhail. Margali löste sich von der kraftlosen Aliciane und hob ihre Juwelen-Matrix, aber die Frau spuckte ein zweitesmal aus, lachte hysterisch, keuchte und stürzte zu Boden. Während die anderen fassungslos schwiegen, ging Margali auf sie zu und legte mechanisch eine Hand auf ihre Brust.

»Lord Aldaran, sie ist tot! Man muß sie dazu konditioniert haben, bei einem Verhör zu sterben.«

Bestürzt und mit unbeantworteten Fragen auf den Lippen starrte Aldaran auf den leblosen Körper der Frau. Er sagte: »Jetzt werden wir weder erfahren, was sie getan hat, noch wer der Feind ist, der sie hierher geschickt hat. Ich nehme es auf meinen Eid, daß Deonara nichts von ihr wußte.«

Als enthielten seine Worte eine Frage, legte Margali ihre Hand auf das blaue Juwel und sagte bedachtsam: »Bei meinem Leben, Lord Aldaran, Lady Deonara hegt keine bösen Wünsche gegen Lady Alicianes Kind. Oft genug hat sie mir gesagt, wie sehr sie sich für Euch und Aliciane freut. Und ich weiß, wann ich die Wahrheit höre.«

Mikhail nickte, aber Aliciane bemerkte, daß die Linien um seinen Mund ausgeprägter wurden. Wenn Deonara, eifersüchtig auf Lord Aldarans Hingabe, Aliciane hätte schaden wollen, wäre es zumindest verständlich gewesen. Aber wer, so fragte sie sich in ihrer geringen Kenntnis über die Fehden und Machtkämpfe von Aldaran, konnte einem Mann, der so edel wie Mikhail war, Böses wollen? Wer konnte eine Spionin in die Reihen der Kammerfrauen seiner Frau einschleusen, um dem Kind einer *Barragana* Schaden zuzufügen oder *Laran*-verstärkte Flüche gegen seine Männlichkeit zu schleudern?

»Bringt sie fort«, sagte Aldaran schließlich. Er hatte seine Stimme noch nicht völlig unter Kontrolle. »Hängt ihre Leiche an die Zinnen der Burg, damit die *Kyorebni* sie zerfetzen können. Sie hat die Bestattungsfeier einer treuen Dienerin nicht verdient.« Er wartete regungslos das Erscheinen der hochgewachsenen Wächter ab, die kamen, um Mayras toten Körper wegzutragen, auszukleiden und aufzuhängen, damit die großen Raubvögel ihn auseinanderrissen. Aliciane hörte in der Ferne das Krachen des immer näher kommenden Donners. Aldaran trat zu ihr, seine Stimme war weich vor Zärtlichkeit.

»Hab keine Furcht mehr, mein Schatz; sie ist dahingegangen, und mit ihr ihr böser Wille. Wir werden weiterleben und ihre Flüche verlachen, mein Liebling.« Er sank in einen neben ihr stehenden Sessel und nahm mit zärtlichem Griff ihre Hand. Durch die Berührung spürte Aliciane, daß er besorgt und erschreckt war. Aber sie war nicht stark genug, ihn wieder zu beruhigen. Sie fühlte sich wie vor einer erneuten Ohnmacht. In ihren Ohren hallten Mayras Flüche wie die zurückgeworfenen Echos in den Canyons rund um Rockraven, in die sie als Kind, aus Freude daran, die eigene Stimme tausendfach vermehrt aus allen Windrichtungen zurückkommen zu hören, hineingeschrien hatte.

Ihr werdet weder Sohn noch Tochter zeugen ... Eure Lenden werden leer sein wie ein vom Winter getöteter Baum ... Der Tag wird kommen, an dem Ihr darum betet, kinderlos gestorben zu sein ... Die widerhallenden Laute schwollen an und überwältigten sie. Aliciane lag tief in ihrem Sessel, nahe daran, das Bewußtsein zu verlieren.

»Aliciane, Aliciane ...« Sie spürte seine starken Arme, wurde aufgehoben und zu Bett getragen. Er legte sie auf die Kissen nieder, setzte sich neben sie und streichelte sanft ihr Gesicht.

»Du darfst dich nicht vor einem Schatten erschrecken, Aliciane.«

Zitternd sagte sie das erste, was ihr in den Sinn kam: »Sie hat deine Männlichkeit mit einem Fluch belegt, mein Fürst.«

»Ich fühle mich nicht sehr gefährdet«, gab Mikhail mit einem Lächeln zurück.

»Aber ... ich habe es selbst bemerkt und mich gewundert ... du hast, seitdem ich so schwer bin, keine andere in dein Bett genommen, wie du es sonst zu tun pflegtest.«

Ein schwacher Schatten fuhr über sein Gesicht, und in diesem Moment waren sich ihre Gedanken so nahe, daß Aliciane ihre Worte bedauerte. Sie hätte nicht an seiner eigenen Angst rühren dürfen. Er erwiderte mit fester Stimme, Furcht mit Herzlichkeit verdrängend: »Was das angeht, Aliciane, so bin ich nicht mehr ein so junger Mann, daß ich nicht einige Monde enthaltsam leben könnte. Deonara bedauert es nicht, von mir frei zu sein, glaube ich; meine Umarmungen haben ihr mehr eine Pflicht bedeutet – und sterbende Kinder. Und heutzutage scheinen mir, du natürlich ausgenommen, die Frauen nicht mehr so schön zu sein wie in den Zeiten meiner

Jugend. Es war für mich keine Anstrengung, nicht um das zu bitten, was dir zu geben keine Freude gewesen wäre – aber wenn unser Kind geboren ist und du wieder wohlauf bist, wirst du sehen, ob die Worte dieser Närrin eine Auswirkung auf meine Männlichkeit hatten. Wenn du mir keinen Sohn mehr schenken wirst, Aliciane, werden wir zumindest noch viele freudvolle Stunden zusammen verbringen.«

Immer noch zitternd erwiderte sie: »Möge der Herr des Lichts es so einrichten.« Er beugte sich vor und küßte sie sanft, aber die Berührung seiner Lippen brachte sie nicht nur nahe zusammen, sondern trieb ihr auch Angst und plötzlichen Schmerz in die Glieder.

Abrupt richtete er sich auf und rief nach den Frauen. »Helft meiner Lady.«

Aliciane klammerte sich an seine Hände. »Mikhail, ich habe Angst«, wisperte sie und fing seinen Gedanken auf. *Es ist tatsächlich kein gutes Omen, wenn sie, die Flüche dieser Hexe noch im Ohr, in die Wehen kommen sollte* ... Ebenso spürte sie die starke Beherrschung, mit der er sich zügelte und seine Gedanken sofort wieder unter Kontrolle brachte. Er wollte vermeiden, daß ihre Furcht größer wurde. Auf keinen Fall durfte sie sich jetzt in etwas hineinsteigern. Mit sanftem Befehlston sagte er: »Du mußt versuchen, nur an unser Kind zu denken, Aliciane, und ihm Stärke zu verleihen. Denk nur an unser Kind – und an meine Liebe.«

Es ging auf Sonnenuntergang zu. Wolken ballten sich auf den Höhen jenseits von Burg Aldaran, mächtige Sturmwolken, die sich höher und höher türmten. Aber dort, wo Donal in die Höhe stieg, war der Himmel blau und unbewölkt. Sein schlanker Körper lag auf einem Gestell aus leichten Hölzern ausgestreckt, zwischen weiten Schwingen aus dünnstem Leder, das auf einen schmalen Rahmen gezogen war. Von Luftströmungen getragen stieg er empor, die Hände nach beiden Seiten ausgestreckt, um die starken Böen von links oder rechts auszubalancieren. Es war die Luft, die ihn nach oben trug, und das kleine Matrix-Juwel, das am Kreuzstück befestigt war. Er hatte den Schwebegleiter selbst gebaut, mit nur wenig Hilfe von den Stallknechten. Viele Jungen des Haushalts bauten sich ein solches Spielzeug, sobald sie im Gebrauch der Sternensteine so geübt waren, daß sie ihre Schwebekünste ohne allzugroße Gefahr praktizieren konnten. Aber die meisten der Burschen nahmen jetzt am Unterricht teil. Donal hatte sich zu den Höhen der Burg davongemacht und war alleine emporgestiegen, obwohl er wußte, daß man ihm zur Strafe den Gebrauch des Gleiters vielleicht für

Tage verbieten würde. Er konnte die Spannungen und die Angst überall in der Burg spüren.

Eine Verräterin war entdeckt worden, die gestorben war, bevor man Hand an sie hatte legen können. Ein Todeszauber hatte sie, nachdem sie Lord Aldarans Männlichkeit mit einem Fluch belegt hatte, niedergestreckt.

Wie ein Buschfeuer hatte sich der Klatsch auf Burg Aldaran ausgebreitet, entfacht von den wenigen Frauen, die tatsächlich in Alicianes Zimmer gewesen waren und alles verfolgt hatten. Sie hatten zuviel gesehen, um stumm zu bleiben, aber zuwenig, um in der Lage zu sein, einen wahren Bericht abzugeben.

Flüche waren gegen die kleine *Barragana* geschleudert worden, und Aliciane von Rockraven war in die Wehen gekommen. Die Verräterin hatte Lord Aldarans Männlichkeit mit einem Fluch belegt – und es traf zu, daß er, der vorher bei jedem Mondwechsel eine neue Frau zu sich holte, keine andere mehr in sein Bett nahm. Eine neue, heimliche Frage in den Klatschgesprächen ließ Donal frösteln. Hatte die Lady von Rockraven seine Männlichkeit so verzaubert, daß er keine andere mehr wollte, damit sie ihren Platz in seinem Arm und seinem Herz behielt?

Einer der Männer, ein ungehobelter Kämpe, hatte ein tiefes, andeutungsvolles Lachen ausgestoßen und gesagt: »Die braucht keine Zaubersprüche. Wenn Lady Aliciane mir ein Auge zuwürfe, würde ich meine Männlichkeit mit Freuden verpfänden.« Aber der Waffenmeister hatte streng erwidert: »Sei still, Radan. Solche Reden ziemen sich nicht vor jungen Burschen. Achte gefälligst darauf, wer zwischen ihnen steht. Geh an deine Arbeit. Du bist nicht hier, um schmutzige Reden zu führen!« Als der Mann ging, sagte der Waffenmeister freundlich: »Solches Gerede ist ungebührlich, aber es ist nur scherzhaft gemeint, Donal. Er ist nur betrübt, weil er selbst keine Frau hat, und würde von jeder anständigen Frau so reden. Auf keinen Fall wollte er deine Mutter herabsetzen. Im Gegenteil – auf Aldaran wird es viel Freude geben, wenn Aliciane von Rockraven unserem Herrn einen Erben schenkt. Du darfst über das gedankenlose Gerede nicht zornig sein. Wenn du jedem bellenden Hund zuhörst, hast du keine Muße mehr, um Weisheit zu erlernen. Geh zum Unterricht, Donal, und verschwende keine Zeit damit, darüber nachzugrübeln, was unwissende Männer über Menschen reden, die ihnen überlegen sind.«

Donal war gegangen, aber nicht zum Unterricht. Er hatte seinen Gleiter auf die Zinnen getragen und war in die Luftströmungen aufgestiegen, auf denen er jetzt ritt und die sorgenvollen Gedanken, ganz im Rausch des Steigens gefangen, hinter sich ließ. Er fühlte sich wie ein Vogel, der nach Norden schoß und sich dann wieder nach Westen wendete, wo die große, blutrote Sonne dicht über den Gipfeln hing.

So muß sich ein schwebender Falke fühlen . . . Unter seinen gefühlvollen Fingerspitzen neigte sich der Holz-und-Leder-Flügel leicht abwärts. Er sank in das Zentrum des Luftstroms und ließ sich von ihm abwärts tragen. Sein Gehirn versank in der Hyper-Bewußtheit des Juwels, sah den Himmel nicht als blaue Leere, sondern als großes Netzwerk aus Feldern und Strömen, die man zum Gleiten nutzen konnte. Er schwebte so lange abwärts, bis es ihm so vorkam, als würde er auf eine große Felsspitze zurasen und zerschmettern. In letzter Sekunde ließ er sich von einem Aufwind fortreißen, schwebte mit dem Wind . . . Er trieb dahin, ohne Gedanken, aufsteigend, in Ekstase gehüllt.

Der grüne Mond Idriel stand tief am sich rötenden Himmel. Die Silbersichel Mormollars war der bleichste der Schatten, und der violette Liriel – der größte der Monde – begann gerade, langsam vom östlichen Horizont emporzuschweben. Ein leises Krachen aus den massiven Wolken, die hinter der Burg hingen, ließen Donals Befürchtungen erneut erwachen. Vielleicht würde man ihn in einer Zeit wie dieser wegen seiner Drückebergerei vor dem Unterricht nicht einmal züchtigen – aber wenn er bis nach Sonnenuntergang ausblieb, würde er bestimmt bestraft werden. Bei Sonnenuntergang kamen stets starke Winde auf, und vor etwa einem Jahr war ein Page aus dem Schloß abgestürzt, hatte seinen Gleiter zerschmettert und sich auf den Felsen den Ellbogen gebrochen. Er hatte Glück gehabt, daß er dabei nicht umgekommen war. Aufmerksam blickte Donal auf die Mauern der Burg und suchte nach einem Aufwind, der ihn in die Höhen tragen konnte. Fand er keinen, mußte er nach unten auf die Böschung zuschweben und den Gleiter, der zwar leicht, aber sehr sperrig war, den ganzen Weg hinauf tragen. Durch die Wahrnehmungsfähigkeit der Matrix wurde seine eigene vervielfacht. Er spürte den leichtesten Lufthauch und erwischte schließlich einen Aufwind, der ihn – vorausgesetzt, er schwebte vorsichtig – über die Burg hinaustragen würde. Es wäre dann kein Problem mehr, auf eines der Dächer hinabzugleiten.

Von hier oben aus konnte er mit einem Frösteln den aufgedunsenen, nackten Frauenleib sehen, der an den Zinnen hing. Das Gesicht war schon von den herumfliegenden *Kyorebni* zerfetzt worden. Die Frau war bereits nicht mehr zu erkennen. Donal schauderte. Auf ihre Art war Mayra stets freundlich zu ihm gewesen. Hatte sie wirklich seine Mutter verflucht? Er erschauerte. Zum ersten Mal wurde er sich wirklich des Todes bewußt.

Menschen sterben. Sie sterben wirklich und werden von Raubvögeln in kleine Stücke zerhackt. Auch meine Mutter könnte bei dieser Geburt sterben ... In plötzlichem Entsetzen zuckte sein Körper zusammen, und er spürte, wie die zerbrechlichen Schwingen des Gleiters – von der Kontrolle seines Verstandes und Körpers befreit – flatterten und nach unten glitten, fielen ... Rasch meisterte er die Situation, brachte den Gleiter wieder unter Kontrolle und schwebte dahin, bis er wieder eine Strömung fand. Er konnte die schwache Spannung, die sich aufbauende Statik, jetzt deutlich in der Luft spüren.

Über ihm krachte der Donner; ein Blitzstrahl raste auf die Spitze von Burg Aldaran zu und hinterließ in Donals Nase den Geruch von Ozon und Verbranntem. Während des betäubenden Donners sah er das Flackern der Blitze in den geballten Wolken über der Burg und dachte, von plötzlicher Angst erfüllt: *Ich muß nach unten, ich muß hier raus. Es ist nicht ungefährlich, in einem aufkommenden Sturm zu fliegen ...* Wieder und wieder war ihm gesagt worden, sorgsam den Himmel nach Lichtblitzen in den Wolken abzusuchen, bevor er den Gleiter startete.

Ein plötzlicher, heftiger Abwind erfaßte ihn und schickte das zerbrechliche Gerät aus Holz und Leder senkrecht nach unten. Donal, jetzt wirklich verängstigt, klammerte sich fest an die Handgriffe, war aber vernünftig genug, nicht zu früh dagegen anzukämpfen. Es sah aus, als würde es ihn auf die Felsen schmettern, aber er zwang sich, steif auf den Stützbalken liegenzubleiben, während sein Verstand nach der Gegenströmung suchte. Genau im richtigen Moment spannte er den Körper, vertiefte sich in die Bewußtheit der Matrix, spürte, wie er schwebte und die Gegenströmung ihn wieder aufwärtstrug.

Jetzt. Schnell und vorsichtig. Ich muß auf die Höhe der Burg hinauf, dann die erste Strömung erwischen, die nach unten zieht. Ich darf keine Zeit vergeuden ... Aber jetzt fühlte die Luft sich dick und schwer an, und Donal konnte sie nicht nach Strömungen absuchen. Mit wachsender Angst sandte er sein Bewußtsein in alle Richtungen, spürte aber nur die starken magnetischen Ladungen des zunehmenden Sturms.

Mit diesem Sturm stimmt etwas nicht! Er ist wie der von gestern. Es ist überhaupt kein richtiger Sturm, es ist etwas anderes. Mutter! O Mutter! Dem verängstigten Jungen, der sich an die Streben des Gleiters klammerte, schien es, als könne er Aliciane voller Entsetzen aufschreien hören: »O Donal, was wird aus meinem Jungen werden!« Er spürte, daß sein Körper entsetzt zusammenzuckte, fühlte, wie der Gleiter seiner Kontrolle entglitt, wie er fiel ... fiel ... Wäre er weniger leicht gewesen und hätte weniger breite Flügel gehabt, wäre er auf den Felsen zerschmettert worden, aber die Luftströme trugen ihn, auch wenn Donal sie nicht lesen konnte. Nach wenigen Augenblicken endete der Sturz, und er begann seitwärts abzudriften. Jetzt, da er das *Laran* – die Kraft zu Schweben, die Körper und Verstand dem Matrix-Juwel entnahmen – einsetzte und sein geübtes Bewußtsein durch die magnetischen Stürme nach Strömungsspuren forschte, begann Donal, um sein Leben zu kämpfen. Er zwang die beinahe hörbare Stimme seiner Mutter mit einer solchen Kraft aus sich hinaus, daß sie vor Entsetzen und Schmerz aufschrie. Er zwang die Angst, die ihn seinen Körper bereits in Stücke gerissen auf den Felsspitzen sehen ließ, fort, tauchte ganz in das verstärkte *Laran* ein, ließ die Flügel aus Holz und Leder zu Erweiterungen seiner ausgestreckten Arme werden und spürte die an ihnen zerrenden, rüttelnden Strömungen, als träfen sie seine eigenen Hände und Beine.

Jetzt ... Bring ihn nach oben ... Nur so weit ... Versuche, ein paar Längen nach Westen zu gewinnen ... Er zwang sich, ganz schlaff zu werden, als ein weiterer Blitzschlag hinter ihm aus der Wolke zuckte. *Keine Kontrolle ... Er nimmt gar keine Richtung ... Hat kein Bewußtsein ...* Er dachte an die Regeln der freundlichen *Leronis*, der er seine geringen Kenntnisse verdankte: *Ein geübter Geist kann jedwede Naturgewalt meistern ...* Geradezu feierlich rief Donal sich dies ins Gedächtnis.

Ich brauche weder Wind noch Sturm, noch Blitz zu fürchten, der geübte Geist kann immer ... Aber da Donal erst zehn Jahre alt war, fragte er sich aufgebracht, ob Margali je während eines Gewitters einen Gleiter geflogen hatte.

Ein ohrenbetäubendes Krachen schaltete seinen Verstand einen Moment lang aus. Er spürte einen plötzlichen Regenguß auf seinem fröstelnden Körper und strengte sich an, das Zittern zu stoppen, das sich anschickte, seinem Verstand die Kontrolle über die flatternden Schwingen zu entwinden.

Jetzt. Stetig. Abwärts und abwärts, entlang der Störmung ... Auf den Erdboden zu, den Hang entlang ... Keine Zeit, einen anderen Aufwind zu nutzen. Hier unten werde ich vor den Blitzen sicher sein ...

Seine Füße berührten fast den Boden, als ein erneuter heftiger Aufwind die Schwingen erfaßte und ihn wieder nach oben trug, fort von der Sicherheit der Hänge. Schluchzend, im Kampf mit dem Apparat, bemühte Donal sich, ihn wieder nach unten zu zwingen, indem er sich über die Kante warf und senkrecht herabhängend die Streben über seinem Kopf ergriff, während die Schwingen seinen trudelnden Fall bremsten. Durch die Haut fühlte er einen Blitzschlag und sandte alle Kraft aus, ihn abzulenken und *sonstwohin* zu schleudern. Seine Hände klammerten sich krampfhaft an die Streben über seinem Kopf, als er den Blitz und den ohrenbetäubenden Donnerschlag hörte und mit verschwommenem Blick einen der großen, aufrechtstehenden Felsen auf dem Hang unter krachendem Aufbrüllen in Stücke splittern sah. Donals Füße berührten den Boden. Er stürzte schwer, überschlug sich mehrmals, spürte, wie die Streben des Gleiters in Stücke brachen und splitterten. Als er fiel, schoß ein Schmerz durch seine Schulter, aber er besaß noch genügend Kraft und Geistesgegenwart, den Körper schlaff werden zu lassen, wie man es ihm bei den Waffenübungen beigebracht hatte. Er mußte ohne den Widerstand der Muskeln, der die Knochen brechen lassen konnte, hinfallen. Schluchzend – mit Prellungen und Quetschungen –, aber lebend lag er wie betäubt auf dem felsigen Hang und spürte, wie die Ströme des Blitzes ziellos umherfuhren, während sich das Donnergrollen von Felsspitze zu Felsspitze fortpflanzte.

Als er wieder zu Atem gekommen war, rappelte er sich auf. Beide Flügelstreben des Gleiters waren zerbrochen, konnten aber noch repariert werden. Donal konnte von Glück reden, daß dies nicht auch mit seinen Armen geschehen war. Der Anblick des zersplitterten Felsens machte ihn benommen, sein Kopf dröhnte. Aber ihm wurde bewußt, daß er bei all dem noch das Glück hatte, am Leben zu sein. Er las das zerbrochene Spielzeug auf, ließ die zersplitterten Schwingen herabhängen und begann, sich langsam den Hang zu den Burgtoren hinaufzuschleppen.

»Sie haßt mich«, rief Aliciane entsetzt. »Sie will nicht geboren werden!«

Durch die Dunkelheit, die ihr Gehirn zu umgeben schien, fühlte sie, wie Mikhail ihre bebenden Hände ergriff und festhielt.

»Meine Liebste, das ist töricht«, sagte er leise und drückte die Frau, seine eigenen Ängste fest unter Kontrolle haltend, an sich. Auch er spürte die Fremdartigkeit der Blitze, die rund um die hohen Fenster flackerten und krachten, und Alicianes Entsetzen verstärkte seine eigene Angst. Jemand anders schien im Zimmer zu sein, außer der geängstigten Frau, außer der ruhigen Margali, die mit gesenktem Kopf dasaß, niemanden anschaute, ihr Gesicht vom Schimmer des Matrixsteins blau erleuchtet. Mikhail konnte die besänftigenden Wellen der Ruhe spüren, die Margali bei dem Versuch, sie alle damit zu umgeben, ausstrahlte. Er unternahm den Versuch, Körper und Geist dieser Ruhe hinzugeben, sich in ihr zu entspannen, und begann mit den tiefen, rhythmischen Atemzügen, die man ihn gelehrt hatte. Schon bald spürte er, daß auch Aliciane ruhiger wurde.

Woher nur, woher das Entsetzen, der Kampf...

Sie ist es, die Ungeborene... Es ist ihre Angst, ihr Widerstreben...

Geburt ist eine Schicksalsprüfung des Entsetzens; es muß jemanden geben, sie zu trösten, jemanden, der sie mit Liebe erwartet... Aldaran hatte bei der Geburt all seiner Kinder assistiert; er hatte die gestaltlose Angst und Erregung des ungeformten Verstandes gespürt, die Kräfte hervorriefen, die dieser Verstand nicht begreifen konnte. Jetzt, während er in seinen Erinnerungen forschte (War eins von Clarizas Kindern so stark gewesen? Von Deonaras Babys war keines fähig gewesen, um sein Leben zu kämpfen. Arme kleine Schwächlinge...), suchte er nach den ungezielten Gedanken des sich sträubenden Kindes, die durch die Wahrnehmung des Schmerzes und der Angst seiner Mutter hin- und hergerissen wurden. Er versuchte, besänftigende Gedanken von Liebe und Zärtlichkeit auszusenden; er formte die geistigen Worte nicht für das Kind – denn das Ungeborene besaß noch keine Kenntnis der Sprache –, sondern für sich und Aliciane, um ihrer beider Gefühle darauf zu konzentrieren, ihm das Gefühl von Wärme und Willkommenheit zu vermitteln.

Du darfst keine Angst haben, Kleine. Bald wird es vorüber sein... Du wirst frei atmen, und wir werden dich in unseren Armen halten und lieben... Du wirst seit langem erwartet und innig geliebt... Er bemühte sich, Liebe und Zärtlichkeit auszustrahlen und die furchteinflößenden Gedanken an jene Söhne und Töchter aus seinem Geist zu verbannen, die er verloren hatte. All seine Liebe hatte ihnen nicht in die Dunkelheit zu folgen vermocht, die das sich entwikkelnde *Laran* auf ihren Geist geschleudert hatte. Er versuchte, die Erinnerungen an die schwachen und mitleiderregenden Anstrengungen von Deonaras Kindern, die nie lange genug gelebt hatten, um auch nur zu atmen, auszulöschen... *Habe ich sie genug geliebt? Hätten ihre Kinder stärker ums Leben gefochten, wenn ich Deonara mehr geliebt hätte?*

»Zieht die Vorhänge zu«, sagte er einen Moment später, und eine der Kammerfrauen ging auf Zehenspitzen zum Fenster und schloß den dunkler werdenden Himmel aus. Aber der Donner grollte weiterhin, und das Aufflackern des Blitzes war selbst durch die zugezogenen Vorhänge zu sehen.

»Sieh nur, wie sie sich müht, die Kleine«, sagte die Amme. Margali stand ruhig auf, trat näher, legte behutsam die Hände um Alicianes Körper und versenkte ihr Bewußtsein in die Frau, um ihr Atmen und den Fortgang der Geburt zu steuern. Eine Frau mit *Laran*, die ein Kind gebar, konnte weder körperlich untersucht noch berührt werden, da die Gefahr bestand, das Ungeborene durch eine fahrlässige Berührung zu verletzen oder zu ängstigen. Das mußte die *Leronis* tun, indem sie die Wahrnehmungsfähigkeit der Telepathie und ihre psychokinetischen Kräfte nutzte. Aliciane spürte die besänftigende Berührung. Ihr angstverzerrtes Gesicht entspannte sich, aber als Margali sich zurückzog, schrie sie vor Angst auf.

»O Donal, Donal – was wird aus meinem Jungen werden?«

Lady Deonara Ardais-Aldaran, eine schlanke alternde Frau, kam auf Zehenspitzen näher und nahm Alicianes schmale Hand in die ihre. Beruhigend sagte sie: »Hab um Donal keine Furcht, Aliciane. Avarra möge verhüten, daß es notwendig ist, aber ich schwöre dir, daß ich ihm von diesem Tag an eine solch liebevolle Pflegemutter sein werde, als sei er einer meiner eigenen Söhne.«

»Du bist freundlich zu mir gewesen, Deonara«, sagte Aliciane, »und ich habe versucht, dir Mikhail wegzunehmen.«

»Kind, Kind – das ist nicht die Zeit, daran zu denken. Wenn du Mikhail geben kannst, wozu ich nicht imstande bin, dann bist du meine Schwester, und ich werde dich lieben, wie Cassilda Camilla liebte, das schwöre ich.« Deonara beugte sich vor und küßte die bleiche Wange Alicianes. »Sei ganz ruhig, *Breda*; denk nur an die Kleine, die in unsere Arme kommt. Auch sie werde ich lieben.«

Sanft umarmt vom Vater ihres Kindes und der Frau, die geschworen hatte, ihr Kind wie ein eigenes in Empfang zu nehmen, wußte Aliciane, daß man sie trösten wollte.

Und doch, als der Blitz auf den Höhen flackerte und der Donner um die Mauern der Burg grollte, fühlte sie sich von Angst durchdrungen. *Ist es die Angst des Kindes oder meine?* Ihr Geist schwamm in die Dunkelheit hinein, während die *Leronis* sie besänftigte und Mikhail, Liebe und Zärtlichkeit ausströmend, ihr beruhigende Gedanken zusandte. *Ist es für mich oder nur für das Kind?* Es schien keine Bedeutung mehr zu haben; sie konnte nicht weiter sehen. Vorher hatte sie immer ein schwaches Gespür für das, was folgte, gehabt, aber jetzt schien es, als gäbe es nichts in der Welt außer ihrer Furcht und der des Kindes, der gestaltlosen, wortlosen Erregung.

Ihr schien, daß die Erregung sich mit dem Donner verband, daß die sie quälenden Wellen der Geburtsschmerzen mit dem Kommen und Gehen der Blitze identisch waren . . . Als sei der Donner nicht dort draußen auf den Höhen, sondern in ihrem gequälten Körper existent. Entsetzen und Erregung dehnten sich in ihr aus . . . Die Blitze brachten Nervosität und Schmerzen. Sie rang nach Atem und schrie auf, und fast mit Erleichterung sank ihr Geist ins Dunkel, in die Stille, ins Nichts . . .

»Ai! Sie ist ein wenig ungestüm«, sagte die Amme, die behutsam das sich sträubende Kind hielt. »Du mußt sie beruhigen, *Domna,* bevor ich ihr Leben von dem ihrer Mutter trenne, sonst wird sie sich wehren und zuviel Blut verlieren – aber sie ist eine kräftige, gesunde Frau!«

Margali beugte sich über den kreischenden Säugling. Das Gesicht war dunkelrot, verzerrt in einem Aufschrei voller Wildheit; die Augen, zusammengekniffen und fast geschlossen, waren von strahlendem Blau. Der runde, kleine Kopf war von dichtem rotem Flaum bedeckt. Margali legte ihre mageren Hände auf den nackten Körper des Säuglings und stimmte eine beruhigende Melodie an. Unter ihrer Berührung beruhigte sich das Kind ein wenig und stellte den Kampf ein; die Hebamme trennte die Nabelschnur und band sie ab. Aber als die Frau den Säugling nahm und in eine warme Decke wikkelte, begann er wieder zu kreischen und zu strampeln. Erschreckt die Hand zurückziehend, legte sie ihn nieder.

»Ai! Evanda sei gnädig, sie ist eine von *denen!* Nun, wenn es groß ist, braucht sich das kleine Mädchen vor Räubern nicht zu fürchten, wenn es schon jetzt mit *Laran* zuschlagen kann. Ich habe bei einem so kleinen Kind noch nie davon gehört!«

»Du hast sie erschreckt«, sagte Margali. Aber als sie das Kind nahm, schwand ihr Lächeln. Wie alle Damen Deonaras hatte auch sie die anmutige Aliciane geliebt. »Armes Kind, eine so liebevolle Mutter zu verlieren, und so früh.«

Mikhail von Aldaran, das Gesicht in großem Schmerz verzerrt, kniete neben dem Körper der Frau, die er geliebt hatte, nieder. »Aliciane! Aliciane, meine Liebste«, sagte er. Dann hob er den Kopf. Sein Gesicht zeigte Bitterkeit. Deonara hatte Margali den in eine Decke gewickelten Säugling abgenommen und hielt ihn mit dem Heißhunger verhinderter Mutterschaft an ihre schmächtige Brust gepreßt.

»Du bist nicht unzufrieden darüber, Deonara, daß keiner mit dir wetteifern wird, diesem Kind Mutter zu sein, nicht wahr?«

»Solche Worte sind deiner nicht würdig, Mikhail«, erwiderte

Deonara, Alicianes Kind eng an sich drückend. »Ich habe Aliciane geliebt. Möchtest du, daß ich ihr Kind jetzt von mir weise? Kann ich meine Liebe nicht am besten dadurch zeigen, daß ich es so liebevoll aufziehe, als sei es mein eigenes? Sonst nimm sie, mein Gatte, bis du eine andere Geliebte findest.« So sehr sie sich auch mühte – Lady Aldaran konnte die Bitterkeit in ihrer Stimme nicht zurückhalten. »Sie ist dein einziges Kind. Und wenn sie jetzt schon *Laran* besitzt, wird sie viel Fürsorge brauchen. Meine armen Babys haben nicht einmal so lange gelebt.« Sie legte das Kind in Dom Mikhails Arme, der es mit unendlicher Zärtlichkeit und Sorge ansah.

Maryas Fluch hallte in seinem Kopf wider: Du wirst keine andere in dein Bett nehmen . . . Deine Lenden werden leer sein wie ein vom Winter getöteter Baum. Als teile sich sein Entsetzen dem Säugling in seinen Armen mit, begann dieser erneut zu strampeln und zu schreien. Hinter dem Fenster tobte der Sturm.

Dom Mikhail schaute in das Gesicht seiner Tochter. Dem kinderlosen Mann erschien sie unendlich kostbar; und das würde sie um so mehr sein, falls der Fluch sich bewahrheiten sollte. Steif lag sie in seinem Arm und schrie. Ihr kleines Gesicht war verzerrt, als versuche sie, die winzigen rosa Fäuste voll Zorn geballt, die Wut des Sturms zu übertreffen. Er konnte in ihrem Gesicht schon ein verschwommenes Miniaturbild Alicianes erkennen – die geschwungenen Brauen, die hohen Wangenknochen, die Augen von strahlendem Blau, der Flaum aus rotem Haar.

»Aliciane starb, um mir dieses große Geschenk zu machen. Sollen wir dem Kind zur Erinnerung den Namen seiner Mutter geben?«

Deonara schreckte zurück. »Willst du deiner einzigen Tochter den Namen einer Toten verleihen, mein Fürst? Du solltest einen suchen, der besseres verheißt!«

»Wie du wünschst. Gib ihr einen Namen, der dir gefällt, *Domna*.«

Zögernd sagte Deonara: »Ich wollte unsere erste Tochter Dorilys nennen, hätte sie lange genug gelebt, um einen Namen zu bekommen. Sie soll diesen Namen tragen, als Zeichen dafür, daß ich ihr eine Mutter sein werde.« Sie berührte die rosige Wange des Kindes mit dem Finger. »Wie gefällt dir dieser Name, kleine Frau? Schau – sie schläft. Sie ist vom vielen Schreien erschöpft . . .«

Hinter den Fenstern verebbte der Sturm und erstarb, und kein Geräusch war zu hören, außer dem verhaltenen Trommeln der letzten Regentropfen.

3

Elf Jahre später

Es war die dunkle Stunde vor der Morgendämmerung. Leise fiel Schnee auf das Kloster von Nevarsin, das unter tiefem Schnee begraben war.

Obwohl es keine Glocke gab, die sie morgens weckte, erwachten in jeder Zelle und jedem Schlafraum die Brüder, Novizen und Schüler aus dem Schlaf, als hätten sie ein unhörbares Signal gehört.

Allart Hastur von Elhalyn wachte abrupt auf. Auch in seinem Kopf war etwas erklungen, für das er empfänglich war. In den ersten Jahren seines Hierseins hatte er oft darüber hinweggeschlafen. In diesem Kloster würde niemand einen anderen wecken; es war ein Bestandteil der Ausbildung, daß die Novizen das Unhörbare hörten und das Unsichtbare sahen.

Die Kälte spürte er nicht, obwohl er vorschriftsmäßig nur mit einem Umhang bedeckt war; inzwischen hatte er seinen Körper so weit unter Kontrolle, daß er genug Wärme erzeugte, um ihn während des Schlafs nicht frieren zu lassen. Ohne ein Licht anzuzünden stand er auf, zog den Umhang über die einfache Unterkleidung, die er bei Tag und Nacht trug, und glitt mit den Füßen in die strohgeflochtenen Sandalen. Er steckte das kleine Gebetbuch, den Federkasten und das versiegelte Tintenhorn, die Schale und einen Löffel in seine Taschen. Damit war er mit allem ausgestattet, was ein Mönch benutzen und besitzen durfte. Dom Allart Hastur war noch kein vollvereidigter Bruder von Sankt-Valentin-im-Schnee von Nevarsin. Es würde noch ein Jahr dauern, bis er die letzte Brücke, die ihn von der unter ihm liegenden Welt trennte, hinter sich würde abbrechen können. Es war eine beunruhigende Welt, an die er sich jedesmal erinnerte, wenn er die Lederriemen seiner Sandalen anzog; denn in der Welt der Güter galt das Wort *Sandalenträger* als äußerste Beleidigung für einen Mann und unterstellte weibisches Benehmen oder noch Schlimmeres. Selbst jetzt, als er den Riemen befestigte, sah sich Allart gezwungen, seinen Geist aufgrund der Erinnerung zu beruhigen. Er machte drei leichte Atemzüge – Pause –, wiederholte sie und murmelte dazu ein Gebet gegen die Ursache seiner Erregung. Er war sich der Ironie, die darin lag, schmerzlich bewußt.

Bete ich für den Frieden meines Bruders, der mir diese Beleidigung zugefügt und mich um meiner Gesundheit willen hierher getrieben hat? Als er merkte, daß er noch immer Ärger und Groll verspürte, wiederholte er das rituelle Atmen, verbannte den Bruder entschlossen aus seinen Gedanken und rief sich die Worte des Vorstehers ins Gedächtnis.

»Du hast keine Macht über die Welt oder ihre Dinge, mein Sohn; du hast jedwedem Wunsch nach ihr entsagt. Die Macht, die zu erwerben du hierher kamst, ist die Macht über die Dinge im Innern. Friede wird nur dann einkehren, wenn du dir voll bewußt wirst, daß deine Gedanken nicht von außen kommen. Sie kommen von innen und sind dadurch gänzlich dein. Es sind die einzigen Dinge in diesem Universum, über die man gerechterweise vollkommene Macht haben darf. Du, nicht deine Gedanken und Erinnerungen, beherrschst deinen Geist. Du – und niemand anders – bist es, der sie kommen und gehen heißt. Der Mann, der seinen eigenen Gedanken erlaubt, ihn zu quälen, ist wie der Mann, der eine Skorpion-Ameise an seine Brust drückt und ihr befiehlt, ihn wiederholt zu beißen.«

Allart wiederholte die Übung. Sobald er sie beendet hatte, war die Erinnerung an seinen Bruder aus seinen Gedanken verschwunden. *Für ihn gibt es hier keinen Platz, nicht einmal in meinen Gedanken und Erinnerungen.* Beruhigt, mit weißen Atemwolken vor dem Mund, verließ er die Zelle und bewegte sich leise den langen Gang hinunter.

Die Kapelle, zu erreichen durch einen kurzen Weg im herabfallenden Schnee, war der älteste Teil des Klosters. Vor vierhundert Jahren war die erste Gruppe von Brüdern hierher gekommen, um hoch über der Welt, der sie zu entsagen wünschten, ihr Kloster aus dem Fels des Bergs zu graben. Sie hatten die kleine Nische ausgehöhlt, in der der Sage nach Sankt-Valentin-im-Schnee sein Leben aushauchte. Um die sterblichen Überreste des Eremiten herum war die Stadt gewachsen: Nevarsin, die Schneestadt.

Jetzt gab es hier mehrere Gebäude, von denen jedes einzelne, ungeachtet der Hilfsmittel dieser Zeit, durch die Hände aller Mönche entstanden war. Die Brüder waren stolz darauf, nicht einen einzigen Stein mit Hilfe einer Matrix bewegt, sondern alles mit Händen und Geist geschaffen zu haben.

Die Kapelle war dunkel. Ein einzelnes kleines Licht glühte in jenem Schrein, in dem die Statue des Heiligen Lastenträgers über der letzten Ruhestätte des Heiligen stand. Mit ruhigen Bewegungen und geschlossenen Augen, wie es die Regeln verlangten, wandte Allart sich seinem Platz in den Bankreihen zu. Wie ein Ganzes kniete die Bruderschaft nieder. Allart, dessen Augen noch immer vorschriftsmäßig geschlossen waren, hörte das Fußrascheln und das gelegentliche Straucheln eines Novizen, der sich noch auf den äußeren statt auf den inneren Blick verlassen mußte, um seinen ungeschickten Körper durch die Dunkelheit des Klosters zu bewegen. Die Schüler, noch nicht vereidigt und ohne geringste Ausbildung, stolperten in der Dunkelheit. Sie verstanden noch nicht, weshalb die Mönche Licht weder erlaubten noch benötigten. Flüsternd, einander anrempelnd, stolperten sie und fielen manchmal hin, aber schließlich befanden sich alle auf den ihnen zugewiesenen Plätzen. Ohne ein wahrnehmbares Signal erhoben sie sich in einer einzigen, kontrollierten Bewegung, als folgten sie einem unsichtbaren Signal des Pater Vorsteher. Ihre Stimmen erhoben sich zur Morgenhymne:

»Eine einzige Macht schuf
Himmel und Erde,
Berge und Täler,
Dunkel und Licht;
Mann und Frau,
Mensch und Nichtmensch.

Diese Macht ist nicht zu sehen,
Ist nicht zu hören,
Ist nicht zu ermessen.
Von nichts außer dem Geist, der teilhat an dieser Macht.
Ich nenne sie göttlich . . .«

Das war der Augenblick eines jeden Tages, in dem Allarts innere Fragen, Sehnsüchte und Sorgen völlig verschwanden. Wenn er die Stimmen seiner Brüder singen hörte, alte und junge, kindlich schrill oder altersrauh, wenn seine eigene Stimme sich in dem großen Konsens verlor, dann sah er sich nicht mehr in dem Gefühl einer getrennt suchenden und fragenden Einheit. Schwebend ruhte er in dem Wissen, daß er der Teil eines Größeren war, ein Teil der großen Macht, die die Bewegung der Monde, Sterne, der Sonne und des dahinterliegenden unbekannten Universums aufrechterhielt; daß er hier einen wahrhaften Platz in der Harmonie besaß; daß er, wenn er verschwand, ein Loch von Allart-Größe in einem universellen Geist hinterließ; daß er etwas war, das nicht ersetzt oder verändert werden konnte. Wenn er den Gesang hörte, war er ganz in Frieden versunken. Der Klang seiner eigenen Stimme, ein ausgebildeter Tenor, erweckte Freude in ihm, aber nicht mehr als der Klang jeder anderen. Ihm gefiel selbst die rauhe und unmelodiös zitternde Stimme des neben ihm stehenden Bruders Fenelon. Immer, wenn er mit seinen Brüdern sang, fielen Allart die ersten Worte ein, die er über Sankt-

Valentin-im-Schnee gelesen hatte, Worte, die ihn während der Jahre seiner größten Qual erreicht und ihm zum ersten Mal, seit er der Kindheit entwachsen war, Frieden gegeben hatten.

»Jeder von uns ist wie eine einzelne Stimme in einem großen Chor, eine Stimme wie keine zweite. Jeder von uns singt einige Jahre in diesem großen Chor, dann ist seine Stimme für immer verstummt. Andere nehmen dann ihren Platz ein. Aber jede Stimme ist einzigartig, keine ist schöner als die andere, keine kann das Lied einer anderen singen. Nichts nenne ich Sünde außer dem Unterfangen, das Lied eines anderen oder mit eines anderen Stimme zu singen.«

Und Allart war beim Lesen dieser Worte klargeworden, daß er seit seiner Kindheit auf Befehl seines Vaters und seiner Brüder, der Hauslehrer, Waffenmeister und Stallknechte, der Untergebenen und Vorgesetzten eine Melodie zu singen versucht hatte – mit einer Stimme, die seiner eigenen nicht entsprach. Er war ein *Cristofero* geworden, was man bei einem Hastur für unziemlich hielt; immerhin war er ein Nachkomme von Hastur und Cassilda, ein Nachkomme von Göttern, einer, der *Laran* besaß – ein Hastur von Elhalyn, aus der Nähe der heiligen Stätten von Hali, in denen die Götter einst gewandelt waren. Seit undenklichen Zeiten beteten die Hasturs den Herrn des Lichts an. Und doch war Allart ein *Cristofero* geworden, hatte seine Brüder verlassen und auf sein Erbe verzichtet. Er war hierher gekommen, um Bruder Allart zu sein; seine Herkunft war unter den Brüdern von Nevarsin fast vergessen.

Sich selbst vergessend, und doch seines individuellen und einzigartigen Platzes in Chor, Kloster und Universum völlig bewußt, sang Allart die langen Hymnen. Später ging er, noch immer nüchtern, an die ihm zugewiesene Morgenarbeit, die darin bestand, daß er den Novizen und Schülern des äußeren Refektoriums das Frühstück brachte. Er trug die dampfenden Kannen mit Tee und heißem Bohnenbrei zu ihnen und goß das Essen in Schalen und Krüge, wobei er bemerkte, wie sich die kalten Hände der Jungen an die Hitze schmiegten und versuchten, sich zu wärmen. Die meisten der Kleinen waren zu jung, um die Technik der inneren Erwärmung schon zu beherrschen, und Allart wußte, daß einige von ihnen unter ihren Umhängen in Decken gewickelt waren. Er spürte eine unbefangene Sympathie für sie und erinnerte sich an seine eigenen frühen Kältequalen. Damals, als sein Verstand noch nicht gelernt hatte, den Körper zu erwärmen, war ihm nicht anders gewesen. Sie aber bekamen heißes Essen und schliefen mit Extradecken. Je mehr sie die Kälte spürten, desto eher würden sie sich bemühen, sie zu besiegen.

Allart blieb stumm (obwohl er wußte, daß er sie hätte tadeln sollen), als sie über die Schlichtheit des Essens maulten. Hier, in den Quartieren der Kinder, wurde ein im Vergleich reichliches, üppiges Essen serviert. Er selbst hatte, seit er der vollen mönchischen Lebensweise beigetreten war, nur zweimal eine warme Mahlzeit erhalten; und der Grund dafür war gewesen, daß er in den tiefen Pässen besonders gute Arbeit bei der Rettung eingeschneiter Reisender geleistet hatte. Pater Vorsteher war der Meinung gewesen, die Unterkühlung seines Körpers habe einen Punkt erreicht, die seine Gesundheit bedrohe. Deswegen hatte er ihm befohlen, warme Nahrung zu essen und einige Tage unter zwei Extradecken zu schlafen. Unter gewöhnlichen Bedingungen hatte Allart sich dermaßen unter Kontrolle, daß Sommer und Winter ihm nichts bedeuteten. Sein Körper zog aus jeder Nahrung, ob heiß oder kalt, vollen Nutzen.

Ein betrübter kleiner Bursche, ein verwöhntes Kind von einem der Tiefland-Güter, mit sorgfältig geschnittenem, sich um sein Gesicht kräuselndem Haar, zitterte – obwohl in Umhang und Decke gehüllt – so heftig, daß Allart, als er ihm eine zweite Portion Brei gab (die heranwachsenden Jungen konnten essen, soviel sie wollten) freundlich sagte: »Bald wirst du die Kälte nicht mehr spüren. Das Essen wird dich wärmen. Und du bist warm gekleidet.«

»Warm?« sagte das Kind ungläubig. »Ich habe keinen Pelzumhang mehr. Ich glaube, ich werde vor Kälte sterben!« Er war den Tränen nahe, und Allart legte mitfühlend eine Hand auf seine Schulter.

»Du wirst nicht sterben, kleiner Bruder. Du wirst lernen, daß dir ohne Kleidung warm sein kann. Weißt du, daß die Novizen ohne Decke und Umhang nackt auf dem Stein schlafen? Und bisher ist hier noch niemand vor Kälte gestorben. Auch Tiere tragen keine Kleider. Ihre Körper sind an das Wetter, in dem sie leben, angepaßt.«

»Tiere haben ein Fell«, protestierte das Kind mürrisch. »Ich habe nur meine Haut.«

Allart lachte und sagte: »Und das ist der Beweis dafür, daß du keinen Pelz brauchst; denn bräuchtest du einen, um dich warm zu halten, wärst du mit einem Fell auf die Welt gekommen, kleiner Bruder. Dir ist kalt, weil dir seit deiner Kindheit erzählt wurde, daß man im Schnee friert. Und dein Verstand hat diese Lüge geglaubt; aber die Zeit wird kommen, noch vor dem Sommer, und du wirst barfuß durch den Schnee laufen und keinerlei Unbehagen fühlen. Jetzt glaubst du mir noch nicht, aber denke an meine Worte, Kind. Iß jetzt deinen Brei und achte darauf, wie er im Brennkessel deines Körpers zu arbeiten beginnt, um deinen Gliedern Wärme zu bringen.« Er tätschelte die tränenbenetzte Wange des Jungen und fuhr mit seiner Arbeit fort.

Auch Allart hatte einst gegen die strenge Disziplin der Mönche aufbegehrt; aber er hatte ihnen getraut, und ihre Versprechungen waren ehrlich gewesen. Nun hatte er seinen Frieden. Er hielt seinen Geist unter Kontrolle und lebte nur einen Tag zur gleichen Zeit, ohne den quälenden Druck der Vorausschau. Sein Körper war ihm ein williger Diener geworden und tat, was ihm aufgetragen wurde, ohne mehr zu verlangen, als er für sein Wohlergehen und seine Gesundheit brauchte.

Über die Jahre hatte Allart vier Gruppen dieser Kinder ankommen sehen. Sie hatten vor Kälte geweint, sich über das karge Essen und die kalten Betten beklagt, waren verzogen und anspruchsvoll gewesen – und in ein, zwei oder drei Jahren würden sie weggehen, fürs Überleben ertüchtigt, mit viel Wissen über ihre Geschichte und fähig, die eigene Zukunft zu beurteilen. Und das würde auch für diese hier gelten, einschließlich des verzogenen kleinen Jungen, der Angst hatte, ohne Fellumhang vor Kälte zu sterben. Sie würden abgehärtet und ertüchtigt davongehen. Unwillkürlich bewegte sich Allarts Geist in die Zukunft, er versuchte zu sehen, was aus dem Kind werden würde, versuchte, sich selbst zu bestätigen. Er hatte es gewußt – seine Strenge zu dem Jungen war gerechtfertigt . . .

Allart zuckte plötzlich zusammen. Seine Muskeln versteiften sich, wie sie es seit dem ersten Jahr hier nicht mehr getan hatten. Automatisch atmete er, um sie zu entspannen, aber die Angst blieb.

Ich bin nicht hier. Ich kann mich im nächsten Jahr nicht in Nevarsin sehen . . . Bedeutet das meinen Tod? Oder werde ich fortgehen? Heiliger Lastenträger, gib mir Kraft . . .

Das war es, was ihn hierhergebracht hatte. Er war nicht, wie manche anderen Hasturs, ein *Emmasca* – weder Mann noch Frau, dafür aber langlebig und steril. Obwohl es in diesem Kloster Mönche gab, die tatsächlich so geboren worden waren, und nur hier mit dem, was in dieser Zeit als Heimsuchung galt, zu leben gelernt hatten. Nein, Allart hatte seit seiner Kindheit gewußt, daß er ein Mann war. Und er war so ausgebildet worden, wie es dem Sohn einer königlichen Linie, der an fünfter Stelle vom Thron des Reiches stand, angemessen war. Aber schon als Kind hatte er eine andere Sorge gehabt.

Er hatte angefangen, die Zukunft zu sehen, ehe er sprechen

konnte. Einmal, als sein Onkel gekommen war, um ihm ein Pferd zu bringen, hatte er den Mann erschreckt, indem er ihm sagte, daß er sich freue, das Schwarze statt des Grauen zu bekommen, mit dem er zuerst aufgebrochen sei.

»Woher weißt du, daß ich zuerst mit dem Grauen aufgebrochen bin?« hatte der Mann gefragt.

»Ich habe gesehen, wie du mir den Grauen brachtest«, hatte Allart erwidert, »und dann habe ich gesehen, wie du das schwarze Pferd nahmst, dein Bündel herunterfiel und du umkehrtest und überhaupt nicht kamst.«

»Bei der Gnade des Aldones«, hatte der Mann geflüstert. »Es stimmt. Beinahe hätte ich mein Bündel im Paß verloren. Wäre es so gekommen, hätte ich wegen ungenügender Vorräte für die Reise umkehren müssen.«

Nur allmählich war Allart die Natur seines *Laran* bewußt geworden. Er sah nicht nur die wirkliche, sondern *jede* mögliche Zukunft. Sie breiteten sich fächerförmig vor ihm aus, und jede seiner Bewegungen erzeugte ein Dutzend neuer Alternativen. Mit fünfzehn, als er zum Mann erklärt wurde und vor den Rat der Sieben trat, um mit dem Zeichen seines Hauses tätowiert zu werden, wurden ihm die Tage und Nächte zur Qual, denn er konnte bei jedem Schritt ein Dutzend Straßen und hundert Alternativen, von denen jede mehrere neue hervorbrachte, vor sich sehen, bis er paralysiert war und sich aus Angst vor dem Bekannten und Unbekannten nicht mehr zu bewegen wagte. Er wußte nicht, wie er es abschalten konnte, und konnte nicht damit leben. Bei den Waffenübungen war er stets wie gelähmt, denn bei jedem Hieb sah er ein Dutzend seiner eigenen Bewegungen, die den anderen verstümmeln oder töten konnten. Jeder auf ihn gezielte Hieb barg drei Möglichkeiten, zu treffen oder danebenzugehen. Die Waffenübungen wurden für ihn zu einem solchen Alptraum, daß er schließlich unbeweglich vor dem Waffenmeister stand, zitternd wie ein verschrecktes Mädchen und unfähig, auch nur das Schwert zu heben. Die *Leronis* seiner Familie hatte versucht, in seinen Verstand einzudringen und ihm einen Ausweg aus diesem Labyrinth zu zeigen, aber Allart war von den verschiedenen Richtungen, in die ihre Versuche abzielten, ebenfalls wie gelähmt. Mit der zunehmenden Empfindsamkeit Frauen gegenüber hatte er sehen können, wie er sie packte und würgte.

Schlußendlich hatte er sich in seinem Zimmer verborgen, sich einen Feigling und Narren schelten lassen und sich geweigert, eine Bewegung oder einen einzigen Schritt zu tun, aus Angst vor dem, was geschehen konnte. Er hatte sich für einen Sonderling, einen Verrückten gehalten . . .

Als er schließlich soweit gewesen war, die lange, schreckliche Reise hinter sich zu bringen, hatte er hinter jedem Schritt einen falschen gesehen, der ihn in den Abgrund stürzen konnte, wo er tot oder schwer verletzt tagelang auf den Felsen unterhalb des Pfades lag. Er hatte sich fliehen und umkehren sehen. Dann hatte der Pater Vorsteher ihn begrüßt, sich seine Geschichte angehört und gesagt: »Du bist weder ein Sonderling noch ein Verrückter, Allart, aber du leidest. Ich kann nicht versprechen, daß du hier deinen wahren Weg finden oder geheilt werden wirst, aber vielleicht können wir dich lehren, damit zu leben.«

»Die *Leronis* glaubt, ich könnte es mit einer Matrix kontrollieren, aber ich war zu ängstlich«, hatte Allart gestanden, und zum ersten Mal das Gefühl verspürt, frei von Angst zu sprechen. Angst war eine verbotene Sache, Feigheit eine Untugend. Ein Hastur sprach nicht über solche Dinge.

Pater Vorsteher hatte genickt und gesagt: »Du hast recht gehandelt, die Matrix zu fürchten. Sie hätte dich durch deine Angst kontrollieren können. Vielleicht können wir dir einen Ausweg zeigen. Wenn es mißlingt, kannst du vielleicht lernen, *mit* deinen Ängsten zu leben. Als erstes mußt du lernen, daß du sie selbst erzeugst.«

»Das habe ich immer gewußt. Ich habe mich ihretwegen hinreichend schuldig gefunden . . .«, protestierte Allart, aber der alte Mönch hatte gelächelt.

»Nein. Wenn du wirklich geglaubt hast, sie seien *dein*, würdest du weder Schuld noch Ablehnung oder Verdruß fühlen. Was du siehst, kommt von außerhalb deines Ichs und befindet sich jenseits deiner Kontrolle. Aber deine Ängste sind dein, und nur dein; wie deine Stimme, deine Finger oder deine Erinnerungen, und daher ist es an dir, sie zu kontrollieren. Wenn du dich der Angst gegenüber machtlos fühlst, hast du noch nicht zugegeben, daß sie dein ist und du mit ihr nach deinem Willen verfahren kannst. Kannst du die *Rryl* spielen?«

Von diesem Gedankensprung verblüfft, bestätigte Allart, daß man ihn unterrichtet hatte, die kleine Handharfe leidlich zu bedienen.

»Wenn die Saiten am Anfang nicht die von dir gewünschten Töne hervorbrachten, hast du dann das Instrument verflucht oder deine ungeschickten Hände? Irgendwann, vermute ich, kam die Zeit, als deine Finger auf deinen Willen reagierten. Verfluche nicht dein *Laran*, solange dein Geist nicht geschult wurde, es zu kontrollieren.«

Er ließ Allart einen Moment darüber nachdenken und sagte dann: »Die Wege der Zukunft, die du siehst, kommen von außen. Sie werden weder von Erinnerungen noch von Furcht erzeugt. Aber die Furcht entsteht in dir und lähmt deine Fähigkeit, dich inmitten verschiedener Wege zu bewegen. Du bist es, der die Furcht erschafft. Wenn du lernst, deine Angst zu kontrollieren, kannst du furchtlos einen Blick auf die vielen Pfade, die du betreten kannst, werfen und auswählen, welchen du einschlagen willst. Deine Angst ist wie die ungelernte Hand auf der Harfe, die den Klang verzerrt.«

»Aber wie kann ich vermeiden, ängstlich zu sein? Ich *will* mich nicht fürchten.«

»Dann sag mir«, sagte Pater Vorsteher milde, »welche der Götter die Angst wie einen Fluch in dich legen?« Beschämt war Allart verstummt, und der Mönch sagte ruhig: »Du sprichst davon, ängstlich zu *sein*. Doch Angst ist etwas, das du aus Mangel an geistiger Kontrolle in dir erzeugst. Du wirst lernen, es zu verstehen, wenn du dich entscheidest, ängstlich zu sein. Das erste, was du tun mußt, ist zu lernen, daß die Angst dein ist und daß du sie kommen und gehen heißen kannst. Fange damit an: Immer wenn du die Angst spürst, die eine Entscheidung verhindert, sage dir selbst: ›Was macht mich ängstlich? Warum habe ich mich entschieden, Angst zu spüren, die meine Entscheidung verhindert, statt die Freiheit der Entscheidung zu wählen?‹ Angst ist ein Weg, dir selbst zu verbieten, frei zu wählen, was du als nächstes tun wirst; ein Weg, die Reflexe deines Körpers, keinesfalls jedoch die Bedürfnisse des Geistes für dich entscheiden zu lassen. Und wie du mir berichtetest, hast du in letzter Zeit meist beschlossen, nichts zu tun, damit nichts von dem, das du fürchtest, über dich kommen kann. Also wurden die Entscheidungen nicht von dir, sondern von deiner Angst getroffen. Damit fang an, Allart. Ich kann nicht versprechen, dich von ihr zu befreien, nur, daß die Zeit kommen wird, da du ihrer Herr wirst. Und dann wird sie dich nicht länger lähmen.« Dann hatte er gelächelt und gesagt: »Du bist doch deswegen hierhergekommen, oder?«

»Ich hatte mehr Angst zu bleiben, als zu kommen«, erwidert Allart und schüttelte sich.

Pater Vorsteher hatte aufmunternd gesagt: »Immerhin konntest du zwischen einer größeren und einer geringeren Angst wählen. Du mußt jetzt lernen, sie zu kontrollieren und über sie hinwegzuschauen. Es wird ein Tag kommen, an dem du weißt, daß sie dein Diener ist, der sich deinem Willen unterwirft.«

»Mögen die Götter es geben«, hatte Allart zitternd erwidert.

So hatte sein Leben hier begonnen ... und währte nun sechs

Jahre lang. Langsam, Schritt für Schritt, hatte Allart die Ängste und Forderungen seines Körpers gemeistert. Er hatte gelernt, unter den verwirrenden, fächerförmig ausgebreiteten Möglichkeiten der Zukunft die am wenigsten schädliche auszuwählen. Nach und nach war seine Zukunft enger geworden. Und jetzt sah er sich nur noch hier, erlebte nur einen Tag zur gleichen Zeit und tat, was er mußte ... Nicht mehr und nicht weniger.

Und nun, nach sechs Jahren, wurde das, was er vor sich sah, plötzlich zu einem verwirrenden Strom von Bildern: Er sah eine Reise, Felsen und Schnee; eine fremde Burg, seine Heimat, das Gesicht einer Frau ... Allart bedeckte das Gesicht mit den Händen, befand sich erneut im Griff der alten, lähmenden Angst.

Nein! Nein! Ich will nicht! Ich will hierbleiben, für mein eigenes Ziel leben, niemandes andern Lied singen, und nicht mit eines anderen Stimme ...

Sechs Jahre lang war er seiner Bestimmung überlassen gewesen und nur den Zukunftsmöglichkeiten eigener Entscheidungen unterworfen. Jetzt brach das Draußen wieder über ihn herein. Traf außerhalb des Klosters jemand Entscheidungen, die ihn auf die eine oder andere Art berührten? All die Angst, die er in den vergangenen Jahren unterdrückt hatte, stieg in ihm wieder auf. Und langsam, indem er atmete, wie es ihn gelehrt worden war, meisterte er sie wieder.

Die Angst ist mein. Ich verfüge über sie, und ich allein kann wählen ... Erneut versuchte er unter den bedrängenden Bildern einen Pfad zu sehen, auf dem er Bruder Allart bleiben und im Frieden seiner Zelle auf seine Art für die Zukunft der Welt arbeiten konnte ...

Aber einen solchen Zukunftspfad gab es nicht, und das machte ihm eines klar: Welche Entscheidung von außen auch immer über ihn hereinbrach, sie würde so sein, daß er sich ihr nicht entziehen konnte. Lange Zeit kämpfte er mit sich, kniete auf dem kalten Steinboden der Zelle und versuchte sowohl seinen widerstrebenden Körper als auch den Geist zu zwingen, diese Erkenntnis zu akzeptieren. Es gelang ihm schließlich, seine Angst zu meistern. Er wußte jetzt, daß er die Macht dazu hatte. Wenn die Herausforderung kam, würde er ihr furchtlos begegnen.

Um die Mittagszeit hatte Allart genug von den sich endlos verzweigend vor ihm ausbreitenden Zukunftsmöglichkeiten gesehen, um zumindest einen Teil dessen, was ihm bevorstand, zu erkennen. Er hatte das Gesicht seines Vaters – zornig, schmeichelnd, entgegenkommend – in diesen Visionen nun häufig genug gesehen, um wenigstens teilweise zu wissen, welche Prüfung ihm als erste bevorstand.

Als Pater Vorsteher ihn zu sich rufen ließ, konnte er dem alten Mönch mit Ruhe und leidenschaftsloser Selbstkontrolle gegenübertreten.

»Dein Vater ist gekommen, um mit dir zu sprechen, mein Sohn. Du kannst ihn im Nord-Gästezimmer treffen.«

Allart senkte den Blick; als er ihn wieder hob, sagte er: »Pater, *muß* ich mit ihm sprechen?« Seine Stimme war ruhig, aber der Pater Vorsteher kannte ihn zu gut, um diese Ruhe als echt hinzunehmen.

»Ich habe keinen Grund, ihn zurückzuweisen, Allart.«

Allart hatte das Gefühl, eine zornige Erwiderung zurückgeben zu müssen. »Aber ich!« Doch er war zu gut ausgebildet, um sich an die Unvernunft zu klammern. Schließlich sagte er beherrscht: »Ich habe einen großen Teil des Tages damit verbracht, mich auf diese Begegnung vorzubereiten. Ich will Nevarsin nicht verlassen. Ich habe hier Frieden gefunden. Helft mir, einen Weg zu finden, Pater Vorsteher.«

Der alte Mann seufzte. Seine Augen waren geschlossen – wie meistens, da er mit dem inneren Blick deutlicher sah –, aber Allart wußte, daß sie ihn klarer denn je erblickten.

»Ich wünschte tatsächlich – um deinetwillen, Sohn –, daß ich einen solchen Weg erkennen könnte. Du bist hier zu Zufriedenheit und soviel Glück, wie ein Mann, der deinen Fluch trägt, nur finden kann, gelangt. Aber ich fürchte, die Zeit der Zufriedenheit ist nun beendet. Du mußt dir vergegenwärtigen, Junge, daß viele Menschen nie in den Genuß einer solchen Ruhe gelangen, um Selbsterkenntnis und Disziplin zu erlernen. Sei dankbar für das, was dir gegeben wurde.«

Oh, ich bin dieses frommen Geredes vom Akzeptieren und den uns auferlegten Lasten überdrüssig. Allart unterdrückte die auflehnenden Gedanken, aber der Pater Vorsteher hob den Kopf. Seine Augen, farblos wie ein unbekanntes Metall, begegneten Allarts rebellischem Blick.

»Du siehst, mein Junge, du besitzt nicht wirklich die Fähigkeiten eines Mönchs. Wir haben dir etwas Kontrolle über deine natürlichen Neigungen vermittelt, aber von Natur aus bist du rebellisch und begierig, zu verändern, was du verändern kannst. Aber Veränderungen können nur *dort unten* durchgeführt werden.« Seine Armbewegung umfaßte die ganze weite Welt außerhalb des Klosters. »Du wirst dich weder damit begnügen, deine Welt selbstzufrieden hinzunehmen, noch dich damit bescheiden, nicht in blinder Auflehnung, die aus deinem Leid herrührt, auszuschlagen. Du mußt gehen, Allart, und die Veränderungen, die du bewerkstelligen kannst, in deiner Welt durchführen.«

Allart bedeckte das Gesicht mit den Händen. Bis zu diesem Augenblick hatte er immer noch geglaubt – *Wie ein Kind, wie ein gläubiges Kind!* –, daß der alte Mönch die Macht besaß, ihm zu helfen, damit er dem Unvermeidlichen entgehen konnte. Er wußte, daß ihm sechs Jahre Kloster nicht geholfen hatten, darüber hinwegzukommen. Er fühlte den letzten Funken seiner Kindheit schwinden und hatte den Wunsch zu weinen.

Der Pater Vorsteher sagte mit einem sanften Lächeln: »Bekümmert es dich, daß du in deinem dreiundzwanzigsten Lebensjahr kein Kind mehr bleiben kannst, Allart? Sei dankbar, daß du nach all diesen Jahren des Lernens darauf vorbereitet bist, ein Mann zu sein.«

»Ihr hört Euch an wie mein Vater!« warf Allart ihm zornig entgegen. »Genau das wurde mir morgens und abends mit dem Haferbrei aufgetischt – daß ich noch nicht Manns genug sei, meinen Platz in der Welt auszufüllen. Fangt Ihr nicht auch an, so zu sprechen, Pater, sonst müßte ich annehmen, daß meine Jahre hier unnütz waren.«

»Ich meine nicht das, was dein Vater meint, wenn ich sage, daß du bereit bist, dem Kommenden als Mann zu begegnen«, sagte der Pater Vorsteher. »Ich glaube, du weißt schon, was *ich* mit Männlichkeit meine. Oder war ich im Irrtum, als ich dich heute morgen ein weinendes Kind beruhigen und ermutigen hörte? Tu nicht so, als würdest du den Unterschied nicht kennen, Allart.« Die strenge Stimme wurde weicher. »Bist du zu zornig, um für meinen Segen niederzuknien, Kind?«

Allart fiel auf die Knie. Er spürte die Berührung des alten Manns in seinem Geist.

»Der Heilige Lastenträger wird dich für das, was kommen muß, stärken. Ich liebe dich sehr, aber es wäre selbstsüchtig, dich hierzubehalten. Ich glaube, du wirst in der Welt, der du entsagt hast, zu dringend gebraucht.« Als Allart aufstand, zog der Pater Vorsteher ihn in eine kurze Umarmung, küßte ihn und ließ ihn wieder los.

»Du hast meine Erlaubnis, zu gehen und dich in weltliche Gewänder zu kleiden, wenn du willst, bevor du deinem Vater entgegentrittst.« Erneut, zum letzten Mal, berührte er Allarts Gesicht. »Mein Segen sei immer bei dir. Wir mögen uns nicht wiedersehen, Allart, aber du wirst in den kommenden Tagen oft in meinen Gebeten sein. Sende eines Tages deine Söhne zu mir, wenn du es wünschst. Geh jetzt.« Er setzte sich, ließ seine Kapuze über das Gesicht gleiten, und Allart wußte, daß er aus den Gedanken des alten Mannes ebenso deutlich wie aus seiner Gegenwart entlassen worden war.

Er machte von der Erlaubnis, die Kleidung zu wechseln, keinen Gebrauch. Ärgerlich dachte er: *Ich bin ein Mönch. Und wenn mein Vater das nicht sehen will, ist das sein Problem und nicht meins.* Ein

Teil seiner Auflehnung rührte jedoch von der Tatsache her, daß er, wenn er vorausschaute, sich nicht mehr im Umhang eines Mönchs sah, und auch nicht hier in Nevarsin. Würde er nie wieder zur Schneestadt zurückkehren?

Während er zum Gästezimmer ging, versuchte er, um ruhig zu werden, seine Atmung zu kontrollieren. Was sein Vater ihm auch immer zu sagen hatte, durch einen schon zu Beginn ihrer Begegnung stattfindenden Streit mit dem alten Mann würde sich nichts bessern. Er öffnete die Tür und trat in den Raum mit dem steinernen Boden ein.

Neben dem Feuer saß in einem geschnitzten Stuhl ein alter Mann, aufrecht und verbissen, die Finger um die Stuhllehne geklammert. Sein Gesicht trug die arroganten Züge der Tiefland-Hasturs.

Als er hörte, wie Allarts Umhang sachte über den Boden strich, sagte er gereizt: »Noch eins von diesen Gespenstern im Talar? Schickt mir meinen Sohn!«

»Euer Sohn ist hier, um Euch zu dienen, *Vai Dom.*«

Der alte Mann starrte ihn an. »Götter im Himmel, bist du das, Allart? Wie kannst du es wagen, mir in diesem Aufzug entgegenzutreten!«

»Ich trete auf, wie ich bin, Sir. Seid Ihr gastfreundlich aufgenommen worden? Laßt mich Speisen oder Wein bringen, wenn Ihr es wünscht.«

»Damit bin ich bereits versorgt worden«, sagte der alte Mann mit einer Kopfbewegung zu dem Tablett und der Karaffe auf dem Tisch. »Ich brauche nichts als ein Gespräch mit dir, denn das war der Zweck der scheußlichen Reise, die ich unternommen habe.«

»Und ich wiederhole, ich bin hier und zu Euren Diensten, Sir. Hattet Ihr eine beschwerliche Reise? Was hat Euch veranlaßt, eine solche Reise im Winter zu machen, Sir?«

»Du!« knurrte der alte Mann. »Wann wirst du bereit sein, dorthin zurückzukommen, wo du hingehörst, um deine Pflicht gegenüber Clan und Familie zu erfüllen?«

Allart senkte den Blick. Er ballte die Fäuste, bis seine Fingernägel tief in die Handflächen schnitten und sie zum Bluten brachten. Was er, einige Minuten von hier entfernt, in diesem Zimmer sah, entsetzte ihn. In mindestens einer der Zukunftsentwicklungen, die sich von jedem seiner Worte ableiten ließ, lag Stephen Hastur, Lord Elhalyn, der jüngere Bruder des auf dem Thron von Thendara sitzenden Regis II., mit gebrochenem Genick auf dem steinernen Fußboden. Allart wußte, daß der ihn überflutende Zorn, die Wut, die er seinem Vater gegenüber empfunden hatte, solange er denken konnte, nur zu leicht in einer solch mörderischen Attacke enden konnte. Sein Vater hatte wieder zu sprechen begonnen, aber Allart hörte ihn in seinem Kampf, Geist und Körper zur Gelassenheit zu zwingen, nicht.

Ich will nicht über meinen Vater herfallen und ihn mit meinen Händen töten! Ich tue es nicht, Ich-tue-es-nicht! Und ich werde es nicht! Erst als er ruhig und ohne Ärger sprechen konnte, sagte er: »Es tut mir leid, Sir, Euch zu enttäuschen. Ich habe gedacht, Ihr wüßtet, daß ich mein Leben als Mönch und Heilkundiger in diesen Mauern verbringen will. In diesem Sommer erhielt ich die Erlaubnis, meine letzten Gelübde abzulegen, meinem Namen und meinem Erbe zu entsagen und den Rest meines Lebens hier zu wohnen.«

»Ich weiß, daß du dies einmal gesagt hast, in der Krankheit deiner Jugend«, erwiderte Dom Stephen Hastur, »aber ich habe gedacht, es würde vorübergehen, wenn deine Gesundheit an Geist und Körper wiederhergestellt ist. Wie steht es um dich, Allart? Du siehst gesund und kräftig aus. Es scheint, daß diese *Cristofero*-Irren dich nicht hungern lassen und mit Entsagungen zum Wahnsinn getrieben haben – noch nicht.«

Allart sagte liebenswürdig: »Das haben sie in der Tat nicht, Sir. Mein Körper ist, wie Ihr sehen könnt, stark und gesund, und mein Geist hat Frieden gefunden.«

»Stimmt das, Sohn? Dann werde ich die Jahre, die du hier verbracht hast, nicht bedauern. Und ganz gleich, mit welchen Methoden sie dieses Wunder vollbracht haben: Ich werde ihnen immer dankbar sein.«

»Dann setzt Eurer Dankbarkeit die Krone auf, *Vai Dom,* indem Ihr mir die Erlaubnis gebt, hier, wo ich glücklich und in Frieden lebe, den Rest meines Lebens zu bleiben.«

»Unmöglich! Wahnsinn!«

»Darf ich fragen warum, Sir?«

»Ich hatte vergessen, daß du es nicht wußtest«, gab Lord Elhalyn zurück. »Dein Bruder Lauren ist vor drei Jahren gestorben. Er hatte dein *Laran*, nur in noch schlimmerer Form, denn er schaffte es nicht, zwischen Vergangenheit und Zukunft zu unterscheiden. Als es in voller Stärke über ihn kam, zog er sich in sich selbst zurück und hat nie mehr ein Wort gesprochen oder auf irgend etwas von außen reagiert. Und so ist er gestorben.«

Allart fühlte sich bekümmert. Lauren war für ihn das reinste Kind und beinahe ein Fremder gewesen, als er sein Zuhause verlassen hatte. Der Gedanke an die Leiden des Jungen betrübte ihn. Wie knapp er doch selbst diesem Los entronnen war! »Vater, es tut mir leid. Wie schade, daß Ihr ihn nicht hierher schicken konntet. Man wäre vielleicht in der Lage gewesen, auch zu ihm vorzudringen.«

»Einer war genug«, sagte Dom Stephen. »Wir brauchen keine Schwächlinge als Söhne. Lieber jung sterben, als eine solche Schwäche in unser Blut gelangen zu lassen. Seine Hoheit, mein Bruder Regis, hat nur einen einzigen Erben; sein ältester Sohn starb in der Schlacht gegen die Eindringlinge bei Serrais, und sein einzig verbliebener Sohn, Felix, der seinen Thron erben wird, ist von schwächlicher Gesundheit. Ich bin an nächster Stelle, und dann folgt dein Bruder Damon-Rafael. Du bist vier Plätze vom Thron entfernt, und der König ist im achtzigsten Lebensjahr. Du hast keinen Sohn, Allart.«

Mit plötzlich aufwallender Heftigkeit sagte Allart: »Würdest du wollen, daß ich einen Fluch, wie ich ihn trage, an einen anderen weitergebe? Du hast mir berichtet, daß er Lauren das Leben gekostet hat!«

»Und doch brauchen wir diese Vorausschau«, erwiderte Stephen Hastur, »und du hast sie bewältigt. Die *Leronis* von Hali hat einen Plan, um sie ohne die Instabilität, die deine Gesundheit bedroht und Lauren getötet hat, in unserer Linie zu verankern. Ich habe versucht, mit dir darüber zu sprechen, bevor du uns verlassen hast, aber du warst nicht in der Verfassung, an die Bedürfnisse des Clans zu denken. Wir haben mit dem Aillard-Clan – wegen einer Tochter aus ihrer Linie – ein Abkommen geschlossen. Ihre Gene sind in der Form modifiziert worden, daß sie dominieren werden. Auf diese Weise werden deine Kinder *den Blick* und die Sicherheit, ihn ohne Gefahr zu nutzen, haben. Du wirst dieses Mädchen heiraten. Zudem hat sie zwei *Nedestro*-Schwestern, und die *Leroni* vom Turm haben eine Technik entwickelt, die dir die Sicherheit geben, daß du von ihnen allen nur Söhne bekommen wirst. Wenn das Experiment gelingt, werden deine Söhne den Vorausblick und auch die Kontrolle darüber besitzen.« Er sah den Widerwillen auf Allarts Gesicht und sagte aufbrausend: »Bist du denn nichts anderes als ein empfindlicher Knabe?«

»Ich bin ein *Cristofero*. Die erste Maxime des Credo der Reinheit ist, keine Frau *gegen ihren Willen* zu nehmen.«

»Das ist gut und schön für einen Mönch, aber nicht für einen Mann! Keine von ihnen wird abgeneigt sein, wenn du sie nimmst, das versichere ich dir. Wenn du willst, werden die beiden, die nicht deine Ehefrau sind, nicht einmal deinen Namen erfahren. Wir besitzen jetzt Drogen, die zur Folge haben, daß sie nur die Erinnerung an ein angenehmes Intermezzo behalten. Und jede Frau hat den

Wunsch, ein Kind der Linie von Hastur und Cassilda zur Welt zu bringen.«

Allart zog eine Grimasse der Abscheu. »Ich will keine Frau, die mir unter Drogen bewußtlos ausgeliefert wird. *Gegen ihren Willen* heißt nicht nur, daß sie sich aus Angst vor Vergewaltigung wehrt; es bedeutet auch, daß die Fähigkeit einer Frau, ihre Zustimmung frei zu geben oder zu verweigern, durch Drogen zerstört worden ist!«

»Ich wollte es nicht erwähnen«, sagte der alte Mann zornig, »aber du hast deutlich geäußert, daß du nicht bereit bist, die Pflicht, die deiner Kaste und dem Clan zukommt, aus freiem Willen zu erfüllen! In deinem Alter hatte Damon-Rafael ein Dutzend *Nedestro*-Söhne von ebenso vielen willigen Frauen! Aber du, ein Sandalenträger . . .«

Allart senkte den Kopf und bekämpfte den Reflex des Zorns, der ihn antrieb, den dünnen, alten Hals zwischen seine Hände zu nehmen und das Leben aus ihm herauszuquetschen. »Damon-Rafael hat seine Meinung über meine Männlichkeit häufig genug geäußert, Vater. Muß ich das auch von Euch hören?«

»Was hast du denn getan, um mir eine bessere Meinung von dir zu vermitteln? Wo sind *deine* Söhne?«

»Ich stimme nicht mit Euch überein, daß Männlichkeit allein an den Söhnen gemessen werden muß, Sir; aber über diesen Punkt will ich jetzt nicht mit Euch streiten. Ich will den Fluch meines Blutes nicht weitergeben. Ich weiß einiges über das *Laran*. Ich spüre, daß Ihr falsch handelt, wenn Ihr versucht, größere Kraft in diesen Gaben heranzuzüchten. An mir – und noch mehr an Lauren – könnt Ihr sehen, daß der menschliche Geist nie dazu vorgesehen war, ein solches Gewicht zu tragen. Wißt Ihr, was ich damit meine, wenn ich von *rezessiven* und *tödlichen Genen* spreche?«

»Bist du dabei, mich in meinem eigenen Fach zu unterrichten, Jüngling?«

»Nein, aber bei allem Respekt, Vater, ich will daran keinen Anteil haben. Wenn ich je Söhne haben sollte . . .«

»Da gibt es kein *wenn*. Du *mußt* Söhne haben.«

Die Stimme des alten Mannes klang entschlossen, und Allart seufzte auf. Sein Vater hörte einfach nicht zu. Oh, natürlich fingen seine Ohren die Worte auf. Aber er hörte nicht zu; sie gingen durch ihn hindurch, weil das, was Allart sagte, nicht mit dem festgelegten Glauben von Lord Elhalyn übereinstimmte – daß es die allererste Pflicht seines Sohnes sei, Söhne heranzuzüchten, die die legendären Gaben von Hastur und Cassilda, das *Laran*, weitertragen würden.

Laran war Zauberei; Psi-Kraft, die ihren Familien eine bevorzugte Stellung bei der Handhabung der Matrixsteine, die die verborgenen Kräfte des Geists verstärkten, gab; was ihnen die Möglichkeit verschaffte, die Zukunft zu kennen, den Geist anderer Menschen zu unterjochen, unbeseelte Gegenstände zu manipulieren und den Geist von Säugetier und Vogel zu beherrschen. *Laran* war jenseits aller Vorstellungskraft der Schlüssel zur Macht, und seit Generationen hatte man Menschen dafür herangezüchtet.

»Vater, hört mich an, ich bitte Euch.« Allart war jetzt weder zornig noch streitsüchtig, sondern ernsthaft verzweifelt. »Ich sage Euch, es kann sich nichts als Böses aus diesem Zuchtprogramm entwickeln, das aus Frauen schiere Instrumente macht, um Geistes-Monster ohne Menschlichkeit zu züchten. Ich habe ein Gewissen; ich kann es nicht tun.«

Sein Vater schnaubte: »Liebst du etwa Männer, daß du unserer Kaste keine Söhne geben willst?«

»Das tue ich nicht«, sagte Allart, »aber ich habe noch keine Frau gehabt. Wenn ich mit dieser bösen Gabe des *Laran* verflucht bin . . .«

»Schweig! Du lästerst unsere Vorväter und den Herrn des Lichts, der uns das *Laran* gab!«

Jetzt wurde Allart wieder zornig: »Ihr seid es, der lästert, Sir, wenn Ihr glaubt, die Götter könnten auf diese Weise menschlichen Zielen unterworfen werden!«

»Du unverschämter . . .« Sein Vater sprang auf, hielt aber mit enormer Anstrengung seine Wut unter Kontrolle. »Mein Sohn, du bist jung und von diesen Mönchs-Ansichten irregeleitet. Komm zurück zu dem Erbe, für das du geboren bist, und du wirst eines Besseren belehrt. Was ich von dir verlange, ist rechtens und nützlich, wenn die Hasturs gedeihen sollen. Nein . . .« Mit einer Armbewegung gebot er, als Allart etwas sagen wollte, Schweigen. ». . . von diesen Dingen weißt du noch immer nichts, deine Ausbildung muß vervollständigt werden. Eine männliche Jungfrau« – obwohl er sich bemühte, konnte Lord Elhalyn die Verachtung nicht aus seiner Stimme verbannen – »ist nicht befähigt, darüber zu urteilen.«

»Glaubt mir«, sagte Allart, »der Charme der Frauen ist mir nicht gleichgültig. Aber ich will den Fluch meines Blutes nicht weitergeben. Und ich werde es nicht.«

»Das steht nicht zur Diskussion«, sagte Dom Stephen mit einem drohenden Unterton in der Stimme. »Du wirst mir den Gehorsam nicht verweigern, Allart. Ich würde es zwar als Schande empfinden, wenn mein Sohn, mit Drogen betäubt, wie eine widerstrebende Braut, Söhne zeugen müßte, aber es gibt Dinge, die dich dazu bringen, wenn du uns keine Wahl läßt.«

Heiliger Lastenträger, hilf mir! Wie soll ich davon ablassen, ihn zu töten, wenn er sich weiterhin so aufführt?

Ruhiger fuhr Dom Stephen fort: »Es ist jetzt nicht die Zeit für einen Streit, mein Sohn. Du mußt uns Gelegenheit geben, dich zu überzeugen, daß deine Bedenken unbegründet sind. Ich bitte dich: Geh jetzt und kleide dich, wie es einem Mann und Hastur geziemt, und bereite dich darauf vor, mit mir zu reisen. Du wirst gebraucht, mein lieber Sohn, und . . . weißt du nicht, wie sehr ich dich vermißt habe?«

Die aufrichtige Liebe in seiner Stimme ließ Allarts Herz schmerzen. Tausend Kindheitserinnerungen tauchten in ihm auf und vermischten mit ihrer Zartheit Vergangenheit und Zukunft. Er war für den Stolz und das Erbe seines Vaters eine Schachfigur, sicher, aber ungeachtet dessen liebte Lord Elhalyn alle seine Söhne innig und war aufrichtig um seine geistige und körperliche Gesundheit besorgt gewesen – sonst hätte er ihn nicht ausgerechnet zu einem *Cristofero*-Kloster geschickt. Allart dachte: *Ich kann ihn nicht einmal hassen. Es würde viel leichter sein, wenn ich es könnte!*

»Ich komme mit, Vater. Glaube mir, ich habe nicht den Wunsch, dich zu erzürnen.«

»Und ich will dir nicht drohen, Junge.« Dom Stephen hielt die Arme ausgebreitet. »Ist dir bewußt, daß wir uns noch nicht wie Verwandte begrüßt haben? Fordern diese *Cristofero* dich auf, die Verwandtschaftsbande aufzugeben, Sohn?«

Allart umarmte seinen Vater bestürzt spürte er die knochige Zerbrechlichkeit im Körper des alten Mannes, und ihm wurde klar, daß sein zorniges Auftreten die fortschreitende Schwäche und das Alter nur kaschieren sollten. »Alle Götter mögen verhüten, daß ich das tue, solange du lebst, Vater. Laß mich gehen und mich auf die Reise vorbereiten.«

»Geh nur, mein Sohn. Denn es mißfällt mir mehr, als ich es sagen kann, dich in einer Tracht zu sehen, die für einen Mann unangebracht ist.«

Allart gab darauf keine Antwort, sondern verbeugte sich und ging davon, um die Kleider zu wechseln. Er würde mit seinem Vater gehen, jawohl, und als pflichtgetreuer Sohn auftreten. Mit gewissen Einschränkungen würde er das. Jetzt wußte er, was der Pater Vorsteher gemeint hatte. Veränderungen waren in seiner Welt notwendig, und hinter Klostermauern konnte er sie nicht bewirken.

Er konnte sich fortreiten und einen großen, am Himmel schwebenden Falken sehen, das Gesicht einer Frau . . . einer Frau. Er wußte so wenig von Frauen. Und jetzt wollten sie ihm nicht nur eine, sondern gleich drei zuführen, mit Drogen betäubt und willfährig ... *dagegen* würde er bis zum Ende seiner Willenskraft und seines Gewissens kämpfen; er würde kein Teil des monströsen Zuchtprogramms der Reiche werden. *Niemals.* Das Mönchsgewand abgelegt, kniete er zum letzten Mal kurz auf den kalten Steinen seiner Zelle.

»Heiliger Lastenträger, gib mir Kraft, daß ich meinen Anteil am Weltgewicht tragen kann ...«, murmelte er. Dann stand er auf und legte die gewöhnliche Kleidung eines Edlen der Reiche an. Zum ersten Mal seit sechs Jahren trug er nun wieder ein Schwert.

»Gebenedeiter Sankt-Valentin-im-Schnee, gewähre, daß ich es gerecht verwende ...« Allart seufzte und sah sich zum letzten Mal in seiner Zelle um. Bekümmert und von innerer Gewißheit erfüllt wußte er, daß er sie nie wiedersehen würde.

4

Das *Chervine*, das kleine Hirsch-Pony der Darkovaner, wählte seinen Weg auf dem Pfad sorgfältig; gegen den neuen Schneefall protestierend, schüttelte es seine Geweihstangen. Sie hatten die Berge jetzt hinter sich gelassen, Hali war nicht mehr als drei Tagesritte entfernt. Für Allart war es eine lange Reise gewesen, länger als die sieben Tage, die sie tatsächlich gedauert hatte. Er fühlte sich, als wäre er Jahre gereist, endlose Wegstunden, hinweg über tiefe Abgründe der Veränderung. Und er war erschöpft.

Es erforderte die ganze Disziplin seiner Jahre in Nevarsin, um sich sicher durch die Wirrnis, die er jetzt sah, zu bewegen. Legionen möglicher Zukunftsentwicklungen verzweigten sich mit jedem Schritt vor ihm, wie verschiedene Straßen, die er hätte nehmen können, neue Möglichkeiten, die von jedem Wort, jeder Handlung erzeugt wurden. Als sie durch die gefährlichen Gebirgspässe ritten, konnte Allart jeden möglichen falschen Schritt sehen, der ihn über Abgründe führte, die ihn zerschmettern konnten; ebenso sah er jeden sicheren Schritt, den er tatsächlich tat. In Nevarsin hatte er gelernt, sich den Weg durch die Angst zu bahnen, aber die Anstrengung machte ihn schwach und müde.

Und immer tat sich ihm eine andere Möglichkeit auf. Immer wieder während ihrer Reise hatte er seinen Vater gesehen, tot zu seinen Füßen liegend, in einem unbekannten Zimmer.

Ich will mein Leben außerhalb des Klosters nicht als Vatermörder beginnen! Heiliger Lastenträger, gib mir Kraft ...! Er wußte, daß er seinen Zorn nicht leugnen konnte; in ihm lag die gleiche Lähmung wie in der Angst, keinen Schritt zu tun, aus Furcht, er würde zur Katastrophe führen.

Der Zorn ist mein, ermahnte er sich diszipliniert. *Ich kann entscheiden, was ich mit meinem Zorn mache, und ich kann mich entscheiden, nicht zu töten.* Aber es beunruhigte ihn, in dieser fremdartigen Szene, die ihm während der Reise immer vertrauter wurde, die Leiche seines Vaters zu sehen, wie sie in einem Zimmer mit grünen, gold umrandeten Vorhängen lag, am Fuß eines Sessels, dessen Schnitzereien er hätte nachziehen können, so oft hatte er sie mit dem Blick seines *Laran* gesehen.

Wenn er in das Gesicht seines Vaters sah, war es schwer, ihn nicht mit dem Bedauern und dem Entsetzen anzuschauen, das er beim Anblick des Toten empfinden würde. Und es strengte ihn an, Lord Elhalyn nichts davon zu zeigen.

Sein Vater hatte während der Reise die verächtlichen Worte für Allarts mönchische Standhaftigkeit nicht wiederholt und gänzlich aufgehört, mit ihm darüber zu streiten. Er sprach ausschließlich freundlich mit seinem Sohn, meist von seiner Kindheit in Hali (bevor der Fluch über Allart gekommen war), von ihrer Verwandtschaft und den Aussichten der Reise. Er sprach von Hali und den Minenarbeiten, die im Turm von den Leuten des Matrix-Kreises getan wurden, um Kupfer-, Eisen- und Silbererz an die Erdoberfläche zu bringen; von Falken und *Chervines* und von den Zuchtexperimenten mit zell-tiefen Veränderungen, die sein Bruder angestellt hatte. Er sprach von regenbogenfarbenen Falken und *Chervines* mit phantastischen, juwelenbunten Geweihsprossen, die den sagenhaften Tieren aus der Legende glichen.

Von Tag zu Tag stieß Allart auf mehr von jener Kindheitsliebe, die er für seinen Vater empfand. Er erinnerte sich an jene Tage, bevor ihn das *Laran* und sein *Cristofero*-Glaube von ihm getrennt hatten, und erneut fühlte er Schmerzen der Trauer, wenn er das verfluchte Zimmer mit den grüngoldenen Vorhängen sah, den großen geschnitzten Sessel und das Gesicht seines Vaters, weiß und starr und voller Überraschung.

Auf dieser Straße hatten immer wieder andere Gesichter versucht, aus der Verschwommenheit des Unbekannten in die mögliche Zukunft zu kommen. Die meisten von ihnen ignorierte Allart, wie er es im Kloster gelernt hatte, aber zwei oder drei tauchten wiederholt auf und machten ihm klar, daß es sich nicht um Gesichter von Leuten handelte, die er treffen *konnte*, sondern um die derjenigen, die in sein Leben treten *würden*. Eins, das er verschwommen erkannte, war das seines Bruders Damon-Rafael, der ihn einen Sandalenträger und Feigling genannt hatte und froh gewesen war, den Rivalen loszuwerden, damit er allein Elhalyns Erbe sein konnte.

Ich wünschte, mein Bruder und ich könnten Freunde sein und einander lieben, wie Brüder es sollten. Doch unter den möglichen Zukunftsentwicklungen sehe ich nirgendwo eine Chance . . .

Und da war das Gesicht einer Frau, das regelmäßig vor seinen geistigen Augen auftauchte, obwohl er sie nie zuvor gesehen hatte. Eine kleine Frau, von angenehmem Äußeren, mit von dunklen Wimpern beschatteten Augen, einem blassen Gesicht und mit Haaren, die aus gesponnenem schwarzem Glas zu sein schienen. Er sah sie in seinen Visionen – ein ernstes, bekümmertes Gesicht, dessen dunkle Augen ihm mit quälendem Flehen zugewandt waren.

Wer bist du? fragte er sich. *Dunkles Mädchen meiner Visionen, warum marterst du mich auf diese Weise?*

Nach den Jahren im Kloster schien es Allart seltsam, daß er anfing, auch erotische Visionen von dieser Frau zu haben; er sah sie lachen, liebevoll, ihr Gesicht im Verlangen nach Zärtlichkeit dem seinen entgegengehoben, die Augen in der Verzückung eines Kusses geschlossen. *Nein!* dachte er. Ganz gleich, wie sehr ihn sein Vater mit der Schönheit dieser Frau verlocken sollte, er würde an seinem Entschluß festhalten und kein Kind zeugen, das den Fluch seines Blutes zu tragen hatte! Aber die Anwesenheit des Gesichts dieser Frau blieb im Träumen und Wachen, und er wußte, daß sie eine von jenen war, die sein Vater für ihn als Braut wählen würde. Allart fragte sich, ob die Möglichkeit bestand, daß er ihrer Schönheit nicht zu widerstehen vermochte.

Ich bin schon halb verliebt in sie, dachte er, *und ich kenne nicht einmal ihren Namen!*

Eines Abends, als sie in ein weites grünes Tal hinabritten, begann sein Vater erneut von der Zukunft zu sprechen.

»Unter uns liegt Syrtis. Die Leute von Syrtis sind seit Jahrhunderten Hastur-Vasallen gewesen; wir werden unsere Reise dort unterbrechen. Du wirst froh sein, wieder in einem Bett zu schlafen, nehme ich an.«

Allart lachte. »Das ist mir egal, Vater. Während dieser Reise habe ich weicher geschlafen als jemals in Nevarsin.«

»Vielleicht hätte ich solche mönchische Zucht erfahren sollen, bevor meine alten Knochen eine solche Reise machten! Ich jedenfalls werde über eine Matratze froh sein, wenn du es schon nicht bist! Wir sind jetzt nur noch zwei Tagesritte von zu Hause entfernt und könnten an sich schon etwas für deine Heirat planen. Mit zehn Jahren wurdest du mit deiner Verwandten Cassandra Aillard verlobt, erinnerst du dich?«

So sehr er es auch versuchte, Allart konnte sich nur an ein Fest erinnern, zu dem er einen neuen Anzug bekommen hatte und stundenlang herumstehen und lange Ansprachen der Erwachsenen anhören mußte. Das sagte er seinem Vater, und Dom Stephen erwiderte, erneut sehr liebenswürdig: »Das überrascht mich nicht. Vielleicht war das Mädchen nicht einmal da; ich glaube, es war damals nur drei oder vier Jahre alt. Ich bekenne auch, daß ich an dieser Verbindung meine Zweifel hatte. Die Aillards haben *Chieri*-Blut und die üble Angewohnheit, dann und wann Töchter zu gebären, die *Emmasca* sind – sie sehen wie wunderschöne Frauen aus, aber sie werden nie reif zur Vereinigung und gebären auch keine Kinder. Ihr *Laran* ist nichtsdestoweniger stark, deshalb habe ich die Verlobung riskiert. Und als das Mädchen zur Frau wurde, ließ ich sie in Anwesenheit ihrer Amme von unserer eigenen *Leronis*, die ihre Überzeugung äußerte, daß sie Kinder gebären könnte, untersuchen. Ich habe sie seitdem nicht mehr gesehen, aber man hat mir berichtet, sie sei zu einer anmutigen Jungfrau herangewachsen. Und sie ist eine Aillard. Ihre Familie ist ein starker Verbündeter unseres Clans, den wir sehr benötigen. Hast du nichts dazu zu sagen, Allart?«

Allart zwang sich, ruhig zu sprechen.

»Du kennst meine Einstellung zu dieser Sache, Vater. Ich will nicht mit dir darüber streiten, aber ich habe meine Meinung nicht geändert. Ich habe nicht den Wunsch zu heiraten und werde auch keine Söhne zeugen, die den Fluch unseres Blutes weitertragen. Mehr habe ich nicht zu sagen.«

Erneut tauchten vor seinem geistigen Auge das Zimmer mit den grüngoldenen Vorhängen und das tote Gesicht seines Vaters auf; mit solcher Deutlichkeit, daß er heftig blinzeln mußte, um den Vater wieder neben sich reiten zu sehen.

»Allart«, sagte sein Vater mit freundlicher Stimme, »während der Tage unserer gemeinsamen Reise habe ich dich zu gut kennengelernt, um dir das zu glauben. Immerhin bist du mein Sohn, und wenn du in die Welt zurückgekehrt bist, in die du gehörst, wirst du diese Mönchs-Ansichten nicht lange behalten. Wir wollen nicht mehr darüber sprechen, *Kihu Caryu,* bis die Zeit dafür reif ist. Die Götter wissen, daß ich nicht mit dem jüngsten Sohn, den man mir gelassen hat, streiten will.«

Allart fühlte seine Kehle sich vor Kummer zusammenziehen.

Ich kann nicht anders. Ich habe meinen Vater liebengelernt. Wird er dadurch schließlich meinen Willen brechen? Nicht mit Gewalt, sondern mit Freundlichkeit? Und wieder blickte er in das tote Gesicht und das grün und golden verhängte Zimmer, und das Gesicht des dunklen Mädchens aus seinen Visionen tauchte vor seinen flimmernden Augen auf.

Das Herrschaftshaus von Syrtis bestand aus einem alten, steinernen Bergfried, einem Burggraben mit Zugbrücke, großen Außengebäuden aus Holz und Stein, und einem gestalteten Innenhof mit glasähnlicher Überdachung in vielen Farben.

Der Boden bestand aus farbigen Steinen, die mit einer solchen Präzision zusammengesetzt waren, die kein Arbeiter hätte erlernen können. Allart schloß daraus, daß die Syrtis-Leute zu den Neu-Reichen gehörten, die aus der ornamentalen und schwierig zu handhabenden Matrix-Technologie vollen Nutzen schöpfen konnten, um solch schöne Dinge herzustellen. *Wie kann man so viele* Laran-*Begabte finden, um seinen Willen auszuführen?*

Der alte Lord Syrtis war ein rundlicher, weichlicher Mann, der selbst in den Innenhof kam, um seinen Großfürsten zu begrüßen, und mit schmeichlerischer Höflichkeit auf die Knie fiel. Er erhob sich mit einem Lächeln, das fast zur hämischen Grimasse wurde, als Dom Stephen ihn in eine brüderliche Umarmung zog. Er umarmte auch Allart, der vor dem Kuß des Mannes auf seine Wange zurückwich.

Ugh, er ist wie eine einschmeichelnde Hauskatze!

Dom Marius führte sie in die große, mit verschwenderischem Luxus gefüllte Halle, komplimentierte sie auf kissenübersäte Diwans und rief nach Wein. »Das ist ein neues Erfrischungsgetränk, aus unseren Äpfeln und Birnen hergestellt; ihr müßte es probieren . . . Ich habe eine neue Zerstreuung und werde euch davon erzählen, wenn wir gegessen haben«, sagte Dom Marius von Syrtis, während er sich in die wogenden Kissen zurücklehnte. »Und das ist dein jüngster Sohn, Stephen? Ich hatte ein Gerücht gehört, daß er sich von Hali losgesagt und ein Mönch bei den *Cristoferos* geworden sei, oder irgend so einen Unsinn. Ich freue mich, daß das eine bösartige Lüge ist; manche Leute erzählen einfach *alles*.«

»Ich gebe dir mein Wort, Cousin, Allart ist kein Mönch«, erwiderte Dom Stephen. »Ich gab ihm die Erlaubnis, in Nevarsin zu wohnen, um seine Gesundheit wiederherzustellen. In seiner Jugend litt er sehr unter der Schwellenkrankheit. Aber er ist gesund und stark, und nun ist er nach Hause gekommen, um verheiratet zu werden.«

»Aha, so ist das also«, sagte Dom Marius und betrachtete Allart mit seinen zwinkernden, in dicke Fettpolster eingebetteten Augen. »Ist die glücklich zu preisende Jungfrau mir bekannt, mein Junge?«

»Genausowenig wie mir«, erwiderte Allart mit widerwilliger Höflichkeit. »Man hat mir gesagt, es sei meine Cousine Cassandra Aillard; ich habe sie nur ein einziges Mal gesehen, und da war sie ein kleines Mädchen.«

»Aah, die *Domna* Cassandra! Ich habe sie in Thendara gesehen, als sie beim festlichen Ball auf Burg Comyn zugegen war«, sagte Dom Marius mit einem Seitenblick.

Angewidert dachte Allart: *Er will uns nur wissen lassen, daß er bedeutend genug ist, um dort eingeladen zu werden!*

Dom Marius trug den Dienern auf, Speisen zu bringen. Was seine nichtmenschlichen Lakaien anbetraf, entpuppte sich Dom Marius als Anhänger der jüngsten Modelaune. Er hielt sich *Cralmac*, künstlich aus den harmlosen Schweifern der Hellers gezüchtete, mit matrixmodifizierten Genen und menschlicher Befruchtung gezeugte Wesen. Allart erschienen diese Geschöpfe häßlich, weder Mensch noch Schweifer. Die Schweifer, obwohl fremdartig und mönchgleich, besaßen ihre eigene fremde Schönheit. Aber die *Cralmac* zeichneten sich für Allart nur durch die Widerwärtigkeit von etwas Unnatürlichem aus, auch wenn einige von ihnen recht ansehnlich wirkten.

»Ja, ich habe die dir versprochene Braut gesehen. Sie ist so anmutig, daß sie selbst einen überzeugten Mönch dazu bringen würde, seine Gelübde zu brechen«, kicherte Dom Marius. »Du wirst dem Kloster keine Träne nachweinen, wenn du dich mit ihr hinlegst, auch wenn all diese Aillard-Mädchen unglückliche Frauen sind. Einige sind so steril wie *Riyachiyas*, und andere so zerbrechlich, daß sie kein Kind austragen können.«

Er ist auch einer von denen, die gerne Katastrophen voraussagen, dachte Allart. »Ich habe keine große Eile, einen Erben zu bekommen. Mein älterer Bruder lebt, ist bei bester Gesundheit und hat *Nedestro*-Söhne gezeugt. Ich werde nehmen, was die Götter mir geben.« Darauf bedacht, das Thema zu wechseln, fragte er: »Habt Ihr die *Cralmac* auf Euren eigenen Gütern gezüchtet? Während der Reise erzählte mein Vater mir von den Experimenten meines Bruders, der durch Matrix-Modifikationen Zier-*Chervines* gezüchtet hat. Eure *Cralmac* sind kleiner und hübscher als die in Hali gezüchteten, die, wie ich mich erinnere, nur zum Stallausmisten und anderen schweren Arbeiten taugen. Man überläßt ihnen Dinge, mit denen man einen menschlichen Vasallen nicht beauftragen könnte.«

Mit plötzlicher Beklemmung – *Wie schnell ich doch vergesse!* – fiel ihm ein, daß man ihn in Nevarsin gelehrt hatte, daß es keine Arbeit gab, die die Würde des Menschen untergrub. Aber seine Worte hatten Dom Marius die Gelegenheit zu neuen Prahlereien gegeben.

»Ich habe eine *Leronis* der Ridenows in einer Schlacht gefangen. Sie ist in solchen Dingen sehr geschickt. Sie glaubte, ich hätte Gutes mit ihr vor, als ich ihr zusicherte, sie nie gegen ihr eigenes Volk zu verwenden – aber wie sollte ich ihr nach einer solchen Schlacht noch trauen? –, und sie widersetzte sich nicht, einige Aufträge für mich zu erledigen. Sie hat mir die *Cralmac* gezüchtet, und sie sind wirklich hübscher und ansehnlicher als alle, die ich vorher hatte. Ich könnte dir ein Zuchtpärchen zum Hochzeitsgeschenk machen, wenn du willst, Dom Allart; deine Gattin würde ansehnliche Diener zweifellos begrüßen. Die *Leronis* hat für mich auch eine neue Rasse von *Riyachiyas* gezüchtet. Möchtest du sie sehen, Cousin?«

Lord Elhalyn nickte, und als sie das Mahl beendet hatten, wurden die versprochenen *Riyachiyas* hereingebracht. Allart sah sie mit einem Gefühl von Abscheu an: exotische Spielzeuge für übersättigte Geschmäcker. Von Gestalt waren sie schlanke Frauen mit anmutigen Gesichtern und ebenmäßigen Brüsten, die die durchsichtigen Falten ihrer Gewänder hoben. Aber ihre Taillen waren zu schmal und ihre Beine zu lang, um aus ihnen echte Frauen zu machen. Es waren vier, zwei hellhaarig, zwei dunkel; sonst waren sie identisch. Sie knieten sich Dom Marius zu Füßen, bewegten schlangengleich die schlanken Hälse. Als sie sich verbeugten, wirkten sie wie holde Schwäne, und Allart fühlte hinter seiner Abscheu ein ungewohntes Verlangen.

Zandrus Hölle! Aber sie sind schön, so schön und unnatürlich wie Dämonenhexen!

»Würdest du vermuten, Cousin, daß sie in *Cralmac*-Leibern geboren wurden?« fragte Dom Marius. »Sie sind von meinem Samen und dem der *Leronis*, so daß ein penibler Mann – wenn sie menschlich wären – sagen könnte, sie seien meine Töchter, und dieser Gedanke gibt dem Ganzen in der Tat ein kleines ... ein kleines Etwas«. Er kicherte. »Es sind Zwillingspärchen ...« Er wies auf das hellhaarige Paar und fuhr fort: »Lella und Rella; die Dunklen sind Ria und Tia. Sie werden euch nicht allzusehr mit Reden belästigen, obwohl sie sprechen und singen können. Ich habe sie tanzen, die *Rryl* spielen, und Speisen und Getränke servieren gelehrt. Aber ihre hauptsächlichen Talente dienen natürlich dem Vergnügen. Sie sind selbstverständlich unter Matrix-Bann ... Wie ich sehe, Stephen, kannst du deine Augen nicht von ihnen nehmen. Ebensowenig« – Dom Marius gluckste – »wie dein Sohn.«

Allart schreckte auf und wandte sich ärgerlich von den schrecklich verlockenden Gesichtern und Körpern der unmenschlich schönen, seine Begierde anstachelnden Geschöpfen ab.

»Oh, ich bin nicht kleinlich; du kannst sie heute nacht haben«, sagte Dom Marius mit einem geilen Kichern. »Eine oder zwei, ganz wie du willst. Und da du, Allart, sechs Jahre der Frustration in Nevarsin verbracht hast, mußt du ihre Dienste dringend benötigen. Ich werde dir Lella schicken; sie ist meine eigene Favoritin. Oh, was diese *Riyachiya* alles kann! Selbst ein eingefleischter Mönch würde sich ihrer Berührung hingeben.« Seine Beschreibungen wurden detaillierter, und Allart wandte sich ab.

»Ich bitte Euch, Onkel«, sagte er, versuchend, den Widerwillen zu verbergen, »Euch nicht selbst Eurer Favoritin zu berauben.«

»Nein?« Dom Marius verdrehte seine in Fett gepolsterten Augen mit gespielter Sympathie. »So steht es also? Nach so vielen Jahren im Kloster bevorzugst du die Freuden, die unter Brüdern zu finden sind? Ich selbst begehre selten einen *Ri'chiyu*, aber ich halte einige aus Gastfreundschaft, und manche Gäste brauchen dann und wann eine Abwechslung. Soll ich dir Loyu schicken? Er ist wahrhaftig ein schöner Knabe, und ich habe sie alle so modifizieren lassen, daß sie auf Schmerzen kaum reagieren. Du kannst ihn, wenn du willst, auf jede gewünschte Art benutzen.«

Dom Stephen, der sah, daß Allart jeden Moment explodieren konnte, warf hastig ein: »Die Mädchen werden uns genügen. Mein Kompliment für das Geschick deiner *Leronis*, sie zu züchten.«

Nachdem Marius sie zu den vorbereiteten Räumen gebracht hatte, sagte Dom Stephen aufgebracht: »Du wirst uns nicht die Schande bereiten, diese Höflichkeit zurückzuweisen! Ich will nicht, daß man hier rumtratscht, daß mein Sohn kein ganzer Mann ist!«

»Er ist wie eine große, fette Kröte! Vater, spiegelt es meine Männlichkeit wider, daß der Gedanke an soviel Schmutz mich mit Abscheu erfüllt? Ich würde seine dreckigen Geschenke gern in sein Kichergesicht schleudern!«

»Du ermüdest mich mit deinen mönchischen Skrupeln, Allart. Die *Leroni* haben nie etwas Besseres zustande gebracht, als uns die *Riyachiyas* zu züchten. Deine zukünftige Frau wird es dir nicht danken, wenn du ablehnst, eine in deinem Haushalt zu haben. Bist du so unwissend, daß du nicht weißt, daß eine Schwangere eine Fehlgeburt haben kann, wenn du dich zu ihr legst? Es ist ein Teil des Preises, den wir für das *Laran* zahlen, das wir mit so großen Schwierigkeiten in unsere Linie hineingezüchtet haben, daß unsere Frauen schwach sind und für Fehlgeburten anfällig. Deshalb müssen wir sie schonen, wenn sie ein Kind tragen. Wenn du dein Verlangen nur auf eine *Riyachiya* richtest, dann braucht sie nicht eifersüchtig zu sein, als hättest du deine Zuneigung einem richtigen Mädchen gegeben, das einen gewissen Anspruch auf deine Gedanken hätte.«

Allart wandte das Gesicht ab. In den Tiefländern galt diese Art von Gespräch zwischen den Generationen als Gipfel des Unanständigen. Das war so seit der Zeit, als Gruppenhochzeiten noch die Regel gewesen waren und jeder Mann im rechten Alter ebenso der Vater eines Menschen, wie jede Frau, die alt genug war, seine Mutter sein konnte. Seitdem war das sexuelle Tabu zwischen den Generationen absolut.

Entschuldigend sagte Dom Stephen: »Ich hätte mich nie so sehr vergessen, Allart, aber du bist nicht bereit gewesen, deiner Pflicht unserer Kaste gegenüber Genüge zu tun. Aber ich bin sicher, daß du als mein Sohn Manns genug bist, mit einer Frau in deinen Armen leben zu können!« Grob fügte er hinzu: »Du brauchst keine Skrupel zu haben; diese Geschöpfe sind steril.«

Krank vor Abscheu dachte Allart: *Vielleicht warte ich gar nicht auf das Zimmer mit den grünen und goldenen Vorhängen. Ich kann ihn hier und jetzt töten.* Aber sein Vater hatte sich umgedreht und war in sein Zimmer gegangen.

Aufgebracht dachte er, während er sich auf die Nachtruhe vorbereitete, daran, wie verderbt sie geworden waren. *Wir, geheiligte Nachfahren des Herrn des Lichts, das Blut von Hastur und Cassilda in unseren Adern – oder ist das auch nur ein hübsches Märchen?* Waren die *Laran*-Gaben der von Hastur abstammenden Familien nur das Werk anmaßender Sterblicher, vermischt mit Gen-Stoff und Hirnzellen, eine Hexerei mit dem Matrix-Juwel, das Protoplasma modifizierte, wie es Dom Marius' *Leronis* mit diesen *Riyachiays* angestellt hatte, indem sie exotische Spielzeuge für lasterhafte Männer produzierte?

Den Göttern selbst – wenn es wirklich Götter gibt – muß es bei unserem Anblick übel werden!

Das warme, luxuriöse Zimmer machte ihn krank; er wünschte sich nach Nevarsin, in die weihevolle Nachtstille zurück. Als er das Licht gelöscht hatte, hörte er fast geräuschlose Schritte. Das Mädchen Lella näherte sich ihm vorsichtig in einem dünnen Gewand.

»Ich bin zu deiner Befriedigung hier, *Vai Dom*.«

Ihre Stimme war ein heiseres Murmeln; einzig ihre Augen enthüllten, daß sie nicht menschlich war, denn es waren dunkelbraune Tieraugen, groß, weich und merkwürdig unerklärlich.

Allart schüttelte den Kopf.

»Du kannst wieder gehen, Lella. Ich werde heute nacht allein schlafen.«

Sexuelle Bilder quälten ihn, all die Dinge, die er tun *könnte*, all die möglichen Zukunftsentwicklungen, ein unendlich großes Bündel von Wahrscheinlichkeiten, die von diesem Augenblick abhingen. Lella saß auf dem Bettrand; ihre weichen, schlanken Finger, so anmutig, daß sie keine Knochen zu haben schienen, legten sich behutsam in die seinen. Flehend murmelte sie: »Wenn ich dich nicht erfreue, *Vai Dom,* werde ich bestraft. Was, wünschst du, soll ich tun? Ich kenne viele, viele Arten, Freude zu bereiten.«

Er wußte, daß sein Vater auf diese Situation hingesteuert hatte. Die *Riyachiyas* wurden gezüchtet, ausgebildet und ausgewählt, um unwiderstehlich zu sein. Hatte Dom Stephen erhofft, sie würde Allarts Hemmungen niederreißen?

»Mein Herr wird wirklich sehr zornig sein, wenn es mir nicht gelingt, dir Freude zu schenken. Soll ich nach meiner Schwester schikken, die so dunkel ist, wie ich hellhaarig bin? Und sie ist sogar noch geschickter. Oder würde es dir Freude machen, mich zu schlagen, Herr? Ich habe es gern, geschlagen zu werden, wirklich.«

»Still, still!« Allart fühlte sich krank. »Niemand würde sich eine Schönere wünschen als dich.« Und der wohlgeformte junge Körper, das entzückende kleine Gesicht, das lose duftende Haar, das über seinen Körper fiel, waren tatsächlich verführerisch. Sie strömte einen süßen, moschusartigen Duft aus; bevor er sie berührt hatte, hatte er irgendwie geglaubt, sie würde wie ein Tier, nicht wie ein Mensch riechen.

Ich bin in ihrem Bann, dachte er. Wie sollte er widerstehen können? Mit einem Gefühl tödlicher Müdigkeit dachte er, als er ihre schmalen Fingerspitzen eine Linie über seinen nackten Hals vom Ohrläppchen zur Schulter ziehen fühlte: *Was macht es schon aus? Ich habe beschlossen, frauenlos zu leben und den Fluch, den ich trage, niemals weiterzugeben. Aber dieses arme Geschöpf ist steril, ich kann mit ihr kein Kind zeugen, selbst wenn ich wollte. Vielleicht wird Vater geneigt sein, mich nicht mehr zu verletzen oder mich einen halben Mann zu nennen, wenn er weiß, daß ich hierbei seinem Willen gefolgt bin. Heiliger Lastenträger, gib mir Kraft! Ich gebrauche nur Entschuldigungen für das, was ich tun will. Warum sollte ich nicht? Warum muß ich allein das ablehnen, was jedem Mann meiner Kaste zu Recht gegeben ist?* In seinem Kopf drehte es sich. Tausend verschiedene Zukunftsmöglichkeiten rotierten vor ihm dahin: In einer packte er das Mädchen und würgte ihren Hals; in einer anderen sah er sich und das Mädchen in zärtlicher Umklammerung. Und dieses

Bild wuchs, trieb das Bewußtsein der Begierde in seinen Körper. In einer weiteren Vision sah er das dunkle Mädchen tot vor sich liegen ... *So viele Zukunftsmöglichkeiten, so viel Tod und Verzweiflung* ... Krampfhaft, verzweifelt, die vielfache Zukunft auszulöschen versuchend, nahm er das Mädchen in die Arme und zog es aufs Bett nieder. Selbst als seine Lippen sich auf die ihren senkten, dachte er an Verzweiflung und Leere. *Was macht das aus, wenn nur Untergang vor mir liegt ...?*

Wie aus dem Nichts kommend hörte er ihre kurzen Freudenschreie und dachte in seinem Elend: *Wenigstens ist sie nicht unwillig.* Und dann dachte er überhaupt nicht mehr. Es war eine große Erleichterung.

5

Als er aufwachte, war das Mädchen fort, und Allart lag einen Moment lang völlig bewegungslos, von Übelkeit und Selbstverachtung überwältigt. *Wie soll ich mich davon abhalten, den Mann zu töten, der das über mich gebracht hat ...?* Aber als das tote Gesicht seines Vaters in dem vertrauten Zimmer mit grünen und goldenen Vorhängen vor ihm auftauchte, erinnerte er sich streng: *Mein war die Wahl; er hat nur für die Gelegenheit gesorgt.*

Trotzdem fühlte er eine überwältigende Verachtung gegen sich selbst, während er durch das Zimmer ging und sich für die Reise fertigmachte. In der vergangenen Nacht war ihm etwas über sich selbst klargeworden, das er lieber nicht gewußt hätte.

In seinen sechs Jahren in Nevarsin hatte er keine Schwierigkeiten gehabt, im frauenlosen Bereich des Klosters zu leben, ohne einen Gedanken an sie zu verschwenden; sie hatten ihn nie gelockt, nicht einmal beim Mittsommerfest, wenn auch die Mönche frei waren, sich an den Lustbarkeiten zu beteiligen, Liebe oder ihr trügerisches Abbild in der unteren Stadt zu suchen. So war er nie in die schwierige Situation geraten, um seinen Entschluß kämpfen zu müssen – nicht zu heiraten und keine Kinder zu zeugen, die den monströsen Fluch des *Laran* trugen. Und doch, trotz der Abscheu und des Ekels für das Ding, das Lella war, waren bei der Berührung der auf obszöne Art weichen Fingerspitzen der *Riyachiya* sechs Jahre selbstauferlegten Zölibats in Minuten weggeworfen worden.

Was soll jetzt aus mir werden? Wenn ich meinem Entschluß nicht eine einzige Nacht treu bleiben kann ... In den verschiedenen Zukunftsmöglichkeiten, die er vor seinem nächsten Schritt sah, gab es eine neue, und sie mißfiel ihm zutiefst: daß er eine Kreatur wie Dom Marius werden könnte, die Hochzeit tatsächlich hinnahm, um seine Gelüste später mit diesen unnatürlichen gezüchteten Freudenmädchen zu befriedigen.

Er war dankbar, daß ihr Gastgeber nicht zum Frühstück erschien. Es war schon schwer genug, seinem Vater gegenüberzutreten, und die Vision seines toten Gesichts wischte die wirkliche, lebendige Präsenz des alten Mannes, der wohlgelaunt über Brot und Haferbrei saß, beinahe aus. Den unausgesprochenen Verdruß seines Sohnes spürend (Allart fragte sich, ob er von den Dienern oder Lella erfahren hatte, ob sein Sohn zu den Männern gezählt werden konnte), blieb Dom Stephen stumm, bis sie ihre Reitmäntel überzogen. Dann sagte er: »Wir werden die Reittiere hierlassen, Sohn. Dom Marius hat uns einen Luftwagen angeboten, der uns direkt nach Hali bringt, und die Diener können sie in einigen Tagen nachbringen. Du bist nicht mehr mit einem Luftwagen geflogen, seit du ganz klein warst, nicht wahr?«

»Ich kann mich nicht erinnern, überhaupt jemals mit einem geflogen zu sein«, erwiderte Allart, der gegen seinen Willen Interesse verspürte. »Damals waren sie gewiß noch nicht sehr verbreitet?«

»Nein, sie waren sehr selten, und natürlich sind sie Spielzeuge für die Begüterten, da sie einen geschickten *Laran*-Fahrer erfordern«, sagte Lord Elhalyn. »In den Bergen sind sie nutzlos; Böen und Winde würden jedes Fahrzeug, das schwerer als Luft ist, gegen die Felsen schleudern. Aber hier im Tiefland sind sie ausgesprochen sicher, und ich habe gedacht, so ein Flug würde dich ablenken.«

»Ich gestehe, daß ich neugierig bin«, sagte Allart. Er überlegte, daß Dom Marius von Syrtis wohl kein Opfer scheute, um sich bei seinem Großfürsten einzuschmeicheln. Erst stellte er ihnen seine bevorzugten Freudenmädchen zur Verfügung – und jetzt das! »Aber ich habe in Nevarsin gehört, daß diese Apparate auch im Tiefland nicht sicher sind. Wenn zwischen Elhalyn und Ridenow Kriege toben, könnte man uns allzuleicht angreifen.«

Achselzuckend sagte Dom Stephen: »Wir haben alle *Laran* und könnten mit jedem Angreifer kurzen Prozeß machen. Nach sechs Jahren Kloster sind deine Kampffertigkeiten ohne Zweifel eingerostet, falls es zu einem Gefecht kommen sollte, aber ich hege keine Zweifel, daß du jeden, der uns aus der Luft angreift, schlagen kannst. Ich habe Feuer-Talismane.« Verschmitzt schaute er seinen Sohn an und fuhr fort: »Oder willst du mir etwa erzählen, daß die Mönche einen solchen Mann des Friedens aus dir gemacht haben, daß du nicht dein Leben und das deiner Verwandten verteidigen würdest, Allart? Mir scheint, ich erinnere mich, daß du als Junge keine Lust zu kämpfen hattest.«

Nein, denn bei jedem Hieb sah ich für mich oder einen anderen Tod oder Verderben, und es ist grausam von dir, meine kindliche Schwäche zu verspotten, die nicht mein Fehler war, sondern eine Folge des verfluchten Erbes deines Blutes . . . Laut jedoch sagte Allart, der sich zwingen mußte, das tote Gesicht, das ständig vor seinen Augen erschien und das lebendige Gesicht seines Vaters verschwimmen ließ, zu ignorieren: »Solange ich lebe, werde ich meinen Vater und Fürsten bis zum letzten Blutstropfen verteidigen, und die Götter mögen mir gnädig sein, wenn ich dabei versage oder zögere.«

Erregt und von irgend etwas in Allarts Stimme entzückt, streckte Lord Elhalyn die Arme aus und umarmte seinen Sohn. Zum ersten Mal, solange Allart zurückdenken konnte, sagte der alte Mann zu ihm: »Vergib mir, mein Sohn. Es war unter meiner Würde. Ich sollte dich nicht grundlos beschuldigen.« Und Allart fühlte Tränen in seine Augen schießen.

Die Götter mögen mir vergeben. Er ist nicht grausam, und wenn er es doch ist, dann nur aus Angst um mich . . . Er hat den aufrichtigen Wunsch, freundlich zu sein . . .

Der Luftwagen war lang und glatt. Er bestand aus glänzendem, glasähnlichem Material mit Zierstreifen aus Silber an den Seiten, einer langen Kanzel mit vier Sitzen und war zum Himmel hin offen. *Cralmac* rollten ihn aus dem Schuppen und auf das Schmuckpflaster des Innenhofs, und der Fahrer, ein schlaksiger junger Mann mit rotem Haar, das ihn als einen der geringeren Edlen aus den Killgard-Hügeln auswies, näherte sich ihnen mit einer knappen Verbeugung. Es war eine rein mechanische Geste der Ehrerbietung; ein bestens ausgebildeter Experte, ein *Laranzu* dieser Art brauchte niemandem gegenüber untertänig zu sein, nicht einmal dem Bruder des Königs von Thendara.

»Ich bin Karinn, *Vai Dom*. Ich habe den Auftrag, Euch nach Hali zu bringen. Bitte nehmt Eure Sitze ein.«

Er überließ es den *Cralmac*, Dom Stephen in den Sitz zu heben und die Gurte festzuzurren, aber als Allart seinen Platz einnahm, zögerte er einen Moment und fragte: »Seid Ihr je in einem dieser Luftwagen geflogen, Dom Allart?«

»Nicht daß ich wüßte. Wird er von einer Matrix angetrieben, die Ihr allein handhaben könnt? Das wäre kaum zu glauben.«

»Nicht ganz. Dort drinnen« – Karinn zeigte auf den Luftwagen – »ist eine Batterie, um die Turbinen anzutreiben. Es würde in der Tat mehr Energie erfordern, als ein Mann zu seiner Verfügung hat, einen solchen Apparat in die Höhe zu heben und zu bewegen, aber die Batterien werden von Matrix-Kreisen aufgeladen, und deswegen wird mein *Laran* nur benötigt, um das Fahrzeug zu führen und zu steuern – und auf Angreifer zu achten und ihnen auszuweichen.«

Sein Gesicht war ernst. »Ich würde mich meinem Großfürsten nie widersetzen, und es ist meine Pflicht zu tun, was mir aufgetragen wird, aber . . . habt Ihr *Laran?*«

Während Karinn sprach, löste sich die Unruhe in Allart mit einer plötzlichen, scharfen Vision auf. Er sah den Luftwagen auseinanderbersten, explodieren, wie einen Stein vom Himmel fallen. War das nur eine entfernte Wahrscheinlichkeit, oder lag sie wirklich vor ihnen? Er hatte keine Möglichkeit, das zu erfahren.

»Ich besitze genügend *Laran*, um Unbehagen darüber zu fühlen, daß ich mich diesem merkwürdigen Apparat anvertraue. Vater, man wird uns angreifen. Weißt du das?«

»Dom Allart«, sagte Karinn, »dieser merkwürdige Apparat, wie Ihr ihn nennt, ist das sicherste Transportmittel, das je von der Matrix-Technologie ersonnen wurde. Zwischen hier und Hali würdet Ihr, solltet Ihr drei Tage zu Pferd reisen, angreifbar sein. Mit dem Luftwagen werdet Ihr vormittags schon dort sein, und man müßte einen Angriff äußerst exakt vorausplanen. Darüber hinaus ist es leichter, sich gegen *Laran* zu verteidigen als gegen solche Waffen, die man Euch mit Männern entgegenschicken könnte. Es wird der Tag kommen, an dem alle Großen Häuser sich solcher Erfindungen bedienen, um sich gegen mißgünstige Rivalen oder aufständische Vasallen zu schützen. Dann wird es keine Kriege mehr geben, denn kein vernünftiger Mensch wird *diese* Art von Tod und Zerstörung riskieren. Sicher mögen solche *merkwürdigen* Apparate wie dieser, *Vai Dom,* jetzt nur teure Spielzeuge für die Reichen sein, aber irgendwann werden sie uns in ein Friedenszeitalter führen, wie Darkover es noch nicht erlebt hat.«

Er sprach mit einer solchen Überzeugung und Begeisterung, daß Allart seine eigene aufkeimende Vision der schrecklichen Kriegführung mit noch gräßlicheren Waffen anzweifelte. Karinn mußte Recht haben. Solche Waffen mußten vernünftige Menschen einfach davon abhalten, Krieg zu führen. Wer solche Dinge erfand, arbeitete unbewußt für den Frieden.

Seinen Sitz einnehmend, sagte Allart: »Aldones, der Herr des Lichts, möge geben, daß Ihr mit wahrer Voraussicht sprecht, Karinn. Und jetzt wollen wir dieses Wunder sehen.«

Ich habe viele Möglichkeiten zukünftiger Ereignisse gesehen, die nie eingetreten sind. Ich habe an diesem Morgen herausgefunden, daß ich meinen Vater liebe, und ich werde mich an die Überzeugung klammern, daß ich nie Hand an ihn legen werde, ebensowenig, wie ich in der letzten Nacht den Hals jener armen, harmlosen Riyachiya *drosseln wollte. Ich werde keinen Angriff fürchten, aber ich werde wachsam sein, während ich mich an dieser neuen Art zu reisen erfreue.* Allart ließ sich von Karinn zeigen, wie man die Gurte, die ihn im Sitz halten sollten, falls die Luft turbulent würde, befestigte; er ließ sich auch das Gerät erklären, das seinen Sitz hinter eine große Glasscheibe schwenkte, damit er sofort jeden Angreifer und jede Bedrohung ins Blickfeld bekam.

Aufmerksam lauschte er, als der *Laranzu* seinen Sitz einnahm, sich anschnallte und den Kopf in wacher Aufmerksamkeit vorbeugte. Die batteriegetriebenen Turbinen fingen an zu brüllen. Als Junge hatte Allart oft die winzigen Gleiter benutzt, die von einer kleinen Matrix hochgehoben wurden, und war auf den Luftströmen rund um den See von Hali geflogen. Er wußte um die grundlegenden Prinzipien des Schwerer-als-Luft-Flugs, aber es erschien ihm unglaublich, daß ein Matrix-Kreis – eine Gruppe eng verbundener telepathischer Gehirne – eine Batterie stark genug aufladen konnte, um solch mächtige Turbinen mit Energie zu versorgen. Aber das *Laran* konnte mächtige Kräfte hervorrufen und eine Matrix die elektrischen Ströme von Gehirn und Körper außerordentlich verstärken. Er fragte sich, wie viele Gehirne es erforderte und wie lange sie arbeiten mußten, um solche Batterien mit laut summender Energie aufzuladen. Er hätte Karinn gern gefragt – wollte aber die Konzentration des *Laranzu* nicht stören –, warum solch ein Gefährt nicht für den Bodentransport verwendet werden konnte, aber sofort fiel ihm ein, daß für jedes Bodenfahrzeug Wege und Straßen notwendig waren. Vielleicht würden Straßen eines Tages möglich sein, aber auf dem unebenen Gelände im Norden der Killgard-Hügel mußte der Bodenverkehr wahrscheinlich immer auf die Füße von Mensch und Tier beschränkt bleiben.

Die summende Energie ließ sie schnell über eine ebene Startbahn gleiten, deren glasähnliches Material auch mit Matrix-Kraft gegossen sein mußte. Dann wurden sie in die Luft getragen, erhoben sich schnell über Baumwipfel und Wälder und bewegten sich mit einer solch erregenden Geschwindigkeit, daß sie Allart den Atem nahm, in die Wolken hinein. Dies hier war mehr als ein Segelflug mit einem Gleiter. Dieser Apparat war dem Spielzeug seiner Kindertage so überlegen wie ein Gleiter dem Trott des *Chervine*. Karinn machte eine Handbewegung. Der Luftwagen wandte seine Schwingen nach Süden und flog über die Wälder der Sonne entgegen.

Sie waren eine beträchtliche Zeit geflogen, als Allart anfing, die Gurte als einengend zu empfinden, und wünschte, er könnte sie ein wenig lockern. Plötzlich spürte er Erregung, Alarmbereitschaft und Angst in sich.

Wir werden beobachtet, verfolgt – man wird uns angreifen! Schau nach Westen, Allart ...

Allart blinzelte ins Licht. Kleine Punkte tauchten dort auf, einer, zwei, drei – waren es Gleiter? Falls es zutraf, konnte so ein Luftwagen sie schnell abhängen. Und Karinn wendete das Fahrzeug tatsächlich mit flinken Handbewegungen, um den Verfolgern zu entkommen. Einen Moment lang schien es, daß man ihnen nicht folgte. Einer der gleitenden Punkte – *Das sind keine Gleiter! Sind es Falken?* – segelte aufwärts, flog über ihnen dahin, höher und höher. Es war tatsächlich ein Falke, aber Allart konnte menschliche Intelligenz und ein Bewußtsein spüren, das sie mit böswilliger Absicht beobachtete. Kein natürlicher Falke hatte jemals Augen gehabt, die glitzerten wie große Juwelen! *Nein, das ist kein normaler Vogel!* Voller Unruhe beobachtete er den schwebenden Flug des Tieres, das immer höher stieg und sich mit weiten, schnellen Flügelschlägen in den Himmel erhob ...

Plötzlich löste sich ein schlanker, glänzender Gegenstand von dem Vogel, fiel senkrecht nach unten und schoß wie ein Pfeil auf den Luftwagen zu. Allarts Vision vermittelte ihm, bevor er einen Gedanken fassen konnte, das Wissen um das, was geschehen würde, wenn dieses lange, tödliche, wie Glas glänzende Ding den Luftwagen traf: Er würde explodieren, jedes Stück von schrecklichem Haftfeuer bedeckt, das hängenblieb an allem, was es berührte, und unlöschbar weiterbrannte, durch Metall und Glas, durch Fleisch und Knochen.

Allart griff nach der Matrix, die er um den Hals trug, zerrte sie mit zitternden Fingern aus der schützenden Seide. *Ich habe wenig Zeit* ... Sich in die Tiefen des Edelsteins versenkend, veränderte er sein Zeitbewußtsein, sah das glasartige Ding immer langsamer fallen und konzentrierte sich so auf seinen Brennpunkt, als nähme er es zwischen unsichtbare, energetische Finger ... Langsam, langsam, vorsichtig ... Er durfte nicht riskieren, es zu zerstören, solange es in den Luftwagen fallen und Teile des Haftfeuers Fleisch und Wagen zerstören konnten. Das verlangsamte Bewußtsein wirbelte beschleunigte Zukunftsvisionen durch seinen Geist – er sah den Luftwagen in Stücken auseinanderfliegen, seinen Vater vornübersinken, mit Haftfeuer im Haar auflodern, Karinn wie eine Fackel aufflammen und den Luftwagen außer Kontrolle geraten, während er abstürzte, schwerer als ein Stein ... Aber von diesen Möglichkeiten durfte sich keine ereignen!

Mit unendlicher Feinfühligkeit versenkte sich Allarts Geist in die pulsierenden Lichter der Matrix, und mit geschlossenen Augen schob er das glasartige Ding vom Luftwagen weg. Er spürte Widerstand, wußte, daß der, der den Apparat führte, mit ihm um die Kontrolle kämpfte. Er kämpfte stumm, ihm war, als versuchten seine wirklichen Hände ein schlüpfriges, sich windendes, lebendes Ding zu halten, während *andere* sich mühten, es ihm zu entwinden und auf ihn zu schleudern.

Karinn, schnell, bring uns höher, wenn du kannst, damit es unter uns zerbricht ...

Er fühlte, wie sein Körper gegen die Gurte schleuderte, als der Luftwagen abrupt nach oben kurvte; sah mit einem Teil seines Verstandes seinen Vater zusammenbrechen und dachte mit jähem Selbstbewußtsein: *Er ist alt, gebrechlich, sein Herz kann es nicht vertragen ...* Aber der Hauptteil seines Verstandes war noch immer in den energetischen Fingern, die mit dem sich windenden Apparat, der sich unter der Kontrolle seines Geistes zu krümmen schien, kämpften. Jetzt waren sie beinahe weit genug ...

Die Explosion kam mit einem wilden Krachen. Sie schien Raum und Zeit zu erschüttern, und Allart spürte einen beißenden, brennenden Schmerz in den Händen. Schnell zog er sein Bewußtsein aus der Nähe des explodierten Apparats zurück, aber das Brennen blieb. Er öffnete die Augen und sah, daß das Ding tatsächlich unter ihnen detoniert war und Bruchteile des Haftfeuers in einem geschmolzenen Schauer nach unten fielen, um die unter ihnen liegenden Wälder in Flammen zu setzen. Ein Stück der gläsernen Hülle war nach oben geschleudert worden, über den Rand des Luftwagens hinaus.

Dünnes Feuer breitete sich am Rand der Kanzel aus und griff mit flammenden Fingern nach der Stelle, wo sein Vater vornübergebeugt und bewußtlos lag.

Allart kämpfte seinen ersten Impuls nieder – sich vorzulehnen und das Feuer mit den Händen auszuschlagen. Auf diese Weise konnte Haftfeuer nicht gelöscht werden. Jedes Stück, das seine Hände berührte, würde durch seine Kleider und sein Fleisch bis auf die Knochen durchbrennen, solange es Nahrung fand. Erneut versenkte er sich in die Matrix – er hatte keine Zeit, den Feuer-Talisman, den Karinn ihm gegeben hatte, herauszuholen; er hätte ihn bereit halten sollen! –, rief seine eigenen Flammen und setzte sie dem Haftfeuer entgegen. Sie loderten kurz empor, dann erstarb das Haftfeuer mit einem letzten Lichtfleckchen und war verschwunden.

»Vater!« schrie Allart. »Bist du verletzt?«

Sein Vater streckte ihm zitternde Hände entgegen. Die äußere Kante und der kleine Finger waren versengt, geschwärzt, aber soweit Allart erkennen konnte, hatte er keine schwereren Verletzungen. Mit schwacher Stimme sagte Dom Stephen: »Die Götter mögen mir vergeben, daß ich deinen Mut in Frage gestellt habe, Allart. Du hast uns alle gerettet. Ich fürchte, ich bin zu alt für einen solchen Kampf. Aber du hast das Feuer sofort besiegt.«

»Ist der *Vai Dom* verletzt?« rief Karinn von den Kontrollen her. »Seht! Sie sind geflohen.« Tatsächlich, tief am Horizont konnte Allart die abziehenden Punkte sehen. Hatten sie richtige Vögel mit dem Zauber der Matrix belegt, damit sie ihre scheußlichen Waffen trugen? Oder handelte es sich um monströse, herangezüchtete Mutationen, die ebensowenig Vögel wie die *Cralmac* Menschen waren? Oder hatte man einen schrecklichen, mechanischen Apparat mit Matrix-Energien ausgestattet und ihn ausgeschickt, um tödliche Waffen gegen sie anzuwenden? Allart wußte es nicht, und sein Vater befand sich in einem solchen Zustand, daß er eine Verfolgung der Angreifer nicht einmal in Gedanken erwog.

»Er hat einen Schock und geringfügige Verbrennungen«, rief er Karinn besorgt zu. »Wie lange wird es dauern, bis wir da sind?«

»Nur noch wenige Augenblicke, Dom Allart. Ich kann schon den Glanz des Sees erkennen. Da, dort unten . . .«

Der Luftwagen kreiste, und Allart konnte die Uferlinie und den schimmernden See sehen, der wie ein Meer von Edelsteinen an den Küsten von Hali lag . . . *Die Legende sagte, daß jeder Sand, auf dem Hastur, der Sohn des Lichts, wandelt, zu Edelsteinen wird* . . . Und da waren die merkwürdigen Heller-als-Wasser-Wellen, die sich unaufhörlich am Ufer brachen. Im Norden standen glänzende Türme, das Herrenhaus von Elhalyn, und am entfernten Ende des Sees der Turm von Hali, in sanftem Blau schimmernd. Als Karinn abwärts steuerte, löste Allart die beengenden Gurte und kletterte neben seinen Vater, nahm die verbrannten Hände in die seine und versenkte sich in die Matrix, um mit dem geistigen Auge zu sehen und das Ausmaß der Verletzungen festzustellen. Die Wunde war in der Tat nur geringfügig; sein Vater litt nur unter einem Schock. Und sein Herz raste mehr aus Angst als vor Schmerz.

Unter sich konnte Allart Diener in den Hastur-Farben sehen. Sie rannten auf das Landefeld, als der Luftwagen sich heruntersenkte. Allart hielt die Hände seines Vaters in den seinen und versuchte, alles, was er voraussehen konnte, auszulöschen. *Visionen, keine von ihnen ist wahr . . . Der Luftwagen ist nicht in einem Flammenmeer ex-*

plodiert ... Was ich sehe, muß nicht notwendigerweise eintreten – es handelt sich nur um das, was kommen kann, aus meinen Ängsten geboren ...

Der Luftwagen berührte den Boden. Allart schrie: »Holt die Leibdiener meines Vaters! Er ist verwundet. Ihr müßt ihn hineintragen!« Er hob seinen Vater hoch, ließ ihn in die wartenden Arme der Diener gleiten und folgte ihnen, als sie die gebrechliche Gestalt hineintrugen.

Von irgendwo sagte eine vertraute Stimme, die ihm vor Jahren verhaßt gewesen war: »Was ist mit ihm geschehen, Allart? Seid ihr in der Luft angegriffen worden?« Sie gehörte seinem älteren Bruder, Damon-Rafael.

Er beschrieb kurz die Begegnung, und nickend sagte Damon-Rafael: »Das ist die einzige Art, mit diesen Waffen umzugehen. Sie haben also die Falken-Dinger benutzt? Sie haben sie uns schon ein- oder zweimal geschickt, aber bisher nur eine Baumwiese verbrannt. Deswegen waren in diesem Jahr die Nüsse knapp.«

»Im Namen aller Götter, Bruder, wer sind diese Ridenows? Sind sie vom Blut von Hastur und Cassilda, daß sie solche *Laran*-Waffen gegen uns senden können?«

»Sie sind Aufsteiger«, sagte Damon-Rafael. »Am Anfang waren sie Trockenstadt-Banditen, dann sind sie nach Serrais gezogen und haben die alten Familien gezwungen – oder sie eingeschüchtert –, ihnen ihre Töchter zu Frauen zu geben. Die Serrais hatten starkes *Laran*, einige von ihnen jedenfalls, und jetzt kannst du das Ergebnis sehen. Sie werden stärker. Sie reden von Waffenstillstand, und ich glaube, wir müssen mit ihnen verhandeln, denn die Kämpfe können nicht mehr lange so weitergehen. Aber sie werden keine Kompromisse akzeptieren. Sie wollen den Besitz von Serrais und erheben den Anspruch, daß sie mit ihrem *Laran* das Recht dazu haben ... Aber das ist nicht die Zeit, um über Krieg und Politik zu sprechen, Bruder. Wie steht es um unseren Vater? Er schien nicht sehr schlimm verletzt, aber wir müssen ihm sofort eine Heilkundige schicken. Komm.«

Man hatte Dom Stephen in der Großen Halle auf eine gepolsterte Bank gelegt. Eine Heilkundige stand neben ihm, strich Salben auf seine verbrannten Finger und verband sie mit weichen Stoffen. Eine andere Frau hielt einen Weinbecher an die Lippen des alten Fürsten. Er streckte eine Hand nach seinen auf ihn zueilenden Söhnen aus, und Damon-Rafael kniete neben ihm nieder. Als er seinen Bruder anblickte, kam es Allart vor, als schaue er in einen Zerrspiegel. Sieben Jahre älter, war Damon-Rafael ein wenig größer und schwerer als er selbst, hellhaarig und grauäugig wie alle Hasturs von Elhalyn, und sein Gesicht zeigte erste Anzeichen zunehmenden Alters.

»Die Götter seien gepriesen, daß Ihr uns erhalten geblieben seid, Vater!«

»Dafür mußt du deinem Bruder danken, Damon. Er war es, der uns gerettet hat.«

»Und wenn es nur dafür wäre, würde ich ihn zu Hause willkommen heißen«, sagte Damon-Rafael, wandte sich um und zog seinen Bruder in eine herzliche Umarmung.

»Willkommen, Allart. Ich hoffe, du bist gesund und ohne die krankhaften Launen, die du als Junge hattest, zu uns zurückgekehrt.«

»Bist du verletzt, mein Sohn?« fragte Dom Stephen mit einem besorgten Blick auf Allart. »Ich habe gesehen, daß du Schmerzen hattest.«

Allart zeigte ihm seine Hände. Er war von dem Feuer in keiner Weise körperlich berührt worden, aber er hatte den Feuer-Apparat mit der Berührung seines Geistes bewegt, und die Schwingungen waren bis in seine Hände vibriert. Überall auf den Handflächen waren rote Brandmale, die sich bis zu den Handgelenken erstreckten, aber der Schmerz war – wenn auch heftig – traumhaft und ging von seinem Geist und nicht von dem verletzten Fleisch aus. Er konzentrierte sein Bewußtsein. Der Schmerz ging zurück. Die rötlichen Male begannen langsam zu verschwinden.

Damon-Rafael sagte: »Laß mich dir helfen, Bruder.« Er nahm Allarts Finger in seine Hände und konzentrierte sich intensiv auf sie. Unter seiner Berührung wurden die roten Male weiß. Lord Elhalyn lächelte.

»Ich freue mich sehr«, sagte er. »Mein jüngerer Sohn ist zu mir zurückgekehrt, stark und ein Krieger, und meine Söhne stehen als Brüder zusammen. Die Arbeit dieses Tages ist gut getan, wenn er auch gezeigt hat . . .«

»Vater!« Allart sprang zu ihm, als die Stimme mit erschreckender Abruptheit abbrach. Die Heilkundige kam schnell heran, als der alte Mann nach Atem rang. Sein Gesicht wurde unter dem Blutandrang dunkler; dann sank er vornüber, glitt auf den Boden und blieb regungslos liegen.

Damon-Rafaels Gesicht war von Schrecken und Kummer verzerrt. »Vater . . .«, flüsterte er. Allart, in Entsetzen und Verzweiflung neben ihm stehend, blickte sich zum ersten Mal in der Großen Halle um und sah, was er in der ersten Verwirrung gar nicht

nicht wahrgenommen hatte: die grünen und goldenen Vorhänge, der große, geschnitzte Sessel am anderen Ende des Raumes.

Es war also die Große Halle meines Vaters, in der er tot lag, und ich habe es erst gesehen, als es zu spät war ... Meine Vorausschau war richtig, aber ich habe ihre Ursache falsch gedeutet ... Selbst das Wissen um die vielen Möglichkeiten verhindert nicht ...

Damon-Rafael senkte weinend das Haupt. Die Arme ausstrekkend, sagte er zu Allart: »Er ist tot; unser Vater ist ins Licht gegangen.« Die Brüder umarmten sich. Allart zitterte immer noch vor Entsetzen über das plötzliche Eintreffen der Zukunft, die er vorhergesehen hatte.

Um sie herum knieten die Diener einer nach dem anderen nieder und wandten sich den Brüdern zu. Damon-Rafael riß sich, obwohl sein Gesicht von Kummer verzerrt war und sein Atem stoßweise kam, zusammen, als sie die traditionellen Worte sprachen.

»Unser Fürst ist tot. Lang lebe unser Fürst.« Und kniend streckten sie ihre Hände aus, um Damon-Rafael zu huldigen.

Allart kniete nieder. Er war, wie es Recht und Gesetz entsprach, der erste, der dem neuen Großfürsten von Elhalyn, Damon-Rafael, Gehorsam gelobte.

6

Stephen, Lord Elhalyn, wurde in der traditionellen Grabstätte an den Ufern von Hali zur letzten Ruhe gebettet. Die ganze Hastur-Verwandtschaft der Tiefland-Reiche, von den Aillards auf den Ebenen von Valeron bis zu den Hasturs von Carcosa, war gekommen, um ihm die letzte Ehre zu erweisen. Selbst König Regis, gebeugt und greisenhaft, hatte, gestützt auf den Arm seines einzigen Sohnes, am Grab seines Halbbruders gestanden.

Prinz Felix, Erbe des Throns von Thendara und der Krone der Reiche, war gekommen, um Allart und Damon-Rafael zu umarmen, wobei er sie »teure Cousins« nannte. Felix war ein schmächtiger, weichlicher junger Mann mit vergoldetem Haar und farblosen Augen, und er hatte das lange, schmale Gesicht und die Hände der *Chierie*-Blütigen. Als die Begräbniszeremonien beendet waren, gab es eine große Feier. Dann wurde der alte König, der auf sein hohes Alter und seine schwache Gesundheit hinwies, von seinen Höflingen nach Hause gebracht, aber Felix blieb, um den neuen Lord von Elhalyn, Damon-Rafael, zu ehren.

Selbst der Ridenow-Fürst hatte einen Abgesandten vom fernen Serrais geschickt, der unaufgefordert einen Waffenstillstand für zweimal vierzig Tage anbot.

Allart, der die Gäste in der Halle begrüßte, erblickte plötzlich ein Gesicht, das er kannte – obwohl er es nie mit eigenen Augen gesehen hatte. Dunkles Haar, wie eine Wolke aus Dunkelheit unter einem blauen Schleier; graue Augen, aber von so dunklen Wimpern überschattet, daß sie einen Augenblick lang so dunkel wie die eines Tieres wirkten. Allart fühlte, als er auf das Gesicht der dunklen Frau blickte, deren Gesicht ihn so viele Tage verfolgt hatte, ein merkwürdiges Stechen in der Brust.

»Cousin«, sagte sie höflich, und er konnte den Blick nicht, wie es der Brauch vor einer unverheirateten, ihm fremden Frau verlangte, von ihr abwenden.

Ich kenne dich gut. Du hast mich in Traum und Wachzustand verfolgt, und ich bin bereits mehr als nur halb in dich verliebt... Erotische Visionen stürmten, unpassend in dieser Umgebung, auf ihn ein. Er versuchte gegen sie anzukämpfen.

»Cousin«, sagte sie noch einmal, »warum starrst du mich auf so unziemliche Weise an?«

Allart spürte das Blut in seinen Kopf steigen; es war tatsächlich unhöflich, fast schon unverschämt, eine Frau, die ihm fremd war, so anzustarren, und er errötete bei dem Gedanken, daß sie *Laran* besitzen könnte und die Visionen, die ihn quälten, möglicherweise bemerkte. Schließlich fand er seine Stimme wieder.

»Aber ich bin kein Fremder für dich, *Damisela.* Und es ist auch keine Unhöflichkeit, daß ein Mann seiner Braut direkt ins Gesicht schaut. Ich bin Allart Hastur. Ich werde bald dein Gatte sein.«

Sie hob den Kopf und erwiderte offen seinen Blick, aber ihre Stimme verriet Spannung. »Ah, das ist es also? Aber ich kann schwerlich glauben, daß du mein Bild in dir getragen hast. Wir haben uns das letztemal gesehen, als ich ein Mädchen von vier Jahren war. Ich habe gehört, Dom Allart, du solltest dich nach Nevarsin zurückgezogen haben, daß du krank warst, ein Mönch sein und dein Erbe aufgeben wolltest. War das alles nur müßiges Geschwätz?«

»Es stimmt, daß ich eine Zeitlang solche Pläne hatte. Ich habe sechs Jahre bei den Brüdern von Sankt-Valentin-im-Schnee gewohnt und wäre gerne dort geblieben.«

Wenn ich diese Frau liebe, werde ich sie zerstören... Ich werde Kinder zeugen, die Monster sind... Und sie wird sterben, wenn sie sie zur Welt bringt... Gebenedeite Cassilda, Urmutter der Reiche, laß mich nicht so viel von meinem Schicksal sehen. Ich kann so wenig tun, um es abzuwenden . . .

»Ich bin weder krank noch verrückt, *Damisela.* Du brauchst mich nicht zu fürchten.«

»Tatsächlich«, sagte die junge Frau – und wieder begegneten sich ihre Blicke –, »du scheinst keineswegs geisteskrank zu sein. Aber du siehst besorgt aus. Ist es der Gedanke an unsere Heirat, der dir Sorgen macht, Cousin?«

Nervös lächelnd erwiderte Allart: »Sollte ich nicht sehr zufrieden sein zu sehen, welche Schönheit und Anmut die Götter meiner Braut gegeben haben?«

»Oh!« Ungeduldig bewegte sie ihren Kopf. »Das ist nicht die Zeit für hübsche Reden und Schmeicheleien, Cousin! Bist du einer von denen, die glauben, eine Frau sei ein törichtes Kind, das man mit ein oder zwei höflichen Komplimenten entläßt?«

»Glaub mir, ich wollte nicht unhöflich zu dir sein, Lady Cassandra«, sagte Allart, »aber man hat mich gelehrt, daß es ungebührlich ist, die eigenen Sorgen und Ängste mit anderen zu teilen, solange sie noch keine konkrete Gestalt angenommen haben.«

Erneut der schnelle, direkte Blick aus den wimpernbeschatteten Augen. »Ängste, Cousin? Aber ich bin harmlos und ein Mädchen! Ein Fürst der Hasturs fürchtet sicherlich gar nichts und ganz gewiß nicht die ihm versprochene Braut!«

Vor ihrem Sarkasmus wich er zurück. »Willst du die Wahrheit hören? Ich besitze eine seltene Form des *Laran*; sie besteht nicht nur aus der Vorausschau. Ich sehe nicht nur die Zukunft, die sein *wird*, sondern *alle* Möglichkeiten, die sie bieten könnte. Ich sehe die Dinge, die sich bei Fehlschlägen ereignen könnten – und es gibt Momente, in denen ich weder sagen kann, welche davon durch Ursachen der Gegenwart hervorgerufen, noch, welche aus meiner Angst geboren werden. Ich bin nach Nevarsin gegangen, um dies zu bewältigen.«

Er hörte, wie sie überrascht einatmete.

»Avarras Gnade, welch ein Fluch, den du trägst! Und hast du ihn bewältigt, Cousin?«

»Irgendwie schon, Cassandra. Aber wenn ich besorgt oder unsicher bin, kommt er wieder über mich, so daß ich nicht allein die Freude sehe, die die Heirat mit einer Frau wie dir mir bringen könnte.« Wie körperlichen Schmerz in seinem Herzen spürte Allart das bittere Bewußtsein all der Freuden, die sie kennenlernen *könnten*, vorausgesetzt, er schaffte es, sie dazu zu bringen, seine Liebe zu erwidern. Er dachte an die künftigen Jahre, die hell und freundlich sein können ... Dann schlug er heftig die innere Tür zu und verschloß seinen Geist vor allem. Cassandra war keine *Riyachiya*, die man für ein kurzes Vergnügen – ohne nachzudenken – nehmen konnte!

Barsch, ohne zu merken, wie der Schmerz seine Stimme rauh und seine Worte kalt machte, sagte er: »Aber ich sehe ebenso alle Sorgen und Katastrophen, die kommen können. Und bevor ich meinen Weg durch die falschen Möglichkeiten, die meinen eigenen Ängsten entstammen, nicht sehen kann, kann ich dem Gedanken an eine Heirat keine Freude abgewinnen. Aber das soll keine Unhöflichkeit gegen dich sein.«

Cassandra erwiderte: »Ich bin froh, daß du mir das gesagt hast. Du weißt sicher, daß meine Verwandten verärgert sind, weil unsere Hochzeit nicht vor zwei Jahren, als ich das gesetzliche Alter erreichte, stattfand. Sie meinten, du hättest mich beleidigt, indem du in Nevarsin bliebst. Und sie wünschen jetzt, daß du ohne weitere Verzögerung deinen Anspruch auf mich erhebst.« Ihre Augen funkelten ironisch. »Nicht etwa, daß sie sich ein *Sekal* um mein Eheglück scheren, aber sie hören einfach nicht auf, mich daran zu erinnern, wie nahe du dem Thron stehst, wie glücklich ich mich schätzen kann und wie ich dich mit meinem Charme umgarnen muß, damit du mir nicht entkommen wirst. Sie haben mich wie eine Modepuppe gekleidet, mein Haar mit Netzen aus Kupfer und Silber geschmückt und mich mit Edelsteinen beladen, als würdest du mich auf dem Markt kaufen wollen. Ich hatte beinahe erwartet, daß du mir den Mund aufmachst, meine Zähne untersuchst und dich vergewisserst, daß meine Lenden und Fesseln kräftig sind!«

Allart konnte ein Lachen nicht unterdrücken. »Was das betrifft, braucht deine Verwandtschaft keine Befürchtungen zu haben. Sicher könnte kein lebender Mann irgendeinen Makel an dir finden.«

»Oh, aber es gibt einen«, sagte sie offen. »Sie haben gehofft, daß du ihn nicht bemerkst, aber ich werde nicht versuchen, es vor dir zu verbergen.« Sie spreizte ihre schlanke, ringgeschmückte Hand. Die schmalen Finger waren mit Edelsteinen überladen, aber es waren *sechs*, und als sein Auge auf den überzähligen fiel, wurde Cassandra tiefrot und versuchte, sie unter dem Schleier zu verbergen. »Dom Allart, ich bitte dich, nicht auf meine Mißbildung zu starren.«

»Sie erscheint mir nicht als Mißbildung«, sagte er. »Spielst du die *Rryl?* Ich vermute, du kannst die Akkorde viel müheloser anschlagen.«

»Ja, so ist es ...«

»Dann wollen wir es nie mehr als einen Mangel oder eine Mißbildung betrachten, Cassandra«, sagte er, nahm die schlanken, sechsfingrigen Hände in die seinen und preßte seine Lippen auf sie. »In Nevarsin habe ich Kinder mit sechs oder sieben Fingern gesehen. Ihre Extrafinger waren knochenlos oder ohne Sehnen und konnten weder bewegt noch gebeugt werden. Aber wie ich sehe, kannst du sie völlig kontrollieren. Ein wenig kann ich auch musizieren.«

»Wirklich? Liegt das daran, daß du ein Mönch warst? Die meisten Männer haben keine Geduld für solche Dinge oder wenig Zeit, sie neben der Kriegskunst zu erlernen.«

»Ich wäre lieber Musiker als Krieger«, sagte Allart und drückte ihre schlanken Finger erneut gegen seine Lippen. »Die Götter mögen uns in unserem Leben genug Frieden gewähren, um Lieder zu machen, anstatt Kriege zu führen.« Als sie ihn, ihre Hand noch immer an seinen Lippen, anlächelte, bemerkte er, daß Ysabet, Lady Aillard, sie beobachtete, und ebenso sein Bruder Damon-Rafael. Sie sahen so selbstzufrieden aus, daß es ihm Übelkeit bereitete. Sie manipulierten ihn trotz seiner Ablehnung, ihrem Willen Genüge zu tun! Er ließ Cassandras Hand los, als hätte er sich verbrannt.

»Darf ich dich zu deinen Verwandten führen, *Damisela?*«

Als der Abend bei der dezenten, aber nicht trüben Feier fortschritt – der alte Fürst war würdig zur Ruhe getragen, und er besaß einen geeigneten Erben, so daß sein Reich ohne Zweifel aufblühen würde –, suchte Damon-Rafael seinen Bruder auf. Allart bemerkte, daß er trotz des Festes ziemlich ernst war.

»Morgen reiten wir nach Thendara, wo ich zum Lord des Reiches ernannt werde. Du mußt, als Wächter und auserwählter Erbe Elhalyns, mit uns reiten, Bruder. Ich habe keine ehelichen, sondern nur *Nedestro*-Söhne. Und man wird keinen von ihnen als meinen Erben anerkennen, bis nicht sicher ist, daß Cassilde mir keinen schenken wird.« Er blickte mit einem kalten, festen Blick durch den Raum zu seiner Frau hinüber. Cassilde Aillard-Hastur war eine blasse, schmächtige Frau von blassem und abgespanntem Aussehen.

»Das Reich wird in deinen Händen sein, Allart, und in einem gewissen Sinn bin ich auf deine Gnade angewiesen. Wie heißt doch das Sprichwort? ›Dein Rücken ist entblößt ohne Bruder.‹«

Allart fragte sich, wie – bei allen Göttern – Brüder zu Freunden werden konnten, wenn solche Erbgesetze galten. Allart hatte keinerlei Ehrgeiz, seinen Bruder als Haupt des Reiches zu ersetzen – aber würde Damon-Rafael das jemals glauben? Er sagte: »Ich hätte es wirklich lieber, wenn du mich im Kloster gelassen hättest, Damon.«

Damon-Rafaels Lächeln war zweifelnd, als fürchte er, die Worte seines Bruders würden lediglich ein zwielichtiges Komplott verbergen. »Wirklich? Ich habe dich mit der Aillard-Frau sprechen sehen, und mir schien es offensichtlich zu sein, daß du die Trauungszeremonie kaum erwarten kannst. Es ist wahrscheinlich, daß du eher als ich einen ehelichen Sohn haben wirst. Cassilde ist schwächlich, und deine Braut sieht kräftig und gesund aus.«

Mit mühsam unterdrückter Wut erwiderte Allart: »Mich drängt es nicht zu heiraten!«

Damon-Rafaels Blick war düster. »Aber der Rat wird einen Mann deiner Jahre nicht als Erben anerkennen, wenn du nicht zustimmst, sofort zu heiraten. Es ist schändlich, daß ein Mann in den Zwanzigern noch immer unverheiratet und ohne eigene Söhne ist.« Er blickte Allart scharf an. »Ist es möglich, daß ich mehr Glück habe, als ich erwarte? Bist du vielleicht ein *Emmasca?* Oder gar ein Männerfreund?«

Allart grinste gezwungen. »Ich bedaure, dich enttäuschen zu müssen. Aber was den *Emmasca* angeht: Du hast gesehen, wie ich ausgezogen und dem Rat vorgeführt wurde, als ich ins Mannesalter kam. Und wenn du gewollt hast, daß ich ein Männerfreund werde, hättest du verhindern sollen, daß ich zu den *Cristoferos* kam. Aber ich werde zum Kloster zurückkehren, wenn du möchtest.«

Einen Moment lang dachte er fast mit Heiterkeit daran, daß dies die beste Lösung seiner Qual und Konfusion sein würde. Damon-Rafael wollte nicht, daß er Söhne zeugte, die Rivalen seiner eigenen waren; und so konnte er vielleicht dem Fluch entrinnen, Kinder in die Welt zu setzen, die sein tragisches *Laran* weiterverbreiten würden. Wenn er nach Nevarsin zurückkehrte ... Der Schmerz, den dieser Gedanke ihm bereitete, überraschte ihn.

Cassandra nie wiederzusehen ...

Nicht ohne Bedauern schüttelte Damon-Rafael den Kopf. »Ich wage nicht, die Aillards zu erzürnen. Sie sind unsere stärksten Verbündeten in diesem Krieg. Und sie sind verärgert, daß Cassilde das Bündnis nicht zementiert hat, indem sie mir einen Erben vom Blut der Elhalyn und Aillard schenkte. Wenn du auf die Heirat verzichtest, werde ich noch einen Feind haben, und daß dies die Aillards werden, kann ich mir nicht leisten. Sie fürchten bereits jetzt, daß ich eine bessere Partie für dich gefunden habe. Ich weiß, daß unser Vater zwei *Nedestro*-Halbschwestern mit modifizierten Genen für dich ausgesucht hat. Was würdest du tun, wenn du von allen dreien Söhne bekommen solltest?«

Wie beim ersten Mal, als Dom Stephen davon gesprochen hatte, spürte Allart Widerwillen in sich aufsteigen. »Ich habe meinem Vater gesagt, daß ich das nicht wünsche.«

»Ich hätte es lieber, wenn alle Söhne von Aillard-Blut die meinen wären«, sagte Damon-Rafael, »aber ich kann das dir versprochene Mädchen nicht nehmen. Ich habe selbst eine Frau und kann eine Lady eines so hervorragenden Clans nicht zu meiner *Barragana* machen. Es würde den Anlaß zu einer Blutfehde geben! Wenn Cassilde bei der Geburt eines Kindes stürbe, wie es in den letzten zehn Jahren fast jedesmal zu erwarten war und künftig wieder geschehen kann, dann . . .« Sein Blick wanderte zu Cassandra, die bei ihren weiblichen Verwandten stand, und musterte ihren Körper abschätzend vom Scheitel bis zur Sohle. Allart fühlte einen überraschenden Zorn. Wie konnte Damon-Rafael es wagen, so zu reden? Cassandra war *sein!*

Damon-Rafael fuhr fort: »Fast bin ich geneigt, deine Heirat für ein Jahr hinauszuzögern. Sollte Cassilde bei der Geburt des Kindes, das sie jetzt trägt, sterben, besäße ich die Freiheit, Cassandra zu *meiner* Frau zu machen. Ich vermute, die Aillards würden sogar dankbar sein, wenn sie den Thron mit mir teilen könnte.«

»Deine Rede ist Verrat«, sagte Allart, der jetzt wirklich schockiert war. »König Regis sitzt noch auf dem Thron. Felix ist sein ehelicher Sohn und wird ihm nachfolgen.«

Damon-Rafael zuckte verächtlich die Schultern. »Der alte König? Er wird kein Jahr mehr leben. Ich stand heute neben ihm an Vaters Grab. Und auch ich besitze ein wenig vom Vorausblick der Hasturs von Elhalyn. Er wird vor dem nächsten Jahreszeitenwechsel ebenfalls dort liegen. Und was Felix angeht – nun, ich habe die Gerüchte gehört, und du zweifellos auch. Er ist *Emmasca*. Einer der Ältesten, die ihn ausgezogen gesehen haben, war bestochen, sagt man, und ein anderer hatte schlechte Augen. Was immer auch stimmen mag, er ist seit sieben Jahren verheiratet, und seine Frau macht nicht den Eindruck, als sei sie im Ehebett gut behandelt worden. Es hat bisher noch nicht einmal das Gerücht gegeben, daß sie schwanger sei. Nein, Allart, Verrat oder nicht, ich sage dir, daß ich innerhalb von sieben Jahren auf dem Thron sein werde. Sieh mit deiner eigenen Vorausschau in die Zukunft.«

Allart sagte ganz ruhig: »Du wirst auf dem Thron sitzen oder tot sein, mein Bruder.«

Damon-Rafael sah ihn feindselig an und sagte: »Die weibischen alten Männer des Rates könnten den ehelichen Sohn eines jüngeren Bruders dem *Nedestro* des älteren vorziehen. Wirst du deine Hand in die Flamme Halis legen und geloben, daß du den Anspruch meines Sohnes unterstützen wirst, sei er nun ehelich oder nicht?«

Allart mühte sich, durch die vielen Bilder den richtigen Blick zu finden: ein Königreich in Flammen, ein Thron in seinem Griff, Stürme, die über die Hellers tobten, eine wankende Festung, als werde sie von einem Erdbeben erschüttert – *nein!* Er war ein Mann des Friedens. Er hatte nicht die Absicht, mit seinem Bruder um einen Thron zu kämpfen und die Reiche sich durch das Blut eines schrecklichen Bruderkrieges töten zu sehen. Allart beugte sein Haupt.

»Die Götter haben bestimmt, Damon-Rafael, daß du als ältester Sohn meines Vaters geboren wurdest. Ich werde jeden Eid schwören, den du forderst, mein Bruder und Fürst.«

In Damon-Rafaels Blick vermischte sich Triumph mit Verachtung. Allart wußte, daß er, wenn ihre Positionen vertauscht gewesen wären, bis zum Tod für sein Erbe hätte kämpfen müssen.

Sein Körper spannte sich vor Abneigung, als Damon-Rafael ihn umarmte und sagte: »Ich werde also deinen Eid haben und deine starke Hand, um meine Söhne zu bewachen. Dann stimmt das alte Wort vielleicht doch, und ich brauche meinen Rücken weder entblößt noch mich bruderlos zu fühlen.«

Erneut blickte er bedauernd zu der in ihren blauen Schleier gehüllten Cassandra hinüber. »Ich schlage vor – nein, du mußt deine Braut nehmen. Alle Aillards wären beleidigt, machte ich sie zur *Barragana*, und ich kann euch auch angesichts der Möglichkeit, daß Cassilde sterben und ich frei sein könnte, mich erneut zu vermählen, nicht unverheiratet lassen.«

Cassandra in den Händen Damon-Rafaels, der sie nur als Schachfigur einer politischen Allianz sah, die ihm die Unterstützung ihrer Verwandten sicherte? Der Gedanke machte ihn krank. Doch Allart rief sich seinen eigenen Entschluß ins Gedächtnis: keine Frau zu nehmen und keine Söhne zu zeugen, die den Fluch seines *Laran* trugen. Er sagte: »Als Gegenleistung für meine Unterstützung, Bruder, erspare mir diese Hochzeit.«

»Ich kann nicht«, erwiderte Damon-Rafael bedauernd, »obwohl ich Cassandra nur zu gerne selbst nehmen würde. Aber ich wage es nicht, die Aillards auf diese Weise zu beleidigen. Mach dir nichts daraus, vielleicht wird sie dir nicht lange eine Last sein. Sie ist jung, und viele von den Aillard-Frauen sind bereits gestorben, als sie ihr erstes Kind zur Welt brachten. Es ist wahrscheinlich, daß auch ihr das widerfährt. Oder vielleicht ist sie wie Cassilde: zwar fruchtbar, aber nicht fähig, lebende Kinder zu gebären. Wenn du dafür sorgst, daß sie mehrere Jahre hintereinander schwanger wird und Fehlgeburten hat, würden meine Söhne sicher sein, und niemand könnte behaupten, daß du nicht das Beste für unseren Clan getan hättest. Es würde *ihre* Schuld sein, nicht deine.«

»Ich würde eine Frau nicht so behandeln wollen!« warf Allart ein.

»Bruder, mir ist es völlig gleichgültig, wie du sie behandelst, wenn du sie nur heiratest, mit ins Bett nimmst und die Aillards durch verwandtschaftliche Bande an uns gefesselt sind. Ich habe nur einen Weg vorgeschlagen, wie du sie loswerden kannst, ohne deine eigene Männlichkeit in Mißkredit zu bringen.« Er zuckte die Achseln und wechselte das Thema. »Aber genug davon. Morgen werden wir nach Thendara reiten. Wenn die Erbschaftsangelegenheit erledigt ist, werden wir zu deiner Hochzeit hierher zurückkehren. Trinkst du mit mir?«

»Ich habe genug getrunken«, log Allart, von dem Wunsch beseelt, jeden weiteren Kontakt mit seinem Bruder zu vermeiden. Sein Vorausblick hatte richtig gesehen. In keiner der Welten der Wahrscheinlichkeit stand irgendwo festgeschrieben, daß er und Damon-Rafael Freunde sein würden, und wenn Damon-Rafael auf den Thron gelangen sollte – und sein *Laran* sagte ihm, daß das sehr gut möglich war –, konnte es sein, daß er sein Leben und das seiner Söhne schützen mußte.

Heiliger Lastenträger, gib mir Kraft! Ein weiterer Grund, weswegen ich keine Söhne zeugen darf, die mir nachfolgen. Ich müßte wegen meines Bruders auch um sie fürchten!

7

Voller Liebenswürdigkeit und beseelt von dem Wunsch, seinen jungen Verwandten auszuzeichnen, hatte Seine Gnaden Regis II. die Zustimmung erteilt, die Hochzeitszeremonie durchzuführen. Sein runzliges Gesicht strahlte Freundlichkeit aus, als er die zeremoniellen Worte sprach und die getriebenen Kupfer-Armreife, die *Catenas*, zuerst um Allarts und dann um Cassandras Handgelenke legte.

»Sichtbar getrennt«, sagte er, während er die Armreifen aufschloß, »mögt ihr es nie im Geiste und im Herzen sein.« Sie küßten sich, und er fuhr fort: »Mögt ihr für immer eins sein.«

Allart spürte, wie Cassandra zitterte, als sie vor dem König standen, die Hände durch das kostbare Metall verbunden.

Sie hat Angst, dachte er, *und das ist nicht verwunderlich. Sie weiß nichts von mir. Ihre Verwandten haben sie an mich verkauft, wie einen Falken oder eine Zuchtstute.*

In früheren Zeiten (Allart hatte in Nevarsin einiges über die Reichsgeschichte gelesen) waren Trauungen wie diese undenkbar gewesen. Es wäre Frauen als eine Form von Selbstsucht ausgelegt worden, hätten sie nur einem Mann allein Kinder geboren, und die Gen-Auswahl war ausgeweitet worden, indem man die Anzahl der möglichen Verbindungen erhöhte. Allart wunderte sich flüchtig, ob dadurch das verdammenswerte *Laran* in ihre Rasse hineingezüchtet worden war. Oder stimmte es etwa doch, daß sie von den Götterkindern abstammten, die nach Hali gekommen waren und Söhne gezeugt hatten, um über ihren Stamm zu herrschen? Und stimmten die Geschichten der Kreuzungen mit den nichtmenschlichen *Chieri*, die ihrer Sippe sowohl die geschlechtlosen *Emmasca* als auch die Gabe des *Laran* beschert hatten?

Was immer auch geschehen war, diese längst vergangenen und beinahe vergessenen Zeiten der Gruppenehe waren in dem Moment verschwunden, als die Familien anfingen, Macht zu erwerben. Erbfragen und das Zuchtprogramm hatten die genaue Kenntnis der Vaterschaft notwendig gemacht. *Heute wird ein Mann nur an seinen Söhnen gemessen und eine Frau an der Fähigkeit, Söhne zu gebären – und sie weiß, daß sie mir aus diesem Grund gegeben worden ist!*

Die Zeremonie näherte sich dem Ende, und Allart fühlte die Hand seiner Frau kalt und zitternd in der seinen, als er sich vorbeugte, um ihre Lippen kurz für den rituellen Kuß zu berühren. Er führte sie in eine Explosion von Gratulationen, guten Wünschen und Beifall der versammelten Verwandten und Edlen zum Tanz hinaus. Hypersensibel, wie er war, spürte Allart die harschen Untertöne der Glückwünsche und dachte, daß nur wenige von ihnen Wohlwollen beinhalteten. Sein Bruder Damon-Rafael meinte seine guten Wünsche wahrscheinlich ernst. Allart hatte an diesem Morgen vor den heiligen Reliquien von Hali gestanden, seine Hand in das kalte Feuer gelegt, das nur dann zu brennen begann, wenn der Sprecher wußte, daß er einen Meineid schwor, und seine Ehre als Hastur dafür verpfändet, seines Bruders Führerstellung im Clan und die Nachfolge seiner Söhne auf den Thron zu unterstützen. Die anderen Verwandten gratulierten ihm, weil er eine politisch mächtige Allianz mit dem starken Clan der Aillards von Valeron geschlossen hatte. Vielleicht aber hofften sie auch nur, sich durch weitere Hochzeiten mit den Söhnen und Töchtern, die diese Vermählung hervorbringen konnte, selbst mit ihm zu verbünden. Aber vielleicht machte ihnen der Anblick einer Vermählung auch nur Freude, ebenso wie das Trinken, die Tänze und die Ausgelassenheit, was eine willkommene Unterbrechung der offiziellen Trauer um Dom Stephen darstellte.

»Du bist so still, mein Gatte«, sagte Cassandra.

Allart schreckte auf. Er hatte einen flehenden Unterton in ihrer Stimme gehört. *Für sie ist es noch schlimmer. Das arme Mädchen. Ich wurde – irgendwie – bei dieser Eheschließung berücksichtigt; ihr ist es noch nicht einmal erlaubt gewesen, ja oder nein zu sagen. Warum tun wir das unseren Frauen an? Sie sind es doch, durch die wir die kostbaren Erbeigenschaften, die uns inzwischen soviel bedeuten, erhalten!*

Sanft sagte er zu ihr: »Mein Schweigen hat nichts mit dir zu tun, *Damisela*. Dieser Tag hat mir viel nachzudenken gegeben, das ist alles. Aber ich bin ein Flegel, in deiner Gegenwart so versunken zu grübeln.«

Ihre sanften Augen, von Wimpern so dicht überschattet, daß sie dunkel wirkten, begegneten den seinen mit einem humorvollen Funkeln. »Du behandelst mich schon wieder wie ein Mädchen, das man mit einem netten Kompliment zum Verstummen bringen kann. Ich nehme mir heraus, dich daran zu erinnern, daß es kaum geziemend ist, mich *Damisela* zu nennen, wenn ich deine Frau bin.«

»O Gott, ja«, sagte er zerknirscht. Sie blickte ihn an, und ein schwaches Runzeln stahl sich über ihre glatten Augenbrauen.

»Bist du so sehr abgeneigt, vermählt zu werden? Ich wurde seit meiner Kindheit mit dem Wissen erzogen, daß ich so heiraten müßte, wie meine Verwandten es von mir verlangten. Ich habe geglaubt, ein Mann könne freier wählen.«

»Ich glaube, kein Mann ist frei, zumindest in den Reichen nicht.« Er fragte sich, ob es deshalb soviel Lustbarkeiten bei einer Hochzeit gab – so viele Tänze und Getränke –, um die Söhne und Töchter von Hastur und Cassilda vergessen zu lassen, daß sie um des verfluchten *Laran* willen, das ihrem Geschlecht Macht gab, wie Zuchthengste und Stuten herangezogen wurden!

Aber wie konnte er es vergessen? Allart befand sich wieder im Griff seines unscharf eingestellten Zeitgefühls, dem Fluch seines *Laran*. Genau in diesem Augenblick verzweigten sich wieder verschiedene Zukunftsentwicklungen: das Land, lodernd im Krieg und Kampf, schwebende Falken wie jene, die das Haftfeuer auf den Luftwagen geworfen hatten; große Gleiter mit weiten Flügeln, an denen Männer hingen; in den Wäldern aufflackernde Brände, merkwürdige schneebedeckte Gipfel aus den Gebieten jenseits von Nevarsin, die er noch nie gesehen hatte; das Gesicht eines Kindes, umgeben vom fahlen Glanz der Blitze ... *Sind das alles Dinge, die tatsächlich in mein Leben treten, oder nur solche, die möglich sind?*

Hatte er überhaupt eine Kontrolle über irgendeine dieser Zukünfte, oder würde ein unerbittliches Schicksal ihm alle auferlegen? So wie es ihm Cassandra Aillard, die Frau, die jetzt vor ihm stand, vorgesetzt hatte ... Ein Dutzend Cassandras, nicht nur eine, die zu ihm aufblickten – erhitzt von Liebe und Leidenschaft, die er, wie er wußte, erregen konnte, verzerrt vor Haß und Abscheu (ja, auch die konnte er erregen), schlaff vor Erschöpfung, mit einem Fluch auf den Lippen in seinen Armen sterbend ... Allart schloß die Augen in dem vergeblichen Versuch, die Gesichter seiner Frau zu verbannen.

Spürbar erregt sagte Cassandra: »Mein Gatte! Allart! Sag mir, was mit dir nicht in Ordnung ist, ich bitte dich!«

Er wußte, daß er sie erschreckt hatte, und versuchte, die auf ihn einstürmenden Zukunftsvisionen unter Kontrolle zu bekommen, die Techniken, die er in Nevarsin gelernt hatte, anzuwenden, das Dutzend Frauen, zu dem sie geworden war – werden konnte, werden *würde* –, auf die eine zu reduzieren, die jetzt vor ihm stand.

»Es hat nichts mit dir zu tun, Cassandra. Ich habe dir gesagt, daß ich einen Fluch trage.«

»Gibt es nichts, das dir helfen kann?«

Ja, dachte er erregt, *die beste Hilfe wäre gewesen, wenn keiner von uns je geboren worden wäre; wenn unsere Vorfahren – sie mögen in Zandrus schwärzester Hölle frieren – sich hätten zurückhalten können, diesen Fluch in unser Geschlecht hineinzutragen!* Er sprach es nicht aus, aber sie fing den Gedanken auf, und ihre Augen weiteten sich voll Bestürzung.

Aber dann brachen die Familienmitglieder in ihr sekundenlanges Alleinsein ein. Damon-Rafael beanspruchte Cassandra mit einem arroganten »Sie wird schon früh genug ganz dein sein, Bruder!« für einen Tanz, und irgend jemand schob ein Glas in seine Hand und verlangte, daß er sich an dem Fest beteiligte, das schließlich zu seinen Ehren gegeben werde.

Im Versuch, inneren Aufruhr und Auflehnung zu verhehlen – schließlich konnte er seine Gäste nicht für alles verantwortlich machen –, ließ er sich überreden, zu trinken und mit jungen Mädchen zu tanzen, die offensichtlich so wenig mit seiner Zukunft zu tun hatten, daß ihre Gesichter beständig eines blieben und nicht von den sich überschneidenden Wahrscheinlichkeiten des *Laran* verändert wurden. Er sah Cassandra erst wieder, als Damon-Rafaels Frau Cassilde und ihre Cousine sie aus der Halle zur traditionellen Gute-Nacht-Zeremonie führten.

Der Brauch verlangte, daß die Braut und der Mann in der Gegenwart der versammelten Edlen zu Bett gebracht wurden, als Beweis, daß die Eheschließung gebührend vollzogen worden war. Allart hatte in Nevarsin gelesen, daß es kurz nach der Einführung der Heirat zu Zwecken der Vererbung eine Zeit gegeben hatte, in der auch der öffentliche Verkehr üblich gewesen war. Glücklicherweise wußte er, daß das nicht von ihm gefordert wurde. Es war ihm ohnehin unklar, wie jemand das hatte schaffen können.

Es dauerte nicht mehr lange, und sie führten ihn im Tumult der üblichen Scherze zu seiner Braut. Der Brauch verlangte ebenfalls, daß das Nachtgewand einer Braut offenherziger war als alles, was sie je zuvor getragen hatte – oder danach tragen würde. Das hatte den Zweck, dachte Allart sarkastisch, daß alle sehen konnten, daß sie keinen verborgenen Makel besaß, der ihren Wert als Zuchtobjekt beeinträchtigen könnte.

Mögen die Götter geben, daß man sie nicht mit Drogen willfährig gemacht hat... Aufmerksam sah er sie an und versuchte zu erkennen, ob ihre Pupillen durch Drogenanwendung geweitet waren oder ob man ihr Aphrodisiaka eingegeben hatte. Er nahm an, daß dies für ein Mädchen, das sich gegen einen völlig Fremden sträubte, barmherzig war; niemand, vermutete Allart, konnte das Herz besitzen, ein verängstigtes Mädchen zur Unterwerfung zu zwingen.

Und wieder einander widersprechende Zukunftsvisionen, gegensätzliche Möglichkeiten und Bindungen, die sich in seinem Geist zusammen mit Bildern der Begierde sammelten, und die anderen Möglichkeiten, die sie tot in seinen Armen liegend zeigten, verdrängen wollten. Was hatte Damon-Rafael gesagt? Daß alle ihre Schwestern bei der Geburt ihres ersten Kindes gestorben waren...

Mit einem Chor von Glückwünschen zogen die Verwandten sich zurück und ließen sie allein. Allart stand auf und warf den Riegel des Schlosses nach unten. Als er zurückkam, sah er die Furcht in ihrem Gesicht und die tapfere Anstrengung, sie zu verbergen.

Fürchtet sie, daß ich wie ein wildes Tier über sie herfalle? Laut sagte er: »Haben sie dich mit Aphrosone oder einem anderen Trank betäubt?«

Sie schüttelte den Kopf. »Ich habe es abgelehnt. Meine Pflegemutter wollte, daß ich es trinke, aber ich habe ihr gesagt, daß ich keine Angst vor dir habe.«

Allart fragte: »Warum zitterst du dann?«

Mit dem Anflug von Gewitztheit, den er schon vorher an ihr bemerkt hatte, sagte sie: »In diesem Gewand, das mich halbnackt läßt und auf dem sie bestanden haben, ist mir *kalt*.«

Allart lachte. »Es scheint, daß ich nur besser dran bin, weil ich einen Pelz trage. Bedeck dich damit. Das Gewand wäre nicht nötig gewesen, um meine Begierde zu wecken – aber ich vergaß, daß du Komplimente und Schmeicheleien nicht magst.« Er trat näher und setzte sich auf den Rand des Bettes. »Darf ich dir etwas Wein einschenken, *Domna?*«

»Danke.« Sie nahm das Glas, und als sie daran nippte, sah er die Farbe in ihr Gesicht zurückkehren. Dankbar zog sie den Fellumhang über die Schultern. Er schenkte sich auch etwas ein, und während er den Stiel des Kelchs zwischen den Fingern drehte, versuchte er darüber nachzudenken, wie er das, was gesagt werden mußte, sagen konnte, ohne sie zu beleidigen. Erneut drohten die vielfältigen Entwicklungen und Möglichkeiten, ihn zu überwältigen. Er sah sich seine eigenen Skrupel ignorieren, sie mit der ganzen aufgestauten Leidenschaft seines Lebens in die Arme nehmen. Wie sie mit Leidenschaft und Liebe zum Leben erwachte, die gemeinsamen Jahre voller Freude . . . Und dann wieder das Gesicht einer anderen Frau, goldbraun und lachend, von dichtem, kupferfarbenem Haar umgeben. Auf verwirrende Weise ließ es das Gesicht der Frau und die Situation vor ihm verschwimmen . . .

»Cassandra«, sagte er, »hast du diese Heirat gewollt?«

Sie sah ihn nicht an. »Ich bin durch diese Heirat *geehrt.* Wir wurden miteinander verlobt, als ich zu jung war, um mich noch daran zu erinnern. Für dich muß es anders sein, du bist ein Mann und hast die Möglichkeit zur Wahl. Ich nicht. Was ich als Kind auch tat, ich hörte immer nur, daß dieses oder jenes nicht angebracht sei, wenn man Allart Hastur von Elhalyn heiraten will.«

Seine Worte kamen gepreßt, als er sagte: »Welche Freude muß es sein, solche Gewißheit zu haben, nur eine Zukunft zu sehen statt Dutzender, Hunderter, Tausender . . . Wenn man seinen Weg nicht wie ein Akrobat, der beim Jahrmarkt auf dem Hochseil tanzt, ausbalancieren muß.«

»Daran habe ich nie gedacht. Ich dachte nur, daß ein Leben freier als meines ist, wenn man wählen darf . . .«

»Frei?« Er lachte amüsiert. »Mein Schicksal war so festgelegt wie das deine. Aber wir können noch immer unter den künftigen Möglichkeiten, die ich sehe, wählen, wenn du dazu bereit bist.«

Leise erwiderte sie: »Was ist uns jetzt noch zu wählen geblieben? Wir wurden vermählt und zu Bett gebracht. Mir scheint, daß nun keine weitere Wahl mehr möglich ist. Nur dies: Du kannst mich grausam oder sanft behandeln, und ich kann alles mit Geduld ertragen – oder meiner Sippe Schande machen, indem ich mich gegen dich zur Wehr setze und dich, wie der Geprellte in einem obszönen

Lied, zwinge, die Zeichen meiner Nägel und Zähne zu tragen. Das allerdings«, schloß sie, wobei ihre Augen lachend aufblitzten, »würde ich auch für schändlich halten.«

»Die Götter mögen verhindern, daß du einen Grund dazu haben wirst«, sagte Allart. Einen Moment waren die Bilder, die sich aus seinen Worten ergaben, so scharf, daß alle anderen Zukunftsvisionen tatsächlich wie weggewischt erschienen.

Sie war seine Frau, ihm mit ihrem Einverständnis, sogar mit ihrem Willen gegeben worden, und ihm ganz ausgeliefert. Er konnte sie sogar dazu bringen, ihn zu lieben . . .

Warum fügen wir uns dann nicht gemeinsam unserem Schicksal, meine Liebe . . .?

Doch er zwang sich zu sagen: »Es bleibt noch eine dritte Möglichkeit. Du kennst das Gesetz. Ganz abgesehen von der Zeremonie: Dies ist so lange keine Ehe, bis wir sie dazu machen, und die *Catenas* können geöffnet werden, wenn wir darum bitten.«

»Wenn ich meine Familie so erzürne und den Zorn der Hasturs gegen sie aufbringe, würde das Band der Bündnisse, auf dem die Herrschaft der Hasturs gegründet ist, zerreißen. Wenn du danach strebst, mich zu meiner Familie zurückzuschicken, weil ich kein Wohlgefallen bei dir fand, wird es für mich keinen Frieden und kein Glück mehr geben.« Ihre Augen waren weit geöffnet und schauten betrübt.

»Ich habe nur gedacht . . . es könnte ein Tag kommen, an dem du jemandem begegnen wirst, den du mehr magst, mein Mädchen.«

Scheu erwiderte sie: »Wie kommst du darauf, daß ich jemanden finden will, den ich mehr mag?«

Mit plötzlicher Furcht wurde ihm klar, daß das Schlimmste geschehen war. Aus Angst, sie könne einem gefühllosen Rohling gegeben werden, der sie nur als Zuchtstute betrachtete, und mit der Erfahrung, daß er sie statt dessen als Gleichgestellte behandelte, war sie bereit, ihn gern zu haben!

Wenn er auch nur ihre Hand berührte – das wußte er –, würde sein Entschluß nichtig werden. Er würde sie mit Küssen bedecken, sie in seine Arme ziehen – und sei es nur, um die zahlreichen Zukunftsvisionen, die er sich von diesem kritischen Moment an aufbauen sah, wegzuwischen, sie alle in einem einzigen Augenblick mit *irgendeiner* entschiedenen Handlung auszulöschen, egal, wie sie auch aussehen mochte.

Seine Stimme klang gepreßt, selbst für seine eigenen Ohren. »Du kennst meinen Fluch. Ich sehe nicht nur die wirkliche Zukunft, sondern ein Dutzend, und jede von ihnen kann eintreffen oder mich narren. Ich hatte beschlossen, nie zu heiraten, um diesen Fluch nie einem meiner Söhne zu übertragen. Ich wollte auf mein Erbe verzichten und ein Mönch werden. Ich kann nur zu deutlich sehen, was die Heirat mit dir in Gang setzen könnte. Bei den Göttern dort oben«, schrie er, »glaubst du, du seist mir gleichgültig?«

»Sind deine Visionen immer zutreffend, Allart?« fragte sie flehentlich. »Warum sollten wir unser Schicksal verleugnen? Wenn diese Dinge bestimmt sind, werden sie geschehen, ganz gleich, was wir jetzt tun; und wenn nicht, können sie uns nicht bekümmern.« Sie kniete sich hin und schlang ihre Arme um ihn. »Ich bin nicht unwillig, Allart. Ich ... ich ... ich liebe dich.«

Im ersten Augenblick konnte Allart nicht anders, als seine Arme um sie zu schließen. Doch dann, gegen die beschämende Erinnerung ankämpfend, wie er der Verlockung der *Riyachiya* erlegen war, packte er sie bei den Schultern und stieß sie mit aller Kraft fort. Er hörte seine eigene Stimme, hart und kalt, als gehörte sie jemand anderem, sagen: »Erwartest du immer noch, daß ich dir glaube, sie hätten dich nicht mit Aphrodisiaka aufgeputscht?«

Cassandras Körper wurde starr, Tränen des Zorns und der Demütigung schossen ihr in die Augen. Wie nie zuvor im Leben wollte er sie wieder an sich ziehen und an sein Herz drücken.

»Vergib mir«, bat er. »Versuch doch zu verstehen. Ich kämpfe darum ... einen Weg aus der Falle zu finden, in die man uns geführt hat. Weißt du nicht, was ich gesehen habe? Alle Straßen führen dorthin, scheint es – daß ich tue, was von mir erwartet wird: daß ich Monster zeugen muß, Kinder, die vom *Laran* schlimmer gequält werden als ich, die sterben, wie mein jüngerer Bruder, oder, noch schlimmer, leben werden, um uns dafür zu verfluchen, daß sie je geboren wurden. Und weißt du, was ich für dich am Ende einer jeden Straße sehe, mein armes Mädchen? Deinen Tod, Cassandra, deinen Tod bei der Geburt meines Kindes.«

Ihr Gesicht war weiß, als sie flüsterte: »Zwei meiner Schwestern sind so gestorben.«

»Doch du fragst dich warum. Ich stoße dich nicht zurück, Cassandra. Ich versuche, das schreckliche Schicksal zu vermeiden, das ich für uns beide gesehen habe. Gott weiß, es wäre leicht genug ... An den meisten Linien meiner Zukunft sehe ich ihn, den Weg, der am einfachsten einzuschlagen wäre: daß ich dich liebe, daß du mich liebst, daß wir Hand in Hand in diese schreckliche Tragödie schreiten, die die Zukunft für uns enthält. Eine Tragödie für dich, Cassandra. Und für mich. Ich ...« Allart schluckte, versuchte, seine Stimme zu bändigen. »Ich will nicht die Schuld an deinem Tod auf mich laden.«

Sie begann zu schluchzen. Allart wagte nicht, sie zu berühren; er schaute auf sie hinab, sein Herz zog sich zusammen. »Versuche, nicht zu weinen«, sagte er mit rauher Stimme. »Ich kann es nicht ertragen. Die Versuchung, das Einfachste zu tun und darauf zu vertrauen, daß das Glück uns hindurchführt, ist immer da; oder, wenn alles scheitert, zu sagen: ›Es ist unser Los, und kein Mensch kann gegen das Schicksal ankämpfen.‹ Denn es gibt andere Wahlmöglichkeiten. Du könntest unfruchtbar sein, eine Geburt überleben, unser Kind könnte dem Fluch unseres vereinigten *Laran* entrinnen. Es gibt so viele Möglichkeiten, so viele Versuchungen! Und ich habe mich entschlossen, daß diese Ehe keine sein soll, bis ich meinen Weg deutlich vor mir sehe. Ich bitte dich, dem zuzustimmen.«

»Es scheint, daß ich keine Wahl habe«, sagte sie und blickte betrübt zu ihm auf. »Aber es gibt in unserer Welt auch kein Glück für eine Frau, die nicht das Wohlgefallen ihres Mannes findet. Meine Tanten und Cousinen werden mir keine Ruhe lassen, bis ich schwanger bin. Auch sie haben *Laran*, und wenn diese Ehe nicht vollzogen wird, werden sie es früher oder später erfahren, und wir werden die gleichen Sorgen erleben, die wir vorausgesehen haben, hätten wir die Ehe zurückgewiesen. In jedem Fall, mein Gemahl, scheint es, daß wir das Wild sind, das in der Falle steckenbleibt oder in den Kochtopf wandern kann; jeder Weg bedeutet Verderben.«

Beruhigt von der Ernsthaftigkeit, mit der sie über ihre mißliche Lage nachzudenken suchte, sagte Allart: »Ich habe einen Plan, falls du einwilligst, Cassandra. Die meisten unserer Verwandten machen, bevor sie mein Alter erreichen, ihren Dienst in einem Turm, wo sie ihr *Laran* in einem Matrix-Kreis einsetzen, der unseren Leuten Energie, Macht und ein gutes Leben gibt. Ich bin wegen meiner schwächlichen Gesundheit von dieser Pflicht entbunden worden, aber eigentlich sollte ich sie jetzt nachholen. Zudem ist das Leben am Hof nicht das beste für eine Frau, die ...« Er drohte an den Worten zu ersticken. »Die schwanger sein könnte. Ich werde um die Erlaubnis bitten, dich mit zum Turm von Hali zu nehmen, wo wir unseren Teil an der Arbeit des Matrix-Kreises beitragen werden. Auf diese Weise werden wir deinen Verwandten und meinem Bruder nicht begegnen und können fern von ihnen wohnen, ohne Gerede hervorzurufen. Vielleicht finden wir einen Ausweg aus diesem Dilemma, während wir dort sind.«

Cassandras Stimme klang unterwürfig. »Es soll sein, wie du wünschst. Aber unsere Verwandtschaft wird es merkwürdig finden, daß wir uns dazu während der ersten Tage unserer Ehe entschließen.«

»Mögen sie denken, was sie wollen«, gab Allart zurück. »Ich halte es nicht für ein Verbrechen, Dieben falsche Münzen zu geben oder zu lügen, wenn man über alle Höflichkeit hinaus verhört wird. Wenn ich von jemandem, der Recht auf eine Antwort hat, befragt werde, sage ich, daß ich während meiner frühen Mannesjahre dieser Pflicht aus dem Wege gegangen bin und sie jetzt erfüllen will, damit du und ich zusammen weggehen können, ohne daß unerfüllte Verpflichtungen unser Leben überschatten. Du kannst ihnen sagen, was du möchtest.«

Ihr Lächeln strahlte ihn an; Allart spürte einen Stich durchs Herz.

»Nun, ich werde überhaupt nichts sagen. Ich bin deine Frau, und ich gehe dorthin, wo du hinzugehen entscheidest, das bedarf keiner weiteren Erklärung! Ich sage nicht, daß ich diesen Brauch mag, und auch nicht, daß ich ohne Hader gehorche, wenn du es von mir verlangst. Ich bezweifle, daß du in mir eine unterwürfige Frau vorfindest, Dom Allart. Aber ich werde diesen Brauch nutzen, wenn er meinen Zwecken dient!«

Lastenträger, warum konnte das Schicksal mir keine Frau geben, die ich mit Freuden verstoßen hätte, statt dieser einen, die zu lieben mir so leicht gefallen wäre! Erschöpft vor Erleichterung beugte er seinen Kopf vor, nahm ihre schmalen Hände und küßte sie.

Sie sah die Erschöpfung in seinem Gesicht und sagte: »Du bist sehr abgespannt, mein Gatte. Willst du dich nicht niederlegen und schlafen?«

Erneut marterten ihn die erotischen Bilder, aber er schüttelte sie ab. »Du weißt nicht viel von Männern, nicht wahr, *Chiya?*« Sie schüttelte den Kopf. »Wie sollte ich auch? Jetzt scheint es, daß es nicht mein Los ist«, sagte sie und sah so traurig aus, daß Allart bei aller Entschiedenheit ein fernes Bedauern fühlte.

»Leg dich nieder und schlafe, wenn du möchtest, Cassandra.«

»Wirst du denn nicht schlafen?« fragte sie unschuldig. Er mußte lachen.

»Ich werde auf dem Boden schlafen. Ich habe an schlimmeren Orten gelegen, und nach den Steinzellen von Nevarsin ist das der reinste Luxus«, sagte Allart. »Gesegnet seist du, Cassandra, daß du meine Entscheidung akzeptierst.«

Sie schenkte ihm ein schwaches Lächeln. »Oh, man hat mich gelehrt, daß es die Pflicht einer Frau ist zu gehorchen. Auch wenn es ein anderer Gehorsam ist, als ich vorausgesehen habe, bin ich doch noch immer deine Frau und werde tun, was du befiehlst. Gute Nacht, mein Gatte.«

Die Worte waren von zarter Ironie. Auf den weichen Matten des

Zimmers ausgestreckt, faßte Allart die ganze Disziplin seiner Jahre in Nevarsin zusammen und schaffte es schließlich, aus seinem Geist die Bilder einer zur Liebe erweckten Cassandra auszulöschen. Nichts blieb, nur der Augenblick und sein Entschluß. Einmal jedoch, vor dem Morgendämmern, glaubte er, eine Frau weinen zu hören, ganz leise, als würden die Laute von Stoffen und Laken gedämpft.

Am nächsten Tag reisten sie zum Hali-Turm ab. Dort blieben sie ein halbes Jahr.

8

Früher Frühling in den Hellers. Donal Delleray, genannt Rockraven, stand auf den Zinnen von Burg Aldaran und sinnierte müßig, ob die Aldaran-Vorfahren diesen hohen Gipfel für ihre Festung gewählt hatten, weil er einen großen Bereich des Umlands beherrschte. Es neigte sich zu den fernen Ebenen und erhob sich dahinter zu den weiten, unpassierbaren Gipfeln, auf denen nichts Menschliches, sondern nur die Schweifer und halblegendären *Chieri* von den fernen Hellers in ihren vom ewigen Schnee umgebenen Festen wohnten.

»Man sagt«, meinte er laut, »daß es hinter dem letzten dieser Berge, so weit im Schneegebiet, daß selbst der erfahrenste Bergsteiger scheitern würde, ehe er einen Weg durch Felsspitzen und Gletscherschluchten fände, ein Tal mit nie endendem Sommer gibt, und dorthin haben sich die *Chieri* zurückgezogen, seit die Kinder von Hastur gekommen sind. Deshalb sehen wir sie heutzutage nicht mehr. Dort wohnen die *Chieri* für immer, unsterblich und schön, und sie singen ihre fremdartigen Lieder und träumen unsterbliche Träume.«

»Sind die *Chierie* wirklich so schön?«

»Ich weiß es nicht, kleine Schwester. Ich habe nie eine gesehen«, antwortete Donal. Er war jetzt zwanzig, hochgewachsen und gertenschlank, dunkelhäutig, mit dunklen Brauen, ein aufrechter und ernster junger Mann, der älter aussah, als er tatsächlich war. »Aber als ich ganz klein war, hat meine Mutter mir einmal erzählt, daß sie eine *Chieri* in den Wäldern hinter einem Baum gesehen hat und daß sie die Schönheit der Gesegneten Cassilda besaß. Man sagt auch, daß ein Sterblicher, der sich seinen Weg zum Tal der *Chieri* bahnt, von ihren Speisen ißt und ihren Zauberwassern trinkt, ebenfalls mit Unsterblichkeit versehen wird.«

»Nein«, sagte Dorilys. »Jetzt erzählst du mir Märchen. Ich bin zu alt, um solche Sachen zu glauben.«

»O ja, du bist so alt«, neckte Donal. »Täglich warte ich darauf, wie sich dein Rücken beugt und dein Haar grau wird.«

»Ich bin alt genug, um verlobt zu werden«, sagte Dorilys würdevoll. »Ich bin elf Jahre alt, und Margali sagt, ich sähe aus, als sei ich fünfzehn.«

Donal widmete seiner Schwester einen langen, abwägenden Blick. Es stimmte. Mit elf war Dorilys schon größer als viele Frauen, und ihr geschmeidiger Körper zeigte durchaus schon Andeutungen hübscher Rundungen.

»Ich weiß nicht, ob ich verlobt werden will«, sagte sie plötzlich mißgelaunt. »Ich weiß gar nichts von meinem Cousin Darren! Kennst du ihn, Donal?«

»Ich kenne ihn«, sagte Donal, und sein Gesicht zeigte einen unfreundlichen Ausdruck. »Er ist hier aufgezogen worden, zusammen mit vielen anderen Knaben, als ich ein Junge war.«

»Sieht er gut aus? Ist er freundlich und wohlgelitten? Magst du ihn, Donal?«

Donal öffnete den Mund, um zu antworten, und schloß ihn wieder. Darren war der Sohn von Lord Aldarans jüngerem Bruder Rakhal. Mikhail, Lord Aldaran, hatte keine Söhne, und diese Heirat würde bedeuten, daß ihre Kinder die beiden Ländereien erben und festigen würden; auf diese Art wurden große Reiche aufgebaut. Es würde sinnlos sein, Dorilys wegen irgendwelcher Streitigkeiten unter Jungen gegen ihren versprochenen Gatten einzunehmen.

»Danach mußt du nicht urteilen, Dorilys. Wir waren Kinder, als wir einander kannten, und wir stritten, wie Jungen es tun. Aber jetzt ist er älter, und ich bin es auch. Ja, er sieht ziemlich gut aus, nehme ich an, so wie Frauen das beurteilen.«

»Mir scheint das kaum gerecht«, sagte Dorilys. »Du bist meinem Vater mehr als ein Sohn gewesen. Jawohl, das hat er selbst gesagt! Warum kannst du nicht seine Ländereien erben, wenn er keinen eigenen Sohn hat?«

Donal zwang sich ein Lachen ab. »Diese Dinge wirst du besser verstehen, wenn du älter bist, Dorilys. Ich bin mit Lord Aldaran nicht blutsverwandt, auch wenn er mir ein liebevoller Pflegevater war, und ich kann nicht mehr als den Anteil eines Pflegesohns an seinen Ländereien erwarten – und das auch nur, weil er meiner Mutter – und deiner – gelobt hat, gut für mich zu sorgen. Ich erwarte keine andere Erbschaft als diese.«

»Das ist ein dummes Gesetz«, beharrte Dorilys heftig, und Donal, der die Anzeichen zorniger Erregung in ihren Augen sah, sagte schnell: »Sieh, dort unten, Dorilys! Schau doch, zwischen den Öffnungen der Hügel kannst du die Reiter und die Fahnen sehen. Das wird Lord Rakhal und sein Gefolge sein, die zur Burg hinauf reiten, um zu deiner Verlobung zu kommen. Du solltest zu deiner Zofe gehen und dich für die Zeremonie schön machen lassen.«

»Eine gute Idee«, sagte Dorilys abgelenkt, aber sie schaute finster drein, als sie auf die Treppe zuging. »Wenn ich ihn nicht mag, werde ich ihn nicht heiraten. Hörst du mich, Donal?«

»Ich höre dich«, erwiderte er, »aber das sind die Worte eines kleinen Mädchens, *Chiya*. Wenn du eine Frau bist, wirst du vernünftiger sein. Dein Vater hat sorgfältig gewählt, um eine angemessene Heirat in die Wege zu leiten; er würde dich nicht verheiraten, wenn er nicht sicher wäre, daß es das beste für dich ist.«

»Oh, das habe ich immer wieder gehört, von Vater und von Margali. Sie sagen alle dasselbe; daß ich tun muß, was man mir sagt, und daß ich verstehen werde, warum ich das muß, wenn ich älter bin! Aber wenn ich meinen Cousin Darren nicht mag, werde ich ihn nicht heiraten, und du weißt, daß es niemanden gibt, der mich dazu bringen kann, etwas zu tun, das ich nicht will!« Sie stampfte mit dem Fuß auf, ihr rosiges Gesicht errötete vor plötzlichem Ärger, und dann lief sie zur Treppe, die hinunter ins Schloß führte. Wie ein Echo ihrer Worte grollte ein leiser, weit entfernter Donner.

Donal blieb an der Brüstung stehen, in ernstes Nachdenken versunken. Dorilys hatte mit der unbewußten Arroganz einer Prinzessin gesprochen, wie die verzogene kleine Tochter von Lord Aldaran. Aber sie war mehr als nur das, und selbst Donal fühlte eine böse Vorahnung des Grauens, wenn Dorilys so bestimmt sprach.

Es gibt niemanden, der mich dazu bringen kann, etwas zu tun, das ich nicht will. Das war nur allzu wahr. Eigensinnig von Geburt an, hatte es niemand gewagt, wegen des seltsamen *Laran*, mit dem sie zur Welt gekommen war, ihr allzu ernst zu widersprechen. Niemand kannte annähernd die Reichweite dieser seltsamen Kraft; niemand hatte je gewagt, sie bewußt zu provozieren. Selbst als sie noch nicht entwöhnt war, hatte jeder, der sie gegen ihren Willen berührte, die Kraft gespürt, die sie auf einen schleudern konnte – damals nur als schmerzlichen Schock –, aber das Gerede der Diener und Kindermädchen hatte ihre Wirkung übertrieben und schreckenerregende Geschichten verbreitet. Wenn sie – schon als Baby – vor Wut, Hunger oder Schmerz schrie, hatten Blitze und Donnerschläge um die Höhen der Burg gekracht; nicht nur die Diener, sondern auch die im Schloß aufgezogenen Kinder hatten gelernt, ihren Zorn zu fürchten. Einmal, als sie fünf gewesen war und Fieber sie ans Bett gefesselt hatte, hatte sie tagelang im Delirium gelegen, phantasiert und nicht einmal Donal oder ihren Vater erkannt. Damals hatten Blitzschläge Tag und Nacht gekracht und waren unberechenbar, schreckenerregend nahe bei den Türmen der Burg eingeschlagen. Donal, der die Blitze selbst ein wenig kontrollieren konnte (wenn auch nicht auf diese Art), hatte sich gefragt, welche Gespenster und Alpträume sie in ihrem Delirium verfolgten, daß sie so heftig gegen sie wütete.

Glücklicherweise hatte sie, als sie älter wurde, nach Anerkennung und Zuneigung zu streben begonnen, und Lady Deonara, die Dorilys wie ihre eigene Tochter liebte, war in der Lage gewesen, sie einiges zu lehren. Das Kind besaß Alicianes Schönheit und ihre angenehmen Umgangsformen und war in den letzten ein oder zwei Jahren weniger gefürchtet und besser gelitten. Aber die Diener und Kinder fürchteten sie noch immer und nannten sie, wenn sie es nicht hören konnte, Hexe und Zauberin. Nicht einmal das kühnste der Kinder wagte es, sie offen zu beleidigen. Dorilys hatte sich nie gegen Donal, ihren Vater und ihre Ziehmutter Margali, jene *Leronis*, die sie auf die Welt geholt hatte, gewandt; ebensowenig hatte sie sich, solange Lady Deonara noch lebte, gegen deren Willen aufgelehnt.

Aber seit Deonaras Tod, überlegte Donal betrübt (denn auch er hatte die sanfte Lady Aldaran geliebt), *hat nie jemand Dorilys widersprochen.* Mikhail von Aldaran betete seine hübsche Tochter an und schlug ihr nichts ab, ob es nun vernünftig war oder nicht, so daß die Elfjährige die Edelsteine und Spielsachen einer Prinzessin besaß. Die Diener taten es nicht, weil sie ihren Zorn und die Kraft fürchteten, die vom Geschwätz so übertrieben aufgebauscht waren. Die anderen Kinder taten es auch nicht; zum Teil, weil sie unter ihnen die Ranghöchste, zum Teil, weil sie eine eigensinnige kleine Tyrannin war, die nie davor zurückschreckte, ihre herrschende Stellung mit Schlägen, Kniffen und Ohrfeigen zu erzwingen.

Es ist für ein kleines Mädchen – ein hübsches, verzogenes Mädchen – gar nicht so schlecht, über alle Vernunft eigensinnig zu sein – und daß jedermann sie fürchtet und ihr alles gibt, was sie will. Aber was wird geschehen, wenn sie zu einer Frau heranwächst, wenn sie nicht lernt, daß sie nicht alles haben kann, was sie will? Und wer wird sie das lehren, da alle ihre Macht fürchten?

Besorgt schritt Donal die Treppe hinunter und ging hinein, denn auch er mußte bei der Verlobung und den bevorstehenden Feierlichkeiten anwesend sein.

In seinem gewaltigen Empfangszimmer erwartete Mikhail Aldaran seine Gäste. Der Aldaran-Fürst war seit der Geburt seiner Tochter gealtert. Ein großer, schwerer Mann, jetzt gebeugt und ergrauend, hatte er noch immer etwas vom Aussehen eines alten, sich mausernden Falken; und wenn er seinen Kopf hob, ähnelte er einem angejahrten Vogel, der auf seinem Sitzklotz aufschreckte – mit gesträubtem Gefieder, einer Andeutung versteckter Kraft, die er zwar zurückhielt, aber nicht verloren hatte.

»Donal? Bist du es? In diesem Licht kann man schlecht sehen«, sagte Lord Aldaran. Donal, der wußte, daß sein Pflegevater nicht gerne zugab, daß seine Augen nicht mehr so scharf wie einst waren, trat zu ihm.

»Ich bin es, mein Fürst.«

»Komm her, teurer Junge. Ist Dorilys für die Zeremonie vorbereitet? Glaubst du, sie ist mit dem Gedanken an diese Heirat zufrieden?«

»Ich glaube, sie ist zu jung, um zu wissen, was sie bedeutet«, erwiderte Donal. Er hatte einen verzierten Anzug aus gefärbtem Leder und hohe Hausstiefel mit eingeritzten Mustern und Fransen angelegt. Sein Haar wurde von einem edelsteinbesetzten Band gehalten; an seinem Hals blitzte ein Feuerstein karminrot auf. »Aber sie ist sehr neugierig. Sie hat mich gefragt, ob Darren ansehnlich und wohlgelitten sei und ob ich ihn mag. Ich habe ihr eine knappe Antwort darauf gegeben, fürchte ich, aber ich sagte ihr, daß sie einen Mann nicht an den Streitigkeiten von Jungen messen darf.«

»Genausowenig wie du, mein Junge«, sagte Aldaran, aber er sagte es freundlich.

»Pflegevater – ich habe eine Gunst von Euch zu erbitten«, sagte Donal.

Aldaran lächelte und sagte: »Du weißt längst, Donal, jedes Geschenk, das ich dir geben kann, ist deins, wenn du nur darum bittest.«

»Dieses wird Euch nichts kosten, Fürst, außer etwas Wohlwollen. Wenn Lord Rakhal und Lord Darren heute vor Euch treten, um über Dorilys' Mitgift zu diskutieren, würdet Ihr mich der Gruppe mit dem Namen meines Vaters vorstellen und nicht als Donal von Rockraven, wie Ihr es gewöhnlich tut?«

Lord Aldarans kurzsichtige Augen zwinkerten und ließen ihn mehr denn je wie einen gigantischen, vom Licht geblendeten Raubvogel aussehen. »Warum das, Pflegesohn? Willst du den Namen deiner Mutter verleugnen oder ihre Stellung hier? Oder etwa die deine?«

»Das mögen die Götter verhüten«, sagte Donal.

Er trat näher und kniete sich neben Aldaran. Der alte Mann legte eine Hand auf seine Schulter, und bei dieser Berührung wurden ihnen beiden die unausgesprochenen Worte verständlich: *Nur ein Bastard trägt den Namen seiner Mutter. Ich bin eine Waise, aber kein Bastard.*

»Vergib mir, Donal«, sagte der alte Mann schließlich. »Ich habe einen Tadel verdient. Ich wollte ... Ich wollte nicht daran erinnert werden, daß Aliciane je einem anderen Mann gehört hat. Selbst als sie ... mich verließ, konnte ich nicht ertragen, daran zu denken, daß du in Wahrheit nicht mein eigener Sohn bist.« Es klang wie ein Schmerzensschrei. »Ich habe mir so oft gewünscht, du wärest es.«

»Ich auch«, sagte Donal. Er konnte sich an keinen anderen Vater erinnern und wünschte sich auch keinen. Aber Darrens einschüchternde Stimme von vor zehn Jahren klang in seinen Ohren, als wäre es erst gestern gewesen: »Donal von Rockraven. Ja, ich weiß, der Balg der *Barragana*. Weißt du überhaupt, wer dich gezeugt hat, oder bist du ein Sohn des Flusses? Hat deine Mutter während eines Geisterwindes im Wald gelegen und ist danach mit einem Niemands-Sohn in ihrem Bauch nach Hause gekommen?« Donal hatte sich auf ihn gestürzt wie eine Todesfee, kratzend und tretend, und sie mußten auseinandergezogen werden, wobei sie noch immer heulende Drohungen gegeneinander ausgestoßen hatten. Selbst heute war es nicht angenehm, an den Blick des jungen Darren und seine höhnischen Bemerkungen zu denken.

In Aldarans Stimme klang eine späte Entschuldigung mit: »Wenn ich dir aus meiner Begierde, dich meinen Sohn zu nennen, unrecht getan habe – glaube mir, ich habe nie beabsichtigt, Zweifel an der Ehrenhaftigkeit deines Geschlechts zu äußern. Ich glaube, an dem, was ich heute abend zu tun beabsichtige, wirst du sehen, daß ich dich aufrichtig schätze, Sohn.«

»Mehr als das brauche ich nicht«, sagte Donal und setzte sich auf eine niedrige Fußbank neben ihn.

Aldaran griff nach seiner Hand, und so saßen sie dort, bis ein Diener mit Leuchtern kam und ankündigte: »Lord Rakhal Aldaran von Scathfell und Lord Darren.«

Rakhal von Scathfell war, wie sein Bruder es vor zehn Jahren gewesen war, ein großer, herzlicher Mann in der Blüte seines Lebens und einem offenen, jovialen Gesicht, das jene freundschaftliche Herzlichkeit ausstrahlte, die unaufrichtige Männer oft vorgeben, um zu zeigen, daß sie nichts zu verbergen haben. Darren war genauso, hochgewachsen und breitschultrig, mit sandrotem Haar, das aus einer hohen Stirn zurückfloß. Donal dachte auf den ersten Blick: *Ja, er ist ansehnlich, so wie Mädchen diese Dinge einschätzen. Dorilys wird ihn mögen ...* Er sagte sich, daß das schwache Gefühl böser Vorahnung nicht mehr als das Mißfallen daran war, daß er seine

Schwester aus seinem ausschließlichen Schutz in den Gewahrsam eines anderen übergeben mußte.

Ich kann nicht erwarten, daß Dorilys immer bei mir bleibt. Sie ist Erbin eines großen Reiches. Ich bin ihr Halbbruder, nicht mehr, und ihr Wohlergehen muß in anderen Händen als den meinen liegen.

Lord Aldaran erhob sich aus dem Sessel und ging einige Schritte auf seinen Bruder zu, um dessen Hände mit einer herzlichen Geste zu ergreifen.

»Ich grüße dich, Rakhal. Es ist sehr lange her, seit du das letzte Mal bei mir in Aldaran warst. Wie steht es in Scathfell? Und was macht Darren?« Er umarmte seine Verwandten und forderte sie auf, sich neben ihn zu setzen. »Du kennst meinen Pflegesohn, den Halbbruder deiner Braut, Darren. Donal Delleray, Alicianes Sohn.«

Ihn wiedererkennend zog Darren die Augenbrauen hoch und sagte: »Wir haben unter anderem zusammen Waffenunterricht erhalten. Irgendwie hatte ich gedacht, sein Name sei Rockraven.«

»Kinder verfallen leicht solchen Mißverständnissen«, sagte Lord Aldaran fest. »Du mußt damals sehr jung gewesen sein, Neffe, und Herkunft bedeutet jungen Burschen nicht viel. Donals Großeltern waren Rafael Delleray und seine Gattin *di Catenas* Mirella Lindir. Donals Vater ist früh gestorben, und seine verwitwete Mutter kam als Sängerin hierher. Sie hat mein einziges lebendes Kind geboren. Deine Braut, Darren.«

»Tatsächlich?« Rakhal von Scathfell blickte Donal mit höflichem Interesse an, aber Donal vermutete, daß es – ebenso wie seine gute Laune – geheuchelt war.

Und er fragte sich, warum es ihm etwas ausmachen sollte, was der Scathfell-Clan von ihm hielt.

Darren und ich werden Schwäger sein. Das ist keine Verwandtschaft, nach der ich mich gesehnt hätte. Er, Donal, war ehrenhaft geboren und ebenso in einem Großen Haus als Pflegekind aufgezogen worden; das hätte genügen sollen. Aber ein Blick auf Darren sagte ihm, daß das niemals ausreichen würde. Andererseits fragte er sich, weswegen Darren Aldaran, der Erbe von Scathfell, sich damit abgeben sollte, den Halbbruder der ihm versprochenen Frau, den Pflegesohn ihres Vaters, zu hassen und abzulehnen?

Dann, als er Darrens falsches Lächeln sah, wußte er plötzlich die Antwort. Er war kaum telepathisch veranlagt, aber Darren hätte es ihm ebensogut entgegenschreien können.

Zandrus Hölle, er fürchtet meinen Einfluß auf Lord Aldaran! Die Gesetze der Vererbung des Blutes sind in den Bergen noch nicht so gefestigt, daß er sicher sein kann, was geschehen wird. Es wäre nicht das erste Mal, daß ein Adeliger danach trachtet, seinen ehelichen Erben zugunsten eines anderen, den er für würdiger hält, zu enterben. Und er weiß, daß mein Pflegevater mich als Sohn und nicht als Mündel betrachtet.

Um Donal gerecht zu werden: Dieser Gedanke war ihm vorher noch nie gekommen. Er hatte seine Stellung – Lord Aldaran durch Zuneigung, nicht durch Blut, verbunden – gekannt und akzeptiert. In diesem Bewußtsein, das daraus resultierte, daß die Männer von Scathfell ihn provoziert hatten, fragte er sich, wieso es *nicht* so kommen sollte. Warum konnte der Mann, den er Vater nannte, dem er ein ergebener Sohn gewesen war, nicht einen Erben seiner Wahl benennen? Die Scathfell besaßen *dieses* Erbe. Warum sollten sie ihre Güter fast zur Größe eines Königreichs anwachsen lassen, indem sie Aldaran ihren Ländereien hinzufügten?

Lord Rakhal hatte sich von Donal abgewandt und sagte herzlich: »Und jetzt werden wir durch diese Heirat zusammengebracht, damit die jungen Leute, wenn wir nicht mehr sind, unsere vereinigten Länder als doppeltes Erbteil halten. Können wir das Mädchen sehen, Mikhail?«

Lord Aldaran gab zurück: »Sie wird kommen, um die Gäste zu begrüßen, aber ich hielt es für passender, den geschäftlichen Teil unseres Treffens ohne ihr Dabeisein zu erledigen. Sie ist ein Kind und nicht dazu geneigt, zuzuhören, wenn Graubärte Angelegenheiten wie Mitgift, Hochzeitsgeschenke und Erbschaften erledigen. Sie wird kommen, um ihr Gelöbnis abzulegen, Darren, und mit dir bei der Feier tanzen. Aber bitte, denke daran, daß sie noch sehr jung ist und von einer wirklichen Heirat für die nächsten vier Jahre keine Rede sein kann.«

Rakhal kicherte. »Väter glauben selten, daß ihre Töchter reif für die Ehe sind, Mikhail.«

»Aber in diesem Fall«, erwiderte Aldaran mit fester Stimme, »ist es so, daß Dorilys nicht älter als elf ist. Die Heirat *di Catenas* darf nicht eher als in vier Jahren stattfinden.«

»Na, komm. Mein Sohn ist bereits ein Mann. Wie lange soll er noch auf seine Braut warten?«

»Vier Jahre muß er warten können«, sagte Aldaran entschieden, »oder sich anderswo eine suchen.«

Darren zuckte die Achseln. »Wenn ich warten muß, bis das kleine Mädchen heranwächst, bleibt mir wohl nichts anderes übrig. Es ist ein barbarischer Brauch, einem erwachsenen Mann ein Mädchen zu versprechen, das noch nicht einmal seine Puppen weggelegt hat.«

»Zweifellos«, sagte Rakhal von Scathfell in der ihm eigenen herzlichen und jovialen Art, »aber seit Dorilys geboren wurde, habe ich immer gefühlt, wie wichtig diese Heirat ist. Ich habe während der letzten zehn Jahre oft mit meinem Bruder darüber gesprochen.«

Darren fragte: »Wenn mein Onkel bisher so sehr dagegen war, warum gibt er dann jetzt sein Einverständnis?«

Mit bekümmertem Schulterzucken antwortete Lord Aldaran: »Ich vermute, weil ich alt werde und mich endlich dem Wissen gefügt habe, daß ich keinen Sohn mehr haben werde. Und ich will Aldaran lieber in die Hände eines Verwandten als die eines Fremden übergehen sehen.«

Warum, fragte Aldaran sich, mußte er ausgerechnet in diesem Augenblick, nach zehn Jahren, an den Fluch denken, den eine seit vielen Jahren tote Zauberin ihm entgegengeschleudert hatte? *Von diesem Tag an sollen deine Lenden leer sein.* Es traf zu, daß er seit Alicianes Tod nie ernsthaft daran gedacht hatte, eine andere Frau in sein Bett zu nehmen.

»Natürlich könnte eingewandt werden«, sagte Rakhal von Scathfell, »daß *mein* Sohn ohnehin der gesetzliche Erbe von Aldaran ist. Die Gesetzgeber könnten sehr wohl einwenden, daß Dorilys nicht mehr als ein Heirats-Erbteil zusteht und daß ein ehelich geborener Neffe in der Erbfolge vor der Tochter einer *Barragana* steht.«

»Ich bestreite das Recht der sogenannten Gesetzgeber, in dieser Angelegenheit zu urteilen.«

Scathfell zuckte die Achseln. »In jedem Fall wird diese Ehe es ohne Anrufung des Gesetzes erledigen, da die beiden, die ihre Ansprüche anmelden, heiraten. Die Fürstentümer werden vereint werden. Ich bin bereit, Scathfell dem ältesten Sohn Dorilys' zu vermachen, und Darren soll Schloß Aldaran als Wächter Dorilys' erhalten.«

Aldaran schüttelte den Kopf.

»Nein. Im Heiratsvertrag ist vorgesehen, daß Donal Wächter seiner Schwester sein soll, bis sie fünfundzwanzig ist.«

»Das ist unsinnig«, protestierte Scathfell. »Weißt du keinen anderen Weg, das Nest deines Pflegekindes zu polstern? Wenn er schon kein Vermögen von Vater oder Mutter hat, kannst du ihm nicht etwas anderes vermachen?«

»Das habe ich bereits getan«, sagte Aldaran. »Als er in das Alter kam, habe ich ihm das Pachtgut Felsnadel gegeben. Es ist heruntergekommen, da die, denen es gehörte, die Zeit damit verbrachten, ihre Nachbarn zu bekriegen, anstatt es zu bewirtschaften. Aber Donal, glaube ich, kann es wieder zum Blühen bringen. Es bleibt nur noch, eine passende Frau für ihn zu finden, was noch geschehen wird. Aber dennoch soll er Dorilys' Wächter sein.«

»Es sieht so aus, als trautet Ihr uns nicht, Onkel«, protestierte Darren. »Glaubt Ihr wirklich, wir würden Dorilys ihres rechtmäßigen Erbes berauben?«

»Selbstverständlich nicht«, erwiderte Aldaran. »Und da ihr solche Gedanken nicht hegt – was kann es euch da ausmachen, wer Wächter ihres Vermögens ist? Nur wenn ihr tatsächlich solche Absichten hättet, müßtet ihr Donals Wahl ablehnen. Ein bezahlter Mietling könnte bestochen werden, ein Bruder gewiß nicht.«

Donal hörte das alles voll Verwunderung an. Er hatte nicht gewußt, daß Aldaran das Gut für *ihn* bestimmt hatte, als er ihn ausgeschickt hatte, über das Anwesen Felsnadel Bericht zu erstatten. Er hatte ehrlich über die Arbeit berichtet, die nötig sein würde, um es in Ordnung zu bringen, und über die vorzüglichen Möglichkeiten, die es bot, ohne jedoch zu glauben, daß Aldaran ihm ein Gut wie dieses vermachen würde. Und ebensowenig hatte Donal vermutet, daß er diesen Heiratsvertrag nutzen würde, ihn zu Dorilys' Wächter zu ernennen.

Als er darüber nachdachte, erschien es ihm vernünftig. Dorilys bedeutete den Aldarans von Scathfell nichts – außer, daß sie ein Hindernis auf dem Weg zu Darrens Erbschaft war. Sollte Lord Aldaran morgen sterben, könnte nur er, als Wächter, Darren daran hindern, Dorilys trotz ihrer Jugend sofort zu seiner Frau zu machen und ihren Besitz nach Gutdünken zu verwenden. Es wäre nicht das erste Mal, daß eine Frau stillschweigend beseitigt wurde, wenn das Erbe einmal sicher in den Händen ihres Gatten war. Sie konnten auch warten, bis sie ein Kind zur Welt brachte, um es rechtmäßig aussehen zu lassen. Jedermann wußte, daß junge Frauen häufig bei Geburten starben, und je jünger sie waren, desto eher waren sie diesem Schicksal ausgesetzt. Es war natürlich tragisch, aber nicht ungewöhnlich.

Mit Donal als Wächter – und das, bis Dorilys fünfundzwanzig und nicht nur alt genug war, zu heiraten und Kinder zu gebären – wäre er, selbst wenn sie sterben sollte, der Hüter aller ihrer eventuellen Kinder, und ihr Vermögen würde nicht widerspruchslos in Darrens Hände fallen.

Er dachte: *Mein Pflegevater hat die Wahrheit gesprochen, als er sagte, ich würde am heutigen Abend erfahren, wie sehr er mich schätzt. Es kann sein, daß er mir vertraut, weil er keinen anderen hat. Zumindest weiß er, daß ich Dorilys' Interessen vor meinen eigenen schützen werde.*

Scathfell freilich hatte das noch immer nicht friedlich akzeptiert; er diskutierte weiter über diesen Punkt und ließ erst davon ab, als Aldaran ihn daran erinnerte, daß drei andere Bergfürsten um Dorilys geworben hatten, und sie jederzeit mit jedem, den ihr Vater auswählte, verlobt werden konnte, selbst mit einem der Tiefland-Hasturs oder der Altons.

»Sie war tatsächlich schon einmal versprochen, da Deonaras Verwandtschaft begierig darauf war, sie mit einem ihrer Söhne zu verloben. Sie meinten, sie hätten den ersten Anspruch, da Deonara mir nie einen lebenden Sohn schenkte. Aber der Junge starb kurz darauf.«

»Er starb? Wie ist er gestorben?«

Aldaran zuckte die Achseln. »Irgendein Unfall, habe ich gehört. Ich kenne die Einzelheiten nicht.«

Donal kannte sie ebensowenig. Dorilys hatte zu dieser Zeit ihre Ardais-Verwandtschaft besucht und war, schockiert vom Tod ihres versprochenen Ehemannes, nach Hause gekommen, obwohl sie ihn kaum gekannt und nicht besonders gemocht hatte. Zu Donal sagte sie: »Er war ein großer, grober und rüder Junge, und er hat meine Puppen kaputtgemacht.« Er hatte ihr damals keine Fragen gestellt. Jetzt wunderte er sich. So jung er auch sein mochte, Donal wußte, daß ein Kind, das einer vorteilhaften Allianz im Wege stand, sehr bald sein Leben beenden konnte.

Und dasselbe könnte man von Dorilys sagen . . .

»In diesem Punkt steht meine Meinung fest«, sagte Lord Aldaran mit einem Anflug von bestimmter Herzlichkeit. »Donal, und nur Donal, wird Wächter seiner Schwester sein.«

»Das ist eine Beleidigung für deine Verwandten, Onkel«, protestierte Darren, aber Lord Scathfell brachte seinen Sohn zum Schweigen.

»Wenn es sein muß, muß es sein«, sagte er. »Wir sollten dankbar sein, daß das Mädchen, das dabei ist, ein Mitglied unserer Familie zu werden, einen so vertrauenswürdigen Verwandten zu ihrem Schutz hat. Ihre Interessen sind natürlich die unseren. Es soll sein, wie du wünschst, Mikhail.« Aber der Blick, den er Donal zuwarf, war verschleiert und nachdenklich und erregte die Wachsamkeit des jungen Mannes.

Ich muß auf mich achtgeben, dachte er. *Wahrscheinlich besteht keine Gefahr, bis Dorilys erwachsen und die Heirat vollzogen ist, denn wenn Aldaran noch lebt, könnte er einen anderen Wächter benennen. Sollte er aber sterben und Dorilys, einmal vermählt, nach Scathfell gebracht werden, wären meine Chancen, lange zu leben, nicht sehr groß.*

Er verspürte den plötzlichen Wunsch, Aldaran daran zu hindern, mit seinen Verwandten zu verhandeln. Hätte er dies mit Fremden getan, wäre eine *Leronis* hinzugezogen worden, deren Wahrzauber Lügen oder Doppelzüngigkeit unmöglich gemacht hätte. Aber Aldaran konnte – auch wenn er seinen Verwandten nicht allzusehr traute – sie nicht dadurch beleidigen, daß er darauf bestand, eine Zauberin einzusetzen, um den Handel zu besiegeln.

Schließlich bekräftigten sie ihn mit einem Händedruck und unterzeichneten den vorbereiteten Vertrag – auch Donal wurde zum Unterzeichnen aufgefordert –, und damit war die Angelegenheit erledigt. Man tauschte brüderliche Umarmungen aus und ging in den Saal hinunter, wo die anderen Gäste sich versammelt hatten, um das Ereignis dieses Tages mit Bankett, Tanz und Lustbarkeiten zu feiern.

Aber Donal, der Darrens Augen auf sich gerichtet sah, dachte erneut: *Ich muß auf der Hut sein. Dieser Mann ist mein Feind.*

9

Als sie in die große Halle kamen, empfing Dorilys, zusammen mit ihrer Pflegemutter, der *Leronis* Margali, dort ihre Gäste. Zum ersten Mal war sie nicht wie ein kleines Mädchen, sondern wie eine Frau gekleidet und trug ein langes blaues Kleid, das an Halsöffnung und Ärmeln mit goldenen Stickereien verziert war. Ihr leuchtendes, kupferfarbenes Haar war zu einem Zopf geflochten und wurde von einer Schmetterlingsspange gehalten.

Sie sah weit älter aus, als sie tatsächlich war, und hätte durchaus fünfzehn oder sechzehn sein können. Donal war von ihrer Schönheit wie vor den Kopf geschlagen, aber er war nicht *nur* erfreut, diese plötzliche Veränderung zu sehen.

Seine Vorahnung bestätigte sich, als Darren, der Dorilys vorgestellt wurde, sie blinzelnd ansah. Er war offensichtlich hingerissen, neigte sich über ihre Hand und sagte galant: »Cousine, es ist mir eine Freude. Dein Vater hat mich glauben gemacht, daß ich mit einem kleinen Mädchen verlobt werde, und plötzlich sehe ich eine liebenswerte Frau, die mich erwartet. Es ist genauso, wie ich dachte: Kein Vater glaubt, daß seine Tochter jemals reif zur Heirat ist.«

Donal verspürte plötzlich eine böse Ahnung. Warum hatte Margali das getan? Aldaran hatte mit Absicht in den Heiratsvertrag geschrieben, daß es keine Vermählung geben sollte, bevor Dorilys nicht fünfzehn war. Er hatte deutlich betont, daß sie nur ein kleines

Mädchen sei, und jetzt hatte man diese Behauptung Lügen gestraft, indem man Dorilys vor allen versammelten Gästen wie eine erwachsene Frau präsentierte. Als Darren – immer noch Schmeicheleien flüsternd – Dorilys zum ersten Tanz führte, blickte Donal ihnen besorgt hinterher.

Er fragte Margali, aber sie schüttelte den Kopf.

»Ich habe das nicht gewollt, Donal, es war Dorilys' Wille. Ich wollte ihr nicht widersprechen, da sie sich so sehr darauf versteift hatte. Du weißt so gut wie ich, daß es nicht klug ist, Dorilys zu reizen, wenn sie etwas haben *will.* Das Kleid gehörte ihrer Mutter, und wenn es mir auch leid tut, mein kleines Mädchen so erwachsen zu sehen, so ist sie nun einmal in es hineingewachsen . . .«

»Aber das ist sie *nicht*«, unterbrach Donal. »Mein Pflegevater hat beträchtliche Zeit damit verbracht, Lord Scathfell zu überzeugen, daß Dorilys noch ein Kind ist und viel zu jung, um verheiratet zu werden. Margali, sie ist wirklich nur ein kleines Kind, du weißt es so gut wie ich!«

»Ja, ich weiß es, und ein ausgesprochenes kindliches dazu«, sagte Margali, »aber ich konnte am Abend eines Festes nicht mit ihr streiten. Sie hätte ihr Mißvergnügen alle deutlich spüren lassen! Ich kann sie manchmal dazu bringen, in wichtigen Fragen meinen Willen zu erfüllen. Aber wenn ich versuchen würde, ihn ihr bei kleinen Dingen aufzuzwingen, würde sie mir nicht mehr zuhören, wenn ich versuchte, ihr in ernsteren Angelegenheiten Anordnungen zu geben. Macht es wirklich etwas aus, welches Kleid sie bei ihrer Verlobung trägt, da doch Lord Aldaran in den Heiratsvertrag aufgenommen hat, daß sie nicht vermählt werden soll, ehe sie fünfzehn ist?«

»Ich vermute nicht, solange mein Pflegevater noch gesund und kräftig genug ist, seinen Willen durchzusetzen«, sagte Donal. »Aber die Erinnerung daran könnte später Ärger verursachen, wenn in den nächsten Jahren etwas passieren sollte.«

Margali würde ihn nicht verraten (sie war seit seiner frühesten Kindheit nett zu ihm und außerdem eine Freundin seiner Mutter gewesen), aber dennoch war es unklug, so vom Fürsten eines Reiches zu sprechen. Er senkte seine Stimme: »Lord Scathfell würde keine Skrupel kennen, das Kind seiner ehrgeizigen Pläne wegen in eine Ehe zu zwingen und Aldaran festzusetzen; das gleiche gilt für Darren. Wäre sie heute als Kind aufgetreten, könnte die öffentliche Meinung solchen Absichten einen Dämpfer – und sei er noch so klein – aufsetzen. Jetzt werden die, die sie heute abend in den Kleidern einer Frau sehen und für erwachsen halten, keine Veranlassung sehen, sich nach ihrem wirklichen Alter zu erkundigen. Sie werden sich nur an eine erwachsene Frau erinnern und annehmen, daß die Scathfells das Recht auf ihrer Seite haben.«

Jetzt sah Margali ebenfalls besorgt aus, aber sie versuchte, es mit einem Schulterzucken abzutun. »Ich glaube, du steigerst dich grundlos in Alpträume hinein, Donal. Es gibt keinen Grund anzunehmen, daß Lord Aldaran nicht noch viele Jahre lebt. Sicherlich wird er lang genug unter uns sein, um seine Tochter davor zu bewahren, verheiratet zu werden, bevor sie alt genug ist. Und du weißt, Donal, daß sie ein launisches Geschöpf ist. Heute mag es ihr gefallen, mit den Kleidern und Edelsteinen ihrer Mutter die Dame zu spielen. Morgen wird das vergessen sein. Dann spielt sie wieder Bockspringen und Murmeln mit den anderen Kindern, und keine Menschenseele wird sie für etwas anderes halten als das Kind, das sie in Wahrheit ist.«

»Gnädige Avarra, gebe, daß es so ist«, sagte Donal ernst.

»Nun, ich sehe keinen Grund, daran zu zweifeln, Donal . . . Aber jetzt mußt du deine Pflicht den Gästen deines Vaters gegenüber erfüllen. Hier sind viele Frauen, die darauf warten, mit dir zu tanzen. Ebenso wie Dorilys, die sich vermutlich wundert, warum ihr Bruder sie nicht zum Tanz führt.«

Donal versuchte zu lachen, als er Dorilys, die neben Darren von der Tanzfläche zurückkehrte, von einer Gruppe junger Männer umringt sah. Es handelte sich um den niederen Adel aus den Hügeln, Aldarans Gefolgsleute. Es mochte stimmen, daß sich Dorilys damit vergnügte, die Dame zu spielen, aber sie machte ein sehr erfolgreiches Spiel daraus, lachend und flirtend und allzu offensichtlich Schmeicheleien und Bewunderung genießend. *Vater wird sie nicht zurechtweisen. Sie sieht ihrer Mutter allzu ähnlich. Und er ist auf seine schöne Tochter stolz. Warum sollte ich mich sorgen oder Dorilys ihr Vergnügen mißgönnen? Inmitten unserer Verwandten kann ihr bei einer Tanzveranstaltung nichts geschehen. Morgen wird es ohne Zweifel sein, wie Margali vorhergesehen hat. Dorilys wird mit dem bis zu den Knien hochgebundenen Rock und einem langen Pferdeschwanz wieder wie ein Wildfang herumtollen, und Darren wird erkennen, daß die wirkliche Dorilys ein Kind ist, das lediglich Spaß daran hat, sich in das Gewand seiner Mutter zu kleiden. Sie ist noch weit entfernt davon, eine Frau zu sein.*

Donal versuchte, seine Befürchtungen zur Seite zu schieben, wandte sich seinen Pflichten als Gastgeber zu, plauderte höflich mit einigen älteren Witwen, tanzte mit jungen Frauen, die irgendwie vergessen oder vernachlässigt worden waren, und trat unauffällig zwischen Lord Aldaran und die aufdringlichen Schmarotzer, die ihm Verdruß bereiten konnten, indem sie unpassende Bittgesuche an ihn richteten, die er nicht zurückweisen konnte, weil man sie in aller Öffenlichkeit äußerte. Jedesmal, wenn sein Blick Dorilys fand, sah er sie von immer wiederkehrenden Wellen junger Männer umringt. Sie genoß ihre Beliebtheit sehr deutlich.

Der Abend war weit fortgeschritten, als Donal endlich die Gelegenheit bekam, mit seiner Schwester zu tanzen. Sie schürzte die Lippen und schmollte wie ein Kind, als er auf sie zutrat.

»Ich hatte schon gedacht, du würdest überhaupt nicht mit mir tanzen, Bruder, und mich all diesen Fremden überlassen.«

Ihr Atem roch süß, und so fragte er mit einem leichten Stirnrunzeln: »Dorilys, wieviel hast du getrunken?«

Schuldbewußt senkte sie den Blick. »Margali hat mir gesagt, ich solle nicht mehr als einen Becher Wein trinken, aber ich finde es traurig, wenn ich bei meiner eigenen Verlobung wie ein kleines Mädchen behandelt werde, das mit Einbruch der Nacht zu Bett gebracht wird.«

»Ich glaube allerdings, daß du nichts anderes bist«, sagte Donal, der über das beschwipste Mädchen beinahe lachen mußte. »Ich werde Margali sagen, sie soll dich zu deiner Zofe bringen. Dir wird übel werden, Dorilys, und dann wird dich niemand mehr für eine Dame halten.«

»Ich fühle mich nicht übel, nur glücklich«, sagte sie, legte dabei ihren Kopf in den Nacken und lächelte zu ihm auf. »Komm, Donal, schimpf mich nicht aus. Den ganzen Abend habe ich darauf gewartet, mit meinem Bruder zu tanzen; willst du es überhaupt?«

»Wie du wünschst, *Chiya.*« Er führte sie auf die Tanzfläche. Sie war eine vorzügliche Tänzerin, aber mitten im Tanz stolperte sie über den ungewohnt langen Rock ihres Gewandes und fiel schwer gegen ihn. Er hielt sie, um sie vor einem Sturz zu bewahren, fest, und sie warf ihre Arme um seinen Hals und legte lachend den Kopf an seine Schulter.

»Oh, oh, vielleicht habe ich doch zuviel getrunken. Aber alle meine Partner haben mich nach dem Tanz gebeten, mit ihnen zu trinken, und ich wußte nicht, wie ich zugleich höflich sein und sie abweisen konnte. Ich muß Margali fragen, was unter diesen Umständen höf . . . höffisch ist.« Ihre Zunge strauchelte über das Wort, und sie kicherte. »Ist es so, wenn man sich betrunken fühlt, Donal, schwindlig und als wären alle meine Glieder aus zusammengebundenen Kügelchen gemacht, wie die Puppen, die die alten Frauen auf dem Markt von Caer Donn verkaufen? Wenn es so ist, dann mag ich es, glaube ich.«

»Wo ist Margali?« fragte Donal und spähte rund um die Tanzfläche nach der *Leronis*. Innerlich faßte er den Beschluß, mit der Dame einige harte Worte zu sprechen. »Ich werde dich sofort zu ihr bringen, Dori.«

»Oh, arme Margali«, sagte Dorilys mit unschuldigem Blick. »Ihr geht es nicht gut. Sie sagte, ihre Kopfschmerzen wirkten so heftig auf ihre Augen, daß sie nichts sehen könne, und ich habe sie dazu gebracht, sich hinzulegen und auszuruhen.« Mit abwehrendem Trotz fuhr sie fort: »Ich hatte genug davon, daß sie mit diesem vorwurfsvollen Blick herumstand, als sei *sie* Lady Aldaran und ich nur eine Dienerin! Ich lasse mich von Dienern nicht herumkommandieren!«

»Dorilys!« meinte Donal zornig. »So darfst du nicht reden. Margali ist eine *Leronis* und Edelfrau. Und sie ist eine Verwandte deines Vaters. Sie ist keine Dienerin! Dein Vater hat recht daran getan, dich in ihre Obhut zu geben, und es ist deine Pflicht, ihr zu gehorchen, bis du alt genug bist, für dich selbst verantwortlich zu sein! Du bist ein ungezogenes kleines Mädchen! Du solltest deiner Pflegemutter weder Kopfschmerzen bereiten noch grob mit ihr sprechen. Sieh doch – du hast dir selbst Schande gemacht, indem du in Gesellschaft beschwipst bist, als wärst du ein Bauernmädchen aus den Ställen! Und Margali ist nicht hier, um dich unter ihre Fittiche zu nehmen!« Er war bestürzt. Donal selbst, ihr Vater und Margali waren die einzigen Menschen, gegen die Dorilys ihren Eigensinn noch nie durchgesetzt hatte. *Wenn sie nicht länger zuläßt, von Margali angeleitet zu werden, was sollen wir dann mit ihr anstellen? Sie ist verzogen und unkontrollierbar, aber ich hatte gehofft, Margali könnte sie im Zaum halten, bis sie erwachsen ist.*

»Ich schäme mich wirklich für dich, Dorilys, und Vater wird sehr verärgert sein, wenn er erfährt, was du mit Margali, die immer nett und freundlich zu dir gewesen ist, angestellt hast.«

Ihr störrisches kleines Kinn reckend sagte sie: »Ich bin Lady Aldaran, und ich kann tun, was ich will.«

Bestürzt schüttelte Donal den Kopf. Dieses Mißverständnis traf ihn: Daß sie wie eine erwachsene Frau aussah – und eine sehr hübsche zudem – und redete und handelte wie das verwöhnte, hitzige Kind, das sie in Wirklichkeit war. *Ich wünschte, Darren könnte sie jetzt sehen. Ihm würde klar werden, welches Kind sie trotz des Gewandes und der Edelsteine einer Dame ist.*

Und doch, überlegte Donal, war sie nicht nur ein Kind; ihr *Laran*, schon so stark wie seins, hatte ihr ermöglicht, Margali heftige Kopfschmerzen zu verursachen. *Vielleicht sollten wir uns glücklich schätzen, daß sie nicht danach trachtet, Donner und Blitz über uns zu brin-*

gen. Das könnte sie sicher, wenn sie wirklich erzürnt ist! Er dankte den Göttern, daß Dorilys trotz ihres seltenen *Laran* keine Telepathin war und seine Gedanken nicht lesen konnte.

Schmeichelnd sagte er: »Du solltest nicht hier in der Gesellschaft bleiben, wenn du betrunken bist, *Chiya*. Laß mich dich nach oben bringen. Es ist schon spät, und unsere Gäste werden bald zu Bett gehen. Laß uns gehen, Dorilys.«

»Ich will nicht zu Bett gehen«, sagte Dorilys schmollend. »Ich habe erst diesen einen Tanz mit dir gehabt, und Vater hat überhaupt noch nicht mit mir getanzt. Außerdem mußte ich Darren versprechen, daß ich später noch einmal mit ihm tanze. Schau – da kommt er, um mich zu holen.«

Verzweifelt flüsternd drängte Donal: »Aber du bist nicht in der Verfassung zu tanzen, Dorilys. Du wirst über deine eigenen Füße fallen.«

»Nein, das werde ich nicht, wirklich ... Darren«, sagte sie und ging, einen listigen Blick in den Augen, der erwachsen wirkte, auf ihren Verlobten zu. »Tanz mit mir; Donal hat mich ausgeschimpft, weil er als älterer Bruder das Recht dazu zu haben glaubt, und ich bin es leid, ihm zuzuhören.«

Donal sagte: »Ich habe versucht, meine Schwester zu überzeugen, daß das Fest für ein junges Mädchen wie sie lange genug gedauert hat. Vielleicht ist sie eher bereit, sich von dir, ihrem künftigen Gatten, belehren zu lassen, Darren.«

Wenn er betrunken ist, dachte Donal, *werde ich sie nicht in seine Obhut geben, selbst wenn ich mich mit ihm in aller Öffentlichkeit streiten muß.*

Aber Darren schien sich ganz in der Hand zu haben. Er sagte: »Es ist tatsächlich schon spät, Dorilys. Was hältst du davon ...«

Plötzlich erklang am anderen Ende der Halle ein Aufschrei.

»Großer Gott!« rief Darren, der sich dem Lärm zuwandte. »Lord Storns jüngster Sohn und dieser junge Bursche von Darriel Forst. Sie werden sich schlagen. Sie werden ihre Waffe ziehen.«

»Ich muß gehen«, sagte Donal bestürzt. Er erinnerte sich an die Pflichten, die ihm als Protokollchef des offiziellen Gastgebers oblagen. Er blickte Dorilys besorgt an. Mit ungewöhnlicher Freundlichkeit sagte Darren: »Ich werde mich um Dorilys kümmern, Donal. Geh und kümmere dich um sie.«

»Danke«, sagte Donal hastig. Darren war nüchtern, und es lag in seinem ureigensten Interesse, seine Verlobte davon abzuhalten, sich in der Öffentlichkeit aufsehenerregend zu verhalten. Donal eilte auf die Stelle zu, an der die beiden jüngsten Mitglieder zweier rivalisierender Familien in einen lauten und wütenden Streit verwickelt waren. Er war für solche Situationen geschult, gesellte sich zu ihnen, schaltete sich in ihre Auseinandersetzung ein und überzeugte jeden der beiden Streitenden davon, daß er auf *seiner* Seite stand. Dann brachte er sie taktvoll auseinander. Lord Storn nahm sich seines streitbaren Sohnes an, und Donal nahm den jungen Padreik Darriel in seine Obhut. Es dauerte einige Zeit, bis der junge Mann besonnener wurde, sich entschuldigte und nach seinen Verwandten suchte, um sich zu verabschieden. Danach schaute sich Donal im Ballsaal nach seiner Schwester und Darren um. Als er keine Spur von ihnen entdeckte, fragte er sich, ob es Darren gelungen war, seine Schwester zu überreden, die Tanzfläche zu verlassen und zu ihrer Zofe zu gehen.

Wenn er Dorilys beeinflussen kann, sollten wir vielleicht sogar dankbar dafür sein. Einige der Aldarans besitzen die Befehlsstimme. Vater hatte sie, als er jünger war. Hat Darren es geschafft, sie Dorilys gegenüber anzuwenden?

Suchend hielt er nach ihm Ausschau, aber erfolglos. Ein vages Gefühl böser Vorahnungen beschlich ihn. Wie zur Bestärkung seiner Ängste hörte er ein schwaches, entferntes Donnergrollen. Er ermahnte sich, sich nicht selbst lächerlich zu machen. Es war die Jahreszeit für Stürme in den Bergen. Und trotzdem fürchtete er sich. Wo war Dorilys?

Sobald Donal zu den streitenden Gästen geeilt war, legte Darren seine Hand unter Dorilys' Arm und sagte zu ihr: »Deine Wangen sind gerötet, *Damisela*. Ist es die Hitze des Ballsaals mit den vielen Leuten, oder bist du vom Tanzen erschöpft?«

»Nein«, sagte Dorilys und drückte die Hand an ihr erhitztes Gesicht, »aber Donal meint, ich hätte zuviel Wein getrunken, und deshalb hat er mit mir geschimpft. Als wäre ich ein kleines Mädchen, auf das er noch immer aufpassen muß, wollte er mich zu Bett schicken.«

»Mir scheint nicht, daß du ein Kind bist«, sagte Darren lächelnd, und sie ging näher auf ihn zu.

»Ich wußte, daß du mir recht geben würdest.«

Darren dachte: Warum haben sie mir erzählt, sie sei ein kleines Mädchen? Er musterte den schlanken Körper, dessen Konturen von dem langen, enganliegenden Kleid betont wurden, von oben bis unten. *Sie ist kein Kind! Und doch glauben sie, sie könnten mich noch länger vertrösten! Hat dieser alte Bock von meinem Onkel vor, mit mir eine Zeitlang zu spielen, in der Hoffnung, eine vorteilhaftere Ehe zu arrangieren, oder um sich Zeit zu verschaffen, den Bastard von Rockraven zu seinem Erben zu erklären?*

»Wirklich, es ist heiß hier«, sagte Dorilys und trat noch näher auf Darren zu. Ihre Finger, warm und schweißbedeckt, legten sich auf seinen Arm, und er lächelte zu ihr hinab.

»Dann komm! Gehen wir auf den Balkon, wo es kühler ist«, drängte Darren, während er sie zu einer der vorhanggeschützten Türen zog.

Dorilys zögerte, denn sie war von Margali sorgsam erzogen worden und wußte, daß es für eine junge Frau nicht als schicklich galt, den Tanzboden mit jemand anderem als einem Verwandten zu verlassen. Aber störrisch dachte sie: *Darren ist mein Cousin und mir als Ehemann versprochen.*

Dorilys spürte die kühle Luft, die von den Bergen her über Schloß Aldaran wehte, und tat, gegen die Balkonbrüstung gelehnt, einen tiefen Atemzug.

»Oh, es war so heiß dort drinnen. Danke, Darren. Ich bin froh, aus dem überfüllten Saal herauszukommen. Du bist so nett zu mir«, sagte sie mit solcher Unschuld, daß Darren die junge Frau stirnrunzelnd und überrascht anschaute.

Wie kindlich sie für ein Mädchen war, das so offensichtlich erwachsen schien! Flüchtig fragte er sich, ob sie dumm oder sogar schwachsinnig sein konnte. Aber was machte das schon? Sie war Erbin des Reiches von Aldaran. Er mußte nur noch ihre Zuneigung gewinnen, dann würde sie sich schon von allein auflehnen, wenn ihre Verwandten nach einem Grund suchten, ihn seines Anspruchs zu berauben. Je eher die Hochzeit stattfand, desto besser. Es war eine Schande, daß sein Onkel ihn vier Jahre warten lassen wollte! Das Mädchen war offensichtlich heiratsfähig, und das Bestehen auf Aufschub schien ihm völlig unvernünftig zu sein.

Wenn sie so kindisch war, machte das seine Aufgabe leichter! Er drückte die Hand, die sie vertrauensvoll in seine legte, und sagte: »Kein Mann dieser Welt würde auch nur einen Moment zögern, dir solche *Nettigkeit* zu erweisen, Dorilys – sich einen Augenblick mit seiner versprochenen Braut zurückzuziehen! Und wenn sie schön ist wie du, dann ist diese Nettigkeit eher Vergnügen als Pflicht.«

Dorilys fühlte, wie sie bei diesem Kompliment erneut erötete. Begierig fragte sie: »Bin ich schön? Margali sagte mir, ich sei es, aber sie ist nur eine alte Frau, und ich glaube nicht, daß sie so etwas beurteilen kann.«

»Du bist in der Tat außerordentlich schön, Dorilys«, sagte Darren, und in dem düsteren Licht, das in Streifen aus dem Ballraum schien, sah sie sein Lächeln.

Sie dachte: *Er meint es tatsächlich! Er ist nicht nur nett zu mir!* Sie fühlte die erste kindliche Erregung des Bewußtseins ihrer Macht, der Macht der Schönheit, über die Männer. Sie sagte: »Man hat mir gesagt, meine Mutter sei schön gewesen. Sie starb, als ich geboren wurde. Vater sagte, ich sähe wie sie aus. Hast du sie einmal gesehen, Darren?«

»Nur, als ich ein Junge war«, erwiderte Darren. »Aber es stimmt. Aliciane von Rockraven wurde für eine der schönsten Frauen von Kadarin bis zur Mauer um die Welt gehalten. Es gab Leute, die sagten, sie hätte deinen Vater verzaubert, aber sie brauchte keine Hexerei außer ihrer eigenen Schönheit. Du bist wirklich wie sie. Besitzt du auch ihre Singstimme?«

»Ich weiß nicht«, antwortete Dorilys. »Ich kann zwar gut singen, wie meine Erzieherin sagt, aber sie meint auch, ich sei zu jung, als daß man jetzt schon schließen könne, ob ich eine schöne Stimme haben werde oder nur die Liebe zur Musik und einige Kunstfertigkeit. Magst du Musik, Darren?«

»Ich verstehe ein wenig davon«, sagte er lächelnd und rückte näher an sie heran, »und es bedarf keiner schönen Stimme, um eine Frau in meinen Augen liebenswert zu machen. Komm – ich bin dein Cousin und versprochener Ehemann. Willst du mich küssen, Dorilys?«

»Wenn du es wünschst«, sagte sie entgegenkommend und wandte ihm ihre Wange zu. Darren, der sich erneut fragte, ob das Mädchen ihn aufzog oder blöde war, nahm ihr Gesicht zwischen seine Hände, schlang beide Arme um sie und küßte sie auf die Lippen.

Dorilys, die sich dem Kuß hingab, spürte durch die alkoholbeeinflußte Verschwommenheit ihrer Gefühle eine schwache Mahnung zur Vorsicht. Margali hatte sie gewarnt. *Oh, Margali versucht dauernd, mir den Spaß zu verderben!* Sie lehnte sich an Darren, ließ sich von ihm fest an sich ziehen, genoß die Berührung und öffnete seinen wiederholten Küssen den Mund. Dorilys war kein Telepath, aber sie besaß *Laran*, und sie erfaßte den verschwommenen Fleck einer in ihm aufsteigenden Empfindung. *Vielleicht ist es doch gar nicht so schlecht.* Sie fragte sich, wieso ihn das überraschen konnte. Nun, schließlich, vermutete sie, muß es für einen jungen Mann ärgerlich sein, wenn man ihm sagt, daß er mit einer Cousine verheiratet wird, die er nicht kennt. Sie fühlte sich irgendwie glücklich, weil Darren sie für schön hielt. Er fuhr fort, sie zu küssen, langsam, regelmäßig, und spürte, daß sie sich ihm nicht widersetzte. Dorilys war zu betrunken, zu unaufmerksam, um sich klarzumachen, was geschah, aber als seine Finger ihr Mieder öffneten, hineinglitten und sich über ihre bloßen Brüste legten, fühlte sie plötzlich Scham und stieß ihn zurück.

»Nein, Darren, das ziemt sich nicht. Wirklich, das darfst du nicht«, protestierte sie und merkte, wie schwer ihre Zunge geworden war. Zum ersten Mal wurde sie sich bewußt, daß Donal vielleicht recht gehabt hatte: Sie hätte nicht soviel trinken sollen. Darrens Gesicht war gerötet. Er schien nicht willens, sie loszulassen. Sie nahm seine Hände fest zwischen ihre kleinen Finger und schob sie weg.

»Nein, Darren, nicht!« Ihre Hände fuhren nach oben, um die entblößten Brüste zu bedecken. Mit unsicheren Händen bemühte sie sich, die Schnüre wieder zuzuknöpfen.

»Nein, Dorilys«, sagte Darren mit solch schwerer Zunge, daß Dorilys sich fragte, ob auch er zuviel getrunken hatte. »Es ist alles in Ordnung. Es ist nicht unziemlich. Wir können verheiratet werden, sobald du willst. Du wärst doch gern mit mir verheiratet, oder?« Er zog sie an sich und küßte sie erneut, fest und bestimmt. Er murmelte: »Dorilys, hör mir zu. Wenn du möchtest, nehme ich dich jetzt, dann muß dein Vater erlauben, daß die Hochzeitszeremonie sofort stattfindet.«

Jetzt begann Dorilys vorsichtig zu werden. Sie entzog ihm den Mund, trat einen Schritt zurück und begann sich, wie durch einen geistigen Nebel, zu fragen, warum sie überhaupt allein mit ihm hinausgegangen war. Sie war immer noch unschuldig genug, um nicht ganz sicher zu sein, was er von ihr wollte, aber sie wußte, daß es das war, was sie nicht tun durfte, und – was noch schwerer wog – er wirklich nicht verlangen sollte. Während sie mit zitternden Händen versuchte, ihr Mieder zuzuschnüren, sagte sie: »Mein Vater – Margali sagt, ich sei noch nicht alt genug, um zu heiraten.«

»Ach, die *Leronis*. Was weiß eine alte Jungfer von Liebe und Ehe?« wandte Darren ein. »Komm und küß mich, meine kleine Geliebte. Nein, bleib ruhig in meinen Armen. Laß mich dich noch einmal küssen . . .«

Sie spürte die Bestimmtheit, die in seinem Kuß lag, jetzt auf erschreckende Weise. Sein Gesicht war das Gesicht eines Fremden, aufgedunsen, dunkel vor Entschlossenheit, und seine Hände nicht mehr sanft, sondern stark und fordernd.

»Darren, laß mich los«, bat sie. »Wirklich, wirklich, das darfst du nicht!« Ihre Stimme zitterte vor Angst. »Mein Vater wird es nicht mögen. Ich bitte dich, Cousin!« Sie stieß ihn fort, aber sie war ein Kind und noch halb betrunken, und Darren ein erwachsener Mann, nüchtern und eiskalt. Ihr trübes *Laran* erfaßte seine Entschlossenheit, seine Absicht und den dahinterliegenden Anflug von Grausamkeit.

»Nein, wehr dich nicht gegen mich«, murmelte er. »Wenn es vorbei ist, wird dein Vater nur zu froh sein, dich mir sofort zu geben. Es wird dir nicht mißfallen; nicht wahr, meine Kleine, meine Schöne? Hier, ich halte dich fest.«

Dorilys begann sich in plötzlichem Schrecken zu wehren. »Laß mich los, Darren! Laß mich los! Mein Vater wird sehr wütend sein; Donal wird wütend auf dich sein. Laß mich los, Darren, oder ich schreie um Hilfe!«

Sie sah in seinen Augen plötzlich Furcht und öffnete den Mund, um ihre Drohung wahrzumachen. Darren erkannte ihre Absicht sofort, und seine Hand legte sich fest und entschlossen über ihren Mund und dämpfte den Schrei, indem er sie enger an sich zog. Die Angst machte in Dorilys plötzlicher Wut Platz. *Wie kann er es wagen!* In zunehmender Erregung streckte sie ihre *Kräfte* aus, so wie sie es als Kleinkind schon getan hatte, wenn jemand sie gegen ihren Willen berührte, und *schlug zu* . . .

Darrens Hände ließen sie los. Er stieß einen gedämpften Schmerzensschrei aus. »Oh, du kleiner Teufel, wie kannst du es wagen!« Er holte aus und schlug ihr so heftig auf die Wange, daß sie fast ohnmächtig wurde. »Das macht keine Frau der Welt mit mir! Du bist nicht unwillig; du willst nur umworben und umschmeichelt werden! Das ist jetzt vorbei. Dafür ist es zu spät!«

Als sie zu Boden fiel, kniete er sofort neben ihr nieder und zerrte an ihren Kleidern. Dorilys, in wildem Zorn und voll Entsetzen, *schlug* erneut zu, hörte das Krachen des Donners durch ihren eigenen Aufschrei und sah das gleißende Licht, das Darren traf. Mit verzerrtem Gesicht rollte er zurück und fiel schwerfällig über sie. Erschreckt stieß sie ihn fort und rappelte sich auf, keuchend, erschöpft. Darren lag bewußtlos am Boden, ohne eine Bewegung. Nie, noch nie hatte sie so fest zugeschlagen . . . *Oh, was habe ich getan!*

»Darren«, flehte sie, während sie neben der bewegungslosen Gestalt kauerte, »Darren, steh auf! Ich wollte dich nicht verletzen, du darfst nur nicht so grob mit mir umgehen! Das mag ich nicht. Darren! Darren! Habe ich dich wirklich verletzt? Cousin, sprich mit mir!« Aber er war stumm, und in plötzlichem Entsetzen und ohne einen Gedanken an ihr zerzaustes Haar und das zerrissene Kleid zu verschwenden, rannte sie auf die Tür zum Ballsaal zu.

Donal! war ihr einziger Gedanke. *Donal wird wissen, was zu tun ist! Ich muß ihn finden!*

Donal war durch den Angstschrei seiner Schwester aufgeschreckt worden. Er hatte in seinem Kopf widergehallt, obwohl er im Ballsaal nicht zu hören gewesen war. Mit einer hastigen Entschuldigung an die Freunde seines Großvaters, die mit ihm sprechen wollten, hatte er sich von ihnen gelöst und befand sich nun, geführt von Dorilys' lautlosem Schrei, auf der Suche.

Dieser Bastard Darren! Er öffnete die Balkontür, und Dorilys fiel mit aufgelöstem Haar und dem am Hals geöffneten Kleid in seine Arme.

»Dorilys! *Chiya*, was ist passiert?« fragte er. Sein Herz klopfte. Die Kehle war ihm vor Angst wie zugeschnürt. O Gott, hatte Darren sich erdreistet, Hand an ein elfjähriges Kind zu legen?

»Komm, *Bredilla*. In diesem Zustand darf dich keiner sehen. Komm, ordne dein Haar, *Chiya*. Und schließe dein Mieder, schnell«, drängte er sie und überlegte, wie er es anstellen sollte, sie an ihrem Vater vorbeizubekommen. Lord Aldaran würde sich mit seinen Verwandten von Scathfell auseinandersetzen. Donal kam überhaupt nicht auf den Gedanken, daß ein solcher Streit ihm selbst zum Vorteil gereichen konnte. »Weine nicht, kleine Schwester. Er war sicher betrunken und wußte nicht, was er tat. Jetzt siehst du, warum eine junge Frau nicht soviel trinken darf: um nicht die Kontrolle über sich zu verlieren. Nur so verhindert sie, daß junge Männer auf solche Ideen kommen. Komm, Dorilys, weine nicht«, flehte er.

Mit bebender Stimme sagte sie: »Darren . . . Ich habe ihn verletzt. Ich weiß nicht, aber etwas ist passiert. Er liegt da und spricht nicht mit mir. Zuerst wollte ich, daß er mich küßte, aber dann wurde er grob. Ich habe ihm Einhalt geboten, da schlug er mich. Ich wurde wütend und – habe den Blitz kommen lassen. Aber ich wollte ihn nicht verletzen, wirklich, das wollte nicht. Bitte, Donal, bleib hier und sieh dir an, was mit ihm los ist.«

Avarra, gnädige Gottheit! Donal, dessen Atem in Stößen kam, folgte seiner Schwester auf den dunklen Balkon, kniete neben Darren nieder und wußte im gleichen Moment, was er entdecken würde. Darren, das Gesicht zum dunklen Himmel gerichtet, lag bewegungslos da, sein Körper wurde schon kalt.

»Er ist tot, Dorilys. Du hast ihn getötet«, sagte er und zog sie schützend in seine Arme. Er spürte, daß ihr Körper wie ein Baum im Wind zitterte. Um die Höhen von Burg Aldaran krachten und grollten Donnerschläge, die allmählich verstummten.

10

»Und jetzt«, sagte Lord Scathfell düster, »hören wir, wenn die Götter es wollen, die Wahrheit über diese schreckliche Angelegenheit.«

Die Gäste waren verabschiedet und auf ihre Zimmer oder zu den Pferden gebracht worden. Über den Höhen von Schloß Aldaran zeigte die blutige, rote Sonne durch schwere Wolken die ersten Anzeichen ihres Gesichts. Man hatte Darrens Körper in die Burgkapelle gebracht, und obwohl sie nicht miteinander befreundet gewesen waren, hatte Donal ein Gefühl des Bedauerns nicht unterdrükken können, als er den jungen Mann starr und erstaunt, mit unordentlicher Kleidung, den Kopf in einem Krampf von Schmerz und Entsetzen zurückgeworfen, dort liegen sah. *Er hat ein unwürdiges Ende gehabt*, war sein erster Gedanke gewesen. Es drängte ihn, die Kleidung des jungen Mannes in Ordnung zu bringen; doch dann wurde ihm klar, daß dies alle Spuren von Dorilys einziger Verteidigung beseitigen würde.

Blutschuld auf einem so jungen Kind, hatte er schaudernd gedacht, war von dem Leichnam zurückgetreten und in Lord Aldarans Empfangszimmer gegangen.

Margali war aus dem tiefen Schlaf geweckt worden, der sie übermannt hatte, als ihre Schmerzen aufhörten. Mit einem dicken Schal über dem Nachtkleid saß sie da, während Dorilys in ihren Armen schluchzte. Das Mädchen sah jetzt wie ein erschöpftes Kind aus, ihr Gesicht vom langen Weinen fleckig, ihr Haar in strähnigen Locken herabfallend, die geschwollenen Augenlider schläfrig über die Augen gesenkt. Einmal hatte sie beinahe aufgehört, aber immer wieder schüttelte ein neues, krampfhaftes Schluchzen ihre schmalen Schultern. Ungeachtet der Tatsache, daß ihre Beine den Boden berührten, wirkte sie auf Margalis Schoß wie ein kleines Kind. Ihr kunstvolles Kleid war beschmutzt und zerknittert.

Über den Kopf des Kindes hinweg sah Margali Lord Mikhail von Aldaran an und sagte: »Ihr wollt also den Wahrzauber, mein Fürst? Gut, aber laßt mich wenigstens die Zofe rufen und das Kind zu Bett bringen. Sie ist die ganze Nacht wach gewesen, und Ihr könnt sehen –« Mit einer Kopfbewegung wies sie auf die aufgelöst weinende Dorilys, die sich an sie klammerte.

»Es tut mir leid, *Mestra*, aber Dorilys muß bleiben«, sagte Aldaran. »Wir müssen, fürchte ich, auch hören, was sie zu sagen hat, und zwar unter Wahrzauber . . . Dorilys« – seine Stimme war sanft – »laß deine Pflegemutter los, mein Kind, und setz dich neben Donal. Niemand wird dir weh tun. Wir wollen nur wissen, was geschehen ist.«

Widerstrebend löste Dorilys ihren Griff von Margalis Hals. Sie war steif, von Entsetzen gepackt. Donal mußte an ein kleines Kaninchen denken, das vor einem Raubtierrudel in den Bergen saß. Sie setzte sich auf die niedrige Bank neben ihn. Er streckte seine Hand nach ihr aus, und ihre kleinen Finger ergriffen sie und packten sie mit schmerzendem Druck. Sie wischte ihr verschmiertes Gesicht mit dem Ärmel ihres Gewandes ab.

Margali nahm die Matrix aus dem um ihren Hals hängenden seidenen Beutel, blickte einen Augenblick in den blauen Edelstein, und dann war ihre leise, klare Stimme in der Stille des Empfangszimmers deutlich zu hören – obwohl sie beinahe flüsterte.

»Im Licht des Feuers dieses Edelsteins, laß die Wahrheit den Raum, in dem wir stehen, erhellen.«

Donal, der die Anwendung des Wahrzaubers viele Male gesehen hatte, war mit Ehrfurcht erfüllt. Der kleine Edelstein begann zu glühen. Das Licht überschwemmte langsam das Gesicht der *Leronis*, kroch in den Raum hinein und stahl sich nach und nach auf jedes Gesicht. Donal spürte, wie der Schimmer auch ihn erfaßte, sah ihn auf dem fleckigen Gesicht des neben ihm sitzenden Kindes, auf den Zügen Rakhal Scathfells und denen des Friedensmannes, der bewegungslos hinter ihm stand.

In dem blauen Licht sah Mikhail von Aldaran mehr denn je wie ein alter, bewegungslos auf seinem Klotz hockender Raubvogel aus. Als er den Kopf hob, waren die Kraft und die Bedrohung wieder da, still, aber vorhanden.

Margali sagte: »Es ist getan, mein Fürst. Allein die Wahrheit möge hier gesprochen werden, solange dieses Licht andauert.«

Donal wußte: Wenn unter dem Wahrzauber die Unwahrheit gesprochen wurde, verschwand das Licht vom Gesicht des Sprechers und zeigte sofort an, daß er log.

»Jetzt«, sagte Mikhail von Aldaran, »mußt du uns sagen, was du weißt, Dorilys. Wie ist Darren zu Tode gekommen?«

Dorilys hob den Kopf. Sie sah bedauernswert aus. Erneut wischte sie ihre Nase an den kunstvollen Ärmeln ihres Gewandes ab. Sie klammerte sich so fest an Donals Hand, daß er ihr Zittern spüren konnte. Aldaran hatte die Befehlsstimme noch nie zuvor bei seiner Tochter angewandt. Nach einem Augenblick sagte sie: »Ich habe nicht gewußt, daß er tot ist.« Ihre Augenlider klapperten heftig, als wolle sie wieder zu weinen anfangen.

Rakhal von Scathfell sagte: »Er ist tot. Mein ältester Sohn ist tot. Daran gibt es keinen Zweifel, du . . .«

»Still!« Beim Klang der Befehlsstimme ließ selbst Lord Scathfell

seine Stimme ersterben. »Und jetzt, Dorilys, erzähle uns, was zwischen dir und Darren vorgefallen ist. Wie kam es, daß der Blitz ihn traf?«

Allmählich gewann Dorilys die Gewalt über ihre Stimme wieder. »Wir waren vom Tanzen erhitzt. Er sagte, wir sollten auf den Balkon hinausgehen. Er begann mich zu küssen, und ...« Unkontrolliert bebte ihre Stimme. »Er hat mein Mieder aufgeschnürt und mich angefaßt und wollte nicht aufhören, als ich ihn darum bat.« Sie blinzelte heftig, aber das Wahrlicht auf ihrem Gesicht schwankte nicht. »Er sagte, ich solle zulassen, daß er mich nimmt, damit Vater die Heirat nicht verzögern könne. Und er hat mich sehr grob geküßt und mir weh getan.« Sie bedeckte das Gesicht mit den Händen und wurde erneut von einem Schluchzen geschüttelt.

Aldarans Gesicht war wie versteinert. Er sagte: »Hab keine Angst, meine Tochter; aber du mußt unseren Verwandten dein Gesicht sehen lassen.«

Donal griff nach Dorilys' Hand. Er konnte die Qual der Angst und des Entsetzens so deutlich spüren, als pulsiere sie durch ihre kleinen Hände.

Stammelnd, dem nicht flackernden Schein des Wahrlichts ausgesetzt, sagte Dorilys: »Er ... er hat mich geschlagen, als ich ihn zurückstieß. Er hat mich niedergeschlagen. Und dann kniete er neben mir am Boden, und ich hatte ... ich hatte Angst und habe ihn mit dem Blitz geschlagen. Ich wollte ihm nicht weh tun. Ich wollte nur, daß er seine Hände von mir nimmt!«

»Du! Du hast ihn also umgebracht! Du hast ihn mit deinem Hexenblitz getroffen, du Satan aus der Hölle!« Scathfell stand auf, ging auf sie zu, die Hand wie zum Schlag erhoben.

»Vater! Laß nicht zu, daß er mir weh tut!« schrie Dorilys entsetzt. Ein blauer Blitzstrahl zuckte auf, und Rakhal von Scathfell stoppte mitten im Schritt zurück, taumelte und faßte sich ans Herz. Der Friedensmann kam hinzu und stützte den schwankenden Fürsten, bis er wieder in seinem Sessel saß.

Donal sagte: »Meine Herren, wenn Dorilys ihn nicht niedergestreckt hätte, hätte ich ihn gefordert! Ein elfjähriges Mädchen zu vergewaltigen!« Seine Hand umklammerte das Schwert, als stünde der tote Mann vor ihm.

Aldarans Stimme drückte Kummer und Bestürzung aus, als er sich Lord Scathfell zuwandte. »Nun, mein Bruder, du hast es gesehen. Ich bedauere es mehr, als ich ausdrücken kann. Aber du hast das Wahrlicht auf dem Gesicht des Kindes gesehen, und in ihr scheint keine Falschheit zu sein. Wie kam dein Sohn dazu, etwas so

Ungebührliches auf seiner eigenen Verlobung zu versuchen – seine künftige Braut zu vergewaltigen?«

»Ich hätte nie gedacht, daß es soweit kommen würde«, sagte Scathfell zornbebend. »Ich war es, der ihm riet, sich ihrer zu versichern. Hast du wirklich geglaubt, wir würden jahrelang warten, während du nach einer vorteilhafteren Heirat suchst? Ein Blinder konnte sehen, daß das Mädchen heiratsfähig ist, und das Gesetz ist eindeutig: Wenn ein verlobtes Paar miteinander schläft, ist die Ehe von diesem Moment an legal. Ich war es, ich habe meinem Sohn geraten, sich seiner Braut zu versichern.«

»Ich hätte es wissen sollen«, sagte Aldaran bitter. »Du hast mir nicht getraut, Bruder? Aber hier steht die *Leronis*, die meine Tochter ans Licht der Welt gebracht hat. Unter Wahrzauber, Margali: Wie alt ist Dorilys?«

»Es stimmt«, bestätigte die *Leronis* im blauen Wahrlicht. »Ich selbst habe sie vor elf Sommern von Alicianes totem Körper entbunden. Aber selbst wenn sie im heiratsfähigen Alter gewesen wäre, Lord Scathfell: Wie hättet Ihr dulden können, daß Eurer eigenen Nichte Gewalt angetan wird?«

»Ja, das sollten wir auch noch erfahren«, sagte Mikhail von Aldaran. »Warum, mein Bruder? Warst du nicht fähig, den Verpflichtungen des Blutes zu trauen?«

»Du bist es, der sie vergessen hat«, schleuderte Scathfell ihm entgegen. »Mußt du noch fragen, Bruder? Du wolltest Darren doch dazu bringen, Jahre zu warten, während du hintenherum eine Methode aushecktest, alles dem Bastard von Rockraven, den du deinen Pflegesohn nennst, zu geben! In Wirklichkeit ist er doch einer deiner Bastarde, die du nicht einmal anerkennst.«

Ohne nachzudenken, erhob sich Donal von seinem Platz und nahm drei Schritte hinter Mikhail von Aldaran den Platz des Friedensmannes ein. Seine Hand schwebte einige Zentimeter über dem Griff seines Schwertes. Lord Aldaran sah sich nicht nach Donal um, aber seine Worte kamen gequält.

»Gäben doch die Götter, daß deine Worte wahr sind! Wäre jener Donal doch nur von meinem Blut geboten, ob ehelich oder nicht! Kein Mann könnte von einem Verwandten und Sohn mehr erwarten! Aber leider, leider – ich sage es voll Gram und im Licht des Wahrzaubers –, Donal ist nicht mein Sohn.«

»Nicht dein Sohn? Wirklich?« Scathfells Stimme war vor Erregung verzerrt. »Warum sonst würde ein alter Mann seine Blutspflichten vergessen, wenn er nicht in diesen Jungen vernarrt wäre? Wenn er nicht dein Sohn ist, dann muß er dein Geliebter sein!«

Donals Hand fuhr zum Schwertgriff. Aldaran, der seine Absicht spürte, griff zu und packte Donals Handgelenk mit stählernen Fingern. Er drückte so lange zu, bis Donals Hand sich löste und er das Schwert in die Scheide zurückgleiten ließ.

»Nicht unter diesem Dach, Pflegesohn. Er ist immer noch unser Gast.« Er ließ das Handgelenk los, trat auf Scathfell zu, und Donal dachte erneut an einen Falken, der über seinem Opfer schwebte. »Hätte ein anderer Mann als mein Bruder dies gesagt – ich würde ihm die Lüge aus der Kehle reißen. Pack dich! Nimm den Leichnam dieses widerlichen Schänders, den du deinen Sohn nanntest, deine Lakaien, und verschwinde aus meinem Haus, bevor ich tatsächlich meine verwandtschaftlichen Pflichten vergesse!«

»Dein Haus, in der Tat. Aber nicht mehr lange, mein Bruder«, sagte Scathfell gepreßt. »Ich werde Stein um Stein rund um deinen Kopf niederreißen, ehe es an den Bastard von Rockraven geht.«

»Und ich werde es über meinem Kopf niederbrennen, bevor es an einen Scathfell geht«, gab Lord Aldaran zurück. »Verlasse mein Haus vor der Mittagsstunde, sonst werden meine Diener dich mit Peitschen hinaustreiben! Geh zurück nach Scathfell und schätze dich glücklich, daß ich dich nicht auch von dieser Feste treibe, die du dank meiner Güte besitzt. Ich habe Nachsicht wegen deines Kummers, sonst würde ich für das, was du gesagt und getan hast, Rache im Blut deines Herzens suchen! Mach dich nach Scathfell davon, oder wohin du immer willst, aber wage dich nicht mehr in meine Nähe und nenne mich nicht Bruder!«

»Weder Bruder noch Großfürst«, sagte Scathfell erregt. »Den Göttern sei Dank habe ich noch andere Söhne, und der Tag wird kommen, an dem ich Scathfell aus eigenem Recht besitze, und nicht durch deine Erlaubnis und Gnade. Der Tag wird kommen, an dem wir auch Aldaran besitzen –, und jene mörderische Zauberin da, die sich hinter der Maske eines weinenden Mädchens verbirgt, wird mit ihrem Blut Rechenschaft abgeben! Von nun an, Mikhail von Aldaran, paß auf dich und deine Hexentochter auf, und auch auf den Bastard Rockraven, der niemals dein Sohn sein wird! Die Götter wissen allein, welchen Einfluß er auf dich hat! Irgendeinen üblen Zauberbann der Hexerei! Ich will die Luft dieses Ortes nicht länger atmen, die von ekligen Zaubereien verschmutzt ist!«

Sich umwendend, seinen Friedensmann in Schlepptau, verließ Lord Scathfell ruhigen und gemessenen Schrittes das Empfangszimmer. Sein letzter Blick galt Dorilys, und er war mit so viel Abscheu erfüllt, daß Donal schauderte.

Wenn Brüder sich streiten, treten Feinde auf, um diesen Spalt zu vertiefen, dachte Donal. Jetzt hatte sein Pflegevater sich mit der gesamten Verwandtschaft überworfen. *Und ich, der allein noch zu ihm steht – bin nicht einmal sein Sohn!*

Als die Leute von Scathfell gegangen waren, sagte Margali bestimmt: »Jetzt, mein Fürst, mit Eurer Erlaubnis, werde ich Dorilys zu Bett bringen.«

Aldaran, der aus brütender Apathie aufschreckte, erwiderte: »Ja, ja, bring das Kind weg. Aber komm zu mir zurück, sobald es schläft.«

Margali brachte Dorilys hinaus. Aldaran saß bewegungslos, mit gesenktem Kopf, in Gedanken versunken.

Donal vermied es, ihn zu stören, aber als Margali zurückkehrte, fragte er: »Soll ich gehen?«

»Nein, nein, Junge, das betrifft auch dich«, sagte Aldaran. Seufzend blickte er zu der *Leronis* auf. »Kein Vorwurf gegen dich, Margali, aber was sollen wir jetzt tun?«

Kopfschüttelnd erwiderte Margali: »Ich kann sie nicht mehr kontrollieren, mein Fürst. Sie ist stark und eigenwillig, und schon bald wird sie der Belastung der Pubertät ausgesetzt sein. Ich bitte Euch, Dom Mikhail, sie jemandem anzuvertrauen, der stärker ist als ich, und besser geeignet, sie zu lehren, ihr *Laran* zu kontrollieren. Sonst kann Schlimmeres als dies geschehen.«

Donal fragte sich: *Was könnte schlimmer sein als dies?*

Als griffe er die unausgesprochene Frage auf, sagte Aldaran: »Jedes andere Kind, das ich gezeugt habe, ist im jugendlichen Alter an der Schwellenkrankheit gestorben. Das ist der Fluch unseres Geschlechts. Muß ich auch das noch für sie fürchten?«

Margali erwiderte: »Habt Ihr schon einmal daran gedacht, sie zu den *Vai Leronis* des Tramontana-Turms zu schicken? Sie würden sich um Dorilys kümmern und sie lehren, das *Laran* zu benutzen. Wenn irgend jemand sie unbeschadet durch die Jugend bringen kann, dann die Mitglieder einer Turmgemeinschaft.«

Donal dachte: *Das ist mit Sicherheit die richtige Lösung.* »Ja, Vater«, sagte er eifrig. »Ihr werdet Euch erinnern, wie freundlich sie jedesmal waren, wenn wir dorthin gingen. Sie waren erfreut, mich unter sich zu haben, wenn Ihr mich entbehren konntet, haben mich immer als Gast und Freund willkommen geheißen und mich viel über die Anwendung meines *Laran* gelehrt. Sie hätten mir mit Freuden mehr beigebracht. Schickt Dorilys zu ihnen.«

Fast unmerklich hatte sich Aldarans Gesicht aufgehellt. Plötzlich blickte er wieder finster. »Nach Tramontana? Willst du mich vor meinen Nachbarn beschämen, Donal? Soll ich meine Schwäche zeigen, damit sie allen Leuten in den Hellers davon berichten? Soll ich mich zur Zielscheibe von Klatsch und Spott machen lassen?«

»Vater, ich glaube, Ihr tut den Leuten von Tramontana unrecht«, widersprach Donal, aber er wußte, daß es sinnlos war. Er hatte nicht mit Dom Mikhails Stolz gerechnet.

Margali sagte: »Wenn Ihr sie nicht Euren Nachbarn in Tramontana anvertrauen wollt, Dom Mikhail, bitte ich Euch, sie nach Hali oder Neskaya zu schicken, oder zu einem der Türme im Tiefland. Ich bin weder jung noch stark genug, sie Selbstkontrolle zu lehren. – Die Götter wissen, daß ich nicht wünsche, von ihr getrennt zu werden. Ich liebe sie, als wäre sie mein eigenes Kind, aber ich kann mit ihr nicht mehr fertig werden. In einem Turm hingegen ist man dafür ausgebildet.«

Aldaran dachte eine Weile darüber nach. Schließlich sagte er: »Ich glaube, sie ist zu jung, um zu einem Turm geschickt zu werden. Aber zwischen Aldaran und Elhalyn gibt es alte Freundschaftsbande. Um dieser alten Freundschaft willen, vielleicht wird der Fürst von Elhalyn eine *Leronis* vom Hali-Turm schicken, die sich um Dorilys kümmert. Das würde zumindest keine Gerüchte aufbringen, da jeder Haushalt mit *Laran* solch eine Person braucht, um die jungen Leute auszubilden. Willst du dich aufmachen, Donal, und darum bitten, daß jemand nach Aldaran kommt, um hier zu wohnen und deine Schwester zu unterrichten?«

Donal stand auf und verbeugte sich. Der Gedanke, Dorilys sicher unter seinen Freunden im Tramontana-Turm zu wissen, hatte ihn angezogen; aber vielleicht hatte er von seinem Pflegevater zuviel verlangt, seine Schwäche den Nachbarn bekannt zu machen. »Ich werde noch heute reiten, wenn Ihr wollt, sobald ich eine Eskorte zusammengestellt habe, die Eurem Rang und Eurer Würde angemessen ist.«

»Nein«, sagte Aldaran bedächtig. »Du wirst allein reiten, Donal, wie es sich für einen Bittsteller geziemt. Ich habe gehört, daß zwischen Elhalyn und Ridenow ein Waffenstillstand existiert. Du wirst sicher sein. Und wenn du allein gehst, wird ihnen klar sein, daß ich um ihre Hilfe ersuche.«

»Wie Ihr wünscht«, sagte Donal. »Ich kann morgen reiten. Oder noch heute.«

»Morgen wird zeitig genug sein«, sagte Aldaran. »Warte erst ab, bis die Leute von Scathfell zu Hause sind. Ich will nicht, daß sich das in den Bergen herumspricht.«

11

Am entgegengesetzten Ende des Sees von Hali erhob sich der Turm, ein schlankes, hohes Gebäude aus blassem, durchschimmerndem Stein. Der größte Teil der wichtigeren Arbeit des Matrix-Kreises wurde bei Nacht getan. Zuerst hatte Allart das nicht verstanden und es für Aberglaube oder einen bedeutungslosen Brauch gehalten. Erst nach einiger Zeit war ihm allmählich klar geworden, daß die Nachtstunden, während der die meisten Menschen schliefen, am freiesten von störenden Gedanken – den Zufallsvibrationen anderer Hirne – waren. In den einsamen Nachtstunden waren die Kreismitarbeiter frei, ihren miteinander verbundenen Geist in die Matrixkristalle zu senden, die die elektronischen und energetischen Schwingungen des Gehirns verstärkten und ihre Kraft in Energie umsetzten.

Mit der ungeheuerlichen Kraft der verknüpften Gehirne und den gigantischen künstlichen Matrixgittern, die die Techniker errichteten, konnten diese geistigen Energien tief im Erdboden verborgene Metalle in einem reinen Schmelzfluß an die Erdoberfläche bringen. Sie konnten Batterien für den Betrieb von Luftwagen oder großer Generatoren, die die Burgen von Elhalyn und Thendara mit Licht versorgten, aufladen. Ein solcher Kreis hatte auch die glänzend weißen Türme der Burg Thendara aus dem Felsgestein des Berggipfels hochgezogen. Aus vielen Türmen, die diesem glichen, floß die gesamte Energie und Technologie von Darkover, und es waren die Männer und Frauen der Turm-Kreise, die sie erzeugten.

Jetzt saß Allart Hastur in der abgeschirmten Matrixkammer – nicht nur durch ein Tabu, die Tradition und Isolation von Hali abgeschirmt, sondern auch von Kraftfeldern, die einen Eindringling zu Tode bringen oder zum Wahnsinn treiben konnten – vor einem niedrigen runden Tisch. Seine Hände und sein Geist waren mit den sechs anderen des Kreises verbunden. Sämtliche Energien von Körper und Geist waren in einem einzigen Fluß auf den Bewahrer des Kreises konzentriert. Der Bewahrer war ein schlanker, kräftiger junger Mann. Sein Name war Coryn. Er war ein Cousin Allarts, von etwa gleichem Alter, und faßte, vor einem künstlichen Kristall sitzend, die gewaltigen Energieströme der sechs Personen zusammen. Er ließ sie durch die komplizierten inneren Kristallgitter fließen und dirigierte den Strom der Energie in die Batteriereihen, die vor ihnen auf dem niedrigen Tisch standen. Coryn sprach und bewegte sich nicht, aber sobald er mit seiner schmalen Hand auf die Batterien wies, ergossen die ausdruckslos blickenden Mitglieder des Kreises jedes Atom ihrer zusammengefaßten Energie in die Matrix, durch den Körper des Bewahrers, und sandten dadurch enorme Energieladungen in eine Batterie nach der anderen.

Allart war eiskalt, verkrampft, aber er spürte davon nichts. Er war sich seines Körpers nicht bewußt. Alles, was er fühlte, war der fließende Strom der Energie, der durch ihn hindurchraste. Verschwommen, ohne einen echten Gedanken, erinnerte ihn dieses Gefühl an die ekstatische Vereinigung der Gehirne und Stimmen während der Morgenhymnen von Nevarsin. Es war ein Gefühl einmaliger Harmonie, als habe man seinen Platz in der Musik des Universums gefunden.

Außerhalb des Kreises saß eine weißgekleidete Frau, das Gesicht in den Händen vergraben. Außer den herabfallenden Fluten ihres langen, kupferfarbenen Haars war von ihrem Gesicht nichts zu sehen. Ihr Geist bewegte sich ohne Unterlaß im Kreis herum und kontrollierte nacheinander die bewegungslosen Gestalten der anderen. Hier lockerte sie die Spannung eines Muskels, bevor er die Konzentration mindern konnte, dort milderte sie einen plötzlichen Krampf oder ein Jucken. Sie stellte sicher, daß die Atmung der sechs nicht schwankte, und kümmerte sich um die kleinen, unwillkürlichen Bewegungen, die die vernachlässigten Körper stabil hielten: das rhythmische Augenzwinkern, um der Belastung zu entgehen; das schwache Verändern der Stellung. Die aneinandergeketteten Mitglieder des Kreises waren sich ihrer eigenen Körper nicht bewußt, und das schon seit mehreren Stunden. Alles, was sie spürten, war die Verknüpfung ihrer Gehirne, die innerhalb der lodernden Energie schwebten, die sie in die Batterien gossen. Die Zeit hatte für sie in einem endlosen Augenblick stärkster Vereinigung angehalten, und nur die Überwacherin war sich der verstreichenden Stunden bewußt. Jetzt, als sie zwar nicht sah, aber fühlte, daß die Stunde des Sonnenaufgangs noch einige Zeit entfernt war, spürte sie innerhalb des Kreises eine Spannung, die es eigentlich nicht geben durfte.

Sie sandte ihren fragenden Geist nacheinander jedem der sechs entgegen.

Coryn. Der Bewahrer, jahrelang geistig und körperlich ausgebildet, um diese Belastung auszuhalten ... Nein, er war nicht in Bedrängnis. Er war verkrampft, und sie untersuchte seine Blutzirkulation. Sein Körper war kalt, aber er spürte nichts davon. Seine Verfassung hatte sich seit den frühen Nachtstunden nicht verändert. Wenn sein Körper einmal verbunden und in eine wohlabgewogene Position gebracht war, konnte er stundenlang unbeweglich bleiben. Um ihn stand es gut.

Mira? Nein, die alte Frau, die vor Renata Überwacherin gewesen war, war ruhig und ohne Bewußtsein. Sie schwebte freilich in den Energienetzen, konzentriert auf Energieausflüsse, Zufallsträume, Glückseligkeit.

Barak? Der stämmige, dunkelhäutige Mann, der Techniker, der das künstliche Matrixgitter den Anforderungen des Kreises entsprechend gebaut hatte, war verkrampft. Automatisch sank Renata in sein Körperbewußtsein und lockerte einen Muskel, ehe der Schmerz Barak in seiner Konzentration stören konnte. Sonst mangelte es ihm an nichts.

Allart? Wie schaffte es dieser Neuankömmling nur, sich dermaßen unter Kontrolle zu haben? War es die Ausbildung von Nevarsin? Seine Atmung war tief und langsam, ohne jede Schwankung, der Fluß des Sauerstoffs zum Herzen und zu den Gliedern regelmäßig. Er hatte sogar den schwierigsten Kunstgriff des Kreises erlernt: die stundenlange Unbeweglichkeit ohne übermäßigen Schmerz und Verkrampfung.

Arielle? Sie war an Jahren die jüngste des Kreises, hatte mit sechzehn aber volle zwei Jahre in Hali verbracht und den Rang einer Mechanikerin erworben. Renata untersuchte sie sorgfältig: Atmung, Herzschlag, die Stirnhöhlen, die Arielle manchmal wegen der Feuchtigkeit des Sumpflandes Sorgen bereiteten. Arielle stammte aus den südlichen Ebenen. Da sie keinen Fehler fand, suchte Renata weiter. Nein, keine Probleme, nicht einmal eine gefüllte Harnblase, die Anspannung erzeugte. Renata dachte: *Ich habe mich gefragt, ob Coryn sie geschwängert hat, aber das trifft nicht zu. Ich habe sie sorgfältig untersucht, bevor sie in den Kreis eingetreten ist, aber dazu ist Arielle zu klug ... Dann muß es der andere Neuling sein, Cassandra ...* Sorgfältig horchend untersuchte sie Herz, Atmung, Kreislauf. Cassandra war verkrampft, ohne große Schmerzen zu haben. Renata spürte in Cassandras Bewußtsein eine leichte innere Erregung. Sie sandte einen schnellen, besänftigenden Gedanken aus, um sie zu beruhigen, damit sie die anderen nicht störte. Für Cassandra war diese Arbeit neu, und sie hatte noch nicht gelernt, das routinemäßige Eindringen einer Überwacherin in Körper und Geist mit völliger Selbstverständlichkeit hinzunehmen. Es kostete Renata einige Sekunden, Cassandra zu beruhigen, bevor sie zu einen tieferen Horchen übergehen konnte.

Jawohl, es ist Cassandra. Es ist ihre Belastung, an der wir alle teilhaben. Sie hätte nicht in den Kreis kommen sollen, jetzt, wo ihre Periode bevorsteht. Ich hätte sie für klüger gehalten ... Aber Renata dachte keinesfalls daran, Cassandra einen Vorwurf zu machen. *Ich hätte mir darüber Gewißheit verschaffen sollen.* Renata wußte, wie schwer es war, in den ersten Tagen des Lernens Schwächen einzugestehen oder Beschränkungen zuzugeben.

Sie ging eine enge Verbindung mit Cassandra ein, versuchte, ihre Spannung zu lockern, und mußte feststellen, daß sie noch nicht in der Lage war, mit ihr in dieser absoluten Dichte zusammenzuarbeiten. Sie sandte Coryn einen vorsichtigen, warnenden Gedanken zu, der nicht mehr als eine sanfte Berührung war.

Wir müssen bald aufhören ... Sei bereit, wenn ich das Zeichen gebe.

Ohne daß der Energiefluß stockte, sagte ihr Coryns äußerliches Zittern: *Noch nicht. Eine ganze Reihe der Batterien muß noch aufgeladen werden.* Dann sank er harmonisch in die Verbindung des Kreises zurück.

Jetzt war Renata besorgt. Das Wort des Bewahrers war in dem Kreis Gesetz; doch es lag in der Verantwortlichkeit der Überwacherin, auf das Wohlbefinden der Mitglieder zu achten. Bisher hatte sie ihre Betroffenheit vor ihnen allen abgeschirmt, aber nun spürte sie irgendwo ein schwaches Bewußtsein, das dem Kreis Energie entzog. *Allart ist sich Cassandras zu sehr bewußt. Auf diese Art mit dem Kreis verbunden, dürfte er sie nicht mehr wahrnehmen als jeden anderen.* Bis jetzt war es nur ein Flackern, das sie auffing, indem sie Allarts Bewußtsein sanft auf seinen Energiebrennpunkt hinwies. Sie versuchte, Cassandra aufrechtzuhalten, als hätte sie der anderen Frau auf einer steilen Treppe den Arm zur Stütze gereicht. Aber da die Intensität der Konzentration einmal unterbrochen war, schwankte etwas in dem Strom der Energien und wellte sich wie eine vom Wind gekräuselte Wasseroberfläche. Sie spürte, wie die Störung durch den Kreis wanderte. Es war zwar nur ein leichtes Flackern, konnte auf dieser Ebene der Konzentration aber zerstörerisch wirken. Baraks Körper wankte unruhig, Coryn hustete, Arielle schniefte, und Renata spürte, wie Cassandras Atem schwankte und schwer wurde. Entschiedener sandte sie eine zweite Warnung:

Wir müssen unterbrechen. Es ist bald soweit ...

Diesmal war die Reaktion eindeutig erregt und hallte in den miteinander verbundenen Köpfen wie eine Alarmglocke wider. Allart hörte den Klang, wie er die lautlosen Glocken von Nevarsin gehört hatte, und begann langsam, seinen unabhängigen Brennpunkt zurückzuerlangen. Coryns Gereiztheit war wie ein Stechen. Er spürte sie wie das Verdrehen eines inneren Fadens, als er Cassandras Bewußtsein schwinden fühlte. Einer nach dem anderen zog sich aus dem Kreis zurück und löste ihn auf, aber nicht wie früher sanft, sondern in einem schmerzlichen Auseinanderfallen. Er hörte Miras angestrengtes Keuchen. Arielle schnüffelte, als werde sie gleich zu weinen beginnen. Barak ächzte und streckte ein schmerzhaft verkrampftes Bein. Allart war erfahren genug, sich am Anfang nicht zu schnell zu bewegen. Er versuchte es mit langsamen, behutsamen Bewegungen, als erwache er aus einem tiefen Schlaf. Aber er war besorgt und bekümmert. Was war mit dem Kreis geschehen? Ihre Arbeit war mit Sicherheit nicht vollständig getan ...

Nach und nach kamen auch die anderen aus den Tiefen der Matrixtrance hervor. Coryn sah bleich und verstört aus. Er sagte kein Wort, aber die Intensität seines auf Renata gerichteten Zorns war schmerzlich für sie alle.

Ich habe gesagt: Noch nicht! Jetzt werden wir das alles noch einmal machen müssen, denn weniger als ein Dutzend Batterien ... Warum hast du gerade jetzt unterbrochen? War irgend jemand im Kreis zu schwach, um noch länger durchzuhalten? Sind wir Kinder, die Murmeln spielen, oder ein verantwortungsvoller Kreis von Mechanikern?

Aber Renata schenkte ihm keine Aufmerksamkeit. Allart, der nun völlig erwacht war, sah Cassandra zur Seite fallen. Ihr langes schwarzes Haar breitete sich auf der Tischplatte aus. Er stieß seinen Stuhl zurück, aber Renata war vor ihm bei ihr.

»Nein«, sagte sie, und mit einem Aufflackern von Bestürzung hörte Allart die Befehlsstimme gegen sich gerichtet. *»Faß sie nicht an!* Das ist meine Verantwortung!« In seiner extremen Empfänglichkeit erfaßte Allart den Gedanken, den Renata nicht laut ausgesprochen hatte: *Du hast bereits genug angerichtet. Für dies hier bist du verantwortlich ... Ich? Heiliger Lastenträger, gib mir Kraft! Ich, Renata?*

Renata kniete sich hin. Ihre Fingerspitzen lagen auf Cassandras Nacken und berührten ihr Nervenzentrum. Cassandra bewegte sich, und Renata sagte besänftigend: »Alles in Ordnung, Liebes. Du bist jetzt wieder in Ordnung.«

Cassandra murmelte: »Mir ist so kalt, so kalt.«

»Ich weiß, in wenigen Minuten wird das vorbei sein.«

»Es tut mir so leid. Ich wollte nicht ... Ich war sicher ...« Benommen blickte Cassandra umher, sie war den Tränen nahe. Vor Coryns zornigem Blick fuhr sie zurück.

»Laß sie in Ruhe, Coryn. Es ist nicht ihre Schuld«, sagte Renata ohne aufzusehen.

Mit einer Geste tiefer Ironie sagte Coryn: *»Z'par Servu, Vai Leronis* ... Haben wir deine Erlaubnis, die Batterien zu testen? Während du unserer Braut Hilfe leistest?«

Cassandra unterdrückte mühsam ein Schluchzen. Renata tröstete sie: »Kümmere dich nicht um Coryn. Er ist so müde wie wir alle. Er hat es nicht so gemeint, wie es sich anhörte.«

Arielle ging zu einem Nebentisch, nahm ein metallenes Instrument – die Matrixkreise besaßen den ersten Anspruch auf alle knappen Metalle von Darkover – und eilte, ihre Hand in nichtleitendes Material hüllend, zu den Batterien, die sie eine nach der anderen, um den Funken hervorzulocken, der anzeigte, daß sie voll geladen waren, berührte. Die anderen erhoben sich behutsam und streckten ihre verkrampften Körper. Renata kniete noch immer neben Cassandra. Schließlich zog sie ihre Hände von den Pulsstellen ihres Halses zurück.

»Versuche jetzt aufzustehen. Bewege dich hin und her, wenn du kannst.«

Cassandra rieb ihre dünnen Hände. »Mir ist so kalt, als hätte ich die Nacht in Zandrus kältester Hölle zugebracht. Danke, Renata. Woher hast du es gewußt?«

»Ich bin eine Überwacherin. Es ist meine Pflicht, solche Dinge zu wissen.« Renata Leynier war eine schlanke junge Frau mit gelbbrauner Hautfarbe und dichtem, kupfergoldenem Haar. Aber um eine Schönheit zu sein, war ihr Mund zu breit, ihre Zähne ein wenig zu schief und ihre Nase mit zu vielen Sommersprossen übersät. Ihre Augen allerdings waren groß, grau und schön.

»Wenn du ein wenig mehr Übung hast, Cassandra, wirst du es selbst spüren und kannst uns sagen, wenn du dich nicht wohl genug fühlst, um einem Keis anzugehören. In dieser Zeit – und ich hatte gedacht, du weißt das – verläßt die psychische Energie deinen Körper mit dem Blut, und du benötigst all deine Kraft für dich selbst. Geh jetzt zu Bett und ruhe dich ein oder zwei Tage aus. Mit Sicherheit darfst du nicht wieder im Kreis arbeiten oder irgendeine Arbeit tun, die soviel Anstrengung und Konzentration erfordert.«

Besorgt trat Allart zu ihnen: »Bist du krank, Cassandra?«

Renata antwortete: »Überarbeitet, das ist alles. Sie braucht Essen und Ruhe.« Mira brachte etwas von den Speise- und Weinvorräten, die in einem Schrank aufbewahrt wurden, damit der Kreis sich sofort von den enormen Energieverlusten seiner Arbeit erholen konnte. Renata suchte aus den Vorräten einen langen Riegel honigverklebter, gepreßter Nüsse heraus. Sie steckte ihn Cassandra in die Hand, aber die dunkelhaarige Frau schüttelte den Kopf.

»Ich mag keine Süßigkeiten. Ich warte auf ein richtiges Frühstück.«

»Iß das«, sagte Renata mit Befehlsstimme. »Du brauchst die Kraft.«

Cassandra brach ein Stück der klebrigen Süßspeise ab, steckte es in den Mund, verzog das Gesicht zu einer Grimasse, kaute es aber gehorsam weiter. Arielle gesellte sich zu ihnen, legte das Instrument weg und nahm eine Handvoll getrockneter Früchte, die sie gierig in den Mund steckte. Als sie wieder deutlich sprechen konnte, sagte sie: »Das letzte Dutzend der Batterien ist nicht aufgeladen, und die letzten drei, bei denen wir aufhörten, haben keine volle Kapazität.«

»Wie ärgerlich!« Coryn blickte Cassandra an.

»Laß sie in Ruhe!« beharrte Renata. »Wir haben uns alle wie Anfänger verhalten!«

Coryn schenkte sich etwas Wein ein und nahm einen Schluck. »Es tut mir leid«, sagte er schließlich und lächelte Cassandra an. Seine gute Laune kehrte zurück.

Arielle wischte ihre von den honiggetränkten Früchten klebenden Finger ab. »Falls es eine ermüdendere Arbeit zwischen Dalereuth und den Hellers gibt, als Batterien aufzuladen, kann ich mir sie nicht vorstellen.«

»Besser das, als Metall fördern«, sagte Coryn. »Immer wenn ich mit Metall arbeite, bin ich einen halben Mond erschöpft. Ich bin froh, daß es dieses Jahr keine Arbeit mehr zu tun gibt. Jedesmal, wenn wir zum Fördern in die Erde gehen und ich ins Bewußtsein zurückkehre, fühle ich mich, als hätte ich jedes Gramm mit meinen eigenen Händen hochgeholt.«

Allart, durch die Jahre mühseligen, körperlichen und geistigen Trainings in Nevarsin abgehärtet, war weniger erschöpft als die anderen, aber seine Muskeln schmerzten vor Spannung und der langen Bewegungslosigkeit. Cassandra brach noch ein Stück des klebrigen Honig-Nuß-Naschwerks ab und zog, als sie es in den Mund steckte, eine weitere Grimasse. Sie standen noch immer in enger Verbindung, und er spürte ihren Widerwillen vor dem übersüßen Stoff, als äße er ihn selbst.

»Iß es nicht, wenn du es nicht magst. Sicher steht auf den Regalen etwas, das dir besser schmeckt«, sagte er und ging hinüber, um sie zu durchstöbern.

Cassandra zuckte die Schultern. »Renata meint, das würde mich eher als alles andere wiederherstellen. Mir macht es nichts aus.«

Allart nahm sich ein Stück. Barak, der an einem Kelch Wein genippt hatte, stellte ihn ab und kam zu ihnen hinüber.

»Bist du erholt, Cousine? Die Arbeit ist in der Tat ermüdend, wenn sie einem neu ist, und hier gibt es keine passenden Stärkungsmittel.« Er lachte laut. »Vielleicht solltest du einen Löffel Kireseth-Honig nehmen. Es ist das beste Stärkungsmittel nach erschöpfender

Arbeit, und besonders du solltest ...« Unvermittelt hustete er und wandte sich ab, wobei er vorgab, sich am letzten Schluck aus seinem Glas verschluckt zu haben. Dennoch vernahm jeder seine Gedanken, als hätte er sie laut ausgesprochen. *Besonders du solltest solche Stärkungsmittel nehmen, weil du erst seit kurzem verheiratet bist und sie um so nötiger brauchst...* Noch ehe die Worte seiner Zunge entschlüpfen konnten, war Barak eingefallen, was alle kannten, die in enger telepathischer Verbindung mit Allart und Cassandra standen: den tatsächlichen Stand der Beziehungen zwischen den beiden.

Er konnte den geschmacklosen Scherz nur abschwächen, indem er sich abwandte und so tat, als seien die Worte ebenso ungedacht wie ungesagt. In der Matrixkammer herrschte momentan Schweigen, dann fingen alle an, sehr laut und gleichzeitig über irgend etwas anderes zu sprechen. Coryn nahm das Metallgerät und untersuchte selbst ein paar Batterien. Mira rieb ihre kalten Hände und sagte, sie wolle ein heißes Bad und eine Massage nehmen.

Renata legte ihren Arm um Cassandras Taille.

»Das solltest du auch, Herzchen. Du bist kalt und verkrampft. Geh jetzt hinunter. Laß dir ein ordentliches Frühstück bringen und nimm ein heißes Bad. Ich werde dir meine Badefrau schicken. Sie ist in der Massage ausgebildet und wird deine verkrampften Muskeln und Nerven lockern, damit du schlafen kannst. Fühl dich nicht schuldig. Wir alle haben uns in unserer Anfangszeit überarbeitet, und niemand gibt seine Schwäche gern zu. Wenn du eine warme Mahlzeit, ein Bad und eine Massage gehabt hast, leg dich zum Schlafen hin. Man soll dir heiße Ziegelsteine an die Füße legen und dich gut zudecken.«

Cassandra sagte: »Ich beraube dich nicht gern der Dienste deiner Badefrau.«

»*Chiya*, ich lasse mich nicht mehr in solch einen Zustand bringen. Geh jetzt. Sag Lucetta, ich hätte den Auftrag gegeben, daß sie dich pflegt wie mich, wenn ich aus dem Kreis komme. Tu, was man dir sagt, Cousine. Es ist meine Aufgabe, zu wissen, was du brauchst, selbst wenn du es nicht weißt«, sagte sie. Allart fiel auf, wie mütterlich sie klang, obwohl sie nicht älter war als Cassandra.

»Ich werde auch hinuntergehen«, sagte Mira. Coryn zog Arielle am Arm, und zusammen gingen sie hinaus. Allart wollte ihnen folgen, als Renata eine federleichte Hand auf seinen Arm legte.

»Allart, wenn du nicht zu müde bist, möchte ich mich mit dir ein wenig unterhalten.«

Allart war in Gedanken zwar schon in seinem wohlausgestatteten Zimmer im untersten Stockwerk und einem kalten Bad, aber er war nicht wirklich müde. Er sagte es ihr, und Renata nickte.

»Wenn das eine Folge der Ausbildung der Nevarsin-Brüder ist, sollten wir sie vielleicht in unsere Kreise einführen. Du bist ebenso ausdauernd und frisch wie Barak. Du solltest uns etwas über deine Geheimnisse lehren! Oder haben die Brüder dich zur Verschwiegenheit verpflichtet?«

Allart schüttelte den Kopf. »Es ist nur die Beherrschung der Atmung.«

»Komm. Sollen wir nach draußen in den Sonnenschein gehen?«

Zusammen gingen sie zum Erdgeschoß hinab und traten durch das Kraftfeld, das den Turmkreis vor Störungen schützte, solange sie bei der Arbeit waren, in den zunehmenden Glanz des Morgens hinaus. Schweigend ging Allart neben Renata her. Er war nicht übermäßig müde, aber seine Nerven waren durch die Anspannung und die lange Zeit ohne Schlaf gespannt. Wie immer, wenn er es sich erlaubte, ließ sein *Laran* ein Gewebe einander widersprechender Zukunftsentwicklungen um ihn herum entstehen.

Schweigend gingen sie nebeneinander am Ufer entlang. Liriel, der violette Mond, der gerade sein volles Stadium überschritten hatte, ging verschwommen über dem See unter. Der grüne Idriel, die blasseste der Sicheln, hing hoch und bleich über dem weit entfernten Gebirgskamm.

Allart wußte – es war ihm klar geworden, als er Renata zum ersten Mal gesehen hatte –, daß sie die zweite der beiden Frauen war, auf die er wieder und wieder in den verzweigten Zukunftsentwicklungen seines Lebens gestoßen war. Vom ersten Tag im Turm an war er ihr gegenüber wachsam gewesen, hatte kaum mehr als die unerläßlichsten Höflichkeiten mit ihr ausgetauscht und sie gemieden, soweit man jemanden in den begrenzten Quartieren des Turms meiden konnte. Er hatte ihre Fähigkeiten als Überwacherin respektieren und ihr schnelles Lachen und ihre gute Laune schätzen gelernt. Die Freundlichkeit, mit der sie sich um Cassandra kümmerte, berührte ihn. Aber bis zu diesem Augenblick hatte er mit ihr kein einziges Wort außerhalb der Grenzen ihrer Pflichten gewechselt.

Seine Übermüdung hinderte ihn daran, Renata so zu sehen, wie sie wirklich war – freundlich, unpersönlich, zurückgezogen, eine im Turm ausgebildete Überwacherin, die über Berufsangelegenheiten sprach –, sondern wie sie in irgendeiner der sich fächerförmig ausbreitenden Möglichkeiten der Zukunft sein würde, die *möglicherweise* in Erfüllung gehen konnten. Obwohl er sich selbst dagegen abgeschirmt und sich nie gestattet hatte, solche Gedanken freizusetzen, hatte er sie von Liebe erwärmt gesehen, die Zärtlichkeit, zu der sie fähig war, erfahren, sie wie in einem Traum besessen. Es überschattete den wirklichen Stand ihrer Beziehungen und verwirrte ihn, als stünde er einer Frau gegenüber, die ihn in erotische Träume versetzte, die er vor ihr verbergen mußte. Nein. Keine Frau außer Cassandra spielte in seinem Leben irgendeine Rolle, und sogar bei ihr stand fest, wie beschränkt diese Rolle war. Er wappnete sich gegen jeden Angriff auf diese Schranken und sah Renata mit dem kalten, unpersönlichen, fast feindseligen Blick des Nevarsin-Mönchs an.

Sie gingen nebeneinander her und hörten den flüsternden Klang der weichen Wolkenwellen. Allart war an den Ufern von Hali aufgewachsen und hat diesen Klang sein Leben lang gehört, aber jetzt erschien er ihm durch Renatas Ohren völlig neu.

»Ich werde dieses Klangs nie müde. Er ist dem Wasser gleichsam ähnlich und unähnlich. Ich nehme an, daß niemand in diesem See schwimmen kann?«

»Du würdest sinken. Langsam zwar, das stimmt, aber du würdest sinken. Er wird dich nicht tragen. Aber man kann ihn atmen, also macht es nichts, wenn man sinkt. Als Junge bin ich unzählige Male über den Grund des Sees gegangen, um die merkwürdigen Dinge in ihm zu beobachten.«

»Man kann ihn atmen? Und man ertrinkt nicht?«

»Nein, nein, er besteht überhaupt nicht aus Wasser – ich weiß nicht, was es ist. Wenn man ihn zu lange einatmet, fühlt man sich schwach und müde und verliert die Lust, überhaupt noch Luft zu holen. Es besteht dann die Gefahr, daß man ohnmächtig wird und stirbt, weil man das Atmen vergißt. Aber eine kurze Zeitlang ist es anregend. Und es gibt merkwürdige Lebewesen dort. Ich weiß nicht, ob ich sie Fische oder Vögel nennen soll, und könnte auch nicht sagen, ob sie in der Wolke schwimmen oder durch sie fliegen, aber sie sind sehr schön. Man sagt gewöhnlich, daß es ein langes Leben gibt, die Wolke des Sees zu atmen, und daß die Hasturs deshalb so langlebig sind. Man sagt auch, daß Hastur, der Sohn des Herrn des Lichts, denen, die dort wohnten, als er an die Ufer von Hali fiel, Unsterblichkeit gab und wir Hasturs diese Gabe wegen unseres sündigen Lebens verloren. Aber das sind alles Märchen.«

»Glaubst du das, weil du ein *Cristofero* bist?«

»Das glaube ich, weil ich ein Mensch der Vernunft bin«, erwiderte Allart lächelnd. »Ich kann mir keinen Gott vorstellen, der sich in die Gesetze der Welt, die er erschaffen hat, einmischt.«

»Aber die Hasturs sind doch wirklich langlebig.«

»In Nevarsin hat man mir gesagt, daß alle vom Blut Hasturs *Chieri*-Blut in sich haben. Und die *Chieri* sind nahezu unsterblich.«

Renata seufzte. »Ich habe aber auch gehört, daß sie *Emmasca* sind, weder Mann noch Frau, und frei von der Gefahr, eins von beiden zu werden. Ich glaube, darum beneide ich sie.«

Allart fiel ein, daß Renata unermüdlich von ihrer eigenen Kraft gab. Aber es gab niemanden, der sich um sie kümmerte, wenn sie selbst erschöpft war.

»Geh jetzt zur Ruhe, Cousine. Was immer du mir sagen willst: Es kann nicht so dringend sein, daß es nicht warten kann, bis du die Mahlzeit und die Ruhe, die du meiner Frau so schnell verordnetest, selbst genossen hast.«

»Ich würde es lieber sagen, solange Cassandra schläft. Einem von euch muß ich es sagen, auch wenn ich weiß, daß es für dich eine Einmischung bedeutet. Aber du bist älter als Cassandra und wirst besser ertragen, was ich sagen muß. Aber genug der Entschuldigung und Vorrede ... Du hättest erst nach dem Vollzug deiner Ehe hierherkommen sollen.«

Allart öffnete den Mund, um etwas zu sagen, aber sie bedeutete ihm mit einer Handbewegung zu schweigen. »Denk daran, ich habe dich gewarnt, daß du es als Einmischung in deine Privatsphäre einschätzen würdest. Ich bin im Turm, seit ich vierzehn war, und kenne die höfliche Zurückhaltung bei solchen Dingen. Aber ich bin als Überwacherin auch für das Wohlergehen aller verantwortlich. Alles, was störend ist – nein, laß mich ausreden, Allart –, alles, was deine Arbeit beeinträchtigt, zerbricht auch uns. Du warst noch keine drei Tage hier, da wußte ich, daß deine Frau noch Jungfrau ist, aber ich habe mich nicht eingeschaltet. Ich dachte, ihr seid vielleicht aus politischen Gründen miteinander verheiratet worden und liebtet euch nicht. Aber jetzt, nach einem halben Jahr, ist offenkundig, wie verliebt ihr seid. Die Spannung zwischen euch zersplittert uns und macht Cassandra krank. Sie ist so angespannt, daß sie nicht einmal den Zustand ihrer Nerven und ihres Körpers überwachen kann, und dazu sollte sie jetzt eigentlich in der Lage sein. Ich kann ein wenig für sie tun, wenn du im Kreis bist, aber nicht die ganze Zeit über. Und ich sollte nicht für sie tun, was sie lernen muß, um für sich selbst zu sorgen. Nun, ich bin sicher, daß ihr gute Gründe hattet, in diesem Zustand hierher zu kommen, aber welche es auch waren: Ihr habt zuwenig davon gewußt, wie ein Turmkreis arbeitet. Du kannst es ertragen; du verfügst über das Nevarsin-Training und kannst auch dann zufriedenstellend arbeiten, wenn du unglücklich bist. Cassandra kann es nicht. Es ist so einfach, wie es klingt.«

Entschuldigend sagte Allart: »Ich habe nicht gewußt, daß Cassandra so unglücklich ist.«

Renata blickte ihn an und schüttelte den Kopf. »Wenn du es nicht weißt, dann nur deshalb, weil du es dir nicht erlaubt hast. Das Klügste würde sein, sie fortzubringen, bis die Dinge zwischen euch bereinigt sind. Sie könnte zurückkehren, wann sie will. Wir brauchen ständig ausgebildete Arbeiter, und deine Ausbildung in Nevarsin ist sehr wertvoll. Was Cassandra angeht, glaube ich, daß sie das Talent hat, eine Überwacherin zu werden, oder sogar eine Technikerin, wenn die Arbeit sie interessiert. Aber nicht jetzt. Jetzt ist es an der Zeit, daß ihr beide euch trennt und uns nicht mit unerfüllten Bedürfnissen zersplittert.«

Bestürzt hörte Allart ihr zu. Sein eigenes Leben war so lange einer eisernen Disziplin unterworfen gewesen, daß ihm nie der Gedanke gekommen war, seine eigenen Bedürfnisse oder Cassandras Unglück könnten den Kreis auch nur im entferntesten stören. Aber er hätte es natürlich wissen müssen.

»Nimm sie, Allart. Heute abend wäre nicht zu früh.«

Sich elend fühlend sagte Allart: »Ich würde meinen ganzen Besitz hergeben, wenn ich die Freiheit dazu hätte. Aber Cassandra und ich haben einander versprochen . . .«

Er wandte sich ab. Aber die Gedanken in seinem Kopf waren so deutlich, daß Renata ihn bestürzt ansah.

»Cousin, was konnte dich zu einem so vorschnellen Gelübde veranlassen? Ich spreche nicht nur von deiner Pflicht den Verwandten und dem Clan gegenüber.«

»Nein«, gab Allart zurück, »sprich nicht davon, Renata. Nicht einmal in Freundschaft. Davon habe ich allzuviel gehört, und ich brauche niemanden, um mich daran zu erinnern. Du weißt, welches *Laran* ich besitze und welchem Fluch ich unterworfen war. Ich wollte es nicht in Söhnen und Enkeln fortleben lassen. Das Zuchtprogramm der Familien, das dich veranlaßt, von Pflicht gegenüber Verwandten und Clan zu sprechen, ist falsch. Es ist ein Übel. Ich werde es nicht weitergeben!« Er sprach heftig und versuchte, den Anblick von Renatas Gesicht wegzuwischen – nicht das, das von freundschaftlicher Betroffenheit zeugte, sondern das andere, mitleidsvolle, zärtliche und leidenschaftliche.

»Ein Fluch, in der Tat, Allart! Auch ich bin wegen des Zuchtprogramms voller Angst und Zweifel. Ich glaube nicht, daß irgendeine Frau in den Reichen frei von ihnen ist. Aber Cassandras Unglück, und deines, ist sinnlos.«

»Da ist noch mehr, und Schlimmeres«, sagte Allart verzweifelt.

»Am Ende jeder Straße, die ich, wie es scheint, voraussehen kann, stirbt Cassandra, wenn sie mein Kind zur Welt bringt. Selbst wenn ich es mit meinem Gewissen vereinbaren könnte, ein Kind zu zeugen, das möglicherweise diesen Fluch trägt, könnte ich dieses Los nicht über sie bringen. Deshalb haben wir uns gelobt, getrennt zu leben.«

»Cassandra ist sehr jung, und sie ist Jungfrau«, sagte Renata. »Das mag eine Entschuldigung dafür sein, daß sie es nicht besser weiß; aber mir scheint es verderblich, eine Frau in Unwissenheit über das zu halten, was ihr Leben so entscheidend beeinflussen kann. Sicher ist die Entscheidung, die ihr getroffen habt, zu extrem, denn selbst Außenstehenden ist offenbar, daß ihr einander liebt. Du kannst dir kaum im unklaren darüber sein, daß es Wege gibt ...« Sie wandte ihr Gesicht verlegen ab. Selbst zwischen Ehemann und Ehefrau wurde über solche Dinge nicht oft gesprochen. Auch Allart war verlegen.

Sie kann nicht älter als Cassandra sein! Im Namen aller Götter, wie kommt eine junge Frau, wohlbehütet aufgezogen, aus guter Familie und noch unverheiratet, dazu, über solche Dinge Bescheid zu wissen?

Der Gedanke in seinem Kopf war deutlich, und Renata konnte nicht anders, als ihn aufzugreifen. Trocken erwiderte sie: »Du bist ein Mönch gewesen, Cousin, und einzig aus diesem Grund bin ich bereit zuzugestehen, daß du die Antwort auf diese Frage wirklich nicht kennst. Vielleicht glaubst du immer noch, daß es nur die Männer sind, die solche Bedürfnisse haben, und daß die Frauen immer dagegen sind. Ich will dich nicht schockieren, Allart, aber Frauen im Turm brauchen – und können – nicht nach den närrischen Gesetzen und Sitten dieser Zeit, die so tun, als seien sie nicht mehr als Spielzeuge, die den Begierden der Männer dienen, ohne eigene Wünsche außer dem, Söhne für ihre Clans zu gebären, leben. Ich bin keine Jungfrau, Allart. Jeder von uns – ob Mann oder Frau – muß nach kurzer Zeit im Kreis lernen, sich über seine eigenen Bedürfnisse und Wünsche klar zu sein, sonst können wir nicht all unsere Kraft in unsere Arbeit stecken. Wenn wir es dennoch versuchen, passieren solche Dinge wie heute morgen – wenn nicht noch viel, viel Schlimmeres.«

Verlegen blickte Allart von ihr weg. Sein erster, beinahe automatischer Gedanke war eine reine Reaktion seiner Kindheitserziehung. *Die Männer der Reiche wissen das und lassen trotzdem ihre Frauen hierher kommen?*

Renata zuckte die Achseln.

»Das ist der Preis, den sie für die Arbeit zahlen, die wir tun – daß wir Frauen in gewissem Ausmaß für unsere Aufgabe von den Gesetzen, die Vererbung und Aufzucht betonen, befreit werden. Ich glaube, die meisten von ihnen ziehen es vor, sich nicht zu genau zu erkundigen. Und es ist für eine Frau, die in einem Kreis arbeitet, nicht ungefährlich, ihren Dienst durch eine Schwangerschaft zu unterbrechen.« Einen Moment später fügte sie hinzu: »Wenn du wünschst, kann Mira Cassandra aufklären – oder ich. Vielleicht würde sie es von einem Mädchen in ihrem eigenen Alter leichter aufnehmen.«

Hätte mir während meiner Zeit in Nevarsin jemand erzählt, daß es eine Frau gibt, mit der ich mich über solche Dinge offen unterhalten kann, und daß diese Frau weder mit mir verheiratet noch eine Blutsverwandte ist, hätte ich das nie geglaubt. Ich hätte nie geglaubt, daß es zwischen Mann und Frau eine solche Aufrichtigkeit geben kann.

»Das hat unsere ärgsten Befürchtungen tatsächlich ausgeräumt, solange wir im Turm wohnten. Vielleicht könnten wir – immerhin so viel haben. Es stimmt, wir haben darüber gesprochen, ein wenig.« Cassandras Worte hallten in seinem Kopf wider, als wären sie erst Sekunden vorher und nicht schon vor einem halben Jahr gesagt worden: »So wie die Dinge jetzt liegen, kann ich es ertragen, Allart, aber ich weiß nicht, ob ich diesem Entschluß treu bleiben kann. Ich liebe dich, Allart. Ich kann mir selbst nicht trauen. Früher oder später würde ich dein Kind wollen, und so ist es leichter, ohne die Möglichkeit und die Versuchung . . .«

Renata, die die Worte in seinem Geist hörte, sagte empört: »Leichter für *sie*, vielleicht . . .« Sie unterbrach sich. »Verzeih mir, ich habe kein Recht dazu. Auch Cassandra hat Anspruch auf ihre eigenen Bedürfnisse und Wünsche, nicht auf das, was sie nach deiner oder meiner Meinung fühlen *sollte*. Wenn einem Mädchen, sobald es alt genug ist, beigebracht wird, daß der Sinn des Lebens darin besteht, dem Clan ihres Mannes Kinder zu gebären, ist es nicht leicht, das zu ändern oder einen anderen Lebenszweck zu finden.« Sie verstummte, und Allart fand, daß Renatas Stimme angesichts ihrer Jugend zu bitter klang. Er fragte sich, wie alt sie wohl war, aber sie befanden sich schon in so enger Verbindung, daß Renata die unausgesprochene Frage beantwortete.

»Ich bin nur ein oder zwei Monate älter als Cassandra. Ich bin nicht ganz frei von dem Wunsch, eines Tages ein Kind zur Welt zu bringen, aber meine Sorgen über das Zuchtprogramm ähneln den deinen. Natürlich sind es nur die Männer, denen es erlaubt ist, solche Sorgen und Zweifel zu äußern. Von den Frauen erwartet man, daß sie nicht an solche Dinge denken. Manchmal habe ich das Gefühl, daß man von uns erwartet, daß wir überhaupt nicht denken! Aber mein Vater war mir gegenüber sehr nachgiebig, und ich habe ihm das Versprechen abgerungen, nicht verheiratet zu werden, bis ich zwanzig und in einem Turm ausgebildet worden bin. Ich habe viel gelernt. Zum Beispiel folgendes, Allart: Wenn du und Cassandra beschließen solltet, ein Kind zu haben, könnte man mit Hilfe einer Überwacherin das Ungeborene tief im Keimplasma untersuchen. Sollte das Kind das *Laran*, vor dem du dich fürchtest, oder sonst ein rezessives Merkmal tragen, das Cassandra bei der Geburt töten könnte, würde sie es nicht zur Welt bringen müssen.«

Heftig entgegnete Allart: »Es ist übel genug, daß wir Hasturs uns damit befassen, *Riyachiyas* und andere Abscheulichkeiten durch genetische Manipulationen unseres Samens zu züchten! Aber das mit meinen eigenen Söhnen und Töchtern tun? Willkürlich ein Leben zerstören, das ich selbst gegeben habe? Der Gedanke daran macht mich krank!«

»Ich bin nicht der Bewahrer deines Gewissens, oder Cassandras«, sagte Renata. »Das ist nur eine Möglichkeit. Es wird andere geben, die dir besser gefallen. Aber ich halte sie für das kleinere Übel. Ich weiß, daß ich eines Tages zur Heirat gezwungen und verpflichtet werde, meiner Kaste Kinder zu gebären. Ich werde mich dann vor zwei Alternativen gestellt sehen, die mir fast gleichermaßen grausam erscheinen: meiner Kaste Monster zu gebären oder sie noch in meinem Leib zu vernichten.« Allart konnte ihr Entsetzen sehen.

»Ich bin Überwacherin geworden, um nicht unwissentlich zu diesem Zuchtprogramm beizutragen, das diese Monstrositäten in unser Volk gebracht hat. Jetzt, da ich *weiß*, was ich tun muß, ist es noch weniger erträglich geworden. Ich bin kein Gott, daß ich bestimmen könnte, wer leben und wer sterben wird. Vielleicht haben du und Cassandra letztlich doch richtig gehandelt, indem ihr kein Leben gebt, das ihr später wieder entziehen müßtet.«

»Und während wir auf diese Wahlmöglichkeiten warten«, sagte Allart bitter, »laden wir Batterien auf, damit Müßiggänger mit Luftwagen spielen können. Wir erleuchten ihre Häuser, damit sie sich die Hände nicht mit Harz schmutzig zu machen brauchen. Wir fördern Metalle, um anderen die Arbeit zu ersparen, sie zutage zu bringen, und schaffen immer schrecklichere Waffen, mit denen man Leben vernichtet, über die wir nicht den Schatten eines Rechts haben.«

Renata erblaßte. »Nein! *Das* habe ich nicht gehört. Allart, ist das dein Vorausblick, wird wieder Krieg ausbrechen?«

»Ich habe es gesehen und unbedacht ausgesprochen«, sagte Allart und schaute sie verzweifelt an. Die Klänge und Bilder des Krieges waren schon da und verwischten die Gegenwart. Er dachte: *Vielleicht werde ich im Gefecht getötet und davor bewahrt, weiterhin mit dem Schicksal oder meinem Gewissen zu hadern!*

»Es ist dein Krieg und nicht meine Angelegenheit«, sagte Renata. »Mein Vater hat mit Serrais keinen Streit und keinen Bündnisvertrag mit Hastur. Wenn der Krieg erneut ausbricht, wird er nach mir schicken und verlangen, daß ich nach Hause zurückkehre und heirate. Oh, gnädige Avarra, da gebe ich dir Ratschläge, wie du und deine Frau eure Ehe führen sollt, und habe selbst weder den Mut noch die Vernunft, meiner eigenen entgegenzusehen! Ich wünschte, ich hätte deinen Vorausblick, Allart, um zu wissen, welche der Wahlmöglichkeiten mir das geringste Übel bringt.«

»Ich wünschte, ich könnte es dir sagen«, entgegnete er und ergriff einen Augenblick lang ihre Hände. Sein *Laran* zeigte jetzt deutlich, daß Renata und er zusammen nach Norden ritten . . . wohin? Zu welchem Zweck?

Das Bild verblaßte und wurde durch einen Wirbel von neuen ersetzt: dem schwebenden Flug eines großen Vogels – war es wirklich ein Vogel? –, dem entsetzten Gesicht eines Kindes, erstarrt im Glanz von Blitzen. Ein Regen herabfallenden Haftfeuers, ein großer Turm, der zusammenbrach, zermalmt wurde, zu Schutt zerschmettert. Renatas Gesicht, von Zärtlichkeit entflammt, ihr Körper unter seinem . . . Von den wirbelnden Bildern benommen, versuchte Allart, die sich anhäufenden Zukunftsmöglichkeiten zu verdrängen.

»Vielleicht ist *das* die Antwort«, meinte Renata mit plötzlicher Heftigkeit. »Ungeheuer zu züchten und sie auf unser Volk loszulassen, immer schrecklichere Waffen zu bauen, unser verfluchtes Volk wegzuwischen und die Götter ein neues erschaffen zu lassen, das nicht den entsetzlichen Fluch des *Laran* trägt!«

Es war plötzlich so still, daß Allart die Morgengeräusche erwachender, zirpender Vögel und die weichen, feuchten Laute der Wolkenwelle an den Ufern von Hali hören konnte. Renata zog zitternd den Atem ein. Aber als sie weitersprach, war sie wieder ruhig, ganz die disziplinierte Überwacherin.

»Aber das ist weit entfernt von dem, was mir dir zu sagen auferlegt worden ist. Um unserer Arbeit willen, du und Cassandra dürft nicht wieder im selben Matrixkreis arbeiten, bis mit euch alles in Ordnung ist; bis ihr Liebe gegeben und empfangen habt und euch einig seid, ohne Wankelmut und Begehren Freunde sein zu können. Im Moment könnt ihr vielleicht in verschiedenen Kreisen untergebracht werden. Immerhin gibt es hier achtzehn, und ihr könntet getrennt arbeiten. Aber wenn ihr uns nicht zusammen verlaßt, muß zumindest einer von euch gehen. Selbst in getrennten Kreisen würde es, da ihr zusammen unter einem Dach wohnt, zu Spannungen kommen. Ich glaube, du solltest gehen, Allart. Du hast in Nevarsin gelernt, dein *Laran* zu beherrschen, aber Cassandra nicht. Aber du mußt selbst darüber entscheiden. Das Gesetz hat dich zu Cassandras Herrn gemacht, und auch zum Wahrer ihres Willens und Gewissens, wenn du dieses Recht ausüben willst.«

Er überhörte die Ironie. »Wenn du glaubst, es wäre besser für meine Ehefrau, zu bleiben«, sagte er, »dann wird sie bleiben, und ich werde gehen.« Trostlosigkeit überfiel ihn. In Nevarsin hatte er Glück gefunden, aber er war von dort weggegangen, um nie mehr zurückzukehren. Sollte er nun auch von hier fortgehen?

Gibt es auf dieser Welt keinen Platz für mich? Muß ich für immer, heimatlos, von den Winden der äußeren Bedingung getrieben werden? Er amüsierte sich auf merkwürdige Art über sich selbst: Er beklagte sich, weil das *Laran* ihm zu viele Zukunftsmöglichkeiten zeigte, und jetzt war er betrübt, weil er keine sah. Auch Renata wurde von Entscheidungen getrieben, die nicht ihrer Kontrolle unterlagen.

»Du hast die ganze Nacht gearbeitet, Cousine«, sagte er, »und bist hier geblieben, um dich mit meinen und den Sorgen meiner Frau zu plagen, anstatt dich selbst auszuruhen.«

Ihre Augen lächelten, ohne daß ihre Lippen sich bewegten. »Oh, es hat mich erleichtert, an andere Sorgen als die meinen zu denken, wußtest du das nicht? Die Lasten anderer sind leichter zu tragen. Aber ich werde jetzt schlafen gehen. Und du?«

Allart schüttelte den Kopf. »Ich bin nicht müde. Ich glaube, ich werde eine Zeitlang im See spazierengehen, mir die merkwürdigen Fische oder Vögel anschauen und mir darüber klarzuwerden versuchen, was sie tatsächlich sind. Ich frage mich, ob unsere Vorväter sie gezüchtet haben. Vielleicht werde ich Frieden finden, wenn ich etwas betrachte, das meine Sorgen nicht betrifft. Sei gesegnet, Cousine, für deine Freundlichkeit.«

»Warum? Ich habe nichts gelöst. Ich habe dir mehr Sorgen verschafft, das ist alles«, sagte Renata. »Aber ich werde schlafen gehen und vielleicht eine Antwort auf unsere Sorgen träumen. Ich frage mich, ob es ein solches *Laran* gibt.«

»Wahrscheinlich«, erwiderte Allart. »Aber es ist zweifellos jemandem gegeben worden, der es nicht zu seinem eigenen Besten anwenden kann. So sind die Dinge in dieser Welt nun einmal. Wären sie anders, könnten wir den Weg aus allen Sorgen heraus finden und wie eine Spielfigur sein, die es schafft, sich vom Brett zu lösen, ohne gefangen zu werden. Geh schlafen, Renata. Die Götter mögen verhüten, daß du die Last unserer Ängste und Sorgen sogar noch im Traum trägst.«

12

Als Allart sich an diesem Abend in der unteren Halle zu den Mitgliedern seines Kreises gesellte, war dort ein aufgeregtes Gespräch im Gange. Alle waren anwesend, nicht nur die sechs, mit denen er an diesem Morgen gearbeitet hatte. Er fing Renatas Blick auf. Sie war blaß vor Angst. Er fragte Barak, der am Rande der Gruppe stand: »Was ist los? Was ist passiert?«

»Wir haben Krieg. Die Ridenows haben mit Bogenschützen und Haftfeuer-Pfeilen einen Angriff auf Burg Hastur gestartet und belagern die Kilghard-Hügel mit Luftwagen. Jeder taugliche Mann der Hasturs und Aillards ist ausgerückt, um das in den Wäldern wütende Feuer zu bekämpfen oder die Burg zu verteidigen. Wir haben es von den Verstärkern in Neskaya erfahren. Arielle war in den Verstärkernetzen und hat gehört . . .«

»Alle Götter!« entfuhr es Allart. Cassandra erschien und blickte besorgt zu ihm auf.

»Wird Lord Damon-Rafael nach dir schicken, mein Gatte? Mußt du in den Krieg ziehen?«

»Ich weiß es nicht«, erwiderte Allart. »Ich war lange im Kloster, und mein Bruder wird möglicherweise glauben, daß ich in Kriegführung und Strategie zu wenig geübt bin. Vielleicht macht er einen seiner Friedensmänner zum Kommandanten.« Er schwieg nachdenklich. *Wenn einer von uns gehen muß, ist es vielleicht besser, wenn ich es bin. Wenn ich nicht zurückkehre, wird Cassandra frei sein. Wir würden dann dieser hoffnungslosen Situation entkommen.* Mit tränenerfülltem Blick sah Cassandra zu ihm auf, aber sein Gesicht blieb kalt und gefühllos. Er sagte: »Warum ruhst du nicht? Renata sagte, du seist krank. Solltest du nicht besser das Bett hüten?«

»Ich habe das Gerede über den Krieg gehört und Angst bekommen«, antwortete sie und versuchte, seine Hand zu nehmen. Allart zog sie behutsam zurück und wandte sich Coryn zu.

Der Bewahrer sagte: »Ich hielte es für besser, wenn du hierbliebst, Allart. Du besitzt die Kraft, die unsere Arbeit erleichtert.

Zweifellos wird man uns bald auffordern, Haftfeuer herzustellen. Und da wir Renata verlieren werden . . .«

»Wird sie uns verlassen?«

Coryn nickte. »Sie ist in diesem Krieg neutral. Ihr Vater hat uns wissen lassen, daß sie mit einem Geleitschutz nach Hause geschickt werden soll. Er wünscht, daß sie den Kampfbereich sofort verläßt. Es tut mir immer leid, eine gute Überwacherin zu verlieren«, sagte er, »aber ich glaube, Cassandra wird nach einiger Übung ebenso geschickt sein. Die Überwachertätigkeit ist nicht schwer, aber Arielle ist als Technikerin besser. Glaubst du, Renata, daß du genug Zeit hast, Cassandra in der Technik des Überwachens zu unterrichten, bevor du gehst?«

»Ich werde es versuchen«, sagte Renata, die gerade zu ihnen trat. »Solange ich kann, werde ich hierbleiben. Ich will den Turm nicht verlassen . . .« Sie warf Allart einen hilfesuchenden Blick zu. Er erinnerte sich daran, was sie ihm erst an diesem Morgen erzählt hatte.

»Mir würde es leid tun, dich gehen zu sehen, Cousine«, sagte er, und nahm ihre Hände sanft in die seinen.

»Ich würde lieber bei euch bleiben«, sagte Renata. »Wäre ich doch nur ein Mann und könnte frei wählen!«

»Ach, Renata«, erwiderte Allart, »auch uns steht es nicht frei, dem Krieg oder den Gefahren auszuweichen. Ich kann als Hastur-Fürst ebenso gegen meinen Willen in die Schlacht geschickt werden wie der rangniedrigste Vasall meines Bruders.«

Sekundenlang standen sie mit verschränkten Händen, ohne zu sehen, daß Cassandra sie ansah und die Halle verließ. Schließlich gesellte sich Coryn wieder zu ihnen.

»Wie wir dich brauchen werden, Renata! Lord Damon-Rafael hat uns bereits beauftragt, einen neuen Vorrat an Haftfeuer anzulegen, und ich habe eine neue Waffe entwickelt, die ich unbedingt ausprobieren will.«

Er nahm so unbefangen und vergnügt im Fensterbogen Platz, als entwickele er eine neue Sportart oder ein Gesellschaftsspiel. »Es ist eine Vorrichtung, die zu ihrem Ausgangspunkt zurückkehrt. Sie ist auf eine Fallen-Matrix eingestellt und so eingerichtet, daß sie nur einen bestimmten Feind tötet, dem es nichts nützt, wenn sich Friedensmänner schützend vor ihn werfen. Selbstverständlich ist es unerläßlich, ein Gedankenmuster des Opfers zur Hand zu haben, vielleicht Schwingungen eines erbeuteten Kleidungsstückes oder ein Schmuckstück, das er am Körper getragen hat. Eine solche Waffe kann keinem anderen schaden, da sie von dem besonderen Muster *seines* Verstandes ausgelöst wird.«

Renata schauderte. Allart streichelte geistesabwesend ihre Hand.

»Haftfeuer ist zu schwierig herzustellen«, sagte Arielle. »Ich wünschte, man könnte eine bessere Waffe erfinden. Zuerst müssen wir den roten Stoff aus der Erde fördern und ihn Atom für Atom trennen, indem wir ihn bei großer Hitze destillieren. Das ist sehr gefährlich. Als ich das letzte Mal damit arbeitete, ist einer der gläsernen Behälter explodiert. Zum Glück trug ich Schutzkleidung, aber selbst damit . . .« Sie streckte eine Hand aus, damit man die häßliche, vernarbte Wunde, die einen tiefen Eindruck in ihrem Fleisch hinterlassen hatte, sehen konnte. »Nur ein Körnchen, aber es brannte bis auf den Knochen und mußte herausgeschnitten werden.«

Coryn hob die Hand des Mädchens an seine Lippen und küßte sie. »Du trägst eine ehrenvolle Kriegsnarbe, *Preciosa.* Das können nicht viele Frauen von sich sagen. Ich habe Kessel entwickelt, die auch bei größter Hitze nicht zerbrechen. Wir haben einen Bindezauber über sie gelegt, der sie am Zerplatzen hindert, ganz gleich, was passiert. Selbst wenn sie zerbrechen, wird der Bindezauber sie zusammenhalten, daß sie ihre Form behalten, anstatt auseinanderzufliegen und die Umherstehenden zu verletzen.«

»Wie ist dir das gelungen?« fragte Mira.

»Das war einfach«, erwiderte Coryn. »Man stellt ihr Muster auf eine Matrix ein, damit sie keine andere Form annehmen können. Sie können splittern, und ihr Inhalt kann ausfließen, aber sie können nicht auseinanderbrechen. Zerschmettert man sie, werden die Bruchstücke früher oder später sachte zu Boden gleiten – wir können die Schwerkraft nicht ganz ausschalten –, aber sie besitzen dann nicht mehr genug Energie, um jemanden zu schneiden. Aber um mit einer Matrix auf der Neuner-Ebene zu arbeiten, wie es bei der Herstellung von Haftfeuer notwendig ist, brauchen wir einen Kreis von neun Mitgliedern und einen Techniker oder Bewahrer, um den Bindezauber über die Kessel aufrechtzuerhalten. Ich frage mich«, fuhr Coryn mit einem Blick auf Allart fort, »ob du mit etwas Übung nicht Bewahrer werden könntest.«

»Ich habe keinerlei Ehrgeiz in dieser Richtung.«

»Aber es würde dich vom Krieg fernhalten«, sagte Coryn offen. »Wenn es dir Gewissensbisse bereitet, denke daran, daß du hier nützlicher bist und durchaus nicht ungefährdet. Keiner von uns ist ohne Narben.« Er hob seine Hände, die tiefe, längst verheilte Brandwunden aufwiesen. »Ich habe einmal einen Rückfluß auffangen müssen, als ein Techniker zauderte. Die Matrix war wie glühende Kohle. Ich dachte, sie würde wie Haftfeuer bis auf meine

Knochen brennen. Und was das Leiden angeht – wenn wir in Neuner-Kreisen Tag und Nacht Waffen herstellen – nun, das werden wir haben, und ebenso unsere Frauen.«

Arielle wurde rot, als die umherstehenden Männer leise zu lachen begannen. Sie wußten alle, was Coryn meinte: Bei Männern war der wesentliche Nebeneffekt der Matrix-Arbeit langanhaltende Impotenz. Als er Allarts gezwungenes Lächeln sah, kicherte Coryn erneut.

»Vielleicht sollten wir alle Mönche und dafür geübt sein, *das* zusammen mit Kälte und Hunger zu ertragen«, meinte er lachend. »Allart, sag mir: Ich habe gehört, daß du auf dem Weg nach Nevarsin von einem explodierenden Haftfeuer-Gerät angegriffen wurdest und es schafftest, es abzuwehren. Erzähl mir davon.«

Allart berichtete von dem Zwischenfall, soweit er sich daran erinnern konnte. Coryn nickte ernst. »An solch ein Geschoß hatte ich gedacht. Man müßte es hochzerbrechlich konstruieren und mit Haftfeuer oder gewöhnlichen Brandstoffen füllen. Ich habe eines, das einen ganzen Wald in Brand setzt, daß man Männer vom Kampf abziehen muß, um das Feuer zu bekämpfen. Und ich habe eine Waffe, die den ausgefallenen Ohrringen ähnelt, die unsere Handwerker herstellen. Man kann mit Hämmern auf sie einschlagen, und Tiere können auf ihnen herumtrampeln, ohne daß sie zerbrechen. Aber die kleinste Berührung eines langen Glasschwanzes reicht aus, um sie in tausend Stücke zersplittern zu lassen. Man kann diese Waffe nicht wie jene, die man gegen deinen Vater ausschickte, vorzeitig zur Explosion bringen. Absolut nichts wird sie detonieren lassen, außer den auslösenden Gedanken desjenigen, der sie ausgeschickt hat. Mir tut es nicht leid, daß der Waffenstillstand beendet ist. Wir müssen eine Möglichkeit haben, diese Waffen irgendwo auszuprobieren!«

»Würden sie doch für immer unerprobt bleiben!« sagte Allart schaudernd.

»Ah, da spricht der Mönch«, meinte Barak. »Einige weitere Jahre werden dich von solch verräterischem Unsinn kurieren, mein Junge. Die Ridenow-Usurpatoren, die in unser Reich eindringen, sind zahlreich und fruchtbar – einige sogar Väter von sechs oder sieben Söhnen –, und sie sind alle hungrig nach Land. Von den sieben Söhnen *meines* Vaters starben zwei bei der Geburt und ein dritter, als das *Laran* über ihn kam. Dennoch scheint es mir fast noch schlimmer zu sein, viele Söhne zu haben, die das Mannesalter erreichen. Denn dann muß jeder Besitz in Stückchen geschnitten werden, um sie alle zu unterstützen. Oder sie müssen ausziehen, wie es die Ridenows getan haben, um sich Land zu erobern, über das sie herrschen können.«

Coryn lächelte ohne Heiterkeit. »Das ist wahr«, bekräftigte er. »Ein Sohn ist notwendig, so notwendig, daß man alles tun wird, um sein Überleben sicherzustellen. Wenn man aber zwei hat, ist es schon zuviel. Ich war der jüngere Sohn. Mein älterer Bruder ist hocherfreut, daß ich hier als Bewahrer lebe, machtlos in den großen Geschehnissen unserer Tage. *Dein* Bruder ist liebevoller, Allart – zumindest hat er dich in die Ehe gegeben.«

»Ja«, gab Allart zurück, »aber ich habe geschworen, seinen Anspruch auf den Thron zu unterstützen, wenn König Regis – lang möge seine Herrschaft währen – etwas zustoßen sollte.«

»Seine Herrschaft dauert schon zu lange«, sagte ein Bewahrer aus einem der anderen Kreise. »Aber ich freue mich nicht gerade auf das, was geschehen wird, wenn dein Bruder und Prinz Felix anfangen, um den Thron zu streiten. Krieg mit Ridenow ist übel genug, aber ein Bruderkrieg im Hastur-Reich wäre weit schlimmer.«

»Prinz Felix ist ein *Emmasca*, habe ich gehört«, sagte Barak. »Ich glaube nicht, daß er um den Erhalt seiner Krone kämpfen wird – Eier können gegen Steine nichts ausrichten.«

»Nun, er ist einigermaßen sicher, solange der alte König lebt«, warf Coryn ein. »Aber danach ist es nur eine Frage der Zeit, bis er herausgefordert und öffentlich vorgeführt wird. Wen, frage ich mich, haben sie bestochen, um ihn als ersten Erben zu benennen? Aber vielleicht hast du Glück gehabt, Allart, denn dein Bruder braucht deine Unterstützung dringend genug, daß er eine Frau für dich wählte, die in der Tat liebenswürdig und einnehmend ist.«

»Ich glaubte sie noch vor einem Augenblick gesehen zu haben«, sagte der andere Bewahrer, »aber jetzt ist sie fort.«

Allart blickte suchend umher. Er war plötzlich von einer namenlosen Angst erfüllt. Eine Gruppe jüngerer Frauen des Turms tanzte am anderen Ende des langen Raums; er hatte sie unter ihnen vermutet. Erneut sah er sie tot in seinen Armen liegen . . . und verscheuchte das Bild als eine Illusion, die seiner Angst und geistigen Unruhe entsprang.

»Vielleicht ist sie wieder auf ihr Zimmer gegangen. Renata hat ihr empfohlen, das Bett zu hüten, denn sie fühlte sich nicht wohl. Ich war überrascht, daß sie überhaupt heruntergekommen ist.«

»Aber in ihrem Zimmer ist sie nicht«, sagte Renata, die sich ihnen näherte. Allarts Gedanken aufgreifend wurde sie blaß. »Wo kann sie hingegangen sein, Allart? Ich bin hinaufgegangen, sie zu fragen, ob ich sie als Überwacherin einweisen solle, aber sie ist überhaupt nicht im Turm.«

»Gnädige Avarra!« Plötzlich brachen die sich verzweigenden Zukunftsmöglichkeiten wieder über ihn herein, und Allart wußte, wohin Cassandra gegangen war. Ohne ein Wort der Erklärung wandte er sich von den Männern ab, eilte hinaus, ging durch Hallen und Flure und verließ durch das Kraftfeld den Turm.

Die Sonne, eine große rote Kugel, hing wie Feuer auf den fernen Hügeln und bedeckte den See mit Flammen.

Sie hat mich bei Renata gesehen. Ich wollte ihre Hand nicht berühren, obwohl sie weinte – aber Renata habe ich vor ihren Augen geküßt. Es war rein freundschaftlich gemeint, wie man einer Schwester gegenüber zärtlich ist, und nur, weil ich Renata ohne diese Qual aus Liebe und Schuld berühren kann. Cassandra hat zugesehen, aber nichts verstanden . . .

Er rief Cassandras Namen, bekam aber außer den weichen, plätschernden Lauten des Wolkenwassers keine Antwort. Allart warf den Umhang ab und fing an zu laufen. Am äußersten Rand des Ufersandes sah er zwei kleine, hochhackige Sandalen, blau gefärbt. Cassandra hatte sie nicht achtlos ausgezogen, sondern mit äußerster Gewissenhaftigkeit nebeneinander gestellt, als sei sie zaudernd hier niedergekniet. Allart zog hastig seine Stiefel aus und rannte in den See hinein.

Die merkwürdigen Wolkenwasser hüllten ihn trübe und fremdartig ein. Das dichte, neblige Gefühl umgab ihn. Er atmete, spürte die merkwürdige anregende Wirkung und konnte ziemlich deutlich sehen, wie durch den dünnen Nebel glänzende Gestalten – Fische oder Vögel? – an ihm vorbeiglitten. Das schimmernde Orange und Grün ähnelte keiner Farbe, die er je gesehen hatte, außer den Lichtern hinter seinen Augen, wenn er eine Dosis der telepathischen Droge Kirian eingenommen hatte, die das Gehirn öffnete . . . Allart spürte, wie leicht sich seine Füße auf dem pflanzenbewachsenen Grund bewegten, als er anfing, durch den See zu laufen.

Irgend etwas war hier vorbeigekommen, ganz sicher. Die Fischvögel sammelten sich in Gruppen, die in den Wolkenströmen umhertrieben. Allart spürte, wie seine Füße langsamer wurden. Das schwere Gas fing nun an, ihn zu bedrücken. Er sandte einen verzweifelten Schrei aus: *»Cassandra!«* Aber die Wolke schien keinen Laut weiterzuleiten. Es war wie auf dem Grund eines tiefen Brunnens, dessen Stille ihn verschlang. Selbst in Nevarsin hatte er solche Ruhe nie erfahren. Lautlos trieben die Fisch-Vögel an ihm vorbei. Ihre leuchtenden Farben erzeugten in seinem Gehirn Reflexionen.

Er war benommen, fühlte sich schwindlig. Er zwang sich zu atmen, als ihm einfiel, daß in dieser seltsamen Wolke das Element, das den Atemreflex in seinem Gehirn auslöste, nicht vorhanden war. Er mußte mit Mühe und Willenskraft Luft holen.

»Cassandra!«

Ein schwaches, fernes Flackern . . .

»Geh weg . . .« Und schon war es wieder fort.

Atmen! Allart begann zu ermüden. Die Pflanzen wuchsen hier tiefer und dichter, und er mußte sich seinen Weg durch sie erkämpfen. *Atmen! Ein und aus, denk daran zu atmen . . .* Er spürte wie sich ein langer, schleimiger Pflanzenarm um seinen Knöchel legte, bückte sich und löste ihn. *Atmen!* Er zwang sich vorwärts, selbst als die leuchtend gefärbten Fisch-Vögel sich um ihn scharten und ihre Farben vor seinen Augen zu verschwimmen begannen. Sein *Laran* überfiel ihn, wie immer, wenn er besorgt oder ermüdet war, und er sah sich selbst hinabsinken, hinab in Gas und Schlick, sah sich still und zufrieden dort liegen, in glücklichem Frieden ersticken, weil er vergessen hatte, wie man atmete . . . *Atmen!* Allart kämpfte, zog noch einen feuchten Atemzug des Gases ein und erinnerte sich daran, daß es sein Leben verlängerte. Die einzige Gefahr bestand darin, daß man das Atmen vergaß. Hatte Cassandra diesen Punkt schon erreicht? Lag sie schon, einen schmerzlosen, ekstatischen Tod sterbend, auf dem Grunde des Sees?

Sie wollte sterben, und ich bin schuldig . . . Atmen! Denk jetzt an nichts anderes, denk nur ans Atmen . . .

Er sah sich eine stille, leblose Cassandra aus dem See tragen. Ihr langes Haar lag schwarz und tropfend über seinem Arm . . . Sah, wie er sich über sie beugte, während sie in den wogenden Gräsern des Sees lag; sah sich, sie in die Arme nehmend, neben ihr niedersinken . . .

Die Fisch-Vögel bewegten sich hektisch. Vor seinen Füßen sah er ein blasses Blau aufflackern, eine Farbe, die auf dem Grund des Sees nie zu sehen war. War es der lange Ärmel von Cassandras Gewand? *Atmen . . .* Allart beugte sich über sie. Sie lag auf der Seite, ihre Augen waren offen und regungslos. Ein schwaches, erfreutes Lächeln war auf ihren Lippen, aber sie war zu weit fort, um ihn zu sehen. Sein Herz zog sich zusammen, als er sich über sie beugte. Leicht hob er sie in seine Arme. Sie war bewußtlos, schwach, ihr Körper lehnte sich in der wogenden Umgebung schlaff gegen ihn. *Atmen! Atme in ihren Mund. Es ist das Gas unseres ausgestoßenen Atems, das den Vorgang auslöst . . .* Allart verstärkte den Griff der Arme, legte seine Lippen auf die ihren und zwang seinen Atem in ihre Lungen. Wie im Reflex holte sie Luft, ein langer, tiefer Atemzug, und war wieder reglos.

Allart hob sie hoch. Er begann sie über den Grund des Sees zu tragen, durch das trübe wolkige Licht, das jetzt von der untergehenden Sonne rötlich gefärbt wurde, und plötzlich packte ihn Entsetzen. *Wenn es dunkel wird, wenn die Sonne untergeht, werde ich den Weg zum Ufer niemals finden. Wir werden hier zusammen sterben.* Er beugte sich wieder über sie und zwang seinen ausgestoßenen Atem in ihren Mund. Erneut spürte er, wie sie sich regte. Aber der automatische Atmungsmechanismus Cassandras war verschwunden. Er wußte nicht, wie lange sie ohne ihn überleben konnte, selbst mit dem Sauerstoff der reflexhaften Atemzüge, die er sie alle zwei oder drei Schritte zu nehmen zwang. Er mußte sich beeilen, bevor das Licht verschwand. Allart kämpfte sich mit ihr durch die zunehmende Dunkelheit und mußte alle zwei oder drei Schritte anhalten, um ihr wieder Leben einzuatmen. Ihr Herz schlug. Wenn sie doch nur Luft holte ... Wenn er sie doch nur weit genug aus der Ohnmacht holen konnte, damit ihr klar wurde, daß sie atmen mußte ...

Die letzten Schritte waren wie ein Alptraum. Cassandra war eine schlanke, zarte Frau, aber Allart war auch kein übermäßig großer Mann. Als der Nebel niedriger wurde, gab er schließlich den Versuch auf und zerrte sie weiter, indem er sich hinabbeugte und ihr unter die Achseln griff. Alle zwei oder drei Schritte blieb er stehen, um seinen Atem in ihre Lungen zu zwingen. Endlich stieß sein Kopf wieder auf Sauerstoff, den er zitternd, mit rasselnden Lungen, einatmete. Allart zerrte Cassandra mit letzter Mühe hoch, hielt ihren Kopf aus dem nebelhaften Gas heraus, taumelte wie betäubt aufs Ufer zu und brach neben ihr auf dem Gras zusammen. Er lag da, atmete in ihren Mund und drückte ihre Rippen, bis Cassandra anfing zu keuchen und einen klagenden Schrei ausstieß, der dem eines neugeborenen Kindes, dessen Lungen sich mit dem ersten Atemzug füllten, nicht unähnlich war. Schließlich atmete sie wieder normal. Obwohl sie noch immer bewußtlos war, spürte er nach kurzer Zeit in der zunehmenden Dunkelheit, wie ihre Gedanken die seinen berührten. Dann flüsterte sie, noch immer geschwächt: »Allart? Bist du es?«

»Ich bin hier, mein Liebes.«

»Mir ist so kalt.«

Allart hob seinen Umhang auf und wickelte sie ein. Er hielt sie fest umarmt und murmelte endlose Koseworte.

»Preciosa ... Bredhiva ... Mein Schatz, mein Geliebtes,

warum ... Wie ... Ich dachte, ich hätte dich für immer verloren. Warum wolltest du mich verlassen?«

»Dich verlassen?« flüsterte sie. »Nein. Aber es war so friedlich im See, und ich wollte nicht mehr, als für immer in der Stille zu bleiben, keine Furcht mehr zu haben und nicht mehr zu weinen. Ich glaubte, dich nach mir rufen zu hören, aber ich war so müde ... Ich habe mich nur hingelegt, um ein wenig auszuruhen. Ich war schläfrig und konnte nicht mehr aufstehen. Ich konnte plötzlich nicht mehr atmen und hatte Angst ... Und dann bist du gekommen ... Aber ich weiß, daß du mich nicht liebst.«

»Ich soll dich nicht lieben? Nicht wollen? Cassandra ...« Allart merkte, daß er nicht sprechen konnte. Er zog sie fest an sich und küßte ihre kalten Lippen.

Später nahm er sie wieder auf die Arme und trug sie in den Turm. Die Mitglieder der Matrixkreise, die dort versammelt waren, starrten ihn erschreckt und überrascht an, aber in Allarts Blick war etwas, das sie davon abhielt, zu reden oder sich dem Paar zu nähern. Er fühlte, daß Renata ihn beobachtete, und die Neugier und das Entsetzen aller. Ohne darüber nachzudenken, sah er sich und wie sie in ihren Augen erscheinen mußten: durchnäßt und mit verschmutzten Kleidern, ohne Stiefel, Cassandras aufgeweichte Kleider, die den um sie gewickelten Umhang durchnäßten, ihr langes schwarzes Haar, aus dem Feuchtigkeit strömte. Der ernste Ausdruck seines Gesichts ließ sie, als er durch die Halle und die lange Treppe hinauf schritt, zur Seite treten. Allart brachte sie zu seinem eigenen Zimmer, zog die Tür hinter sich zu und verschloß sie. Er kniete neben Cassandra hin, zog ihr mit zitternden Händen die durchnäßte Kleidung aus und wickelte sie warm ein. Sie war still wie der Tod, lag bleich und bewegungslos auf dem Kissen, ihr feuchtes Haar hing leblos herab.

»Nein«, flüsterte sie, »du willst den Turm verlassen und hast mir nicht einmal davon erzählt. Ich wäre besser gestorben, als allein mit all den andern hierzubleiben, die mich verspotten, weil sie wissen, daß ich verheiratet, aber keine Ehefrau bin und du mich weder liebst noch begehrst.«

»Ich soll dich nicht lieben?« flüsterte Allart. »Ich liebe dich, wie mein gesegneter Ahnherr vor Jahrhunderten Robardins Tochter an den Ufern von Hali liebte. Und ich soll dich nicht begehren, Cassandra?« Er drückte sie an sich, bedeckte sie mit Küssen und spürte, wie er Leben in sie hauchte, wie der Atem seiner Lungen ihr in den Tiefen des Sees Leben gegeben hatte. Er war fast jenseits aller Vernunft, jenseits der Erinnerung an das Gelöbnis, das sie einander gemacht hatten, aber ein letzter verzweifelter Gedanke durchzuckte seinen Verstand, bevor er die Decken beiseite zog.

Ich darf sie nie fortlassen, nicht jetzt. Gnädige Avarra, habe Erbarmen mit uns!

13

Allart saß neben Cassandra und betrachtete ihr Gesicht. Nach dem Erlebnis im See ging es ihr körperlich nicht allzu schlecht. Selbst jetzt war er nicht sicher, ob es sich um einen echten Selbstmordversuch oder einen aus Verzweiflung, gepaart mit Krankheit und Erschöpfung geborenen Impuls gehandelt hatte. In den letzten Tagen war er kaum noch von ihrer Seite gewichen. Wie nahe war er doch daran gewesen, sie zu verlieren!

Die anderen hatten sie meist allein gelassen. Da sie um den Zustand ihrer Beziehung gewußt hatten, spürte er nun eine eingetretene Veränderung, aber das schien keine Rolle mehr zu spielen.

Es mußte eine Entscheidung gefällt werden, sobald Cassandra in der Lage war aufzustehen. Sollte er mit ihr den Turm verlassen und sie an einen sicheren Ort bringen? (Wenn man hier Waffen herstellte, konnte der Turm angegriffen werden.) Oder sollte er allein fortgehen und Cassandra zur *Laran*-Ausbildung hierlassen, die sie brauchte?

Sein eigenes *Laran* hatte ihm immer wieder Visionen gezeigt, in denen er – mit Renata an der Seite – in den Norden ritt. Daß Cassandra in diesen Visionen fehlte, jagte ihm Angst ein. Was würde aus ihr werden? Er sah fremde Flaggen über sich, Krieg, das Klirren von Schwertern, das Krachen fremdartiger Waffen, Feuer und Tod. *Vielleicht würde es das beste für uns beide sein . . .*

Es war unmöglich, die disziplinierte Ruhe aufrechtzuerhalten, die er in Nevarsin gelernt hatte. Cassandra war in seinem Verstand ewig anwesend, seine Gedanken und Gefühle waren für sie ebenso hyperempfindlich wie sein Körper.

Das Gelöbnis, das sie einander gemacht hatten, war gebrochen.

Nach sieben Jahren in Nevarsin bin ich immer noch schwach und werde statt durch Vernunft von Gefühlen getrieben. Ich habe sie gedankenlos genommen, als sei sie eines von Dom Marius' Freudenmädchen.

Allart hörte das leise Klopfen an der Tür, und bevor seine Ohren es registrierten, wußte er – *es war soweit.* Er beugte sich vor, küßte die schlafende Frau mit einem schmerzlichen Gefühl des Abschieds, ging dann zur Tür und öffnete sie so rasch, daß Arielle ihn überrascht anblinzelte.

»Allart«, flüsterte sie, »dein Bruder, Lord Elhalyn, ist in der Fremdenhalle und verlangt dich zu sprechen. Ich werde bei deiner Frau bleiben.«

Allart ging in die Fremdenhalle hinunter. Es war der einzige Raum, den Leute von draußen betreten durften. Damon-Rafael erwartete ihn, während sein Friedensmann bewegungslos hinter ihm stand.

»Du erweist uns große Ehre, Bruder. Womit kann ich dir dienen?«

»Ich nehme an, du hast vom Ende des Waffenstillstands gehört?«

»Bist du gekommen, mich zu den Waffen zu rufen?«

Damon-Rafael erwiderte mit einem verächtlichen Lachen: »Nimmst du wirklich an, ich würde dafür selbst herkommen? Du würdest mir hier weitaus besser dienen. Nach all den Jahren, die du in mönchischer Abgeschiedenheit verbrachtest, habe ich wenig Vertrauen in deine Waffenkunst oder irgendwelche anderen männlichen Fertigkeiten. Nein, Bruder, es gibt eine andere Aufgabe für dich, falls du sie annimmst.«

Es kostete Allart ziemliche Beherrschung, diesen Hohn hinzunehmen und sich daran zu erinnern, daß er seinem Bruder und Großfürsten untertan war.

»Du hast jenseits des Kadarin gelebt. Bist du je in den Ländern der Aldarans bei Caer Donn gewesen?«

»Nie. Nur in Ardais und Nevarsin.«

»Dennoch mußt du wissen, daß dieser Clan übermächtig wird. Er hält Schloß Aldaran bei Caer Donn, ebenso Sain Scarp und Scathfell. Und er schließt mit allen anderen Bündnisse: mit Ardais, Darriel und Storn. Sie sind von Hastur-Blut, aber Lord Aldaran ist weder zu meiner Einführung als Lord von Elhalyn gekommen noch seit vielen Jahren beim Mittsommerfest in Thendara erschienen. Jetzt, wo der große Krieg erneut ausbricht, sitzt er wie ein mächtiger Falke, der bereit ist, auf die Tiefländer herabzustürzen, im Bergland. Wenn alle, die Aldaran Bündnistreue schulden, auf einmal über uns herfallen, könnte selbst Thendara nicht gehalten werden. Ich kann den Tag voraussehen, an dem alle Reiche von Dalereuth bis zu den Kilghard-Hügeln unter Aldarans Herrschaft liegen werden.«

Allart sagte: »Ich wußte nicht, daß du Vorausschau besitzt, Bruder.«

Damon-Rafael bewegte den Kopf mit einer schnellen, ungeduldigen Geste. »Vorausschau? Es erfordert nicht einmal viel Überlegung. *Wenn Verwandte im Streit sind, treten Feinde auf, um den Spalt zu vertiefen.* Ich versuche, einen neuen Waffenstillstand auszuhandeln – es bringt uns nichts, das Land in Brand zu stecken –, aber solange unsere Cousins von Burg Hastur belagert werden, ist das nicht leicht. Unsere Botenvögel fliegen Tag und Nacht mit geheimen Depeschen. Wir verfügen auch über *Leroni*, die in Verstärkernetzen arbeiten, um Botschaften auszusenden, aber natürlich können wir ihnen keine Geheimnisse anvertrauen. Was eine weiß, wissen alle, die *Laran* haben. Aber kommen wir zu dem Gefallen, um den ich dich bitten möchte, Bruder.«

»Ich höre«, sagte Allart knapp.

»Es ist lange her, seit ein Hastur einen Verwandten in diplomatischer Mission nach Aldaran gesandt hat. Aber wir brauchen ein Band wie dieses. Die Storns halten Ländereien bis zum Westen von Caer Donn, und sie könnten es für zweckmäßig halten, sich den Ridenows anzuschließen. Dadurch könnten alle Bündnispartner der Hellers in den Krieg einbezogen werden. Glaubst du, du könntest Lord Aldaran davon überzeugen, sich und seine Lehnsleute in diesem Krieg neutral zu verhalten? Ich glaube nicht, daß er auf unserer Seite in ihn eingreifen würde, aber es besteht die Möglichkeit, daß er sich ganz aus ihm heraushält. Du hast die Nevarsin-Ausbildung und kennst die Sprache der Hellers gut. Bist du bereit, in meinem Namen Lord Aldaran darum zu bitten, nicht in diesen Krieg einzugreifen?«

Allart musterte das Gesicht seines Bruders. Diese Mission schien zu einfach. Plante Damon-Rafael einen Verrat, oder wollte er ihn einfach nur aus dem Weg haben, damit die Hasturs von Elhalyn ihre Loyalität nicht zwischen zwei Brüdern aufteilen mußten?

»Ich stehe unter deinem Befehl, Damon-Rafael, aber ich bin unerfahren in Diplomatie dieser Art.«

»Du wirst Briefe von mir mitnehmen«, sagte Damon-Rafael, »und geheime Depeschen schreiben, die mir Botenvögel überbringen. Du wirst auch offene Depeschen schreiben, die die Spione beider Seiten sicher lesen werden. Die geheimen wirst du unter einem Matrix-Verschluß schicken, den keiner außer mir öffnen oder lesen kann. Sicher kannst du einen Verschlußzauber herstellen, der die Botschaften, wenn ein fremdes Auge auf sie fällt, zerstört?«

»Das ist ziemlich einfach«, erwiderte Allart. Jetzt verstand er. Es gab sicher nicht viele Menschen, denen Damon-Rafael freiwillig das Muster seines Gehirns auszuhändigen bereit war, um einen Matrix-

Verschluß anzufertigen. Ein solcher Verschluß in den Händen eines Attentäters ...

Ich bin also eine der zwei oder drei Personen, denen Damon-Rafael diese Macht über sich geben würde. Weil ich durch einen Schwur gebunden bin, ihn und seine Söhne zu verteidigen.

»Ich habe in die Wege geleitet, daß du einen Vorwand für deine Mission hast«, fuhr Damon-Rafael fort. »Wir haben einen Kurier Aldarans abgefangen, von dem wir befürchteten, er sei zu den Ridenows unterwegs. Aber als meine *Leronis* ihn im Schlaf untersuchte, berichtete er uns, daß er sich auf einer persönlichen Mission Lord Aldarans befände. Ich kenne nicht alle Einzelheiten, aber es hat nichts mit dem Krieg zu tun. Sein Gedächtnis ist matrix-gelöscht, und wenn er mit eurem Bewahrer spricht – was er, wie ich annehme, bald tun wird –, wird er nicht mehr wissen, daß er gefangengenommen und untersucht wurde. Ich habe mit unserem Cousin Coryn arrangiert, daß du vorgeblich für die Waffenstillstandsfahne verantwortlich bist, die Aldarans Gesandten nach Norden begleiten soll. Niemandem wird es auffallen, wenn du bei ihm bleibst und mit nach Aldaran reitest. Genügt das?«

Welche Wahl habe ich schon? Seit Tagen weiß ich, daß ich nach Norden reiten werde. Ich wußte nur nicht, daß es nach Aldaran geht. Aber was hat Renata damit zu tun? Laut sagte er: »Es scheint, du hast an alles gedacht.«

»Bei Sonnenuntergang wird mein Friedensmann dir Dokumente überbringen, die dich als meinen Botschafter ausweisen. Er gibt dir auch Instruktionen, wie man Botschaften schickt.« Sich erhebend sagte er: »Wenn du wünschst, werde ich deiner Gattin einen Höflichkeitsbesuch abstatten. Es soll so aussehen, als wäre ich zu einem reinen Familienbesuch hier.«

»Danke«, gab Allart zurück, »aber Cassandra geht es nicht gut. Sie hütet das Bett. Ich werde ihr deine Empfehlungen übermitteln.«

»Tu das auf jeden Fall«, sagte Damon-Rafael, »obwohl ich annehme, daß es keinen Grund gibt, Glückwünsche auszusprechen, seit du dich entschieden hast, mit ihr im Turm zu wohnen. Ich kann mir nicht vorstellen, daß sie schon dein Kind trägt.«

Jetzt noch nicht, und vielleicht auch nie ... Erneut spürte Allart den Ansturm der Hoffnungslosigkeit. Laut sagte er: »Nein, wir hatten bisher dieses Glück noch nicht.« Damon-Rafael konnte weder vom wirklichen Zustand ihrer Beziehungen noch von ihrem gemeinsamen Gelöbnis und den Umständen, unter denen es gebrochen worden war, etwas wissen. Er hatte nur auf den Busch geklopft. Zwar war es unsinnig, Zorn auf die Boshaftigkeit seines Bruders zu verschwenden, aber Allart war dennoch wütend.

Und er war immer noch gebunden, ihm als dem Großfürsten von Elhalyn zu gehorchen. Wenn die Nordmänner aus den Hellers in diesen Krieg eingriffen, würde es Zerstörung und Verderben geben.

Ich sollte dankbar sein, dachte er, *daß die Götter mir einen so ehrenwerten Weg gewiesen haben, in diesem Krieg zu dienen. Wenn ich die Alaarans zur Neutralität überreden kann, werde ich in der Tat zum Wohl aller Vasallen von Hastur beitragen.*

Als Damon-Rafael sich zum Abschied erhob, sagte Allart: »Ich danke dir aufrichtig, Bruder, daß du mir diese Mission anvertraut hast.« Seine Worte kamen aus einem so vollen Herzen, daß Damon-Rafael ihn überrascht anblickte.

Als er Allart zum Abschied umarmte, lag ein Hauch von Wärme in seiner Geste. Obwohl sie nie Freunde sein würden, waren sie sich in diesem Augenblick näher als seit Jahren, das gestand Allart sich betrübt ein – und näher, als sie es je wieder sein würden.

Am Abend wurde er wieder in die Fremdenhalle gerufen; diesmal, wie er annahm, um Damon-Rafaels Boten zu treffen, der die Sicherheitsvorschriften und Depeschen mitbrachte.

Coryn sprach ihn vor der Tür an.

»Allart, sprichst du die Sprache der Hellers?«

Allart nickte. Er fragte sich, ob Damon-Rafael Coryn ins Vertrauen gezogen hatte.

»Mikhail von Aldaran hat uns einen Boten gesandt«, sagte Coryn, »aber es ist ungewiß, ob er unsere Sprache beherrscht. Kommst du und sprichst mit ihm in seiner eigenen?«

»Mit Freuden«, sagte Allart und dachte: *Also nicht Damon-Rafaels Agent, sondern Aldarans Kurier. Damon-Rafael sagte, seine Gedanken seien untersucht worden. Ich halte das für Unrecht, aber schließlich ist Krieg.*

Als er zusammen mit Coryn die Fremdenhalle betrat, erkannte er das Gesicht des Kuriers. Sein *Laran* hatte es ihm immer wieder gezeigt, obwohl er nie gewußt hatte, warum. Es war ein jugendliches Gesicht mit dunklem Haar und ebensolchen Brauen, das ihn mit unbefangener Freundlichkeit anblickte. Allart begrüßte den Mann in der formellen Redeweise der Hellers. »Du erweist uns Ehre, *Siarbinn*«, sagte er, die besondere Betonung benutzend, die dem archaischen Wort die Bedeutung *Noch-unbekannter-Freund* verlieh. »Wie kann ich dir dienen?«

Der junge Mann stand auf und verbeugte sich.

»Ich bin Donal Delleray, Pflegesohn und Friedensmann von Mikhail, Lord Aldaran. Ich überbringe seine Worte, nicht die meinen, den *Vai Leroni* des Hali-Turms.«

»Ich bin Allart Hastur von Elhalyn. Dies hier ist mein Cousin Coryn, *Tenerézu* von Hali. Sprich offen.«

Er dachte: *Es ist sicher mehr als ein zufälliges Zusammentreffen, daß Aldaran im gleichen Moment, in dem mein Bruder seinen Plan ausarbeitet, einen Boten schickt. Oder hat er den Plan extra deswegen entwickelt, um die Ankunft des Boten auszunutzen? Die Götter mögen mir Kraft geben – ich sehe überall Komplotte und Intrigen!*

Donal sagte: »Als erstes, *Vai Domyn*, bitte ich Euch, Lord Aldaran Verzeihung dafür zu gewähren, daß er mich an seiner Stelle schickte. Er hätte nicht gezögert, selbst als Bittsteller zu kommen, aber er ist alt und kaum in der Lage, die lange Reise zu bewältigen. Zudem kann ich schneller reiten als er. Eigentlich hatte ich vorgehabt, in einem Acht-Tage-Ritt hier anzukommen, aber ich scheine auf dem Weg einen Tag verloren zu haben.«

Damon-Rafael und seine verdammte Gedanken-Untersuchung. Allart schwieg. Er wartete darauf, daß Donal sein Anliegen vortrug.

Coryn sagte: »Es ist uns eine Freude, Lord Aldaran gefällig zu sein. Was ist seine Bitte?«

»Lord Aldaran hat mir aufgetragen, zu berichten, daß seine Tochter, sein einzig lebendes Kind und Erbe, an einem *Laran* leidet, das bisher unbekannt war. Die alte *Leronis*, die sich seit ihrer Geburt um sie gekümmert hat, weiß nicht mehr, was sie tun soll. Das Kind ist in einem Alter, in dem, wie mein Vater fürchtet, die Schwellenkrankheit es zerstören kann. Daher kommt er als Bittsteller, um die *Vai Leroni* zu bitten, jemanden zu schicken, der sich während dieser kritischen Periode um sie kümmert.«

Es war nicht ungewöhnlich, daß eine im Turm ausgebildete *Leronis* einen jungen Erben anleitete und sich während der unruhigen Jahre des Heranwachsens um ihn kümmerte, wenn die Schwellenkrankheit einen solchen Tribut erforderte. Ein *Laranzu* vom Arilinn-Turm hatte Allart zum Beispiel geraten, Asyl in Nevarsin zu suchen. Wenn Aldaran wegen einer solchen Vergünstigung an Hali gebunden war, mußte er um so eher bereit sein, die Elhalyns zu unterstützen, indem er nicht in diesen Krieg eintrat.

Allart sagte: »Die Hasturs von Elhalyn und die im Hali-Turm Arbeitenden werden erfreut sein, Lord Aldaran in dieser Angelegenheit zu dienen.« In seiner eigenen Sprache fragte er Coryn: »Wen sollen wir schicken?«

»Ich hatte an dich gedacht«, erwiderte Coryn. »Du bist doch

nicht sonderlich begierig, hierzubleiben und in den Krieg verwickelt zu werden.«

»Ich werde auf Geheiß meines Bruders sowieso gehen«, sagte Allart. »Aber es ist nicht ziemlich, daß ein *Laranzu* die Ausbildung eines Mädchens übernimmt. Es sollte eine Frau sein, die sie anleitet.«

»Aber wir können niemanden entbehren«, sagte Coryn. »Jetzt, wo ich Renata verliere, brauche ich Mira als Überwacherin. Cassandra ist für die Überwachertätigkeit noch nicht genügend ausgebildet. Und noch weniger ist sie dazu geeignet, ein junges Mädchen zu lehren, seine Gabe zu kontrollieren.«

»Könnte Renata diese Aufgabe nicht erfüllen?« fragte Allart. »Es würde sie sowohl aus der Kampfzone entfernen als auch nach Neskaya zurückbringen.«

»Ja, Renata ist vielleicht die richtige Wahl«, bestätigte Coryn. »Aber sie soll nicht nach Neskaya gehen. Hast du es noch nicht gehört? Nein«, beantwortete er selbst seine Frage, »solange Cassandra krank war, hast du dich bei ihr aufgehalten und die Nachrichten nicht gehört. Dom Erlend Leynier hat ausrichten lassen, daß sie nicht zu den Neskaya-Türmen, sondern zu ihrer Trauung nach Hause zurückkehren soll. Sie ist bereits zweimal aufgeschoben worden. Ich glaube nicht, daß sie noch eine Verzögerung auf sich nimmt, um in einem gottverlassenen Winkel der Hellers irgendein barfüßiges Bergmädchen darin zu unterrichten, wie es mit seinem *Laran* fertig wird.«

Allart schaute besorgt auf den jungen Donal. Hatte er die beleidigende Bemerkung verstanden? Donal blickte starr, wie es sich für einen Boten geziemte, geradeaus und schien ihnen nicht zuzuhören. Ob er genug von der Tieflandsprache verstand, um Coryns Worte zu begreifen, oder genug *Laran* besaß, ihre Gedanken zu lesen, würden weder Coryn noch Allart je erfahren.

»Ich glaube nicht, daß Renata allzu versessen auf eine Heirat ist«, wandte Allart ein.

Coryn kicherte. »Ich glaube, daß *du* es nicht eilig hast, daß Renata verheiratet wird, Cousin.« Als er den Zorn in Allarts Augen aufsteigen sah, fügte er hastig hinzu: »Ich habe nur gescherzt. Sag dem jungen Delleray, daß wir *Damisela* Renata fragen werden, ob sie die Reise nach Norden auf sich nimmt.«

Allart wiederholte für Donal die formellen Sätze. Dieser verbeugte sich und erwiderte: »Sagt der *Vai Domna*, daß Lord Aldaran sie diesen Dienst nicht unbelohnt tun läßt. Er wird ihr, wenn die Zeit ihrer Heirat kommt, eine Mitgift geben, die der einer jüngeren Tochter entspricht.«

»Das ist großzügig«, sagte Allart, und das war es tatsächlich. Das

Laran konnte nicht wie eine gewöhnliche Dienstleistung gekauft oder verkauft werden. Die Tradition verlangte, daß es lediglich der Kaste oder dem Clan zur Verfügung stand und nicht vermietbar war. Die Leyniers waren zwar wohlhabend, besaßen aber nicht die Reichtümer der Aldarans. Nun würde Renata die Mitgift einer Prinzessin erhalten.

Nach einigen weiteren Floskeln führten sie Donal auf das Zimmer, in dem er warten sollte. Als er mit Allart durch das Kraftfeld in den Hauptteil des Turms trat, sagte Coryn bedauernd: »Vielleicht hätte ich Arielle vorschlagen sollen. Sie ist zwar eine Di Asturien, aber *Nedestro*, und ihre Mitgift nicht der Rede wert. Selbst wenn mein Bruder mir die Erlaubnis zur Heirat gäbe, würde er mir nicht gestatten, ein armes Mädchen zu ehelichen.« Er lachte bitter. »Aber egal ... Selbst wenn sie alle Juwelen von Carthon zur Mitgift erhielte, könnte ein Hastur von Carcosa nicht mit einer *Nedestro* von Di Asturien verheiratet werden. Hätte Arielle eine solche Mitgift – ihr Vater würde sie sicher einem anderen anbieten, anstatt sie mir zu geben.«

»Du bist schon zu lange unverheiratet«, sagte Allart. Coryn zuckte die Achseln.

»Mein Bruder ist nicht wild darauf, daß ich einen Erben habe. Ich besitze genügend *Laran* und habe für ihr verfluchtes Zuchtprogramm ein halbes Dutzend Söhne gezeugt. Ich habe nie versucht, sie zu sehen, auch wenn man sagte, daß sie *Laran* haben. Es ist besser, sie gar nicht erst liebzugewinnen. Soweit ich weiß, hat jeder Versuch, die Hastur-Gabe mit denen der Aillards oder Ardais' zu kreuzen, zur Folge gehabt, daß die armen kleinen Bälger an der Schwellenkrankheit starben. Es ist schon schwer genug für ihre Mütter – ich habe nicht die Absicht, auch noch davon betroffen zu sein.«

»Wie kannst du das so beiläufig hinnehmen?«

Einen Augenblick lang zerbrach Coryns Maske der Gleichgültigkeit. Er blickte Allart in echter Verzweiflung an.

»Was kann ich sonst tun, Allart? Kein Sohn von Hastur verfügt über ein eigenes Leben, solange die *Leroni* dieses verdammten Zuchtdienstes, den man unsere Kaste nennt, unsere Eheschließungen in die Wege leiten und die Zeugung unserer Bastarde arrangieren. Es sind nicht alle in der Lage, wie du das Leben eines Mönchs zu ertragen!« Sein Gesicht versteinerte sich wieder, wurde leidenschaftslos. »Nun, immerhin ist es keine unerfreuliche Pflicht, die ich meinem Clan gegenüber erfülle. Solange ich hier als Bewahrer lebe, gibt es genug Zeiten, in denen ich für keine Frau zu verwenden bin. Und das ist fast genauso, wie ein Mönch zu sein ... Arielle und ich wollen nehmen, was wir können, wenn die Gelegenheit es erlaubt.

Ich bin nicht wie du, ein Romantiker auf der Suche nach der großen Liebe«, fügte er rechtfertigend hinzu und wandte sich ab. »Willst du Renata fragen, ob sie geht, oder soll ich es tun?«

»Frag du sie«, meinte Allart. Er wußte, was sie sagen würde. Sie würden zusammen nach Norden reiten. Immer wieder hatte er es gesehen. Es führte kein Weg daran vorbei.

War es unvermeidlich, daß er Renata lieben und seine Liebe und sein Versprechen gegenüber Cassandra vergessen würde?

Ich hätte Nevarsin nie verlassen sollen, dachte er. *Hätte ich mich doch von der höchsten Felsspitze gestürzt, statt ihnen zu erlauben, mich fortzutreiben!*

14

An der Zimmertür zögerte Renata. Schließlich trat sie, wissend, daß Cassandra ihre Anwesenheit wahrgenommen hatte, ohne anzuklopfen ein.

Cassandra lag zwar nicht mehr im Bett, sah aber noch immer blaß und erschöpft aus. Sie hatte eine Stickarbeit in der Hand und setzte kleine, präzise Stiche in das Blatt einer umstickten Blume. Als Renatas Blick auf die Arbeit fiel, wurde Cassandra rot und legte sie beiseite.

»Ich schäme mich, mit einer solchen dummen Zerstreuung meine Zeit zu verschwenden.«

»Warum?« fragte Renata. »Auch mir wurde beigebracht, die Hände nie müßig sein zu lassen, damit mein Verstand sich entspannen kann, anstatt nur über meinen eigenen Problemen und Sorgen zu brüten. Aber meine Stiche waren nie so fein wie deine. Fühlst du dich jetzt besser?«

Cassandra seufzte. »Ja, mir geht es wieder gut. Ich glaube, daß ich meinen Platz wieder einnehmen kann. Ich nehme an ...« Renata wußte, daß Cassandras Kehle sich zuschnürte, unfähig, die Worte auszusprechen. *Ich nehme an, daß man weiß, was ich versucht habe. Sie verachten mich alle ...*

»Es gibt keinen unter uns, der für dich etwas anderes als Sympathie empfindet – und Kummer, daß du unglücklich unter uns warst, und niemand versuchte, deinen Schmerz zu lindern«, sagte Renata freundlich.

»Und doch höre ich Geflüster um mich herum. Ich kann nicht erkennen, was geschieht. Was verbergt ihr vor mir, Renata?«

»Du weißt, daß Krieg ausgebrochen ist«, sagte Renata.
»Allart wird in den Krieg ziehen!« Es war ein Schmerzensschrei. »Und er hat mir nichts gesagt.«
»Wenn er dabei zauderte, es dir zu sagen, *Chiya*, dann sicher nur aus Furcht, die Verzweiflung würde dich erneut überwältigen und zu überstürztem Handeln verleiten.«
Cassandra senkte den Blick. So freundlich sich die Worte auch anhören mochten – in ihnen klang ein wohlverdienter Vorwurf mit.
»Nein, das wird nicht noch einmal geschehen. Jetzt nicht.«
»Allart wird nicht in den Krieg ziehen«, sagte Renata besänftigend. »Er wird aus dem Kampfbereich herausgeschickt. Von Caer Donn ist ein Bote gekommen, dem Allart mit der Waffenstillstandsflagge als Begleiter mitgegeben wird. Lord Elhalyn hat ihn mit einem Auftrag zu den Bergbewohnern geschickt.«
»Werde ich mit ihm gehen?« Cassandra hielt den Atem an. Ihr Gesicht wurde von einem Ausdruck solcher Freude überzogen, daß Renata zögerte weiterzusprechen.
Schließlich sagte sie behutsam: »Nein, Cousine. Das ist dir jetzt nicht bestimmt. Du mußt hierbleiben. Du brauchst dringend eine Ausbildung, die dich dein *Laran* kontrollieren läßt. Ich werde den Turm verlassen, und du wirst hier als Überwacherin gebraucht. Mira wird sofort anfangen, dich zu unterrichten.«
»Ich? Überwacherin? Wirklich?«
»Ja. Du hast lange genug im Kreis gearbeitet, und dein *Laran* und deine Begabung sind uns bekannt. Coryn meint, aus dir könne eine geschickte Überwacherin werden. Man wird dich sehr bald brauchen. Wenn Allart und ich abreisen, wird es kaum genug Arbeiter geben, um zwei Kreise zu bilden, geschweige denn genügend ausgebildete Überwacher.«
»Aha.« Sekundenlang schwieg Cassandra. »Zumindest habe ich ein leichteres Los zu ertragen als andere Frauen meines Clans, denen nichts anderes übrigbleibt, als zuzuschauen, wie ihre Männer in die Schlacht oder den Tod reiten. Hier wartet nützliche Arbeit auf mich. Allart braucht nicht zu befürchten, mich mit einem Kind zurückzulassen.« Als sie Renatas fragenden Blick sah, fuhr sie fort: »Ich schäme mich, Renata. Vielleicht weißt du nicht . . . Allart und ich haben einander gelobt, daß unsere Ehe unvollzogen bleibt. Ich . . . ich habe ihn dazu verführt, dieses Gelübde zu brechen.«
»Cassandra, Allart ist weder ein Kind noch ein unerfahrener Junge. Er ist ein erwachsener Mann und durchaus in der Lage, eine solche Entscheidung selbst zu treffen.« Renata unterdrückte

den Impuls zu lachen. »Ich bezweifle, daß ihm der Gedanke schmeicheln würde, daß du ihn gegen seinen Willen vergewaltigt hast.«

Cassandra wurde rot. »Dennoch, wäre ich stärker und fähig gewesen, mein Verlangen zu unterdrücken . . .«

»Cassandra, es ist geschehen und kann nicht rückgängig gemacht werden. Alle Schmiede in Zandrus Schmiedewerkstätten können ein zerbrochenes Ei nicht wieder heil machen. Du bist nicht der Hüter von Allarts Gewissen. Jetzt kannst du nur nach vorn blicken. Vielleicht ist es ganz gut, daß er dich eine Weile verlassen muß. Es wird euch beiden die Gelegenheit geben zu entscheiden, was ihr in Zukunft tun wollt.«

Cassandra schüttelte den Kopf. »Wie kann ich allein eine Entscheidung treffen, die uns beide angeht? Es ist an Allart zu sagen, was danach geschieht. Er ist mein Ehemann und mein Fürst!«

Renata wirkte plötzlich gereizt. »Diese Einstellung ist es, die die Frauen dahin gebracht hat, wo sie jetzt sind! Im Namen der Seligen Cassilda, Kind, hältst du dich immer noch für eine Gebärmaschine und ein Spielzeug der Begierde? Wach auf, Mädchen! Glaubst du, Allart begehrt dich nur aus diesen Gründen?«

Cassandra blinzelte verblüfft. »Was kann eine Frau sonst sein?«

»Du bist keine Frau!« sagte Renata zornig. »Du bist noch ein Kind! Jedes Wort, das du sagst, bezeugt das! Hör mir zu, Cassandra. Als erstes bist du ein menschliches Wesen, ein Kind der Götter, eine Tochter deines Clans, die *Laran* besitzt. Glaubst du, du hättest es nur, um es an deine Söhne weiterzugeben? Glaubst du ernsthaft, du besäßest für Allart keinen anderen Wert als den, sein Bett zu teilen und ihm Kinder zu schenken? Mein Gott, Mädchen, das könnte er von einer Konkubine haben, oder einer *Riyachiya* . . .«

Cassandras Wangen erglühten in zornigem Rot. »Es ziemt sich nicht, über solche Dinge zu reden!«

»Sondern nur, sie zu *tun?*« erwiderte Renata wutentbrannt. »Die Götter haben uns als denkende Geschöpfe erschaffen. Meinst du, sie hätten die Frauen nur als Zuchttiere ausersehen? Wenn das so ist – warum haben wir dann einen Verstand, *Laran* und Zungen, um unsere Gedanken zu äußern? Man hätte uns dann doch nur hübsche Gesichter, Geschlechtsorgane, Bäuche, um die Kinder auszutragen, und Brüste, um sie zu ernähren, zu geben brauchen. Glaubst du, die Götter hätten nicht gewußt, was sie tun?«

»Ich glaube nicht, daß es überhaupt Götter gibt«, gab Cassandra zurück, und die Bitterkeit in ihrer Stimme war so groß, daß Renatas Zorn verrauchte. Auch sie hatte diese Art von Bitterkeit erfahren. Sie war noch immer nicht ganz frei davon.

Sie legte ihre Arme um das Mädchen und sagte sanft: »Cousine, wir haben keinen Grund, uns zu streiten. Du bist jung und unerfahren. Wenn du lernst, dein *Laran* zu benutzen, wirst du vielleicht anders über das denken, was du bist – nicht nur als Allarts Frau. Möglicherweise wirst du eines Tages Herrin deines eigenen Willens und Gewissens sein und dich nicht darauf verlassen, daß er die Entscheidungen für euch beide trifft. Und du wirst ihm auch nicht mehr die Bürde deiner Sorgen zusätzlich zu den seinen auferlegen.«

»Daran habe ich nie gedacht«, gestand Cassandra und barg ihr Gesicht an Renatas Schultern. »Wäre ich stärker gewesen, hätte ich ihm diese Bürde nicht auferlegen müssen. Ich habe ihm die Schuld an meiner Verzweiflung, die mich in den See getrieben hat, gegeben. Dabei hat er nicht mehr getan, als seinen Empfindungen zu folgen. Wird man mich lehren, stark zu sein, Renata? So stark wie du?«

»Stärker, hoffe ich, *Chiya*«, sagte Renata und küßte sie auf die Stirn. Aber ihre Gedanken waren finster. *Für sie habe ich Ratschläge, aber mit meinem eigenen Leben werde ich nicht fertig. Jetzt flüchte ich zum dritten Mal vor der Ehe und stürze mich auf diese unbekannte Arbeit in Aldaran, wo es um ein Mädchen geht, das ich nicht kenne und das mich nicht im geringsten interessiert. Ich sollte hierbleiben und meinem Vater den Gehorsam verweigern, statt nach Aldaran zu gehen und einer Unbekannten beizubringen, das* Laran *zu steuern, mit dem ihre närrischen Vorfahren sie beglückt haben. Was bedeutet mir dieses Mädchen, daß ich mein eigenes Leben vernachlässige, um ihr zu helfen?*

Aber sie konnte sich ihrem Status nicht entziehen. Sie war eine *Leronis*, mit der Begabung geboren, und konnte sich glücklich schätzen, die Turmausbildung erhalten zu haben. Schon deswegen war sie verpflichtet, alles in ihrer Macht Stehende zu tun, um anderen, die weniger Glück gehabt hatten, zu helfen, mit ihrer ungewünschten Gabe fertigzuwerden.

Cassandra war jetzt wieder ruhig. Sie sagte: »Allart wird doch nicht gehen, ohne mir Lebewohl zu sagen . . .?«

»Nein, nein, natürlich nicht, mein Kind. Coryn hat ihm bereits die Erlaubnis gegeben, sich vom Kreis zurückzuziehen, damit ihr die letzte Nacht gemeinsam verbringen und euch voneinander verabschieden könnt.« Sie sagte Cassandra nicht, daß sie selbst Allart auf seinem Ritt nach Norden begleiten würde. Das war seine Aufgabe, die er zur passenden Zeit erledigen mußte. Sie sagte nur: »Jedenfalls sollte, so wie die Dinge zwischen euch stehen, einer von euch gehen. Du weißt, daß du allein und keusch bleiben mußt, wenn die ernste Arbeit im Kreis anfängt.«

»Das verstehe ich nicht«, wandte Cassandra ein. »Coryn und Arielle . . .«

». . . arbeiten schon seit über einem Jahr zusammen. Sie kennen die Grenzen dessen, was erlaubt und was gefährlich ist«, fiel Renata ein. »Der Tag wird kommen, an dem du es auch weißt, aber in deiner jetzigen Verfassung würde es schwierig sein, sie einzuhalten. Jetzt ist es an der Zeit zu lernen, ohne Zerstreuungen, und Allart würde« – sie lächelte das andere Mädchen schelmisch an – »eine solche für dich sein. Oh, diese Männer, daß wir mit ihnen nicht in Frieden leben können – und ohne sie auch nicht!«

Cassandras Lachen dauerte nur Augenblicke. Dann zuckte ihr Gesicht wieder, weil sie dem Weinen nahe war. »Ich weiß, daß deine Worte richtig sind, aber trotzdem kann ich nicht ertragen, daß Allart mich verläßt. Hast du nie geliebt, Renata?«

»Nein, nicht so, wie du es meinst, *Chiya.*« Renata hielt Cassandra an sich gedrückt. Das empathische *Laran* der anderen schüttelte sie. Der Schmerz war peinigend, als Cassandra hilflos an ihrer Brust schluchzte.

»Was kann ich tun, Renata? Was kann ich nur tun?«

Renata schüttelte den Kopf und starrte trostlos vor sich hin. *Werde ich je erfahren, wie es ist, auf diese Weise zu lieben? Will ich es überhaupt wissen? Oder ist eine solche Liebe nur eine Falle, in die die Frauen sich freiwillig begeben, so daß sie nicht mehr die Kraft haben, ihr eigenes Leben zu bestimmen? Sind die Frauen der Comyn auf diese Weise zu schieren Gebärerinnen von Söhnen und Spielzeugen der Begierde geworden?* Aber Cassandras Schmerz war für sie sehr echt. Schließlich sagte sie zögernd, voll Scheu vor den tiefen Empfindungen der anderen: »Du könntest es ihm unmöglich machen, dich zu verlassen, Cousine, wenn du so traurig bist. Er würde sich zu sehr um dich sorgen und Schuldgefühle bei dem Gedanken, dich in solcher Verzweiflung allein zu lassen, entwickeln.«

Cassandra unterdrückte mühsam ihr Schluchzen. Schließlich sagte sie: »Du hast recht. Ich darf Allarts Kummer nicht noch meinen eigenen hinzufügen. Ich bin weder die erste noch die letzte Frau eines Hastur, die ihren Mann wegreiten sieht, ohne zu wissen, wann er zurückkehrt. Aber seine Ehre und der Erfolg seiner Mission liegen in meiner Hand. Ich darf das nicht leichtfertig ausnutzen. Irgendwie« – trotzig reckte sie ihr kleines Kinn – »werde ich die Kraft finden, ihn fortzuschicken. Wenn er schon nicht fröhlich geht, kann ich zumindest sicherstellen, daß meine Angst die seine nicht verstärken wird.«

Es war eine kleine Gruppe, die am nächsten Tag von Hali aus nach Norden ritt. Donal war als Bittsteller allein gekommen. Allart wurde nur von dem Bannerträger – der ihm als Erben von Elhalyn zustand – begleitet. Nicht ein einziger Leibdiener ritt mit ihnen. Auch Renata hatte auf die übliche Begleitung verzichtet. In Zeiten des Krieges, hatte sie gesagt, brauchten solche Feinheiten nicht beachtet zu werden. Ihre Begleitung bestand lediglich aus ihrer Amme Lucetta, die ihr seit der Kindheit diente. Renata selbst hätte auch auf diese Begleitung verzichtet, aber für eine unverheiratete Frau ziemte es sich nicht, ohne weibliche Bedienung zu reisen.

Allart ritt schweigend und abseits von den anderen dahin, gequält von der Erinnerung an Cassandra und dem Moment des Abschieds. Ihre Augen waren mit Tränen gefüllt gewesen, aber sie hatte tapfer mit sich gekämpft, um keine zu vergießen. Wenigstens war sie nicht schwanger zurückgeblieben; insoweit waren die Götter gnädig.

Falls es überhaupt Götter gab, die es kümmerte, was der Menschheit widerfuhr . . .

Vor sich konnte er Renata vergnügt mit Donal plaudern hören. Sie schienen beide so jung zu sein. Allart wußte, daß er nur drei oder vier Jahre älter als Donal war, aber irgendwie kam es ihm vor, als sei er nie so jung gewesen. *Da ich sehe, was sein wird, sein kann und nie sein wird, scheine ich mit jedem Tag, der vergeht, eine ganze Lebensspanne zu leben.* Er beneidete die Jungen.

Sie ritten durch ein Land, das die Narben des Krieges trug: geschwärzte Felder mit den Spuren des Feuers, abgedeckte Häuser, verlassene Höfe. Auf der Straße begegneten ihnen so wenig Reisende, daß sich Renata nach dem ersten Tag nicht einmal mehr die Mühe machte, den Schleier über ihr Gesicht zu legen.

Einmal flog ein Luftwagen dicht über ihnen dahin, machte einen Bogen, tauchte hinab, um sie näher in Augenschein zu nehmen, wendete wieder und flog nach Süden zurück. Der Gardist mit der Waffenstillstandsflagge ließ sich zurückfallen, bis er neben Allart ritt.

»Flagge oder nicht, *Vai Dom*, ich wünschte, Ihr hättet einer Eskorte zugestimmt. Diese Ridenow-Bastarde könnten sich leicht dazu entscheiden, darauf zu pfeifen. Und wenn sie Euer Banner sehen, könnte ihnen leicht der Gedanke kommen, von welchem Wert es wäre, den Elhalyn-Erben gefangenzunehmen und von seiner Hastur-Verwandtschaft freikaufen zu lassen. Es wäre nicht das erste Mal, daß so etwas geschieht.«

»Wenn sie die Fahne nicht ehren«, sagte Allart gemessen, »wird es uns auch nichts nützen, sie in diesem Krieg zu schlagen, denn dann würden sie auch die Kapitulationsbedingungen nicht achten. Ich glaube, es wird uns nichts anderes übrigbleiben, als von ihnen zu erwarten, daß sie an den Kriegsregeln festhalten.«

»Ich habe wenig Vertrauen zu den Regeln, Dom Allart, seit ich zum ersten Mal sah, wie ein Dorf mit Haftfeuer in Schutt und Asche gelegt wurde. Dabei kamen nicht nur Soldaten, sondern Greise, Frauen und Kinder um. Ich würde es vorziehen, den Regeln des Krieges nur mit einer kräftigen Eskorte im Rücken zu trauen!«

Allart erwiderte: »Ich habe mit meinem *Laran* nicht vorausgesehen, daß wir angegriffen werden.«

Trocken gab der Gardist zurück: »Dann seid Ihr glücklich, *Vai Dom.* Ich habe nicht den Trost der Vorausschau oder sonstwelcher Zauberei.« Anschließend verfiel er in hartnäckiges Schweigen.

Am dritten Tag ihrer Reise überquerten sie einen Paß, der zum Kadarin-Fluß hinabführte. Er trennte das Tieflandterritorium von den Ländern, die dem Bergvolk gehörten – Aldaran, Ardais und den niederen Fürsten der Hellers. Bevor sie die Straße hinabritten, drehte Renata sich um, um über das Land zu schauen, aus dem sie gekommen waren. Der größte Teil der Reiche lag vor ihnen ausgebreitet. Renata sah auf die entfernten Hochebenen und schrie plötzlich entsetzt auf – ein Waldbrand wütete in den südlichen Kilghard-Hügeln.

»Seht nur, das Feuer!« schrie sie auf. »Es wird auf die Alton-Ländereien übergreifen.« Allart und Donal, die beide Telepathen waren, verstanden ihre Gedanken: *Wird auch mein Zuhause in Flammen liegen, in einem Krieg, der nicht der unsere ist?* Laut sagte sie mit bebender Stimme: »Jetzt wünschte ich, ich hätte deine Vorausschau, Allart.«

Das Panorama der Landschaft unter ihnen verschwamm vor Allarts Augen, die er in dem vergeblichen Bemühen, den sich verzweigenden Zukunftsentwicklungen seines *Laran* zu entgehen, verschloß. Wenn der mächtige Clan der Altons durch einen Angriff in den Krieg hineingezogen wurde, wäre keine Siedlung, kein Gut in den Reichen mehr sicher. Für die Altons spielte es keine Rolle, ob ihre Häuser durch ein vorsätzlich gelegtes Feuer oder einen außer Kontrolle geratenen Brand in Flammen aufgingen.

»Wie können sie es wagen, einen Waldbrand als Waffe einzusetzen«, schimpfte Renata, »wenn sie wissen, daß man ihn nicht kontrollieren kann, da er von den Winden abhängt.«

»Nein«, machte Allart einen Versuch, sie zu besänftigen. »Einige der *Leroni* – das weißt du – können durchaus ihre Kräfte dazu einsetzen, um Wolken und Regen zu erzeugen, die ein Feuer eindämmen oder zum Verlöschen bringen.«

Donal lenkte sein Reittier an Renata heran. »Wo liegt dein Heim?«

Sie zeigte es ihm. »Dort, zwischen den Seen von Miridon und Mariposa. Es liegt hinter den Hügeln, aber du kannst die Seen erkennen.«

Donals dunkles Gesicht wirkte konzentrierter, als er sagte: »Hab keine Angst, *Damisela*. Sieh – das Feuer wird sich diesen Kamm entlang nach oben fortpflanzen.« Er zeigte mit dem Finger darauf. »Dort werden es die Winde zurücktreiben. Vor dem morgigen Sonnenuntergang wird es ausbrennen.«

»Ich bete, daß du recht hast«, sagte Renata. »Aber das ist sicher nur eine Vermutung.«

»Nein. Du wirst es selbst sehen können, wenn du dich beruhigst. Als im Turm Ausgebildete dürfte dir nicht entgehen, in welcher Richtung die Luftströme ziehen und wo der Wind aufkommt. Du bist eine *Leronis*. Du mußt das erkennen.«

Allart und Renata blickten Donal verwundert und erstaunt an. Schließlich sagte Renata: »Einmal, als ich das Zuchtprogramm studierte, las ich etwas von einem *Laran*, das dazu fähig sein soll, aber man rückte, weil es nicht kontrolliert werden konnte, davon ab. Aber diese Fähigkeit besaß weder die Hastur-Sippe noch die der Delleray. Bist du vielleicht mit den Storns oder Rockravens verwandt?«

»Aliciane von Rockraven – die vierte Tochter von Lord Vardo – war meine Mutter.«

»Tatsächlich!« Renata blickte ihn mit deutlicher Neugier an. »Ich dachte, dies *Laran* sei ausgelöscht. Gewöhnlich tötete es die Mutter, die solch ein Kind zur Welt brachte. Hat deine Mutter deine Geburt überlebt?«

»Das hat sie«, bestätigte Donal, »aber sie starb bei der Geburt meiner Schwester Dorilys, die du in deine Obhut nehmen sollst.«

Renata schüttelte den Kopf. »Hat das verfluchte Zuchtprogramm der Hastur-Sippe seine Spuren also auch in den Hellers hinterlassen? Besaß dein Vater irgendein *Laran*?«

»Ich weiß es nicht. Ich kann mich nicht einmal erinnern, ob ich ihm je ins Gesicht geblickt habe«, erwiderte Donal. »Aber meine Mutter war keine Telepathin, und Dorilys – meine Schwester – kann überhaupt keine Gedanken lesen. Die Fähigkeit, die ich besitze, muß die Gabe meines Vaters sein.«

»Hast du dein *Laran* schon seit der Kindheit, oder kam es ganz plötzlich, als du heranwuchst?«

»Ich kann Luftströmungen und Stürme spüren, seit ich denken

kann«, antwortete Donal. »Ich habe es damals nicht für *Laran* gehalten, nur für ein Gespür, das mehr oder weniger jeder hat, wie beispielsweise ein Ohr für Musik. Als ich älter wurde, konnte ich ein wenig die Blitze kontrollieren.«

Er erzählte, wie er als Kind einen Blitzschlag abgelenkt hatte, der auf einen Baum zielte, unter dem er mit seiner Mutter gestanden war. »Aber ich kann es nur selten tun, und wenn es dringend erforderlich ist, sonst macht es mich krank. Daher versuche ich nur, diese Kräfte zu erkennen, nicht, sie zu kontrollieren.«

»Das ist das Klügste«, bekräftigte Renata. »Alles, was wir über weniger gewöhnliches *Laran* wissen, hat uns gelehrt, wie gefährlich es ist, mit diesen Gewalten zu spielen. Regen an einem Ort bedeutet Dürre an einem anderen. Ein weiser Mann sagte einmal: *›Es ist ein schlechtes Unterfangen, einen Drachen anzuketten, um sein Fleisch zu braten.‹* Aber ich sehe, daß du einen Sternenstein trägst.«

»Einen kleinen, nur für Spielereien. Ich kann einen Gleiter heben und ähnliche Dinge. Kleinigkeiten, die mir unsere Haushalt-*Leronis* beibrachte.«

»Bist du seit deiner Kindheit ein Telepath?«

»Nein, die Kraft kam zu mir, als ich über fünfzehn war und es schon nicht mehr erwartete.«

»Hast du stark unter der Schwellenkrankheit gelitten?« fragte Allart.

»Nicht sonderlich. Benommenheit und Orientierungsschwierigkeiten, vielleich ein halbes Jahr lang. Am meisten betrübte es mich, daß mein Pflegevater mir in dieser Zeit den Gleiter verbot!« Er lachte, aber Allart und Renata konnten seine Gedanken lesen: *Ich habe nie gewußt, wie sehr mein Pflegevater mich liebte, bis ich spürte, wie sehr er sich ängstigte, mich zu verlieren, als die Schwellenkrankheit kam.*

»Keine Krämpfe?«

»Gar nichts.«

Renata nickte. »Einige Erblinien haben es schwerer als andere. Du scheinst die relativ geringere zu haben, und Lord Aldarans Familie die tödliche Form. Bist du vom Blut der Hasturs?«

»*Damisela*, ich habe nicht die geringste Ahnung«, antwortete Donal steif, und die anderen spürten seinen Widerwillen, als hätte er die Worte laut ausgesprochen: *Bin ich ein Renn-*Chervine *oder ein Zuchttier, das man nach seinem Stammbaum beurteilt?*

Renata lachte laut: »Vergib mir, Donal. Vielleicht habe ich zu lange in einem Turm gewohnt und nicht überlegt, für wie beleidigend ein anderer eine solche Frage halten könnte. Ich habe so viele

Jahre damit zugebracht, diese Dinge zu studieren! Allerdings, mein Freund, wenn ich mich um deine Schwester kümmern soll, muß ich ihre Erblinie und ihren Stammbaum so gewissenhaft untersuchen, als sei sie ein Renntier oder ein edler Falke, um herauszufinden, wie dieses *Laran* in ihre Linie kam, und welche tödlichen und rezessiven Merkmale es tragen könnte. Selbst wenn sie sich jetzt ruhig verhalten, könnten sie Ärger verursachen, wenn sie zur Frau wird. Aber vergib mir. Ich wollte dich nicht beleidigen.«

»Ich sollte dich um Vergebung bitten, *Damisela*, weil ich so tölpelhaft bin – während du nach Wegen suchst, meiner Schwester zu helfen.«

»Dann wollen wir uns gegenseitig vergeben, Donal – und Freunde sein.«

Allart spürte, während er sie beobachtete, plötzlich bitteren Neid auf diese jungen Leute, die lachen, flirten und das Leben genießen konnten, selbst wenn sie mit drohendem Verderben beladen waren. Dann schämte er sich plötzlich seiner selbst. Renata trug keine leichte Last. Sie hätte ihre Verantwortung auf Vater oder Ehemann abladen können – dennoch arbeitete sie seit ihrer Kindheit daran, zu erfahren, wie man mit der Verantwortung am besten fertig wurde. Selbst wenn es hieß, das Leben eines ungeborenen Kindes zu zerstören und den Makel einer unfruchtbaren Frau zu tragen. Auch Donal hatte keine unbeschwerte Jugend gehabt. Er mußte mit dem Wissen um sein eigenes *Laran* leben, das ihn und seine Schwester zerstören konnte.

Allart fragte sich, ob jedes menschliche Wesen tatsächlich so nahe wie er an einem Abgrund entlang durchs Leben ging. Er machte sich klar, wie er sich verhalten hatte: als trüge er allein einen unerträglichen Fluch, und alle anderen seien heiter und sorgenfrei. Er beobachtete, wie Renata und Donal lachten und scherzten, und dachte – es war ein neuer und fremder Gedanke: *Vielleicht hat Nevarsin mir eine zu übertrieben ernsthafte Einstellung zum Leben gegeben. Wenn sie mit ihren Lasten leben und dennoch heiter sein und sich an dieser Reise erfreuen können, sind sie vielleicht klüger als ich.*

Als er schneller ritt, um sich ihnen anzuschließen, lächelte er.

Sie erreichten Aldaran am späten Nachmittag eines trüben, regnerischen Tages, der Wind und kleine Hagelkörnchen mit sich trieb. Renata hatte den Umhang über das Gesicht gezogen und ihre Wangen mit einem Schal geschützt. Der Bannerträger hatte die Fahne in eine schützende Hülle gesteckt und ritt mit ernstem Blick, in seinem dikken Mantel vermummt. Allart bemerkte, daß die zunehmende

Höhe sein Herz heftiger schlagen ließ. Er fühlte sich ein wenig benommen. Aber Donal schien mit jedem Tag mehr die Sorgen abzuwerfen und fröhlicher auszusehen, als seien die Höhe und die sich verschlechternde Witterung nur ein Zeichen der Heimkehr. Er ritt selbst durch den Regen barhäuptig, hatte die Kapuze seines Reitmantels zurückgeworfen und achtete nicht auf den Hagel, der sein von Wind und Kälte gerötetes Gesicht traf.

Am Fuß des langen Hanges, der zur Burg hinaufführte, hielt er an und gab lachend und winkend ein Zeichen. Renatas Amme grollte: »Sollen wir mit normalen Reittieren diesen Ziegenpfad hinaufreiten, oder glaubt man, daß wir Falken sind und fliegen können?« Selbst Renata wirkte angesichts des letzten steilen Pfades ein wenig geängstigt.

»*Das* ist die Aldaran-Feste? Sie scheint so unzugänglich wie Nevarsin!«

Donal lachte. »Nein, aber in den alten Zeiten, als die Vorfahren meines Pflegevaters sie mit Waffengewalt verteidigen mußten, machte dieser Hang sie unverwundbar – meine Dame«, fügte er mit plötzlichem Selbstbewußtsein an. Während der Dauer der Reise waren sie füreinander Allart, Renata und Donal geworden. Donals plötzliche Rückkehr zu formeller Höflichkeit machte ihnen klar, daß – was immer auch passierte – die Periode der Sorglosigkeit vorüber war und die Last ihrer voneinander getrennten Schicksale sich wieder auf sie legte.

»Ich vertraue darauf, daß die Soldaten auf den Mauern wissen, daß wir nicht als Angreifer kommen«, meinte der Gardist, der die Waffenstillstandsflagge trug, düster.

Donal lachte und erwiderte: »Nein, ich glaube, für ein Kriegskommando sind wir zu klein. Schaut – dort auf den Zinnen sind mein Pflegevater und meine Schwester. Offenbar wußte er von unserer Ankunft.«

Allart sah, wie sich der leere Blick über Donals Gesicht legte – der Blick des Telepathen, der mit anderen außer Hörweite Kontakt aufnahm.

Einen Augenblick später lächelte Donal vergnügt und sagte: »Der Pferdepfad ist nicht gar so steil. Auf der anderen Seite der Burg sind Stufen in den Fels geschnitten, zweihundertachtundneunzig insgesamt. Würdet Ihr vielleicht lieber diesen Weg erklimmen? Oder Ihr, *Mestra*?« fragte er die Amme, die einen Laut des Entsetzens ausstieß. »Kommt, mein Pflegevater erwartet uns.«

Während des langen Ritts hatte Allart die in Nevarsin erlernten Techniken angewandt, um die auf ihn eindringenden Zukunfstmöglichkeiten fernzuhalten. Da er sie nicht beeinflussen konnte, wußte er, daß es eine Form der Schwäche war, wenn er sich mit ihnen abgab. Dieser Schwäche durfte er nicht nachgeben. Er mußte sich mit dem befassen, was kam – und durfte nur dann vorausschauen, wenn sich eine vernünftige Möglichkeit bot, zu entscheiden, welche mögliche Entwicklung durch eine Entscheidung, die tatsächlich seiner Kontrolle unterlag, verstandesmäßig beeinflußt werden konnte. Aber als sie die Spitze des steilen Hanges erreicht hatten, aus Hagel und Wind in einen geschützten Hof gelangten und Diener sich um sie scharten, um ihnen die Pferde abzunehmen, wußte er, daß er diese Szene schon einmal erlebt hatte. Durch die momentane Orientierungslosigkeit vernahm er den Aufschrei einer schrillen, kindlichen Stimme, und es schien ihm, als sähe er Blitze aufflackern. Er fuhr zurück, noch bevor er sie tatsächlich *hörte*. Es entpuppte sich schließlich alles als ganz einfach: keine Gefahr, kein Aufzucken merkwürdiger Blitze, nichts als die Stimme eines fröhlichen Kindes, das Donals Namen rief. Mit fliegenden Zöpfen rannte ein kleines Mädchen aus dem Schutz eines Bogenganges und umschlang ihn mit beiden Armen.

»Ich wußte, daß du es warst – mit den Fremden. Ist das die Frau, die meine Lehrerin sein soll? Wie heißt sie? Magst du sie? Wie ist es in den Tiefländern? Blühen die Blumen dort wirklich das ganze Jahr über? Hast du auf der Reise irgendwelche nichtmenschlichen Wesen gesehen? Hast du mir Geschenke mitgebracht? Was sind das für Leute? Was sind das für Tiere, die sie reiten?«

»Sachte, sachte, Dorilys«, meinte eine tiefe Stimme vorwurfsvoll. »Unsere Gäste werden uns tatsächlich für Bergbarbaren halten, wenn du wie ein schlecht erzogenes *Gallimak* daherplapperst. Laß deinen Bruder los und begrüße unsere Gäste wie eine Dame!«

Donal ließ zwar zu, daß das Mädchen seine Hand umklammerte, als er sich seinem Pflegevater zuwandte, ließ sie aber los, als Mikhail von Aldaran ihn in eine enge Umarmung zog.

»Junge, ich habe dich sehr vermißt. Willst du uns nicht unsere ehrenwerten Gäste vorstellen?«

»Renata Leynier, *Leronis* vom Hali-Turm«, sagte Donal. Renata machte einen tiefen Knicks vor Lord Aldaran.

»Verehrte Dame, Ihr erweist uns Gnade. Wir sind hoch geehrt. Erlaubt mir, meine Tochter und Erbin vorzustellen: Dorilys von Rockraven.«

Dorilys senkte scheu die Augen, als sie einen Knicks machte.

»S'dia shaya, Domna«, sagte sie schüchtern.

Dann stellte Lord Aldaran Margali vor. »Das ist die *Leronis*, die sich seit ihrer Geburt um sie kümmert.«

Renata blickte die alte Frau forschend an. Trotz der blassen, zerbrechlichen Gesichtszüge, des ergrauten Haars und der Altersfurchen ihres Gesichts trug sie noch immer den undefinierbaren Stempel der Kraft.

Renata dachte: *Wenn sie seit ihrer Geburt in der Obhut einer* Leronis *war und Aldaran fühlt, daß sie stärkere Fürsorge und Kontrolle braucht – was, im Namen aller Götter, befürchtet er für dieses kleine Mädchen?*

Donal stellte Allart seinem Pflegevater vor. Allart, der sich vor dem alten Mann verbeugte, hob die Augen, um in das Falkengesicht von Dom Mikhail zu blicken, und wußte sofort, daß er es in Träumen der Vorausschau vorher gesehen hatte. Er spürte ein Gefühl aus Zuneigung und Angst. Irgendwie war dieser Bergfürst der Schlüssel zu seinem Schicksal – aber er konnte nur einen Gewölberaum sehen, weißen Stein wie in einer Kapelle, flackernde Flammen und Verzweiflung. Er versuchte die unwillkommenen, verwirrenden Bilder niederzukämpfen, bis er eine verstandesmäßige Entscheidung zwischen ihnen treffen konnte.

Mein Laran *ist ohne Nutzen,* dachte er, *außer, daß es mich ängstigt!*

Als sie durch das Schloß zu ihren Zimmern geführt wurden, sah sich Allart erregt nach dem Gewölbe aus seiner Vision um, nach dem Ort der Flammen und der Tragödie. Aber er sah ihn nicht und fragte sich, ob er überhaupt irgendwo auf Burg Aldaran war. Er konnte in der Tat überall sein – *oder*, dachte er bitter, *nirgendwo.*

15

Renata wachte auf, als sie die Anwesenheit eines Fremden spürte. Dann sah sie Dorilys' hübsches, kindliches Gesicht hinter einem Vorhang hervorspähen.

»Es tut mir leid«, sagte Dorilys. »Habe ich Euch aufgeweckt, *Domna*?«

»Ich glaube schon.« Renata blinzelte, erinnerte sich verschwommen an Bruchteile eines schwindenden Traumes, an Feuer, die Schwingen eines Gleiters, Donals Gesicht. »Nein, es macht nichts, Kind. Lucetta hätte mich ohnehin bald geweckt, damit ich zum Essen nach unten gehe.«

Dorilys kam hinter dem Vorhang hervor und setzte sich auf den Bettrand. »War die Reise sehr ermüdend, *Domna*? Ich hoffe, Ihr werdet Euch von der Anstrengung bald erholen.«

Über die Mischung aus Kindlichkeit und erwachsener Höflichkeit mußte Renata lächeln. »Du sprichst sehr gut *Casta*, Kind. Wird es hier viel gesprochen?«

»Nein«, antwortete Dorilys, »aber Margali wurde in Thendara ausgebildet und sagt, ich solle lernen, es gut zu sprechen, damit es niemanden gibt, der mich eine Wilde aus den Bergen nennt, wenn ich einmal dorthin komme.«

»Dann hat Margali gute Arbeit geleistet. Deine Aussprache ist sehr gut.«

»Ihr wurdet auch in einem Turm ausgebildet, *Vai Leronis*?«

»Ja. Aber es ist nicht nötig, daß du so förmlich bist«, sagte Renata, die sich spontan für das Mädchen erwärmte. »Nenn mich Cousine oder Verwandte, ganz wie du willst.«

»Für eine *Leronis* siehst du sehr jung aus, Cousine«, sagte Dorilys, die das persönlichere der beiden Worte wählte.

Renata erwiderte: »Ich habe ungefähr in deinem Alter angefangen.« Dann zögerte sie, denn für die vierzehn oder fünfzehn Jahre, nach denen sie aussah, wirkte Dorilys sehr kindlich. Wenn sie sie als Tochter eines Adeligen erziehen sollte, mußte sie dem ein schnelles Ende setzen, daß ein so großes Mädchen mit wehendem Haar über den Hof tobte und wie ein Kleinkind umherrannte und schrie. Sie fragte sich, ob Dorilys vielleicht geistig etwas zurückgeblieben war. »Wie alt bist du . . . fünfzehn?«

Dorilys kicherte und schüttelte den Kopf. »Jeder sagt, daß ich so aussehe, und Margali langweilt mich Tag und Nacht damit, mir zu sagen, daß ich zu alt und zu groß bin, dies oder jenes zu tun. Ich bin erst elf Jahre alt. In der Zeit der Sommerernte werde ich zwölf.«

Renata revidierte sofort ihre Einschätzung. Sie war also nicht die kindliche und schlechterzogene junge Frau, nach der sie aussah, sondern ein ausgesprochen frühreifes Mädchen. Vielleicht war es ihr Unglück, daß sie älter aussah, denn jeder erwartete von Dorilys Erfahrung und Urteilskraft, die sie in diesem Alter schwerlich besitzen konnte.

Dorilys fragte: »Bist du gern eine *Leronis* geworden? Was ist eine Überwacherin?«

»Das wirst du herausfinden, wenn ich dich überwache. Das muß ich tun, ehe ich dich in *Laran* unterrichte«, antwortete Renata.

»Was hast du im Turm getan?«

»Viele Dinge«, erwiderte Renata. »Metalle an die Erdoberfläche gebracht, damit die Schmiede mit ihnen arbeiten konnten. Batterien für Lampen und Luftwagen aufgeladen; in den Verstärkern gearbeitet, um ohne Stimme mit den Bewohnern anderer Türme zu sprechen – damit das, was in einem Reich geschah, alles bekannt wurde, viel schneller, als ein Bote reiten kann . . .«

Dorilys lauschte und ließ schließlich einen langen, faszinierten Seufzer vernehmen. »Und wirst du mich lehren, diese Dinge zu tun?«

»Vielleicht nicht alle, aber du wirst jene Dinge lernen, die du als Fürstin eines großen Reiches wissen mußt. Und darüber hinaus solche, die alle Frauen wissen sollten, wenn sie ihr Leben und ihren Körper unter Kontrolle haben wollen.«

»Wirst du mir beibringen, Gedanken zu lesen? Donal, Vater und Margali können Gedanken lesen, und ich kann es nicht, und sie können sich unterhalten, und ich kann es nicht hören, und das macht mich zornig, weil ich weiß, daß sie über mich sprechen.«

»Das kann ich dir nicht beibringen, aber wenn du die Begabung hast, kann ich dir beibringen, sie zu nutzen. Du bist noch zu jung, daß man wissen kann, ob du sie hast oder nicht.«

»Werde ich eine Matrix bekommen?«

»Wenn du lernen kannst, sie zu benutzen«, sagte Renata. Sie fand es merkwürdig, daß Margali das Kind noch nicht geprüft und gelehrt hatte, sich auf eine Matrix einzustimmen. Nun, Margali war alt an Jahren. Vielleicht fürchtete sie das, was ihr Zögling – dickköpfig und reifer Urteilsfähigkeit ermangelnd – mit der enormen Kraft der Matrix anstellen würde. »Weißt du, welcher Art dein *Laran* ist, Dorilys?«

Das Kind senkte den Blick. »Ein wenig. Du weißt, was bei meiner Verlobung geschah . . .«

»Nur, daß dein dir versprochener Ehemann plötzlich starb.«

Plötzlich fing Dorilys zu weinen an. »Er ist gestorben – und alle sagten, ich hätte ihn umgebracht, aber das habe ich nicht, Cousine. Ich wollte ihn nicht umbringen – ich wollte ihn nur dazu bringen, die Hände von mir zu nehmen.«

Der Anblick des schluchzenden Kindes erzeugte in Renata den spontanen Impuls, die Arme um Dorilys zu legen und sie zu besänftigen. *Natürlich hat sie ihn nicht umbringen wollen! Wie grausam, ein so junges Mädchen Blutschuld ertragen zu lassen!* Aber in dem Augenblick, in dem sie sich bewegen wollte, hielt ein intuitiver Gedankenblitz sie zurück.

Wie jung sie auch war, Dorilys besaß ein *Laran*, das töten konnte. Dieses *Laran*, in der Hand eines Kindes, das zu jung war, ein vernünftiges Urteil darüber zu fällen . . . allein der Gedanke daran ließ Renata schaudern. Wenn Dorilys alt genug war, dieses schreckliche *Laran* zu besitzen, dann war sie auch alt genug – sie *mußte* einfach alt genug sein –, Kontrolle und angemessene Anwendung zu erlernen.

Die Kontrolle des *Laran* war nicht leicht. Niemand wußte besser als Renata, wie schwierig die harte Arbeit und Selbstbeherrschung, die schon im frühesten Stadium erforderlich waren, sein konnte. Wie sollte ein verzogenes und verwöhntes kleines Mädchen, dessen Worte für ihre Kameraden und die sie anbetende Familie immer Gesetz gewesen war, die Disziplin und innere Motivation finden, diesen schwierigen Pfad zu verfolgen? Vielleicht würde sich auf lange Sicht der Tod, den sie verursacht hatte, im Zusammenhang mit ihren Schuldgefühlen als Glück erweisen. Renata setzte bei ihrem Unterricht nicht gerne Angst ein, aber im Moment wußte sie noch nicht genug über Dorilys, um nicht jeden kleinsten Vorteil in Anspruch zu nehmen, den sie bei der Ausbildung des Mädchens haben konnte.

Also berührte sie Dorilys nicht, sondern ließ sie weinen und betrachtete sie mit einer abgelösten Zärtlichkeit, auf die ihr ruhiges Gesicht und ihr Verhalten nicht den mindesten Hinweis gaben. Schließlich sagte sie – und sprach dabei die erste Lektion aus, die man ihr am Anfang des Unterrichts im Hali-Turm gegeben hatte: »*Laran* ist eine entsetzliche Gabe und eine entsetzliche Verantwortung. Es ist nicht leicht zu beherrschen. Es liegt an dir, ob du es kontrollieren willst oder ob es *dich* kontrolliert. Wenn du bereit bist, hart zu arbeiten, wird der Tag kommen, an dem du die Anweisungen gibst – und nicht deine Kraft. Darum bin ich hier, um dich zu unterrichten, daß solche Dinge nicht wieder passieren.«

»Du bist hier in Aldaran mehr als willkommen«, sagte Lord Aldaran, während er sich in seinem hohen Stuhl nach vorn beugte und Allart in die Augen blickte. »Es ist lange her, seit ich die Freude hatte, mich mit jemandem aus unserer Tiefland-Verwandtschaft zu unterhalten. Ich bin sicher, es wird dir hier gefallen. Aber ich rede mir nicht ein, daß der Erbe von Elhalyn eine Aufgabe auf sich nahm, die jeder Friedensmann oder Bannerträger hätte erledigen können, nur um mir eine Ehre zu erweisen, wenn die Elhalyns sich im Krieg befinden. Entweder willst du oder das Elhalyn-Reich etwas von mir, was keineswegs dasselbe sein muß. Willst du mir nicht den Grund deiner wahren Mission nennen, Verwandter?«

Allart wägte ein Dutzend Antworten ab und beobachtete dabei das Spiel des Feuers auf dem Gesicht des alten Mannes. Er wußte, daß es seine Gabe war, die das Gesicht hundert verschiedene Züge tragen ließ: Güte, wilde Wut, verletzten Stolz, Ärger. Hatte seine

Mission allein das Ziel, diese Reaktionen in Lord Aldaran hervorzurufen, oder sah er jetzt etwas, das sich später zwischen ihnen ereignen würde?

Schließlich sagte er, jedes Wort abwägend: »Mein Fürst, was Ihr sagt, trifft zu, obwohl es eine Ehre war, mit Eurem Pflegesohn nach Norden zu reiten. Allerdings habe ich es nicht bedauert, in einiger Entfernung von diesem Krieg zu sein.«

Aldaran runzelte die Brauen und sagte: »Ich hätte vermutet, daß du in Kriegszeiten nicht den Wunsch hast, euer Reich zu verlassen. Bist du nicht der Erbe deines Bruders?«

»Sein Regent und Bewacher, Sir, aber ich bin durch Eid gebunden, den Anspruch seiner *Nedestro*-Söhne zu unterstützen.«

»Mir scheint, du hättest für dich Besseres als das tun können«, sagte Dom Mikhail. »Sollte dein Bruder im Feld sterben, solltest du besser geeignet sein, das Reich zu regieren, als irgendein Haufen kleiner Jungen, seien sie nun legitime Söhne oder Bastarde, und ohne Zweifel würde es dein Volk lieber haben. Es gibt ein wahres Sprichwort: Wenn die Katze aus dem Haus ist, tanzen die Mäuse auf dem Tisch! So geht es auch mit einem Reich: In Zeiten wie diesen ist eine starke Hand vonnöten. In Kriegszeiten kann ein jüngerer Sohn – oder einer, dessen Elternschaft ungewiß ist – sich eine Machtstellung erarbeiten, wie zu keiner anderen.«

Allart dachte: *Aber ich habe nicht den Ehrgeiz, ein Land zu beherrschen.* Allerdings wußte er, daß Lord Aldaran das nie glauben würde. Für Männer seines Schlages war Ehrgeiz für einen Mann, der einem Herrscherhaus angehörte, die einzige legitime Empfindung. *Und das ist es, was unsere Welt im Bruderkrieg erzittern läßt* . . . Aber er sagte nichts. Hätte er es getan, hätte Aldaran sofort den Schluß gezogen, er sei weibisch – oder noch schlimmer, ein Feigling. »Mein Bruder und Großfürst meinte, ich könnte meinem Reich mit dieser Mission besser dienen, Sir.«

»Wirklich? Sie muß wichtiger sein, als ich gedacht habe«, sagte Aldaran mit ernstem Blick. »Nun, berichte mir, Verwandter, wenn deine Mission von so großer Bedeutung für Aldaran ist, daß dein Bruder seinen engsten Rivalen schickt!« Er wirkte verärgert und wachsam, und Allart wußte, daß er keinen guten Eindruck gemacht hatte. Als er jedoch zur Sache kam, entspannte Aldaran sich langsam und lehnte sich in seinem Sessel zurück. Als Allart endete, nickte er und stieß mit einem langen Seufzer die Luft aus.

»Es ist nicht so schlimm, wie ich befürchtet hatte«, sagte er. »Ich habe ein bißchen Vorausschau und konnte deine Gedanken ein wenig lesen. Nicht viel; wo hast du gelernt, sie so abzuschirmen? Ich wußte, daß du gekommen bist, um mit mir über den Krieg zu sprechen, und hatte schon gefürchtet, ihr wolltet mich wegen der alten Freundschaft, die zwischen deinem Vater und mir bestand, drängen, auf eurer Seite in die Kämpfe einzugreifen. Obwohl ich deinen Vater sehr schätzte, wäre ich *diesem* Wunsch sehr abgeneigt gewesen. Ich wäre vielleicht bereit, bei der Verteidigung Elhalyns zu helfen, würde man euch hart bedrängen, hätte es aber vermieden, gegen die Ridenows vorzugehen.«

»Solch eine Bitte habe ich zwar nicht geäußert, Sir«, bemerkte Allart, »aber würdet Ihr mir dennoch Euren Grund nennen?«

»Den Grund? Du fragst nach dem Grund? Nun, dann sage mir, Junge«, erwiderte Aldaran, »welchen Groll du gegen die Ridenows hegst?«

»Ich persönlich? Keinen, Sir, außer, daß sie einen Luftwagen angriffen, in dem ich mit meinem Vater fuhr, und damit seinen Tod verursacht haben. Die anderen Reiche der Tiefländer sind gegen die Ridenows, seit sie das alte Serrais an sich rissen und sich alle Frauen einverleibt haben.«

»Ist das so schlimm?« fragte Aldaran. »Haben die Frauen von Serrais eure Hilfe gegen diese Eheschließungen erbeten oder euch bewiesen, daß sie gegen ihren Willen verheiratet worden sind?«

»Nein, aber . . .« Allart blieb hart. Er wußte, daß es den Frauen von Hastur nicht erlaubt war, aus ihrer Sippe herauszuheiraten. Als ihm dieser Gedanke kam, griff Aldaran ihn auf und sagte: »Wie ich es mir dachte. Es ist so, daß ihr die Frauen für euch selbst und eure nächste Verwandtschaft wollt. Ich habe gehört, daß die männliche Linie von Serrais ausgelöscht ist; daß es die Inzucht war, die sie vernichtete. Ich weiß genug über sie, um vorherzusagen, daß das *Laran* der Frauen von Serrais keine hundert Jahre überleben wird, wenn sie wieder in die Hastur-Sippe einheirateten. Sie *brauchen* neues Blut in dieser Familie. Die Ridenows sind gesund und fruchtbar. Den Serrais-Frauen könnte nichts Besseres geschehen, als daß die Ridenows sie nehmen.«

Allart wußte, daß sein Gesicht seine Abscheu verriet, obwohl er sie zu verbergen suchte. »Wenn Ihr ein offenes Wort vergebt, Sir, ich halte es für abstoßend, über die Beziehungen zwischen Männern und Frauen nur in den Begriffen dieses verfluchten Zuchtprogrammes zu sprechen.«

Aldaran schnaubte. »Aber du findest es angebracht, die Serrais-Frauen immer wieder an Hasturs, Elhalyns und Aillards zu verheiraten? Heißt das nicht auch, sie wegen ihres *Laran* zu züchten? Wieviel fruchtbare Söhne sind den Serrais in den letzten vierzig Jahren geboren worden? Komm, komm, glaubst du, die Fürsten von Thendara dächten auch nur daran, zu versuchen, die Reinheit der Serrais' zu erhalten? Du bist jung, aber so naiv kannst du kaum sein. Die Hastur-Sippe würde Serrais eher aussterben lassen, als zu gestatten, daß Fremde sich in die Fortpflanzung einschalten. Aber die Ridenows haben nun einmal andere Vorstellungen. Und das ist für Serrais die einzige Hoffnung – ein paar neue Gene! Wenn ihr klug wäret, würdet ihr sie willkommen heißen und durch Ehebande an eure eigenen Töchter binden.«

Allart war schockiert. »Die Ridenows – in die Hastur-Sippe einheiraten? Sie haben keinen Anteil am Blut von Hastur und Cassilda.«

»Ihre Söhne werden ihn haben«, sagte Aldaran barsch, »und mit neuem Blut kann das alte Serrais-Geschlecht überleben, statt sich in die Unfruchtbarkeit hineinzuzüchten, wie es die Aillards in Valeron tun und wie einige der Hasturs es schon getan haben. Wie viele *Emmasca* sind in den letzten hundert Jahren bei den Hasturs von Carcosa geboren worden, oder bei denen von Elhalyn oder Aillard?«

»Zu viele, fürchte ich.« Gegen seinen Willen mußte Allart an die Knaben denken, die er im Kloster gekannt hatte: *Emmasca*, weder männlich noch vollständig weiblich; steril, manche mit anderen Mängeln. »Aber ich habe dieses Gebiet nicht gründlich studiert.«

»Aber du maßt dir an, dir eine Meinung darüber zu bilden?« Aldaran runzelte erneut die Brauen. »Ich habe gehört, du hast eine Aillard-Tochter geheiratet. Wie viele gesunde Söhne und Töchter habt ihr? Warum frage ich überhaupt danach? Hättest du welche, wärst du kaum bereit, den Bastarden eines anderen Mannes Gefolgstreue zu schwören.«

Verletzt gab Allart zurück: »Meine Frau und ich sind vor weniger als einem halben Jahr miteinander verheiratet worden.«

»Wie viele gesunde, legitime Söhne hat dein Bruder? Komm, komm, Allart, du weißt so gut wie ich: Wenn eure Gene überleben, tun sie es im Blut eurer *Nedestro*-Kinder, genau wie die meinen. Meine Frau war eine Ardais und hat mir nicht mehr lebende Kinder geboren, als deine Aillard-Frau dir wahrscheinlich schenken wird.«

Allart senkte den Blick und dachte in einer Aufwallung von Kummer und Schuldbewußtsein: *Es ist kein Wunder, daß sich die Männer unseres Geschlechts* Riyachiyas *und ähnlichen Perversionen zuwenden. Zwischen dem Schuldgefühl über das, was wir ihnen antun, und der Angst davor, was ihnen passieren kann, können wir an unseren Frauen wenig Freude haben.*

Aldaran sah den Widerstreit der Gefühle auf dem Gesicht des jungen Mannes und besänftigte ihn: »Schon gut, es gibt keinen Grund zu streiten, Verwandter. Ich wollte dich nicht beleidigen. Aber wir haben in der Sippe von Hastur und Cassilda ein Zuchtprogramm verfolgt, das unser Blut mehr in Gefahr gebracht hat, als irgendwelche räuberischen Emporkömmlinge es könnten – und Heilmittel können merkwürdige Gestalten annehmen. Mir scheint, die Ridenows werden das Heilmittel der Serrais' sein – wenn deine Leute in Elhalyn sie nicht daran hindern. Aber das hilft uns jetzt nicht weiter. Sag deinem Bruder, daß ich, selbst wenn ich es wünschte, in keiner Weise in den Krieg eingreifen könnte. Ich stehe selbst unter Druck. Ich habe mich mit meinem Bruder Scathfell überworfen, und mir macht es Sorgen, daß er bislang noch keine Rache gesucht hat. Was heckt er aus? Ich habe hier in Aldaran noch einen schweren Kampf auszufechten, und manchmal scheint es mir, daß die übrigen Bergfürsten wie *Kyorebni* sind – sie kreisen, warten ab ... Ich bin alt. Ich habe keinen rechtmäßigen Erben, überhaupt keinen lebenden Sohn, nicht ein einziges Kind von meinem Fleisch und Blut außer meiner Tochter.«

Allart sagte: »Aber sie ist ein hübsches Kind – und auch gesund, wie es scheint –, und sie besitzt *Laran*. Wenn Ihr keinen Sohn habt, werdet Ihr gewiß irgendwo einen Schwiegersohn finden, der Euren Besitz erben wird.«

»Das hatte ich gehofft«, sagte Aldaran. »Inzwischen glaube ich, es könnte sogar gut sein, sie mit einem von den Ridenows zu verheiraten, aber *das* würde die ganze Elhalyn- und Hastur-Familie aufbringen. Es hängt auch davon ab, ob deine Verwandte ihr helfen kann, die Schwellenkrankheit zu überleben. Ich habe drei erwachsene Söhne und eine Tochter auf diese Weise verloren. Als ich versuchte, in ein Geschlecht einzuheiraten, dessen *Laran* sehr schnell über seine Mitglieder kam, starben die Kinder vor der Geburt oder im Säuglingsalter. Dorilys hat Geburt und Säuglingsalter überlebt, aber mit ihrem *Laran*, so fürchte ich, wird sie die Jugend nicht überstehen.«

»Die Götter mögen verhüten, daß sie auf diese Weise stirbt! Meine Cousine und ich werden alles tun, was wir können. Heutzutage gibt es viele Methoden, den Tod in der Jugend zu verhindern. Ich selbst bin ihm sehr nahe gewesen.«

»Wenn das so ist«, sagte Aldaran, »bin ich dein demütiger Bittsteller. Was mein ist, steht dir zur Verfügung. Aber ich bitte dich: Bleibt und bewahrt mein Kind vor diesem Schicksal!«

»Ich stehe zu Euren Diensten, Lord Aldaran. Mein Bruder hat mich beauftragt zu bleiben, solange ich Euch von Nutzen sein kann oder so lange, wie es nötig ist, Euch zu überreden, in diesem Krieg neutral zu bleiben.«

»Das verspreche ich dir«, erwiderte Aldaran.

»Dann mögt Ihr über mich verfügen, Lord Aldaran.« Allarts Verbitterung brach plötzlich mit ihm durch. »Wenn Ihr mich nicht zu sehr verachtet, weil ich nicht begierig darauf bin, aufs Schlachtfeld zurückzukehren, der Euch als passender Ort für junge Männer meines Clans erscheint!«

Aldaran beugte sein Haupt. »Ich habe im Zorn gesprochen. Vergib mir. Aber ich habe nicht den Willen, an diesem törichten Krieg in den Tiefländern teilzunehmen, auch wenn ich meine, daß die Hasturs die Ridenows auf die Probe stellen sollten, ehe sie sie in ihre Sippe hineinlassen. Wenn die Ridenows nicht überleben können, verdienen sie es vielleicht gar nicht, im Geschlecht derer von Serrais aufzugehen. Vielleicht wissen die Götter, was sie tun, wenn sie Krieg unter die Menschen schicken und die alten Blutlinien, von Luxus und Dekadenz verweichlicht, aussterben und neue die Oberhand gewinnen oder sich mit den alten vereinen. Vielleicht entsteht daraus neues genetisches Material mit Eigenschaften, deren Überlebensfähigkeit erprobt ist.«

Allart schüttelte den Kopf. »Das mag in den alten Zeiten wahr gewesen sein«, sagte er, »als der Krieg noch wirklich eine Erprobung von Kraft und Mut war, in dem Schwächere nicht überleben und sich fortpflanzen konnten. Ich kann nicht glauben, daß es *heute* so ist, mein Fürst, wenn Dinge wie Haftfeuer Starke und Schwache gleichermaßen umbringen, und sogar Frauen und Kinder, die sich an den Auseinandersetzungen der Fürsten nicht beteiligen . . .«

»*Haftfeuer!*« wisperte Lord Aldaran. »Stimmt es also, daß sie angefangen haben, Haftfeuer zu benutzen? Aber sie können es sicher nur in geringem Umfang einsetzen. Das Rohmaterial ist schwer aus der Erde zu fördern und verrottet sehr schnell, sobald es der Luft ausgesetzt ist.«

»Es wird von Matrix-Kreisen in den Türmen hergestellt, mein Fürst. Das ist ein Grund dafür, daß ich begierig war, die Kriegszone zu verlassen. Ich wäre nicht ins Gefecht geschickt worden, aber sie hätten mich dazu gebracht, den teuflischen Stoff herzustellen.« Allart schloß die Augen, als wolle er das Unerträgliche ausschließen.

»Sind sie denn alle verrückt unterhalb des Kadarin? Ich hatte gedacht, schiere Vernunft würde sie vor Waffen zurückschrecken lassen, die Eroberer und Bezwungene gleichermaßen zerstören! Ich kann schwerlich jemanden für einen Ehrenmann halten, der solch entsetzliche Waffen auf seine Verwandten losläßt«, sagte Aldaran. »Bleib hier, Allart. Die Götter mögen es unterbinden, daß ich einen Mann zu solch ehrloser Kriegführung zurücksende.« Sein Gesicht verzog sich. »Vielleicht, wenn die Götter gnädig sind, werden alle, die Krieg führen, sich gegenseitig auslöschen, wie die Drachen aus der Legende, von denen sich jeder im Feuer des anderen verzehrte und es seinen Opfern überließ, auf dem verbrannten Boden neu zu bauen.«

16

Mit gesenktem Kopf eilte Renata über den Innenhof von Aldaran. In Gedanken versunken lief sie gegen jemanden, murmelte eine Entschuldigung und wollte weitereilen. Plötzlich spürte sie, wie sie festgehalten wurde.

»Warte einen Moment! Ich habe dich kaum gesehen, seit ich hier bin«, sagte Allart.

Renata blickte auf und sagte: »Bereitest du dich auf die Rückkehr in die Tiefländer vor, Cousin?«

»Nein, Fürst Aldaran hat mich zum Bleiben eingeladen, damit ich Donal etwas von dem beibringe, was ich in Nevarsin gelernt habe«, erwiderte Allart. Dann, als er ihr voll ins Gesicht blickte, zog er bestürzt den Atem ein. »Cousine, was macht dir Sorgen? Was ist denn so entsetzlich?«

Renata sah ihn verwirrt an und antwortete: »Wieso ... Ich weiß nicht, wovon du sprichst.« Als sie in engste Verbindung mit ihm trat, sah sie sich durch seine Augen. Sie war angespannt und bleich, ihr Gesicht in Kummer und Besorgnis verzogen.

Bin ich so, oder werde ich so sein? In plötzlicher Angst klammerte sie sich an ihn, und Allart beruhigte sie sanft.

»Verzeih mir, Cousine, daß ich dich so erschreckt habe. Allmählich spüre ich, daß vieles von dem, was ich sehe, tatsächlich nur in meinen Ängsten existiert. Sicher gibt es hier nichts Erschreckendes, oder? Oder ist die *Damisela* Dorilys wirklich so ein Ungeheuer, wie die Diener erzählen?«

Renata lachte, sah aber immer noch besorgt aus. »Nein, wirklich nicht. Sie ist das liebste, süßeste Kind und hat mir bisher nur ihre fügsamste und liebevollste Seite gezeigt. Aber – oh, Allart, es stimmt! Ich ängstige mich um sie. Sie hat ein wirklich schreckliches *Laran*, und ich fürchte mich vor dem, was ich ihrem Vater sagen muß! Ich kann gar nicht anders, als ihn zornig stimmen.«

»Ich habe sie nicht mehr als ein paar Minuten gesehen«, sagte Allart. »Donal erklärte mir, wie er die Spielzeug-Gleiter kontrolliert, und sie kam herunter und bettelte, mit uns fliegen zu dürfen. Donal sagte, sie müsse Margali fragen, er würde nicht die Verantwortung dafür übernehmen, sie mitmachen zu lassen. Sie war sehr verärgert und ging verdrossen davon.«

»Aber sie hat sich ihm nicht widersetzt?«

»Nein«, antwortete Allart. »Sie zog einen Schmollmund und sagte, daß er sie nicht liebe, aber sie gehorchte ihm. Ich würde sie auch nicht fliegen lassen, ehe sie nicht eine Matrix kontrollieren kann, aber Donal sagte, ihm hätte man schon mit neun Jahren eine gegeben, und er habe es ohne Schwierigkeiten gelernt. Offenbar kommt das *Laran* schon in frühen Jahren zu den Angehörigen der Delleray-Sippe.«

»Oder zu denen von Rockraven«, bemerkte Renata. Sie wirkte noch immer besorgt. »Ich würde Dorilys jetzt noch keine Matrix anvertrauen; vielleicht niemals. Aber darüber werde ich später sprechen. Lord Aldaran will mich empfangen. Und ich darf ihn nicht warten lassen.«

»Nein, das darfst du wirklich nicht«, bestätigte Allart, und Renata überquerte grübelnd den Hof.

Vor dem Empfangszimmer von Lord Aldaran stieß sie auf Dorilys. Das Mädchen sah heute beherrschter und zivilisierter aus. Ihr Haar war sorgsam zu Zöpfen geflochten, und sie trug eine bestickte Schürze. »Ich möchte hören, was du meinem Vater über mich sagst, Cousine«, sagte sie und ließ ihre Hand vertrauensvoll in die Renatas gleiten.

Renata schüttelte den Kopf. »Es ist für kleine Mädchen nicht gut, den Beratungen der Älteren zuzuhören«, sagte sie. »Ich muß viele Dinge sagen, die du nicht verstehen würdest. Ich gebe dir mein Wort, daß dir alles, was dich betrifft, erzählt werden wird, wenn es an der Zeit ist. Aber jetzt ist es noch nicht so weit, Dorilys.«

»Ich bin kein kleines Mädchen«, sagte Dorilys und schürzte die Lippen.

»Dann solltest du dich auch nicht so benehmen und weder schmollen noch mit dem Fuß aufstampfen, als seist du erst fünf Jahre alt! Das wird mich sicher nicht davon überzeugen, daß du alt genug bist, um Gesprächen über deine Zukunft zuzuhören.«

Dorilys wirkte aufsässiger denn je. »Was glaubst du, wer du bist, daß du so mit mir sprichst? Ich bin eine Lady Aldaran!«

»Du bist ein Kind, das eines Tages die Lady Aldaran sein wird«, bemerkte Renata nüchtern, »und ich bin die *Leronis*, die dein Vater für geeignet hält, mit der Pflicht betraut zu werden, dir das Benehmen beizubringen, das deinem hohen Rang angemessen ist.«

Dorilys zog ihre Hand zurück und starrte trotzig zu Boden. »Ich will nicht, daß man so mit mir spricht! Ich werde mich bei meinem Vater über dich beschweren, und er wird dich wegschicken, wenn du nicht freundlich zu mir bist!«

»Du kennst die Bedeutung des Wortes Unfreundlichkeit nicht!«, sagte Renata milde. »Als ich als Novizin in den Turm von Hali eintrat, um die Kunst einer Überwacherin zu erlernen, durfte vierzig Tage lang niemand mit mir sprechen und mir in die Augen blicken. Das diente dazu, die Verläßlichkeit meines *Laran* zu stärken.«

»Damit hätte ich mich nicht abgefunden«, sagte Dorilys. Renata lächelte.

»Dann hätte man mich mit dem Wissen nach Hause geschickt, daß ich nicht die Kraft und Selbstdisziplin besäße, das zu lernen, was ich lernen mußte. Ich werde nie unfreundlich zu dir sein, Dorilys, aber du mußt, bevor du anderen Befehle erteilen kannst, erst einmal lernen, dich selbst zu beherrschen.«

»Aber bei mir ist das anders«, wandte Dorilys ein. »Ich bin eine Lady Aldaran und befehle schon jetzt allen Frauen im Schloß – und auch den meisten Männern. Du bist nicht die Lady deines Reiches, nicht wahr?«

Renata schüttelte den Kopf. »Nein, aber ich bin eine Turm-Überwacherin. Und selbst ein Bewahrer wird so erzogen. Du bist dem Freund deines Bruders, Allart, begegnet. Er ist Regent von Elhalyn, und doch schlief er in Nevarsin drei Winter nackt auf Stein und hat in der Gegenwart eines ihm übergeordneten Mönchs nie ein Wort gesagt.«

»Das ist *schrecklich*!« Dorilys verzog das Gesicht.

»O nein. Wir unterwerfen uns diesen Übungen freiwillig, weil wir wissen, daß sie nötig sind, Körper und Geist dahingehend zu erziehen, uns zu gehorchen, damit das *Laran* uns nicht zerstört.«

»Wenn ich dir gehorche«, fragte Dorilys verschmitzt, »wirst du mir dann eine Matrix geben und mich lehren, sie zu benutzen, damit ich mit Donal fliegen kann?«

»Das werde ich, sobald ich glaube, daß man sie dir anvertrauen kann, *Chiya*«, antwortete Renata.

»Aber ich will sie *jetzt*«, beharrte Dorilys.

Renata schüttelte den Kopf. »Nein«, sagte sie. »Und jetzt geh auf dein Zimmer zurück, Dorilys. Ich werde zu dir kommen, wenn ich mit deinem Vater fertig bin.«

Sie sprach bestimmt, und Dorilys schien ihr zu gehorchen. Aber dann, nach wenigen Schritten, wirbelte sie herum und stampfte zornig mit dem Fuß auf.

»Du wirst die Befehlsstimme nicht noch einmal gegen mich benutzen!«

»Ich werde tun, was ich für angemessen halte«, sagte Renata unbewegt. »Dein Vater hat dich mir anvertraut. Muß ich ihm erzählen, daß du ungehorsam bist, und ihn bitten, dir zu befehlen, daß du mir in allen Fragen gehorchst?«

Dorilys fuhr zurück. »Nein, bitte – erzähl Vater nicht davon, Renata!«

»Dann gehorche mir sofort«, wiederholte Renata und benutzte noch einmal die Befehlsstimme. »Geh zurück und sag Margali, daß du ungehorsam gewesen bist, und bitte sie, dich zu bestrafen.«

Dorilys' Augen füllten sich mit Tränen. Sie verließ zögernd den Hof, und Renata atmete erleichtert auf.

Wie hätte ich sie zu gehorchen gezwungen, wenn sie sich geweigert hätte? Der Tag wird kommen, an dem sie sich weigert – und ich muß darauf vorbereitet sein!

Mit aufgerissenen Augen starrte eine Dienerin, die den kleinen Wortwechsel beobachtet hatte, sie an. Unwillkürlich nahm Renata die Gedanken der Frau auf: *Ich habe meine kleine Lady nie so gehorchen sehen ... ohne ein Wort des Widerspruchs.*

Also ist es das erste Mal, daß sie gegen ihren Willen gehorcht hat, dachte Renata. Margali – das wußte sie – würde Dorilys nur milde bestrafen und ihr auftragen, lange und uninteressante Säume an Röcken und Unterröcken zu nähen, während sie die Stickrahmen nicht anrühren durfte. *Es wird unserer kleinen Lady nicht schaden, zu lernen, daß es Pflichten zu erledigen gibt, zu denen man weder Lust noch Begabung hat.*

Aber die Auseinandersetzung hatte Renatas Willen für das gestärkt, was bei diesem schwierigen Treffen mit Lord Aldaran bevorstand. Sie war dankbar, daß er zugestimmt hatte, sie in dem kleinen Studio zu empfangen, wo er seine Briefe schrieb und den *Coridom* über die Geschäfte seiner Ländereien prüfte, statt in dem formellen Empfangszimmer.

Er diktierte gerade seinem Privatsekretär, hörte aber auf, als sie eintrat, und schickte den Mann hinaus. »Nun, *Damisela*, wie kommt Ihr mit meiner Tochter zurecht? Ist sie folgsam und gehorsam? Sie ist dickköpfig, aber sehr süß und liebevoll.«

Renata lächelte schwach. »In diesem Augenblick ist sie nicht sehr liebevoll, fürchte ich«, sagte sie. »Ich mußte sie bestrafen und zu Margali schicken, damit sie eine Weile über ihren Nähsachen sitzt und zu denken lernt, bevor sie redet.«

Lord Aldaran seufzte. »Ich vermute, kein Kind kann ohne ein gewisses Maß an Strafe erzogen werden«, sagte er. »Ich habe Donals Hauslehrern die Erlaubnis gegeben, ihn zu schlagen, wenn es sein mußte, aber ich war weniger streng mit ihm, als mein Vater mit mir, denn ich verbot ihnen, ihn so zu schlagen, daß er blaue Flecken davonträgt. Als ich ein Junge war, wurde ich oft so geschlagen, daß ich tagelang nicht sitzen konnte. Aber Ihr werdet es nicht nötig haben, meine Tochter zu schlagen, hoffe ich.«

»Ich würde lieber darauf verzichten«, erwiderte Renata. »Ich war immer der Ansicht, daß einsame Meditation über einer langwierigen und langweiligen Aufgabe Strafe genug für schlechtes Benehmen ist. Und doch wünschte ich, Ihr würdet Dorilys einmal sagen, was Ihr mir gesagt habt, mein Fürst. Sie scheint zu glauben, daß ihr Rang sie von Bestrafung und Disziplin befreit.«

»Ihr würdet es gern sehen, wenn ich ihr erzähle, daß meine Hauslehrer die Erlaubnis hatten, mich zu schlagen, als ich ein Junge war?« Lord Aldaran lachte glucksend. »Sehr gut, ich werde es tun, um sie auf diese Weise daran zu erinnern, daß selbst ich lernen mußte, mich zu beherrschen. Aber seid Ihr nur deswegen gekommen, Lady? Ich hatte gedacht, Ihr hättet das ohnehin vorausgesetzt, als ich sie in Eure Obhut gab.«

»Das tat ich auch«, sagte Renata. »Aber ich habe mit Euch etwas weit Ernsteres zu besprechen. Ihr habt mich hierher geholt, weil Ihr die Stärke des *Laran* Eurer Tochter fürchtet, nicht wahr? Ich habe sie sorgfältig überwacht, Körper und Gehirn; sie steht noch einige Monate vor der Pubertät, schätze ich. Bevor sie eintritt, möchte ich die Erlaubnis erbitten, Euch zu untersuchen, mein Fürst, und Donal ebenso.«

Lord Aldaran hob neugierig die Brauen. »Darf ich fragen, warum, *Damisela*?«

»Margali hat mir bereits alles berichtet, an was sie sich in bezug auf Alicianes Schwangerschaft und Niederkunft erinnern kann«, gab Renata zur Antwort. »Also weiß ich einiges von dem, was Dorilys von ihrer Mutter erbte. Aber auch Donal trägt die Erbschaft der Rockravens, und ich würde gerne erfahren, welche rezessiven Merkmale Dorilys möglicherweise besitzt. Es ist einfacher, Donal zu untersuchen, als ins Protoplasma zu dringen. Das gleiche gilt für Euch, mein Fürst, da Dorilys nicht nur Eure, sondern auch die Erbschaft Eures gesamten Geschlechts trägt. Ich würde gern Zutritt zu Euren Ahnentafeln haben, damit ich erkennen kann, ob es in *Eurem* Geschlecht Spuren bestimmter Arten von *Laran* gibt.«

Lord Aldaran nickte. »Ich kann verstehen, daß Ihr mit solchem Wissen gewappnet sein solltet«, stimmte er zu. »Ihr könnt dem Kustos der Aldaran-Archive sagen, daß ich Euch Zugang zu allen Aufzeichnungen gewähre. Glaubt Ihr, daß sie die Schwellenkrankheit überleben wird?«

»Das werde ich Euch sagen, wenn ich mehr von dem weiß, was in ihren Genen und ihrer Erbschaft enthalten ist«, antwortete Renata. »Ich werde für sie tun, was ich kann, und Allart ebenso. Aber ich muß wissen, was mir bevorsteht.«

»Nun, ich habe eigentlich keine Einwendungen dagegen, untersucht zu werden«, sagte Lord Aldaran, »obwohl es sich um eine Technik handelt, mit der ich nicht vertraut bin.«

»Untersuchungsmethoden dieser Art wurden für die auf höheren Ebenen arbeitenden Matrixkreise entwickelt«, erklärte Renata. »Als wir sie für diesen Zweck angewandt hatten, fanden wir heraus, daß sie auch anderen Nutzen haben.«

»Was muß ich also tun?«

»Nichts«, erwiderte Renata. »Macht Euren Geist einfach so ruhig und entspannt, wie Ihr könnt, und versucht, an gar nichts zu denken. Vertraut mir. Ich werde nicht in Eure Gedanken eindringen, sondern nur in Euren Körper und seine tieferliegenden Geheimnisse.«

Aldaran zuckte die Schultern. »Wann immer Ihr wollt«, meinte er lakonisch.

Renata streckte ihre geistigen Fühler aus und begann den langsamen Überwachungsprozeß. Zuerst kontrollierte sie seine Atmung, seinen Kreislauf, dann ging sie immer tiefer in die Zellen des Körpers und Gehirns. Nach einem langen Zeitraum zog sie sich behutsam zurück und dankte ihm, aber sie sah besorgt und geistesabwesend dabei aus.

»Wie lautet das Urteil, *Damisela*?«

»Ich würde lieber warten, bis ich die Archive gesehen und Donal untersucht habe«, sagte Renata, verbeugte sich vor ihm und verließ das Zimmer.

Einige Tage später ließ Renata Lord Aldaran fragen, ob er sie noch einmal empfangen könne.

Als sie ihn diesmal traf, verschwendete sie keine Worte.

»Mein Fürst, ist Dorilys Euer einziges lebendes Kind?«

»Ja, das habe ich Euch doch gesagt.«

»Ich weiß, daß sie das einzige Kind ist, das ihr anerkennt. Aber ist das nur so dahingesagt, oder ist es die buchstabengetreue Wahrheit? Habt Ihr irgendwelche nicht anerkannte Bastarde, uneheliche Kinder, überhaupt irgendein Kind von Eurem Blut?«

Betrübt schüttelte Aldaran den Kopf.

»Nein«, sagte er. »Nicht eines. Ich hatte aus meiner ersten Ehe einige Kinder, aber sie starben in den Jugendjahren an der Schwellenkrankheit. Und Deonaras Babys starben alle, bevor sie entwöhnt waren. In meiner Jugend habe ich da und dort ein paar Söhne gezeugt, aber keiner überlebte seine Kindheit. Soweit ich weiß, trägt auf der Oberfläche dieser Welt allein Dorilys mein Blut.«

»Ich will Euch nicht erzürnen, Lord Aldaran«, sagte Renata, »aber Ihr solltet sofort einen anderen Erben bekommen.«

Er blickte sie an, und sie sah Bestürzung und Furcht in seinen Augen.

»Wollt Ihr mich davor warnen, daß auch Dorilys die Jugend nicht überlebt?«

»Nein«, sagte Renata. »Es gibt guten Grund zu hoffen, daß sie sie überleben wird. Sie kann sogar ein wenig telepathisch werden. Aber Euer Erbe sollte nicht allein auf ihr ruhen. Sie könnte – wie Aliciane – die Geburt eines einzelnen Kindes überleben. Ihr *Laran* ist, soweit ich erkennen kann, geschlechtsspezifisch; es gibt nur wenige Gaben, die das sind. In Jungen ist es rezessiv. Donal besitzt die Fähigkeit, Luftströme und Luftdruck zu erkennen, die Winde zu fühlen und die Bewegungen des Sturms zu spüren. Er kann sogar Blitze ein wenig kontrollieren, auch wenn er sie nicht anziehen oder erzeugen kann. Aber diese Gabe ist in weiblichen Wesen dominant. Dorilys könnte die Geburt eines Sohnes überleben. Aber nicht die Geburt einer Tochter, die schon vor der Geburt mit einem solchen *Laran* begabt ist. Auch Donal sollte ermahnt werden, nur Söhne zu zeugen, es sei denn, er wollte ihre Mütter vom *Laran* ihrer ungeborenen Töchter zerschmettert sehen.«

Aldaran dachte einige Zeit darüber nach. Schließlich sagte er, das Gesicht grau vor Pein: »Wollt Ihr damit sagen, daß Dorilys Aliciane getötet hat?«

»Ich hatte gedacht, Ihr wüßtet das. Das ist ein Grund dafür, weswegen die Rockraven-Gabe aus dem Zuchtprogramm herausgelassen wurde. Einige ihrer Töchter, die selbst nicht die volle Kraft dieses *Laran* besaßen, müssen es an *ihre* Töchter weitergegeben haben. Ich glaube, daß Aliciane eine von diesen war. Und Dorilys hat das volle *Laran* . . . Während ihrer Geburt – sagt mir – gab es da einen Sturm?«

Aldaran spürte, wie sein Atem stockte, als er sich ins Gedächtnis rief, wie Aliciane voll Entsetzen aufgeschrien hatte: »Sie haßt mich! Sie will nicht geboren werden!«

Dorilys hat ihre Mutter getötet! Sie hat mein Liebstes, meine Aliciane getötet . . . Verzweifelt um ein gerechtes Urteil bemüht, sagte er: »Sie war ein neugeborenes Kind! Wie könnt Ihr ihr eine Schuld vorwerfen?«

»Schuld? Wer spricht von Schuld? Die Emotionen eines Kindes sind unkontrolliert. Sie haben keine Übung, und die Geburt ist entsetzlich für ein Kind. Wußtet Ihr das nicht, mein Fürst?«

»Natürlich! Ich war jedesmal anwesend, wenn Deonaras Babys zur Welt kamen«, sagte er, »aber ich konnte sie in gewissem Maße beruhigen.«

»Aber Dorilys war stärker als die meisten Säuglinge«, sagte Renata, »und in ihrer Angst und in ihrem Schmerz schlug sie zu – und Aliciane starb. Sie weiß das nicht; ich hoffe, sie wird es nie erfahren. Aber da Ihr es wißt, könnt Ihr verstehen, warum es unsicher ist, sich allein auf sie zu verlassen, um Euer Blut an künftige Generationen weiterzugeben. Für Dorilys würde es in der Tat sicherer sein, nie zu heiraten. Auch wenn ich sie, sobald sie eine Frau wird, lehren werde, auf welche Weise man nur Söhne empfängt.«

»Hätte Aliciane doch dieses Wissen gehabt«, sagte Lord Aldaran mit tiefer Bitterkeit. »Ich habe nicht gewußt, daß man das steuern kann.«

»Die Technik wird nicht allgemein gelehrt«, sagte Renata, »obwohl die, die *Riyachiyas* züchten, wissen, wie man ausschließlich weibliche Nachkommen erzeugt. Man hat das aus Angst vor den nur auf Söhne spekulierenden Fürsten großer Reiche gelehrt, um zu verhindern, daß zuwenig Mädchen geboren werden. Aber ich glaube, in einem Fall wie diesem, wo ein so schreckliches *Laran* die Ungeborenen treffen kann, ist es gerechtfertigt. Ich werde Dorilys unterrichten, und auch Donal, wenn er möchte.«

Der alte Mann senkte das Haupt. »Was soll ich tun? Sie ist mein einziges Kind.«

»Lord Aldaran«, sagte Renata ruhig. »Ich hätte gern Eure Erlaubnis, Dorilys' *Laran* noch in der Jugend auszubrennen, wenn ich es für nützlich halte, und ihre Psi-Zentren im Gehirn zu zerstören. Es könnte ihr Leben retten – oder ihren Verstand.«

Entsetzt starrte er sie an. »Würdet Ihr ihren Geist zerstören?«

»Nein. Aber sie wäre frei von *Laran*«, antwortete Renata.

»Ungeheuerlich! Ich weigere mich absolut!«

»Mein Fürst«, sagte Renata mit verzerrtem Gesicht, »ich beschwöre Euch. Wäre Dorilys ein Kind meines eigenen Leibes, würde ich Euch um dasselbe bitten. Wißt Ihr, daß sie dreimal getötet hat?«

»Dreimal? *Dreimal?* Aliciane und Darren, den Sohn meines Bruders – aber das geschah zu Recht. Er versuchte, sie zu vergewaltigen!«

Renata nickte. Dann sagt sie: »Sie war vorher schon einmal verlobt. Und der Junge ist gestorben, oder nicht?«

»Ich dachte, es sei ein Unfall gewesen.«

»Nun, das war es auch«, sagte Renata. »Dorilys war noch nicht einmal sechs Jahre alt. Sie wußte nur, daß er ihre Puppe kaputtgemacht hatte. Sie hat es aus ihrem Geist verdrängt. Als ich sie zwang, sich daran zu erinnern, hat sie so erbärmlich geweint, daß es Zandrus Herz hätte zum Schmelzen bringen können. Bisher schlägt sie nur in wilder Angst zu. Ich glaube, sie hat nicht einmal den Verwandten, der sie zu vergewaltigen versuchte, bewußt getötet. Sie hatte keine Kontrolle über sich. Dorilys konnte nicht betäuben, nur töten. Und das wird sie vielleicht wieder tun. Ich weiß nicht, ob irgendein Mensch ihr ausreichende Kontrolle über dieses *Laran* beibringen kann. Ich würde sie nicht mit Schuld beladen, wenn sie in einem Augenblick der Panik erneut zuschlägt.«

Renata zögerte. Schließlich fuhr sie fort: »Es ist bekannt, daß Macht den Charakter verdirbt. Schon jetzt weiß sie, daß niemand wagt, ihr den Gehorsam zu verweigern. Sie ist starrköpfig und eingebildet. Vielleicht gefällt ihr, zu wissen, daß jeder sie fürchtet. Ein Kind an der Schwelle zur Jugend hat viele Sorgen. In dieser Zeit mögen Mädchen weder ihr Gesicht noch ihren Körper oder die Farbe ihres Haars. Sie glauben, daß die anderen sie nicht mögen, weil sie von Ängsten geplagt werden, die sie nicht lokalisieren können. Wenn Dorilys sich mit dem Wissen um ihre Macht für diese Ängste entschädigt – nun, ich weiß, *ich* hätte unter diesen Umständen Angst vor ihr!«

Aldaran starrte auf den Boden des Zimmers. Er war schwarz und weiß und zeigte ein eingelegtes Vogelmosaik. »Ich kann nicht einwilligen, daß ihr *Laran* zerstört wird, Renata. Sie ist mein einziges Kind.«

»Dann, mein Fürst«, sagte Renata nüchtern, »solltet Ihr wieder heiraten und Euch einen anderen Erben verschaffen, ehe es zu spät ist. In Eurem Alter solltet Ihr keine Zeit verlieren.«

»Glaubt Ihr etwa, ich hätte es nicht versucht?« fragte Aldaran. Dann erzählte er zögernd von seinem Fluch.

»Mein Fürst, gewiß weiß ein Mann von Eurer Intelligenz, daß ein solcher Fluch auf Eurem Geist und nicht auf Eurer Männlichkeit liegt.«

»Das habe ich mir auch gesagt. Aber noch Jahre nach Alicianes Tod habe ich keine Frau begehrt. Nachdem Deonara starb und mir klar war, daß ich nur ein einziges überlebendes *Nedestro*-Kind hatte, nahm ich andere in mein Bett. Aber keine erregte mich. Später habe ich dann geglaubt, daß dieser Fluch mich schon getroffen hatte, ehe die Zauberin ihn aussprach, denn auch während Alicianes Schwangerschaft nahm ich keine andere. Für mich war es etwas völlig Neues, ein halbes Jahr lang ohne eine Frau zu verbringen.« Entschuldigend schüttelte er den Kopf. »Verzeiht mir, *Damisela*. Es ziemt sich nicht, zu einer Frau Euren Alters so zu sprechen.«

»Wenn von solchen Dingen gesprochen wird, bin ich keine Frau, sondern eine *Leronis*, mein Fürst. Macht Euch darum keine Sorgen. Hat man Euch nie geprüft, Lord Aldaran?«

»Ich habe nicht gewußt, daß so etwas möglich ist.«

»Ich werde es tun, wenn Ihr wollt«, sagte Renata schlicht. »Oder wollt Ihr lieber ... Margali gehört zu Eurer Familie und steht Euch an Jahren näher ... Wenn es Euch weniger beunruhigen würde ...«

Der Mann starrte auf den Boden. »Ich würde mich vor einer Fremden weniger schämen, glaube ich«, sagte er leise.

»Wie Ihr wollt.« Renata wurde ganz ruhig und sank tief in die Überwachung von Körper und Gehirn.

Nach einiger Zeit sagte sie bedauernd: »Ihr tragt in der Tat einen Fluch, mein Fürst. Euer Samen trägt keinen Lebensfunken.«

»Ist so etwas möglich? Wußte diese Frau das bereits, oder hat sie verursacht, daß ich ... ich ...« Seine Stimme erstarb in Zorn und Entsetzen.

Renata sagte ruhig: »Darüber kann ich nichts erfahren, mein Fürst. Es ist möglicherweise anzunehmen, daß Euch das irgendein Feind angetan hat. Obwohl niemand in den Türmen, der eine Matrix trägt, zu so etwas fähig wäre. Wir haben viele Eide gegen den Mißbrauch unserer Kräfte geschworen.«

»Kann es rückgängig gemacht werden? Können die Kräfte der Zauberei nicht wieder verbannen, was sie heraufbeschworen haben?«

»Ich fürchte nein, Sir. Vielleicht, wenn es unmittelbar erkannt worden wäre ... aber nach so vielen Jahren ist es, fürchte ich, unmöglich.«

Aldaran beugte das Haupt. »Dann muß ich zu den Göttern beten, daß sie Dorilys ohne Schaden durch ihre Jugend bringen. Sie allein trägt das Erbe von Aldaran.«

Renata bedauerte den alten Mann. Er hatte heute einige schmerzliche und erniedrigende Wahrheiten erfahen müssen. Sanft sagte sie: »Mein Fürst, Ihr habt einen Bruder, und Euer Bruder hat Söhne. Selbst wenn Dorilys nicht überleben sollte – ich bete wirklich darum, daß Avarra sie vor allem Schaden bewahren möge –, wird das Aldaran-Erbe nicht gänzlich verloren sein. Ich bitte Euch, Sir, versöhnt Euch mit Eurem Bruder.«

Aldarans Augen blitzten in plötzlichem wildem Zorn auf.

»Seid vorsichtig, mein Mädchen! Ich bin dankbar für alles, was Ihr für mein Kind getan habt und tun werdet, aber es gibt einige Dinge, die nicht einmal Ihr mir sagen könnt! Ich habe geschworen, daß ich diese Burg Stein für Stein abtragen werde, bevor sie an einen Sohn Scathfells fällt. Nach mir wird Dorilys hier regieren, oder niemand!«

Grausamer, eingebildeter alter Mann! dachte Renata unwillkürlich. *Es würde dir recht geschehen, wenn es tatsächlich einträfe! Sein Stolz ist stärker als seine Liebe zu Dorilys, sonst würde er ihr dies schreckliche Schicksal ersparen!*

Sie verbeugte sich. »Dann ist nichts weiter zu sagen, mein Fürst. Ich werde für Dorilys tun, was ich kann. Aber bitte denkt daran: Die Welt geht weiter, wie sie will, und nicht, wie Ihr oder ich sie weitergehen lassen wollen.«

»Ich bitte Euch, seid nicht zornig. Ich bitte Euch ebenfalls, daß Euer Ärger über einen scharfzüngigen alten Mann die Freundschaft zu meiner Tochter nicht verringert.«

»Nichts könnte das bewirken«, sagte Renata, gegen ihren Willen vom Charme des alten Mannes besänftigt. »Ich liebe Dorilys und werde sie schützen, so gut ich kann, auch vor sich selbst.«

Als sie Aldaran verlassen hatte, ging sie lange Zeit besorgt durch die Wehranlagen. Sie hatte ein ernstes ethisches Problem zu bewältigen. Dorilys konnte eine Geburt wahrscheinlich nicht überleben. Konnte sie es mit ihrem eigenen strengen Kode in Übereinstimmung bringen, das Mädchen zur Frau werden zu lassen, ohne daß es von diesem schrecklichen Fluch erfuhr? Sollte sie Dorilys vor dem, was ihr bevorstand, warnen?

Erneut erzürnt dachte sie, daß Lord Aldaran lieber ihren Tod akzeptierte, als die Erkenntnis, sein Bruder Scathfell könne sein Reich erben.

Cassilda, gesegnete Mutter des Hastur-Geschlechts, dachte sie. *Alle Götter seien gepriesen, daß ich nicht Fürst eines Reiches bin.*

17

Der Sommer war schön in den Hellers. Der Schnee wich bis auf die höchsten Gipfel zurück, und selbst am Abend regnete oder schneite es nur wenig.

»Eine wunderschöne Jahreszeit, aber gefährlich, Cousin Allart«, sagte Donal, auf der Spitze der Burg stehend. »Wir haben weniger Brände als die Tieflandreiche, denn bei uns bleibt der Schnee länger liegen. Aber unsere Feuer wüten wegen der Harzbäume länger, und in der Hitze dieser Tage geben sie Öle ab, die sich schnell entzünden, wenn die Sommerblitzstürme toben. Und wenn die Harzbäume in Flammen aufgehen ...« Er zuckte die Achseln, breitete die Arme aus, und Allart verstand. Auch er hatte gesehen, wie die leicht brennbaren Bäume Feuer fingen, wie Fackeln aufloderten und dabei Funkenregen von sich warfen, die wie ein flüssiger Regen fielen und den ganzen Wald in Brand setzten.

»Es ist ein Wunder, daß es überhaupt noch Harzbäume gibt, wenn das Jahr für Jahr passiert.«

»Wahrhaftig. Ich glaube, wenn sie weniger schnell wüchsen, würden diese Hügel kahl und die Hellers vom Kadarin bis zur Mauer um die Welt eine Wüste sein. Aber sie wachsen schnell, und die Hügel haben sich nach einem Jahr erholt.«

Während er die Bänder der Fluggurte um seine Taille schnallte, sagte Allart: »Seit ich ein Junge war, habe ich so ein Ding nicht mehr geflogen. Ich hoffe, ich habe es nicht verlernt.«

»Das vergißt man nie«, erwiderte Donal. »Als ich fünfzehn war und an der Schwellenkrankheit litt, konnte ich fast ein Jahr lang nicht fliegen. Ich war benommen und hatte Orientierungsschwierigkeiten. Als ich wieder gesund war, glaubte ich, das Fliegen verlernt zu haben. Aber mein Körper erinnerte sich, sobald ich in die Luft gehoben wurde.«

Allart zog die letzte Schnalle fest. »Müssen wir weit fliegen?«

»Wenn wir ritten, wäre es weiter, als die meisten Tiere in zwei Tagen schaffen können. Es geht über Pfade, die fast ausschließlich auf und ab führen. Aber wenn wir wie die *Kyorebni* fliegen, ist es nur mehr als eine Stunde entfernt.«

»Wäre es nicht einfacher, einen Luftwagen zu nehmen?« Allart fiel ein, daß er in den Hellers keinen gesehen hatte.

Donal antwortete: »Das Volk von Darriel hat mit diesen Dingen experimentiert. Aber unter den hiesigen Gipfeln gibt es zu viele Querströmungen und Böen. Selbst mit einem Gleiter muß man einen Tag zum Fliegen sorgfältig aussuchen und vor Stürmen und Windwechseln auf der Hut sein. Einmal mußte ich stundenlang in einer Felsspalte sitzen und darauf warten, daß ein Sommersturm abklang.« Er lachte in der Erinnerung daran. »Ich kam nach Hause, zerzaust und trübselig wie ein Karnickel, das seinen Bau einem Baumdachs überlassen muß! Aber heute, glaube ich, werden wir nicht solchen Ärger haben. Allart, du bist doch in einem Turm ausgebildet. Kennst du die Leute von Tramontana?«

»Ian-Mikhail von Storn ist dort Bewahrer«, sagte Allart, »und ich habe mit ihnen von Zeit zu Zeit über die Verstärker gesprochen, als ich in Hali war. Aber ich bin nie selbst in Tramontana gewesen.«

»Man hat mich dort immer freundlich aufgenommen. Sie sind, glaube ich, immer froh über Besucher, sitzen wie Falken in ihrem Horst und sehen niemanden zwischen dem Mittsommerfest und der Mittwinternacht. Es wird ihnen ein Vergnügen sein, dich zu begrüßen, Cousin.«

»Und mir auch«, sagte Allart. Tramontana war der entfernteste und am weitesten nördlich gelegene der Türme. Er war fast völlig von den anderen isoliert, obwohl seine Arbeiter Botschaften über die Verstärkernetze sandten und Informationen über die Arbeit austauschten, die sie bei der Entwicklung neuer Verwendungszwecke der Matrixwissenschaft geleistet hatten. Ihm fiel ein, daß es die Arbeiter von Tramontana gewesen waren, die die Chemikalien zur Brandbekämpfung entwickelt und erkundet hatten, wo sie in den tiefen Höhlen unter den Hellers gefunden werden konnten und wie sie zu verfeinern waren. Mit den Künsten der Matrix hatten sie neue Verwendungsmethoden entwickelt.

»Haben sie nicht bis zur fünfundzwanzigsten Ebene mit der Matrix gearbeitet?«

»Ich glaube schon, Cousin. Immerhin sind sie dreißig Personen. Tramontana ist vielleicht der am weitesten entfernte Turm, aber nicht der kleinste.«

»Wie sie die Chemikalien beherrschen, ist brillant«, bestätigte Allart, »obwohl ich glaube, daß ich Angst hätte, einiges von dem zu tun, was sie getan haben. Aber ihre Techniker sagen, daß eine Sechsundzwanzig-Ebenen-Matrix nicht gefährlicher als eine der vierten Ebene sei, wenn man einmal die Gitternetze beherrscht. Ich weiß nicht, ob ich mich der Konzentration von fünfundzwanzig anderen Leuten anvertrauen würde.«

Donal lächelte wehmütig. »Ich wünschte, ich wüßte mehr von diesen Dingen. Ich weiß nur, was Margali mir beigebracht hat. Der Tramontana-Kreis hat immer nur wenig Zeit, und ich habe nur selten die Erlaubnis erhalten, mehr als einen Tag dort zu bleiben.«

»Ich glaube, aus dir wäre wirklich ein guter Mechaniker oder Techniker geworden«, sagte Allart. Ihm fiel ein, wie schnell der Junge auf seinen Unterricht angesprochen hatte. »Aber du hast nun mal eine andere Bestimmung.«

»Wahrhaftig. Ich würde meinen Vater und meine Schwester auch nicht verlassen. Sie brauchen mich hier«, gestand Donal. »Schon deswegen wird es viele Dinge geben, die ich nie mit einer Matrix tun werde, weil sie die Sicherheit eines Turms erfordert. Aber ich freue mich, so viel wie möglich gelernt zu haben, und nichts stimmt mich froher als das«, setzte er hinzu, während er die Gurte des aus Leder und Holz konstruierten Gleiters berührte. »Sind wir soweit, Cousin?«

Er trat an den Rand der Brustwehr, schlug mit den langen Lederklappen der Gleiterschwingen, um den Luftstrom zu fassen, trat dann in die Luft hinaus und flog aufwärts. Allart konnte mit ausgestreckten Sinnen gerade den Randbereich des Stromes erfassen. Er trat an die Brustwehrkante und spürte eine innere Verkrampfung, die von der Höhe und dem Anblick des furchterregenden Abgrundes hervorgerufen wurde. Aber wenn ein Junge wie Donal ohne Angst in dieser Höhe fliegen konnte . . .

Er konzentrierte sich auf die Matrix, trat vor, spürte die plötzliche Benommenheit des langen Abwärtsfluges und den Ruck des Stromes, der ihn nach oben trug. Sein Körper fand schnell das Gleichgewicht, paßte sich dem Griff der Gurte an und lehnte sich in die eine und andere Richtung, um die Balance des Spielzeugs zu halten. Er sah Donals Gleiter falkengleich über sich dahinschweben und erwischte einen Aufwind, der ihn hochtrug, bis sie Seite an Seite flogen.

In den ersten Minuten war Allart so mit der Kontrolle des Gleiters beschäftigt, daß er überhaupt nicht nach unten schaute. Sein gesamtes Bewußtsein wurde von der feinen Balancearbeit in Anspruch genommen, vom Druck der Luft und den Energieströmen, die er verschwommen überall um sich fühlen konnte. Irgendwie ließ ihn das an seine Tage in Nevarsin denken, als er zum ersten Mal sein *Laran* gemeistert und gelernt hatte, menschliches Wesen als Wirbel und Energienetze fließender Ströme zu sehen. Und jetzt spürte er, daß die substanzlose Luft mit den gleichen Energieströmen erfüllt war. *Wenn ich Donal viel beigebracht habe, hat er mir als Gegenleistung nicht weniger gegeben, indem er mich die Kontrolle der Luftströmungen und der Energieströme lehrte, die Luft, Land und Wasser durchdringen . . .* Allart hatte diese Luftströmungen vorher nie wahrgenommen; jetzt konnte er sie beinahe *sehen*, unter ihnen wählen und auf ihnen reiten bis zu einer Höhe hinauf, in der die Winde gegen den zerbrechlichen Gleiter knallten, konnte einen wilden Luftstrom entlangjagen, sich einen passenden Strom aussuchen, um wieder hinabzutauchen. Im Gurtzeug liegend und nur einen Bruchteil seines Bewußtseins darauf verwendend, den Gleiter zu kontrollieren, schaute er auf das Bergpanorama hinab.

Unter ihm erstreckte sich eine ruhige Berglandschaft. Hügel um Hügel war von dunklem Wald bedeckt. Hier und da machte er schräg plazierten Baumreihen Platz, die geradlinig über einem Hügel hinwegwuchsen – Nußfarmen oder Pilzplantagen, die inmitten des Waldes lagen. Wo Herden grasten, hatte man den Wald abgeholzt, um Wiesen zu schaffen. Sie waren mit kleinen Hütten übersät, in denen die Hüter lebten, und ab und zu entdeckte er am Lauf eines dahinrasenden Bergstromes ein Wasserrad, mit dessen Kraft man Käse herstellte oder die Fasern, die – dank der Matrix-Verstärker – aus der Milch gewonnen wurden, nachdem Molke und Quark aus ihr herausgepreßt worden waren. Allart schnupperte den merkwürdigen Geruch einer Filzmühle und den einer anderen, in der Abfall aus der Holzverarbeitung zu Papier gepreßt wurde. Auf einem felsigen Hügel sah er den Eingang eines Höhlensystems, in dem das Schmiedevolk lebte, und den Schein ihrer Feuer, deren fliegende Funken keine Wälder oder bevölkerte Gebiete gefährden konnten.

Während sie weiterflogen, wurden die Hügel höher und öder. Allart fühlte, wie Donal seine Gedanken berührte. Der Junge war dabei, sich zu einem kunstfertigen Telepathen zu entwickeln, der Aufmerksamkeit erregen konnte, ohne einen zu beunruhigen. Allart folgte ihm an einem langen Luftstrom entlang hinunter zwischen zwei Hügel, wo die weiße Säule des Tramontana-Turms im Licht der Mittagssonne funkelte. Ein Wächter auf der Turmspitze hob die Hand zum Gruß. Als Donal hinabjagte, die Flügel seines Gleiters zusammenfaltete, auf den Füßen landete, federnd in die Knie sank, sich mit der gleichen Bewegung aufrichtete und die Schwingen wie einen langen Schweif abstreifte, folgte Allart ihm.

Er selbst schien für dieses Spiel allerdings weniger Geschicklichkeit zu besitzen und wurde in einem Wirrwarr aus Gurten und Leinen zu Boden geworfen. Lachend kam Donal auf ihn zu.

»Macht nichts, Cousin. Ich bin selbst viele Male so gelandet«, sagte er, und Allart fragte sich, wie viele Jahre vergangen sein mochten, seit das zum letzten Mal geschehen war. »Komm, Arzi wird deinen Gleiter nehmen und ihn bis zu unserer Rückkehr sicher aufbewahren«, fügte Donal hinzu und wies auf den alten, gebeugten Mann, der neben ihm stand.

»Master Donal«, sagte der alte Mann in einem so breiten Dialekt, daß selbst Allart, der die meisten Hellers-Dialekte kannte, Schwierigkeiten hatte, ihm zu folgen, »es ist mir wie immer eine Freude, Euch bei uns begrüßen zu dürfen. Ihr erweist uns eine Ehre, *Dom'yn*«, setzte er hinzu und schloß Allart in seine ungelenke Verbeugung ein.

Donal sagte: »Das ist mein alter Freund Arzi, der dem Turm schon diente, ehe ich geboren wurde, und mich hier drei- oder viermal im Jahr begrüßte, seit ich zehn Jahre alt wurde. Arzi – mein Cousin, Dom Allart Hastur von Elhalyn.«

»Vai Dom.« Arzis Verbeugung wirkte – tief und ehrerbietig, wie sie war – beinahe komisch. »Lord Hastur erweist uns eine Ehre. Ah, das ist ein glücklicher Tag – die *Vai Lernyn* werden glücklich sein, Euch begrüßen zu können, Lord Hastur.«

»Nicht Lord Hastur«, sagte Allart freundlich, »nur Lord Allart, mein guter Mann, aber ich danke dir für die Begrüßung.«

»Ah, es ist viele, viele Jahre her, seit ein Hastur zum letzten Mal bei uns war«, sagte Arzi. »Bitte folgt mir, *Vai Dom'yn.*«

»Sieh, was der Wind uns gebracht hat«, rief eine fröhliche Stimme. Ein junges Mädchen, groß und schlank, mit Haaren so bleich wie der Schnee auf den weit entfernten Gipfeln, kam auf Donal zugelaufen und hielt seine Hände zur Begrüßung ausgestreckt. »Donal, wie wir uns freuen, dich wiederzusehen! Du hast uns einen Gast mitgebracht?«

»Ich freue mich, wieder hier zu sein, Rosaura«, sagte Donal und umarmte das Mädchen, als sei es eine lang vermißte nahe Verwandte. Das Mädchen streckte eine Hand aus, um Allart zu begrüßen. Sie schenkte ihm die schnelle Berührung der Telepathen, für die dies natürlicher als die Berührung von Fingerspitzen war. Allart hatte natürlich gewußt, wer sie war, bevor Donal ihren Namen ausgesprochen hatte, aber als sie einander berührten, erhellte ihr Gesicht sich erneut mit einem schnellen Lächeln.

»Oh, du bist doch Allart, der ein halbes Jahr in Hali war. Ich habe natürlich gehört, daß du in den Hellers bist, aber ich hatte keine Ahnung, daß das Schicksal dich zu uns bringen würde, Verwandter. Bist du hergekommen, um mit dem Tramontana-Turm zu arbeiten?«

Donal beobachtete die Begegnung verblüfft. »Aber du bist doch noch nie hier gewesen, Cousin«, sagte er zu Allart.

»Das stimmt«, erklärte Rosaura. »Bis zu dieser Stunde hat keiner von uns das Gesicht unseres Verwandten erblickt, aber wir haben ihn in den Verstärkern berührt. Das ist ein glücklicher Tag für Tramontana, Allart! Komm und lerne die anderen kennen.« Rosaura nahm sie mit hinein, und bald waren sie von mehr als einem Dutzend junger Männer und Frauen umringt – einige der anderen waren in den Verstärkern an der Arbeit, andere schliefen nach einer arbeitsreichen Nacht –, die Donal wie einen der Ihren begrüßten.

Allarts Gefühle waren gemischt. Er hatte es geschafft, nicht zuviel darüber nachzudenken, was er im Hali-Turm zurückgelassen hatte, und jetzt begegnete er – von Angesicht zu Angesicht – den Leuten, mit denen er durch die Verstärker in Berührung gekommen war. Die ihm bisher lediglich in der schwer zu erfassenden, körperlosen Berührung des Geistes bekannten Personen nahmen nun Gestalt an.

»Kommst du nach Tramontana, um zu bleiben, Cousin? Wir können einen guten Techniker gebrauchen.«

Bedauernd schüttelte Allart den Kopf. »Ich bin woanders verpflichtet, obwohl mich nichts mehr erfreuen würde, denke ich. Aber ich bin lange in Aldaran gewesen, ohne Nachrichten aus der Welt draußen. Was macht der Krieg?«

»Es ist alles beim alten«, sagte Ian-Mikhail, ein schlanker, dunkler, junger Mann mit gelocktem Haar. »Es gab das Gerücht, daß Alaric Ridenow, den sie den Rotfuchs nennen, getötet worden sei, aber es stellte sich als falsch heraus. König Regis ist schwer erkrankt. Prinz Felix hat den Rat einberufen. Sollte er sterben, wäre während der Krönung von Prinz Felix ein weiterer Waffenstillstand nötig – falls er jemals gekrönt werden sollte. Und von deiner eigenen Familie, Allart, kam die Nachricht, daß die Gattin deines Bruders in der ersten Dekade des Rosenmonats einen Sohn geboren hat. Dem Jungen geht es gut, aber Cassilda hat ihre Kräfte noch nicht wiedergewonnen und kann ihn nicht selbst nähren. Man fürchtet, daß sie sich nicht erholen wird. Aber der Junge ist zum Erben deines Bruder ernannt worden.«

»Den Göttern sei Dank. Evanda, die Gnadenreiche, möge über dem Kind lächeln.« Allart sagte den zeremoniellen Satz mit wirklicher Erleichterung.

Jetzt hatte Damon-Rafael einen legitimen Sohn. Es war keine Frage, daß der Rat einem legitimen Bruder den Vorzug vor einem *Nedestro*-Sohn gegeben hätte.

Und doch sah sich Allart in den auf ihn einstürmenden Möglichkeiten der Zukunft selbst in Thendara gekrönt. Ärgerlich versuchte er, die Tür vor seinem *Laran* und den unwillkommenen Möglichkeiten zuzuschlagen. *Besitze ich etwa doch den Ehrgeiz meines Bruders?*

»Und ich«, sagte Rosaura, »habe erst vor drei Tagen in den Verstärkern mit deiner Gattin gesprochen.«

Allarts Herz schien sich schmerzhaft zusammenzupressen. Cassandra! Wie lange war es her, seit er sich ihr Bild vorgestellt hatte? »Wie geht es ihr?«

»Sie scheint wohlauf und zufrieden«, sagte Rosaura. »Du hast wohl gewußt, daß sie zur Überwacherin von Coryns Kreis in Hali ernannt worden ist, oder?«

»Nein, ich habe es nicht gehört.«

»Sie ist eine kraftvolle Telepathin in den Verstärkernetzen. Ich frage mich, wie du es über dich bringen konntest, sie zurückzulassen. Ihr seid noch nicht lange verheiratet, nicht wahr?«

»Nicht einmal ein Jahr«, antwortete Allart. *Nein, nicht lange, eine schmerzlich kurze Zeit, um eine geliebte Frau zu verlassen* ... Er hatte vergessen, daß er sich unter den geübten Telepathen eines Turm-Kreises befand. Einen Moment lang senkten sich die Trennwände seines Geistes, und er sah seinen eigenen inneren Schmerz überall reflektiert.

Er sagte: »Das Schicksal des Krieges, nehme ich an. Die Welt wird weitergehen, wie sie will, und nicht, wie du oder ich es gerne hätten.« Er fühlte sich würdevoll und geziert, als er das Klischee aussprach, und die anderen spielten ihm den höflichen, nichtsenthüllenden Nicht-Kontakt vor, das geistige Sich-Abwenden – ganz das höfliche Verhalten unter Telepathen, wenn unbekannte Wahrheiten sich durch Zufall enthüllten. Allart fand erst dann seine Fassung wieder, als Donal von ihrem Auftrag berichtete.

»Mein Vater schickt mich, damit die ersten Feuerchemikalien zur Station im Harzbaumwald gebracht werden. Die anderen können mit Packtieren geschickt werden. Wir bauen auf dem Gipfel eine neue Feuerstation.« Das Gespräch wandte sich allgemein der Feuerbekämpfung, der Jahreszeit und den frühen Stürmen zu.

Eine der *Leroni* nahm Donal mit, um ein Chemikalienpaket zu schnüren, das sie auf den Gleitern transportieren konnten. Rosaura zog Allart zur Seite.

»Ich bedaure die Notwendigkeiten, die dich so früh von deiner Braut getrennt haben, Verwandter – aber wenn du möchtest und Cassandra in den Verstärkern ist, kannst du mit ihr sprechen.«

Mit dieser Möglichkeit konfrontiert, fühlte Allart, wie sein Herz sich zusammenkrampfte. Er hatte sich gefügt, hatte sich gesagt, daß sie zumindest die grausamste der Zukunftsentwicklungen, die er gesehen hatte, vermeiden würden, wenn er Cassandra nie wiedersah. Aber die Möglichkeit, mit ihr zu sprechen, durfte er nicht übergehen.

Die Matrixkammer war wie jede andere: Sie lag unter einem gewölbten Dach und besaß blaue Oberlichter, die eine weiche Strahlung einließen. Allarts Blick fiel auf den Überwachungsschirm, das große Verstärkernetz. Eine junge Frau im weiten Gewand einer Matrixarbeiterin kniete davor. Ihr Gesicht, leer und ruhig, zeigte den abwesenden Blick einer Matrixtechnikerin, deren Geist auf etwas anderes eingestimmt und deren Gedanken in den Verstärkernetzen gefangen waren, die alle Telepathen in den Türmen Darkovers miteinander verbanden.

Allart nahm neben dem Mädchen Platz. Im Innersten war er noch immer beunruhigt.

Was soll ich ihr sagen? Wie kann ich ihr wieder begegnen, selbst auf diese Weise?

Aber die alte Disziplin der rituellen Atemzüge, die den Geist beruhigen, wirkte. Allarts Körper nahm eine mühelose Stellung ein, die er ohne allzu große Ermüdung unendlich lange würde aufrechterhalten können.

Er warf sich in die weite, wirbelnde Dunkelheit hinein und fühlte sich wie ein Gleiter über einem tiefen Abgrund. Gedanken wirbelten wie weit entferntes Gerede in einem überfüllten Raum an ihm vorbei. Es war ohne Bedeutung für ihn, da er ihren Ursprung und Zusammenhang nicht wahrnahm. Dann, als er sich des Verstärkernetzes bewußter wurde, spürte er eine wahrnehmbare Berührung: Rosauras Stimme.

Hali . . .

Wir sind hier, was wünscht ihr?

Wenn die Lady Cassandra Aillard-Hastur unter euch ist – ihr Mann ist bei uns in Tramontana und möchte mit ihr sprechen . . .

Allart, bist du das? So erkennbar wie ihr helles Haar und ihr fröhliches mädchenhaftes Lächeln berührte er Arielle. *Ich glaube, daß Cassandra gerade schläft, aber für dich wird sie sich gerne wecken lassen. Bring meiner Cousine Renata Grüße von mir. Ich denke oft an sie. Ich werde Cassandra für dich wecken.*

Arielle war fort. Allart befand sich wieder in der schwebenden Stille, Botschaften glitten an ihm vorbei, ohne auf irgendeinen Teil seines Geistes überzugreifen, der sich an sie erinnerte oder sie registrieren konnte. Dann, ohne Vorwarnung, war sie *da*, neben ihm, um ihn herum, eine fast körperliche Anwesenheit . . . *Cassandra!*

Allart, mein Geliebter . . .

Das Zusammenwirken von Tränen, Erstaunen, Unglauben, Wiedervereinigung. Ein zeitloser Moment (drei Sekunden? drei Stunden?) von absoluter, ekstatischer Begegnung, wie eine Umarmung. Es war wie damals, als er sie zum ersten Mal besessen hatte. Er fühlte, wie die Trennwände fielen, fühlte ihren Geist in den seinen eindringen und sich mit ihm vermischen. Die Begegnung wurde zu einer wechselseitigen Hingabe, die noch stärker als die Vereinigung ihrer Körper war. Wortlos, aber vollständig. Allart versank in ihr und fühlte, wie auch Cassandra sich verlor.

Auf dieser Ebene konnte der Kontakt nicht lange aufrechterhalten werden. Allart fühlte, wie er dahinschwand, sich auf normales Denken und normalen Kontakt reduzierte.

Allart, wie bist du nach Tramontana gekommen?

Mit dem Pflegesohn von Aldaran, um die ersten feuerbekämpfenden Chemikalien abzuholen, da die Jahreszeit der Brände bevorsteht. In den Hellers machen sie einem schwer zu schaffen. Er übermittelte ihr ein Bild des langen, ekstatischen Flugs, zeigte ihr das Dahinjagen der Gleiter und wie der Wind an Kopf und Körper vorbeiraste.

Wir haben hier auch Brände gehabt. Der Hali-Turm ist mit Luftwagen und Brandbomen angegriffen worden. Er sah Flammen am Ufer wüten, einen abstürzenden, wie einen Meteor glühenden Luftwagen, den die miteinander verbundenen Hirne von elf Hali-Bewohnern zur Explosion gebracht hatten, die Todesschreie des Piloten, der unter Drogen stand und kaum wußte, was er tat ...

Aber du bist in Sicherheit, meine Geliebte?

Ich bin in Sicherheit, auch wenn wir alle erschöpft sind und Tag und Nacht arbeiten ... Ich habe viel erlebt, Allart. Ich werde dir viel zu erzählen haben. Wann kommst du zurück?

Das liegt in der Hand der Götter, Cassandra, aber ich werde nicht länger bleiben, als ich muß ... Als er die Wort-Gedanken formte, wußte er, daß sie zutrafen. Vielleicht war es klüger, sie nie wiederzusehen. Aber schon konnte er einen Tag voraussehen, an dem er sie wieder in den Armen hielt – und wußte plötzlich, daß er sich nicht von ihr abwenden würde, selbst wenn das seinen Tod bedeutete ... und sie würde es auch nicht.

Allart, müssen wir den Eintritt der Aldarans in den Krieg fürchten? Seit du in die Hellers aufgebrochen bist, haben wir das mehr als alles andere gefürchtet.

Nein, Aldaran wird von Streitigkeiten in seiner eigenen Familie in Atem gehalten. Er ergreift für keine Seite Partei. Ich bin hier, um Lord Aldarans Pflegesohn Laran-Unterricht zu erteilen, während Renata sich um seine Tochter kümmert ...

Ist sie sehr schön? In Cassandras Gedanken spürte er – unausgesprochen, aber eindeutig – Ärger und Eifersucht. Galten sie Renata oder der ihr unbekannten Tochter Aldarans? Er hörte die unausgesprochene Antwort: *Beiden ...*

Sehr schön, ja ... Allart übermittelte heitere, vergnügte Gedanken. *Sie ist elf Jahre alt ... und keine Frau der Welt, nicht einmal die selige Cassilda in ihrem Schrein, ist auch nur halb so schön wie du, meine Geliebte ...* Es folgte ein weiterer Augenblick glückseliger, ekstatischer Begegnung, als seien sie mit allen Sinnen eins. Er mußte es unterbrechen. Cassandra würde es, wenn sie als Überwacherin arbeitete, nicht lange aushalten. Langsam und widerwillig ließ er den Kontakt schwinden, aber Geist und Körper waren noch immer von ihr erfüllt, als könne er die Berührung ihres Kusses auf seinem Mund fühlen.

Benommen und erschöpft kehrte Allart ins Bewußtsein der Matrixkammer und seines verkrampften und zitternden Körpers zurück. Nach einer langen Zeit bewegte er sich langsam, stand auf und verließ die Kammer auf Zehenspitzen, um die Arbeit in den Verstärkernetzen nicht zu stören. Während er die Wendeltreppe hinunterging, fragte er sich, ob er für die Möglichkeit, mit ihr zu sprechen, dankbar sein sollte oder nicht.

Es hat ein neues Band geschmiedet, das besser zerrissen worden wäre. In der langen Begegnung hatte er viele Dinge aufgefangen, die sein Bewußtsein nicht wirklich verstand, aber er fühlte, daß auch Cassandra auf ihre Weise versucht hatte, das Band zu zerreißen. Er war nicht aufgebracht deswegen. Sie waren noch immer verbunden, stärker denn je, durch die Bande der Begierde und Enttäuschung.

Und Liebe? *Und Liebe?*

Was ist überhaupt Liebe? Allart war nicht sicher, ob das sein eigener Gedanke war oder einer, den er irgendwie aus dem verstörten Geist seiner Frau aufgefangen hatte.

Am Fuß der Treppe traf er Rosaura. Wenn sie seinen verwirrten Blick und die Tränenspuren überhaupt bemerkt hatte, ging sie zumindest darüber hinweg. Unter Turm-Telepathen, wo man keine starke Empfindung verbergen konnte, gab es bestimmte Höflichkeitsrituale. Sie sagte ziemlich sachlich: »Nach einem Kontakt über solch eine Entfernung wirst du erschöpft und ausgelaugt sein. Komm, Cousin, erfrische dich.«

Donal stieß beim Essen zu ihnen, wie auch ein halbes Dutzend Turm-Arbeiter, die sich ausruhten. Die Aufhebung der Belastung und das seltene Vergnügen, an ihrem isolierten Aufenthaltsort auf Besucher zu stoßen, hatte alle ein wenig euphorisch gemacht. Allarts Kummer und seine wiederbelebte Sehnsucht nach Cassandra wurden auf einer Welle von Scherzen und Gelächter fortgeschwemmt. Die Speisen waren ihm zwar fremd, aber gut: Es gab süßen, weißen Bergwein, auf ein Dutzend verschiedene Arten zubereitete Pilze und Schwämme, weiche, weiße gekochte Knollen oder Wurzeln, zu kleinen Kuchen gebacken und in duftendem Öl geröstet, aber keinerlei Fleisch. Rosaura erklärte ihm, daß man beschlossen hatte, mit einer Diät ohne Tierfleisch zu experimentieren, um zu sehen, ob das ihre Wahrnehmungsfähigkeit sensibilisierte. Allart erschien das merkwürdig und ein wenig dumm, aber er hatte jahrelang mit einer solchen Diät in Nevarsin gelebt.

»Bevor du gehst: Wir haben eine Nachricht für deinen Pflegevater, Donal«, sagte Ian-Mikhail. »Scathfell hat Botschaften nach Sain Scarp, Storn, Ardais, Scaravel und Castamir gesandt. Ich habe keine Ahnung, um was es sich handelt, aber als oberster Lehnsherr von Scathfell sollte Lord Aldaran davon wissen. Scathfell wollte die Botschaften den Verstärkern nicht anvertrauen, daher fürchte ich, daß es um eine geheime Verschwörung geht. Wir haben Gerüchte über einen Bruch zwischen deinem Vater und Lord Scathfell gehört. Lord Aldaran sollte gewarnt werden.«

Donal wirkte besorgt. »Ich danke dir im Namen meines Pflegevaters. Natürlich wußten wir, daß solche Dinge geschehen würden, aber unsere *Leronis* ist alt und war von meiner Schwester sehr in Anspruch genommen, vielleicht haben wir deswegen so wenig von Scathfells Plänen gehört.«

»Geht es deiner Schwester gut?« fragte Rosaura. »Wir hätten sie gerne zur Untersuchung hier in Tramontana gehabt.«

»Renata Leynier ist von Hali gekommen, um sich um sie zu kümmern«, sagte Donal, und Rosaura lächelte.

»Renata von Hali? Ich kenne sie aus den Verstärkern. Deine Schwester wird bei ihr gut aufgehoben sein, Donal.«

Es wurde Zeit, sich auf die Rückkehr vorzubereiten. Eine der Überwacherinnen brachte sorgfältig verschnürte Pakete mit Chemikalien, die – mit Wasser oder anderen Flüssigkeiten vermischt – sich beträchtlich ausdehnen und, zu weißem Schaum geworden, eine große Fläche jedweden Feuers bedecken konnten. Sobald ein Landkonvoi zusammengestellt werden konnte, würde man noch mehr schicken. Donal ging den steilen Pfad hinter dem Turm hinauf und musterte von dort aus den Himmel. Als er zurückkam, sah er ernst aus.

»Vor Sonnenuntergang kann es zu Stürmen kommen«, sagte er. »Wir sollten keine Zeit verlieren, Cousin.«

Diesmal zauderte Allart beim Übertreten der Kante nicht. Auf einem steigenden Luftstrom schwebend und die Kraft der Matrix ausnutzend, stieg er auf, höher und höher. Dennoch konnte er sich dem Vergnügen des Erlebnisses nicht völlig hingeben.

Der Kontakt mit Cassandra – so schön er gewesen war – hatte ihn erschöpft und besorgt gemacht. Er versuchte, diese Gedanken beiseite zu schieben. Das Fliegen erforderte die Konzentration auf die Matrix. Die Beschäftigung mit anderen Gedanken war ein Luxus, den er sich nicht leisten konnte. Und doch sah er immer wieder Gesichter, die sein *Laran* erzeugte: einen großen, freundlichen Mann, der auf merkwürdige Art Dom Mikhail von Aldaran ähnelte; Cassandra, die einsam in ihrem Zimmer in Hali weinte, dann aufstand und sich für die Arbeit in den Verstärkern zusammennahm; Renata, die Dorilys mit zorniger Gebärde gegenüberstand ... Mit Willenskraft brachte er sich wieder in die Höhe, die aufsteigende Luft jagte an seinem Gleiter vorbei, die Luftströme zerrten schmerzlich in seinen ausgestreckten Fingerspitzen, als wäre jeder einzelne die Flügelspitze eines auffliegenden Falken. Er jagte, weder Mensch noch Vogel, auf der Luft daher. Allart wußte, daß er in diesem Augenblick an Donals inneren Phantasien teilhatte.

»Vor uns gibt es Stürme«, warnte Donal. »Es tut mir leid, daß ich dich so weit von unserem Kurs abbringen muß, aber wir müssen sie umgehen. Es ist nicht ungefährlich, so nahe an einem Sturm zu fliegen. Folge mir, Cousin.« Er erwischte einen nahen Luftstrom und ließ sich mit Matrixhilfe von dem geraden Kurs nach Aldaran wegtreiben.

Allart konnte den Sturm vor ihnen sehen und spürte mehr, als er sie sah, die elektrischen Entladungen, die von Wolke zu Wolke sprangen. Sie kreisten in einer langen, langsamen Spirale fast bis zum Boden. Er fühlte Donals Ärger.

Sollen wir irgendwo landen und den Sturm abwarten? Ich würde es riskieren, aber Allart ist das Fliegen nicht gewohnt ...

Ich werde riskieren, was du riskierst, Donal.

Dann folge mir. Es ist, als weiche man einem Pfeilregen aus, aber ich habe es mehr als einmal getan ... Er senkte seine Flügel, schoß auf einer schnellen Strömung nach oben und jagte dann schnell zwischen zwei Wolken hindurch. *Schnell! Gerade hat sich ein Blitz entladen. Es wird nicht lange dauern, bis sich der nächste aufbaut.*

Allart spürte ein merkwürdiges schrilles Klingeln, und erneut flogen sie wie bei einem Spießrutenlauf durch die zuckenden Blitze. Normalerweise hätte er sich zurückfallen lassen, aber er vertraute der Führung Donals, der wußte, wo und *wann* der Blitz zuschlagen würde. Allart fühlte dennoch, wie kalte Tropfen ihn trafen. Sie durchflogen einen plötzlich auftauchenden kleinen Regenschauer, und er klammerte sich, durchnäßt und frierend, an die Gurte des Gleiters. Seine feuchten Kleider ließen die Haut eiskalt werden. Er folgte Donal auf dem langen, Übelkeit verursachenden Sturzflug eines Abwinds, erwischte in letzter Sekunde eine Aufwärtsströmung, die ihn höher und höher trug, bis sie kreisend über den Hügeln von Burg Aldaran schwebten.

Donal, nur eine Stimme in Allarts Kopf, sagte: *Wir können nicht sofort hinunter. Auf den Gleitern und unseren Kleidern ist zuviel Ladung. Sobald wir den Fuß auf den Boden setzten, würde sie uns bewußtlos machen. Wir müssen eine Weile kreisen. Schwebe und spreize die Hände, um sie allmählich abzubauen ...*

Allart, den Anweisungen folgend, trieb in gemächlichen, träumerischen Kreisen. Er wußte, daß Donal wieder in der Falken-Rolle war, sich in den Geist und die Gedanken eines großen Vogels projizierte. Während sie über der Burg dahinzogen, hatte Allart genug Zeit, auf Aldaran hinabzublicken. In den vergangenen Monaten war es ihm eine zweite Heimat geworden, aber nun sah er mit einem Gefühl böser Vorahnung eine lange Reiterkarawane, die sich den Toren näherte. Er sandte einen wortlosen Warnschrei zu Donal, als der Führer der Karawane sein Schwert zog. Der Klang des geistigen Schreis war für Allart, der hoch über den Zinnen und dem steil hinabstürzenden Wasserfall dahinflog, beinahe hörbar.

»Aber da ist doch niemand«, sagte Donal besorgt. »Was fehlt dir? Was hast du gesehen? Wirklich, dort ist niemand.«

Allart blinzelte verwirrt, ein plötzliches Schwindelgefühl ließ seine Schwingen flattern, und automatisch kippte er ab, um das Gleichgewicht wiederzufinden. Die Straße nach Aldaran lag leer und verlassen im zunehmenden Zwielicht. Er sah weder Reiter noch bewaffnete Männer, noch Banner. Sein *Laran* hatte ihm wieder einmal gezeigt, was geschehen konnte. Die Vision war verschwunden.

Donal flatterte, flog seitwärts. Seine erregte Warnung drängte Allart, ihm schnell zu folgen. »Wir müssen hinunter, selbst wenn wir dabei die Besinnung verlieren«, schrie er und sandte ihm einen flüchtigen, erregten Gedanken zu: *Ein neuer Sturm kommt auf.*

Aber ich sehe keine Wolken.

Dieser Sturm braucht keine Wolken, dachte Donal bestürzt. *Das ist der Zorn meiner Schwester, der Blitze erzeugt. Die Wolken werden noch kommen. Sie würde uns nicht wissentlich treffen, aber wir müssen dennoch so schnell wir möglich nach unten.*

Er ließ sich auf einer schnellen Strömung hinabsinken, verlagerte sein Gewicht auf den Gleiter, daß er senkrecht in ihm hing, und setzte es ein, um das Gefährt nach unten zu bringen. Allart, vorsichtiger und weniger erfahren, folgte einer normalen Abwärtsspirale, aber dennoch spürte er den Schlag schmerzender Elektrizität, als seine Füße den Boden berührten. Donal, der sein Gurtzeug losschnallte und den Gleiter in einem Durcheinander von Leinen dem Diener zuwarf, der herbeigeeilt kam, murmelte: »Was kann das sein? Was ist geschehen, daß Dorilys so erregt oder geängstigt ist?« Mit einer knappen Entschuldigung an Allart eilte er davon.

18

Ohne darüber nachzudenken, hörte auch Renata das Rollen des Sommerdonners, als sie sich durch die Flure des Schlosses auf den Weg zu Dorilys' Räumen machte, um den Nachmittagsunterricht zu geben.

Weil Dorilys jünger war als die Novizen eines Turms – und auch, weil sie diese Ausbildung weder aus freiem Willen gewählt noch gelobt hatte, die Unbequemlichkeiten und Schwierigkeiten der Arbeit ohne Klagen zu ertragen –, hatte Renata versucht, den Unterricht locker und vergnügt zu gestalten, Spiele und kleine Späße zu ersinnen, die das *Laran* des Mädchens entwickeln konnten, ohne es langwierigen, ermüdenden Übungen zu unterwerfen. Dorilys war noch zu jung, um vorschriftsmäßig auf telepathische Fähigkeiten untersucht zu werden, die sich selten vor Einsetzen der Pubertät entwickelten. Renata schätzte, daß Dorilys beträchtliche Begabung zum Hellsehen besaß und wahrscheinlich zusätzlich zu ihrer schwer zu handhabenden Gabe, Blitze zu erzeugen, einige telekinetische Kraft. Also hatte sie sie mit einfachen Spielen unterrichtet, Süßigkeiten und Spielzeuge versteckt und Dorilys sie mit ihrem *Laran* finden lassen. Sie hatte ihre Augen verbunden, sie den Weg durch komplizierte Hinderniskurse aus Möbelstücken und unvertraute Teile des Schlosses suchen lassen und ihr die Aufgabe gestellt, mit verbundenen Augen ihre eigenen Besitztümer aus einem Wirrwarr ähnlicher Gegenstände herauszufinden, indem sie den Magnetismus, der ihnen anhaftete, »fühlte«. Dorilys war eine gelehrige Schülerin und fand an den Unterrichtsstunden so viel Gefallen, daß es Margali bei zwei oder drei Gelegenheiten tatsächlich gelungen war, ihren aufsässigen Zögling mit der Drohung zur Räson zu bringen, den Unterricht ausfallen zu lassen.

Soweit Renata feststellen konnte, fehlten Dorilys die beiden Gaben, die sie zu einer Turm-Arbeiterin machen könnten, völlig: Telepathie, definiert als die Fähigkeit, bewußtes Denken zu lesen oder aufzugreifen; und Empathie, die darin bestand, die Gefühle oder körperlichen Empfindungen eines anderen im eigenen Geist oder Körper zu spüren. Aber beide Fähigkeiten konnten sich noch in den Jugendjahren ausbilden, und wenn sie dann einige Kontrolle über ihre Energieströme besaß, würde die gefürchtete Schwellenkrankheit weniger Gefahr für sie heraufbeschwören.

Wenn es sich doch nur früher entwickeln ließe – oder später! Es war die Geißel aller *Laran* besitzenden Familien, daß diese Sorgen erzeugenden Anlagen sich gleichzeitig dann entwickelten, wenn das

Kind die körperlichen und seelischen Umwälzungen der Pubertät durchlief. Viele von denen, die diese Gaben trugen, erfuhren erst dann, daß das plötzliche Einsetzen der Psi-Kräfte, die sich entwikkelnde Sexualität und die hormonale und gemütsmäßige Labilität dieser Periode für Körper und Geist eine zu schwere Belastung waren. Man wurde enormen Umwälzungen unterworfen, denen Krisen, Krämpfe und sogar der Tod folgte. Renata hatte selbst einen Bruder durch die Schwellenkrankheit verloren. Keine *Laran*-Familie überlebte ohne solche Verluste.

Dorilys hatte das Aldaran-Blut der Vaterseite in den Adern, nicht das relativ stabile der Delleray, das dem der Hasturs ähnlich war. Was Renata von den Erblinien der Aldaran und Rockraven wußte, machte sie nicht übermäßig hoffnungsvoll, aber je mehr Dorilys von den Energieströmen ihres Körpers, den Nerven- und Energieflüssen wußte, um so wahrscheinlicher konnte sie diese Umwälzungen ohne allzu große Schwierigkeiten überleben.

Während sie sich Dorilys' Räumen näherte, spürte sie die Untertöne von Zorn, erschöpfter Geduld (Renata hielt die alte *Leronis* für eine Heilige, da sie mit dem verzogenen kleinen Mädchen fertig wurde) und Überheblichkeit, was bedeutete, daß etwas nicht nach Dorilys' Willen ging. Renata gegenüber hatte sie diese kindliche Seite selten gezeigt, denn sie bewunderte die junge *Leronis* und buhlte um ihre Anerkennung und Sympathie. Aber weil sie nie streng erzogen worden war, fand sie es schwierig zu gehorchen, wenn ihre Empfindungen ihr eine andere Richtung wiesen. Ihre Aufgabe wurde keineswegs dadurch leichter, daß Margali, die seit dem Tod Darren Scathfells Angst vor ihrem Zögling hatte, dies nicht verbergen konnte.

Auch ich habe Angst vor ihr, dachte Renata, *aber sie weiß es nicht. Wenn ich sie es je wissen lasse, werde ich nie mehr in der Lage sein, sie irgend etwas zu lehren.*

Hinter der Tür hörte sie Dorilys Stimme – ein gereiztes Grollen. Sie erhöhte ihre Wahrnehmungsfähigkeit, um Margalis Antwort zu hören.

»Nein, Kind. Deine Stickerei ist eine Schande. Es gibt keinen Musikunterricht und keinen Unterricht mit Lady Renata, ehe du nicht all diese unbeholfenen Stiche aufgetrennt und neu gemacht hast.« In schmeichelndem Tonfall setzte sie hinzu: »So unbeholfen bist du doch nicht. Du bemühst dich einfach nicht. Du kannst sehr schön nähen, wenn du willst, aber heute hast du offenbar beschlossen, nichts zu tun, und verpfuschst absichtlich alles. So, und jetzt trenn die Stiche auf – nein, benutze das richtige Trennwerkzeug, Kind!

Versuche nicht, sie mit den Fingern aufzutrennen, sonst wirst du den Stoff zerreißen! Dorilys, was ist heute mit dir los?«

Dorilys gab zurück: »Ich mag nicht nähen. Wenn ich Lady Aldaran bin, werde ich ein Dutzend Näherinnen haben. Es gibt keinen Grund, daß ich es lerne. Und Lady Renata wird meinen Unterricht nicht ausfallen lassen, weil *du* es sagst.«

Der barsche und verächtliche Ton ihrer Worte bestimmte Renatas Entscheidung. Das Nähen war nicht von Bedeutung, aber die Selbstdisziplin – sorgfältig und gewissenhaft an einer Aufgabe zu arbeiten, für die sie weder Begabung noch Neigung besaß – war wichtig. Renata, die ausgebildete Empathin und Überwacherin, spürte beim Öffnen der Tür den heftig brennenden Schmerz auf Margalis Stirn und sah die Linien der Erschöpfung im Gesicht der alten Frau. Dorilys wandte wieder ihren alten Trick an und versorgte Margali, die nicht tat, was sie wollte, mit Kopfschmerzen. Sie saß über dem verhaßten Nähzeug und sah lieb und folgsam aus, aber im Gegensatz zu Margali konnte Renata, als sie durch die Tür trat, das triumphierende Lächeln auf ihrem Gesicht sehen. Dorilys warf das Nähzeug zu Boden, sprang auf und eilte auf Renata zu.

»Ist es Zeit für meinen Unterricht, Cousine?«

Renata sagte kalt: »Heb dein Nähzeug auf und leg es ordentlich in die Schublade – oder noch besser: Setz dich und beende die Arbeit.«

»Ich will nicht nähen lernen«, erwiderte Dorilys schmollend. »Mein Vater will, daß ich die Dinge lerne, die *du* mir beibringen kannst!«

»Was ich dir am besten beibringen kann«, sagte Renata bestimmt, »ist das zu tun, was unerläßlich ist – und wann du es tust, ob du willst oder nicht. Mir ist es egal, ob du exakt nähst oder deine Stiche wie ein von Fallobst trunkenes *Chervine* schwanken« – Dorilys ließ ein kurzes, triumphierendes Kichern hören –, »aber du wirst den Unterricht mit mir nicht dazu ausnutzen, deine Pflegemutter auszuspielen oder zu ignorieren, was sie dir aufträgt.« Sie blickte Margali, die bleich vor Schmerzen war, an und kam zu dem Schluß, daß es zu einem Zweikampf kommen würde.

»Verursacht sie dir wieder Kopfschmerzen?«

Margali sagte schwach: »Sie weiß es nicht besser.«

»Dann wird sie es besser lernen«, sagte Renata mit eisiger Stimme. »Was du auch mit ihr anstellst, Dorilys, du wirst deine Pflegemutter sofort davon befreien. Du wirst niederknien und sie um Vergebung bitten. Dann werde ich *vielleicht* mit dem Unterricht fortfahren.«

»*Sie* um Vergebung bitten?« fragte Dorilys ungläubig. »Das werde ich nicht!«

Irgend etwas in der Haltung des Kindes ließ Renata plötzlich an Lord Aldaran denken, obwohl man von Dorilys behauptete, sie ähnele ihrer verstorbenen Mutter. *Sie hat ihres Vaters Stolz*, dachte sie, *aber sie hat noch nicht gelernt, ihn mit Höflichkeit, zweckdienlicher Verbindlichkeit und Charme zu kaschieren. Sie ist noch jung, und wir können diese Eigenwilligkeit in ihrer ganzen Häßlichkeit sehen. Ihr ist es schon gleichgültig, wem sie weh tut, solange es nach ihrem Kopf geht. Und Margali ist für sie nichts Besseres als eine Dienerin. Das gilt auch für mich. Sie gehorcht mir, weil es ihr gefällt.*

Sie sagte: »Ich warte, Dorilys. Bitte Margali um Verzeihung.«

»Nur, wenn sie mir verspricht, mich nie mehr herumzukommandieren«, beharrte Dorilys trotzig.

Renata kniff die Lippen zusamen. Es würde also tatsächlich auf einen Zweikampf hinauslaufen. *Wenn ich zurückstecke, wenn ich ihr gestatte, eigene Bedingungen zu setzen, wird sie mir nie mehr gehorchen. Dabei kann diese Lehre ihr Leben retten. Ich will keine Macht über sie, aber wenn ich sie unterrichten soll, muß sie gehorsam sein und lernen, sich so lange auf mein Urteil zu verlassen, bis sie ihrem eigenen trauen kann.*

»Ich habe dich nicht gefragt, unter welchen Bedingungen du sie um Verzeihung bittest«, sagte Renata. »Ich habe dir nur gesagt, du sollst es tun. Ich warte.«

»Renata«, begann Margali.

Aber Renata unterbrach sie ruhig: »Nein, Margali. Halte dich da raus. Du weißt so gut wie ich, was sie als erstes lernen muß.« Zu Dorilys sagte sie mit der geübten Befehlsstimme: »Knie dich sofort hin und bitte deine Pflegemutter um Verzeihung!«

Automatisch sank Dorilys auf die Knie. Plötzlich stieß sie einen schrillen Schrei aus und sprang auf: »Ich habe dir gesagt, du sollst nie die Befehlsstimme gegen mich anwenden! Ich werde es nicht zulassen, und mein Vater auch nicht! *Er* würde mich nicht erniedrigt sehen wollen, indem ich *sie* um Verzeihung bitte!«

Dorilys, dachte Renata, *hätte gründlich versohlt werden sollen, ehe sie stark genug war, solch übersteigerte Ideen über ihre eigene Bedeutung zu entwickeln. Aber jeder hatte Angst vor ihr und wollte ihr nicht in die Quere kommen. Ich mache ihnen keinen Vorwurf. Auch ich habe Angst vor ihr.*

Sie wußte, daß sie einem zornigen Kind gegenüberstand, dessen Zorn schon einmal getötet hatte. *Aber noch habe ich die Oberhand. Sie ist ein Kind, das weiß, daß es unrecht hat, aber ich bin eine geübte Turm-Technikerin und Überwacherin. Ich muß ihr beibringen, daß ich stärker bin als sie. Denn der Tag wird kommen, an dem sie er-*

wachsen ist und niemand stark genug sein wird, sie zu kontrollieren. Bevor es soweit ist, muß sie in der Lage sein, sich zu beherrschen.

Ihre Stimme war wie eine Peitsche: »Dorilys, dein Vater hat mir in allen Bereichen die Aufsicht über dich gegeben. Er hat mir gesagt, ich hätte seine Erlaubnis, dich zu schlagen, wenn du ungehorsam bist. Du bist ein großes Mädchen, und ich würde dich nicht gerne auf *diese* Art demütigen. Aber eines sage ich dir: Wenn du mir nicht sofort gehorchst und deine Pflegemutter um Verzeihung bittest, werde ich tun, als seist du ein Baby und zu jung, auf die Stimme der Vernunft zu hören. Tu, was ich dir sage, und zwar sofort!«

»Nein, das werde ich nicht!« schrie Dorilys. »Und du kannst mich auch nicht dazu zwingen!« Wie als Echo ihrer Worte war von draußen ein rauhes Donnerrollen zu hören. Dorilys war zu erregt, um es zu hören, aber sie spürte es und fuhr zurück.

Renata dachte: *Gut. Sie fürchtet sich immer noch ein wenig vor ihrer eigenen Macht. Sie will nicht noch einmal töten . . .*

Plötzlich spürte sie auf ihrer Stirn den brennenden Schmerz eines enger werdenden Bandes . . . Nahm sie das mit empathischer Kraft von Margali auf? Nein. Ein schneller Blick zeigte ihr, daß Dorilys angespannt und in zähneknirschendem Zorn konzentriert war. Sie tat mit ihr das gleiche wie mit Margali.

Diese kleine Teufelin! dachte Renata, hin- und hergerissen zwischen Zorn und unwillkürlicher Bewunderung für die Kraft und den Geist des Kindes. *Wenn man diese Stärke und diesen Trotz einem sinnvollen Zweck zuführen könnte – welch eine Frau würde sie sein!* Sich auf ihre Matrix konzentrierend – was sie in Dorilys Gegenwart noch nie getan hatte, außer um sie zu überwachen –, begann Renata, dagegen anzukämpfen und die Energie auf Dorilys zurückzuspiegeln. Langsam verschwand der Schmerz, und sie sah das Gesicht des Mädchens vor Anstrengung bleich werden. Mit Mühe hielt sie ihre Stimme ruhig.

»Siehst du? So kannst du nicht mit mir umspringen, Dorilys. Ich bin stärker als du. Ich will dir nicht weh tun, und das weißt du auch. Jetzt gehorche mir, und dann machen wir mit dem Unterricht weiter.«

Sie spürte, wie Dorilys zornig ausholte. Alle ihre Kraft zusammennehmend, packte und hielt sie das Kind, als hätte sie es körperlich mit den Armen umfangen.

Sie fesselte Körper und Geist, Stimme und *Laran*. Dorilys versuchte »Laß mich los!« zu schreien, und entdeckte entsetzt, daß weder die Stimme ihr gehorchte noch daß sie eine einzige Bewegung machen konnte ... Renata, sensitiv und empathisch, wie sie war, spürte Dorilys Entsetzen, als sei es ihr eigenes.

Sie muß wissen, daß ich stark genug bin, um sie vor ihren eigenen Trieben zu schützen, daß sie mich nicht gedankenlos niederstrecken kann, wie sie es mit Darren getan hat. Sie muß wissen, daß sie bei mir sicher ist; daß ich nicht zulasse, daß sie sich selbst oder irgendeinem anderen weh tut.

Jetzt hatte Dorilys wirklich Angst. Einen Moment lang, als sie die hervortretenden Augen und krampfhaften behinderten Bewegungen ihrer Muskeln sah, fühlte Renata so viel Mitleid, daß sie es nicht ertragen konnte. *Ich will ihr nicht weh tun oder ihren Geist brechen, ich will ihr nur beibringen ... sich vor ihrer eigenen schrecklichen Kraft zu schützen! Eines Tages wird sie es verstehen, aber jetzt ist sie so geängstigt. Armes kleines Mädchen ...*

Sie sah, wie sich die kleinen Muskeln an Dorilys' Hals bewegten, wie sie sich zu sprechen bemühte, und lockerte den Griff. In Dorilys' Augen standen Tränen.

»Laß mich los, laß mich los!«

Margali blickte Renata flehentlich an. Auch sie litt, als sie das Mädchen so hilflos sah.

Die alte *Leronis* flüsterte: »Befreie sie, Renata. Sie wird brav sein, nicht wahr, mein Kleines?«

Renata sagte sehr freundlich: »Du siehst, Dorilys, daß ich immer noch stärker bin als du. Ich werde nicht zulassen, daß du jemandem weh tust, nicht einmal dir selbst. Ich weiß, daß du aus dem Zorn des Augenblicks heraus niemandem wirklich schaden willst.«

Dorilys begann zu schluchzen. Noch immer hing sie bewegungslos im Griff von Renatas *Laran.*

»Laß mich los, Cousine, bitte. Ich werde brav sein. Ich verspreche es. Es tut mir leid.«

»Du mußt dich nicht bei mir entschuldigen, Kind, sondern bei deiner Pflegemutter«, erinnerte Renata sie freundlich und löste den Griff völlig.

Dorilys sank auf die Knie und schluchzte unter Mühen: »Es tut mir leid, Margali. Ich wollte dir nicht weh tun. Ich war nur wütend.« Dann brach sie weinend zusammen.

Margalis dünne, vom Alter knotige Finger streichelten sanft Dorilys' Wange. »Das weiß ich, Liebes. Du wolltest nie jemandem weh tun. Du denkst nur nicht darüber nach.«

Dorilys wandte sich Renata zu und flüsterte mit vor Entsetzen geweiteten Augen: »Ich hätte ... ich hätte dir antun können, was ich mit Darren getan habe – und ich liebe dich, Cousine, ich liebe dich.«

Sie warf ihre Arme um Renata, die immer noch zitternd ihre Arme um das schmächtige, zitternde Kind legte.

»Weine nicht mehr, Dorilys. Ich werde nicht zulassen, daß du jemandem schadest, das verspreche ich«, sagte sie, das Mädchen fest an sich drückend. Sie zog ein Tuch heraus und trocknete Dorilys' Augen. »Jetzt leg dein Nähzeug ordentlich weg, und dann kommen wir zu unserem Unterricht.«

Sie weiß jetzt, zu was sie fähig ist, und wird allmählich klug genug, um sich vor ihrer Kraft zu fürchten. Wenn ich es nur schaffe, sie zu steuern, bis sie weit genug ist, es selbst zu tun!

Draußen war der Sturm in einem fernen Rollen erstorben.

Stunden darauf stieß Renata, vor unterdrückter Anspannung und Angst zitternd, auf Allart.

»Ich war stärker als sie – aber nicht genug«, flüsterte sie. »Ich war so geängstigt!«

Er sagte nüchtern: »Erzähl mir davon. Was sollen wir mit ihr tun?«

Sie saßen im Salon der kleinen, luxuriösen Suite, die ihr auf Befehl Lord Aldarans zur Verfügung gestellt worden war.

»Allart, ich habe es gehaßt, sie auf diese Weise zu ängstigen! Es sollte eine bessere Methode als Angst geben, sie zu unterrichten!«

»Ich weiß nicht, ob du eine andere Wahl hattest«, besänftigte Allart sie nüchtern. »Sie muß lernen, ihre eigenen Triebe zu fürchten. Es gibt mehr als eine Art der Angst.« Das Gespräch verstärkte viele seiner eigenen alten Ängste. Er dachte an den Kontakt mit Cassandra, den langen Flug mit Donal und die Umgebung des Turms in Tramontana. »Ich selbst trug einst einen Kampf der Angst aus, die mich lähmte und am Handeln hinderte. Ich fand kaum etwas Gutes an ihr. Ehe ich sie meisterte, konnte ich nichts tun. Aber mir scheint, daß Dorilys zu wenig über die Vorsicht weiß. Die Angst mag ihr gerecht werden, bis sie die Vorsicht erlernt.«

Renata wiederholte, was sie während der Schlacht des Geistes gedacht hatte: »Wenn es nur einen Weg gäbe, diese Stärke nutzbar zu machen; was könnte sie für eine Frau sein!«

»Nun«, meinte Allart, »deshalb sind wir ja schließlich hier. Laß dich nicht entmutigen, Renata. Sie ist noch sehr jung, und du hast Zeit.«

»Aber nicht genug«, wandte Renata ein. »Ich fürchte, daß ihre Pubertät vor dem Ende des Winters eintritt, und weiß nicht, ob die Zeit ausreicht, ihr das, was sie wissen muß, beizubringen, ehe diese entsetzliche Belastung über sie kommt.«

»Mehr als dein Bestes kannst du nicht tun«, sagte Allart. Er fragte sich, ob die Bilder in seinem Verstand – das Gesicht eines Kindes, von Blitzen umrahmt; Renata, weinend in einem gewölbten Zimmer, ihr Körper durch eine Schwangerschaft angeschwollen – wirklich oder nur Verkörperung seiner Ängste waren. Wie konnte er zwischen dem, was geschehen konnte, geschehen mußte, und dem, was vielleicht nie geschehen würde, unterscheiden?

Die Zeit ist mein Feind . . . Jedem anderen bietet sie nur einen Weg – aber für mich windet und krümmt sie sich und zieht in ein Land, wo das Nie so wirklich wie das Jetzt ist . . .

Er verbannte Selbstmitleid und Grübelei aus seinen Gedanken und blickte in Renatas bekümmerte Augen. Sie erschien ihm sehr jung, war kaum mehr als ein Mädchen und war doch schon mit solch entsetzlicher Verantwortung beladen! Um sie in ihrer Angst aufzuheitern, sagte er: »Ich habe durch die Verstärker mit Hali gesprochen. Ich soll dir von Arielle liebe Grüße ausrichten.«

»Die teure Arielle«, sagte Renata. »Ich vermisse sie auch. Welche Neuigkeiten gibt es von Hali, Cousin?«

»Mein Bruder hat einen Sohn, von seiner Frau geboren und daher rechtmäßig«, berichtete Allart. »Unser König ist schwer erkrankt, Prinz Felix hat den Rat einberufen. Viel mehr weiß ich nicht. Hali ist mit Brandbomben angegriffen worden.«

Renata zitterte. »Wurde jemand verletzt?«

»Nein, ich glaube nicht. Cassandra hätte es mir sicher gesagt. Aber sie sind alle übermüdet, da sie Tag und Nacht arbeiten«, sagte Allart. Dann sprach er das, was seinen Verstand beschäftigte, seit er mit seiner Frau gesprochen hatte, aus: »Es belastet mich, daß ich in Sicherheit bin, während Cassandra solchen Gefahren ausgesetzt ist. Ich sollte mich um sie kümmern und sie schützen, aber ich kann es nicht.«

»Du bist deinen eigenen Gefahren ausgesetzt«, sagte Renata ernst. »Mißgönne ihr nicht die Kraft, den ihren entgegenzutreten. Sie ist jetzt also Überwacherin? Ich wußte, daß sie die Begabung hat.«

»Aber sie ist immer noch eine Frau, und ich bin besser geeignet, Gefahren und Entbehrungen auszuhalten.«

»Was macht dir Sorgen? Fürchtest du dich davor, daß sie nicht mehr von dir abhängig ist? Oder daß sie sich von dir abwenden könnte?«

Ist es nur das? Bin ich wirklich eifersüchtig, daß ich sie mir schwach und kindlich wünsche, damit sie sich mir auf der Suche nach Kraft und Schutz zuwendet? Während ihrer langen, intensiven Verbindung hatte er aus Cassandras Geist viele Dinge aufgeschnappt, die sie ihm nicht bewußt mitgeteilt hatte. Jetzt kehrten sie allmählich in sein Bewußtsein zurück. Aus dem furchtsamen, kindgleichen Mädchen, das von seiner Liebe und Fürsorge ganz und gar abhängig gewesen war, war eine starke Überwacherin geworden, eine geschickte *Leronis*. Sie liebte ihn noch immer tief und leidenschaftlich – die Verbindung hatte daran keinen Zweifel gelassen –, aber er war für sie nicht länger die einzige Sache der Welt. Ihre Liebe hatte jetzt einen Platz unter vielem, das sie antrieb, gefunden und war nicht das einzige, auf das sie reagierte.

Es war schmerzlich für Allart, sich das klarzumachen; und noch schmerzlicher war es, zu erfahren, wie unglücklich dieser Gedanke ihn machte.

Hätte ich sie wirklich gerne in diesem Zustand gehalten: verschüchtert, jungfräulich, nur zu mir gehörend, die Welt nur durch meine Augen sehend, nur das wissend, was ich sie wissen lassen wollte, nur das darstellend, was ich an einer Frau begehre? Überkommener Brauch, die Tradition seiner Kaste und sein Familienstolz schrien laut: *Ja, ja!* Aber alles andere drängte ihn dazu, sich dafür zu schämen.

Allart lächelte bekümmert. Er dachte daran, daß es nicht das erste Mal war, daß Renata sich für seine Frau eingesetzt hatte. Jetzt gab es für Cassandra andere Straßen als die eine, die er am Ende ihrer Liebe gesehen hatte: daß sie bei der Geburt ihres Kindes unausweichlich starb. Wie konnte er sich gegen etwas widersetzen, das diesen andauernden Schrecken aus seinem Verstand entfernt hatte?

»Es tut mir leid, Renata! Du bist zu mir gekommen, um Trost zu finden, und wie gewöhnlich ist es darauf hinausgelaufen, daß du *mich* getröstet hast. Ich wünschte wirklich, mehr über Dorilys' *Laran* zu wissen, damit ich dir einen Ratschlag geben könnte, aber ich stimme mit dir überein, daß es zur Katastrophe kommt, wenn wir sie nicht rechtzeitig ausbilden. Ich habe Donal heute in Aktion gesehen, und es ist äußerst beeindruckend – noch beeindruckender als damals, als er erkannte, welchen Weg das Feuer nehmen würde. Jetzt, da die Jahreszeit der Brände bevorsteht, könntest du sie vielleicht zur Feuerstation auf den Gipfeln mitnehmen und Donal versuchen lassen, ihr ein wenig beizubringen, wie man diese Fähigkeit einsetzt. Er weiß mehr darüber als du und ich.«

»Ich glaube, das sollte ich tun«, stimmte Renata ihm zu. »Auch Donal hat die Schwellenkrankheit überlebt, das mag ihr die Zuversicht geben, daß sie es ebenfalls kann. Ich bin froh, daß sie meine Gedanken nicht liest. Ich will nicht, daß sie von dem, was ihr widerfahren kann, verschreckt wird. Aber andererseits muß sie darauf vorbereitet sein ... Mehr als alles andere will sie fliegen lernen, wie es die Jungen im Schloß tun. Margali sagt, es gehört sich nicht für ein Mädchen, aber da *Laran* mit den Elementen zu tun hat, sollte sie lernen, aus nächster Nähe mit ihnen vertraut zu werden.« Renata lachte und gab zu: »Ich würde es auch gern lernen. Wirst du ganz förmlich und mönchisch aufstehen und mir sagen, daß das für eine Frau genauso unpassend wie für ein junges Mädchen ist?«

Allart lachte und machte die Geste eines Fechters, der einen Treffer anerkennt: »Sind meine Nevarsin-Jahre immer noch so deutlich erkennbar, Cousine?«

»Dorilys wird glücklich sein, wenn ich ihr das sage«, sagte Renata lachend, und Allart wurde plötzlich erneut bewußt, wie jung sie doch war. Sie besaß die selbstauferlegte Würde und das nüchterne Verhalten einer Überwacherin, hatte das förmliche Benehmen und die Selbstdisziplin, die zur Erziehung Dorilys' erforderlich waren – aber in Wirklichkeit war sie selbst noch ein junges Mädchen, das sich ebenso heiter und unbeschwert geben konnte.

»Dann wird Donal es euch beiden beibringen«, sagte Allart. »Ich werde mit ihm sprechen, während du sie die Matrix zu meistern und die Kunst, mit ihr zu schweben, lehrst.«

Renata bestätigte: »Ich glaube, sie ist alt genug, um den Gebrauch einer Matrix zu erlernen. Sie wird bald sehr schnell begreifen, anstatt ihre Energien darauf zu verschwenden, mich auf die Probe zu stellen.«

»Es wird leichter sein, zur Feuerstation zu fliegen«, sagte Allart. »Der Ritt ist schwierig, und viele der dort arbeitenden Männer, die die Brände überwachen, finden es einfacher, zu den Gipfeln zu fliegen.« Befangen blickte er in die sich hinter den Fenstern ausbreitende Nacht hinaus. »Ich muß gehen, Cousine, es ist sehr spät.«

Er stand auf; ihre Hände berührten sich mit dem Fingerspitzengruß der Telepathen, der irgendwie intimer als ein Händedruck war. Sie standen in loser Verbindung, und als er auf ihr erhobenes Gesicht blickte, sah er es leidenschaftlich aufglühen. Er war sich ihrer, was er eigentlich hatte vermeiden wollen, wieder völlig bewußt. Der enge Kontakt mit Cassandra, ohne jede Barriere, hatte die Fassade mönchischer Strenge und Gleichgültigkeit, die er so fest aufrechterhielt, Frauen gegenüber zerbrochen.

In dieser kurzen Berührung verschwamm sie zu einem Dutzend Frauen, sein *Laran* zeigte ihm das Mögliche und Wahrscheinliche, das Bekannte und Unmögliche. Beinahe gegen seinen Willen, ehe er sich völlig darüber klar wurde, was er tat, hatte er sie in seine Arme gezogen und preßte sie atemlos an sich.

»Renata, Renata . . .«

Mit einem bekümmerten Lächeln erwiderte sie seinen Blick. Sie befanden sich in so engem Kontakt, daß es unmöglich war, seine plötzliche Bewußtheit und sein Begehren zu verbergen und ebensowenig ihre unmittelbare und rückhaltlose Erwiderung.

»Cousin«, sagte sie sanft, »was willst du eigentlich? Wenn ich dich ohne Absicht erregt habe, tut es mir leid. Wissentlich, nur um meine Macht über dich zu beweisen, hätte ich das nicht getan. Oder ist es nur, daß du sehr einsam bist und dich nach irgend jemand sehnst, der dir Trost und Zuneigung geben kann?«

Verwirrt, aber betroffen von ihrer Ruhe und dem völligen Mangel an Scham oder Verwirrung, löste er sich von ihr. Er wünschte sich, ebenso ruhig zu sein wie sie.

»Es tut mir leid, Renata, verzeih mir.«

»Verzeihen?« fragte sie, wobei ein Lächeln tief in ihren Augen glühte. »Ist es eine Beleidigung, mich begehrenswert zu finden? Wenn das so ist, hoffe ich, noch viele Male auf diese Weise beleidigt zu werden.« Ihre kleine Hand schloß sich um die seine. »Es ist keine so schwerwiegende Sache, Cousin. Ich wollte nur wissen, wie ernsthaft deine Absichten sind, das ist alles.«

Allart murmelte kläglich: »Ich weiß es nicht.« Verwirrung, Treue zu Cassandra, die Erinnerung an Scham und Abscheu, weil er unfähig war, der Verlockung der *Riyachiya* zu widerstehen, die sein Vater in seine Arme gestoßen hatte, überwältigten ihn. Hatte *das* ihn dazu gebracht, Renata zu umarmen? Die Erkenntnis, daß sie seine Aufwallung von Bedürfnissen und Gefühlen teilte, brachte ihn erneut völlig durcheinander.

Eine Frau, die er ohne Furcht lieben konnte, die nicht völlig von ihm abhängig war . . . Dann tauchte ein beschämender Gedanke auf: *Oder tue ich es, weil Cassandra mir nicht mehr völlig gehört?*

Ihn anlachend sagte sie: »Warum lehnst du für dich selbst eine Freiheit ab, die du ihr gegeben hast?«

Allart stotterte: »Ich will dich nicht . . . für meine Bedürfnisse benutzen, als wärst du eine *Riyachiya.*«

»O nein, Allart«, sagte sie mit leiser Stimme und klammerte sich an ihn. »Auch ich bin einsam und brauche Trost. Nur habe ich gelernt, daß es nicht beschämend ist, das auszusprechen und anzuerkennen. Du hast das nicht gelernt, das ist alles . . .«

Was Allart in ihrem Gesicht sah, schockierte ihn. Er drückte sie fest an sich und wurde sich plötzlich bewußt, daß sie bei all ihrer

Stärke und ihrer unverwundbaren Geschicklichkeit und Klugheit ein ängstliches Mädchen war, das wie er selbst vor Problemen stand, die ihre Fähigkeit, sie zu lösen, weit überschritten.

Was haben die Männer und Frauen der Reiche einander angetan, daß zwischen uns alles in Angst und Schuldgefühle für das, was war oder sein kann, gehüllt werden muß? Es ist so selten, daß zwischen uns einfache Zärtlichkeit oder Freundschaft bestehen kann.

Renata fest in den Armen haltend und den Kopf zu einem sanften Kuß senkend, sagte er: »Dann wollen wir einander Trost geben, Cousine«, und führte sie in das innere Zimmer.

19

Dorilys, völlig erregt, plapperte wie ein fünfjähriges Kind. Sie wurde ein wenig verlegen, als Margali sie in die Kleidung steckte, die sie von einem der Pagen geliehen hatte. Auch Margali war skeptisch.

»War das nötig, Renata? Sie ist doch jetzt schon ein richtiger Lausbub, auch ohne in Jungenkleidung herumzutollen!«

Sie blickte Renata, die sich vom fünfzehnjährigen Sohn des Haushofmeisters ein Paar Breeches ausgeliehen hatte, mit einem mißbilligenden Stirnrunzeln an.

Renata erwiderte: »Sie muß lernen, mit ihrem *Laran* umzugehen, und für diesen Zweck muß sie den Elementen dort begegnen, wo sie sind, und nicht, wo wir sie gern hätten. Sie hat sehr hart gearbeitet, um die Matrix zu meistern. Deshalb habe ich ihr versprochen, daß sie mit Donal fliegen darf.«

»Aber ist es wirklich nützlich, diese unpassenden Reithosen zu tragen? Das scheint mir nicht schicklich.«

Renata lachte: »Zum Fliegen? Wie schicklich würde es deiner Meinung nach sein, wenn sich ihr Umhang wie ein großes Segel im Wind blähen und über ihren Kopf fliegen würde? Diese unpassenden Breeches scheinen mir die schicklichste Bekleidung zu sein, die es beim Fliegen überhaupt gibt.«

»Daran habe ich nicht gedacht«, gestand die alte *Leronis* lachend. »Ich habe mich als junges Mädchen auch danach gesehnt, fliegen zu dürfen. Ich wünschte, ich könnte mit euch kommen.«

»Dann kommt mit«, lud Renata sie ein. »Sicher bist du geschickt genug, die Kontrolle der Schweber zu erlernen.«

Margali schüttelte den Kopf. »Nein, meine Knochen sind zu alt. Es gibt eine Zeit, um diese Dinge zu lernen, doch wenn man sie verpaßt, ist es zu spät. Aber geht nur, Renata, genießt es – und auch du, Liebes«, setzte sie hinzu und küßte Dorilys auf die Wange. »Sitzt dein Umhang fest? Hast du einen warmen Schal? Auf den Höhen wird es sicher kalt sein.«

Trotz ihrer tapferen Worte fühlte Renata sich unwohl. Seit sie fünf Jahre alt war, hatte sie ihre Beine nirgendwo in der Öffentlichkeit gezeigt. Als sie im Innenhof auf Allart und Donal stieß, schienen auch sie verlegen zu sein und schauten weg.

Renata dachte: *Ich hätte Allart für vernünftiger gehalten. Ich habe das Bett mit ihm geteilt, und doch blickt er überall hin, nur nicht auf mich, als hätte es ihn völlig überrascht, daß ich Beine habe wie jeder andere. Wie lächerlich Traditionen doch sind!*

Aber Dorilys zeigte kaum irgendwelche Befangenheit. Sie stolzierte in ihren Breeches umher und forderte die Aufmerksamkeit und Bewunderung der anderen geradezu heraus.

»Sieh nur, Donal! Jetzt werde ich genauso wie ein Junge fliegen können.«

»Hat Renata dir beigebracht, mit der Matrix Gegenstände zu bewegen, bevor du es mit dir selbst versuchst?«

»Ja, und ich bin sehr gut darin. Hast du das nicht gesagt, Renata?«

Renata lächelte. »Ja, ich glaube, sie besitzt eine Begabung, die ein wenig Übung in wirkliche Kunstfertigkeit verwandeln kann.«

Während Donal seiner Schwester den Mechanismus der Gleiter-Spielzeuge zeigte, trat Allart zu Renata, um ihr mit den Gurten zu helfen. Nebeneinanderstehend beobachteten sie Dorilys und ihren Bruder. Die zusammen verbrachte Nacht hatte ihre Freundschaft zementiert und gefestigt, nicht aber ihre Natur verändert. Dankbar für seine Hilfe, lächelte Renata zu Allart auf. Freudig wurde sie sich bewußt, daß sie wie immer über ihn dachte – er war ein Freund, nicht ihr Geliebter.

Ich weiß nicht, was Liebe ist. Ich glaube nicht, daß ich es wirklich wissen will . . .

Sie mochte Allart. Sie hatte ihm gerne Freude geschenkt. Aber beide waren zufrieden gewesen, es dabei zu belassen: ein einzelner gemeinsamer Impuls der Einsamkeit, den sie nicht zu etwas aufbauen wollten, was er nicht war. Dafür waren ihre Bedürfnisse zu grundlegend verschieden.

Donal erkärte Dorilys, wie man die Luftströmungen analysierte und den Brennpunkt der Matrix benutzte, um sie zu verstärken und für die Sinne wahrnehmbar zu machen. Renata hörte aufmerksam zu. Wenn die Jungen in den Hellers diese Kniffe beherrschten, bevor sie zehn Jahre alt waren, konnte es eine ausgebildete Matrix-Arbeiterin sicherlich auch!

Donal ließ sie alle auf dem flachen, windgepeitschten Stück hinter dem Schloß eine Weile üben, hieß sie mit den Winden laufen, sich auf den Strömungen zu erheben, aufwärts zu fliegen und zu kreisen und wieder hinabjagen. Schließlich war er zufrieden und zeigte auf einen Gipfel weit über ihnen, wo die Feuerstation Ausblick über das ganze Tal jenseits von Caer Donn gab.

»Glaubst du, du kannst so weit fliegen, kleine Schwester?«

»Aber ja!« Dorilys war aufgeregt und atemlos. Kleine Locken kupferfarbenen Haars stahlen sich aus dem langen Zopf in ihrem Nacken, ihre Wangen waren vom peitschenden Wind tiefrot. »Ich liebe es. Ich würde gern für immer fliegen!«

»Dann komm. Aber bleib nahe bei mir. Hab keine Angst. Du kannst nicht abstürzen; nicht, solange du deine Aufmerksamkeit auf die Luftströmungen richtest. Also, heb deine Flügel, so . . .«

Er beobachtete sie, während sie ausschritt und auf einer langen, steigenden Strömung hinaufflog und immer höher über eine lange Wolkenkluft stieg. Renata folgte ihr. Sie spürte, wie der Windzug sie erfaßte und an ihr zerrte, und sah Allart hinter sich aufsteigen. Dorilys benutzte einen Abwind und kreiste wie ein Falke, aber Donal bedeutete ihr weiterzufliegen.

Höher und höher flogen sie, stiegen durch eine feuchte weiße Wolke empor, tauchten über ihr auf. Jetzt schwebten und drehten sie sich und flogen abwärts, bis sie auf dem Gipfel zur Ruhe kamen. Die Feuerwachstation war ein uraltes Gebäude aus Bruchstein und Holzwerk. Der Förster, ein Mann in den mittleren Jahren, von hagerer Gestalt, mit blaßgrauen Augen und wettergegerbtem Aussehen, kam überrascht und erfreut zu ihrer Begrüßung.

»Master Donal! Hat Dom Mikhail Euch mit einer Botschaft zu mir gesandt?«

»Nein, Kyril. Ich wollte nur meiner Schwester zeigen, wie die Feuerstation verwaltet wird. Das sind Lord Allart Hastur und Lady Renata Leynier, *Leronis* von Hali.«

»Ihr seid herzlich willkommen«, sagte der Mann höflich, aber ohne übermäßige Unterwürfigkeit. Als ausgebildeter Experte schuldete er niemandem Ehrerbietung. »Seid Ihr vorher schon einmal auf dem Gipfel gewesen, kleine Lady?«

»Nein. Vater meinte, es sei zum Reiten zu weit. Und außerdem sagt er, Ihr wäret während der Feuer-Jahreszeit zu beschäftigt, um euch um Gäste zu kümmern.«

»Nun, da hat er recht«, bestätigte Kyril, »aber ich werde Euch gerne so viel zeigen, wie ich kann. Tretet ein, meine Liebe.«

Im Innern der Station waren Reliefkarten des gesamten Tals und eine Miniaturkopie des vollen Panoramas, das man rundherum durch die Fenster des Gebäudes sehen konnte. Der Förster wies sie auf die Wolkendecke über einigen Teilen des Tals und die auf der Karte markierten Gebiete hin, die während der letzten Jahreszeit verbrannt waren: die empfindlichen Harzbäume, die sorgfältig auf Funkenflug überwacht werden mußten.

»Was ist das aufblitzende Licht dort, Master Kyril?« fragte Dorilys.

»Oh, Ihr habt scharfe Augen. Es ist ein Signal, das ich beantworten muß.« Er nahm ein mit Spiegelglas bedecktes Gerät mit einer kleinen Klappe, die schnell geöffnet und geschlossen werden konnte, und fing an, bestimmte Signale ins Tal hinabzublitzen. Nach einem Moment setzte das Lichtsignal im Tal wieder ein. Dorilys wollte eine Frage stellen, aber Kyril hieß sie mit einer Handbewegung schweigen, beugte sich über seine Karte, markierte sie mit Kreide und wandte sich dann wieder um.

»Jetzt kann ich es Euch erklären. Der Mann hat mir signalisiert, daß er dort ein Feuer zum Kochen vorbereitet, während die Hirten auf sein Vieh aufpassen. Es handelt sich um eine vorbeugende Maßnahme, damit ich nicht denke, ein Waldbrand hätte sich entfacht, und Männer zu seiner Bekämpfung zusammenrufe. Außerdem weiß ich, wenn der Rauch länger bleibt, als es für das Kochfeuer eines Hirten vernünftig erscheint, daß es außer Kontrolle ist. Ich kann dann jemanden zu Hilfe schicken, ehe es sich zu weit ausbreitet. Ihr seht« – er beschrieb mit dem Arm einen Kreis rund um den Feuerturm –, »daß ich in jedem Moment wissen muß, wo in diesem Gebiet Rauch ist und was ihn verursacht.«

»Habt Ihr die Chemikalien von Tramontana schon?« fragte Donal.

»Die erste Lieferung hat mich gerade rechtzeitig erreicht, um einen ernsten Brand dort im Bachbett zu bremsen«, sagte Kyril und zeigte die Stelle auf der Karte. »Gestern wurde eine weitere Lieferung gebracht; die anderen sind am Fuß des Berges gelagert. Es ist ein trockenes Jahr und ziemlich gefährlich, aber wir hatten nur einen schlimmen Brand; drüben am Gipfel des Toten Mannes.«

»Warum heißt er Gipfel des Toten Mannes?« fragte Dorilys.

»Tja, ich weiß es nicht, kleine Dame. Er wurde schon zu Zeiten meines Vaters und Großvaters so genannt. Vielleicht hat man dort einmal einen toten Mann gefunden.«

»Aber warum sollte jemand dort zum Sterben hingehen?« fragte Dorilys weiter, während sie zu den entfernten Bergspitzen aufschaute. »Für mich sieht es eher wie ein Falkennest aus.«

»Dort hat es einmal Falken gegeben«, sagte Kyril, »denn als ich ein junger Mann war, bin ich hinaufgestiegen, um einige zu fangen. Aber das ist lange, lange her.« Er schaute auf den weit entfernten See aus Rauch und Flammen, der den anderen durch die Entfernung verschwommen schien. »Seit Jahren hat es dort keine Falken mehr gegeben . . .«

Renata unterbrach das Zwiegespräch: »Dorilys, kannst du uns sagen, wohin sich das Feuer auf jenem Hang als nächstes bewegen wird?«

Dorilys blinzelte, ihr Gesicht schien ausdruckslos, als sie in die Ferne blickte. Einen Moment später machte sie einige Handbewegungen, und Allart registrierte erstaunt, daß sie so schnell sprach, daß es sich wie das reinste Kauderwelsch anhörte.

»*Was* ist, Kind?« fragte Renata, und Dorilys wurde sich ihrer Umgebung wieder bewußt.

Sie sagte: »Es ist schwer, alles mit Worten auszudrücken, wenn ich *sehe*, wo das Feuer war, wo es ist und wohin es sich bewegt, vom Anfang bis zum Ende.«

Gnädige Avarra, dachte Allart. *Sie sieht es in allen drei Dimensionen der Zeit – Vergangenheit, Gegenwart und Zukunft. Kein Wunder, daß es uns schwerfällt, uns mit ihr zu verständigen!* Der zweite Gedanke, der ihn hart traf, war, daß sie vielleicht etwas von seiner eigenen merkwürdigen Gabe besaß – oder von seinem Fluch!

Dorilys wurde ruhiger. Sie suchte mühsam nach Worten, um mitzuteilen, was sie sah.

»Ich kann sehen, wo es angefangen hat, dort, aber die Winde haben es den Wasserlauf hinabgetrieben und gedreht, in den . . . seht doch . . . in den . . . ich kann es nicht sagen! In die Netzsachen am Rand des Windstroms. Donal«, appellierte sie an ihren Bruder, »*du* siehst es, nicht wahr?«

Donal trat neben sie ans Fenster. »Nicht ganz so, wie du es siehst, Schwester. Ich glaube, niemand kann das. Aber kannst du sehen, wohin es sich als nächstes wendet?«

»Es hat sich bewegt – ich meine, es wird sich *dorthin* bewegen, wo sich die Männer gesammelt haben, um es zu bekämpfen«, sagte Dorilys. »Aber es wird nur deshalb dorthin kommen, weil *sie* kommen. Ich kann spüren – nein, das stimmt nicht! Es gibt keine Worte dafür.« Ihr Gesicht zuckte. Sie sah aus, als wolle sie in Tränen ausbrechen. »Mein Kopf schmerzt«, sagte sie klagend. »Kann ich einen Schluck Wasser haben?«

»Hinter der Tür ist eine Pumpe«, sagte Kyril. »Das Wasser ist gut, es kommt aus einem Brunnen hinter der Station. Aber achtet darauf, die Tasse wieder aufzuhängen, wenn Ihr getrunken habt, kleine Lady.« Als Dorilys hinausging, wechselten Renata und Donal einen erstaunten Blick.

Renata dachte: *Ich habe jetzt in wenigen Minuten mehr über ihr* Laran *erfahren als in einer halben Jahreszeit. Ich hätte eher daran denken sollen, hierher zu kommen.*

Kyril sagte leise: »Ihr wißt natürlich, daß jetzt niemand das Feuer bekämpft. Sie haben es unter Kontrolle gebracht und lassen es an den niedrigeren Gipfeln ausbrennen. Trotzdem hat Dorilys sie gesehen. So etwas habe ich nicht mehr erlebt, seit die Zauberin Alarie mit einem Feuertalisman herkam, um einen großen Brand unter Kontrolle zu bringen. Damals war ich ein junger Mann. Ist denn das Kind eine Zauberin?«

Renata, in ihrer Abneigung gegen das Wort, das soviel Aberglaube enthielt, sagte: »Nein. Aber sie besitzt ein *Laran*, das sie diese Dinge sehen läßt, und wir versuchen, sie zu trainieren. Sie hat den Gleiter gesteuert wie ein junger Vogel.«

»Ja«, bestätigte Donal. »Ich habe viel länger gebraucht, ihn zu beherrschen. Vielleicht sieht sie die Strömung deutlicher als ich. Soweit wir wissen, sind sie für Dorilys fest. Manchmal kann sie sie fast berühren. Ich meine, Dorilys sollte lernen, einen Feuertalisman zu benutzen. Die Schmiedeleute benutzen sie, um Metalle aus der Erde zu ihren Schmieden zu bringen.«

Renata hatte davon gehört. Die Schmiedeleute hatten besonders bearbeitete Matrices, die sie zur Metallförderung benutzten. Diese Technik war gleichzeitig primitiver und entwickelter als die hochtechnisierten Fördermethoden der Türme. Trotzdem war ihr das typische Mißtrauen der Turmtechnikerin vor Matrix-Methoden zu eigen, die ohne Theorie, auf rein pragmatische Weise im Freistil-Verfahren entwickelt wurden.

Kyril sah ins Tal hinab und sagte: »Das Kochfeuer ist aus.« Er wischte das Kreidezeichen von der Karte. »Eine Sorge weniger. Das Tal ist trocken wie Zunder. Kann ich Euch eine Erfrischung anbieten, Sir? Meine Dame?«

»Wir haben unser Essen mitgebracht«, sagte Allart. »Wir wären geehrt, wenn Ihr mit uns eßt.« Er begann die Pakete mit Trockenfrüchten, altbackenem Brot und getrocknetem Fleisch auszupacken.

»Ich danke Euch«, sagte Kyril. »Ich habe Wein hier, falls ich Euch einen Becher anbieten kann, und etwas frisches Obst für die kleine Dame.«

Sie setzten sich nahe ans Fenster, damit Kyril weiter Wache halten konnte. Dorilys fragte: »Seid Ihr die ganze Zeit alleine hier?«

»Nein, nein. Ich habe einen Lehrling zu meiner Unterstützung, aber er ist heute ins Tal gegangen, um seine Mutter zu besuchen, deshalb bin ich tagsüber allein. Ich hatte nicht damit gerechnet, Gäste begrüßen zu können.« Kyril zog ein Klappmesser aus seinem schweren Stiefel. Er schälte einen Apfel, indem er die Schale zu einer hübschen Spirale schnitt. Fasziniert sah Dorilys ihm zu, während Renata und Allart die Wolken beobachteten, die sich weit unter ihnen langsam über das Tal hinweg bewegten und merkwürdige Schatten warfen. Donal kam und stellte sich hinter sie.

Leise fragte Renata ihn: »Kannst du auch spüren, wohin die Stürme sich bewegen?«

»Ein bißchen, weil sie sich jetzt vor mir ausgebreitet haben. Ich glaube, daß ich mich ein wenig außerhalb der Zeit bewege, wenn ich einen Sturm beobachte. Deswegen kann ich ihn von Anfang bis Ende sehen wie Dorilys das ganze Feuer.« Er blickte sich nach Dorilys um, die ihren Apfel aß und dabei mit dem Förster plapperte. »Aber irgendwie sehe ich gleichzeitig die Abfolge der Blitze, einen nach dem andern, und weiß, wo sie einschlagen werden, weil ich das Muster sehen kann, in dem sie sich *durch* die Zeit bewegen. Deshalb kann ich sie manchmal kontrollieren – aber nur ein bißchen. Ich kann sie nicht *veranlassen*, irgendwo einzuschlagen, wie es meine Schwester tut«, fügte er hinzu und senkte die Stimme, damit das Mädchen ihn nicht hören konnte. »Ich kann sie nur ab und zu ablenken, damit sie *nicht* dort einschlagen, wo sie hinwollen.«

Stirnrunzelnd hörte Allart zu und dachte an die wahrnehmbaren Aufteilungen der Zeit, die seine Gabe vornahm. Donal, der seine Gedanken aufgriff, sagte: »Ich glaube, das muß ein wenig deiner Gabe ähneln, Allart. Du bewegst dich auch außerhalb der Zeit, nicht wahr?«

Bekümmert antwortete Allart: »Ja, aber nicht immer in die *wirkliche* Zeit hinein. Manchmal gerate ich in eine Wahrscheinlichkeitszeit, die nie geschehen wird und von den Entscheidungen vieler Leute abhängt, die alle einander widersprechen. Deshalb sehe ich nur einen kleinen Teil des Musters dessen, was sein wird oder sein *kann*. Ich glaube nicht, daß ein menschlicher Verstand je lernen kann, all das auseinanderzuhalten.«

Donal wollte ihn fragen, ob Allart seine Gabe jemals unter *Ki-*

rian, einer der telepathischen Drogen, die in den Türmen zur Anwendung kam, getestet hatte, denn es war wohlbekannt, daß *Kirian* die Grenzen zwischen den Bewußtseinen verwischte, so daß die Telepathie viel leichter und Zeit nicht mehr so starr war. Aber Renata verfolgte ihre eigene Fragenkette, da sie sich schon wieder mit ihrem Zögling beschäftigte.

»Ihr habt gesehen, wie das Feuer sie beunruhigt hat«, sagte sie. »Ich frage mich, ob das damit zu tun hat, wie sie ihre Gabe benutzt – oder zuschlägt. Wenn sie zornig oder verwirrt ist, sieht sie kein Zeitmuster mehr deutlich; dann gibt es für sie nichts außer dem Augenblick der Wut, des Zorns oder der Angst ... Sie kann ihn nicht als einen einzigen aus einer Abfolge von Momenten sehen. Du hast von einem Fieber gesprochen, das sie als Kind hatte, als tagelang Stürme um die Burg tobten, und dich gefragt, welche Träume oder welches Delirium sie hervorrief. Vielleicht hat ihr Gehirn einen Schaden erlitten. Fieberanfälle beeinträchtigen das *Laran* häufig.« Einen Augenblick grübelte sie, während sie das unaufhaltsame Dahintreiben der Sturmwolken beobachtete, die jetzt einen beträchtlichen Teil des Talbodens verbargen.

Dorilys kam zu ihnen hinüber und schlang ihre Arme um Renata wie ein zärtliches Kätzchen, das auf einen Schoß zu klettern versucht.

»Sprecht ihr über mich? Schau dort hinunter, Renata! Siehst du das Blitzen in der Wolke?«

Renata nickte, da sie wußte, daß der Sturm gerade dabei war, genug elektrische Energie aufzubauen, um Entladungen hervorzurufen; sie selbst hatte allerdings noch keinen Blitz gesehen.

»Und es sind sogar Blitze in der Luft, wenn weder Wolken noch Regen da sind«, sagte Dorilys. »Kannst du sie nicht sehen, Renata? Wenn ich sie steuere, dann *bringe* ich sie nicht, sondern *benutze* sie einfach.« Sie wirkte scheu und schuldbewußt, als sie fortfuhr: »Als ich Margali die Kopfschmerzen bereitete und das gleiche mit dir versuchte, habe ich Blitze benutzt, die ich nicht *sehen* konnte.«

Gnädige Götter, dachte Renata, *dieses Kind versucht, ohne die Worte dafür zu kennen, mir zu erzählen, daß es das elektrische Energiefeld des Planeten anzapft!* Donal und Allart, die den Gedanken erfaßten, warfen ihr erschreckte Blicke zu, die Renata, die plötzlich schauderte, nicht sah.

»Ist dir kalt, Cousine?« fragte das Kind besorgt. »Es ist so warm ...«

Allen Göttern zugleich sei gedankt, daß sie wenigstens keine Gedanken lesen kann ...

Kyril war zum Fenster gekommen. Er blickte mit konzentrierter Aufmerksamkeit in die geronnene graue Masse des Sturmzentrums, in dem sich gerade die ersten Blitze zeigten. »Ihr habt nach meiner Arbeit gefragt, kleine Lady. Das hier ist ein Teil davon: zu beobachten, wohin sich das Sturmzentrum bewegt, und festzustellen, ob es sich irgendwo entlädt. Viele Feuer werden durch Blitzschlag gelegt, obwohl man manchmal lange Zeit danach keinerlei Rauch sehen kann.« Mit einem scheuen Blick auf die Edelmänner und Renata fügte er hinzu: »Ich glaube, daß mir vielleicht ein unbekannter Vorfahr ein bißchen Voraussicht mitgegeben hat, denn manchmal, wenn ich einen großen Blitzschlag sehe, weiß ich, daß es später auflodern wird. Und dann beobachte ich die Stelle einige Stunden mit besonderer Sorgfalt.«

Renata sagte: »Ich würde gerne über Eure Vorfahren Erkundigungen einziehen, um herauszufinden, wie diese Spur von *Laran* in Euer Blut kam.«

»Oh, *das* weiß ich«, sagte Kyril fast schuldbewußt. »Meine Mutter war eine *Nedestro* des Bruders des alten Lord Rockraven – nicht von dem, der jetzt regiert, sondern dem vor ihm.«

Wie kann ich dann sagen, daß es irgendeine Laran-Gabe *gibt, die schlecht und ohne möglichen Nutzen zum Guten ist?* dachte Renata. Kyril hatte seine ererbte Gabe zu einem nützlichen, erprobten und unschädlichen Beruf gemacht.

Donal hing seinen eigenen Gedanken nach.

»Wenn das so ist, Kyril – dann sind wir ja miteinander verwandt.«

»Tatsächlich, Master Donal, aber ich habe mich nie bemüht, die Rockravens das wissen zu lassen. Mit Verlaub, sie sind ein stolzes Volk, und meine Mutter war zu anspruchslos für sie. Und ich habe kein Bedürfnis nach irgend etwas, das sie mir geben könnten.«

Dorilys ließ ihre Hand vertrauensvoll in Kyrils gleiten. »Dann sind wir ja auch verwandt«, sagte sie. Er lächelte und tätschelte ihre Wange.

»Du bist wie deine Mutter, Kleines. Sie hatte deine Augen. Wenn die Götter wollen, hast du ihre liebliche Stimme geerbt, so wie du jetzt schon ihre freundlichen Umgangsformen hast.«

Renata dachte: *Sie bezaubert jeden, wenn sie nicht gerade hochnäsig oder störrisch ist! Auch Aliciane muß diese Liebenswürdigkeit besessen haben.*

»Komm her, Dorilys«, sagte sie. »Sieh dir den Sturm an. Kannst du sehen, wohin er gehen wird?«

»Ja, natürlich.« Dorilys' Augen wurden schmal. Sie verzog ihr

Gesicht. Allart sandte Renata einen Blick zu, der beinhaltete, ob er ihre Schülerin befragen dürfe.

»Seine Bahn ist also festgelegt und kann überhaupt nicht verändert werden?«

Dorilys antwortete: »Es ist *fürchterlich* schwer zu erklären, Verwandter. Der Sturm könnte diesen oder jenen Verlauf nehmen, wenn der Wind sich ändert, aber ich kann nur eine oder zwei mögliche Windrichtungen sehen ...«

»Aber sein Weg ist festgelegt?«

»Es sei denn, ich versuchte ihn zu ändern«, sagte sie.

»Könntest du ihn ändern?«

»Nicht, daß *ich* ihn bewegen könnte.« Dorilys blickte ernst und konzentriert, als sie nach Worten suchte, die ihr nie beigebracht worden waren und von denen sie nicht wußte, daß es sie gab. »Aber ich kann alle Bahnen sehen, in denen er sich bewegen *könnte*.«

Allart, der eine behutsame Verbindung mit ihrem Geist aufnahm, fing an, die grauen, sich auftürmenden Sturmwolken zu fühlen und zu sehen wie sie: überall zur gleichen Zeit. Aber er konnte aufspüren, wo der Sturm sich aufhielt, wo er gewesen war, und sah mindestens vier Möglichkeiten, wo er hingehen *konnte*.

»Aber was sein wird, kann nicht verändert werden, nicht wahr, kleine Cousine? Er folgt seinen eigenen Gesetzen, oder? Du hast nichts damit zu tun.«

Sie sagte: »Es gibt Stellen, an die ich ihn dirigieren könnte, und solche, wo mir dies nicht gelingt, weil die Bedingungen nicht dafür vorhanden sind. Es ist wie der Lauf des Wassers. Wenn ich Steine hineinwerfe, würde es um sie herumfließen. Aber ich könnte es nicht dazu bringen, aus dem Flußbett zu springen oder bergauf zu fließen.« Dorilys schien nach einer passenderen Erklärung zu suchen. Sie fuhr fort: »Das macht mir Kopfschmerzen. Ich werde es euch zeigen. Seht dorthin.« Sie wies auf die mächtige, amboßförmige Sturmmasse unter ihnen. Allarts Einfühlungsvermögen wurde mit dem ihren deckungsgleich. Plötzlich sah er mit seiner eigenen Gabe die wahrscheinliche Bahn des Sturms und die weniger wahrscheinlichen, wo er ins Nichts völliger Unwahrscheinlichkeit und hinter den äußersten Grenzen seiner Wahrnehmungsfähigkeiten verschwand. Dann war Dorilys' seltsame Gabe seiner eigenen ähnlich – aber ausgedehnt, verändert und auf fremdartige Weise verschieden. Aber im Grunde dieselbe: Sie konnte alle *möglichen* Zukunftsentwicklungen sehen – die Stellen, die der Sturm treffen, und jene, die er aus sich selbst heraus *nicht* treffen konnte ...

Und wie er selbst konnte sie wegen der Kräfte, die jenseits ihrer

Kontrolle lagen und Einfluß auf sie nahmen, nur in einem sehr beschränkten Maß zwischen diesen Möglichkeiten wählen . . .

So wie ich meinen Bruder binnen sieben Jahren auf dem Thron sah – oder tot. Es gab nicht die dritte Möglichkeit, daß er als Lord Elhalyn zufrieden sein würde – das ginge gegen seine Natur . . .

Allart fühlte sich von seinem plötzlichen Einblick in die Natur der Zeit, der Wahrscheinlichkeit und seines *Laran* überwältigt. Aber Renata war viel nüchterner.

»Du kannst ihn also wirklich kontrollieren, Dorilys? Oder kannst du nur sagen, wohin er sich wendet?« Allart folgte ihrem Gedanken. Handelte es sich hier um pures Hellsehen, um Vorhersehen, oder bewegte sie – wie beim Schweben – einen unbeseelten Gegenstand?

»Ich kann den Sturm überall dort hinschicken, wohin er sich auch von selbst bewegen *könnte*«, sagte Dorilys. »Er könnte sich dorthin wenden oder dorthin« – sie wies mit einem Finger in zwei Richtungen –, »aber nicht *dorthin*, weil der Wind sich nicht so schnell drehen könnte. Seht ihr?« Sich an Kyril wendend fragte sie: »Kann jetzt ein Feuer entstehen?«

»Ich hoffe nicht«, antwortete der Mann ernst. »Aber wenn der Sturm auf die Hohen Klippen, auf denen dicht die Harzbäume wachsen, hinabfährt, würden wir einen bösen Brand haben.«

»Dann werden wir nicht zulassen, daß er dorthin gelangt«, sagte Dorilys lachend. »Es wird niemandem schaden, wenn der Blitz in der Nähe des Gipfels des Toten Mannes, wo sowieso schon alles abgebrannt ist, einschlägt, oder?«

Während sie dies sagte, sprang ein blauweißer Blitz von der Wolke zur Erde und traf den Gipfel des Toten Mannes mit einem solch brennenden Glanz, daß er auf ihren Augen aufstrahlende Funken hinterließ. Ein oder zwei Sekunden danach hörten sie wildes Donnergrollen.

Dorilys lachte erfreut. »Das ist besser als die Feuerspielzeuge, die die Schmiedeleute für uns im Winter in die Luft jagen!« rief sie. Erneut wölbte sich das Aufflammen des Blitzes über den Himmel, und noch einmal, während sie aufgeregt lachte – erfreut über die neue Fähigkeit, mit ihrer Gabe anstellen zu können, was sie wollte –, benutzte sie ihre Fähigkeit. Immer wieder zuckten blauweiße und grünweiße Blitze auf den Gipfel des Toten Mannes nieder. Dorilys kreischte hysterisch und lachte.

Kyril starrte sie mit erschreckten und ängstlichen Augen an. »Zauberin«, wisperte er. »Die Herrin der Stürme . . .«

Die Blitze erstarben, das Donnergrollen schwand dahin. Dorilys, deren Augen in dunklen Höhlen lagen und von Erschöpfung gezeichnet waren, schwankte und lehnte sich gegen Renata. Sie war wieder ein erschöpftes Kind, blaß und abgespannt. Kyril hob sie sachte hoch und trug sie einen kurzen Treppengang hinab. Renata folgte ihm. Er legte das Mädchen auf sein Bett.

»Laßt die Kleine schlafen«, sagte er.

Als Renata sich über sie beugte, um ihr die Schuhe auszuziehen, lächelte Dorilys müde und fiel sofort in tiefen Schlaf.

Als Renata wieder zu ihnen hinaufkam, blickte Donal sie fragend an.

»Sie schläft schon«, sagte Renata. »In ihrer jetzigen Verfassung könnte sie nicht fliegen. Sie hat sich verausgabt.«

»Wenn Ihr wollt«, sagte Kyril zaghaft, »könnt Ihr und die kleine Lady mein Bett haben, *Vai Domna*. Morgen, wenn die Sonne aufgeht, kann ich ein Signal hinunterstrahlen, damit man Reittiere bringt. Dann könntet Ihr auf diesem Wege zurückkehren.«

»Nun, wir werden sehen«, sagte Renata. »Vielleicht hat sie sich ausreichend erholt, um nach Aldaran zurückzufliegen, wenn sie eine Weile geschlafen hat.« Sie trat hinter Kyril ans Fenster und sah, daß er besorgt die Augenbrauen runzelte.

»Seht. Der Blitz ist in jenen trockenen Cañon eingeschlagen.« Er zeigte mit dem Finger auf die Stelle. Auch mit ihrer ganzen ausgeweiteten Wahrnehmungsfähigkeit konnte Renata nicht den kleinsten Rauchfetzen sehen, aber sie bezweifelte nicht, daß Kyril es sah. »Die Sonne ist weg. Ich kann jetzt kein Signal mehr hinunterstrahlen. Wenn sie wieder herauskommt, kann sich das Feuer dort schon festgesetzt haben. Aber wenn ich jemanden erreichen könnte ...«

Allart dachte: *Wir sollten Telepathen auf diese Wachttürme postieren. Sie könnten in solchen Situationen jene, die weiter unten stationiert sind, erreichen. Wenn jemand mit einer Matraix im nächstgelegenen Dorf bereitstünde, könnte Kyril ihm Signale geben, damit das Feuer gelöscht wird.*

Donal jedoch dachte an die augenblicklichen Erfordernisse. »Wir haben die Feuerchemikalien, die ich von Tramontana mitgebracht habe. Ich werde mit meinem Gleiter aufsteigen und sie einsetzen, wo der Blitz eingeschlagen hat. Das wird das Feuer ersticken, noch ehe es richtig begonnen hat.«

Der alte Förster sah ihn besorgt an. »Lord Aldaran wäre alles andere als erfreut, wenn ich zuließe, daß sein Pflegesohn sich solch einer Gefahr aussetzt.«

»Die Frage, ob du etwas zuläßt, alter Freund, existiert nicht mehr. Ich bin ein erwachsener Mann und als Haushofmeister meines Pflegevaters für das Wohlergehen all dieser Leute verantwortlich. Sie werden durch das Feuer keinen Schaden erleiden, wenn ich es verhindern kann.« Donal drehte sich um, rannte die Trepe hinab und durchquerte das Zimmer, in dem Dorilys noch immer in tiefem Schlaf lag. Kyril und Renata eilten ihm nach. Er schnallte sich schon die Fluggurte an.

»Gib mir die Chemikalien, Kyril.«

Widerstrebend händigte ihm der Förster die versiegelten Wasserzylinder und das Päckchen mit den Chemikalien aus. Miteinander vermischt würden sie sich zu einem Schaumteppich ausdehnen, der beträchtliche Flammen ersticken konnte.

Als er ins Freie trat, hielt Renata ihn an, ehe er abheben konnte.

»Donal, laß mich mitfliegen!« Konnten sie ihn sich wirklich allein einer solchen Gefahr aussetzen lassen?

»Nein«, sagte er sanft. »Du bist im Fliegen zu wenig geübt, Renata. Und es ist tatsächlich ein wenig gefährlich.«

Sie wußte, daß ihre Stimme zitterte, als sie laut erwiderte: »Ich bin keine Hofdame, die vor jeder Gefahr beschirmt werden muß, sondern eine ausgebildete Turmarbeiterin, die daran gewöhnt ist, an allen sichtbaren Gefahren teilzuhaben.«

Er streckte die Arme aus, nahm sanft ihre Schultern zwischen die Hände und sagte weich: »Das weiß ich. Aber du hast im Fliegen keine Erfahrung. Ich würde behindert sein, weil ich mich ewig versichern müßte, daß du nichts falsch machst. Aber jetzt ist Eile geboten. Laß mich gehen, Cousine.« Seine Hände griffen fester zu, und er zog sie in eine schnelle, impulsive Umarmung.

»Die Gefahr ist nicht so groß, wie du glaubst – nicht für mich. Warte auf mich, *Carya*.« Hastig küßte er sie.

Sie stand da und spürte noch immer die Berührung seiner Lippen, während sie zusah, wie er auf den Rand des Felshanges zulief, die Flügel gekippt, um den Wind einzufangen. Donal hob ab. Sie beschattete ihre Augen gegen die Helligkeit, als sie den Gleiter erst zur Größe eines Falken, dann eines Spatzen und schließlich zu einer Nadelspitze, die hinter den Wolken verschwand, zusammenschrumpfen sah. Als Donal außer Sicht gelangte, blinzelte sie angestrengt, drehte sich um und ging in die Feuerstation zurück.

Allart stand am Fenster und blickte angespannt nach draußen. Als sie zu ihm trat, sagte er: »Seit Dorilys mir gezeigt hat, was sie sieht, bin ich irgendwie besser in der Lage, meine Vorausschau zu kontrollieren. Es handelt sich darum, die Wahrnehmung aller Zeiten zu verschieben – und zu erkennen, welche die realste ist . . .«

»Das freut mich, Cousin«, sagte Renata. Und so meinte sie es auch, denn sie wußte, wie leidvoll Allart mit dem ihm auferlegten Fluch gerungen hatte. Doch trotz ihres aufrichtigen Mitempfindens für Allart, der ihr Verwandter, Liebhaber und Freund war, entdeckte sie, daß sie jetzt keine Zeit hatte, an ihn zu denken. Ihre gesamte emotionale Spannung war nach außen auf den kleinen, fernen Punkt gerichtet, der Donals Gleiter war. Er schwebte noch über dem Tal, tauchte langsam hinab und glitt am Rand des Sturm-Musters entlang. Und plötzlich schwemmte ihr ganzes Empfinden, das gesamte empathische *Laran* einer turmausgebildeten Überwacherin, in sein Bewußtsein und seine Identität hinein, und sie *war* Donal. Sie . . .

. . . flog hoch über dem Tal, spürte das straffe Energienetz, das Strömungen über den Himmel spannte, als handele es sich um Fahnen, die von den Höhen der Burg hinabflogen, im Winde flatterten und Energien hinter sich herzogen. Er spreizte die Finger, um das schrille Klingeln der Elektrizität abzuschütteln. Seine ganze Aufmerksamkeit war auf den Punkt am Waldboden konzentriert, den Kyril ihm gezeigt hatte.

Ein dünner, gekräuselter Rauchfetzen, halb verborgen von Blättern und den langen, graugrünen Nadeln des Immergrüns, die Frost und Sonne zerfasert hatten . . . Dort konnte es tagelang unbemerkt schwelen, ehe es zu einem Brand aufloderte, der das ganze Tal verwüstete . . . Es war gut gewesen, hierher zu fliegen. Die Gefahr lag viel zu nah an jenem Gut, das sein Pflegevater ihm gegeben hatte.

Ich bin ein armer Mann. Ich habe Renata nichts anzubieten, selbst wenn sie meine Frau werden wollte . . . Nichts außer diesem armseligen Gut hier im Feuerland, das ständig von Bränden bedroht ist. Ich hatte gedacht, es reicht aus, um zu heiraten und einen Haushalt zu gründen. Doch jetzt scheint es mir zu gering, um es einer Lady anzubieten. Wieso glaube ich überhaupt, daß sie mich haben will?

(Frierend und angespannt stand Renata an den großen Fenstern. Sie zitterte, war in Wirklichkeit überhaupt nicht *dort*. Allart, der sie ansprechen wollte, sah es und ließ sie in Ruhe.)

Während Renatas Bewußtsein sich erneut mit dem seinen vermischte, sank Donal tiefer und tiefer und ließ sich von den Streben des Gleiters herabhängen. Er umkreiste die kleine Rauchfahne, musterte sie genau und bemerkte nicht, wie der Sturm sich über ihm bewegte, dahintrieb und grollte. Der Gleiter sank jetzt rasch hinab. Die ausgebreiteten Schwingen bremsten seinen Fall, so daß er auf den Füßen landen konnte. Donal stürzte nach vorn und bremste den Sturz mit ausgestreckten Händen und hielt sich gar nicht damit auf, das Gurtzeug des Gleiters zu lösen, als er den versiegelten Wasserzylinder von seinem Platz unter den Streben holte. Nachdem er ihn mit den Zähnen geöffnet hatte, steckte Donal ihn unter den Arm und riß das kleine Päckchen mit den Chemikalien auf. Anschließend schüttelte er sie in das Wasser und hielt den biegsamen Zylinder über die schmale Rauchfahne. Er sah zu, wie der grüne Schaum herausquoll und sich schäumend ausdehnte, sich über den Waldboden ergoß und in der Erde versickerte. Der Rauch war weg, nur die letzten Reste des in den Boden eindringenden Schaums waren noch zu sehen. Wie alle Feuerbekämpfer war auch Donal darüber erstaunt, wie schnell ein Feuer, das man einmal an seinem Ursprungsort unter Kontrolle bekam, verschwinden konnte, als sei es nie dagewesen.

Das launischste der Elemente: leicht herbeizurufen und äußerst schwierig zu kontrollieren . . . Die Worte kamen von nirgendwo aus seinem Kopf und waren schnell wieder verschwunden. Donal faltete den schlaffen Sack, der eben noch ein Wasserzylinder gewesen war, zusammen. Das undurchlässige Material roch noch immer schwach nach dem chemischen Schleim. Donal steckte ihn unter einen der Gurte seines Fluggeschirrs.

Es war doch wirklich einfach. Warum hatte Renata überhaupt Angst um mich? Mit einem Blick zum Himmel wußte er es. Die Wolken hatten sich wieder um ihn gesammelt, und jetzt war es sicherlich kein Wetter mehr zum Fliegen. Zwar regnete es noch nicht, aber die Luft war schwer, drückend und dick. Und über ihm, auf den Hängen des Gipfels des Toten Mannes, tobte der Sturm. Schwere Regengüsse und schwarze Wolken wurden regelmäßig von Blitzen erleuchtet, die aus einer Wolke zum wartenden Erdboden zuckten. Donal hatte nicht wirklich Angst, schließlich flog er schon, seit er ein kleiner Junge war. Einen Moment stand er stirnrunzelnd da, musterte den Himmel, die Luftströmungen, das Muster des Sturms und die Winde. Er versuchte die günstigste Chance auszurechnen, um mit einem Minimum an Gefahr und Schwierigkeiten zur Feuerstation zurückzukehren.

Wenigstens hat der Sturm beim Toten Mann die letzten Feuerspuren ausgelöscht . . . Aufmerksam den Himmel beobachtend, streifte Donal das Gurtzeug ab und klemmte sich den Apparat mit zusammengefalteten Flügeln unter den Arm. Mit hinterhergezogenen Flügeln weite Wege zu gehen, wäre sehr anstrengend, und außerdem bestand die Gefahr, daß sie sich irgendwo verhakten und beschädigt wurden. Er stieg einen kleinen, steilen Hügel hinauf, auf dem er, wie er wußte, einen günstigen Wind packen konnte, schnallte sich wieder in das Fluggeschirr und versuchte abzuheben. Aber die Winde waren zu launisch. Zweimal nahm Donal einen kurzen Anlauf, aber jedesmal drehte sich der Wind und schickte ihn – einmal mit einem schmerzhaften Purzelbaum – zu Boden.

Sich mit blauen Flecken wieder aufrappelnd, fluchte er. Spielte Dorilys etwa schon wieder mit den Winden und Luftströmungen? Bewegte sie die magnetischen Felder, ohne zu wissen, daß er hier unten war? Nein, Renata und Allart würden sie sicher davon abhalten, solche Dinge zu versuchen. Angenommen, sie schlief und war von den Aufregungen des Tages noch immer aufgewühlt. Konnte ihr träumender Geist willkürlich Winde und Luft beeinflussen?

Ohne Begeisterung betrachtete er den fernen Gipfel der Feuerstation. Mußte er etwa zu Fuß dort hinaufklettern? Er würde es vor Einbruch der Dunkelheit kaum schaffen, obwohl der Weg ziemlich gut war, über den man an jedem Zehntag Vorräte zur Feuerstation brachte. Donal hatte gehört, er sei zu Zeiten von Dom Mikhails Großvater mit Matrixhilfe geschaffen worden. Aber er hatte trotzdem keine Lust, hinaufzusteigen. Das Beste, was man über die Straße sagen konnte, war, daß sie weniger Anstrengungen erforderte, als einen felsigen Hügel hochzukraxeln. Aber wenn er mit Hilfe seines Matrix-Kristalls keinen Wind fassen konnte, der beständig genug war, ihn in die Höhe zu bringen, würde ihm nichts anderes übrigbleiben, als sich, den Gleiter unter dem Arm, die Straße hinaufzuschleppen.

Erneut blickte er in den Himmel und erhöhte seine Empfänglichkeit für Wind und Luft. Der einzige Wind, der beständig genug war, ihn zu tragen, wehte gleichförmig auf den Sturm über dem Gipfel des Toten Mannes zu. Wenn er ihn nehmen konnte und irgendwo eine Querströmung erwischte, die ihn zurück zur Feuerstation trug ... Es war ein Risiko, gewiß. Wenn der Wind zu schnell war, würde er ihn in den Sturm hineintragen.

Andererseits: Wenn er sich die Zeit nahm, den ganzen Weg hinaufzusteigen, würde es dunkel und gefährlich werden. Er mußte es mit dem zum Gipfel blasenden Wind riskieren. Donal nahm sich ein wenig mehr Zeit als gewöhnlich, um festzustellen, daß die Gurte sicher saßen, inspizierte die Streben, ihre Befestigungen und warf schließlich die Kunststoffhülle des Wasserbehälters fort. Man könnte sie ein andermal holen. Selbst das kleinste Zusatzgewicht konnte das ihm bevorstehende, ziemlich waghalsige Flugmanöver erschweren. Sich auf die Matrix konzentrierend, lief er auf die Kante des Hügels zu und ließ sich vom Wind der Schwebekraft nach oben tragen. Mit Erleichterung spürte er, wie der Wind in die breiten Rand-Tragflächen des Gleiters griff und ihn auf der aufsteigenden Strömung eines beständigen Luftzugs höher trug.

Er stieg hinauf und raste mit solcher Kraft auf dem Wind dahin, daß jede Strebe und Leine des Gleiters bebte und er über dem an seinen Ohren vorbeifahrenden Toben des Windes einen höheren, singenden Ton hörte. Donal spürte eine merkwürdig kalte, erregende Angst. Seine Sinne, erfüllt mit dem Vergnügen, auf dem Wind daherzujagen, waren bis an ihre Grenzen belastet. *Wenn ich stürze, könnte ich zerschmettert werden – aber ich werde nicht stürzen!* Er kreiste wie ein Falke in seinem heimischen Element, blickte hinab auf das Tal, auf die zackigen Risse in den Wolken über der Feuerstation und die hoch aufgetürmten, mit Blitzen erfüllten Sturmwolken über dem Gipfel des Toten Mannes. Erneut kreisend erwischte er eine Querströmung, die ihn in die Richtung der Feuerstation bringen würde. Er kippte die Flügel wie ein Vogel, hatte alle Sinne in die Ekstase des Fluges getaucht. Er war sich nicht bewußt, daß Renatas Geist mit dem seinen verbunden war, aber er ertappte sich bei dem Gedanken: *Ich wünschte, Renata könnte es sehen, wie ich es sehe.* Irgendwie verknüpfte er in seinen Gedanken die Ekstase des schwebenden langen Gleitfluges und das Vorbeirasen des Windes mit dem allzu kurzen Augenblick, als er sie gehalten und ihren Mund auf dem seinen gespürt hatte . . .

Ein Blitz knisterte unheilverkündend. Die Metallklammern am Ende der Streben glühten plötzlich in bläulichem Licht auf. Donal, vor nicht entladener Elektrizität prickelnd, machte sich klar, daß der Sturm sich zu bewegen begann und rasch auf die Feuerstation zuhielt. Er konnte jetzt nicht hinab. Mit der elektrischen Aufladung seines Körpers konnte er den Boden nicht berühren, ohne getötet zu werden. Er mußte kreisen, bis die Aufladung sich ableitete. Das plötzliche Donnern machte ihm bewußt, wieviel Angst er hatte. Der Sturm bewegte sich in die falsche Richtung. Er hätte am Gipfel des Toten Mannes vorbeitreiben müssen, und jetzt drehte er sich zurück. Plötzlich fiel ihm der Tag von Dorilys' Geburt ein, der Todestag seiner Mutter. Damals war der Sturm auch falsch gewesen! Dorilys, im Schlaf Träume von Schrecken und Kraft träumend, streckte ihre Fühler aus, um die Mächte des Sturms anzutippen. Aber warum wollte sie sie gegen ihn richten, selbst im Schlaf?

Weiß sie, daß sie nicht länger das einzige weibliche Geschöpf in meinen Gedanken und meinem Herzen ist? Er kämpfte darum, trotz des hartnäckigen Abwindes, der ihn hinunter auf das offene Feld hinter der Feuerstation tragen wollte, in der Luft zu bleiben. Er mußte noch einmal kreisen. Erneut betäubte ihn das Donnerkrachen. Schauer kalten Regens ließen Donal frösteln. Und wieder einmal fühlte er, wie der Blitz sich um ihn herum bewegte. Mit jedem Atom seines *Laran* griff er hinaus, *drehte* etwas und schleuderte es *woanders* hin . . .

Es war fort. Donner knisterte durch seinen Körper. Er fiel wie ein Stein. Mit letzter Kraft erwischte Donal eine Strömung, die ihn knapp an den Rand des freien Feldes hinter der Feuerstation bringen konnte. Würde er es verfehlen, die Bergwand hinunterstürzen und zerschmettert tief unten enden? Halb bewußtlos sah er, wie jemand unter ihm dahinlief, auf die Stelle zu, an der er landen würde.

Er fiel schwer und taumelnd. Seine Füße berührten den Boden, und Renata fing ihn in ihren Armen auf und hielt ihn, durchnäßt und bewußtlos, einen Moment an sich gepreßt, bis sein Gewicht sie umwarf. Zusammen stürzten sie hin.

Erschöpft drückte Renata den bewußtlosen Donal an ihre Brust. Sein Gesicht war vom Regen kalt, und einen schrecklichen Moment lang wußte sie nicht, ob er noch am Leben war. Dann spürte sie die Wärme seines Atems, und die Welt begann sich wieder zu bewegen.

Jetzt weiß ich, wie es ist, zu lieben. Nichts vor einem zu sehen, außer dem einen . . . zu wissen, da ich hier knie und er in meinen Armen liegt, daß ich in einem sehr realen Sinn auch hier gestorben wäre, hätte er dies nicht überlebt . . . Ihre Finger zerrten an den Gurten und lösten Donal aus dem wie durch ein Wunder unbeschädigten Gleiter. Seine Augen öffneten sich. Er zog sie zu sich hinab, und ihre Lippen trafen sich in einer plötzlichen, tiefen Stille. Sie nahmen Allart und Kyril, die sie beobachteten, nicht wahr. Ein für alle Male, jetzt und für immer, wußten sie, daß sie zueinander gehörten. Was auch immer später geschehen würde: Es wäre nur die Bestätigung dessen, was sie schon wußten.

20

Solange sie lebte, wußte Renata, würde nichts in ihrem Geist und ihrer Erinnerung die Schönheit dieser Jahreszeit je übertreffen – Hochsommer in den Hellers und Donal an ihrer Seite. In ihren Gleitern flogen sie gemeinsam die langen Täler entlang, schwebten von Gipfel zu Gipfel, verbargen sich vor den Sommerstürmen unter Felsklippen oder lagen nebeneinander in versteckten Cañons. Stunde um Stunde betrachteten sie die am Himmel entlanggleitenden Wolken und wandten ihre Blicke der grünen Erde und dann einander zu.

Dorilys näherte sich von Tag zu Tag immer mehr der Beherrschung ihrer seltenen Gabe, und Renata begann immer optimistischer zu werden. Vielleicht würde alles gut werden. Wahrscheinlich sollte Dorilys niemals riskieren, ein Kind zur Welt zu bringen – mit Gewißheit zumindest nie ein weibliches –, aber die Pubertät konnte sie unbeschadet überleben. In der Flut ihrer eigenen Liebe spürte Renata, daß sie es nicht würde ertragen können, Dorilys dieses Versprechens und dieser Hoffnung zu berauben.

Und ich habe mich über Cassandra lustig gemacht! Avarra, wie jung und unwissend ich doch war!

An einem der langen, strahlenden Sommernachmittage lagen sie verborgen in einem grünen Tal und schauten zu den Höhen hinauf, wo Dorilys mit einigen Jungen aus dem Schloß wie ein Vogel schwebte und auf Aufwinden kreiste.

Donal sagte: »Ich bin mit dem Gleiter ziemlich geschickt, aber ich könnte nie wie sie auf den Winden reiten. Ich würde es nie wagen. Keiner der Jungen ist auch nur halb so geschickt oder furchtlos.«

»Keiner von ihnen hat ihre Gabe«, stellte Renata fest. Als sie in die betäubend violetten Tiefen des Himmels blickte, blinzelte sie, da ihr plötzlich Tränen kamen. Manchmal schien ihr in diesem ersten und letzten Sommer der Liebe, daß Dorilys ihr eigenes Kind geworden war – das Kind, von dem sie wußte, daß sie es ihrem Geliebten nie gebären würde. Aber Dorilys gehörte ihnen, und an ihnen war es, sie auszubilden, zu unterrichten und zu lieben.

Donal beugte sich plötzlich über Renata und küßte sie. Dann berührte er sachte ihre Augenwimpern mit dem Finger. »Tränen, Liebes?«

Renata schüttelte den Kopf. »Ich habe zu lange in den Himmel geschaut, als ich sie beobachtete.«

»Wie seltsam das doch alles ist«, sagte Donal, während er ihre Hände ergriff und die schlanken Finger küßte. »Ich hätte nie gedacht . . .« Seine Stimme erstarb, aber sie standen in so enger Verbindung, daß Renata seine unausgesprochenen Gedanken verfolgen konnte.

Ich hätte nie gedacht, daß die Liebe auf diese Weise zu mir kommt. Ich wußte, daß mein Pflegevater eines Tages, früher oder später, eine Frau für mich auswählen würde, aber so zu lieben . . . Es scheint so unwirklich. Irgendwie muß ich den Mut finden, es ihm zu sagen, irgendwann . . . Mit einiger Anstrengung versuchte Donal sich vorzustellen, wie er gegen Brauch und gesittetes Benehmen verstieß, wenn er ins Arbeitszimmer seines Pflegevaters trat und sagte: »Sir, ich habe nicht abgewartet, bis Ihr mir eine Braut auswählt. Es gibt eine Frau, die ich heiraten möchte . . .« Er fragte sich, ob Dom Mikhail sehr verärgert über ihn sein – oder, noch schlimmer, er Renata Vorwürfe machen würde.

Aber wenn er wüßte, daß es nie mehr im Leben irgendein Glück für mich gäbe, außer mit Renata . . . Er fragte sich, ob Dom Mikhail je erfahren hatte, wie es war, zu lieben. *Seine* Ehen waren ordnungsgemäß von seiner Familie in die Wege geleitet worden. Was konnte er überhaupt von den Gefühlen wissen, die ihn und Renata bewegten? Donal spürte den Wind kalt über seinen Körper fahren und zitterte, als er den fernen, warnenden Atemhauch des Donners spürte.

»Nein«, sagte Renata. »Sie kennt die Sturmströmungen zu gut und befindet sich in keiner Gefahr. Sieh nur! Jetzt folgen ihr alle Jungen –« Sie deutete nach oben auf die Reihe von Kindern, die im Wind ihre Kreise zogen und wie ein Schwarm wilder Vögel auf die hohen Klippen Aldarans zujagten. »Komm, Geliebter. Die Sonne wird bald untergehen. Die Winde werden bei Sonnenuntergang sehr heftig. Wir müssen zurückkehren und uns ihnen anschließen.«

Seine Hände zitterten, als er ihr half, die Gurte ihres Gleiters anzulegen.

Renata flüsterte: »Von all den Dingen, die du mit mir geteilt hast, Donal, ist das vielleicht das herrlichste. Ich weiß nicht, ob je eine Frau in den Hellers in der Lage gewesen ist zu fliegen.« Im wachsenden Purpur der Sonne sah Donal das Flackern einer Träne auf ihren Wimpern. Aber sie entzog sich sacht seinen Gedanken, neigte die Flügel ihres Gleiters und lief das langgestreckte Tal hinab. Sie erwischte eine schnelle Luftströmung und schwebte aufwärts, immer höher und fort von ihm, auf einem langen Luftstrom, bis er sie einholte.

An diesem Abend, als Dorilys allen gute Nacht gesagt hatte und fortgeschickt worden war, bedeutete Aldaran Allart und Renata mit einer Handbewegung, in der Halle zu bleiben. Die Musikanten spielten, und einige der Schloßbwohner tanzten zu den Klängen der Harfen, aber Dom Mikhail runzelte die Stirn, als er einen Brief ausbreitete.

»Seht her. Ich habe eine Botschaft nach Storn gesandt, um Verhandlungen über eine Hochzeit mit Dorilys zu eröffnen. Im letzten Jahr wollten sie von nichts anderem sprechen, aber dieses Jahr erhalte ich nur die Antwort, daß wir später darüber reden sollten: Dorilys sei noch zu jung, und wir sollten abwarten, bis sie ins heiratsfähige Alter kommt. Ich frage mich . . .«

Donal sagte unverblümt: »Dorilys ist zweimal verlobt gewesen, und in beiden Fällen starb ihr Bräutigam kurz darauf einen gewaltsamen Tod. Sie ist intelligent und schön und ihre Mitgift Schloß Aldaran, aber es wäre überraschend, wenn unbeachtet bliebe, daß die, die sie heiraten wollen, nicht lange leben.«

»Wenn ich Ihr wäre, Lord Aldaran«, sagte Allart, »würde ich den Gedanken an eine Heirat aufschieben, bis Dorilys die Pubertät überwunden hat und frei von der Gefahr der Schwellenkrankheit ist.«

Den Atem anhaltend, fragte Aldaran: »Allart, habt Ihr etwas vorausgesehen? Wird sie wie die Kinder aus meiner ersten Ehe an dieser Krankheit sterben?

Allart erwiderte: »Ich habe nichts dergleichen gesehen.« Tatsächlich hatte er sich angestrengt bemüht, *nicht* in die Zukunft zu schauen, denn es schien, daß zur Zeit nichts zu erblicken war als Katastrophen, von denen viele weder zeitlich noch örtlich bestimmbar waren. Immer wieder hatte er Schloß Aldaran belagert gesehen: fliegende Pfeile, bewaffnete Männer im Kampf und Blitze, die aufflammten und in die Festung einschlugen. Allart hatte versucht, dasselbe zu tun wie in Nevarsin: alles aus seinem Geist zu verbannen, *nichts* zu sehen, denn das meiste waren eh nur Trugbilder und bedeutungslose Ängste.

»Hierfür ist Vorausschau nutzlos, mein Fürst. Auch wenn ich hundert verschiedene Möglichkeiten sähe, würde doch nur eine davon eintreten. Also ist es sinnlos, in die Zukunft zu schauen und sich vor den übrigen neunundneunzig zu fürchten. Wenn es unvermeidlich wäre, daß Dorilys an der Schwellenkrankheit stirbt, könnte ich nicht *vermeiden*, das zu sehen. Aber ich habe nichts dergleichen festgestellt.«

Dom Mikhail bedeckte das Gesicht mit den Händen und sagte: »Ich wünschte, ich hätte eine Spur Eurer Gabe, Allart! Mir scheint, daß dies ein deutlicher Beleg dafür ist, daß die Leute von Storn mit meinem Bruder Scathfell in Verbindung stehen. Sie wollen ihn nicht erzürnen, weil er immer noch hofft, Aldaran auf irgendeine Weise zu erringen, wenn ich ohne den Schwiegersohn sterbe, der es für mich erhält.« Er bewegte den Kopf mit einer schnellen, falkengleichen Bewegung: »Und *das* wird nie geschehen, solange die vier Monde am Himmel stehen und Schnee im Mittwinter fällt.«

Sein Blick fiel auf Donal und wurde sanft. Jeder wußte, was er dachte: daß es höchste Zeit wurde, wenigstens Donal zu verheiraten. Donal verkrampfte sich. Er wußte, daß jetzt nicht die Zeit war, zu reden und Aldaran zu widersprechen. Dom Mikhail sagte: »Geht, Kinder, und leistet den Tanzenden in der Halle Gesellschaft, wenn ihr wollt. Ich muß über das nachdenken, was ich meinen Verwandten in Storn erwidere.« Donal atmete auf.

Später am Abend sagte er: »Wir dürfen nicht länger zögern, Renata. Sonst wird der Tag kommen, an dem er mich zu sich ruft und ›Donal, hier ist deine Braut‹ sagt, und dann werde ich Schwierigkeiten haben, ihm zu erklären, warum ich sie nicht heiraten kann, ganz gleich, welche von den geistlosen Töchtern seiner Vasallen er für mich ausgesucht hat. Renata, soll ich zu den Kilghard Hills reiten und mich in meinem eigenen Namen um deine Hand bewerben? Was glaubst du? Würde Dom Erlend seine Tochter einem armen Mann geben, der nicht mehr hat als ein kleines Gut? Du bist die Tochter eines mächtigen Reiches, deine Verwandten würden sagen, ich wäre lediglich an deiner Mitgift interessiert.«

Renata lachte. »Ich habe selbst nur eine kleine Mitgift. Ich habe drei ältere Schwestern. Und mein Vater ist so verärgert, daß ich ohne seine Einwilligung hierhergekommen bin, daß er mir sogar diese verweigern könnte! Meine Mitgift wird von Dom Mikhail kommen, und ihm dürfte es kaum leid tun, wenn sie in der eigenen Familie bleibt.«

»Aber er ist großzügiger zu mir gewesen, als mein leiblicher Vater es hätte sein können. Er verdient Besseres als diese Doppelzüngigkeit. Und außerdem will ich nicht, daß deine Verwandten glauben, ich hätte dich verführt, während du unter dem Dach meines Pflegevaters lebtest – vielleicht nur um dieser Mitgift willen.«

»Oh, diese lumpige Mitgift! Ich weiß, daß sie dir nicht wichtig ist, Donal.«

»Wenn es nötig ist, mein Liebes, gebe ich jedweden Anspruch auf sie auf und nehme dich mit dem, was du auf dem Leibe trägst«, sagte er ernsthaft.

Renata lachte und zog seinen Kopf zu sich herab. »Das solltest du wirklich besser tun«, neckte sie ihn. Sie liebte es, wenn er errötete wie ein Junge.

Sie hatte nie geglaubt, daß sie allem außer ihrer Liebe so entsagen könnte. *Trotz all meiner Jahre im Turm, trotz aller Liebhaber, die ich hatte – ich hätte ebensogut ein Kind in Dorilys' Alter sein können! Sobald ich wußte, was Liebe sein kann, bedeutete alles andere nichts mehr, überhaupt nichts, und noch weniger ...*

»Und doch, Renata«, warf Donal ein und brachte das Gespräch wieder auf den Ausgangspunkt, »sollte mein Pflegevater es erfahren.«

»Er ist ein Telepath. Ich bin sicher, er weiß es. Aber ich glaube, er hat noch nicht entschieden, wie er sich verhalten soll«, sagte Renata. »Es wäre sehr unfreundlich von uns, seine Aufmerksamkeit zu erzwingen!«

Donal mußte damit zufrieden sein, aber es blieben einige Fragen offen: Wie hätte Dom Mikhail je denken können, daß er sich auf diese Weise den Traditionen widersetzen und unerlaubt seine Gedanken auf eine heiratsfähige Frau richten würde, ohne die Einwilligung ihrer Familie zu haben? Er fühlte sich merkwürdig entfremdet von dem Weg, den sein Leben hätte nehmen sollen.

Als Renata das besorgte Gesicht ihres Geliebten sah, seufzte sie. In den einsamen Auseinandersetzungen mit ihrem Gewissen im Turm war ihr klargeworden, daß sie sich unausweichlich von den traditionellen Mustern lösen mußte, die einer Frau ihres Clans bestimmt waren. Bis jetzt hatte Donal nie die Notwendigkeit einer Änderung gespürt.

»Dann werde ich meinem Vater eine Nachricht schicken, damit es zu spät für ihn wird, vor Mittwinter noch zu antworten. Ich werde ihm mitteilen, daß wir in der Mittwinternacht heiraten werden – falls du mich noch willst.«

»Falls ich dich noch will? Liebste, wie kannst du das fragen?« sagte Donal vorwurfsvoll. Der Rest ihrer Unterhaltung wurde nicht mit Worten geführt.

Der Sommer ging dahin. Die Blätter begannen sich zu verfärben, Dorilys feierte ihren Geburtstag, und die erste Ernte wurde eingebracht. Eines Tages waren alle Bewohner von Aldaran hinausgegangen, um die großen Wagen zu bestaunen, die, mit Säcken voller Nüsse und Krügen mit gepreßtem Öl beladen, in eine der weiter draußen liegenden Scheunen gebracht wurden. An diesem Tag traf Allart in einem abgelegenen Teil des Innenhofs Renata.

»Wirst du den Winter über bleiben, Cousin? Ich werde Dorilys nicht allein lassen, bis sie die Pubertät sicher überstanden hat, aber was ist mit dir?«

»Donal hat mich gebeten zu bleiben. Und Dom Mikhail ebenso. Ich bleibe, bis mein Bruder mich rufen läßt.« Hinter seinen Worten spürte Renata Erschöpfung und Resignation. Allart sehnte sich schmerzlich nach Cassandra; in einer geheimen Depesche hatte er die Erlaubnis zur Rückkehr erbeten, die Damon-Rafael aber nicht gestattete.

Renata lächelte ironisch. »Jetzt, da dein Bruder einen legitimen Sohn hat, scheint es ihm nicht mehr wichtig, daß du deine Frau wiedersiehst und vielleicht Söhne zeugst, die seinen Anspruch auf das Reich streitig machen.«

Allart seufzte. Für einen jungen Mann wie ihn, dachte Renata, klingt es ein wenig zu abgespannt. »Cassandra wird mir keine Kinder gebären«, sagte Allart. »Ich werde sie dieser Gefahr nicht aussetzen. Und ich habe bei den Feuern von Hali geschworen, daß ich den Anspruch der Söhne meines Bruders – seien sie nur legitim oder *Nedestro* – auf das Reich unterstütze.«

Renata fühlte jetzt ihre seit Tagen nahe der Oberfläche befindlichen Tränen aufwallen und in ihren Augen überfließen. Um Allart zurückzuhalten, ließ sie ihre Stimme herb und ironisch klingen. »Auf das Reich – ja, das hast du geschworen. Aber auf die Krone, Allart?«

»Ich will keine Krone«, erwiderte Allart.

»Oh, das glaube ich dir.« Renatas Stimme klang scharf. »Aber wird dein Bruder das jemals glauben?«

»Ich weiß es nicht.« Allart seufzte erneut. Glaubte Damon-Rafael wirklich, daß er der Verlockung nicht widerstehen konnte, das Reich – oder die Krone – seinen Händen zu entwinden? Oder wollte er wirklich nur den mächtigen Fürsten Aldaran an Elhalyn verpflichten? Damon-Rafael würde Verbündete brauchen, wenn er sich dazu entschloß, mit Prinz Felix um den Thron von Thendara zu streiten.

Aber dies würde noch eine Weile auf sich warten lassen. Der alte König Regis klammerte sich noch ans Leben, und der Rat würde ihn auf dem Totenbett nicht behelligen. Aber wenn er neben seinen Vorvätern in einem schmucklosen Grab von Hali lag, wie es Sitte war, *dann* würde der Rat nicht zögern, Prinz Felix aufzufordern, seine Tauglichkeit unter Beweis zu stellen.

»Ein *Emmasca* könnte zwar einen guten König abgeben«, sagte Renata, die seinen Gedanken mühelos folgte, »aber er kann keine Dynastie gründen. Felix wird nicht Erbe werden. Ich habe die letzte Depesche gelesen. Cassilde hat sich nach der Geburt ihres Sohnes nicht richtig erholt und ist wenige Dekaden später gestorben. Dein Bruder hat also einen legitimen Sohn, sucht aber jetzt nach einer Frau. Nun bedauert er sicher schon, daß er es so eilig hatte, dich mit Cassandra zu vermählen.«

Allarts Mund verzog sich angewidert. Ihm fiel ein, was Damon-Rafael über dieses Thema bemerkt hatte: »Wenn Cassilde stirbt – und sie war dem Tod in den vergangenen Jahren bei jeder Geburt sehr nahe –, werde ich frei sein, um Cassandra selbst zu heiraten.« Wie hatte sein Bruder nur auf diese Weise über die Frau sprechen können, die ihm ein Dutzend Kinder geboren hatte?

Allart sagte: »Vielleicht ist es besser so«, aber es klang so verzweifelt, daß Renata ihre Tränen nicht zurückhalten konnte. Behutsam legte er eine Hand unter ihr Kinn. »Was ist, Cousine? Du bist immer begierig darauf, meine Sorgen zu zerstreuen, aber du hast nie von deinen eigenen gesprochen. Was quält dich?« Seine Arme umfingen sie, aber es war die liebevolle Berührung eines Bruders und Freundes, nicht die eines Liebhabers, und Renata wußte es. Sie schluchzte, und Allart hielt sie sanft in seinen Armen.

»Sag's mir, *Chiya*«, sagte er so sanft, als sei sie in Dorilys' Alter. Renata kämpfte gegen ihre Tränen an.

»Ich habe es Donal nicht gesagt. Ich wollte sein Kind haben. Wenn es so um mich stände, dachte ich, könnte mein Vater mich nicht zwingen, nach Edelweiß heimzukehren und einen Mann zu heiraten, den er für mich aussucht ... Und so bin ich schwanger geworden. Aber nach ein paar Tagen, als ich mich selbst überwachte, entdeckte ich, daß das Kind weiblich war. Und daher habe ich ...« Sie schluckte. Allart konnte ihren Schmerz fühlen, als sei er sein eigener. »Ich konnte es nicht leben lassen. Ich ... ich bereue es nicht. Wer könnte das, mit dem Fluch der Rockravens? Und dennoch – ich schaue Dorilys an und denke, ich habe etwas zerstört, das *so* hätte werden können – schön und ... und ...« Ihre Stimme brach, und dann schluchzte sie hilflos gegen Allarts Brust.

Und ich habe gedacht, ich könnte Cassandra eine Entscheidung wie diese aufzwingen ... Es gab nichts, was Allart sagen konnte. Er hielt Renata in seinen Armen und ließ sie weinen.

Schließlich wurde sie ruhiger und murmelte: »Ich weiß, daß ich richtig gehandelt habe. Ich mußte es tun. Aber trotzdem – ich konnte es Donal nicht sagen.«

Was, im Namen aller Götter, tun wir unseren Frauen an? Was haben wir in unserem Blut und unseren Genen hervorgerufen, daß wir das über sie bringen? Heiliger Lastenträger, ist es dein Segen oder dein Fluch, daß ich von Cassandra getrennt bin ...

Selbst als er sprach, schien er Cassandras von Angst gemartertes Gesicht zu sehen. Im Versuch, es zu verdrängen, verstärkte er den Griff seiner Arme und sagte sanft: »Aber du weißt, daß du richtig gehandelt hast, und dieses Wissen wird dir Kraft geben, hoffe ich.«

Dann erzählte er ihr, langsam und nach Worten suchend, von dem Augenblick der Vorausschau, als er sie hochschwanger, entsetzt und verzweifelt erblickt hatte. »Das habe ich in letzter Zeit in meinen Visionen nicht mehr gesehen«, versicherte Allart. »Wahrscheinlich existierte diese Möglichkeit nur während der kurzen Zeit, in der du tatsächlich schwanger warst, und danach ... danach hörte diese Zukunft einfach auf zu existieren – denn du hast das getan, was sie verhindern konnte. Du brauchst es nicht zu bedauern.«

Und doch war er unsicher. Er hatte in letzter Zeit *gar nichts* gesehen. Er hatte sich angestrengt bemüht, *jegliche* Anwendung seiner Vorausschau und ihrer schrecklichen drängenden Zukunftsmöglichkeiten auszuschalten. Traf es jetzt, da das von Renata empfangene weibliche Kind zerstört war, zu, daß es keinen Grund gab, sich zu ängstigen? Aber er hatte sie besänftigt. Sie wirkte jetzt ruhiger, und er wollte sie nicht wieder beunruhigen.

»Ich *weiß*, daß ich richtig gehandelt habe«, sagte Renata. »Aber in der letzten Zeit ist Dorilys so liebenswert, so folgsam und sanft geworden. Jetzt, da sie ihr *Laran* einigermaßen beherrscht, scheinen die Stürme nicht mehr zu wüten.«

Ja, dachte Allart. *Es ist lange her, seit mein Schlaf oder mein Wachen von diesen gräßlichen Visionen des Gewölberaums gestört wurden; von den Visionen eines Kindergesichts, das schaurige Blitze umrahmten* ... Waren auch diese Tragödien aus dem Bereich des Möglichen geschwunden, da Dorilys ihre schreckliche Gabe zu meistern gelernt hatte?

»Dennoch macht es das auf eine Art schlimmer«, fuhr Renata fort. »Zu wissen, daß es ein anderes Kind wie sie hätte geben können, das jetzt nie leben wird ... Nun, vielleicht sollte ich in Dorilys einfach eine Tochter sehen, die ich nie wagen werde zu haben ... Allart, sie hat ihren Vater und Donal eingeladen, ihr heute beim Spielen und Singen zuzuhören. Kommst du auch? Sie hat begonnen, eine wirklich schöne Singstimme zu entwickeln. Kommst du, um sie zu hören?«

»Mit Vergnügen«, sagte Allart aufrichtig.

Donal war bereits da, und ebenso Lord Aldaran und einige der Frauen aus dem Haushalt, einschließlich Dorilys' Musiklehrerin, eine junge Adelige aus dem Haus Darriel. Sie war eine dunkle Schönheit mit schwarzem Haar und ebenso beschatteten Augen und erinnerte Allart flüchtig an Cassandra, obwohl sie sich nicht wirklich ähnlich waren. Doch als Lady Elisa mit gesenktem Kopf über der *Rryl* saß und die Saiten zum Klingen brachte, sah er, daß auch sie sechs Finger hatte. Ihm fiel ein, was er bei der Hochzeit zu Cassandra gesagt hatte: »Mögen wir in einer Zeit leben, in der wir Lieder und nicht Kriege machen können!« Wie kurz diese Hoffnung doch gewesen war! Sie lebten in einem Land, das vom Krieg geschüttelt wurde. Cassandra in einem Turm, bedroht von Luftwagen und Brandbomben, Allart in einem Land in Flammen, mit Waldbränden und zuckenden Blitzen, die wie Pfeile einschlugen. Aufgeschreckt blickte er sich in dem stillen Zimmer um, sah zum ruhigen Himmel und den Hügeln hinauf. Nichts deutete auf Krieg hin, gar nichts. Es war wieder die verfluchte Vorausschau, denn nichts von alldem war in dem stillen Zimmer, in dem Lady Elisa die Saiten der Harfe berührte und sagte: »Sing, Dorilys.«

Die Stimme des Kindes, lieblich und klagend, setzte zu einem alten Lied aus den fernen Hügeln an:

»Wo bist du jetzt?
Wohin lenkt mein Geliebter seinen Schritt?«

Allart hielt solch ein Lied von hoffnungsloser Liebe und Sehnsucht auf den Lippen eines jungen Mädchens für fehl am Platze, aber er war von der Lieblichkeit der Stimme gefangen. Dorilys war in diesem Herbst beträchtlich gewachsen. Sie war größer geworden, und ihre Brüste, auch wenn sie noch klein waren, schienen unter ihrer kindlichen Bluse schon wohlgestaltet, während ihr junger Körper ansehnliche Rundungen aufwies. Sie war immer noch langbeinig und linkisch – sie würde eine hochgewachsene Frau werden. Schon jetzt war sie größer als Renata.

Als sie ihr Lied beendete, sagte Dom Mikhail: »Es scheint in der Tat, mein Liebling, daß du die hervorragende Stimme deiner Mutter geerbt hast. Wirst du mir etwas weniger Trauriges singen?«

»Gerne.« Dorilys übernahm die *Rryl* Lady Elisas und stimmte sie ein wenig nach. Dann begann sie wie beiläufig die Saiten zu zupfen und setzte zu einer lustigen Ballade aus den Hügeln an. Allart hatte sie oft in Nevarsin gehört, wenn auch nicht im Kloster. Ein Rüpellied über einen Mönch, der, wie es einem guten Mönch geboten war, alle seine Besitztümer in den Taschen trug.

»In den Taschen, den Taschen,
Fro' Domenicks Taschen.
Die prächtigen Taschen in seinem Gewand,
Die er stopft' jeden Morgen mit eiliger Hand;
Alles, was er besaß, wenn der Tag begann,
Stopfte er in die Taschen und ging sein Tagwerk an.«

Bald lachten die Zuhörer kichernd über den immer weiter zunehmenden und lächerlichen Katalog der Besitztümer, die in den Taschen des legendären Mönchs steckten.

»Alles, was er besaß, wenn der Tag begann,
Stopfte er in die Taschen und ging sein Tagwerk an.
Eine Schüssel, ein Löffel, zum Beten ein Buch,

Zum Schutz vor der Kälte ein wärmendes Tuch,
Ein Federkasten, damit schreibt er Traktätchen hin,
Ein molliges Kissen, um beim Beten zu knien,
Ein Nußknacker, ganz aus Kupfer und Gold ...«

Dorilys mußte sich selbst anstrengen, das Gesicht regungslos zu halten, als die Zuhörer zu kichern begannen und ihr Vater in schallendes Gelächter über die Unsinnigkeit solcher Zeilen ausbrach.

»Die Taschen, die Taschen,
Fro' Domenicks Taschen ...«

Sie war an dem Vers angelangt, der aufzählte:

»Ein Sattel und Zaumzeug, ein Paar Sporen, ein Zügel,
Das braucht er fürs Chervine *zum Ritt durch die Hügel,*
Ein goldenes Becken, ein Rasierer aus ...«

Unsicher brach Dorilys ab, als die Tür sich öffnete. Lord Aldaran wandte sich ärgerlich seinem Friedensmann zu, der mit solchem Mangel an Höflichkeit eingetreten war.

»Varlet, wie könnt Ihr es wagen, so in das Zimmer Eures jungen Fräuleins einzudringen?«

»Ich bitte die junge Lady um Verzeihung, aber die Sache ist äußerst dringend. Lord Scathfell ...«

»Kommt, kommt«, sagte Lord Aldaran gereizt. »Selbst wenn er mit hundert bewaffneten Kriegern vor unseren Toren stünde, guter Mann, würde es solchen Mangel an Höflichkeit nicht entschuldigen.«

»Er hat Euch eine Botschaft gesandt. Sein Bote spricht von einer Forderung, mein Fürst.«

Einen Moment darauf erhob sich Mikhail von Aldaran. Er verbeugte sich vor Lady Elisa und seiner Tochter mit einer Höflichkeit, als sei Dorilys' kleines Unterrichtszimmer ein Empfangsraum.

»Ladies, vergebt mir. Ich hätte Eure Musik nicht willkürlich unterbrochen. Aber ich fürchte, ich muß um die Erlaubnis bitten, mich zurückzuziehen, Tochter.«

Einen Moment lang gaffte Dorilys ihn an. Er erbat *ihre* Erlaubnis, zu kommen und zu gehen? Das war eindeutig das erste Mal, daß er seine formelle Erwachsenen-Höflichkeit ihr gegenüber zeigte. Aber jetzt kam ihr das gute Benehmen, das Margali und Renata sie gelehrt hatten, zu Hilfe. Sie machte einen so tiefen Knicks vor ihm, daß sie fast auf die Knie sank.

»Ihr seid frei, nach eigenem Belieben zu kommen und zu gehen, Sir, aber ich bitte Euch zurückzukehren, wenn Eure Verpflichtung beendet ist.«

Aldaran beugte sich über ihre Hand. »Das werde ich tatsächlich, meine Tochter. Ladies, verzeiht«, fügte er hinzu und bezog Margali und Renata in seine Verbeugung ein. Dann sagte er kurz: »Donal, begleite mich!« Donal stand auf und eilte hinter ihm her.

Als sie gegangen waren, versuchte Dorilys, ihr Lied wiederaufzunehmen, aber die Stimmung war zerstört, und so brach sie nach kurzer Zeit ab. Allart ging auf den Hof hinunter, wo die Reittiere in die Stallungen gebracht wurden und die Begleitmannschaft der Diplomaten sich versammelte. Er konnte unter ihnen die Abzeichen weiterer Berg-Clans sehen und daß bewaffnete Männer eintrafen und in den Hof kamen. Aber ihre Bewegungen waren wie die des Wassers, und als er erneut hinblickte, waren sie fort. Er wußte, daß sein *Laran* für ihn Halluzinationen von Dingen malte, die vielleicht nie geschahen. Er versuchte, sich seinen Weg durch sie zu bahnen, in die Zeit zu sehen, aber er war nicht ruhig genug. Was er spürte – er las nicht bewußt die Gedanken der Männer, die Scathfells Forderung gebracht hatten, aber sie sendeten ihre Empfindungen über den gesamten Landstrich –, war nicht dazu geeignet, ihn zu beruhigen.

Krieg? Hier? Schmerzlich spürte er die Trauer über den langen, schönen Sommer, der jetzt unwiderruflich zerstört war. *Wie kann ich hier in Frieden sitzen, während meine Leute im Krieg sind und mein Bruder sich vorbereitet, um eine Krone zu ringen? Was habe ich getan, daß ich solchen Frieden verdiene, wenn sogar meine geliebte Frau Gefahr und Schrecken ausgesetzt ist?* Er ging auf sein Zimmer und versuchte sich zu beruhigen, indem er die Nevarsin-Atemtechnik anwandte. Aber angesichts der Augen und Geist bedrängenden Visionen von Krieg, Stürmen und Aufruhr konnte er sich nicht konzentrieren. Er war dankbar, nach einiger Zeit in Aldarans Empfangsraum gerufen zu werden.

Er hatte erwartet, der Gesandtschaft Scathfells entgegenzutreten, wie er sie so oft in seiner Vision gesehen hatte, aber er stieß auf niemanden außer Aldaran, der düster auf den Boden vor seinem hohen Sessel starrte – und Donal, der nervös auf und ab ging.

Als Allart eintrat, blickte Donal ihn dankbar und zugleich flehend an.

»Tritt ein, Cousin«, sagte Dom Mikhail. »Jetzt benötigen wir tatsächlich den Rat von Verwandten. Willst du dich nicht setzen?«

Allart wäre lieber stehengeblieben oder wie Donal hin und her gegangen, aber er nahm Platz. Brütend saß der alte Mann da, das

Kinn auf die Hände gestützt. Schließlich sagte er: »Du setzt dich auch, Donal! Du machst mich wahnsinnig, wenn du wie ein von einem tollwütigen Wolf besessener Berserker umherläufst.« Er wartete, bis sein Pflegesohn neben Allart Platz genommen hatte. »Rakhal von Scathfell – die Bezeichnung Bruder gebe ich ihm nicht – hat mir einen Gesandten mit solch schamlosen Forderungen geschickt, daß ich sie nicht länger ruhig hinnehmen kann. Er hält es für richtig, von mir zu verlangen, daß ich ohne Verzögerung, am liebsten noch vor Mittwinter, einen seiner jüngeren Söhne wähle. Ich nehme an, daß ich mich geehrt fühlen soll, daß er mir die Wahl darüber überläßt, welchen seiner verdammten Welpen ich haben will. Er soll formell als mein Erbe adoptiert werden, da ich keinen legitimen Sohn habe und auch, wie Scathfell sagt, in meinem Alter wohl keinen mehr bekommen werde.« Er hob ein Stück Papier auf, das, wie er es fortgeschleudert hatte, auf dem Sitz lag, und zerknüllte es erneut in der Faust. »Er sagt, ich solle alle Männer einladen, Zeuge zu sein, wenn ich einen Sohn Scathfells zu meinem Erben erkläre. Und dann – hört euch die Unverschämtheit dieses Mannes an! – sagt er, *dann magst du die wenigen Jahre, die dir noch bleiben, in dem Frieden verleben, den dir deine anderen Taten zugestehen.*« Er quetschte den beleidigenden Brief in der Faust, als sei es der Hals seines Bruders.

»Sag mir, Cousin, was soll ich mit diesem Mann anstellen?«

Allart starrte ihn bestürzt an. *Im Namen aller Götter*, dachte er, *was meint er damit, mich zu fragen? Glaubt er ernsthaft, ich sei in der Lage, ihm in solch einer Angelegenheit Ratschläge zu erteilen?*

Aldaran nickte – freundlicher und auch drängender: »Allart, du bist in Nevarsin geschult worden, du kennst unsere Geschichte und unser Gesetz. Sag mir, Cousin: Gibt es überhaupt keine Möglichkeit, meinen Bruder Scathfell davon abzuhalten, nach meinem Besitz zu greifen, noch ehe mein Körper im Grab erkaltet ist?«

»Mein Fürst, ich verstehe nicht, wie man Euch zwingen könnte, den Sohn Eures Bruders zu adoptieren. Aber ich weiß nicht, wie Ihr Lord Scathfells Söhne davon abhalten wollt, Euch zu beerben. Das Gesetz spricht sich über weibliche Kinder nicht eindeutig aus.« *Und wenn es doch so wäre*, dachte er beinahe verzweifelt, *ist Dorilys wirklich zum Herrschen geeignet?* »Wenn einem weiblichen Nachkommen die Erb-Erlaubnis gegeben wird, dann gewöhnlich deshalb, weil alle Betroffenen meinen, daß ihr Gatte einen geeigneten Großfürsten abgeben wird. Niemand wird Euer Recht bestreiten, Aldaran an Dorilys' Ehemann zu geben.«

»Aber trotzdem«, sagte Aldaran, der den zerknitterten Brief jetzt sorgfältig glättete. »Sieh nur – die Siegel derer von Storn, Sain Scarp und selbst von Lord Darriel hängen an diesem Brief, als sollten sie diesem . . . diesem Ultimatum, das er mir geschickt hat, Kraft verleihen. Kein Wunder, daß Lord Storn mir keine Antwort gab, als ich seinen Sohn für Dorilys aussuchte. Jeder von ihnen fürchtet es, sich mit mir zu verbünden, aus Angst, von allen anderen isoliert zu werden. Jetzt wünschte ich in der Tat, daß die Ridenows nicht in den Krieg gegen deine Familie verwickelt wären – dann könnte ich Dorilys dort anbieten.« Nachdenklich schwieg er einen Moment. »Ich habe geschworen, Aldaran über meinem eigenen Kopf anzuzünden, ehe es an meinen Bruder geht. Hilf mir, einen Ausweg zu finden, Allart.«

Der erste Gedanke, der durch seinen Kopf zuckte – und später war Allart dankbar, daß er vernünftig genug gewesen war, ihn abzublocken, damit Aldaran ihn nicht lesen konnte –, war dieser: *Mein Bruder hat erst vor kurzem seine Frau verloren.* Aber allein der Gedanke füllte seinen Geist mit Visionen von Schrecken und Elend. Die Anstrengung, sie zu kontrollieren, ließ ihn schweigen. Gleichzeitig fiel ihm Damon-Rafaels Voraussage ein, die ihn hierher gebracht hatte: »Ich fürchte den Tag, an dem unsere ganze Welt von Dalereuth bis zu den Hellers sich der Macht von Aldaran beugen wird.«

Als er sein Schweigen bemerkte, sagte Dom Mikhail: »Ich bedaure es tausendfach, daß *du* verheiratet bist, Cousin. Ich würde *dir* meine Tochter anbieten . . . Aber du kennst meinen Willen. Sag mir, Allart: Gibt es keine Möglichkeit, daß ich Donal zu meinem Erben erkären lassen kann? Er ist schon immer der wahre Sohn meines Herzens gewesen.«

»Vater«, schaltete Donal sich ein, »streite mit deiner Verwandtschaft nicht über mich. Warum das Land in einem nutzlosen Krieg in Brand setzen? Wenn du zu deinen Vorvätern gegangen bist – möge dieser Tag fern von dir sein –, was macht es dir dann aus, wer Aldaran erhält?«

»Es macht etwas aus«, sagte der alte Mann, dessen Gesicht wie eine steinerne Maske wirkte. »Allart, bei deiner ganzen Kenntnis des Gesetzes: Gibt es kein Schlupfloch, durch das ich Donal zu seiner Erbschaft bringen kann?«

Allart dachte darüber nach. Schließlich sagte er: »Keines, glaube ich, das Ihr nutzen könntet, aber die Gesetze über die Blutvererbung sind noch längst nicht stark genug. Nur sieben oder acht Generationen früher hättet Ihr, Eure Brüder und deren Frauen zusammengelebt. Und der älteste, oder euer gewählter Führer, hätte den Sohn zum Erben gewählt, der am geeignetsten und fähigsten erschien – nicht den ältesten Sohn des ältesten Bruders, sondern den *besten*. Die Gewohnheit, nicht das Gesetz, hat die Regel des Erstgeburtsrechts und der anerkannten Vaterschaft auf den Plan gebracht. Aber wenn Ihr einfach erklärt, daß Ihr Donal nach dem alten und nicht nach dem neuen Gesetz erwählt habt, wird es Krieg geben, mein Fürst. Jeder älteste Sohn in den Bergen wird wissen, daß seine Position in Gefahr ist und sein jüngerer Bruder oder seine entfernten Verwandten mehr als jetzt seine Feinde sind.«

»Es wäre einfacher«, sagte Aldaran mit grober Bitterkeit, »wenn Donal ein herrenloses Kind oder eine Waise wäre und nicht der Sohn meiner geliebten Aliciane. Dann könnte ich ihn mit Dorilys vermählen. Und ich wüßte meine Tochter geschützt und meinen Besitz in den Händen desjenigen, der ihn am besten kennt und am ehesten dazu geeignet ist, sich um ihn zu kümmern.«

Allart sagte: »Das könnte noch immer geschehen, mein Fürst. Es wäre eine gesetzliche Fiktion – wie damals, als Lady Bruna Leynier, die Schwester eines in einer Schlacht getöteten Erben, die Witwe ihres Bruders und sein ungeborenes Kind in einer Freipartner-Ehe unter ihren Schutz nahm, damit der Witwe keine andere Eheschließung aufgezwungen werden konnte, die die Rechte des Kindes beseitigt hätte. Man sagt, sie hätte anstelle ihres Bruders auch die Garden befehligt.«

Aldaran lachte: »Ich habe das nur für eine lustige Erzählung gehalten.«

»Nein« widersprach Allart, »es ist tatsächlich geschehen. Die Frauen lebten zwanzig Jahre zusammen, bis das ungeborene Kind zum Mann herangewachsen war und seine Rechte in Anspruch nehmen konnte. Vielleicht war es verrückt, aber die Gesetze konnten es nicht verbieten. Solch eine Ehe hat zumindest einen gesetzlichen Status – Halbbruder und Halbschwester können heiraten, wenn sie wollen. Renata hat mir gesagt, für Dorilys sei es das beste, keine Kinder zu gebären. Donal könnte einen *Nedestro*-Erben zeugen, der seine Nachfolge übernimmt.«

Er dachte an Renata, aber Mikhail von Aldaran hob den Kopf mit einer schnellen, entschiedenen Bewegung. »Zum Teufel mit der gesetzlichen Fiktion«, sagte er. »Dann ist das unsere Antwort, Donal. Allart irrt sich in bezug auf Renatas Aussage. Ich erinnere mich gut daran! Sie sagte, Dorilys solle keine *Tochter* gebären, und es sei gefahrloser für sie, einen Sohn zur Welt zu bringen. Und in ihren Adern fließt Aldaran-Blut. Das heißt, Donals Sohn wäre ein Aldaran-Nachfahr und dadurch befähigt, nach ihnen zu erben. Jeder Tierzüchter weiß, daß die beste Methode, eine bestimmte Eigenschaft der Linie zu fixieren, die Rückzüchtung mit dem gleichen genetischen Material ist. Dorilys wird ihrem Halbbruder den Sohn gebären, den Aliciane *mir* hätte geben sollen – Renata wird wissen, wie man in dieser Sache sichergeht –, und die Begabungen der Kontrolle von Feuer und Blitz werden doppelt so stark sein. Wir müssen darauf achten, daß einige Generationen lang keine Töchter geboren werden. Das ist nicht schlimm. Dadurch wird die Linie aufblühen.«

Donal starrte seinen Pflegevater bestürzt an: »Das könnt Ihr unmöglich ernst meinen, Sir!«

»Wieso nicht?«

»Aber Dorilys ist meine Schwester – und nur ein kleines Mädchen.«

»Halbschwester«, korrigierte Aldaran, »und so klein ist sie nun auch wieder nicht. Margali ist sicher, daß sie irgendwann in diesem Winter zur Frau wird. Es dauert also gar nicht mehr so lange, bis wir verbreiten lassen können, daß ein wahrer Aldaran-Nachfahre mein Erbe wird.«

Benommen starrte Donal Aldaran an. Allart spürte, daß er an Renata dachte, aber der Lord war mit seinen eigenen Absichten zu sehr beschäftigt, um auch nur eine Spur von *Laran* dafür zu erübrigen, die Gedanken seines Pflegesohns zu lesen.

Aber als Donal den Mund zum Sprechen öffnete, sah Allart deutlich, wie sich das Gesicht des alten Manns verdunkelte, verzerrte und sein Gehirn dröhnte, vom Schlag getroffen. Allart umklammerte das Handgelenk Donals und zwang ihm das Bild von Aldarans Anfall auf. Seine Gedanken waren scharf wie die Befehlsstimme. *Im Namen aller Götter, Donal, streite jetzt nicht mit ihm! Es wäre sein Tod!* Donal fiel in seinen Sessel zurück, die Worte blieben unausgesprochen. Das Bild des vom Schlag getroffenen Lords verschwand in die Rumpelkammer jener Dinge, die sich nicht mehr ereignen würden. Allart sah, wie das Bild sich verflüchtigte und völlig verschwand. Er war erleichtert und doch beunruhigt.

Ich bin kein Überwacher, aber wenn er dem Tod so nahe ist, müssen wir es Renata sagen. Sie sollte ihn untersuchen ...

»Na, komm«, sagte Aldaran sanft. »Deine Skrupel sind närrisch, mein Sohn. Du hast seit vielen Jahren gewußt, daß Dorilys heiraten muß, sobald sie erwachsen ist. Und wenn das geschehen muß, ehe sie ganz gereift ist, wird es dann nicht leichter für sie sein, jemanden zu nehmen, den sie gut kennt und gerne mag? Würdest du nicht sanfter mit ihr umgehen als irgendein Fremder? Dies ist der einzige Weg, den ich sehe: So wie die Dinge stehen, solltest du Dorilys heiraten und einen Sohn mit ihr zeugen.« Bei den letzten Worten ließ er ein leichtes Stirnrunzeln erkennen.

Aufgeschreckt und schockiert machte Allart sich bewußt, daß es für Dorilys wahrscheinlich einen Vorteil darstellte, daß Lord Aldaran sehr alt und der Meinung war, über das Alter hinaus zu sein, um selbst einen Erben zu zeugen.

»Und was dies hier angeht«, sagte Aldaran, während er Scathfells Brief erneut zerknüllte und zu Boden warf, »werde ich das Papier wohl benutzen, um mir den Hintern damit abzuwischen, und meinem Bruder zurückschicken. Das demonstriert ihm, was ich von seinem Ultimatum halte! Zugleich werde ich ihn einladen, Zeuge eurer Trauung zu sein.«

»Nein«, flüsterte Donal, »Vater, ich bitte dich . . .«

»Kein Wort mehr, mein Sohn. Ich habe mich entschieden.« Aldaran stand auf und umarmte Donal. »Seit Aliciane dich in dieses Haus brachte, warst du mein Sohn. Und das wird die Angelegenheit rechtmäßig werden lassen. Willst du mir das abschlagen, mein Junge?«

Hilflos und unfähig zum Widerspruch stand Donal vor ihm. Wie konnte er in diesem Augenblick die Liebe und Sorge seines Pflegevaters zurückweisen?

»Ruft mir einen Schreiber«, verlangte Lord Aldaran. »Es wird mir ein Vergnügen sein, einen Brief an Lord Scathfell zu diktieren, mit dem ich ihn zur Vermählung meiner Tochter und Erbin mit dem von mir gewählten Sohn einlade.«

Donal machte einen letzten Versuch. »Du weißt, Vater, daß dies eine Kriegserklärung ist? Sie werden mit Gewalt gegen uns vorgehen.«

Aldaran wies zum Fenster hin. Draußen verschwammen die grauen Wolken im fallenden Schnee des Tages, dem ersten in diesem Jahr. »Sie werden nicht kommen«, sagte er. »Der Winter steht bevor. Vor der Frühlingsschmelze werden sie nicht kommen. Und dann . . .« Er warf den Kopf zurück und lachte.

Allart fühlte ein Frösteln den Rücken hinunterlaufen. Aldarans Gelächter erinnerte ihn an den heiseren Schrei eines Raubvogels. »Sollen sie nur kommen. Sollen sie kommen, wann sie wollen. Wir werden bereit sein.«

21

»Aber es gibt wirklich keine Frau in der Welt, die ich heiraten möchte«, beteuerte Donal, »außer dir, Liebste.« Bevor Renata in sein Leben trat, hatte er nie geglaubt, in dieser Frage je eine Wahl zu haben – und eigentlich hatte er sie auch gar nicht gewollt, vorausgesetzt, seine Braut in spe war weder krank noch eine Xanthippe. Zudem vertraute er seinem Pflegevater und war sicher, daß dieser das verhindern würde. Donal hatte wenig Gedanken an diese Frage verschwendet.

Renata sah den fast unbewußten Widerwillen in ihm, daß er mit dieser außerordentlichen Veränderung seines Lebensmusters konfrontiert wurde, und griff nach seiner Hand. »Eigentlich trifft mich die Schuld, Liebster. Ich hätte deinem Wunsch folgen und dich sofort heiraten sollen.«

»Niemand spricht von Schuld, *Carya mea*, aber was sollen wir jetzt tun? Mein Pflegevater ist alt, und heute fürchtete ich wirklich, er würde einen Schlag erleiden, wenn ich es ihm gesagt hätte. Allart hinderte mich daran. Die Götter mögen mir vergeben, Renata, aber ich mußte einfach daran denken ... Wenn er stürbe, wäre ich von dieser Sache, um die er mich bittet, entbunden.« Donal bedeckte sein Gesicht. Renata wußte, während sie ihn betrachtete, daß sie für die gegenwärtige Umwälzung verantwortlich war. Sie hatte ihn angeregt, sich gegen die Wünsche seines Pflegevaters aufzulehnen.

Mit einiger Anstrengung hielt sie ihre Stimme ruhig und sagte schließlich: »Donal, mein Liebster, du mußt tun, was du für richtig hältst. Die Götter mögen verhindern, daß ich dich dazu überrede, gegen dein Gewissen zu handeln. Wenn du es für falsch hältst, gegen den Willen deines Pflegevaters anzugehen, dann mußt du ihm gehorchen.«

Er hob den Kopf. Mit Mühe kämpfte er gegen den drohenden Zusammenbruch an. »Im Namen der gnadenreichen Götter, Renata, wie könnte ich wünschen, ihm zu gehorchen? Glaubst du, ich *will* meine Schwester heiraten?«

»Nicht einmal mit Aldaran als Mitgift?« fragte sie. »Du kannst mir nicht erzählen, du hättest nicht den Wunsch, das Reich zu erben.«

»Wenn ich es verdient hätte! Aber nicht auf diese Art, Renata, nicht auf diese Art! Ich möchte mich ihm widersetzen, aber ich kann nicht das Wort aussprechen, das ihn umbringt, wie Allart befürchtet! Und das schlimmste ist ... wenn du mich jetzt verläßt, wenn ich dich verlieren sollte ...«

Rasch ergriff sie seine Hände. »Nein, nein, mein Liebster. Ich werde dich nicht verlassen, ich verspreche es! Das habe ich nicht gemeint! Ich habe nur gemeint, daß man die gesetzliche Fiktion in Anspruch nehmen kann, die er wünscht, wenn du in diese Ehe gezwungen wirst.«

Donal schluckte schwer. »Wie könnte ich darum bitten? Eine Edelfrau deines Rangs kann keine *Barragana* werden. Das würde bedeuten, daß ich dir nie bieten kann, was du in Ehren haben solltest: die *Catenas* und die ehrenhafte Anerkennung als meine Frau. Meine eigene Mutter war eine *Barragana.* Ich weiß, welches Leben das für unsere Kinder wäre. Jeden Tag haben sie mich verhöhnt, mich Wechselbalg, Bastard und noch weit Unerfreulicheres genannt. Wie könnte ich meinen eigenen Kindern so etwas antun? Gnadenreicher Ecanda, es gab Zeiten, da haßte ich meine eigene Mutter, weil sie mich solchen Dingen aussetzte!«

»Ich würde lieber für dich *Barragana* sein, als für einen anderen die *Catenas* zu tragen, Donal.«

Er wußte, daß sie die Wahrheit sagte, aber Verwirrung und Widerwillen ließen ihn auffahren. »Wirklich? Meinst du damit, daß du lieber die *Barragana* des Aldaran als die Frau des armen Bauern wärst, den ich ohne dieses Erbe darstellen würde?«

Bestürzt sah sie ihn an. *Es hat uns schon zum Streiten gebracht!*

»Du verstehst mich nicht, Donal. Ich würde lieber *dein* sein, als Ehefrau, Frei-Partnerin oder *Barragana*, als irgendeinen Mann zu heiraten, den mein Vater ohne mein Wissen und ohne meine Zustimmung ausgewählt hat – selbst wenn dieser Mann Prinz Felix auf seinem Thron in Thendara wäre. Mein Vater wird erzürnt sein, wenn er erfährt, daß ich ganz offen als *Barragana* in deinem Haus lebe. Aber das heißt gleichzeitig, daß er mich nicht einem anderen Mann geben kann, denn die anderen würden mich unter solchen Bedingungen nicht mehr nehmen. Aber ich bin außerhalb des Bereichs seines Zorns – oder Ehrgeizes!«

Donal fühlte sich schuldbewußt. Er wußte, daß *er* sich seinem Pflegevater nicht so widersetzen könnte. Und jetzt, da sie *ihrer* Familie getrotzt hatte, konnte Renata nirgendwo anders hingehen. Er fragte sich, warum er nicht so mutig war, warum er Lord Aldarans Anordnung nicht zurückwies und darauf bestand, Renata sofort zu heiraten, selbst wenn sein Pflegevater ihn enterben und davonjagen sollte.

Er fühlte sich elend. *Aber ich kann nicht mit ihm streiten. Es ist nicht um meinetwillen, doch ich würde ihn nicht der Gnade der Scathfells und der anderen Bergfürsten überlassen, die wie die Geier darauf warten, sich auf ihn zu stürzen, sobald sie ihn hilflos sehen!* Wie könnte er ihn allein lassen? Und doch schien es, als würde seine Ehre gerade das fordern.

Erneut bedeckte er sein Gesicht.

»Ich fühle mich in Stücke zerrissen, Renata! Treue zu dir – und Treue zu meinem Vater. Ich frage mich, ob deshalb die Eheschließungen von der Familie arrangiert werden – damit diese schrecklichen Konflikte nicht entstehen können?«

Als würden Donals quälende Selbstzweifel durch Schloß Aldaran widerhallen, war auch Allart besorgt und schritt in seiner Kammer unruhig auf und ab.

Er dachte: *Ich hätte Donal reden lassen sollen. Wenn der Schock der Erkenntnis, daß er nicht immer seinen Willen durchsetzen kann, Dom Mikhail umgebracht hätte, dann können wir gut auf solche Tyrannen verzichten, die immer bestrebt sind, anderen gegen deren Gewissen ihren Willen aufzuzwingen ...* Er war bereit, alle Wut und Abscheu, die er gegen seinen eigenen Vater empfunden hatte, über Lord Aldaran zu ergießen.

Doch dann fing er an – wenn auch verspätet –, gerechter zu urteilen. Er dachte: *Nein, es ist nicht nur Dom Mikhails Fehler. Auch Donal müssen Vorwürfe gemacht werden, weil er nicht sofort zu ihm ging, als er sich in Renata verliebte. Er hätte darum bitten sollen, sie heiraten zu dürfen. Und ich muß mir Vorwürfe gefallen lassen, weil ich Aldarans Verlangen nach einem gesetzlichen Schlupfloch zugehört habe. Ich war es, der ihm den Gedanken eingab, daß Donal und Dorilys miteinander verheiratet werden können – und sei es nur als gesetzliche Fiktion. Und meine verfluchte Vorausschau hat mich dazu gebracht, Donal am Weitersprechen zu hindern! Erneut bin ich von einem Ereignis beeinflußt worden, das vielleicht nie geschehen wäre!*

Mein Laran *hat das alles über uns gebracht. Jetzt muß ich irgendwie schaffen, es zu kontrollieren; meinen Weg zu bahnen und durch die Zeit zu blicken; zu entdecken, was bei den vielen Zukunftsmöglichkeiten, die ich sehe, geschehen wird.*

Er hatte es zu lange abgeblockt. Seit vielen Monaten hatte Allart einen beträchtlichen Teil seiner emotionalen Energie bei dem Versuch verbraucht, *nichts* zu sehen, im Augenblick zu leben wie die anderen und sich nicht von den wechselnden, verlockenden Möglichkeiten der Zukunftsentwicklungen beeinflussen zu lassen. Der Gedanke, seinen Geist für sie alle zu öffnen, war das reine Entsetzen, eine Angst, die fast körperlich war. Und doch mußte er genau das tun.

Er schloß die Tür, damit niemand eindringen konnte, und traf seine Vorbereitungen in aller Ruhe, der er fähig war. Schließlich streckte er sich auf dem Steinboden aus, schloß die Augen und atmete ruhig in der in Nevarsin erlernten Art, um sich selbst zu beruhigen. Dann, gegen seine panische Angst ankämpfend – er *konnte* das nicht tun, er hatte sieben Jahre in Nevarsin damit verbracht, zu lernen, wie man es *nicht* tat –, senkte er die selbstauferlegten Barrieren und griff mit seinem *Laran* hinaus ...

Einen Moment lang – zeitlos, ewig, wahrscheinlich nicht viel länger als eine halbe Sekunde, aber in seinen aufschreienden Sinnen scheinbar eine Million Jahre – stürzte die ganze Zeit auf ihn ein, Vergangenheit und Gegenwart, alle Handlungen seiner Vorfahren, die in diesen Augenblick mündeten. Er sah eine Frau am See von Hali entlanggehen, eine Frau von vergehender Schönheit mit den farblosen grauen Augen und dem Mondscheinhaar einer *Chieri*. Er fing Erinnerungen an Wälder und Berggipfel ein, sah andere Planeten und Sterne, eine Welt mit gelber Sonne und einen einzigen bleichen Mond am Himmel. Er blickte in die schwarze Nacht des Alls, starb im Schnee, im All, im Feuer. Tausend Tode wurden in einen einzigen Moment gepreßt. Er sah sich selbst sterben, zusammengekrümmt in der Haltung des Fötus und sich in sich selbst jenseits allen Denkens zurückziehend, wie er es im Alter von vierzehn Jahren beinahe getan hätte. In einem einzigen schrillenden Moment lebte er hunderttausend Leben und erlebte seinen Körper, wie er in Krämpfen des Entsetzens zuckte und starb ... Er hörte sich in wildem Schmerz aufschreien und wußte, daß er wahnsinnig war, daß er nie zurückkehren würde ... Einen Moment lang kämpfte er, um die Tore zuzuschlagen, die er geöffnet hatte, und wußte, daß es zu spät war ...

Und dann war er wieder der Allart, der wußte, daß er nur dieses einzige Leben hatte. Die anderen waren unwiderruflich vergangen, mußten es sein. Aber in diesem einzigen Leben (wie eng es doch wirkte nach diesen Jahrhunderten des Sekundenbruchteil-Bewußtseins) waren vor ihm immer noch hundert neue Möglichkeiten ausgebreitet, die sich mit jeder Bewegung unendlich vervielfachten, während andere für immer erloschen. Jetzt konnte er sehen, wie jede Bewegung, die er seit seiner Kindheit gemacht hatte, entweder Möglichkeiten eröffnet oder andere Wege für alle Zeit verschlossen hatte. Er hätte den Weg des Stolzes voll Stärke und in Waffen nehmen, hätte sich bemühen können, Damon-Rafael beim Schwertkampf und im Gefecht auszustechen, seines Vaters meistbenötigter Sohn zu werden ... Er hätte es irgendwie in die Wege leiten können, Damon-Rafael in der Kindheit sterben zu lassen und selbst seines Vaters Erbe zu werden ... Er hätte, für immer enterbt, in den sicheren und geschützten Mauern von Nevarsin bleiben können ... Er hätte in die neuentdeckte Welt der Sinne eintauchen können, in die unendliche Verlockung, die die Arme einer *Riyachiya* boten ... Er hätte in seinem gedemütigten Stolz das Leben seines Vaters ersticken können ... Durch die andrängenden Vergangenheiten konnte Allart langsam die Unvermeidlichkeit der Entscheidungen sehen, die ihn zu diesem Augenblick, zu diesem Scheideweg geführt hatten ...

Jetzt war er *hier*, an diesem kritischen Augenblick, wohin seine vergangenen Entscheidungen, ob willentlich oder unwillentlich, geführt hatten. Jetzt mußten seine zukünftigen Entscheidungen im vollen Wissen dessen, was sie hervorrufen konnten, getroffen werden. In diesem überlasteten Augenblick völliger Bewußtheit akzeptierte er die Verantwortung dessen, was gewesen war und sein würde, und begann vorsichtig vorwärtszuschauen.

Dorilys' Worte zuckten durch seinen Kopf. »Es ist wie der Lauf des Wassers. Wenn ich Steine hineinwerfe, würde es um sie herumfließen. Aber ich könnte es nicht dazu bringen, aus dem Flußbett zu springen oder bergauf zu fließen ...«

Langsam begann er mit der merkwürdig ausgedehnten Wahrnehmungsfähigkeit zu sehen, was vor ihm lag. Die wahrscheinlichste Entwicklung unmittelbar vor ihm, fächerten sich die anderen an den Rändern seines Bewußtseins zu den wildesten Möglichkeiten auf. Direkt vor sich sah er die Möglichkeiten, daß Donal akzeptierte; sich widersetzte; daß er Renata nahm und Aldaran verließ; daß er Dorilys nehmen und mit Renata *Nedestro*-Kinder zeugen würde. Er sah, daß Dom Erlend Leynier als Vergeltung für die Beleidigung seiner Tochter seine Truppen mit Scathfell gegen Aldaran vereinigte. (Er sollte Renata davor warnen – aber würde es sie kümmern?) Immer wieder sah er die sich oft wiederholende Vision von Scathfells bewaffneten Männern, die im Frühling gegen Aldaran zogen, daß Aldaran wieder einmal mit Waffengewalt gehalten werden mußte. Er sah auch entferntere Möglichkeiten: Die, daß der Lord tatsächlich von einem schweren Schlaganfall niedergestreckt wurde, daß er starb oder monate- und jahrelang hilflos darniederlag, und Donal, mit der ungewollten Herrschaft beladen, für seine Schwester focht ... daß Lord Aldaran sich erholte und Scathfell mit seiner überlegenen bewaffneten Macht vertrieb ... daß er sich auf irgendeine Weise mit seinem Bruder versöhnte ... Er sah Dorilys an der Schwellenkrankheit sterben, während sie zur Frau heranwuchs ...

und während sie das Kind zur Welt brachte, das nie zu zeugen Donal geschworen hatte ... Er sah sie überleben, um Donal einen Sohn zu schenken, der nur das Aldaran-*Laran* erbte und dann als Kind an der Schwellenkrankheit starb ...

Schmerzhaft und mit äußerster Sorgfalt zwang Allart sich, einen Weg durch all die Möglichkeiten zu bahnen. *Ich bin kein Gott! Wie kann ich entscheiden, welche dieser Entwicklungen für alle das beste ist? Ich kann nur sagen, welche für Donal und Renata am wenigsten schmerzlich ist ...*

Jetzt begann er gegen den eigenen Willen, seine eigene Zukunft zu sehen. Er würde zu Cassandra zurückkehren ... er würde nicht zurückkehren, sondern für immer in Nevarsin leben oder wie Sankt-Valentin-im-Schnee allein in einer einsamen Höhle in den Hellers hausen, bis zu seinem Tode ... er würde eine ekstatische Wiedervereinigung mit Cassandra erleben ... oder von Damon-Rafaels Verrat fürchtender Hand sterben ... Cassandra würde für immer im Turm leben ... oder bei der Geburt seines Kindes sterben ... sie würde in die Hände Damon-Rafaels fallen, der immer noch bedauerte, sie Allart gegeben zu haben, statt sie zu seiner eigenen *Barragana* zu machen ... Das rüttelte Allart völlig aus der Träumerei auf ihn einstürmender Möglichkeiten und Wahrscheinlichkeiten. *Diese* eine wollte er näher betrachten.

Damon-Rafaels Frau war tot, und sein einziger legitimer Sohn würde sterben, bevor er entwöhnt war ... Das hatte Allart nicht gewußt. Aber stimmte es, oder widerspiegelte dies nur eine Furcht, die auf dem Wissen um Cassandra und Damon-Rafaels skrupellosem Ehrgeiz basierte? Plötzlich flutete in seinen Geist zurück, was sein Vater gesagt hatte, als er von seiner Verlobung mit Cassandra gesprochen hatte:

»Du wirst eine Frau des Aillard-Clans heiraten, deren Gene modifiziert wurden, um ein spezielles *Laran* zu kontrollieren ...« Allart hatte seinen Vater zwar gehört, ihm aber nicht zugehört. In ihm war nur die Stimme seiner eigenen Angst gewesen. Aber Damon-Rafael *hatte* es gewußt. Es wäre nicht das erste Mal, daß der mächtige und ehrgeizige Herrscher eines Reiches die Frau seines jüngeren Bruders nahm ... *oder seine Witwe. Wenn ich zurückkehre, um mein Recht auf Cassandra geltend zu machen, wird Damon-Rafael mich umbringen.* Mit einem krampfhaften Schmerz fragte Allart sich, wie er dieses Schicksal vermeiden konnte, das er jetzt überall zu sehen schien.

Ich werde zum Kloster zurückkehren und das Gelübde ablegen, nie mehr nach Elhalyn zurückzukehren. Dann wird Damon-Rafael

Cassandra zur Frau nehmen und den Thron von Thendara den zaudernden Händen des jungen Emmasca, *der jetzt dort sitzt, entreißen. Cassandra wird um mich trauern, aber wenn sie Königin von Thendara ist, wird sie vergessen ... Und Damon-Rafael, sein Ehrgeiz befriedigt, wird zufrieden sein.*

Allart packte das Entsetzen, als er sah, welche Art von König sein Bruder abgeben würde. Tyrannei – die Ridenows völlig ausgelöscht, die Frauen von Serrais mit der Linie der Elhalyns verbunden. Die Hasturs von Hali und Valeron gingen in der Linie von Elhalyn auf; man würde so viele Bündnisse schließen, daß die Reiche nur noch Vasallen des Hasturs von Elhalyn waren, die ihrerseits von Thendara aus regierten. Damon-Rafaels gierige Hände würden sich ausstrecken, um die gesamte bekannte Welt von Dalereuth bis zu den Hellers in das Reich von Elhalyn einzuschließen. All das würde geschehen, um angeblich Frieden zu bringen ... Frieden unter der Gewaltherrschaft Damon-Rafaels und der Söhne von Hastur!

Inzucht, Sterilität, Schwäche, Dekadenz, das Eindringen von Barbaren aus den Trockenstädten und dem Hügelland ... Verwüstung, Plünderung, Zerstörung, Tod ...

Ich will keine Krone. Aber diesem Land könnte nichts Schrecklicheres geschehen als die Herrschaft meines Bruders ...

Mit größter Energie stoppte Allart den Fluß der Bilder. Irgendwie mußte er verhindern, daß das geschah. Jetzt gestattete er sich zum ersten Mal, ernsthaft an Cassandra zu denken. Wie beiläufig wäre er beinahe beiseite getreten, hätte sie zurückgelassen, um Damon-Rafaels Opfer zu werden – als Spielzeug der Begierde und des Ehrgeizes. Königin oder nicht, mehr als das würde eine Frau nie für Damon-Rafael sein. Damon-Rafael hatte Cassilde den sicheren Tod beschert. Ihn hatte es nicht gekümmert, solange sie ihm einen legitimen Sohn gebar. Er würde nicht zögern, Cassandra genauso zu benutzen.

In Allart wallte plötzlich etwas hoch, das er unterdrückt und mit Füßen getreten hatte. *Nein! Er wird sie nicht haben!*

Hätte sie Damon-Rafael gewollt, wäre sie je begierig auf die Krone gewesen, hätte er beiseite treten können, wenn auch in unmeßbarem Schmerz. Aber dafür kannte er sie zu gut. Es war seine Verantwortung – und sein Recht, sein *unangefochtenes* Recht –, sie zu schützen und für sich selbst zu beanspruchen.

Genau in diesem Moment könnte mein Bruder seine Hand ausstrecken, um sie zu nehmen ...

Allart konnte vor sich alle Möglichkeiten der Zukunft sehen, aber nicht, was jetzt tatsächlich in der Ferne geschah – nicht ohne die

Hilfe der Matrix. Langsam, die verkrampften Muskeln streckend, stand er auf und blickte in der Kammer umher. Die Nacht war vorüber, und auch der Schneefall; rote Morgendämmerung brach draußen über die Hellers, ließ die schneebedeckten Gipfel im roten Sonnenlicht aufblitzen. Mit der Wetterkenntnis der Berge, die er in Nevarsin erlernt hatte, wußte er, daß der Sturm vorbei war, zumindest für einige Zeit.

Mit dem Sternenstein in der Hand konzentrierte er sich angestrengt auf seine Gedanken, die die Matrix über die weiten Zwischenräume hinweg enorm verstärkte. *Was geht in Elhalyn vor? Was geschieht in Thendara?*

Langsam, nadelspitzengroß, als blicke er umgekehrt durch eine Linse, winzig, scharf umrissen und glänzend, tat sich ein Bild vor seinen Augen auf.

An den Ufern von Hali, wo die nie endenden Wellen, die kein Wasser waren, für immer brandeten, wand sich eine Prozession mit Trauer-Bannern und -Fahnen. König Regis wurde zur Begräbnisstätte an den Ufern von Hali getragen, um dort, wie es der Brauch verlangte, bei den früheren Königen und Herrschern der Reiche in einem schmucklosen Grab zu liegen. In der Prozession blitzte Gesicht nach Gesicht vor Allarts Augen auf, aber nur zwei hinterließen einen Eindruck in ihm; das schmale, blasse, geschlechtslose von Prinz Felix, trauernd und furchtsam. Es würde nicht lange dauern, das wußte Allart, als er auf die gierigen Gesichter der Adeligen seines Gefolges blickte, bis man ihn entkleiden würde. Man würde ihn zwingen, seine Krone demjenigen zu geben, der Blut, Gene und das kostbare *Laran* weitergeben konnte. Das andere Gesicht gehörte Damon-Rafael von Elhalyn, dem nächstfolgenden Erben der Krone von Thendara. Als koste er bereits seinen Sieg aus, ritt Damon-Rafael mit einem grimmigen Lächeln dahin. Das Bild verschwamm vor Allarts Augen – und wurde zu dem, was daraus in Zukunft erwuchs. Er sah Damon-Rafaels Krönung in Thendara, Cassandra, gekleidet und geschmückt wie eine Königin, an seiner Seite. Und die mächtigen Fürsten von Valeron, durch Blutsverwandtschaft in ein enges Bündnis geschmiedet, standen hinter dem neuen König ...

Krieg, Niedergang, Verfall, Chaos ... Plötzlich wußte Allart, daß er am Kreuzweg einer Linie von Ereignissen stand, die die gesamte Zukunft Darkovers für immer verändern konnten.

Ich wünsche meinem Bruder nichts Böses. Aber ich kann nicht zulassen, daß er unsere Welt in den Ruin führt. Es gibt keine Reise, die nicht mit einem einzelnen Schritt beginnt. Ich kann nicht verhindern, daß Damon-Rafael König wird. Aber er kann das Aillard-Bündnis nicht dadurch zementieren, daß er meine Frau zu seiner Königin macht.

Allart legte die Matrix beiseite, schickte nach seinen Dienern und ließ sich Speisen bringen. Er aß und trank ohne zu schmecken, um sich für das zu stärken, das – wie er wußte – kommen mußte. Danach suchte er Lord Aldaran auf. Er fand ihn bei guter Laune.

»Ich habe eine Botschaft an meinen Bruder Scathfell geschickt und ihn zur Vermählung meiner Tochter und meines geliebten Pflegesohnes eingeladen«, sagte er. »Es ist ein Geniestreich. Es gibt keinen anderen Mann, in dessen Hände ich meine Tochter so gerne geben würde, damit sie ein Leben lang sicher und geschützt ist. Ich werde ihr heute sagen, was wir vorhaben, und ich glaube, auch sie wird dankbar sein, daß sie nicht in die Hände eines Fremden kommt ... Du bist für diese großartige Lösung verantwortlich, mein Freund. Ich wünschte, ich könnte dir das mit einem ähnlichen Freundschaftsdienst zurückzahlen. Wie gern wäre ich eine Fliege an der Wand, wenn Scathfell den Brief liest, den ich ihm geschickt habe!«

Allart sagte: »Ich bin tatsächlich gekommen, Dom Mikhail, um Euch um einen großen Gefallen zu bitten.«

»Es wäre mir ein Vergnügen, dir alles zu gewähren, was du erbittest, Cousin.«

»Ich will nach meiner Frau schicken, die im Hali-Turm wohnt. Würdet Ihr sie als Gast aufnehmen?«

»Mit Freuden«, erwiderte Dom Mikhail. »Ich werde meine eigene Garde als Eskorte schicken, wenn du willst, aber in dieser Jahreszeit ist die Reise riskant – ein Zehntageritt durch die Tiefländer, und die Winterstürme setzen allmählich ein. Vielleicht könntest du die Zeit einsparen, die meine Männer brauchen, um zum See von Hali zu reisen und sie abzuholen, wenn du vom Tramontana-Turm aus eine Botschaft durch die Verstärker sendest, daß sie sofort aufbrechen soll. Ich könnte Männer schicken, die ihr entgegenreiten und sie eskortieren. Ich nehme an, von Elhalyn aus könnte sie ihre eigene Eskorte mitnehmen.«

Allart sagte mir besorgtem Blick: »Ich will sie meinem Bruder nicht anvertrauen. Und ich will vermeiden, daß ihre Abreise bekannt wird.«

Dom Mikhail blickte ihn scharf an. »Steht es so? Dann schlage ich vor, daß du sofort mit Donal nach Tramontana aufbrichst und sie zu überreden versuchst, daß man sie sofort durch die Turm-Verstärker herbringt. Das wird heutzutage nicht mehr oft gemacht – der Energieverbrauch übersteigt jedes vernünftige Maß –, es sei denn, es ist wirklich sehr dringend. Und wenn es so wichtig ist . . .«

Allart unterbrach ihn: »Ich habe nicht gewußt, daß es überhaupt noch möglich ist.«

»O ja, die Ausrüstung befindet sich noch immer im Turm. Vielleicht könnte man die Besatzung mit deiner Hilfe überreden. Ich würde allerdings vorschlagen, daß ihr reitet statt zu fliegen, das Wetter ist in dieser Jahreszeit nicht sehr günstig . . . Aber sprich erst mit Donal. Er weiß alles über das Fliegen in den Hellers zu jeder Jahreszeit.« Er stand auf und entließ den jungen Mann förmlich.

»Es wird mir ein Vergnügen sein, deine Frau als meinen Gast aufzunehmen, Cousin. Sie wird Ehrengast bei der Vermählung meiner Tochter sein.«

»Ja, natürlich können wir dorthin fliegen«, sagte Donal mit einem Blick zum Himmel. »Wir werden mindestens einen Tag ohne Schnee haben. Natürlich können wir nicht sofort zurückkehren. Wenn du in den Verstärkern arbeiten mußt, wirst du erschöpft sein – und deine Gattin ebenso. Ich schlage vor, daß wir so schnell wie möglich nach Tramontana aufbrechen. Ich werde anordnen, daß man uns Reittiere nachschickt, und auch eines für deine Frau.«

Noch an diesem Morgen brachen sie auf. Allart sprach nicht von Donals bevorstehender Heirat, da er fürchtete, auf einen schmerzenden Punkt zu stoßen, aber er kam von selbst auf das Thema. »Vor der Mittwinternacht kann es nicht geschehen«, sagte er. »Renata hat Dorilys untersucht, und sie sagt, daß sie vorher nicht reifen wird. Und sie hat soviel Unglück mit Verlobungen gehabt, daß sogar Vater zögert, sie noch einmal einer solchen Zeremonie auszusetzen.«

»Hat man es ihr gesagt?«

»Ja – Vater«, erwiderte Donal zögernd, »und ich habe kurz danach mit ihr gesprochen . . . Sie ist wirklich noch ein Kind. Sie hat nur ganz vage Vorstellungen davon, was eine Ehe bedeutet.«

Allart war sich nicht sicher, aber schließlich war es Donals und Renatas Angelegenheit, nicht seine. Donal drehte sich gegen den Wind, kippte die Gleiterflügel und schwebte auf einer langen Luftströmung aufwärts.

Einmal in der Luft, verzogen sich die Sorgen der Welt wie immer aus Allarts Gedanken. Er gab sich dem Flug ohne Nachdenken hin, trieb in einer Art Ekstase auf der schmerzend kalten Luft, matrixgetragen, falkenfrei. Es tat ihm beinahe ein wenig leid, als der Tramontana-Turm in Sicht kam. Aber dort lag schließlich sein Weg zu Cassandra.

Als er Arzi seinen Gleiter gab, dachte er darüber nach. Vielleicht sollte er nach Hali zurückkehren und seinem Bruder entgegentreten, anstatt sie hierher in eine erbärmliche Sicherheit zu bringen. Nein! Eins wußte er mit kühler innerer Gewißheit: Wenn er sich in Damon-Rafaels Reichweite wagte, war sein Leben weniger wert als das kleinste Geldstück.

Im Innern beklagte er diesen Zweifel. *Wie sind wir, mein Bruder und ich, dahin gekommen?* Aber er verdrängte den Kummer und brachte sich wieder in die Gewalt, um dem *Tenerézu* des Turms mit seiner Bitte gegenüberzutreten.

Ian-Mikhail runzelte die Stirn, und Allart glaubte, er würde es kurzerhand ablehnen. »Die Energie ist vorhanden«, sagte er, »oder kann zusammengebracht werden. Aber ich bin sehr abgeneigt, Tramontana in die Angelegenheiten der Tiefländer zu verwickeln. Bist du ganz sicher, daß deine Frau in Gefahr ist, Allart?«

Allart fand in seinem Geist nur das gesicherte Wissen, daß Damon-Rafael nicht zögern würde, sie festzusetzen, wie er Donal festgesetzt hatte. Donal, der ganz in der Nähe war und diesen Gedanken las, errötete vor Zorn.

»*Das* habe ich bis zu diesem Augenblick nicht gewußt. Lord Elhalyn kann von Glück reden, daß mein Pflegevater es nicht wußte.«

Ian-Mikhail seufzte. »Hier sind wir im Frieden. Wir stellen keine Waffen her und nehmen an keinen Kriegen teil. Aber du bist einer von uns, Allart. Wir müssen deine Frau vor Schaden bewahren. Ich kann es mir nicht vorstellen. Ich bin auch in Nevarsin unterrichtet worden und würde lieber mit einem Leichnam oder *Cralmac* zusammenliegen als mit einer unwilligen Frau. Aber ich habe gehört, daß dein Bruder ein erbarmungsloser Mann ist und über alle Maßen ehrgeizig. Geh, Allart. Setz dich durch die Verstärker mit Cassandra in Verbindung. Ich werde den Kreis für heute abend zusammenrufen.«

Allart ging in die Matrix-Kammer, zwang sich zur Ruhe für die bevorstehende Arbeit, warf sich in die wirbelnde Dunkelheit der Verstärker und trieb auf dem Gewebe elektrischer Energien, wie er an diesem Morgen auf den Luftströmen des Winterhimmels getrieben war. Dann fühlte er ohne Vorwarnung die vertraute Berührung in seinem Geist. Solch ein Glück hatte er nicht zu erhoffen gewagt: Cassandra war selbst in den Verstärkern.

Allart? Bist du es, Liebster?

Erstaunen und Überraschung, die sie den Tränen nahezubringen schienen ... *Du bist in Tramontana? Du weißt, daß wir hier alle um den alten König trauern?*

Allart hatte es gesehen, wenn auch niemand daran gedacht hatte, ihn förmlich davon zu unterrichten.

Allart, ehe du anfängst zu erzählen, was dich nach Tramontana gebracht hat – ich habe ... Ich will dich nicht beunruhigen, aber ich habe Angst vor deinem Bruder. Er hat mir einen Höflichkeitsbesuch abgestattet und gesagt, die eingeheirateten Verwandten sollten einander kennen. Und als ich mein Mitgefühl über Cassildes Tod und den Tod seines jungen Sohnes aussprach, redete er von einer vergangenen Zeit, als Brüder und Schwestern alle Frauen gemeinsam hatten, und sah mich dabei so merkwürdig an. Ich fragte ihn, was er damit meinte, und er sagte, es würde eine Zeit kommen, in der ich es verstehen würde, aber ich konnte seine Gedanken nicht lesen ...

Bis zu diesem Augenblick hatte Allart gehofft, es handele sich um angstgeborene Phantasien. Jetzt wußte er, daß seine Vorausschau richtig war.

Deshalb bin ich hier, Liebste. Du mußt Hali verlassen und zu mir in die Berge kommen.

In dieser Jahreszeit dorthin reiten? In die Hellers?

Er konnte ihre Angst spüren. In Nevarsin ausgebildet, hatte Allart keine Angst vor dem mörderischen Wetter der Hellers, aber er wußte, daß ihre Furcht echt war. *Nein. In diesem Augenblick versammelt sich der Kreis, um dich durch die Schirmgitter hierherzubringen. Du hast doch keine Angst davor, Liebste?*

Nein ... Aber die ferne Verneinung klang nicht sehr sicher.

Es wird nicht mehr lange dauern. Aber jetzt geh und bitte die anderen zu kommen.

Ian-Mikhail, jetzt im scharlachroten Gewand eines Bewahrers, trat in die Matrix-Kammer. Hinter ihm konnte Allart das Mädchen Rosaura, dem er vorher schon begegnet war, und ein halbes Dutzend von den anderen sehen. Die weißgekleidete Überwacherin arbeitete mit den Regulatoren und richtete sie auf die Ankunft eines Außenstehenden ein. Sie setzte die Energiesperre in Gang, die es für jeden unmöglich machen würde, körperlich oder geistig in den Raum und die Zeit einzudringen, wo sie arbeiteten. Dann spürte Allart die vertraute Körper-Geist-Berührung und wußte, daß er wegen seiner Teilnahme am Kreis überwacht wurde. Er war ihnen dankbar dafür, daß sie die Anwesenheit jemandes von außerhalb ihres engen Kreises duldeten; aber er wußte nicht, wie er seinen Dank ausdrükken sollte. Doch er war nicht vollständig ein Außenstehender; er hatte sie mehr als einmal bei der Arbeit in den Verstärkernetzen berührt. Er war ihnen *bekannt* und fühlte deswegen eine merkwürdige Behaglichkeit.

Ich habe meinen Bruder verloren. Damon-Rafael ist mein Feind. Und doch werde ich nie mehr völlig bruderlos sein, da ich in den Verstärkern gearbeitet und die Berührung von Geist zu Geist über die ganze Welt erlebt habe. Ich habe Schwestern und Brüder in Hali und Tramontana und in Arilinn und Dalereuth und überall in den Türmen . . .

In solch einem Sinne waren Damon-Rafael und ich nie Brüder.

Ian-Mikhail versammelte jetzt den Kreis und wies jedem seinen Platz zu. Allart zählte neun Personen. Er trat näher und setzte sich in den Ring vereinter Körper, die sich nirgendwo berührten, aber einander nahe genug waren, um die anderen als elektrische Felder zu spüren. Er sah die inneren Wirbel in Kraftfeldern, die die anderen waren. Er sah, wie sich das Feld um Ian-Mikhail aufzubauen begann, als der Bewahrer die ungeheuren Energien der verknüpften Matrixsteine ergriff und anfing, sie zu drehen und in einen Kraftkern auf dem Schirmgitter vor ihnen zu lenken. Bisher hatte er nur mit Coryn als Bewahrer gearbeitet, und dessen geistige Berührung war sanft und kaum wahrnehmbar. Im Gegensatz dazu spürte Allart, wie Ian-Mikhail ihn ergriff, beinahe brutal an ihm zerrte und ihn in den Kreis plazierte. Aber in seiner Stärke lag keinerlei Bosheit. Es war nur die entschiedene Art, in der er arbeitete; jeder benutzte seine Psi-Kräfte auf besondere Art und Weise.

Einmal im Kreis, in den Verstandesring eingeschlossen, schwand das persönliche Denken und machte dem summenden Bewußtsein eines vereinten, konzentrierten *Zwecks* Platz. Allart konnte die Kraft, die sich im Innern des Schirms aufbaute, spüren – eine ungeheuer ausgedehnte singende Stille. Durch die Entfernung getrübt, berührte er den vertrauten Geist der anderen: Coryn, wie ein flüchtiger Händedruck; Arielle ein schneller Lufthauch, schwankend, wahrnehmbar; Cassandra . . . Sie waren *dort*, sie waren *hier* – dann wurde er von der sengenden Überladung, dem Geruch von Ozon, dem ungeheuren Aufblitzen, den brennenden Energien, die wie ein Blitz auf den Höhen einschlugen, blind und taub.

Schlagartig zerbrach das Muster, und sie waren wieder einzelne, voneinander getrennte Individuen; Cassandra kniete bleich und benommen auf den Steinen vor dem Kreis.

Sie wankte, drohte zu stürzen, aber Rosaura ergriff sie und gab ihr Halt. Dann war Allart bei ihr und hob sie in seine Arme. Sie sah ihn an, voller Erschöpfung und Entsetzen.

Mit einem dünnen Lachen sagte Ian-Mikhail: »Du bist so erschöpft wie nach einem Zehntageritt. Es mußte eine bestimmte Menge Energie verwendet werden, aber es ist gelungen. Jetzt komm mit uns. Wir müssen essen und unsere Kräfte erneuern. Erzähl uns alle Neuigkeiten von Hali, wenn du willst.«

Allart war geschwächt und spürte den ungeheuren Hunger des Energieentzugs. Zum ersten Mal aß er die gesüßten Speisen in der Matrix-Kammer ohne Übelkeit oder Widerwillen. Er war nicht genug Techniker, um den Prozeß zu verstehen, der Cassandra durch den Raum über die Strecke eines Zehntageritts teleportiert hatte. Aber sie war da, ihre Hand in seiner verschränkt, und das war ihm genug.

Die weißgekleidete Überwacherin kam und bestand darauf, beide zu untersuchen. Sie widersprachen nicht.

Während sie aßen, berichtete Cassandra die Neuigkeiten von Hali. Der Tod und das Begräbnis des alten Königs; der Rat war zusammengerufen, um Prinz Felix zu untersuchen – er war noch nicht gekrönt, würde wahrscheinlich nie gekrönt werden; die Aufregung unter den Leuten von Thendara, die den verbindlichen jungen Prinzen unterstützten. Es hatte einen erneuten Waffenstillstand mit den Ridenows gegeben, und der Hali-Turm war gezwungen worden, ihn dazu zu nutzen, Haftfeuer-Vorräte zu schaffen. Cassandra zeigte Allart eine der charakteristischen Verbrennungen an ihrer Hand.

Allart hörte voller Erstaunen zu. Seine Frau. Und doch fühlte er, daß er sie vorher nie gesehen hatte. Beim letzten Mal war sie kindlich, unterwürfig, immer noch krank als Reaktion auf ihre selbstmörderische Verzweiflung gewesen. Jetzt, knapp ein halbes Jahr danach, schien sie Jahre älter zu sein. Ihre Stimme und ihre Bewegungen waren fester, entschiedener. Das war kein verängstigtes Mädchen, sondern eine Frau. Ausgeglichen, zuversichtlich, selbstsicher. Sie sprach zwanglos und sachkundig mit den anderen Überwachern über die beruflichen Anforderungen ihrer präzisen Arbeit.

Was kann ich einer Frau wie dieser geben? fragte Allart sich. *Damals hat sie sich an mich geklammert, weil ich stärker war und sie meine Kraft brauchte. Aber jetzt, da sie mich nicht mehr braucht, wird sie mich da noch lieben?*

»Komm, Cousine«, sagte Rosaura. »Ich muß dir ein paar Kleidungsstücke suchen. In den Sachen, die du jetzt trägst, kannst du nicht reisen.«

Cassandra lachte und blickte an dem lockeren, warmen Gewand der Überwacherin hinunter, das ihre einzige Bekleidung darstellte.

»Ich danke dir, Cousine. Ich bin sehr eilig hierhergekommen und hatte keine Zeit, meine Habseligkeiten zu packen.«

»Ich werde dir Kleider für die Reise zusammensuchen und etwas Unterbekleidung«, sagte Rosaura. »Wir haben etwa die gleiche Größe. Wenn du Burg Aldaran erreichst, kann man dir sicher passende Kleidungsstücke geben.«

»Gehe ich mit dir nach Aldaran, Allart?«

Ian-Mikhail schaltete sich ein. »Es sei denn, du würdest lieber hier bei uns bleiben . . . Wir brauchen immer sachkundige Überwacher und Techniker.«

In der Art, wie sie seine Hand drückte, war etwas von der alten, kindgleichen Cassandra.

»Ich danke dir, aber ich werde mit meinem Gatten gehen.«

Die Nacht war weit fortgeschritten. Der Schnee tobte wild um die Höhen des Turms. Rosaura zeigte ihnen ein Zimmer, das im unteren Stockwerk vorbereitet worden war.

Als sie allein waren, fragte Allart sich erneut: *Was kann ich einer Frau wie dieser geben? Sie ist nicht länger auf meine Kraft angewiesen!* Aber als er sich ihr zuwandte, fühlte er, wie die Barrieren eine nach der anderen sanken und sich ihr Geist traf, ehe er sie berührte. Er wußte: Zwischen ihnen gab es nichts Trennendes.

Im grauen Licht der Dämmerung wurden sie von einem plötzlichen Klopfen an der Tür geweckt. Es war nicht laut, hatte aber irgendwie einen drängenden Klang und barg eine Erregung, die Allart hochfahren ließ. Wild blickte er sich nach einem Grund um, der hinter dieser heftigen Störung liegen mochte. Cassandra richtete sich auf und sah ihn in dem trüben Licht ängstlich an.

»Was ist das? Oh, was ist das?«

»Damon-Rafael«, antwortete Allart, bevor er sich klar machte, daß das verrückt war. Damon-Rafael war zehn Tagereisen entfernt in den Tiefländern, und es gab keinen Weg für ihn, hier einzudringen. Und doch war der Anblick von Rosauras bleichem, geängstigtem Gesicht ein Schock für ihn, als er die Tür öffnete. Hatte er *wirklich* erwartet, seinen Bruder zu sehen, bewaffnet für einen Kampf oder um zu töten, bereit, in den Raum einzudringen, wo er – mit seiner Frau wieder vereint – schlief?

»Es tut mir leid, daß ich euch störe«, sagte Rosaura, »aber Coryn von Hali ist in den Verstärkern. Er sagt, er muß sofort mit dir sprechen, Allart.«

»Um diese Zeit?« Allart fragte sich, wer da wohl verrückt geworden war, denn die Dämmerung ging am Rand des Himmels gerade erst in Rosa über. Trotzdem kleidete er sich hastig an und eilte die lange Treppe zur Matrix-Kammer hinauf, weil er sich zu verwirrt fühlte, um sich dem Steigschacht anzuvertrauen.

Ein junger Techniker, den Allart nicht kannte, war in den Verstärkern.

Bist du Allart Hastur von Elhalyn? Coryn hat darauf bestanden, daß du geweckt wirst.

Allart nahm einen Platz in dem Verstärkerkreis ein. Als er seine Gedanken hinausstreckte, fühlte er Coryns Berührung auf seinem Geist.

Cousin? Zu einer solchen Stunde? Was kann in Hali geschehen sein?

Ich mag es genausowenig wie du. Aber vor wenigen Stunden kam Damon-Rafael wütend an die Tore von Hali und verlangte, daß wir ihm deine Frau übergeben – als Geisel gegen einen Verrat von deiner Seite. Ich wußte nicht, daß in unserer Familie der Wahnsinn grassiert, Allart!

Nicht Wahnsinn, aber eine Spur von Laran, *und ein kleines bißchen meiner eigenen Vorausschau,* sandte Allart als Antwort zurück. *Habt ihr ihm gesagt, daß ihr sie hierhergeschickt habt?*

Ich hatte keine Wahl, erwiderte Coryn. *Jetzt hat er verlangt, daß wir den Tramontana-Turm mit unseren Kräften angreifen, wenn sie nicht schnell einwilligen, sie zurückzusenden – und vor allem auch dich . . .*

Allart entfuhr ein bestürzter Pfiff. Hali war durch Gesetz und Brauch verpflichtet, seine Kräfte für den Elhalyn-Lehnsherren einzusetzen. Man konnte Tramontana mit psychischen Blitzschlägen bombardieren, bis die Arbeiter im Turm tot oder irre waren. Hatte er seinen Freunden hier, die Cassandra zu ihm gebracht hatten, den Untergang gebracht? Wie hatte er sie nur in seine Familiensorgen verwickeln können? Jetzt war es zum Bedauern zu spät.

Coryn fuhr fort: *Wir haben es natürlich abgelehnt, und er hat uns einen Tag und eine Nacht gegeben, unsere Antwort zu erwägen. Wenn er wiederkommt, müssen wir in der Lage sein, ihm zu berichten, daß keiner von euch sich mehr in Tramontana befindet und daß ein solches Bombardement sinnlos wäre. Unsere Antwort muß auch seine eigene* Leronis *zufriedenstellen.*

Ihr könnt ganz sicher sein, daß wir vor Tagesanbruch Tramontana verlassen haben, versicherte Allart ihm und ließ den Kontakt abbrechen.

22

Sie brachen bei Tagesanbruch auf. Zu Fuß. Tramontana hielt keine Reittiere, und ihre Eskorte hatte sich auf jeden Fall gestern zur selben Zeit wie Donal und Allart in ihren Gleitern auf den Weg gemacht. Es gab nur eine Verbindungsstraße, und irgendwann an diesem Tag würden sie der Gruppe, die von Aldaran kam, begegnen.

Das Wichtigste war, Tramontana zu verlassen, damit Hali sich berechtigterweise weigern konnte, den anderen Turm zu bombardieren. *Wir können keine Katastrophe über unsere Brüder und Schwestern von Tramontana bringen; nicht, wenn sie sich um unseretwillen angreifbar gemacht haben.*

Cassandra blickte zu ihm auf, als sie den steilen Pfad nebeneinander hinabstiegen. Allart erschien es, als offenbare ihr Blick geradezu schreckliche Verletzlichkeit. Erneut war er in Leben und Tod für diese Frau verantwortlich. Er sagte nichts, blieb aber ganz nahe bei ihr.

»Allen Göttern sei Dank für das prächtige Wetter«, sagte Donal. »Wir sind für eine Reise von mehr als einem Tag durch diese Hügel äußerst dürftig ausgerüstet. Aber die Gruppe, die uns entgegenkommt, hat Zelte, Decken und Nahrung. Wenn wir sie erst einmal getroffen haben, können wir, falls nötig, einige Tage ein Lager aufschlagen, wenn ein Sturm uns überrascht.« Seine geübten Augen musterten den Himmel. »Aber es erscheint mir unwahrscheinlich, daß es dazu kommt. Wenn wir sie kurz nach Mittag auf der Straße treffen – und das werden wir sehr wahrscheinlich –, können wir Aldaran irgendwann morgen nachmittag erreichen.«

Während er sprach, traf Allart ein kleiner Schock innerer Angst. Einen Augenblick schien es, daß er durch wirbelnde Schneeflocken und tosenden Wind schritt, und Cassandra war nicht mehr an seiner Seite . . . Nein! Es war vorüber. Kein Zweifel, Donals Worte hatten in ihm die Angst vor einer der entfernt möglichen Zukunftsentwicklungen aufsteigen lassen, die wahrscheinlich nie eintreten würden. Als die Sonne über einer Schicht tiefroter Wolken auf den fernen Gipfeln aufging, streifte er die Kapuze seines Reiseumhangs zurück – er hatte ihn von Ian-Mikhail geliehen, da er im Gleiter keine schweren Kleidungsstücke tragen konnte, und seine gesamte Ausrüstung für kaltes Wetter war bei der Begleitgruppe, die von Aldaran aufgebrochen war. Sie hatten natürlich erwartet, bequem in Tramontana warten zu können, bis die Eskorte dort anlangte. Donal war ebenfalls mit einem geliehenen Umhang beladen – denn obwohl das Wetter für diese Jahreszeit unglaublich schön schien, wagte niemand, ohne sturmfeste Kleidung, ganz gleich, wie unwahrscheinlich er auch sein mochte, in die Hellers aufzubrechen. Cassandra trug von Rosaura geliehene Kleidungsstücke, die für sie ein wenig zu kurz waren. Die Farben, auf die zartgebräunte Rosaura abgestimmt, ließen ihre zarte, dunkle Schönheit blaß und farblos wirken, und der kurze Rock enthüllte ihre Knöchel ein wenig mehr, als es eigentlich ziemlich war, aber sie nahm es von der lustigen Seite.

»Das ist viel besser für diese steilen Pfade!« Sie rollte Rosauras hellgrünen Reiseumhang zusammen und packte ihn achtlos unter den Arm. »Er ist viel zu warm. Ich würde lieber nicht mit ihm belastet sein«, sagte sie lachend.

»Du kennst unsere Berge nicht«, sagte Donal sachlich. »Wenn auch nur ein kleiner Wind aufkommt, wirst du froh über den Umhang sein.«

Aber als die Sonne in den Himmel stieg, wuchs Allarts Zuversicht. Nach einem Marsch von über einer Stunde war Tramontana ihrem Blick entschwunden. Allart fühlte sich erleichtert. Jetzt hatten sie den Turm wirklich verlassen. Wenn Damon-Rafael nach Hali kam und verlangte, daß sie zu ihm gebracht werden sollten, konnte der Kreis aufrichtig erklären, daß sie außer Reichweite waren.

Würde er dann seine Wut am Hali-Kreis auslassen? Höchstwahrscheinlich nicht. Er brauchte dessen Bereitschaft für den Krieg, den er gegen die Ridenows führte, und um Waffen herzustellen, die ihm taktische und militärische Vorteile gaben. Und Coryn war ein begabter Waffenerfinder. *Viel zu begabt*, dachte Allart. *Wäre das Reich in meinen Händen, würde ich sofort Frieden mit den Ridenows schließen und einen Waffenstillstand, der lang genug wäre, um unsere Differenzen auf sinnvolle Weise beizulegen. Aldaran hat recht: Wir haben keinen Grund, gegen die Ridenows in Serrais Krieg zu führen. Wir sollten sie bei uns aufnehmen und dankbar sein, wenn das* Laran *der Frauen von Serrais, die sie geheiratet haben, am Leben bleibt.*

Nach einigen Stunden Fußmarsch, als die Sonne die Mittagsposition erreichte, hatten auch Donal und Allart ihre schweren Umhänge und selbst die Über-Tunika ausgezogen. Die Leute von Tramontana hatten ihnen ausreichend Speisen für eine oder zwei Mahlzeiten mitgegeben – »Für den Fall«, hatten sie gesagt, »daß eure Eskorte auf der Straße irgendwie aufgehalten wird. Reittiere könnten lahmen oder Steinschlag die Straße eine Zeitlang unpassierbar machen.« Sie setzten sich auf einige Felsen neben der Straße und aßen flache Brotkuchen, getrocknete Früchte und Käse.

»Gnädige Avarra«, sagte Cassandra, als sie die Reste der Mahlzeit zusammenpackte, »es scheint, sie haben uns genug für eine Dekade mitgegeben. Es hat sicher keinen Sinn, all das mitzuschleppen.«

Allart zuckte die Schultern und steckte die Päckchen in eine der Taschen seiner Über-Tunika. Irgend etwas an dieser Bewegung erinnerte ihn an den Tagesbeginn in Nevarsin, wo er die wenigen Dinge, die zu besitzen ihm erlaubt war, in den Taschen seines Gewands verstaut hatte.

Donal, der die übrigen Nahrungsmittel nahm, schien einen Teil des Witzes mitzubekommen. »Ich fühle mich wie Fro' Domenick mit seinen vollgestopften Taschen«, sagte er und pfiff eine kleine Melodie aus Dorilys' Lied.

Vor etwas mehr als einem Jahr, dachte Allart, *hatte ich mich damit abgefunden, den Rest meines Lebens innerhalb der Mauern eines Klosters zu verbringen.* Er sah Cassandra an, die ihre Röcke fast bis zu den Knien schürzte und eine kleine Steinmauer hinaufstieg, um ein Rinnsal zu erreichen, das klar und kalt von den Höhen hinabtröpfelte. Sie bückte sich, um das Wasser in ihrer Hand zu fangen und zu trinken. *Ich dachte, ich könnte mein ganzes Leben als Mönch verbringen und keine Frau würde mir je etwas bedeuten. Aber es würde mich auseinanderreißen, von ihr getrennt zu werden.* Er kletterte über die Mauer und bückte sich, um ebenfalls zu trinken. Als ihre Hände sich berührten, wünschte Allart sich plötzlich, Donal wäre nicht bei ihnen. Dann lachte er beinahe über sich selbst. Sicher hatte es im vergangenen Sommer Stunden gegeben, in denen Renata und Donal unter *seiner* Gegenwart gelitten hatten – ebenso unwillig, wie er jetzt Donals Begleitung erduldete.

Sie saßen eine Zeitlang neben der Straße, ruhten sich aus und spürten die Wärme der Sonne auf ihren Köpfen. Cassandra erzählte ihm von der Ausbildung als Überwacherin und ihrer Arbeit als Mechanikerin. Allart berührte die knochentiefe Haftfeuer-Narbe auf ihrer Hand mit einem Anflug von Schaudern, plötzlich froh darüber, daß sie außer Reichweite des Krieges war. Dann berichtete er von Dorilys' merkwürdiger Gabe, erwähnte dabei oberflächlich das Entsetzen der Todesfälle, die ihren Verlobungen gefolgt waren, und berichtete von ihren Sturmflügen.

»Du solltest es auch versuchen, Cousine«, sagte Donal, »wenn der Frühling kommt.«

»Ich wünschte, ich könnte es. Aber ich weiß nicht, ob ich gerne Reithosen tragen würde – selbst dafür.«

»Renata tut es«, sagte Donal.

Cassandra lachte vergnügt. »Sie war schon immer mutiger als ich.«

Plötzlich bedrückt, sagte Donal: »Allart ist mein treuer Cousin und Freund, und ich habe keine Geheimnisse vor seiner Frau. Renata und ich wollten Mittwinter heiraten. Aber jetzt hat mein Vater andere Wünsche.« Langsam erzählte er ihr von Aldarans Plan, daß er und Dorilys heiraten sollten, damit er Aldaran legal erben konnte. Cassandra sah ihn mit freundlichem Mitgefühl an.

»Ich habe Glück gehabt. Meine Familie gab mich an Allart, den ich noch nie gesehen hatte, aber in ihm fand ich einen Mann, den ich lieben konnte«, sagte sie. »Aber ich weiß, daß das nicht immer so ist – noch nicht einmal sehr häufig. Und mir ist klar, was es bedeutet, von dem geliebten Menschen getrennt zu sein.«

»Ich werde von Renata *nicht* getrennt werden«, sagte Donal leise und grimmig. »Diese Farce einer Vermählung mit Dorilys wird nicht mehr als eine Fiktion sein. Sie wird nur so lange dauern, wie mein Vater lebt. Dann werden wir Dorilys – wenn sie will – einen Ehemann suchen. Renata und ich werden dann fortgehen. Wenn Dorilys nicht heiratet, werde ich als ihr Wächter bleiben. Sollte es ihr Wunsch sein, einen meiner *Nedestro*-Söhne als ihren Erben zu adoptieren: schön und gut. Falls nicht, ist das auch nicht schlimm. Ich werde mich zwar nicht gegen meinen Vater auflehnen, ihm aber auch nicht gehorchen. Nicht, wenn er will, daß ich meine Halbschwester ins Bett nehme und mit ihr einen Sohn zeuge.«

»Ich würde meinen, das sollte sich nach Dorilys' Wünschen richten, Cousin. Die Fürstin von Aldaran kann keinen Skandal entfachen, indem sie sich Gardisten oder Söldner ins Bett nimmt, wenn sie gesetzlich mit einem anderen verheiratet ist ... Vielleicht wünscht sie es nicht, ohne Liebe und kinderlos zu leben.«

Donal blickte von ihr weg. »Sie mag tun, was sie wünscht, aber wenn sie Söhne bekommen sollte, dann werden sie nicht von mir sein. Allart hat mir genug davon erzählt, was das Zuchtprogramm und die damit verbundene Inzucht unter unserem Volk angerichtet hat. Meine Mutter hat diese bittere Frucht geerntet, und ich werde nicht mehr davon aussäen.«

Vor der Schärfe seiner Worte schrak Cassandra zurück. Allart, der ihr Unbehagen fühlte, hob ihren Umhang auf und sagte: »Ich schlage vor, wir gehen weiter. Die Eskorte kann sich schneller als wir bewegen, aber selbst eine Stunde Fußmarsch ihnen entgegen wird die Zeit verkürzen, die wir morgen auf der Straße verbringen müssen.«

Der Pfad war jetzt weniger steil, aber der Sonnenschein wurde von Schatten getrübt, als lange, federgleiche Spuren grauer Wolken am Himmel entlangtrieben. Donal zitterte und blickte nervös zu den

Höhen, die von grauen Massen verdunkelt wurden. Aber er sagte nichts, zog nur seinen Umhang am Hals fester.

Allart, der seine Befürchtungen wahrnahm, dachte: *Es wäre gut, wenn wir die Eskorte so bald wie möglich treffen.*

Wenige Minuten später war der ganze Himmel mit Wolken bedeckt. Allart spürte, wie eine Schneeflocke sein Gesicht streifte. Sie schwebten langsam herab, fielen in langgezogenen Spiralen. Cassandra fing sie mit den Händen ein und bewunderte ihre Größe wie ein Kind. Allart, der in Nevarsin gelebt hatte, wußte einiges über die Stürme in den Hellers.

So kommt Damon-Rafael vielleicht doch noch zu seinem Willen. Indem er uns im Winter aus der Sicherheit des Tramontana-Turms vertreibt, wenn es sehr wahrscheinlich zu Stürmen kommt, kann er sich möglicherweise ohne Mühe eines gefährlichen Rivalen entledigen . . . Wenn ich in diesem Sturm sterbe, gibt es niemanden, der seinem Willen zur Macht entgegensteht. Erneut begann das *Laran* ihn zu überwältigen, bescherte ihm quälende Bilder von Zerfall und Entsetzen, von tobenden Kriegen, zerstörtem und brennendem Land, von einem Zeitalter des Chaos über ganz Darkover, von Dalereuth bis zu den Hellers.

»Allart!« sagte Cassandra, als sie einige Bilder von Zerfall und Chaos aus seinem Geist aufgriff. »Was stimmt nicht?«

Und ich muß Cassandra schützen. Nicht nur vor meinem Bruder, sondern auch vor den wütenden Elementen.

»Wird es zu einem Blizzard kommen?« fragte sie plötzlich ängstlich. Allart blickte auf den dichter werdenden Schneefall.

»Ich bin nicht sicher«, antwortete er und sah zu, wie Donal einen angefeuchteten Finger in den Wind hob und ihn langsam drehte, um herauszufinden, woher er kam. »Aber es besteht schon einige Gefahr, wenn auch nicht unmittelbar. Wir können die Eskorte auf dem Weg treffen, ehe es schlimmer wird. Sie hat Lebensmittel, Kleidung und Schutzausrüstungen, und dann brauchen wir nichts mehr zu fürchten.«

Während er sprach, begegnete er Donals Blick und wußte, daß es schlimmer war, als er angenommen hatte. Der Sturm kam aus der Richtung von Aldaran. Deshalb hatte er die Eskorte wahrscheinlich schon zum Anhalten gezwungen. Vermutlich hatten sie ein Lager aufgeschlagen, weil sie nicht mehr in der Lage waren, die Straße zu sehen. Die Tiere konnten sich in dem schweren Schnee keinen Weg mehr bahnen. Die Eskorte traf keine Schuld; sie mußte glauben, daß Allart, Donal und Cassandra sicher unter den Freunden im Turm weilten.

Wie konnte man erwarten, daß sie mit Damon-Rafaels Bosheit rechnete?

Cassandra wirkte entsetzt. *Kein Wunder, wenn sie meine Gedanken liest*, dachte Allart und machte sich daran, ihre Ängste zu zerstreuen. Er hatte zuviel Achtung vor ihr, um beruhigende Lügen zu offerieren, aber andererseits war ihre Lage nicht so schlimm, wie Cassandra fürchtete.

»Eins der ersten Dinge, die ich in Nevarsin lernte, war, einen Schutz an unwirtlichen Orten zu finden und plötzliche Stürme ohne Schaden zu überstehen. Donal«, fuhr er fort, »ist bei der Eskorte jemand mit etwas *Laran*, damit du und ich ihn erreichen und die Gruppe von unserer mißlichen Lage unterrichten könnten?«

Donal blieb stehen, um darüber nachzudenken. Schließlich sagte er bedauernd: »Ich fürchte, nein, Cousin. Aber ein Versuch kann nicht schaden. Einige Männer können Gedanken empfangen, obwohl sie keine senden können und es nicht für *Laran* halten.«

»Dann versuche, sie zu erreichen«, wies Allart ihn an. »Sie haben keinen Grund, uns nicht sicher in Tramontana zu vermuten, und sollten wissen, daß dem nicht so ist. Inzwischen . . .« Er ließ seine Blicke auf der Suche nach einer Schutzmöglichkeit schweifen, versuchte die Straße entlang nach vorn zu denken, um zu sehen, ob es irgendein altes Gebäude gab, ein Kotten, eine verlassene Scheune, vielleicht sogar ein bewohnter Platz, wo sie Schutz finden konnten.

Aber soweit er mit seiner Hellsicht blicken konnte, gab es nichts dergleichen. Der Landstrich, den sie durchwanderten, hätte für alle Zeit von menschlichen Füßen unberührt sein können, denn hier vergingen alle Spuren der Menschheit. Seit der kleinen Steinmauer, an der sie ihr Mittagsmahl zu sich genommen hatten, war kein Anzeichen einer Wohnstätte aufgetaucht.

Es war Jahre her, daß Allart sein Überlebenstraining für die Berge hatte einsetzen müssen. Das letzte Mal in seinem dritten Jahr in Nevarsin, als er – mit bloßen Händen und nur mit der Mönchskutte bekleidet – in die schlimmste Jahreszeit hinausgeschickt worden war, um den Beweis zu erbringen, daß er für die nächste Stufe des Trainings geeignet sei. Der alte Mönch, der ihn unterrichtet hatte, hatte gesagt: »Nach einer verlassenen menschlichen Wohnstätte ist der nächstbeste Schutz ein Dickicht aus nahe beieinanderstehenden Bäumen. Danach eine Felsleiste, die vom Wind abgewandt ist und etwas Vegetation trägt.« Allart runzelte die Stirn, versuchte sich zu erinnern und suchte den vor ihm liegenden Weg ab.

Haben wir Zeit, nach Tramontana zurückzukehren? Seine

Schritte geistig zurückverfolgend, sah er an dieser Wahrscheinlichkeitslinie nur ihre drei toten Körper, verkrümmt und erfroren am Rand der Straße.

Zum ersten Mal in seinem Leben war er dankbar für sein *Laran*, das ihm ermöglichte, jede Entscheidung, die sie treffen mochten, deutlich vorauszusehen. Denn von den Entscheidungen, die sie jetzt trafen, hing mit Sicherheit ihr Leben ab. Auf dem Weg, der direkt vor ihnen lag, sah er, daß der Pfad enger wurde. Dort konnten sie, geblendet vom immer dichter werdenden Schneefall, einen Fehltritt tun und eine viele Meter tiefe Felsspalte hinabstürzen, wo man ihre Körper nie finden würde. Sie durften diesen Weg nicht weitergehen. Seiner deutlichen Warnung folgend, blieben Cassandra und Donal stehen und erwarteten seine Anweisungen. Sie waren im dichter fallenden Schnee jetzt nur noch verschwommene Gestalten. Von den Höhen hatte ein heftiger Wind eingesetzt, der heulend hinabfuhr.

Ein kurzes Wegstück vor ihnen führte ein Pfad zu einer Felsgruppe hinauf. Die dichtgruppierten Felsen boten fast ebensoviel Schutz wie ein Gebäude. Allart wollte sie gerade dorthin führen. Dann zögerte er und untersuchte mit seinem *Laran* diese Wahrscheinlichkeitslinie. In panischem Schrecken fuhr er zurück. Die Felsformation war das Nest von Todesvögeln, den schrecklichen, flugunfähigen Fleischfressern, die oberhalb der Baumgrenze lebten und durch einen unfehlbaren Tropismus von allem angezogen wurden, das die Körperwärme des Lebens besaß. *Diesen* Weg durften sie nicht nehmen!

Sie konnten nicht hier bleiben. Der Wind war stark genug, um sie über die Felskante zu schleudern, und der Schnee um sie herum wurde immer dichter. Cassandra zitterte schon. Zurück nach Tramontana konnten sie nicht. Sie konnten nicht zu den Todesvögeln hinauf und auch nicht den Weg weitergehen, wo der Pfad sich über dem Abgrund verengte. Aber hier bleiben konnten sie auch nicht. Gab es noch eine andere Alternative als den Tod? War es ihr vorbestimmtes Schicksal, in diesem Blizzard zu sterben?

Heiliger Lastenträger, gib mir Kraft! Hilf mir, einen Weg zu sehen, betete Allart. Seit er vom Kloster weg war, hatte er fast verlernt zu beten. Angst um sich selbst hätte ihn nicht dazu gebracht, aber Cassandra, die zitternd in seinem Arm lag, veranlaßte ihn, jeden möglichen Weg zu probieren.

Sie konnten nicht nach Tramontana zurückkehren, aber ein kurzes Wegstück zurück war die Steinmauer. Sie war lange verlassen und im Zerfall begriffen, würde aber einen besseren Schutz als der offene Pfad bedeuten. Und hinter ihr – jetzt sah er es sowohl in der

Erinnerung als auch mit dem *Laran* – befand sich ein dichter Busch immergrüner Pflanzen.

»Wir müssen dorthin zurück, wo wir unser Mittagsmahl genommen haben«, sagte er, sorgsam darauf bedacht, das Heulen des Windes zu übertönen.

Langsam und einander festhaltend, weil der Schnee unter ihren Füßen naß und rutschig war, suchten sie den Weg zurück durch ihre Fußspuren. Es war ein langsamer, mühseliger Marsch. Donal, der sein ganzes Leben in diesen Bergen verbracht hatte, trat so sicher auf wie eine Bergkatze, aber Allart war vor Jahren zum letzten Mal in den Klippen von Nevarsin gewesen und Cassandra solche Wege überhaupt nicht gewohnt. Einmal rutschte sie aus und fiel der Länge nach in den Schnee. Das dünne, geborgte Kleid rutschte bis über die Knie, ihre Hände schabten über Felsen unter dem Schneekleid. Sie lag frierend und vor Schmerzen schluchzend auf dem Boden. Mit entschlossenem Blick hob Allart sie auf. Sie hatte sich beim Sturz den Knöchel und das Knie verrenkt, und Donal und Allart mußten sie die letzten paar hundert Schritte bis zu der Steinmauer fast tragen, sie hinüberheben und ihr helfen, in das dichte Gebüsch der Pflanzen zu gelangen. Als sie sich endlich sicher wähnten, schrie Allarts *Laran* ihm entgegen, daß dies der Ort seines Todes war. Er sah ihre Körper, nach Wärme suchend aneinander geklammert, erfroren und todesstarr, und mußte sich in die natürliche, aus Bäumen gebildete Einfriedung zwingen.

Knorrig und alt, seit einem halben Jahrhundert oder länger von der Gewalt der Bergstürme gepeitscht, waren die Bäume dicht miteinander verwachsen. Innerhalb des Dickichts war der Wind schwächer, obwohl sie ihn draußen heulen hörten. Ein Flecken des Bodens war nicht von dichtem Schnee bedeckt. Allart legte Cassandra auf den Boden, faltete ihr Gewand so, daß es einen Großteil der Kälte von ihr abhielt, und fing an, ihr verletztes Bein zu untersuchen.

»Es ist nichts gebrochen«, sagte er nach einem Augenblick unsicher. Ihm fiel ein, daß sie eine ausgebildete Turm-Überwacherin war, geübt, ihren Körper und die anderer zu durchdringen, um festzustellen, was in ihnen nicht stimmte. »Der Knöchel schmerzt, hat aber keinen Schaden erlitten. Nur eine Sehne ist ein bißchen gezerrt . . . Aber die Kniescheibe ist aus ihrer normalen Lage heraus.«

Als Allart seine Aufmerksamkeit dem Knie zuwandte, sah er, daß die Kniescheibe zur Seite gerenkt war und die Stelle schnell anschwoll und sich dunkel färbte.

Erschreckt einatmend sagte sie: »Donal, du mußt meine Schulter halten, und du, Allart, mußt mein Knie und den Knöchel so packen ...« Sie zeigte es ihm. »Nein! Weiter unten, mit dieser Hand – und zieh feste! Mach dir keine Sorgen, ob du mir weh tust. Wenn sie nicht sofort an die normale Stelle gedreht wird, kann ich ein Leben lang gelähmt sein.«

Allart faßte sich, um ihren Anweisungen folgen zu können. Cassandra war gefaßt und angespannt, aber trotz ihres Mutes entfuhr ihr ein Schrei, als er die ausgerenkte Stelle anfaßte und sie fest in die alte Position drehte. Er spürte das schabende Geräusch, als die Kniescheibe in die Gelenkpfanne zurückglitt. Cassandra sank in Donals Arme zurück, und einen Moment lang schien es, als sei sie in Ohnmacht gefallen. Aber ihre Augen waren geschlossen. Sie untersuchte erneut ihren Körper, um zu sehen, was passiert war.

»Noch nicht ganz. Du mußt meinen Fuß zu dieser Seite drehen – ich kann ihn nicht bewegen –, dann wird sie sich ganz einrenken. Ja«, sagte sie mit zusamengebissenen Zähnen, als Allart ihrer Anweisung folgte. »So wird es gehen. Jetzt ziehe meinen Unterrock aus und bandagiere damit straff das Knie.« Tränen stiegen ihr in die Augen, nicht nur vor Schmerz, sondern auch aus Verlegenheit, als Allart sie anhob, um ihre Unterkleidung zu entfernen, obwohl Donal sich diskret abwandte.

Als das Knie mit Streifen aus dem Kleidungsstück verbunden war und Cassandra, blaß und zitternd, in ihren Umhang gehüllt dasaß, wog Allart nüchtern ihre Chancen ab. Der Sturm draußen hatte noch nicht einmal seinen Höhepunkt erreicht, und die Nacht, schätzte er, würde bald hereinbrechen, obwohl es jetzt schon dunkel war; ein undurchdringliches, dichtes Zwielicht, das über die tatsächliche Tageszeit nichts aussagte. Sie besaßen nur noch die Reste ihrer Wegzehrung, die für ein paar spärliche Mahlzeiten ausreichen würde. Die Stürme dauerten manchmal zwei, drei Tage oder sogar noch länger an. Unter normalen Umständen hätte jeder von ihnen auf einige Mahlzeiten verzichten können, aber das würde bei dieser strengen Kälte nicht möglich sein.

Sie konnten es wahrscheinlich zwei oder drei Tage aushalten, aber falls der Sturm viel länger dauerte oder die Straßen unpassierbar wurden, standen ihre Chancen sehr schlecht. Wäre Allart allein gewesen, hätte er sich in seinen Umhang gewickelt, einen möglichst gut geschützten Fleck gesucht und sich in Tranceschlaf versenkt. Er hätte seinen Herzschlag verlangsamt, die Körpertemperatur gesenkt und alle Bedürfnisse des Körpers – Nahrung, Schlaf, Wärme – ausgeschaltet. Aber er war für seine Frau und den jungen Donal verantwortlich. Keine außer ihm hatte diese Ausbildung erhalten. Er war der Älteste und Erfahrenste.

»Dein Umhang ist der dünnste, Cassandra, und am wenigsten geeignet, uns zu wärmen. Breite ihn auf dem Boden aus, damit er die von der Erde aufsteigende Kälte abhält«, wies er sie an. »Jetzt unsere beiden Umhänge über uns drei! Cassandra ist die Kälte der Berge am wenigsten gewohnt, deshalb werden wir sie zwischen uns nehmen.« Als sie hintereinandersitzend zusammengekauert waren, konnte er fühlen, wie Cassandras Zittern ein wenig abklang.

»Und jetzt«, sagte Allart sanft, »ist es das beste, wenn wir schlafen – falls wir es können. Vor allem verschwendet keine Energie mit Reden.«

Außerhalb ihrer geschützten Stelle heulte der Wind. Der Schnee fiel endlos in weißen Streifen, die sich gegen den schwarzen Nachthimmel abhoben. Innen fuhren nur hin und wieder Windstöße durch die dicht verflochtenen Zweige. Allart ließ sich in eine leichte Trance treiben. Er hielt Cassandra fest umarmt, damit er merkte, falls sie sich bewegte oder irgend etwas brauchte. Schließlich merkte er, daß zumindest Donal schlief. Aber Cassandra blieb wach, obwohl sie ruhig in seinen Armen lag. Es war der heftige Schmerz ihres verletzten Beins, der sie nicht schlafen ließ. Schließlich wandte sie ihm das Gesicht zu. Allart drückte sie fest.

Sie flüsterte: »Allart, werden wir hier sterben?«

Es wäre leicht gewesen, sie zu beruhigen – und falsch. Was auch geschah, zwischen ihnen mußte Aufrichtigkeit herrschen, wie vom Augenblick ihrer ersten Begegnung an. Er tastete in der Dunkelheit nach ihren schlanken Fingern und sagte: »Ich weiß es nicht, *Preciosa*. Ich hoffe, nicht.«

Sein *Laran* zeigte ihm nur Dunkelheit. Durch die Berührung ihrer Hände spürte er den sie quälenden Schmerz. Behutsam versuchte Cassandra ihr Gewicht zu verlagern, ohne Donal zu wecken, der sich eng an ihren Körper kauerte. Allart kniete hin und hob sie ein wenig an, um ihre Körperstellung zu verändern. »Ist es jetzt leichter?«

»Ein wenig.« Aber es war nicht viel, was er in ihrem beengten Schutzraum tun konnte. Das war bei all ihrem Unglück das schlimmste: Selbst wenn das Wetter umschlug, konnten sie jetzt keinen besseren Schutz suchen, denn Cassandra war wahrscheinlich einige Tage lang nicht in der Lage zu gehen. Könnte man sie pflegen, in ein heißes Bad stecken und von der matrixgeübten *Leronis* massieren und behandeln lassen, damit die Schwellung und Blutung im Gelenk aufhörte, würde es nicht allzu ernst werden. Aber lange der Kälte ausgesetzt und zur Bewegungslosigkeit verurteilt, war auf eine schnelle Heilung nicht zu hoffen. Selbst unter besseren äußeren

Umständen besaß Allart nur wenig Übung in solchen Fertigkeiten. Eine oberflächliche und schnelle erste Hilfe konnte er geben, aber nichts, was kompliziertere Kenntnisse erforderte.

»Ich hätte dich in Hali lassen sollen«, flüsterte er. Cassandra berührte in der Dunkelheit sein Gesicht.

»Dort gab es für mich keine Sicherheit, mein Gatte. Nicht, solange dein Bruder vor meiner Tür stand.«

»Aber ich habe dich in den sicheren Tod geführt . . .«

»Es hätte ebensogut meinen Tod bedeuten können, wenn ich dort geblieben wäre«, sagte sie. Verwundert hörte er unter diesen extremen Bedingungen einen Schimmer von Lachen in ihrer Stimme. »Hätte Damon-Rafael versucht, mich gegen meinen Willen zu nehmen, hätte er keine willige Frau in seinem Bett gefunden. Ich habe ein Messer und weiß, wie – und wo – man es benutzt.« Ihre Stimme wurde härter. »Ich bezweifle, daß er mich am Leben gelassen hätte, um die Geschichte seiner Erniedrigung zu verbreiten.«

»Ich glaube nicht, daß er hätte Gewalt anwenden müssen«, sagte Allart rauh. »Es ist wahrscheinlicher, daß man dich mit Drogen gefügig gemacht hätte, damit du keinen Widerstandsgeist mehr aufbringst.«

»O nein«, sagte Cassandra. Ihre Stimme war mit einem Gefühl erfüllt, das Allart nicht deuten konnte. »In diesem Fall hätte ich gewußt, wohin ich die Klinge wende.«

Allart fühlte einen Klumpen in der Kehle, der ihm eine Erwiderung unmöglich machte. Was hatte er geleistet, eine solche Frau zu verdienen? Hatte er sie jemals für furchtsam, ängstlich und kindlich gehalten? Er drückte sie fest an sich. »Versuche zu schlafen, meine Liebe. Lehne dich gegen mich, wenn das leichter ist. Ist es dir nicht zu kalt?«

»Nein, es ist nicht schlimm. Nicht, wenn ich so nahe bei dir bin«, erwiderte sie und schwieg. Langsam und gleichmäßig atmete sie ein und aus.

Habe ich ihr die Freiheit gegeben? Oder nur die Wahl, sich eine andere Todesart auszusuchen?

Die Nacht kroch dahin, eine Ewigkeit. Als der Tag anbrach, ließ die Dunkelheit nur ein wenig nach. Für die drei in der Höhle, verkrampft und ohne ausreichenden Schlaf, war es eine Qual. Allart ermahnte Donal, der wegen eines menschlichen Bedürfnisses nach draußen kroch, sich vom Dickicht nicht weiter als einen oder zwei Schritte zu entfernen. Als er wieder zu ihnen hereintaumelte, mitgenommen und schneebedeckt, sagte er, daß der Wind draußen so heftig sei, daß er ihn kaum habe aushalten können. Allart mußte Cassandra tragen – sie konnte den Fuß nicht auf den Boden setzen. Später teilte er den größten Teil der Lebensmittel vom Vortag aus. Der Schneefall zeigte kein Zeichen von Nachlassen. Soweit Allart feststellen konnte, endete die Welt außerhalb ihres Baumdickichts nach einer Armlänge im trüben Weiß eines Nichts aus Schnee.

Behutsam tastete sich sein *Laran* vor. Er sah ihr Leben fast in jedem Fall *hier* enden, aber es mußte andere Möglichkeiten geben. Wenn es ihr vorbestimmtes Schicksal war, hier zu sterben, und wenn es unausweichlich zu seinem und ihrem Tod führen mußte, Cassandra von Hali wegzubringen: Warum hatte ihm sein *Laran* nie eine Spur davon gezeigt – in keiner Wahrscheinlichkeitslinie, die er bis jetzt vorhergesehen hatte?

»Donal«, sagte Allart. Der junge Mann schreckte auf.

»Cousin . . .?«

»Du besitzt mehr von der Wetter-Gabe als ich. Kannst du den Sturm untersuchen und feststellen, wie weit er sich ausdehnt und wie lange es dauert, bis er an uns vorüberzieht?«

»Ich werde es versuchen.« Donal versank in sein inneres Bewußtsein. Allart, in schwacher Verbindung mit ihm, sah erneut die merkwürdig ausgedehnte Wahrnehmung der Spannungen und Kräfte wie Energienetze auf der Erdoberfläche und in der darüberliegenden dünnen Lufthülle. Zum Oberflächenbewußtsein zurückkehrend, sagte Donal schließlich nüchtern: »Zu weit, fürchte ich. Und er bewegt sich sehr träge. Ich wünschte, ich hätte die Gabe meiner Schwester und könnte die Stürme kontrollieren und nach meinem Willen hierhin oder dorthin bewegen.«

Plötzlich, als er wieder nach vorn zu sehen begann, wußte Allart, daß dies die Antwort war. Sein *Laran* war wirklich Vorausschau, ganz gewiß. Er konnte die Zeit verlagern und außerhalb von ihr stehen, aber sie wurde von seiner Interpretation beschränkt. Aus diesem Grund war seine Gabe als einziger Führer seiner Handlungen unzuverlässig. Er durfte sich nie mit einer für ihn offensichtlichen Zukunft zufriedengeben, denn es bestand immer die Wahrscheinlichkeit – so gering sie auch sein mochte –, daß das Zusammenwirken mit jemandem, dessen Handlungen er nicht vorhersehen konnte, sie über seine Wahrnehmungsfähigkeit hinaus verändern konnte. Er konnte seine Gabe beherrschen, aber wie beim Matrix-Juwel durfte er sich nie von ihr beherrschen lassen. Gestern hatte er sie benutzt, um Sicherheit zu finden und die offensichtlichsten Arten des Todes zu vermeiden. Sie hatte erfolgreich ihren nächstliegenden Tod abgewendet, bis er irgendeine andere Wahrscheinlichkeit erforschen konnte.

»Wenn wir irgendwie mit Dorilys Verbindung aufnehmen könnten . . .«

»Sie ist keine Telepathin«, sagte Donal zweifelnd. »Ich habe sie noch nie mit meinen Gedanken erreichen können.« Dann hob er den Blick und fuhr fort: »Renata, Renata ist Telepathin. Wenn wir beide es schaffen könnten, sie zu erreichen . . .«

Ja, denn Renata war der Schlüssel zur Kontrolle über Dorilys' Kraft.

Allart sagte: »*Du* versuchst, sie zu erreichen, Donal!«

»Aber . . . ich bin kein so starker Telepath.«

»Trotzdem. Liebende können häufig eine Verbindung herstellen wie kein anderer. Berichte ihr von unserer Lage. Vielleicht kann Dorilys den Sturm richtig einschätzen – oder ihn dazu bringen, schneller an uns vorüberzuziehen!«

»Ich werde mein Bestes tun«, sagte Donal. Die Umhänge noch immer um sich gelegt, richtete er sich auf. Er zog die Matrix heraus und konzentrierte sich. Allart und Cassandra, die sich unter dem verbliebenen Stoff aneinanderklammerten, konnten die leuchtenden, sich ausbreitenden Kraftlinien beinahe sehen. Donal schien ein festes Netzwerk aus wirbelnden Energien, Kraftfeldern zu sein . . . Dann flammte urplötzlich der Kontak auf. Allart und Cassandra, beide Telepathen, konnten sich dieser engen Verbindung nicht entziehen.

Renata!

Donal! Die Freude und Glut des Kontakts ergoß sich über Cassandra und Allart, als berühre und umarme Renata auch sie.

Ich hatte Angst bei diesem Sturm! Seid ihr sicher? Ihr seid also in Tramontana geblieben? Als der Sturm ausbrach, fürchtete ich schon, die Eskorte würde zur Rückkehr gezwungen. Sind sie schon auf euch getroffen?

Nein, meine Geliebte. Schnell, in raschen geistigen Bildern, skizzierte Donal ihre prekäre Lage. Er unterbrach Renatas entsetzte Reaktion. *Nein, Liebes, verschwende jetzt keine Zeit und Energie. Hör zu, was du tun mußt.*

Natürlich, Dorilys kann uns helfen. Eine rasche Berührung, Bewußtheit. *Ich werde sie sofort suchen und ihr sagen, was sie tun muß.*

Der Kontakt war fort. Die Kraftlinien schwanden. Donal stand zitternd unter dem doppeltgelegten Umhang.

Allart reichte ihm den Rest der Lebensmittel. Als Donal abwehrte, sagte er: »Deine Energie ist von der Arbeit mit der Matrix erschöpft, du brauchst deine Kraft.«

»Aber deine Frau . . .«, protestierte Donal. Cassandra schüttelte den Kopf. Im grauen Schneelicht wirkte sie bleich und ausgelaugt.

»Ich bin nicht hungrig, Donal. Du brauchst es weit dringender als ich. Mir ist kalt, so kalt . . .«

Allart wußte sofort, was sie meinte und was ihr jetzt bevorstand. »Wie steht es um das Bein?« fragte er.

»Ich werde es untersuchen, um mich zu vergewissern«, sagte sie. Der Anflug eines Lächelns fuhr über ihr Gesicht, aber es sah gezwungen aus. »Ich wollte das Schlimmste nicht wissen, da ich es anscheinend nicht beheben kann, wie schlimm es auch sein mag.« Allart sah, wie ihr Blick abgelenkt wurde und sich nach innen konzentrierte. Schließlich sagte sie widerstrebend: »Es sieht nicht gut aus. Die Kälte, die erzwungene Inaktivität – und im unteren Teil des Beins ist die Blutzirkulation schon beeinträchtigt. Daher bin ich anfälliger für die Kälte.«

Allart konnte nur sagen: »Uns kann schon bald Hilfe erreichen, mein Liebes. In der Zwischenzeit . . .« Er zog seine Über-Tunika aus und wickelte sie um das verletzte Knie. Dann hüllte er Cassandra in seinen zweiten Umhang. Damit blieben ihm noch die Unter-Tunika und die Breeches. Auf ihren entsetzten Protest sagte er mit einem Lächeln: »Oh, du vergißt, daß ich sechs Jahre lang ein Mönch war und nachts in noch schlechterem Wetter geschlafen habe.«

In der Tat kamen ihm jetzt die alten Lektionen zugute. Als die Kälte seine ungeschützte Haut traf, begann Allart automatisch mit der Atmungstechnik, die den Körper mit innerer Wärme überflutete. Er sagte: »Bestimmt, mir ist nicht kalt. Fühl nur . . . «

Cassandra streckte die Hand aus und wunderte sich: »Es stimmt! Du bist warm wie ein Heizofen!«

»Ja«, sagte Allart, nahm ihre frierenden Finger in die seinen und legte sie unter seinen Arm. »Hier, laß mich deine Hände wärmen.«

Donal sagte voll Erstaunen: »Ich wünschte, du könntest mir diesen Kniff beibringen, Cousin.«

Die plötzliche Wärmeflut erzeugte in Allart unermeßliche Heiterkeit. Er erwiderte: »Es erfordert wenig Unterricht. Wir bringen es den Novizen bei, wenn sie im ersten Quartal bei uns sind. Nach wenigen Dekaden tollen sie schon halbnackt im Schnee herum. Kinder, die in den ersten Tagen noch vor Kälte weinen, fangen schon bald an im Hof herumzurennen, ohne auch nur einen Gedanken an ihre Kapuze zu verschwenden.«

»Ist es ein Geheimnis eurer *Cristofero*-Religion?« fragte Donal argwöhnisch.

Allart schüttelte den Kopf. »Nein, nur ein Kniff des Verstands.

Man braucht nicht einmal eine Matrix. Das erste, was wir ihnen erzählen, ist, daß Kälte aus *Angst* geboren wird; daß sie mit Fell oder Federn zur Welt gekommen wären, wenn sie Schutz vor der Kälte bräuchten; daß die Kräfte der Natur sogar die Früchte mit Schneehülsen schützen, wenn sie es brauchen; aber der Mensch, nackt geboren, braucht keinen Schutz vor dem Wetter. Wenn sie erst einmal glauben, daß der Mensch Kleider trägt, weil er es will, aus Schamgefühl oder Zierde, aber nicht als Schutz gegen das Wetter, dann ist das Ärgste vorüber. Sie können ihre Körper schon bald willkürlich auf Kälte oder Hitze einstimmen.« Er lachte und wußte, daß die Euphorie des zusätzlichen Sauerstoffs, den er in seinen Körper nahm, auf ihn zu wirken begann und in Wärme umgewandelt wurde. »Mir ist weniger kalt als letzte Nacht unter den Umhängen und mit eurer Körperwärme.«

Cassandra versuchte, sein Atmen zu imitieren. Aber sie hatte heftige Schmerzen, was ihre Konzentration beeinträchtigte, während Donal völlig ungeübt war.

Draußen tobte der Sturm noch wilder. Allart legte sich zwischen die beiden und versuchte, sie an seiner Wärme teilhaben zu lassen. Er hatte verzweifelte Angst um Cassandra. Wenn sie noch mehr Schmerzen und Kälte erleiden mußte, würde ihr Knie lange Zeit nicht heilen und vielleicht nie wieder völlig in Ordnung kommen. Er versuchte, seine Befürchtung vor ihr zu verbergen, aber die dichte Nähe, die auch Donal befähigt hatte, Renata zu erreichen – ohne ein Turm-Schirmgitter, nur durch einen offenen Matrix-Kontakt –, bedeutete , daß er und Cassandra ähnlich miteinander verbunden waren. Besonders bei dieser körperlichen Nähe konnte keiner vor dem anderen eine solch heftige Angst verbergen.

Sie griff nach seiner Hand und murmelte: »Hab keine Angst. Der Schmerz ist nicht mehr so schlimm. Er ist es wirklich nicht.«

Nun, sobald sie Aldaran erreichten, würden Margali und Renata sie pflegen. Jetzt gab es nichts, was sie tun konnten. In dem trüben Licht hielt Allart ihre schmale, sechsfingrige Hand und betastete die knotige Narbe der Haftfeuer-Brandwunde. Cassandra hatte vor diesem Geschehen hier Krieg, Angst und Schmerzen ausgehalten, und er hatte sie nicht aus dem friedvollen Leben heraus in Gefahr gebracht. Wenn er auch nur eine Gefahr durch eine andere ersetzt hatte, wußte er doch, daß es sich um jene handelte, die sie einer anderen vorzog – und das war alles, was ein menschliches Wesen in diesen Tagen verlangen konnte. Ein wenig beruhigt zog er sich eine Zeitlang zurück, um in ihren Armen zu schlafen.

Als Allart wach wurde, war ein Schrei Cassandras zu hören.

»Seht! Der Sturm hat sich aufgeklärt!« Benommen blickte er zum Himmel empor. Es hatte völlig zu schneien aufgehört, die Wolken zogen in wildem Tempo am Himmel entlang.

»Dorilys!« sagte Donal. »Kein Sturm hat diese Hügel je in solchem Tempo überquert.« Er nahm einen langen, zitternden Atemzug. »Ihre Kraft, die Kraft, die wir alle so sehr gefürchtet haben, hat uns das Leben gerettet.«

Allart sandte sein *Laran* in der Umgebung aus. Er stellte fest, daß die Eskorte das Unwetter auf der anderen Seite der Felsnase überstanden hatte. Jetzt würde Hilfe kommen und sie mit Nahrung, Schutz und Pflege versorgen. Es konnte nicht mehr lange dauern, bis die Männer ihre Reittiere um die Felskante dirigierten.

Nicht allein Dorilys' *Laran* war für ihre Rettung verantwortlich, überlegte er nüchtern. Seine eigene Gabe, die er für einen Fluch gehalten hatte, hatte nun auch ihren Wert bewiesen – und ihre Grenzen.

Ich kann es nicht ignorieren. Aber ich darf mich auch nicht völlig auf sie verlassen. Aber ich brauche mich nicht mehr entsetzt vor ihr zu verbergen wie während der Jahre in Nevarsin. Ich darf nur nicht zulassen, daß sie meine Handlungen beherrscht.

Vielleicht fange ich an, ihre Grenzen zu erkennen, dachte Allart. Plötzlich fiel ihm auf, daß er Donal als sehr jung, beinahe kindlich eingeschätzt hatte. Ihm wurde plötzlich bewußt, daß er selbst nur zwei Jahre älter war. Mit einer völlig neuen Demut, die zum ersten Mal in seinem Leben frei von Selbstmitleid war, dachte er: *Ich bin selbst noch sehr jung. Und vielleicht ist mir nicht genug Zeit gegeben, Weisheit zu erlernen. Aber wenn ich weiterlebe, finde ich vielleicht heraus, daß einige meiner Probleme nur daher rührten, daß ich zu jung war – und zu dumm, um es zu wissen.*

Vor Schmerz und Erschöpfung blaß, lag Cassandra auf seinem Umhang. Er wandte sich ihr zu und war gerührt, daß sie versuchte, zu lächeln und tapfer zu wirken. Jetzt konnte er sie aufrichtig beruhigen und trösten, ohne seine Angst zu verbergen. Hilfe war unterwegs und würde sie bald erreichen. Sie mußten nur noch ein wenig warten.

23

Donal Delleray, genannt Rockraven, und Dorilys, Erbin von Aldaran, wurden in der Mittwinternacht formell durch die *Catenas* verheiratet.

Es war keine besonders fröhliche Feier. Wie so oft in den Hellers verhinderte das Wetter, daß über Aldarans nächste Nachbarn hinaus jemand eingeladen werden konnte. Und von den Eingeladenen entschieden sich viele, nicht zu kommen. Aldaran sah darin – berechtigt oder unberechtigt – ein Zeichen, daß sie sich entschlossen hatten, mit seinem Bruder Scathfell ein Bündnis einzugehen. So fand die Vermählung in der Gegenwart des unmittelbaren Haushalts allein statt, aber selbst unter diesen Gästen gab es Getuschel.

Die Heirat von Halbbruder und Halbschwester war in den frühen Tagen des Fortpflanzungsprogramms alltäglich gewesen, vor allem in den großen Adelshäusern der Reiche. Wie alle derartigen Sitten, war auch diese von den untergeordneten Häusern nachgeahmt worden. Jetzt war sie ungebräuchlich geworden und wurde als ein wenig anstößig betrachtet.

»Sie haben es nicht gern«, sagte Allart zu Cassandra, als sie die große Halle betraten. Dort würden das Festmahl, die Zeremonie und anschließend der Tanz für den Haushalt stattfinden. Cassandra stützte sich schwer auf seinen Arm, immer noch zog sie ein Bein nach: ein Andenken an ihr gefährliches Erlebnis, trotz der besten Pflege, die Margali und Renata ihr geben konnten. Es würde wohl mit der Zeit heilen, aber es war noch schwierig für sie, ohne Hilfe zu gehen.

»Sie haben es nicht gern«, wiederholte er. »Hätte jemand anders als Dom Mikhail den Befehl dazu gegeben, hätten sie sich ihm widersetzt, glaube ich.«

»Was haben sie nicht gern? Daß Donal Aldaran erben soll, auch wenn er nicht von Hasturs und Cassildas Blut ist?«

»Nein«, erwiderte Allart. »Soweit ich aus meinen Gesprächen mit Aldarans Vasallen und Haushalts-Rittern schließen kann, freut sie das mehr als alles andere. Keiner von ihnen hat für Scathfell etwas übrig. Sie möchten ihn nicht hier herrschen sehen. Hätte Dom Mikhail Donal als seinen *Nedestro*-Sohn ausgegeben und ihn als Erben eingesetzt, hätten sie ihn bis zum letzten Blutstropfen unterstützt. Selbst mit dem Wissen, daß es nicht stimmt. Was sie nicht gern haben, ist eine Heirat von Bruder und Schwester.«

»Aber es ist auch eine gesetzliche Fiktion«, widersprach Cassandra.

Allart entgegnete: »Dessen bin ich mir nicht sicher. Und sie sind es auch nicht. Ich fühle mich immer noch schuldig, daß meine unüberlegten Worte diese verrückte Idee in Dom Mikhails Kopf setzten. Und diejenigen, die ihn dabei unterstützten – nun, sie tun so, als ließen sie einem Verrückten seinen Willen. Ich bin nicht sicher, ob sie unrecht haben«, fügte er nach einem Moment hinzu. »Nicht alle Verrückten phantasieren, haben Schaum vor dem Mund und jagen Schmetterlinge im Mittwinterschnee. Stolz und Besessenheit wie bei Dom Mikhail kommen dem Wahnsinn recht nahe, selbst wenn sie in Vernunft und Logik eingebettet sind.«

Da die Braut ein kleines Mädchen war, konnten die Gäste nicht einmal hoffen, die Feier mit den Witzen und rauhen Scherzen aufzulockern, die eine Trauung gewöhnlich begleitetet. Sie endeten meist in dem ruppigen Scherz, Braut und Bräutigam gemeinsam ins Bett zu stecken. Dorilys war nicht einmal voll ausgewachsen, noch weniger war sie im gesetzlichen Alter, um verheiratet zu werden. Niemand wollte in ihr irgendwelche bitteren Erinnerungen an die letzte Verlobung entstehen lassen. Daher stand es außer Frage, ob sie als erwachsene Frau präsentiert werden sollte. In ihrem kindlichen Kleid, das kupferfarbene Haar in langen Locken bis auf die Schulter hängend, sah sie weniger einer Braut ähnlich als einem Kind des Haushalts, dem man erlaubt hatte, für die Festlichkeiten aufzubleiben. Und was den Bräutigam anbetraf: Obwohl er den Versuch machte, dem Anlaß entsprechend Lippendienste zu leisten, sah er grimmig und unfroh aus.

Ehe sie in die Halle gingen, beobachteten die Gäste, daß er zu einer Gruppe von Dorilys' Hofdamen hinüberging, Renata Leynier zur Seite rief und einige Minuten heftig mit ihr redete. Einige von den Haushaltsmitgliedern und die meisten Bediensteten kannten den wirklichen Stand der Beziehung zwischen Donal und Renata und schüttelten den Kopf über die Taktlosigkeit eines Mannes, der im Begriff war, verheiratet zu werden. Andere, die die kleine Braut, umringt von ihren Zofen und Gouvernanten, ansahen, verglichen sie im Geist mit Renata und tadelten ihn nicht.

»Was er auch sagt, was für einen Mummenschanz er auch mit den *Catenas* anstellt: Das ist nicht mehr als eine Verlobung und keine gesetzliche Vermählung. Laut Gesetz ist nicht einmal eine *Catenas*-Ehe legal, solange sie nicht vollzogen ist«, argumentierte Donal. Renata, die zuerst erwidern wollte, daß dieser Punkt vor dem Rat und den Gesetzgebern des Landes noch immer strittig war, wußte, daß er Trost brauchte, nicht Vernunft.

»Für mich wird das keinen Unterschied machen! Schwöre mir,

daß es auch für dich keinen macht, Renata, sonst werde ich mich meinem Pflegevater hier und jetzt widersetzen, vor seinen ganzen Vasallen!«

Wenn du dich ihm widersetzen willst, dachte Renata verzweifelt, *hättest du es von Anfang an tun sollen, ehe die Dinge sich so weit entwickelten! Für öffentliche Auflehnung ist es zu spät. Ihr würdet euch beide zerstören!* Laut sagte sie nur: »Für mich würde das keinen Unterschied machen, Donal. Das weißt du zu gut, um irgendwelche Eide zu benötigen. Und jetzt ist weder der Ort noch die richtige Zeit dafür. Ich muß zurück zu den Frauen.« Sie berührte leicht seine Hand. Ihr Lächeln dabei war beinahe jämmerlich.

Wir waren so glücklich in diesem Sommer! Wie ist es nur soweit gekommen? Auch mich treffen Vorwürfe. Ich hätte ihn sofort heiraten sollen. Um ihm Gerechtigkeit widerfahren zu lassen: Er hat es gewollt. Als Renata mit den Frauen in die Halle ging, waren ihre Gedanken in Aufruhr.

Dom Mikhail stand neben dem Kamin. Er wurde von dem Mittwinterfeuer bestrahlt, das man an diesem Tag mit Sonnenfeuer entzündet hatte – ein Symbol für die Rückkehr des Lichts nach dem dunkelsten Tag des Jahres. Er erwiderte den Gruß eines jeden seiner Gäste. Dorilys machte vor ihrem Vater einen höflichen Knicks, er beugte sich zu ihr hinab, küßte sie auf beide Wangen und ließ sie an seiner rechten Seite am Festtisch Platz nehmen. Dann begrüßte er die Frauen.

»Lady Elisa, ich möchte meine Dankbarkeit für die Arbeit ausdrücken, mit der Ihr die liebliche Stimme, die meine Tochter von ihrer Mutter erbte, ausgebildet habt«, sagte er mit einer Verbeugung. »Margali, in dieser Jahreszeit bin ich dir erneut dankbar, daß du für mein verwaistes Kind die Mutterstelle eingenommen hast. *Damisela*« – er beugte sich über Renatas Hand –, »wie kann ich meine Freude über das ausdrücken, was Ihr für Dorilys tatet? Es ist mir eine besondere Freude, Euch in meiner . . . an meiner Festtafel begrüßen zu können«, sagte er stotternd. Renata, als Telepathin in diesem Augenblick auf die höchste Sensitivitätsstufe eingestimmt, wußte mit einem kurzen Schmerz, daß er hatte sagen wollen »in meiner Familie«. Im letzten Moment war ihm eingefallen, wie es zwischen ihr und Donal stand. Er hatte es vermieden, diese Worte auszusprechen.

Er hat es schon immer gewußt, dachte Renata, vor Schmerz blind. *Aber ihm bedeutet es mehr, seinen Plan in die Tat umzusetzen!* Jetzt bedauerte sie sogar die Skrupel, die sie daran gehindert hatten, sich von Donal schwängern zu lassen.

Wenn ich Donals Kind tragend zur Mittwinternacht gekommen wäre, hätte er auch dann die Stirn gehabt, ihn vor meinen Augen einer anderen zum Mann zu geben? Wenn er darauf besteht, daß ich für Dorilys die Rettung war? Hätte ich ihn so zwingen können? Von Tränen geblendet, ging sie zu ihrem Sessel, in sich ein Durcheinander aus Bedauern und Ängsten.

Obwohl Aldarans Köche und Haushofmeister ihr Bestes getan hatten, die Feier bemerkenswert zu machen, war es keine fröhliche Versammlung. Dorilys schien nervös und drehte ihre langen Lokken, rastlos und müde zugleich. Als das Mahl geschlossen wurde, bat Dom Mikhail mit einem Handzeichen um Aufmerksamkeit und rief Donal und Dorilys zu sich. Cassandra und Allart, die nebeneinander am anderen Ende der Festtafel saßen, sahen gespannt zu. Allart rechnete mit einem plötzlichen und unerwarteten Ausbruch; entweder von Donal, der hinter seiner starren Fassade von Höflichkeit zutiefst unglücklich war – oder von einem der mürrischen Haushofmeister und Ritter an der Festtafel. Aber niemand unterbrach die Zeremonie. Als er Dom Mikhails Gesicht betrachtete, fiel Allart ein, daß niemand es wagen würde, ihn jetzt zu reizen.

»Das ist wirklich ein fröhlicher Anlaß für Aldaran«, sagte Dom Mikhail.

Allart, der kurz Donals Blick begegnete, fing einen Gedanken auf, der schnell wieder nach außen abgeschlossen wurde. *Es ist wie Zandrus Hölle!*

»An diesem Festtag ist es mir eine Freude, die Wächterschaft über mein Haus und meinen einzigen noch minderjährigen Erben, Dorilys von Aldaran, in die Hände meines geliebten Pflegesohnes Donal von Rockraven zu legen.«

Donal fuhr vor dem Namen, der ihn zum Bastard erklärte, zurück. Seine Lippen bewegten sich in unhörbarem Widersprch.

»Donal Delleray«, korrigierte Dom Mikhail sich widerstrebend.

Allart dachte: *Selbst jetzt will er der Tatsache nicht ins Gesicht sehen, daß Donal nicht sein Sohn ist.*

Aldaran legte die Zwillingsarmreifen aus kunstfertig getriebenem Kupfer – mit Gravuren und Filigranen versehen und auf der Innenseite mit einer Goldschicht belegt, damit das kostbare Metall nicht die Haut wundrieb – um Donals rechtes und Dorilys' linkes Handgelenk. Allart hielt seine Hand mit einem Blick auf den eigenen Armreif Cassandra entgegen. Überall in der Halle taten die verheirateten Paare das gleiche, und Aldaran sprach die rituellen Worte.

»Wie die linke Hand mit der rechten, mögt ihr für immer eins sein. In Kaste und Clan, in Haus und Erbe, am Kamin und im Rat, alle

Dinge miteinander teilend, zu Hause und draußen, in Liebe und Treue, jetzt und für alle kommenden Zeiten«, sagte er, während er die Reife miteinander verschloß. Trotz seiner Unruhe lächelte Allart einen Moment, als er das Verbindungsstück seines eigenen in das seiner Frau einfügte. Sie verschränkten ihre Hände fest. Er fing Cassandras Gedanken auf: *Wenn es doch nur Donal und Renata wären* ... und spürte erneute eine Welle des Zorns über diese Travestie.

Aldaran schloß die Armreife auf und trennte sie voneinander. »Nach außen getrennt, mögt ihr im Herzen wie vor dem Gesetz vereint sein«, sagte er, »als Zeichen dafür fordere ich euch auf, einen Kuß auszutauschen.«

Überall in der Halle beugten sich die Paare zueinander, um ihre Bindung erneut zu erklären. Selbst die, von denen Allart wußte, daß sie normalerweise nicht gut miteinander auskamen. Er küßte Cassandra sanft, wandte aber die Augen ab, als Donal sich vorbeugte und Dorilys' Lippen kurz mit den seinen berührte.

Aldaran wiederholte: »Mögt ihr für immer eins sein.«

Allart fing Renatas Blick auf und dachte: *Traurig. Donal hätte ihr das nicht antun sollen* ... Er verspürte für sie noch immer ein Gefühl der Verbundenheit und Verantwortlichkeit und wünschte zu wissen, was er tun konnte. *Es ist ja nicht einmal so, daß Donal darüber glücklich ist. Sie sind beide unglücklich.* Er verdammte Aldaran für seine Besessenheit, und schwer lastete die Schuld auf ihm. *Das habe ich verursacht. Ich habe ihn auf den Gedanken gebracht.* Er wünschte aufrichtig, nie nach Aldaran gekommen zu sein.

Später fand der Tanz in der Halle statt. Dorilys führte ihn mit einer Gruppe ihrer Frauen an. Renata, die ihr geholfen hatte, ihn auszuarbeiten, tanzte die ersten Schritte mit Dorilys.

Allart beobachtete sie und dachte: *Sie sind keine Rivalinnen, sie beide sind Opfer.* Er sah, wie Donal sie beide beobachtete, wandte sich abrupt ab und ging zum Rand der Tanzfläche zurück, wo Cassandra, fürs Tanzen noch immer zu steif, bei einer Gruppe alter Frauen saß.

Die Nacht schlich dahin. Aldarans Vasallen und Gäste versuchten pflichtbewußt, der Feier etwas Ausgelassenheit zu verleihen. Ein Gaukler führte Zaubertricks vor, holte Münzen und kleine Tiere von den unmöglichsten Stellen und Tücher und Ringe aus dem Nichts. Zum Schluß holte er einen lebenden Singvogel aus Dorilys' Ohr, überreichte ihn ihr und zog sich mit einer Verbeugung zurück. Spielleiter waren da, die alte Balladen sangen, und in der großen Halle wurde getantzt. Aber es war nicht wie eine Hochzeit, und auch nicht wie ein gewöhnliches Mittwinterfest. Ab und zu setzte jemand an, die Art von rauhen Scherzen zu machen, die für eine Hochzeit passend waren; dann fiel ihm der wirkliche Stand der Dinge ein, und er brach nervös mitten im Satz ab. Dorilys saß neben ihrem Vater in dem hohen Sessel, und Donal blieb lange Zeit neben ihr. Irgend jemand hatte einen Käfig für ihren Singvogel gebracht, und nun versuchte sie, ihn zum Singen zu ermuntern. Aber es war schon spät, und der Vogel hockte ermattet auf seiner Stange. Auch Dorilys schien müde zu werden. Donal, verzweifelt über die unmerkliche Spannung und die lustlose Gesellschaft, sagte schließlich: »Willst du mit mir tanzen, Dorilys?«

»Nein«, sagte Aldaran. »Es ziemt sich nicht, daß Braut und Bräutigam bei ihrer Hochzeit miteinander tanzen.«

Donal wandte seinem Pflegevater einen Blick voller Zorn und Verzweiflung zu. »Im Namen aller Götter, diese Heuchelei . . .«, begann er, seufzte dann schwer und verstummte. Nicht bei einem Fest, nicht vor den versammelten Hausleuten und ihren Vasallen. Mit offenkundiger Ironie sagte er: »Gott möge verbieten, daß wir etwas gegen die Traditionen tun – was in unserer Familie Skandale erregen könnte.« Er wandte sich ab und winkte Allart beiseite. »Cousin, führe meine Schwester bitte zum Tanz.«

Als Allart Dorilys auf die Tanzfläche führte, blickte Donal einmal verzweifel zu Renata, verbeugte sich aber unter den Augen seines Vaters vor Margali. »Pflegemutter, bitte, gib mir die Ehre eines Tanzes.« Mit der alten Dame am Arm ging er davon.

Danach tanzte er pflichtgemäß mit einigen anderen von Dorilys' Damen: mit Lady Elisa und sogar deren alter, watschelnder Zofe. Allart fragte sich, ob er beabsichtigte, dies zu einer Situation zu führen, in der es für ihn regelrecht zwingend werden würde, auch mit Renata zu tanzen. Aber als Donal die alte Kathya zu den Frauen zurückbegleitete, stand er plötzlich Dorilys gegenüber, die mit dem *Coridom* ihres Gutes getanzt hatte.

Dorilys blickte liebevoll zu Donal auf, dann winkte sie Renata herbei. Mit weithin vernehmbarer Stimme, die von falscher, süßer Liebenswürdigkeit erfüllt war, sagte sie laut: »Du mußt mit Donal tanzen, Renata. Wenn du im Mittwinter mit einem Bräutigam tanzt, wirst du innerhalb eines Jahres selbst verheiratet sein, heißt es. Soll ich meinen Vater bitten, dir einen Gatten zu suchen, Cousine?« Ihr Lächeln war unschuldsvoll und gehässig, und Donal biß die Zähne zusammen, als er Renatas Hand nahm und sie auf die Tanzfläche führte.

»Man sollte ihr den Hintern versohlen!«

Renata war den Tränen nahe. »Ich dachte ... Ich dachte, sie hätte es verstanden. Ich hatte gehofft, sie würde mich mögen oder sogar liebhaben. Wie konnte sie ... «

Donal sagte: »Sie ist überanstrengt. Es ist spät und für sie ein beschwerlicher Abend. Sie kann wohl nur daran denken, vermute ich, was bei ihrer Verlobung mit Darren Scathfell geschah ... « Wie um seinen Ärger zu betonen, schien er ein merkwürdig unheilverkündendes Donnergrollen zu hören. Er war sich nicht sicher, ob es Wirklichkeit war oder lediglich eine Erinnerung.

Renata dachte: *Dorilys hat sich in letzter Zeit gut benommen. Sie hat mit mir zusammengearbeitet, als es darum ging, den Sturm zu bewegen, der Allart, Cassandra und Donal bedrohte. Und jetzt ist sie stolz auf ihre Begabung; stolz, daß sie ihr Leben gerettet hat. Aber sie ist nur ein Kind, verzogen und eingebildet.*

Allart, der am entgegengesetzten Ende des Raums neben Cassandra saß, hörte den Donner ebenfalls. Einen Moment lang erschien es ihm wie die Stimme seines *Laran,* die ihn vor Stürmen warnte, die über Aldaran hereinbrechen konnten ... Dann schien er auf dem Hof der Festung zu stehen und die Donnerschläge über der Burg zu hören. Er sah Renatas Gesicht. Es war blaß und voller Bestürzung ... Als er die Schreie bewaffneter Männer hörte, schreckte Allart hoch und fragte sich, ob die Burg tatsächlich angegriffen wurde. Doch dann rief er sich ins Gedächtnis, daß es Mittwinternacht war.

Cassandra drückte vorsichtig seine Hand. »Was hast du gesehen?« flüsterte sie.

»Einen Sturm«, erwiderte er, »und Schatten. Schatten über Aldaran.« Seine Stimme erstarb zu einem Flüstern, als höre er den Donner erneut, obwohl er diesmal nur in seinem Geist existierte.

Als Donal zum Sessel seines Pflegevaters zurückkam, sagte er fest: »Sir, es ist schon spät. Da das Fest nicht wie eine traditionelle Hochzeit mit dem Zubettbringen endet, habe ich Befehl gegeben, den Gastpokal zu bringen und die Musikanten zu entlassen.«

In plötzlich aufflammendem Zorn verdunkelte sich Aldarans Gesicht.

»Du nimmst dir zuviel heraus, Donal! Ich habe keinen derartigen Befehl gegeben!«

Donal war verwirrt und verwundert über den wütenden Ausbruch. Während der letzten drei Mittwinterfeste hatte Dom Mikhail diese Dinge alle ihm überlassen. Sachlich sagte er: »Ich habe gehandelt, wie Ihr mich immer zu handeln geheißen habt, Sir. Und zwar nach eigenem Urteil.« Er hoffte, seinen Pflegevater beruhigen zu können, indem er dessen eigene Worte zitierte.

Statt dessen beugte Dom Mikhail sich mit geballten Händen vor und fragte: »Bist du so begierig darauf, alles an meiner Stelle zu beherrschen, Donal? Daß du nicht auf ein Wort von mir warten kannst ... «

Donal dachte verwirrt: *Ist er verrückt? Verliert er den Verstand?*

Dom Mikhail öffnete den Mund, um fortzufahren, aber die Diener waren schon eingetreten. Sie trugen den edelsteinbesetzten Pokal, der eine reiche Mischung aus Wein und Gewürzen enthielt. Er wurde Dom Mikhail angeboten, der ihn so lange bewegungslos zwischen den Händen hielt, daß Donal zu zittern begann. Schließlich siegte das höfische Benehmen. Dom Mikhail setzte den Pokal an die Lippen, verbeugte sich vor Donal und reichte ihn weiter. Als Donal an der Reihe war, schmeckte er die Mischung kaum, hielt den Pokal aber, damit Dorilys trinken konnte, und reichte ihn an Allart und Cassandra weiter.

Die mißlungene Szene hatte die Stimmung noch mehr gedämpft. Nacheinander machten die Gäste den traditionellen Schluck, verbeugten sich dabei vor Dom Mikhail und gingen. Dorilys begann plötzlich laut und kindlich zu weinen. Sie steigerte sich zu einem hysterischen Schreien.

Hilflos sagte Dom Mikhail: »Was ist, Dorilys, Kind?« Aber sie schrie noch lauter, als er sie berührte.

Margali kam, um das Kind in ihre Arme zu schließen. »Sie ist erschöpft, kein Wunder. Komm, komm, mein Kleines. Ich bringe dich zu Bett. Komm, mein Liebling, mein Vögelchen, weine nicht mehr«, sagte sie schmeichelnd.

Umringt von Margali, Elisa und der alten Kathya, wurde Dorilys fast aus der Halle getragen. Verlegen zogen sich die wenigen verbliebenen Gäste in ihre Schlafräume zurück.

Mit zornrotem Kopf packte Donal ein Weinglas, leerte es mit einem einzigen Schluck und füllte es erneut mit zorniger Entschlossenheit. Allart wollte mit ihm reden, seufzte dann und entfernte sich. Es gab nichts, was er jetzt für ihn tun konnte, und wenn Donal beschlossen hatte, sich zu betrinken, war das nur ein passender Abschluß dieses festlichen Fiaskos. Er traf Cassandra an der Tür und ging schweigend mit ihr durch den Flur zu ihren Räumen.

»Ich mache dem Kind keinen Vorwurf«, sagte Cassandra. Unter Schmerzen zog sie sich die Stufen hinauf und hielt sich dabei am Geländer fest. »Es kann nicht leicht sein, all diesen Leuten als Braut vorgeführt zu werden. Jeder gafft und ereifert sich über diese Hochzeit, und dann wird sie ins Kinderzimmer gebracht, als sei nichts geschehen. Welch eine Hochzeit für das Kind! Und welch eine Hochzeitsnacht!«

Allart nahm Cassandras Ellbogen, um ihr das Gehen zu erleichtern, und sagte sanft: »Wie ich mich erinnere, Geliebte, hast du deine Hochzeitsnacht allein verbracht.«

»Ja«, sagte sie, wandte ihm den Blick zu und lächelte, »aber mein Bräutigam war auch nicht mit jemandem im Bett, den er lieber mochte. Glaubst du, Dorilys weiß nicht, daß Donal Renatas Bett teilt? Sie ist eifersüchtig.«

Allart meinte spöttisch: »Selbst wenn sie es weiß – kann es ihr in diesem Alter etwas bedeuten? Sie mag eifersüchtig sein, weil Donal sich mehr um Renata als um sie kümmert, aber er ist nur ihr älterer Bruder. Sicher bedeutet es für sie nicht das, was es für dich bedeutet hätte.«

»Ich bin nicht so sicher«, gab Cassandra zurück. »Sie ist nicht so jung, wie die meisten Leute glauben. An Jahren gemessen – ja, da ist sie sicher ein Kind. Aber niemand mit ihrer Gabe, niemand mit zwei Toten hinter sich, niemand mit der Ausbildung, die sie von Renata bekommen hat, ist wirklich ein Kind, ganz gleich, wie alt er sein mag. Gnädige Götter«, flüsterte sie, »was für Verwicklungen! Ich kann mir nicht vorstellen, wohin das noch führen soll!«

Allart, der es konnte, wünschte sich, es nicht zu wissen.

Spät in der Nacht wurde Renata in ihrem Einzelzimmer von einem Geräusch an der Tür geweckt. Sofort wußte sie, wer dort war. Sie öffnete die Tür und stand vor Donal, der betrunken schwankte.

»In dieser Nacht – ist das klug, Donal?« fragte sie. Aber sie wußte, daß ihn das nicht mehr kümmerte. Sie konnte seine Verzweiflung wie einen körperlichen Schmerz spüren.

»Wenn du mich jetzt fortschickst«, sagte er erregt, »werde ich mich noch vor dem Morgengrauen von den Zinnen stürzen.«

Sie streckte die Arme aus, um ihn leidenschaftlich an sich zu drükken. Dann zog sie ihn hinein und schloß die Tür.

»Sie können mich mit Dorilys verheiraten«, sagte Donal mit dem Ernst eines Betrunken, »aber sie wird nie meine Frau sein. Niemand außer dir soll meine Ehefrau sein!«

Gnädige Avarra, was wird aus uns werden? dachte Renata. Sie war Überwacherin. Er hätte keinen ungünstigeren Zeitpunkt wählen können, zu ihr zu kommen. Aber sie wußte, als sie mit ihm alle Wut und Verzweiflung des erniedrigenden vergangenen Abends teilen mußte, daß sie ihm nichts verweigern konnte. Nichts, das zumindest ein wenig von dem Schmerz, der ihm widerfahren war, lindern konnte. Und sie wußte, daß sie nach dieser Nacht seinen Sohn tragen würde.

24

Später in diesem Winter trug Allart Cassandra eines Tages an die Treppenflucht, die in den Südflügel von Schloß Aldran führte, wo die Frauen während dieser Jahreszeit viele Stunden in den die Sonne einfangenden Wintergärten verbrachten.

»Es ist ein klarer Tag«, sagte er. »Warum kommst du nicht mit und spazierst ein wenig mit mir im Hof? Ich sehe in diesen Tagen so wenig von dir!« Dann bremste er sich lachend. »Aber nein, du kannst nicht – heute nachmittag ist in den Frauenquartieren ein Fest für Dorilys, nicht war?«

Jeder auf Burg Aldaran wußte, daß Dorilys in der letzten Dekade die ersten Zeichen der Reife gezeigt hatte – ein offizieller Anlaß für eine Feier. In den letzten drei Tagen hatte sie ihre Spielsachen, Puppen und bevorzugten Kinderkleider an die Kinder in der Burg verteilt. Der Nachmittag würde eine intime, quasi-religiöse Feier unter Frauen sein, die symbolisierte, daß Dorilys die Gemeinschaft der Kinder verließ und in die der Erwachsenen überwechselte.

»Ich weiß, daß ihr Vater ein besonderes Geschenk vorbereitet hat«, sagte Allart.

Cassandra nickte. »Und ich besticke einige Bänder für ihren neuen Lebensabschnitt«, sagte sie.

»Was geht eigentlich bei diesen Frauengeschichten so vor sich?« fragte Allart.

Cassandra lachte vergnügt. »Oh, das darfst du mich nicht fragen, mein Gatte«, sagte sie und fuhr mit gespieltem Ernst fort: »Es gibt einige Dinge, die Männer besser nicht wissen.«

Allart lachte glucksend. »Das ist eine Redensart, die ich nicht mehr gehört habe, seit ich die Gemeinschaft der *Cristoferos* verließ. Und ich vermute, wir werden deine Anwesenheit auch beim Abendessen entbehren!«

»Richtig. Heute abend werden die Frauen aus Anlaß ihres Festes zusammen essen«, bestätigte Cassandra.

Allart beugte sich über ihre Hand und küßte sie. »Nun, dann richte Dorilys meine Glückwünsche aus«, sagte er und ging hinaus, während Cassandra, sich vorsichtig am Geländer festhaltend – ihr steifes Knie war etwas besser geworden, machte auf den Treppen aber immer noch Schwierigkeiten –, zum Wintergarten hinaufging.

Während des Winters verbrachten die Frauen dort einen Großteil ihrer Zeit, denn nur diese Räume wurden von der Wintersonne beschienen. Sie waren hell, Pflanzen blühten im Licht der Sonnenreflektoren, und während der letzten zehn Tage waren als Vorbereitung für die Feier Äste mit Obstknospen hereingebracht worden. Mit Hilfe des Sonnenlichts hatte man sie dazu gebracht, die Festräume zu schmücken. Margali war als Haushalt-*Leronis* und Dorilys' Pflegemutter dazu ausersehen, die Festlichkeiten zu leiten. Die meisten Frauen des Schlosses waren anwesend: die Damen der Haushofmeister, Ritter und anderer Bediensteter, Dorilys' Hofdamen, ein paar Lieblingsdienerinnen, ihre Zofen, Gouvernanten und Lehrerinnen.

Zuerst hatte man sie zur Kapelle gebracht, wo eine Locke ihres Haars abgeschnitten und zusammen mit Früchten und Blumen auf den Altar Evandas gelegt worden war. Danach hatten Margali und Renata Dorilys gebadet – Cassandra war als die Ranghöchste unter den Gästen eingeladen worden, bei diesere Zeremonie zu helfen – und völlig neu eingekleidet. Und man hatte ihr Haar zur Frisur einer Frau gelegt. Während sie ihren Zögling betrachtete, erinnerte Margali sich daran, wie anders Dorilys jetzt, kaum ein Jahr nach der Verlobung, als sie sich mit den Gewändern einer Frau verkleidet hatte, aussah.

In früheren Tagen hatten diese Feiern teilweise dem Zweck gedient, für das neue Mitglied der Frauengemeinschaft Dinge herzustellen, die sie als Erwachsene benötigte. Ein Überbleibsel einer härteren Zeit in den Bergen. Durch die Tradition war es noch immer ein Fest, zu dem alle Frauen ihr Nähzeug mitbrachten, und jede setzte zumindest einige Stiche in Gegenstände, die für den Ehrengast gedacht waren. Während sie stickten, ging die Harfe von Hand zu Hand. Von jeder Frau wurde erwartet, daß sie ein Lied sang oder eine Geschichte erzählte, um die anderen zu unterhalten. Elisa hatte die große Harfe aus dem Unterrichtsraum herbringen lassen und sang Balladen aus den Bergen. Verschiedene Leckerbissen waren als Erfrischung vorbereitet worden, einschießlich einiger Süßigkeiten, die Dorilys besonders gern mochte, aber Renata bemerkte, daß sie nur lustlos an ihnen knabberte.

»Was ist los, *Chiya?*«

Dorilys fuhr mit den Händen über ihre Augen. »Ich bin müde, und meine Augen tun mir ein bißchen weh. Mir ist nicht nach Essen zumute.«

»Nun komm schon, dafür ist es zu spät«, neckte eine von ihnen. »Vor zwei oder drei Tagen waren deine Kopfschmerzen an der Reihe und andere eingebildete Krankheiten dieser Art. Jetzt sollte es dir eigentlich wieder ganz gut gehen.« Sie untersuchte die Länge des Leinens in Dorilys' Schoß.

»Was machst du da, Dori?«

Dorilys antwortete mit Würde: »Ich besticke ein Feiertagshemd für meinen Mann« und bewegte ihr Handgelenk, um den *Catenas*-Armreif sichtbar werden zu lassen. Sie beobachtend, wußte Renata plötzlich nicht, ob sie lachen oder weinen sollte. Eine traditionelle Beschäftigung für eine Braut, und das Kind war in eine Ehe gegeben worden, die nie mehr als ein Blendwerk sein würde! Nun, sie war noch sehr jung, und es würde nicht schaden, wenn sie ein Hemd für den älteren Bruder bestickte, den sie liebte und der in ihren Augen ihr Ehemann war.

Elisa beendete ihre Ballade und wandte sich Cassandra zu.

»Ihr seid an der Reihe. Wollt Ihr uns den Vorzug eines Liedes erweisen, Lady Hastur?« fragte sie ehrerbietig.

Cassandra zögerte. Dann machte sie sich klar, daß eine Weigerung als Beleg dafür aufgenommen werden konnte, daß sie sich selbst über die Festversammlung erhaben fühlte.

»Sehr gerne«, sagte sie, »aber ich kann auf der großen Harfe nicht spielen, Elisa. Wenn mir jemand eine *Ryl* leihen würde . . . «

Nachdem sie das kleinere Instrument gestimmt hatte, sang Cassandra mit lieblicher Stimme zwei oder drei Lieder aus den weitentfernten Valeron-Ebenen. Da sie für die Bergfrauen neu waren, baten sie um mehr, aber Cassandra schüttelte den Kopf.

»Ein andermal, vielleicht. Jetzt ist Dorilys an der Reihe, für uns zu singen, und ich bin sicher, daß sie begierig ist, die neue Laute auszuprobieren«, sagte sie. Die Laute, kunstvoll vergoldet, bemalt und mit Bändern geschmückt, war Lord Aldarans Geschenk an seine Tochter. »Und ich bin sicher, daß sie eine Unterbrechung der Stickarbeit begrüßen wird.«

Dorilys blickte gleichgültig von dem auf ihren Knien liegenden Leinenstoff auf. »Mir ist nicht nach Singen zumute«, sagte sie. »Entschuldigt mich, bitte.« Sie fuhr mit der Hand über die Augen und fing an, sie zu reiben. »Mein Kopf schmerzt. Muß ich noch mehr sticken?«

»Nur wenn du möchtest, Liebes, aber wir sticken alle hier«, sagte Margali. In ihrem Geist schuf sie eine freundlich-vergnügte Vorstellung, die Cassandra und Renata deutlich erkennen konnten: daß Dorilys nur allzu bereitwillig Kopfschmerzen entwickelte, wenn sie die verhaßte Näharbeit tun sollte.

»Wie kannst du es wagen, so etwas über mich zu sagen?« schrie Dorilys auf. Sie schleuderte das Hemd in einem verworrenen Knäuel zu Boden. »Ich bin wirklich krank, ich spiele euch nichts vor! Ich will nicht einmal singen, und dazu habe ich sonst *immer* Lust . . .« Plötzlich fing sie an zu weinen.

Margali sah bestürzt und konsterniert drein. *Ich habe doch den Mund gar nicht geöffnet! Oh, Götter, ist das Kind auch Telepathin?*

Renata sagte sanft: »Komm her, Dorilys, setz dich zu mir. Deine Pflegemutter hat nichts gesagt. Du hast ihre Gedanken gelesen, das ist alles. Es gibt keinen Grund zur Besorgnis.«

Aber Margali war es nicht gewöhnt, ihre Gedanken vor Dorilys zu verschließen. Sie war im Laufe der Zeit zu der Überzeugung gekommen, daß ihr Zögling nicht eine Spur telepathischer Kraft besaß. Jetzt konnte sie den schnellen Gedanken, der sie durchfuhr, nicht verhindern.

Gnädige Avarra! Das auch noch? Die älteren Kinder Lord Aldarans starben so, als sie heranreiften, und jetzt beginnt es auch bei ihr!

Bestürzt griff Renata ein und versuchte, die Gedanken abzuschirmen, aber es war zu spät. Dorilys hatte sie schon aufgenommen. Ihr Schluchzen erstarb. Sie sah Renata in schierem Entsetzen an.

Cousine, werde ich sterben?

Renata sagte fest und laut: »Nein, natürlich nicht. Warum glaubst du, haben wir dich unterrichtet und trainiert, wenn nicht, um dich zu stärken? Ich hatte es nicht ganz so früh erwartet, das ist alles. Versuche jetzt, keine Gedanken mehr zu lesen. Dir fehlt die Kraft dazu. Wir werden dir beibringen, es auszuschalten und zu kontrollieren.«

Aber Dorilys hörte sie nicht. Sie starrte die Frauen in einem Alptraum aus panischer Angst und wilder Verzweiflung an; ihre Gedanken wurden im ersten, erschreckenden Augenblick der Überlastung auf sie zurückgespiegelt. Sie starrte wie ein gefangenes Tier, den Mund geöffnet, um sich. Ihre Augen waren vor Entsetzen so weit, daß rund um die verengten Pupillen das Weiße zu sehen war.

Margali stand auf, ging zu ihrem Pflegekind und versuchte, es in eine besänftigende Umarmung zu ziehen. Dorilys stand ganz starr und unbeweglich. Sie spürte die Berührung nicht, außer einen massiven Ansturm innerer Empfindungen konnte sie nichts wahrnehmen. Als Margali sie umarmen wollte, schlug Dorilys ohne es zu wissen zu und traf sie mit einem solch schmerzhaften Schlag, daß die alte Frau gegen die Wand geschleudert wurde. Elisa eilte Margali zu Hilfe und richtete sie auf. Die Frau blickte erschreckt und verwirrt.

Sich so gegen mich zu wenden . . . gegen mich?

Renata sagte: »Sie weiß nicht, was sie tut, Margali. Sie weiß gar nichts. Ich kann sie halten.« Sie versuchte, das bewegungslose Mädchen so zu packen wie damals, als Dorilys sich ihr zum ersten Mal widersetzt hatte. »Aber es ist sehr schwer. Sie braucht etwas *Kirian.*«

Margali ging die Droge holen, und Elisa bat auf Renatas Bitte hin die anderen Gäste zu gehen. Zuviel Gedanken in der Nähe würden Dorilys noch mehr ängstigen und verwirren. In ihrer Nähe sollten nur diejenigen sein, denen sie traute. Als Margali mit dem *Kirian* zurückkam, blieben nur Renata, Cassandra und Margali selbst zurück.

Renata versuchte, mit dem entsetzten Mädchen, das jetzt hinter einer Barriere aus Angst isoliert war, Kontakt aufzunehmen. Nach einiger Zeit begann Dorilys leichter zu atmen, und ihre Augen lösten sich aus der starrenden Stellung, die die Pupillen hatten unsichtbar werden lassen. Als Margali die Ampulle an ihre Lippen hielt, trank sie widerspruchslos. Sie legten Dorilys auf ein Sofa und zogen eine Decke über sie. Als Renata sich neben das Mädchen kniete, um es zu untersuchen, schrie Dorilys erneut in panischer Angst und plötzlichem Entsetzen auf.

»Nein, nein, rühr mich nicht an, tu's nicht!« Plötzlich krachte der Donner um die Höhe von Aldaran – ein rasselndes Rollen.

»*Chiya.* Ich werde dir nicht weh tun, wirklich. Ich will nur sehen . . .«

»Rühr mich nicht an, Renata!« kreischte Dorilys. »Du willst, daß ich sterbe, damit *du* Donal haben kannst!«

Erschreckt fuhr Renata zurück. Solch ein Gedanke war ihr nie in den Sinn gekommen. Oder war Dorilys auf eine Ebene gestoßen, die ihr selbst nicht bewußt war? Entschlossen die Schuldgefühle verbannend, streckte Renata die Arme nach dem Mädchen aus.

»Nein, Liebes, nein. Schau – du kannst, wenn du willst, meine Gedanken lesen und selbst sehen, welcher Unsinn das ist. Ich will nur, daß es dir wieder bessergeht.«

Dorilys Zähne schlugen klappernd gegeneinander, und sie wußte, daß sie sich in einem Zustand befand, der sie der Vernunft nicht zugänglich machte. Cassandra trat heran und nahm Renatas Platz ein. Wegen ihres steifen Beines konnte sie nicht knien, daher setzte sie sich auf den Rand des Sofas.

»Renata würde dir niemals weh tun, *Chiya,* aber wir wollen auch nicht, daß du dich zu sehr erregst. Ich bin auch Überwacherin. Ich werde dich überwachen. Du hast doch keine Angst vor mir, oder?« Zu Renata meinte sie: »Wenn sie erst ruhiger ist, wird sie erfahren, was wahr ist.«

Renata entfernte sich. Sie war von Dorilys' plötzlichem Angriff noch immer so erschreckt, daß sie kaum einen vernünftigen Gedanken fassen konnte. *Hat sie den Verstand verloren? Ist Schwellenkrankheit auch ein Vorzeichen für den Wahnsinn?* Sie war darauf vorbereitet gewesen, daß Dorilys die normale Eifersucht einer Schwester zeigte, weil Donal nicht mehr gänzlich für sie da war. Aber einen solchen Gefühlsausbruch hatte sie nicht erwartet.

Fluch über den alten Mann, wenn er sie darin bekräftigt hat, daß es etwas anderes als eine gesetzliche Fiktion ist! Renata hatte gehofft, Donal schon bald enthüllen zu können, daß sie seinen Sohn trug, denn jetzt war sie sich sicher; sie hatte den Ungeborenen zellentief untersucht, um sich zu vergewissern, daß er keine tödlichen Gene trug. Jetzt wurde ihr bewußt, daß es noch länger ein Geheimnis bleiben mußte. Wenn Dorilys krank war, würde das sie noch schlimmer treffen.

Cassandra wickelte den Prozeß des Überwachens ab. Als die Wirkung des *Kirian* einsetzte und Dorilys' Abwehr gegen die neue Wahrnehmung, die sie so sehr erschreckt hatte, verringerte, beruhigte sie sich, ihr Atem ging regelmäßiger.

»Es hat aufgehört«, sagte sie schließlich. Ihr Gesicht war ruhig, ihr Herz raste nicht länger in panischer Angst. Nur die Erinnerung daran war geblieben. »Wird es . . . wird es wieder anfangen?«

»Wahrscheinlich«, sagte Cassandra, beruhigte aber Dorilys sofort: »Es wird weniger qualvoll, wenn du dich daran gewöhnst. Jedesmal wird es leichter sein, und wenn du ganz ausgereift bist, kannst du es wie deine Augen benutzen, kannst nah und fern das sehen, was du auswählst, und alles abschalten, was du nicht sehen willst.«

»Ich habe Angst«, wisperte Dorilys, »laßt mich nicht allein.«

»Nein, mein Lämmchen«, sagte Margali. »Ich werde, solange du mich brauchst, in deinem Zimmer schlafen.«

Renata sagte: »Ich weiß, Margali ist zu dir wie eine Mutter gewesen, und du willst sie bei dir haben. Aber wirklich, Dorilys, dafür bin ich besser ausgebildet. Ich könnte dir besser helfen, wenn es in den nächsten Nächten nötig sein sollte.«

Dorilys streckte die Arme aus, und Renata ließ sich umarmen. Das Mädchen barg sein Gesicht an ihrer Schulter. »Es tut mir leid, Renata. Ich habe es nicht so gemeint. Vergib mir, Cousine . . . du weißt, daß ich dich liebhabe. Bitte, bleib bei mir.«

»Natürlich, Liebes«, sagte Renata und hielt Dorilys in tröstender Umarmung. »Ich weiß, ich weiß. Ich habe auch die Schwellenkrankheit gehabt. Du warst geängstigt, und alle möglichen wilden Einfälle fluteten auf einmal durch deinen Geist. Es ist schwer zu kontrollieren, wenn es einen so plötzlich überfällt. Von nun an müssen wir jeden Tag ein bißchen mit der Matrix arbeiten, damit du es zu kontrollieren lernst. Wenn es dich erneut überfällt mußt du vorbereitet sein.«

Ich wünschte, wir hätten sie im Turm gehabt. Dort würde nicht nur sie, sondern auch wir alle sicherer sein, dachte sie. Sie fühlte Cassandra ihren Wunsch wiederholen, als der Donner wieder rollte und knisterte.

Allart hörte in der großen Halle den Donner, ebenso wie Donal, der bei jedem Gewitter sofort, ganz gleich wie oder wo, an Dorilys dachte. Und Dom Mikhail folgte seinen Gedanken offensichtlich ebenfalls.

»Jetzt, da deine Braut eine Frau geworden ist, kannst du dich daran machen, mit ihr einen Erben zu zeugen. Wenn wir wissen, daß es einen Sohn mit Aldaran-Blut gibt, werden wir bereit sein, Scathfell zu trotzen, wenn er anrückt – und der Frühling ist nicht mehr weit«, sagte Aldaran mit einem wilden Lächeln. Donals Gesicht zeigte deutliche Ablehnung. Dom Mikhail blickte ihn finster an.

»Zandrus Hölle, Junge! Ich erwarte doch nicht, daß ein so junges Kind dich als Geliebte zu sehr anzieht! Aber wenn du deine Pflicht dem Clan gegenüber getan hast, kannst du so viele Frauen haben, wie du willst. Niemand wird dir das verweigern! Jetzt ist die wichtigste Sache, dem Reich einen legitimen *Catenas*-Erben zu geben, gezeugt in gesetzlicher Ehe!«

Donal machte eine ablehnende Handbewegung. *Sind alle alten Leute so zynisch?* Im gleichen Moment fühlte er die Gedanken seines Pflegevaters die seinen in einer Art bekümmerter Zuneigung kreuzen.

Sind alle jungen Leute so närrisch und idealistisch?

Mikhail von Aldaran drückte die Hand seines Pflegesohnes.

»Mein lieber Junge, du solltest die Sache auf folgende Weise sehen: Im nächsten Jahr zu dieser Zeit wird Aldaran einen Erben haben, und du wirst der gesetzmäßige Regent sein«, sagte er.

Als er sprach, mußte Allart ein lautes Keuchen unterdrücken. Sein *Laran* zeigte ihm in diesem Moment eine Szene, die so deutlich war, als spiele sie sich tatsächlich vor seinen Augen ab: Dom Mikhail, älter aussehend, gebeugt und gealtert, hielt ein in Decken gehülltes, gerade geborenes Kind hoch. Er sah nur das kleine rote Oval des Säuglingsgesichts in den Falten des flauschigen Tuches. Aldaran erklärte das Kind zu seinem Erben. Die Begeisterungsrufe waren so laut, daß Allart kaum glauben konnte, daß die anderen sie nicht auch wahrnahmen ... Dann waren die Bilder wieder fort, vorüber. Er fühlte sich tief erschüttert.

Würde Donal mit seiner kleinen Schwester tatsächlich ein Kind zeugen? Würde es der Erbe von Aldaran sein? Die Vorausschau war so deutlich und unwiderruflich gewesen. Donal las seine Gedanken und starrte ihn hilflos an. Eine Andeutung davon erreichte auch den alten Mann, der in wildem Triumph lächelte, als er in Allarts Geist den Erben sah, von dem er so besessen war.

In diesem Augenblick betraten Margali und Cassandra die Halle. Aldaran blickte sie wohlwollend an.

»Ich habe nicht gedacht, daß eure Lustbarkeit so bald enden würde, Ladies. Als die Tochter des Hallenverwalters in das Alter kam, wurde in den Frauenräumen bis nach Mitternacht getanzt und gesungen ... «

Abrupt brach er ab. »Margali, Cousine, was ist los?«

Aber er las die Wahrheit von ihrem Gesicht ab.

»Schwellenkrankheit! Gnädige Avarra!«

Plötzlich war Aldaran nur noch ein besorgter Vater. Ehrgeiz und Paranoia schienen verschwunden. Mit zitternder Stimme sagte er: »Ich hatte gehofft, sie würde davon verschont bleiben. Alicianes *Laran* ist früh über sie gekommen, und in der Pubertät hatte sie keine Krise, aber auf meinem Samen liegt ein Fluch. Meine älteren Söhne und Töchter sind so gestorben.« Er beugte das Haupt. »Ich habe seit Jahren nicht mehr an sie gedacht.«

Allart sah sie in seinem Geist, verstärkt noch durch die Erinnerung der alten *Leronis:* ein dunkler, lachender Junge, ein kleinerer, stämmiger Junge mit einem Schopf widerspenstiger Locken und einer dreieckigen Narbe am Kinn; ein hübsches, verträumt wirkendes, dunkles Mädchen, das in ihrer Art, den Kopf zu heben, auch Ähnlichkeit mit Dorilys hatte ... Allart spürte in sich den Kummer des Vaters, der miterlebt hatte, wie die Krankheit sie auszehrte, wie sie einer nach dem anderen starben, all ihre Verheißung und Schönheit wie weggewischt. Im Geist des älteren Mannes sah er ein schreckliches Bild, das niemand austilgen oder ihn vergessen machen konnte: Das Mädchen lag gekrümmt am Boden, zuckend, das lange Haar ausgebreitet, ihre Lippen durchbissen, das Gesicht mit Blut beschmiert. Es zeigte die verträumten Augen eines gequälten, wahnsinnigen Tieres ...«

»Du darfst nicht verzweifeln, Cousin«, sagte Margali. »Renata hat sie darauf vorbereitet, es auszuhalten. Häufig ist der erste Anfall der schwerste. Wenn sie ihn überlebt, ist das Schlimmste vorbei.«

»Es ist oft so«, sagte Dom Mikhail, dessen Stimme immer noch entsetzt klang. »So war es mit Rafaella; den einen Tag lachte sie, tanzte und spielte Harfe, am nächsten war sie ein schreiendes, gemartertes Ding, das in meinen Armen unaufhörlich zuckte. Sie hat nie mehr die Augen geöffnet, um mich zu erkennen. Als ihr Todeskampf vorbei war, wußte ich nicht, ob ich traurig sein sollte, oder froh, daß ihre Qual ein Ende hatte . . . Aber Dorilys hat überlebt.«

»Ja«, sagte Cassandra mitfühlend, »und sie hat nicht einmal eine Krisis gehabt, Dom Mikhail. Es gibt keinen Grund anzunehmen, daß sie stirbt.«

Donals Stimme war wild und zornig: »Weißt du jetzt, Vater, was ich im Sinn hatte? Bevor wir darüber sprechen, ihr ein Kind zu machen, sollten wir nicht wenigstens sicher sein, daß sie überhaupt eine Frau wird?«

Aldaran fuhr wie unter einem heftigen Schlag zurück. In dem ersterbenden Donner hinter den Fenstern war plötzlich ein Krachen und Rollen. Regen schlug auf die Scheiben, der sich prasselnd über sie ergoß; es klang wie der Schritt von Scathfells Armeen, die auf ihrem Marsch hierher waren.

Denn jetzt war Frühling in den Hellers, und der Krieg stand ihnen bevor.

25

Im ersten Mond des Frühlings regnete es unaufhörlich. Allart, der den Regen, weil er wußte, daß er die Straße für Scathfells Armeen unpassierbar machte, begrüßte, wurde noch immer von Unentschlossenheit gequält. Damon-Rafael hatte eine Botschaft gesandt, die freundschaftliche Teilnahme ausdrückte, für Allart aber erschien jede einzelne Zeile erlogen. Sie endete mit dem Befehl, so bald wie möglich zurückzukehren, wenn die Straßen wieder frei waren und er reisen konnte.

Wenn ich jetzt nach Hause zurückkehre, wird Damon-Rafael mich töten. So einfach ist es tatsächlich . . . Verrat. Ich bin durch einen Eid gebunden. Ich habe geschworen, seine Herrschaft anzuerkennen, und jetzt werde ich es nicht tun. Mein Leben ist verwirkt, denn ich habe meinen Eid gebrochen, wenn auch nicht in der Tat, so doch in Gedanken . . . Seine Unentschlossenheit ließ ihn in Aldaran bleiben. Er war froh über die Frühlingsregen, die ihn festhielten.

Damon-Rafael ist seiner Sache nicht sicher, noch nicht. Aber wenn die Straßen frei sind und ich noch immer nicht komme – dann bin ich ein Verräter, mein Leben ist bedroht. Er fragte sich, was Damon-Rafael tun würde, wenn es keinen Zweifel mehr gab.

Inzwischen hatte Dorilys wiederholt einige Anfälle der Schwellenkrankheit gehabt, die aber nicht sehr schwer gewesen waren. Renata hatte ihr Leben keine Sekunde lang in Gefahr gesehen. Sie hatte unermüdlich an Dorilys' Seite gewacht – und einmal mit leicht gezwungenem Lächeln zu Cassandra gesagt: »Ich weiß nicht, ob sie wirklich will, daß ich bei ihr bleibe – oder ob sie fühlt, daß ich zumindest nicht bei Donal sein kann, wenn ich bei ihr bin.« Unausgesprochen wußten beide Frauen, daß da noch etwas anderes war.

Früher oder später muß sie erfahren, daß ich Donals Kind trage. Ich will ihr nicht weh tun oder ihr noch mehr Kummer bereiten.

Immer wenn Donal Dorilys sah – was sehr selten geschah, denn er organisierte die Verteidigung gegen den Angriff, den man im Frühjahr mit Sicherheit zu erwarten hatte –, war er freundlich und zuvorkommend, der gleiche liebevolle ältere Bruder wie stets. Aber immer wenn Dorilys »mein Gatte« sagte, antwortete er nur mit einem gutmütigen Lachen, als sei es tatsächlich ein kindliches Spiel, und ließ ihr dabei den Willen.

Während der Tage, an denen Dorilys das Ziel wiederholter Anfälle von Orientierungslosigkeit und plötzlichen Umwälzungen wurde – bei denen ihre telepathische Fähigkeit sie in einen Alptraum voller Schrecken und Überlastungen warf –, waren sie und Cassandra sich sehr nahe gekommen. Ihre gemeinsame Liebe für Musik festigte diese Bindung.

Dorilys war bereits eine talentierte Lautenspielerin. Cassandra brachte ihr bei, auch die *Rryl* zu spielen, und sie lernte von der älteren Frau einige Lieder aus Cassandras fernem Heimatland Valeron.

»Ich kann nicht verstehen, wie du das Leben in den Tiefländern aushalten kannst«, sagte Dorilys. »Ich könnte nicht ohne die Berggipfel leben. Es muß so trübselig und langweilig dort sein.«

Cassandra lächelte. »Nein, Liebes, es ist sehr schön. Manchmal fühle ich, wie die Berge mich so einschließen, daß ich kaum atmen kann – als wären ihre Gipfel die Gitterstangen eines Käfigs.«

»Wirklich? Wie seltsam! Cassandra, ich kann den Akkord am Schluß der Ballade nicht so wie du spielen.«

Cassandra nahm die *Rryl* aus Dorilys' Hand und machte ihr es vor. »Aber du kannst sie nicht so anschlagen wie ich. Du mußt Elisa bitten, es dir zu zeigen«, sagte Cassandra und spreizte ihre Hand. Mit großen Augen starrte das Mädchen sie an.

»Oh, du hast sechs Finger! Kein Wunder, daß ich nicht so wie du spielen kann! Ich habe gehört, das sei ein Zeichen für *Chieri*-Blut, aber du bist keine *Emmasca,* wie es die *Chieri* sind, nicht war, Cousine?«

»Nein«, erwiderte Cassandra lächelnd.

»Ich habe gehört . . . Vater hat mir erzählt, daß der König in den Tiefländern *Emmasca* ist und daß sie ihn deshalb im Sommer vom Thron holen. Wie schrecklich für ihn. Hast du ihn einmal gesehen? Wie ist er?«

»Er war noch ein junger Prinz, als ich ihn zum letzten Mal sah«, antwortete Cassandra. »Er ist sehr still und hat ein trauriges Gesicht. Ich glaube, er hätte einen guten König abgegeben, wenn sie ihn hätten regieren lassen.«

Dorilys beugte sich über das Instrument und schlug den Akkord, der ihr Schwierigkeiten bereitete, versuchsweise immer wieder an. Schließlich gab sie es auf. »Ich wünschte, ich hätte auch sechs Finger«, sagte sie. »Ich kann so nicht richtig spielen! Ich frage mich, ob meine Kinder meine musikalische Begabung erben werden oder nur mein *Laran.*«

»Du bist sicher noch zu jung, um schon an Kinder zu denken«, sagte Cassandra lächelnd.

»In wenigen Monden werde ich gebärfähig sein. Du weißt, daß ein Sohn mit Aldaran-Blut dringend gebraucht wird.« Sie sprach so ernsthaft, daß Cassandra ein großes Bedauern in sich fühlte.

Das machen sie mit allen Frauen unserer Kaste! Dorilys hat kaum die Puppen weggelegt, und schon denkt sie an nichts anderes als an ihre Pflicht gegenüber dem Clan! Nach einer langen Pause sagte sie zögernd: »Vielleicht . . . Dorilys, vielleicht solltest du wegen deines *Laran* keine Kinder haben.«

»Wie ein Sohn unseres Hauses sein Leben im Krieg riskieren muß, muß die Tochter alles wagen, um ihrer Kaste Kinder zu geben.« Sie rezitierte den Spruch sachlich und entschieden. Cassandra seufzte.

»Ich weiß, *Chiya.* Seit ich ein Kind war, habe ich das jeden Tag gehört. Wer Dogmen anzweifelt, gilt als Ketzer, und so glaubte ich es ebenso wie jetzt du. Aber ich finde, du bist alt genug, das selbst zu entscheiden.«

»Ich *bin* alt genug, das zu entscheiden«, sagte Dorilys. »Du hast dieses Problem nicht, Cousine. *Dein* Ehemann ist nicht Erbe eines Reiches.«

»Hast du das nicht gewußt?« frage Cassandra. »Allarts ältester Bruder wird König werden, wenn man den *Emmasca* in Hali entthront hat. Dieser Bruder hat keine legitimen Söhne.«

Dorilys starrte sie an. »Du könntest Königin werden«, sagte sie mit ehrfürchtigem Blick. Offenbar wußte sie gar nichts über Allarts Familie. Er war nur der Freund ihres Bruder. »Dann braucht auch Dom Allart dringend einen Erben, und du bist noch nicht schwanger.« In ihrem Blick lag die Andeutung eines Vorwurfs.

Zögernd berichtete Cassandra von ihrer gemeinsam getroffenen Entscheidung.

»Renata hat gesagt, ich solle keine Töchter zur Welt bringen«, sagte Dorilys. »Ich könnte sterben, wie meine Mutter, als sie mich zur Welt brachte. Aber ich bin nicht sicher, ob ich Renata noch trauen kann. Sie *liebt* Donal und will nicht, daß ich Kinder bekomme.«

»Wenn das stimmt«, sagte Cassandra sehr behutsam, »dann nur deshalb, weil sie sich Sorgen um dich macht, *Chiya.*«

»Nun, in jedem Fall sollte ich zuerst einen Sohn haben«, sagte Dorilys, »und dann werde ich entscheiden. Vielleicht vergißt Donal Renata, wenn ich ihm einen Sohn schenke. Denn dann bin ich die Mutter seines Erben.« Ihre jugendliche Arroganz war so groß, daß Cassandra sich erneut Sorgen machte. Zweifel befielen sie.

Konnte sie ihre Bindung zu Allart dadurch festigen, daß sie ihm den Sohn gab, den er haben mußte, damit man ihm nicht – wie Prinz Felix – den Thron streitig machte? Sie hatten seit einiger Zeit nicht mehr ernsthaft darüber gesprochen.

Ich würde alles geben, um meiner selbst so sicher zu sein wie Dorilys! Entschlossen wechselte sie das Thema, nahm die *Rryl* wieder in den Schoß, legte Dorilys' Finger auf die Saiten und sagte: »Sieh nur. Wenn du sie so hältst, kannst du den Akkord vielleicht spielen, auch wenn du nur fünf Finger hast.«

Während die Tage vergingen, erwachte Allart immer wieder mit dem Bewußtsein, daß Aldaran unter Belagerung stand. Dann wurde ihm jedesmal bewußt, daß die Wirklichkeit noch nicht eingetreten war und er es nur seiner Vorausschau verdankte, daß sich das Unvermeidliche sichtbar vor ihm ausbreitete. Daß es so kommen würde, wußte er mit absoluter Gewißheit.

»Jetzt«, sagte Donal eines Morgens, »müßten die Stürme in den Tiefländern abgeklungen sein. Aber ich weiß nicht, wie das Wetter in Scathfell oder Sain Scarp aussieht, ob ihre Armeen marschieren können. Ich werde auf den Wachtturm steigen und Ausschau halten, ob es auf den Straßen irgendwelche verdächtigen Bewegungen gibt.«

»Nimm Dorilys mit«, empfahl Allart. »Sie kann das Wetter noch besser analysieren als du.«

Donal zögerte und sagte dann: »Mir widerstrebt es, Dorilys zu begegnen. Vor allem jetzt, wo sie meine Gedanken lesen kann. Ich bin alles andere als glücklich darüber, daß sie zur Telepathin geworden ist.«

»Aber wenn Dorilys fühlt, daß sie dir irgendwie nützlich sein kann, daß du ihr nicht gänzlich aus dem Weg gehst . . .«, meinte Allart.

Donal seufzte. »Du hast recht, Cousin. Ich kann ohnehin nicht immer an ihr vorbeisehen.« Er schickte einen Diener zu ihr und dachte: *Würde es denn gar so schlecht sein, wenn ich Dorilys gebe, was mein Vater von mir verlangt? Vielleicht wird sie mir Renata nicht mehr mißgönnen, wenn sie bekommt, was sie will. Wir würden uns dann nicht mehr so anstrengen müssen, es vor ihr zu verbergen . . .*

Dorilys sah wie der Frühling selbst aus: Sie trug eine mit Frühlingsblättern bestickte Tunika, ihr leuchtendes Haar war im Nacken geflochten und wurde von einer Schmetterlings-Spange gehalten. Allart konnte in Donals Geist das Mißverhältnis zwischen seinen Erinnerungen an das Kind und dem Anblick der hochgewachsenen, anmutigen jungen Frau sehen, die sie jetzt darstellte.

»Jetzt sehe ich, daß ich dich *meine Lady* nennen muß, Dorilys«, sagte er heiter und im Versuch, zu scherzen. »Es scheint, daß mein kleines Mädchen für immer gegangen ist. Ich benötige deine Begabung, *Carya*«, fügte er hinzu und erklärte, was er von ihr wollte.

Auf der höchsten Spitze von Schloß Aldaran ragte der Wachtturm ein oder zwei weitere Stockwerke empor. Eine erstaunliche Leistung der Ingenieurkunst, die Allart sich kaum erklären konnte. Sie mußte in Matrixarbeit mit einem großen Kreis geschaffen worden sein. Der hohe Turm beherrschte das ganze Umland in weiter Entfernung. Während sie ihn bestiegen, zeigte ihnen der Ausblick durch die Fensterschlitze, daß er ganz in Nebel und Wolken eingehüllt war. Aber als sie den höchsten Raum betraten, wurden sie bereits lichter und bewegten sich fort. Donal sah Dorilys erfreut und überrascht an. Sie lächelte und wirkte beinahe selbstzufrieden.

»Solchen Nebel zu vertreiben – ich glaube, selbst als Baby hätte ich *das* gekonnt«, sagte sie. »Und jetzt ist es gar nichts. Es erfordert nur einen ganz leichten Gedanken, wenn man ungehindert sehen will. Ich erinnere mich, Donal, daß du mich einst, als ich noch klein war, hierher brachtest und mich durch Vaters Ferngläser sehen ließest.«

Allart konnte die unter ihnen liegenden Straßen erkennen. Er machte Bewegungen aus. Im Bewußtsein, sich die Bewegungen nur einzubilden, zwinkerte Allart mit den Augen und schüttelte den Kopf. Er versuchte Gegenwart und Zukunft zu trennen. *Es stimmte!* Armeen bewegten sich auf der Straße, auch wenn sie noch nicht vor Aldarans Toren standen.

»Wir brauchen keine Angst zu haben«, sagte Donal und versuchte, Dorilys zu beruhigen. »Aldaran ist noch nie von Truppen eingenommen worden. Wir können diese Festung ewig halten, wenn wir genug Nahrung haben. Aber innerhalb einer Dekade werden sie vor unseren Toren stehen. Ich nehme mir einen Gleiter und versuche herauszufinden, aus welcher Richtung sie kommen. Vielleicht erfahre ich auch, wie viele Männer sie gegen uns in Marsch gesetzt haben.«

»Nein«, sagte Allart. »Wenn ich mir herausnehmen darf, dir einen Rat zu geben, Cousin: Du wirst nicht fliegen. Jetzt, da du den Oberbefehl hast, ist dein Platz hier, damit jeder Vasall, der sich mit dir beraten muß, dich sofort finden kann. Du kannst dein Leben nicht für eine Aufgabe aufs Spiel setzen, die jeder unserer Jungen für dich erledigen kann.«

Donal machte eine widerwillige Geste. »Es widerspricht meiner Natur, einen Mann in eine Gefahr zu bringen, der ich nicht selbst entgegentreten würde.« Allart schüttelte den Kopf.

»Du wirst noch genügend persönlichen Gefahren entgegentreten«, widersprach er, »aber es gibt Dinge, die Führer, und Aufgaben, die Gefolgsleute erledigen müssen. Sie sind nicht austauschbar. Von jetzt an, Cousin, sollte Fliegen für dich ein Freizeitvergnügen in Friedenszeiten sein.«

Dorilys berührte Donals Arm und sagte: »Jetzt, da ich eine Frau bin – darf ich da noch fliegen, Donal?«

»Ich sehe keinen Grund«, erwiderte Donal, »aus dem du es nicht tun solltest, wenn wir Frieden haben. Aber du mußt unseren Vater fragen, *Chiya* – und Margali.«

»Aber ich bin deine Frau«, sagte Dorilys, »und es ist an *dir,* mir Befehle zu geben.«

Zwischen Verärgerung und Zärtlichkeit gefangen, seufzte Donal auf. Dann sagte er: »Dann befehle ich dir, *Chiya,* Margalis Ratschlag einzuholen – und Renatas. Ich kann dir keinen geben.« Als sich bei der Erwähnung Renatas Dorilys' Gesicht unheildrohend verdunkelte, dachte Donal: *Eines Tages muß ich ihr ganz offen sagen, wie es zwischen mir und Renata steht.* Er legte zärtlich den Arm über ihre Schulter und sagte laut: »*Chiya,* als ich vierzehn war und *Laran* bekam, verbot man mir über ein halbes Jahr zu fliegen. Woher hätte ich auch wissen sollen, wie ich mich während eines Schwindelanfalls zu verhalten habe? Aus diesem Grund wäre es mir lieber, wenn du nicht mehr fliegst, bis du sicher sein kannst, dich in einem solchen Fall richtig zu verhalten.«

»Ich werde tun, was du sagst, mein Gatte«, sagte Dorilys und blickte dabei mit einer solchen Bewunderung zu Donal auf, daß er zurückschrak.

Als sie fort war, blickte Donal Allart verzweifelt an. »Sie wirkt überhaupt nicht wie ein Kind, und ich kann sie nicht für ein solches halten«, sagte er. »Und dabei ist es mein einziger Schutz, sie für zu jung zu halten.«

Allart wurde schmerzlich an seinen eigenen Gefühlskonflikt über die *Riyachiyas* erinnert. Mit einem Unterschied: Sie waren steril und alles andere als menschlich. Was er auch mit ihnen tat – es konnte nur seine Selbsteinschätzung beeinflussen, jedoch nicht die der *Riyachiyas*. Aber Donal war die Rolle gegeben worden, den Gott im Leben einer wirklichen Frau zu spielen. Wie konnte er ihm einen Rat geben? Allart selbst hatte seine Ehe gegen seine eigene Einstellung vollzogen, und zwar aus den gleichen Gründen – weil das Mädchen sich danach gesehnt hatte.

Nüchtern sagte er: »Vielleicht wäre es besser, Dorilys nicht als Kind anzusehen, Cousin. Kein Mädchen mit ihrer Ausbildung kann noch ein Kind sein. Vielleicht solltest du allmählich in ihr die Frau sehen. Versuche, dich mit ihr zu verständigen wie mit einer Frau, die alt genug ist, eigene Entscheidungen zu treffen. Und das wird sie, wenn die Schwellenkrankheit vorüber und sie frei von unerwarteten Trieben und Anfällen ist.«

»Du hast sicher recht.« Fast dankbar erinnerte Donal sich an seine Pflicht. »Aber jetzt komm – mein Vater muß erfahren, daß sich auf der Straße etwas tut. Jemand muß hinaus, um auszuspionieren, wo sie sind.«

Aldaran empfing die Nachricht mit einem wilden Lächeln. »Also ist es soweit!« sagte er. Allart dachte erneut an den alten Falken, der sein Gefieder öffnete und die Flügel spreizte – begierig auf einen letzten Flug.

Als bewaffnete Männer den Kadarin überquerten und nach Norden in die Hellers zogen, erkannte Allart – der sie mit seinem *Laran* sah – mit steigendem Erschrecken, daß einige von ihnen es auf *ihn* abgesehen hatten. Unter den Bewaffneten waren einige mit dem Koniferen-Zeichen der Hasturs von Elhalyn, der Krone, die sie von den Hasturs von Carcosa unterschied.

Täglich kehrte er mit Donal auf den Wachtturm zurück. Sie warteten auf die ersten Anzeichen, daß die Truppen sich unmittelbar der Burg näherten.

Aber ist das wirklich? Oder zeigt das Laran *mir etwas, das vielleicht doch nie eintreten wird?*

»Es *ist* wirklich, denn ich sehe es auch«, sagte Donal, der Allarts Gedanken las. »Mein Vater muß darüber informiert werden.«

»Er wollte nichts mit den Kriegen der Tiefländer zu tun haben«, sagte Allart. »Jetzt hat er sich jemanden zum Feind gemacht, weil er mich und meine Frau beschützt. Damon-Rafael macht mit Scathfell gemeinsame Sache gegen ihn.«

Als sie sich umwandten, um den Turm hinabzusteigen, dachte er: *Jetzt bin ich wirklich bruderlos . . .*

Donal legte eine Hand auf seinen Arm. »Ich auch, Cousin«, sagte er.

Aus einer plötzlichen Regung heraus zogen sie ihre Dolche. Keiner von ihnen hatte den Anfang gemacht – sie handelten gleichzeitig. Allart lächelte, legte den Knauf seines Messers auf die Klinge Donals; dann ließ er dessen Waffe in seine Scheide gleiten. Es war ein uraltes Gelöbnis und bedeutete, daß keiner von ihnen jemals gegen den anderen die Waffe ziehen würde, gleich, was auch geschehen mochte. Sie umarmten sich kurz und gingen Arm in Arm zu Dom Mikhail.

Allart, durch diese Geste erleichtert, empfand plötzlich Bedenken.

Vielleicht war es falsch. Ich muß vorsichtig mit meinen Bündnissen sein und darf nichts tun, das ich nur schwer zurücknehmen kann, sollte ich eines Tages auf dem Thron sitzen . . . Unwillig brach er den Gedanken ab.

Jetzt denke ich schon, dachte er mit einem Aufflackern von Selbsthaß, *in Kategorien der Zweckdienlichkeit. Wie ein Politiker – wie mein Bruder!*

Als sie in den Hof kamen und ihn überqueren wollten, deutete ein Diener plötzlich nach oben.

»Da – da! Was ist das?«

»Das ist nur ein Vogel«, sagte jemand, aber der Mann schrie: »Nein, das ist *kein* Vogel!«

Die Augen mit der Hand beschattend, blickte Allart in die Sonne. Er sah dort *etwas* kreisen, in langsamen Spiralen herabkommen; ein langsames, unheilverkündendes Sinken. Angst und Schmerz packten ihn. *Das ist Damon-Rafaels Werk, ein Pfeil, den er auf mein Herz abfeuert,* dachte er wie gelähmt. Bestürzt fiel ihm ein: *Damon-Rafael besitzt das Muster meiner Matrix, meiner Seele. Er könnte eine von Coryns schrecklichen Waffen gegen mich schicken, ohne zu befürchten, daß sie einen anderen tötet.*

In diesem Moment fühlte er Cassandras Gedanken mit seinen eigenen verstrickt. Dann war ein flackernder Blitz am Himmel, ein

Schrei aus Schmerz und Triumph, und das zerstörte Ding, das *kein* Vogel war, fiel wie ein Stein, verharrte mitten in der Luft und spritzte Feuer aus, vor dem die Diener entsetzt zurückwichen. Die Kleidung einer Frau war von dem schrecklichen Stoff erfaßt worden. Einer der Stallburschen packte sie und stieß sie in eines der am Rande des Hofes stehenden Waschfässer. Sie schrie vor Schmerzen und Angst, aber das Feuer zischte und erlosch. Allart blickte auf die Flammen und den zerstörten Vogel, der sich immer noch mit entsetzlichem Pseudo-Leben wand, als er näher kam. »Bringt Wasser und löscht es aus«, befahl er.

Als der Inhalt von zwei oder drei Waschfässern über dem Feuer ausgeschüttet und es völlig erloschen war, blickte er voller Abscheu auf das Ding, das sich noch immer schwach regte. Die Frau hatte sich inzwischen tropfnaß aus dem Gefäß befreit.

»Du hast Glück gehabt«, sagte Donal und fuhr, ehe sie widersprechen konnte, fort: »Ein Tropfen Haftfeuer hatte dich erfaßt, gute Frau. Er hätte dein Kleid verbrannt, sich durch Fleisch und Knochen gebohrt und so lange an dir gefressen, bis man das verbrannte Fleisch hätte abschneiden müssen.«

Allart trat so lange auf das zerstörte Ding aus Metallrohren, Rädern und Pseudo-Fleisch, bis es zu einem kleinen Häufchen wurde, das sich immer noch schwach bewegte.

»Nimm das«, wies er einen der Stallknechte an. »Lies es mit deiner Schaufel auf. Berühre es nicht mit den Händen, und vergrabe es tief in der Erde.«

Eine der Wachen kam heran und sah kopfschüttelnd zu.

»O Götter! *Dem* müssen wir in diesem Krieg entgegentreten? Welcher Teufel hat das gegen uns geschickt?«

»Lord Elhalyn, der König über dieses Land sein will«, sagte Donal mit versteinertem Gesicht. »Könnte meine Schwester nicht den Blitzschlag steuern, würde mein Freund und Bruder jetzt brennend hier liegen!« Er drehte sich um und fühlte, daß Dorilys die Treppen hinabrannte. Cassandra folgte ihr, so schnell es ihr steifes Bein zuließ. Dorilys lief auf Donal zu und riß ihn in ihre Arme.

»Ich habe es gespürt! Ich habe gespürt, wie es über uns schwebte, und habe es heruntergeschlagen!« rief sie. »Es hat weder dich noch Allart getroffen! Ich habe euch gerettet, ich habe euch beide gerettet!«

»Das hast du tatsächlich«, bestätigte Donal, der das Mädchen in den Armen hielt. »Wir sind dir dankbar, mein Kind, wir sind dir dankbar! Du bist wirklich, wie Kyril es damals auf der Feuerstation sagte – die Herrin der Stürme!«

Dorilys klammerte sich an ihn. Ihr Gesicht war von solcher Freude erfüllt, daß Allart plötzlich Furcht spürte. Ihm schien, als würden Blitze über der Burg hinwegzucken – obwohl der Himmel wieder ganz klar war. Die Luft schien mit Feuer geladen zu sein.

War es *das,* was ihnen in diesem Krieg bevorstand? Cassandra eilte auf ihn zu, hielt ihn fest, und er spürte ihre Angst wie seine eigene. Dann fiel ihm ein, daß sie den Schmerz der Haftfeuer-Verbrennungen bereits kennengelernt hatte.

»Weine nicht, meine Liebe, Dorilys hat mich gerettet«, sagte Allart. »Sie hat Damon-Rafaels schändliche Waffe zerstört, bevor sie mich erreichen konnte. Ich nehme an, daß er mich nun für tot hält. Es ist also nicht wahrscheinlich, daß er ein weiteres dieser Dinger gegen mich losschickt.« Doch während er sie tröstete, war er selbst noch immer geängstigt. Dieser Krieg würde kein gewöhnlicher Bergkrieg werden, sondern etwas ganz Neues und Entsetzliches.

26

Hätte es in Allarts Gedanken noch Raum für Zweifel über den kommenden Krieg gegeben – jetzt gab es ihn nicht mehr. Auf allen Straßen, die zum Gipfel von Aldaran führten, sammelten sich Truppen. Donal regelte die Verteidigung. Rund um die tiefer gelegenen Hänge hatte er bewaffnete Männer stationiert. Zum ersten Mal, seit Donal sich erinnern konnte, war Burg Aldaran wieder die gewappnete Festung, als die man sie erbaut hatte.

Ein Parlamentär war unter der Waffenstillstandsflagge in die Burg gekommen. Allart stand in Aldarans Empfangsraum und schaute den Lord, der ruhig, leidenschaftslos und drohend auf seinem hohen Sessel saß, an. Dorilys saß neben ihm, während Donal an ihrer Seite stand. Selbst Allart wußte, daß Dorilys' Anwesenheit nur eine Rückenstärkung Donals bedeutete.

»Mein Fürst«, sagte der Parlamentär und verbeugte sich, »hört nun die Worte von Rakhal Scathfell, der bestimmte Zusicherungen und Zugeständnisse Mikhail Aldarans fordert.«

Aldaran sagte überraschend sanft: »Ich bin es nicht gewohnt, Forderungen entgegenzunehmen. Mein Bruder Scathfell mag zu Recht alles das beanspruchen, was seine Vasallen ihm als ihrem Lehnsherren traditionell schulden. Sag ihm daher, daß ich bestürzt darüber bin, daß er von *mir* etwas fordert, das er nur zu angemessenen Bedingungen zu beanspruchen hat.«

»So wird es gesagt werden«, sagte der Parlamentär. Allart wußte, daß er lediglich eine Stimme darstellte und ausgebildeter Sprecher war. Der Mann mußte in der Lage sein, bis zu zwei oder drei Stunden Rede und Gegenrede ohne die geringste Abweichung in Ausdruck und Betonung aufzuzeichnen. Allart war sicher, daß die Botschaft exakt in Aldarans Tonfall an Scathfell weitergereicht werden würde.

»Mit dieser Zusage, Fürst Aldaran, hört die Worte Rakhal Scathfells an seinen Bruder.« Haltung und Stimme des Parlamentärs änderten sich leicht, und obwohl er ein kleiner Mann mit heller Stimme war, wirkte die Illusion gespenstisch, als stünde Scathfell selbst vor ihnen. Als der Parlamentär sprach, benutzte er die gutmütig-poltrige Stimme seines Herrn.

»Da du, Bruder, in letzter Zeit gewisse ungesetzliche und ärgerniserregende Vorkehrungen getroffen hast, die das Erbe von Aldaran betreffen, erkläre ich, Rakhal von Scathfell, Wächter und gesetzlicher Erbe des Reiches von Aldaran, verpflichtet, das Reich zu verteidigen und zu schützen, wenn Krankheit, Gebrechlichkeit oder hohes Alter dich daran hindern, dich für senil, gebrechlich und unfähig, weitere Entscheidungen zu fällen, die das Reich betreffen. Daher bin ich, Rakhal von Scathfell, bereit, die Aufsicht über das Reich in deinem Namen zu übernehmen. Daher fordere ich« – Lord Aldarans Fäuste ballten sich bei der Wiederholung des Worts *fordern* –, »daß du mir sofort den Besitz von Burg Aldaran und die Person deiner *Nedestro*-Tochter Dorilys von Rockraven übergibst, damit ich sie zum Besten des Reiches in eine angemessene Ehe geben kann. Was den Verräter Donal von Rockraven, genannt Delleray, angeht, der deinen kranken Geist gesetzwidrig dazu beeinflußt hat, diesem Reich Böses und Anstößiges widerfahren zu lassen, bin ich, Wächter von Aldaran, bereit, ihm Amnestie anzubieten. Vorausgesetzt, er verläßt Burg Aldaran vor Sonnenaufgang und geht, wohin er wünscht, um nie mehr zurückzukehren. Wenn er seinen Fuß erneut in die Grenzen des Reiches Aldaran setzt, ist sein Leben verwirkt, und er soll wie ein Tier von jedermann getötet werden können.«

Donal erstarrte, aber er blickte hart und entschlossen.

Er will Aldaran, dachte Allart. *Vielleicht ist er anfangs noch bereit gewesen, zugunsten von Aldarans Verwandtschaft beiseite zu treten, aber jetzt ist offensichtlich, daß er sich daran gewöhnt hat, sich selbst als Aldarans gesetzlichen Nachfolger und Erben zu sehen.*

Die Stimme fuhr fort, ihr Tonfall änderte sich leicht, die Haltung des Sprechers wurde irgendwie anders. Obwohl Allart diese Technik vorher schon gesehen hatte, war ihm jetzt, als stünde ein ganz anderer Mann vor ihm. Selbst seine Gesichtszüge änderten sich. Aber eins war in ihnen geblieben: Arroganz.

»Darüber hinaus fordere *ich,* Damon-Rafael von Elhalyn, rechtmäßiger König der Reiche, von Mikhail Aldaran, daß er sofort die Person des Verräters Allart Hastur von Elhalyn und seine Frau Cassandra Aillard an mich ausliefert, damit sie gebührend wegen Verschwörung gegen die Krone zur Rechenschaft gezogen werden; und daß du, Mikhail von Aldaran, vor mir erscheinst, um auszuhandeln, welchen Tribut Aldaran an Thendara zahlt, damit du fortfahren kannst, dich während meiner Regentschaft in deinem Reich in Frieden aufzuhalten.«

Erneut änderten sich Stimme und Haltung des Parlamentärs. Jetzt stellte er wieder Rakhal Scathfell dar.

»Solltest du, mein Bruder Aldaran, nur eine dieser Forderungen ablehnen, werde ich mich berechtigt fühlen, sie deiner Feste und dir selbst mit Waffengewalt aufzuzwingen.«

Der Parlamentär verbeugte sich zum vierten Mal und verstummte.

»Eine dreiste Botschaft«, sagte Aldaran schließlich. »Wenn man Gerechtigkeit walten ließe, müßte der, der sie ausgesprochen hat, an der höchsten Zinne dieser Burg aufgehängt werden. Als du in die Dienste meines Bruders tratst, wurdest du ebenso verpflichtet, seinem Lehnsherrn zu dienen – und der bin ich. Warum sollte ich dich also nicht wie einen Verräter behandeln?«

Der Parlamentär erbleichte, aber sein Gesicht enthüllte nicht die mindeste persönliche Reaktion, als er erwiderte: »Die Worte sind nicht die meinen, Fürst, sondern die Eures Bruders Scathfell und seiner Hoheit Elhalyn. Wenn die Worte Euch beleidigen, Sir, so bitte ich, ihre Urheber zu bestrafen, nicht den Parlamentär, der sie auf Befehl wiederholt.«

»Nun, du hast recht«, sagte Aldaran milde. »Warum den Welpen schlagen, wenn der Hund mich mit seinem Gebell erzürnt? Überbringe *diese* Botschaft meinem Bruder: Sag ihm, daß ich nicht nur im Vollbesitz sämtlicher Sinne bin, sondern daß *er* durch seinen Eid zu meinen Untertanen zählt. Und daß ich, wenn ich Gerechtigkeit walten ließe, ihm seinen Besitz, den er aufgrund meiner Gunst verwaltet, nehmen müßte. Ich könnte ihn weiterhin, nachdem er sich dermaßen erdreistet hat, zum Gesetzlosen erklären. Sag meinem Bruder weiterhin, daß – was meine Tochter Dorilys angeht – sie bereits durch die *Catenas* vermählt ist und er sich keine Sorgen machen muß, wie er ihr anderswo einen Gatten findet. Und zu Lord Damon-Rafael von Elhalyn: Sag ihm, daß ich nicht weiß, wer die Tiefländer jenseits des Kadarin regiert, und daß es mich auch nicht kümmert. Denn in diesem Reich erkenne ich keine Herrschaft außer der meinigen an. Aber wenn er, der König von Thendara werden will, mich als Gleichgestellten einlädt, seiner Krönung beizuwohnen, werden wir bei dieser Gelegenheit den Austausch diplomatischer Höflichkeiten diskutieren. Was meinen Verwandten und Gast Allart Hastur betrifft: Er ist in meinem Haushalt willkommen und mag Lord Elhalyn selbst die Antwort geben, die er für richtig hält. Oder überhaupt nicht antworten.«

Allart befeuchtete die Lippen. Zu spät fiel ihm ein, daß auch diese Geste unverfälscht von dem Botschafter, der vor ihm stand, wiederholt werden würde. Er wünschte, dieses kleine Zeichen von Schwäche nicht gezeigt zu haben.

Schließlich sagte er: »Sag meinem Bruder Damon-Rafael, daß ich als sein gehorsamer Untertan nach Aldaran ging und getreulich alles ausführte, was er mir aufgetragen hat. Jetzt, da meine Mission beendet ist, nehme ich das Recht in Anspruch, mein Domizil zu wählen, wie ich es will, ohne ihn um Rat zu fragen.« *Eine dürftige Antwort.* Er dachte über die beste Art weiterzusprechen nach. »Sag weiterhin, daß das Klima von Hali der Gesundheit meiner Frau nicht zuträglich war und ich sie um ihrer Gesundheit und Sicherheit willen von dort entfernt habe.« *Darüber soll Damon-Rafael nachdenken!*

»Sag ihm schließlich«, fuhr Allart fort, »daß ich ein treuer Untertan von Felix, dem Sohn des verstorbenen König Regis bin und weit davon entfernt, gegen die Krone zu intrigieren. Sollte Felix, der gesetzmäßige König von Thendara, mich irgendwann auffordern, seine Krone gegen Verschwörer zu verteidigen, stehe ich unter seinem Befehl.«

Jetzt, dachte er, *ist es getan, und unwiderruflich. Ich hätte meinem Bruder eine Botschaft der Unterwerfung schicken können, daß ich als Aldarans Gast nicht die Hand gegen ihn heben kann. Statt dessen habe ich mich zu seinem Widersacher erklärt.*

Allart widerstand der Versuchung, einen Blick in die Zukunft zu tun, um zu sehen, wie Damon-Rafael und Lord Scathfell die Botschaft aufnahmen. Es konnte hundert Möglichkeiten geben, von denen nur eine eintreffen würde. Es war unvernünftig, den Verstand mit den übrigen neunundneunzig zu plagen.

Es war still in dem Empfangsraum, während der Parlamentär die Botschaft in sich aufnahm. Dann sagte er: »Meine Lords – diejenigen, die mich entsandten, sahen eine Antwort wie diese voraus und trugen mir auf, darauf folgendes zu sagen: Donal von Rockraven, genannt Delleray, wird in diesem Reich zum Gesetzlosen erklärt. Jeder, der ihn tötet, kann das von diesem Tag an ohne Bestrafung tun.

Allart Hastur, dem Verräter, bieten wir nichts außer der Gnade seines Bruders, sollte er vor Sonnenuntergang dieses Tages kommen und sich unterwerfen.

Mikhail von Aldaran fordern wir auf, daß er sich mit allen, die sich in seiner Burg befinden, bis zur letzten Frau und zum letzten Kind, sogleich ergibt; oder wir werden kommen und sie einnehmen.«

Wieder kam es zu einem langandauernden Schweigen. Schließlich sagte Aldaran: »Ich habe nicht vor, mein Reich in der nahen Zukunft zu bereisen. Wenn mein Bruder Scathfell während der Saatzeit und der Ernte nichts Besseres zu tun hat, als wie ein Hund vor meinen Toren zu sitzen, mag er so lange, wie es ihm gefällt, dort bleiben. Sollte er jedoch Mann oder Frau, Kind oder Tier, die gesetzmäßig unter meinem Schutz stehen, verletzen oder die Reihen meiner bewaffneten Männer weiter als um den Durchmesser meines kleinsten Fingers übertreten, werde ich das zum Grund nehmen, ihn und seine Truppen zu vernichten und sein Lehen für verwirkt erklären. Was ihn selbst angeht, werde ich ihn hängen, wenn ich ihn auf meinem Grund festnehme.«

Stille. Als offensichtlich war, daß er nichts mehr zu sagen hatte, verbeugte sich der Parlamentär.

»Mein Fürst, die Botschaft wird im Wortlaut ihres Ausspruchs übermittelt werden,« sagte er. Dann entfernte er sich, die Waffenstillstandsflagge vor sich hertragend, aus dem Raum. Noch bevor er die Tür erreicht hatte, wußte Allart, daß es keinen Irrtum darüber gab, was die Zukunft bringen würde.

Krieg.

Aber darüber hatte er nie einen Zweifel gehegt.

Es dauerte nicht lange, bis sie losschlugen. Kaum eine Stunde nach dem Aufbruch des Parlamentärs flog ein Schwarm von Feuerpfeilen zu ihnen hinauf. Die meisten fielen ohne Schaden anzurichten auf den Steinboden, aber einige landeten auf Holzdächern oder in Futterballen, die man für die Tiere innerhalb des Hofes aufgestapelt hatte. Die Waschfässer wurden erneut eingesetzt, bevor das Feuer sich ausbreiten konnte.

Nachdem es gelöscht war, herrschte wieder Stille. Aber sie war unheilverkündend. *Der Unterschied,* dachte Allart, *zwischen drohendem und ausgebrochenem Krieg.* Donal ordnete an, alle Futterstapel mit Wasser aus den Schloßbrunnen zu tränken. Aber die Feuerpfeile waren nur die förmliche Antwort auf die Herausforderung gewesen. ». . . sollte er die Reihen meiner bewaffneten Männer weiter als um den Durchmesser meines kleinsten Fingers übertreten . . .«

Im Hof war alles vorbereitet, einer Belagerung zu trotzen. Bewaffnete Männer waren am Ende eines jeden nach oben führenden Pfades postiert, für den Fall, daß jemand den äußeren Ring um den Berg durchbrechen sollte. Lebensmittel und Tierfutter hatte man schon seit langem eingelagert, und innerhalb der Umfriedung der Burg gab es mehrere Brunnen, die aus den Felsen sprangen. Es gab nichts zu tun als abzuwarten . . .

Es dauerte drei Tage. Die Männer auf den Wachttürmen berichteten über keinerlei Aktivität im Lager der Angreifer. Dann hörte Donal eines Morgens entsetzte Schreie aus dem Hof und eilte hinaus.

Die Wächter bereiteten ihre Morgenmahlzeit rund um die Feuer, die man auf Kaminplatten entzündet hatte. Aber die Köche und jene, die die Tiere zu tränken im Begriff waren, starrten voller Angst auf das aus den Leitungen fließende Wasser: Es war dick und zähflüssig und von einer Farbe, die nicht nur wie frisch geronnenes Blut aussah, sondern ebenso roch. Allart, der heraneilte, blickte in die geängstigten Gesichter der Soldaten und wußte, daß es ernst war. Die Erfolgsaussichten, eine Belagerung zu überstehen, hingen fast vollständig von der Wasserversorgung ab. Wenn Scathfell es geschafft hatte, die Brunnen zu verseuchen, konnten sie nicht länger als ein oder zwei Tage aushalten. Vor Sonnenuntergang würden die ersten Tiere sterben; daraufhin die Kinder. Dann gab es keine Alternative mehr, außer sich zu ergeben.

Allart betrachtete die Flüssigkeit. »Ist es nur dieser Brunnen? Oder ist der andere, der in die Burg läuft, auch verseucht?« fragte er.

Einer der Männer ergriff das Wort: »Ich war in den Küchenräumen, Dom Allart, und dort ist es genauso.«

Dom Mikhail, eilig herbeigerufen, beugte sich über das Naß, ließ es in seine Hand rinnen und verzog angesichts des Geruchs das Gesicht. Dann hob er die Hand zum Mund, um die Flüssigkeit probehalber zu schmecken. Nach einem Moment zuckte er die Achseln und spuckte sie aus.

»Ich fragte mich, wie sie an die Brunnen gekommen sind. Die Antwort lautet: Sie sind es gar nicht! Es ist unmöglich.« Er berührte die Matrix an seinem Hals, nahm einen weiteren Schluck, und als er es wieder ausspuckte, rann die Flüssigkeit klar von seinen Lippen.

»Eine Illusion«, sagte er. »Eine bemerkenswert realistische und widerwärtige Illusion, aber nichtsdestotrotz eine Sinnestäuschung. Das Wasser ist rein und gesund. Sie haben es verzaubert, damit es wie Blut aussieht, schmeckt und – das schlimmste von allem – auch so riecht.«

Allart bückte sich, um das Wasser zu probieren. Er spürte eine Welle von Übelkeit, denn von der äußeren Erscheinung her trank er von einem Strom frischen Blutes . . . aber trotz des Übelkeit erregenden Geruchs und Geschmacks war es, wenn er seinen Sinnen trauen konnte, Wasser.

»Wird es also ein Hexenkrieg?« fragte der Wächter mit fassungslosem Kopfschütteln. »*Dieses* Zeug kann niemand trinken.«

»Ich sage euch, es ist Wasser, sehr gutes Wasser«, sagte Aldaran ungeduldig. »Sie haben es nur dazu gebracht, wie Blut *auszusehen.*«

»Jawohl, Fürst, und so zu riechen und zu schmecken«, sagte der Koch.

»Ich sage *Euch:* Niemand wird davon trinken.«

»Ihr werdet es trinken oder verdursten«, sagte Donal unwillig. »Es ist alles nur in deinem Kopf, Mann. Deine Kehle wird es als Wasser fühlen, ganz gleich, wie es aussieht.«

»Aber die Tiere werden es auch nicht trinken«, sagte einer der Männer. Tatsächlich konnte man den Lärm der beunruhigten Tiere aus den Scheunen und Ställen hören. Einige traten aus und bäumten sich auf.

Allart dachte: *Ja, das ist ernst. Alle Tiere fürchten den Blutgeruch. Darüber hinaus haben die Männer hier Angst, also müssen wir ihnen schnell zeigen, daß sie solche Dinge nicht zu fürchten brauchen.*

Seufzend sagte Aldran: »Gut, gut, ich hatte gehofft, wir könnten es einfach ignorieren und sie denken lassen, ihr Zauber hätte keine Wirkung.« Aber selbst wenn sie die Männer überreden konnten, das Aussehen des Wassers zu ignorieren, würde diese Mühe ihre Moral schwächen. Und Tiere konnte man nicht überreden. Für sie waren Geruch und Geschmack tatsächlich die Realität. Sie würden trotz des Wassers in ihrer Umgebung eher verdursten, als ihre Instinkte zu vergewaltigen.

»Allart, ich habe nicht das Recht, dich um Hilfe bei der Verteidigung meiner Festung zu bitten.«

»Mein Bruder hat die Krone an sich gerissen und mit dem *Euren* gemeinsame Sache gemacht, Verwandter. Mein Leben ist verwirkt, wenn ich hier gefangengenommen werde.«

»Dann versuche herauszufinden, was in Zandrus sieben Höllen sie dort unten machen!«

»Dort gibt es mindestens einen *Laranzu,* der eine Matrix trägt«, sagte Allart, »und vielleicht noch mehr. Aber das ist ein einfacher Zauber. Ich will sehen, was ich tun kann.«

»Donal brauche ich hier für die Verteidiger der äußeren Mauern«, sagte Aldaran.

Allart nickte. »So sei es.« Er wandte sich einer der Dienerinnen zu, die das Wasser anstarrte, das immer noch wie frisches Blut in einem tiefroten Strom aus der Leitung floß. »Geh zu meiner Frau, Lady Renata und Margali und bitte sie, mich – sobald sie können – im Wachtturm zu treffen.«

Sich an Dom Mikhail wendend fügte er hinzu: »Wenn Ihr erlaubt; er ist abgelegen genug, daß wir dort in Ruhe arbeiten können.«

»Befiehl ganz nach deinem Belieben«, sagte Aldaran.

Als die Frauen zu ihm in den Wachtturm kamen, fragte er: »Ihr wißt es schon?«

Renata verzog das Gesicht und antwortete: »Ich weiß es. Meine Zofe kam schreiend angelaufen, als sie mir ein Bad einlassen wollte. Sie sagte, es fließe Blut aus den Hähnen. Ich dachte sofort an eine Illusion, konnte sie aber nicht davon überzeugen.«

»Ich weiß es auch«, sagte Margali. »Obwohl mir klar war, es mit einer Illusion zu tun zu haben, wollte ich lieber schmutzig bleiben, als in diesem Zeug zu baden oder gar davon zu trinken. Dorilys war sehr erschreckt. Armes Kind, sie hat einen neuen Anfall der Schwellenkrankheit. Ich hoffte, sie hätte sie überstanden. Aber bei dieser Aufregung ...«

»Nun, zuerst müssen wir sehen, wie es gemacht wird«, sagte Allart. »Cassandra, du bist Überwacherin, aber du, Renata, hast die meiste Übung. Willst du in der Mitte arbeiten?«

»Nein, Allart. Ich ... ich wage es nicht«, sagte sie widerstrebend.

Cassandra verstand sofort, was Renata meinte. Sie legte ihren Arm um sie. »Ich habe ja nicht gewußt ... du bist schwanger, Renata!« sagte Cassandra erstaunt und bestürzt. Schließlich hatte Renata ihnen gesagt ... aber das war vorüber und jetzt kein Grund für eine Auseinandersetzung: »Sehr gut, du kannst außerhalb des Kreises überwachen, wenn du willst, obwohl ich nicht glaube, daß es hier nötig ist ... Margali?«

Ein blaues Licht begann von den drei Matrix-Steinen zu schimmern, als sie sich auf sie konzentrierten. Einen Moment später nickte Cassandra. Es war in der Tat der einfachste Zauber gewesen.

»Jetzt brauchen wir nichts mehr«, sagte sie. »Wir müssen nur die Natur verstärken. Dann wird das Wasser wieder Wasser sein, und nichts anderes.«

Vereint sanken sie in die sie umgebenden Energieströme und wiederholten die einfachste der Bewußtheiten, das alte elementare Muster: *Erde und Luft und Wasser und Feuer, Erdboden und Felsen und Wind und Himmel und Regen und Schnee und Blitzschlag* ... Als der Rhythmus der Natur sich in und über ihnen bewegte, spürte Allart, daß auch Renata in den einfachen Zauber einfiel ... er konnte für ihr ungeborenes Kind nur Gutes bedeuten, da er im Einklang mit der Natur stand, anstatt ihre Muster zu verzerren. Als sie die Struktur der Schwingung untersuchten, die die Illusion verursachte, wußten sie, daß jetzt aus allen Quellen, Hähnen und Leitungen klares Quellwasser floß. Als sie noch einen Moment in dem sanften, ruhenden Rhythmus der Natur verblieben, spürten sie auch Dorilys, Donal und Lord Aldaran – jeden im Schloß, der eine Matrix trug und *Laran* besaß. Alle waren durch diesen Rhythmus gestärkt und gekräftigt. Selbst jene, die dieses Bewußtsein nicht besaßen, spürten ihn – sogar die Tiere in den Höfen und Ställen. Selbst die Sonne schien einen Moment lang heller zu leuchten.

Die Natur ist eins, und dieses Eins ist Harmonie ... Für Cassandra, die Musikerin, war es wie ein großer Akkord, mächtig und friedvoll, der einen Moment verharrte und dann erstarb, aber irgendwo immer noch hörbar war ...

Vorsichtig trat Dorilys zu ihnen. Kurz darauf löste sich die enge Verbindung ohne fühlbare Unterbrechung auf. Margali lächelte und streckte ihrer Pflegetochter die Hand entgegen.

»Du siehst wieder besser aus, Liebes.«

»Ja«, sagte Dorilys lächelnd. »Ich lag auf dem Bett und fühlte mich plötzlich – ich weiß nicht, wie ich es erklären soll – *gut.* Ich wußte, daß ihr hier arbeitet und wollte herkommen, um ganz bei euch zu sein.« Mit einem vertrauensvollen Lächeln schmiegte sie sich an ihre Pflegemutter. »Oh, Kathya sagte, ich sollte euch erzählen, daß das Wasser im Bad und den Leitungen wieder klar ist. Ihr könnt frühstücken, wenn ihr wollt.«

Allart wußte, daß der heilende Zauber vollendet war. Für Scathfells Horden mußte es schwer sein, Zauberei oder Matrix-Wissenschaft gegen sie einzusetzen, wenn sie sich gegen die Natur richteten. Man hatte den Halluzinationsangriff abgewehrt, ohne dem dafür verantwortlichen *Laranzu* auch nur ein Härchen zu krümmen. Für das Böse, das er versucht hatte, war ihm Gutes erwiesen worden.

Heiliger Lastenträger, gewähre, daß es damit genug ist, dachte Allart. Doch trotz des Glücksgefühls über den errungenen Sieg wußte er, daß das Gegenteil der Fall sein würde. Nach der Abwendung des ersten Angriffs mußten sich die von Scathfell und Damon-Rafael befehligten Truppen vorerst der mehr konventionellen Kriegführung zuwenden.

Als er diese Meinung später am Tag gegenüber Dom Mikhail äußerte, machte dieser einen pessimistischen Eindruck.

»Burg Aldaran kann jede gewöhnliche Belagerung überstehen, das weiß mein Bruder Scathfell. Damit wird er sich nicht zufriedengeben.«

»Aber ich sehe voraus«, sagte Allart zögernd, »daß es für beide Seiten schwer wird, wenn wir uns auf die gewöhnliche Kriegführung beschränken. Wenn man uns in eine Schlacht mit Matrix-Technologie hineinzieht, wird es mit Gewißheit zur Katastrophe kommen. Lord Aldaran, ich habe gelobt, alles in meinen Kräften Stehende zu tun, um Euch zu helfen. Aber ich bitte Euch: Versucht, diesen Krieg auf die normalen Methoden zu beschränken, selbst wenn der Sieg auf diese Art schwerer zu erringen ist. Ihr habt selbst gesagt, daß diese Burg jeder gewöhnlichen Belagerung standhalten kann. Verhindert, daß sie uns zwingen, ihre Art Schlacht zu schlagen.«

Lord Aldaran bemerkte, daß er zitterte und sein Gesicht blaß war. Ein Teil von ihm verstand und akzeptierte völlig, was Allart sagte: jener, der sich abgestoßen gefühlt hatte, als Allart vom *Haftfeuer* sprach, das in den Tiefländern eingesetzt wurde. Aber sein zweites Ich, der ausgebildete Soldat und Veteran vieler Raum- und Kriegszüge in den Bergen, blickte Allart an und sah in ihm nur den Mann des Friedens, der sich vor den Verheerungen des Krieges fürchtete. Sein Mitgefühl war nicht frei von Verachtung – der Verachtung des Kriegers für den Pazifisten, des Soldaten für den Mönch. Er sagte: »Ich wünschte wirklich, daß wir uns auf die gesetzmäßigen Kriegswaffen beschränken könnten. Doch dein Bruder hat bereits diese schrecklichen Vögel und Haftfeuer gegen uns gesandt. Ich fürchte, er wird sich nicht damit begnügen, Katapulte auf uns zu richten und unsere Mauern mit Sturmleitern und bewaffneten Männern zu stürmen. Eines verspreche ich dir: Wenn er seine schrecklichen Waffen nicht gegen uns einsetzt, werde ich nicht der erste sein, der *Laran* gegen ihn anwendet. Aber ich habe keinen Turm-Kreis zur Verfügung, um immer gräßlichere Waffen gegen meine Feinde herzustellen. Wenn Damon-Rafael solche Kriegswerkzeuge mitgebracht hat, um sie dem Kommando meines Bruders zu unterstellen, kann ich ihn nicht für immer mit Soldaten, Pfeilen, Armbrüsten und Schwertern aufhalten.«

Das ist nur zu verständlich, dachte Allart verzweifelt. Würde er zulassen, daß Cassandra in Damon-Rafaels Hände fiel, bloß weil es ihm widerstrebte, Haftfeuer einzusetzen? Würde er zusehen, wenn Donal an der Burgmauer aufgehängt und Dorilys zum Bett eines Fremden getragen würde? Aber er *wußte* ohne einen Schatten des Zweifels, daß beim Einsatz von *Laran* – außer jenem einfachen Zauber, der nur die Tatsache bekräftigte, daß die Natur eins war, und nichts, was ihrer Harmonie entzogen wurde, lange existieren konnte –, daß dann . . .

Allarts Ohren waren von den Schreien künftigen Wehklagens erfüllt . . . Dom Mikhail stand vor ihm, gebeugt, weinend, in einer einzigen Nacht bis zur Unkenntlichkeit gealtert, und rief aus: »Ich bin verflucht! Wäre ich doch ohne Tochter oder Sohn gestorben.« Renatas Gesicht schwebte vor ihm, zuckend, in Angst, sterbend. Die schreckliche Flamme des Blitzes betäubte seine Sinne, und Dorilys' Gesicht tauchte leichenblaß im Leuchten des Sturms auf . . . Er konnte diese möglichen Zukunftsentwicklungen nicht ertragen, aber er konnte sie auch nicht ausschließen. Ihr Gewicht erstickte seine Stimme, erstickte alles, außer seiner verzweifelten Angst . . .

Mit einem verzweifelten Kopfschütteln ging er davon.

Aber eine Zeitlang schien es tatsächlich, als wären die Pläne der Angreifer vereitelt worden und sie seien nun gezwungen, sich gewöhnlicher Waffen zu bedienen. Den ganzen Tag und die ganze Nacht über schlugen die von Katapulten abgefeuerten Geschosse dumpf gegen die Burgmauern. Hin und wieder folgte ein Hagel von Feuerpfeilen. Donal hielt Männer mit Wasserfässern in ständiger Alarmbereitschaft. Selbst einige Frauen mußten auf die Feuer achten und Wasserfässer dorthin schleppen, wo sie sofort benutzt werden konnten, um Brände in den hölzernen Außengebäuden zu löschen. Kurz vor der Morgendämmerung, als die meisten Burgwachen hin und her hasteten und ein Dutzend kleiner Brände löschten, ertönte plötzlich ein Alarm, der jeden rüstigen Mann zu den Mauern rief, um einen Trupp auf Sturmleitern zurückzuschlagen. Die meisten wurden niedergemacht und von der Brustwehr gestürzt, aber einigen gelang der Durchbruch. Donal mußte sich ihnen mit einem halben Dutzend ausgesuchter Leute im ersten Kampf von Mann zu Mann im Innenhof entgegenstellen. Allart, der neben ihm focht, steckte eine leichte Hiebwunde am Arm ein, und Donal schickte ihn fort, sie pflegen zu lassen.

Er stieß dabei auf Cassandra und Renata, die gemeinsam mit den Heilerinnen arbeiteten.

»Allen Göttern sei gedankt, daß es nicht schlimmer ist«, sagte Cassandra erbleichend.

»Ist Donal verletzt?« wollte Renata wissen.

»Keine Sorge«, sagte Allart und verzog das Gesicht, als die Heilerin begann, seine Wunde zu nähen. »Er hat den Mann niedergestochen, der mir *das* zugefügt hat. Dom Mikhail hat für sich und Aldaran nie etwas Besseres getan, als Donal im Kriegshandwerk ausbilden zu lassen. So jung er auch ist, er hat trotzdem alles völlig unter Kontrolle.«

»Es ist still«, sagte Cassandra. »Welche Teufelei hecken die Leute dort unten jetzt aus?«

»Still, sagst du?« Allart blickte sie überrascht an. Dann wurde ihm bewußt, daß es tatsächlich still war – eine tiefe, unheilverkündende Stille drinnen und draußen. Das kreischende Geräusch der an der Burgmauer zersplitternden Geschosse hatte aufgehört. Jene, die er so deutlich hörte, waren in seinem Kopf: die möglichen und vielleicht nie eintreffenden Einsichten seines *Laran*. Im Moment war es tatsächlich still, aber die Geräusche, die er *beinahe* hören konnte, sagten ihm, daß es sich nur um eine kurze Unterbrechung handelte.

»Meine Liebste, ich wünschte, du wärst sicher in Hali oder Tramontana.«

»Ich bin lieber bei dir«, sagte Cassandra.

Die Heilerin hatte seinen Arm jetzt verbunden, legte ihn fest in eine Schlinge und reichte Allart eine Tasse mit einer rötlichen, klebrigen Flüssigkeit. »Trinkt das, das wird Eure Wunde vor dem Fieber bewahren«, sagte sie. »Schont den Arm so weit wie möglich; es gibt Leute genug, die ein Schwert in den Kampf tragen können.« Bestürzt fuhr sie zurück, als die Tasse aus Allarts plötzlich erschlaffender Hand fiel. Die rote Flüssigkeit rann wie Blut über den Steinboden. »In Avarras Namen, mein Fürst!«

Im gleichen Moment, als sie sich bückte, um das verschüttete Getränk aufzuwischen, hörte Allart vom Hof den gleichen Aufschrei, den er vorher durch sein *Laran* wahrgenommen hatte. Hastig stand er auf und rannte die inneren Treppen hinab. Aufgeregte Rufe waren zu hören. Im inneren Hof wichen die Leute vor einem zerborstenen Behälter zurück, der auf dem steinernen Boden lag und aus dem ein merkwürdig aussehender gelber Schleim sickerte. Wo er sich ausbreitete, qualmte und verbrannte der Stein und öffnete sich zu klaffenden Löchern. Er wurde wie kalte Butter weggeschmolzen.

»Zandrus Hölle!« brach es aus einer der Wachen heraus: »Was ist *das?* Noch mehr magisches Höllenwerk?«

»Ich weiß es nicht«, sagte Dom Mikhail ernüchtert. »So etwas habe ich bisher noch nie gesehen.«

Einer der Soldaten trat vor und versuchte, einige Bruchstücke des

Behälters zur Seite zu schleppen. Unter qualvollen Schreien stürzte er zurück: Seine Hände waren versengt und geschwärzt.

»Weißt *du*, was es ist, Allart?« fragte Donal.

Allart preßte die Lippen zusammen. »Keine Zauberei, sondern eine von den Türmen entwickelte Waffe – eine Säure, die Stein schmilzt.«

»Können wir nichts dagegen unternehmen?« fragte Lord Aldaran. »Wenn sie noch mehr davon gegen unsere Außenmauern schleudern, werden sie uns die Burg über den Köpfen zerschmelzen! Donal, schick Männer aus, um die Grenzlinien zu kontrollieren!«

Donal zeigte auf einen Gardisten. »Du, und du und du – nehmt eure Friedensmänner und geht. Nehmt Strohschilde. Das Zeug beschädigt das Stroh nicht – seht, wo es auf die Futterballen gespritzt ist –, aber wenn es Metall berührt, werdet ihr an den Säuredämpfen ersticken.«

Allart sagte: »Wenn es Säure ist, nehmt das Aschenwasser, das ihr benutzt, um in der Meierei und den Ställen aufzuwischen; vielleicht wird es die Säure stoppen.« Zwar neutralisierte das starke Alkali die Säure tatsächlich, aber einige der Männer bekamen Spritzer von der starken Lauge ab. Dort, wo der Hof von der Säure zerfressen war, wurden selbst an den Stellen, die anschließend mit Laugenwasser behandelt wurden, Löcher in die Stiefel der Männer hineingefressen. Große Bereiche mußten abgezäunt werden, damit niemand sie betrat und verletzt wurde. Auf den Steinen der äußeren Mauer hatte es einige direkte Treffer gegeben. Der Stein bröckelte. Am schlimmsten war, daß sich der Vorrat an Laugenwasser bald erschöpfte. Man versuchte es mit Seife und dem Urin von Tieren, aber sie waren nicht stark genug.

»Das ist schrecklich«, sagte Dom Mikhail. »Sie werden unsere Mauern ziemlich schnell zerstört haben. Das ist sicher Lord Elhalyns Werk, Cousin. Meinem Bruder stehen solche Waffen nicht zur Verfügung. Was können wir tun? Hast du irgendwelche Vorschläge?«

»Zwei«, sagte Allart zögernd. »Wir können einen Bindezauber über den Stein legen, damit er von keiner unnatürlichen Substanz zerfressen werden kann. Er würde zwar einem Erdbeben nicht standhalten, aber sicher dieser unnatürlichen Waffe.«

Also nahm die turmausgebildete Gruppe erneut ihren Platz in der Matrix-Kammer ein. Dorilys gesellte sich zu ihnen, weil sie mithelfen wollte.

»Ich kann überwachen«, bat sie, »und Renata könnte dann mit euch in den Kreis gehen.«

»Nein«, sagte Renata schnell. Sie dankte den Göttern, daß Dorilys' telepathische Fähigkeiten noch ungeübt waren und nur sporadisch auftraten. »Ich glaube, du kannst einen Platz im Kreis einnehmen, wenn du willst, und ich werde von außen überwachen.«

Sie wollte um jeden Preis verhindern, daß Dorilys erfuhr, warum sie selbst jetzt nicht an ihm teilnehmen konnte.

Mir widerstrebt es, sie auf diese Art zu täuschen. Aber es wird der Tag kommen, an dem sie stark und gesund ist, und dann werden Donal und ich es ihr sagen, dachte Renata.

Glücklicherweise war Dorilys über die Erlaubnis so aufgeregt, daß sie Renata keine weiteren Fragen stellte; es war schließlich, abgesehen von der Betätigung im Gleiter, das erste Mal, daß sie ihre Matrix offiziell benutzte. Cassandra streckte die Hand aus, und das Mädchen nahm neben ihr Platz. Erneut sandten sie den Zauber aus, der nichts anderes tat, als die Kräfte der Natur zu stärken.

Der Felsen ist eins mit dem Planeten, auf dem er sich erhebt, und der Mensch hat ihn geformt, wie es vorherbestimmt war. Nichts soll ihn verändern. Der Felsen ist eins . . . eins . . . eins . . .

Der Bindezauber war vollendet. Allart, dessen individuelles Bewußtsein hinter dem des Kollektivs verblaßte, war sich der geformten Felssteine der Burg und ihres festen Zusammenhalts bewußt; die Wucht der Granaten und des chemischen Schleims würde schadlos abprallen und abgestoßen werden. Der gelbe Schleim würde außen hinabrinnen und lange, scheußliche Streifen hinterlassen, aber zerbröckeln und schmelzen würde der Stein nicht.

Der Felsen ist eins . . . eins . . . eins . . .

Von außerhalb des Kreises erreichte sie ein behutsamer Gedanke.

Allart?

Bist du es, Brédu*?*

Ich bin's Donal. Ich habe Männer auf den äußeren Mauern postiert, um ihre Kanoniere mit Pfeilen abzuschießen, aber sie sind außer Reichweite. Könnt ihr über ihnen eine Dunkelheit entstehen lassen, damit sie nicht sehen, wohin sie schießen?

Allart zögerte. Es war eine Sache, den Zusammenhalt der Naturschöpfung zu festigen, indem man Wasser dazu zwang, unverfälscht Wasser zu bleiben, und Stein, für Dinge undurchdringlich zu sein, die die Natur nie dazu bestimmt hatte, Stein zu zerstören. Aber die Natur zu verfälschen, indem man während der Stunden des Tageslichts Dunkelheit schuf . . .

Dorilys' Gedanken verwoben sich mit dem Kreis. *Es wäre mit den Kräften der Natur im Einklang, wenn dichter Nebel aufkäme. In die-*

ser Jahreszeit geschieht das oft. Dann kann kein Mann auf dem Berghang weiter als eine Armlänge sehen!

Allart suchte mit seinem *Laran* die vor ihnen liegende Zeit ab und kam zu dem Ergebnis, daß es tatsächlich sehr wahrscheinlich war, daß sich dichter Nebel erhob. Erneut konzentrierten sich die Arbeiter auf die vereinten Matrix-Steine, konzentrierten sich auf die Feuchtigkeit der Luft und die herannahenden Wolken. Der ganze Berghang wurde in einen dichten Vorhang gehüllt, der aus dem Fluß emporstieg, bis die ganze Burg Aldaran und die benachbarten Berggipfel in immer dichter werdendem Nebel lagen.

»Heute nacht wird er sich nicht mehr heben«, sagte Dorilys befriedigt.

Allart löste den Kreis auf und ermahnte die Gruppe, sich zur Ruhe zu begeben. Möglicherweise würde man sie schon bald wieder brauchen. Der Lärm der Geschosse hatte aufgehört, so daß Donals Männer die Gelegenheit besaßen, die gefährlichen Säure- und Laugenrückstände zu entfernen.

Renata, die die Körper-Geist-Berühung der Überwacherin über Dorilys gleiten ließ, wurde von einer völlig neuen Erscheinung überrascht.

Lag es nur an dem vorherigen Heil-Zauber? Dorilys schien ruhiger, fraulicher und nicht mehr wie ein Kind zu sein. Renata rief sich in Erinnerung, wie schnell sie selbst während des ersten Jahres im Turm erwachsen geworden war. Sie wußte, daß Dorilys einen ähnlichen Sprung in die Entwicklung zur Frau getan hatte, und dankte innerlich den Göttern dafür.

Wenn sie sich stabilisiert hat und wir ihre kindlichen Ausbrüche nicht mehr fürchten müssen; wenn sie allmählich die Urteilskraft und Fertigkeit, ihrer Macht gewachsen zu sein, entwickelt – vielleicht wird dann alles bald vorüber sein, und Donal und mir winkt die Freiheit . . .

In einem aufwallenden Gefühl von Zuneigung zog sie das Mädchen an sich und küßte es. »Ich bin stolz auf dich, *Carya mea*«, sagte sie. »Du hast dich wie eine Frau verhalten. Ruh dich jetzt aus und iß tüchtig, damit du deine Kraft nicht verlierst, wenn wir dich wieder brauchen.« Dorilys glühte geradezu.

»So trage ich, wie Donal, meinen Teil dazu bei, mein Heim zu verteidigen«, rief sie aus, und Renata teilte ihren naiven Stolz.

Soviel Kraft, dachte sie, *und solche Fähigkeiten. Wird sie schließlich doch alles überstehen?*

Der dichte Nebel hüllte die Burg von Stunde zu Stunde mehr ein. Er schloß das, was die angreifenden Truppen unten taten, ins Dunkel. *Vielleich,* dachte Allart, *warten sie darauf, daß der Nebel sich hebt und sie den Angriff wieder aufnehmen können.* Soweit es ihn persönlich betraf, war er vollauf zufrieden.

Nach den hektischen Anfangstagen der Belagerung wurde der Luft-Zauber von allen begrüßt. Als die Nacht hereinbrach und auch die Wache auf den Burgmauern wenig ausrichten konnte, aß Allart mit Cassandra in ihrem Zimmer zu Abend. In gemeinsamem Einvernehmen vermieden sie es, vom Krieg zu sprechen; es gab nichts, was sie daran ändern konnten. Cassandra ließ ihre *Rryl* bringen und sang ihm vor.

»Am Tag unserer Vermählung habe ich gesagt«, meinte sie und blickte von ihrem Instrument auf, »daß ich hoffe, wir können in Frieden leben und Lieder singen, statt Krieg zu führen. Ach, diese Hoffnung! Aber selbst im Schatten des Krieges kann es für uns noch Lieder geben.«

Er nahm ihre schmalen Finger in seine Hände und küßte sie.

»Wenigstens darin waren die Götter gut zu uns«, sagte er.

»Es ist so still, Allart! Vielleicht sind sie alle in der Nacht davongezogen? Es ist so ruhig dort unten.«

»Ich wünschte, ich wüßte, was Damon-Rafael tut«, sagte Allart, jetzt erneut beunruhigt. »Ich glaube nicht, daß er sich damit zufriedengibt, am Fuß des Hügels zu sitzen, ohne eine neue Waffe in die Lücke zu werfen.«

»Es würde dir leichtfallen, es herauszufinden«, schlug sie vor, aber Allart schüttelte den Kopf.

»Ich werde in diesem Krieg kein *Laran* benutzen, es sei denn, man zwingt mich dazu. Damon-Rafael soll nicht mich als Rechtfertigung anführen, um seine schreckliche Art der Kriegführung über dieses Land zu bringen.«

Etwa um Mitternacht begann der Himmel plötzlich aufzuklaren. Der Nebel wurde dünner und dann in kleinen Fetzen fortgeblasen. Am Himmel schwebten glänzend und hell drei der vier Monde. Der violette Liriel stand voll und strahlend fast im Zenit. Der blaue Kyrrdis und der grüne Idriel hingen am Westrand des Gebirges. Cassandra schlief schon seit Stunden, aber Allart, von merkwürdiger Unruhe gepackt, schlüpfte leise aus dem Bett und in seine Kleider. Als er den Gang zur Halle hinabeilte, sah er Dorilys in ihrem langen weißen Nachtgewand, das Haar offen über die Schultern. Sie war barfuß, ihr stupsnasiges Gesicht ein bleiches Oval im trüben Licht.

»Dorilys! Was denkt Margali sich dabei, dich um diese Zeit in deinem Schlafgewand herumwandern zu lassen?«

»Ich konnte nicht schlafen, Dom Allart, und ich war unruhig«, sagte das Mädchen. »Ich gehe hinab, um Donal an der äußeren Mauer Gesellschaft zu leisten. Ich wurde wach und spürte plötzlich, daß er in Gefahr ist.«

»Wenn er wirklich in Gefahr ist, *Chiya,* würde er bestimmt nicht wollen, daß du an seiner Seite bist.«

»Er ist mein Gatte«, sagte das Kind fest und hob den Kopf. »Mein Platz *ist* an seiner Seite, Sir.«

Von der Kraft ihrer fixen Idee gelähmt, konnte Allart nichts tun. Seit er wieder mit Cassandra vereint war, hatte seine Sensibilisierung für Einsamkeit stark zugenommen. In diesem Moment wurde ihm bewußt, daß Dorilys fast völlig allein war. Sie hatte zwar die Gemeinschaft der Kinder unwiderruflich verlassen, wurde unter den Erwachsenen jedoch noch nicht als gleichwertig angesehen. Er erhob keinen Einwand, sondern bewegte sich auf die Außentreppe zu. Hinter sich hörte er Schritte. Einen Augenblick später fühlte er ihre kleine Hand – die Hand eines Kindes – warm wie die Pfote eines Tieres, in die seine gleiten. Allart drückte sie. Zusammen eilten sie über den Hof zu Donals Standort an der Außenmauer.

Draußen war die Nacht hell und wolkenlos geworden. Nur am Horizont hing eine einzige, tiefe Wolkenbank. Die Monde schwebten hoch und klar in einem so hell erleuchteten Himmel, daß die Sterne verblaßten. Donal stand mit verschränkten Armen auf der Mauerkrone. Als Allart auf ihn zueilte, sagte jemand mit leiser, vorwurfsvoller Stimme: »Master Donal, ich bitte Euch, von der Mauer herabzukommen. Wenn Ihr dort steht, gebt Ihr ein gutes Ziel ab.« Donal tat, wie ihm geheißen.

Keinen Augenblick zu früh. Zischend raste ein Pfeil aus der Dunkelheit heran und durchstieß die Luft an der Stelle, an der er gerade gestanden hatte. Er flog vorbei, ohne Schaden anzurichten. Dorilys rannte auf Donal zu und umfaßte seine Taille.

»Du darfst dort nicht stehen, Donal. Versprich mir, daß du es nie wieder tun wirst!«

Er lachte lautlos, beugte sich hinab und gab ihr einen flüchtigen, brüderlichen Kuß auf die Stirn. »Oh, ich bin nicht in Gefahr. Ich wollte nur sehen, ob noch jemand dort unten ist. Bei dieser Stille und in diesem Nebel wäre das sehr gut möglich gewesen.«

Das war auch Allarts Gedanke – daß ihre Gegner zu ruhig waren und irgendeine Teufelei bevorstand. Er fragte Donal: »Hat sich der Nebel von selbst gehoben?«

»Ich bin nicht sicher. Sie haben mehr als einen *Laranzu* dort unten, und der Nebel hat sich tatsächlich zu schnell gehoben«, antwortete Donal mit gerunzelter Stirn. »Aber in dieser Jahreszeit verflüchtigt er sich manchmal auf diese Weise. Ich weiß es nicht.«

Plötzlich war die Luft mit Schreien und explodierendem Feuer erfüllt. »Donal! Ruf die Wache!« schrie Allart. Noch ehe die Worte seinen Lippen entschlüpften, blitzte über ihnen ein Luftwagen auf. Einige kleine Gegenstände fielen langsam und träge wie Schneeflocken der Erde entgegen. Sie öffneten sich, noch während sie fielen, und ergossen flüssige Streifen aus Feuer auf Dächer und Burghof.

»Haftfeuer!« Donal sprang zur Alarmglocke. Schon loderten einige der Holzdächer auf. Das Feuer erleuchtete den ganzen Hof. Die Männer, die sich aus den Häusern ergossen, wurden schreiend von den Strömen der unlöschbaren Flammen gebremst. Zwei von ihnen brannten wie menschliche Fackeln; sie schrien so lange, bis ihre Stimmen erstarben und sie leblos auf dem Boden lagen. Donal sprang vor, um Dorilys unter einen überhängenden Steinsims zu stoßen, aber einige Tropfen des flüssigen Feuers lösten sich und erfaßten ihr Nachthemd, das hell aufloderte. Sie schrie vor Angst und Schmerzen, als er sie zu einem Wasserfaß zerrte und hineinstieß. Das Kleid zischte und erlosch, aber ein Tropfen des Haftfeuers war auf Dorilys' Haut gefallen und brannte nach innen. Sie schrie ohne Unterlaß. Es war ein wilder, fast unmenschlicher Klang, als würden die Schmerzen sie zum Wahnsinn treiben.

»Haltet euch zurück! Bleibt im Schutz des Gebäudes«, befahl Donal. »Über uns sind noch mehr.«

Von quälendem Schmerz beinahe wahnsinnig, wand Dorilys sich in seinem Griff. Über ihnen krachte plötzlich ein Donnerschlag, Blitze flammten auf und schlugen wild um sich . . . Plötzlich explodierte einer der Luftwagen in einem gewaltigen Flammenmeer und stürzte als loderndes Wrack ins Tal. Ein zweiter Blitzschlag traf den nächsten mitten in der Luft und ließ ihn in einem Feuerregen explodieren. Wassermassen prasselten plötzlich nieder und durchnäßten Allart bis auf die Haut. Erschreckt hatte Donal sich von Dorilys gelöst. In rasendem Zorn drohte das Kind dem Himmel mit der Faust, schlug mit mächtig zischenden Blitzen zu, hier, dort, überall. Der letzte Luftwagen wurde in einer gewaltigen Explosion zerrissen und fiel über den Unterkünften der Belagerer auseinander. Schreie und Schmerzgebrüll erklangen, als das Haftfeuer auf die hinabfiel, die es abgeschossen hatten. Dann war Stille. Nur das schwere, ununterbrochene Trommeln des Regens und Dorilys' durchbohrende Schmerzensschreie waren zu hören, da das Haftfeuer fortfuhr, sich in ihr Handgelenk zu fressen und zum Knochen vorzudringen.

»Laß mich sie nehmen«, sagte Renata, die barfuß im Nachtkleid herbeigeeilt war. Das Mädchen schluchzte und schrie und versuchte vergeblich, sie fortzustoßen. »Nein, Liebes, nein. Wehr dich nicht! Das muß gemacht werden, sonst wird es deinen Arm wegbrennen. Halt sie, Donal!«

Erneut schrie Dorilys vor Schmerzen, als Renata die letzten Reste des Haftfeuers aus dem verbrannten Fleisch kratzte. Dann brach sie in Donals Armen zusammen. Rund um den Innenhof versammelten sich die Männer in furchtsamem Schweigen. Renata zerriß Dorilys' versengtes Kleid, um ihren Arm zu verbinden. Donal hielt sie an sich gedrückt, tröstete sie und wiegte sie in seinen Armen.

»Du hast uns alle gerettet«, flüsterte er. »Hättest du sie nicht getroffen, hätte das Haftfeuer Aldaran über unseren Köpfen niedergebrannt.«

In der Tat, dachte Allart. Damon-Rafael und Scathfell hatten geglaubt, die Burg unvorbereitet auf diese Art einnehmen zu können. Hätte sie die Ladung der drei Luftwagen getroffen, wäre die gesamte Burg bis auf die Grundmauern niedergebrannt worden. War ihr Arsenal nun erschöpft? Hatte Dorilys sie mit diesem einen Schlag entscheidend besiegt? Allart warf einen Blick auf das Kind, das jetzt vor Schmerzen in Renatas Armen weinte.

Dorilys hatte sie alle gerettet. Und ihn hatte sie vorher vor Damon-Rafaels schrecklicher Vogel-Waffe bewahrt.

Aber er glaubte nicht, daß dies schon das Ende war.

27

Wo das Haftfeuer Gebäude in Brand gesetzt hatte, mußten noch immer Flammen gelöscht werden. Fünf Männer waren tot, und ein sechster starb, als Renata sich hinkniete, um ihn zu untersuchen. Weitere vier hatten so tiefe Verbrennungen, daß sie den Tag nicht überleben würden. Ein Dutzend hatte geringfügige Verbrennungen, die behandelt werden mußten; trotz der Schreie und der flehentlichen Bitte um Gnade mußte der kleinste Fetzen des schrecklichen Stoffes weggekratzt werden. Cassandra kam und brachte Dorilys, deren Verbände man in Öl getränkt hatte, zu Bett. Als alles erledigt war, standen Donal und Allart auf der äußeren

Mauer und blickten auf die Belagerer hinab, in deren Lager immer noch Brände hell aufloderten.

Sobald Dorilys ruhig war, ließ der Regen nach. Das war schlecht für die Belagerer, die lange, schwere Regenfälle benötigten, um die Flammen des Haftfeuers zu löschen. Diesmal hatte Donal keine Angst vor Pfeilen aus der Dunkelheit. Von der Mauer steigend, sagte er: »Scathfell und seine Leute werden heute nacht in ihrem Lager mehr als genug zu tun haben. Ich lasse nur eine kleine Wachmannschaft zurück. Wenn ich mich nicht irre, brauchen sie einen oder zwei Tage, um einen weiteren Angriff zu unternehmen.«

Er übergab einigen ausgeruhten Männern die Wache und ging ins Haus, um zu sehen, wie es Dorilys ging. Sie lag ruhelos im Bett, ihre Augen glänzten fiebrig, ihr Arm war frisch verbunden. Mit der freien Hand griff sie nach seinem Arm und zog ihn neben sich.

»Du bist gekommen, um nach mir zu sehen. Renata ist nicht grausam zu mir gewesen, Donal. Jetzt weiß ich, daß sie das Feuer weggekratzt hat, damit es meinen Arm nicht bis auf den Knochen verbrennt. Beinahe wäre es zu spät gewesen, weißt du«, sagte sie. »Cassandra hat es mir gesagt. Sie trägt eine Narbe, die ebenfalls vom Haftfeuer stammt.«

»Dann wirst auch du eine ehrenhafte Kriegsnarbe haben, die du bei der Verteidigung deines Heims davongetragen hast«, sagte Donal. »Du hast uns alle gerettet.«

»Ich weiß.« Ihre Augen flackerten, und er konnte die Schmerzen in ihnen sehen. Weit weg hörte er ein entferntes Donnergrollen. Er saß neben ihr und hielt die kleine Hand, die aus dem dicken Verband herausschaute.

»Donal«, fragte Dorilys, »jetzt, da ich eine Frau bin: Wann werde ich deine Gattin sein?«

Donal wandte den Blick ab, froh darüber, daß Dorilys eine noch recht unbeständige Telepathin war. »Jetzt, da wir alle ums Überleben kämpfen, ist nicht die Zeit, darüber zu sprechen, *Chiya.* Und du bist noch sehr jung.«

»So jung bin ich nicht«, beharrte sie. »Ich bin alt genug, in einem Matrixkreis zu arbeiten und gegen die zu kämpfen, die uns angreifen.«

»Aber, mein Kind . . .«

»Nenn mich nicht so! Ich bin kein Kind!« sagte sie mit einem leichten Anflug von Ärger. Dann legte sie mit einem Seufzer, der alles andere als kindlich war, ihren Kopf gegen seinen Arm. »Jetzt, da wir in diesen Krieg verwickelt sind, Donal, sollte es einen Erben für Aldaran geben. Mein Vater ist alt, und der Krieg läßt ihn von

Tag zu Tag älter werden. Und heute ...« Ihre Stimme begann plötzlich unbeherrscht zu zittern. »Ich glaube, ich habe bisher noch nicht daran gedacht, aber plötzlich wußte ich, daß du sterben könntest – oder ich, Donal, jung wie ich bin. Sollte das geschehen, bevor ich dir ein Kind geboren habe, kannst du von Aldaran vertrieben werden, da du kein Blutsverwandter bist. Wenn ... wenn du stirbst und ich dein Kind noch nicht empfangen haben, könnte ich in das Bett irgendeines Fremden gezwungen werden. Donal, *davor* habe ich Angst.«

Donal hielt ihre kleine Hand. Alles was sie sagte, entsprach der Wahrheit. Vielleicht war Dorilys der einzige Weg, die Burg zu halten, die von Kindheit an sein einziges Zuhause gewesen war. Und Dorilys war alles andere als unwillig. Nach den langen Tagen der Kämpfe und der Belagerung war auch er sich der Verletzlichkeit seines Körpers nur zu gut bewußt. Er hatte gesehen, daß Männer wie lebende Flammen auflоderten und starben, der eine schnell, der andere langsamer. Und Dorilys war sein. Man hatte sie mit Einwilligung ihres Vaters gesetzlich in die Ehe gegeben. Sie war jung und entwickelte sich schnell, sehr schnell zur Frau ... Seine Hand verstärkte ihren Griff.

»Wir werden sehen, Dorilys«, sage Donal und zog Dorilys an sich. »Wenn Cassandra der Meinung ist, du seist alt genug, ein Kind gefahrlos zur Welt zu bringen, soll es geschehen, wie du wünschst. Wenn du dann noch willst.«

Er beugte sich vor, um ihre Stirn zu küssen, aber Dorilys klammerte sich mit erstaunlicher Kraft an ihn und zog ihn herunter, so daß sich ihre Lippen trafen. Sie küßte ihn mit einer Leidenschaft, die alles andere als kindlich war. Als sie ihn schließlich losließ, fühlte Donal sich benommen. Er richtete sich auf und verließ schnell den Raum. Dennoch konnte er nicht verhindern, daß Dorilys mit ihrer unbeständigen und unzuverlässigen telepathischen Fähigkeit seinen Gedanken auffing: *Nein, Dorilys ist kein Kind mehr ...*

Stille. Auf Burg Aldaran war alles ruhig ... genauso wie im Lager der Angreifer. Den ganzen Tag über lag diese schreckliche Stille auf dem Land. Allart, der hoch oben im Wachtturm saß und einen neuen Bindezauber über die Burgmauern legte, fragte sich, welche neue Teufelei sich dahinter versteckte. Durch die andauernde Matrix-Kriegführung war er so empfindlich geworden, daß er fast *spüren* konnte, daß sie etwas ausheckten – oder war es eine Illusion? Sein *Laran* zeigte ihm ununterbrochen Bilder der Burg, die zu Ruinen zerfiel. Er sah, wie die ganze Welt bebte. Gegen Mittag begannen überall auf der Burg Männer zu schreien, obwohl nichts Sichtbares mit ihnen geschah. Allart, der sich mit Renata, Cassandra und der alten Zauberin Margali im Turmzimmer aufhielt – Dorilys hütete das Bett, da ihr Arm noch schmerzte und Margali ihr ein starkes Schlafmittel gegeben hatte –, spürte das erste alarmierende Warnzeichen, als Margali die Hände an den Kopf legte und zu weinen begann.

»Oh, mein Baby, mein Kleines, mein armes Lämmchen«, rief sie. »Ich muß zu ihr!« Sie rannte aus dem Zimmer. Fast im gleichen Moment griff sich Renata, als hätte sie ein Pfeil getroffen, ans Herz und rief: »Ah! Er ist tot!« Während Allart sie erstaunt ansah und die von Margali zugeschlagene Tür noch erzitterte, hörte er Cassandra aufschreien. Er hatte plötzlich den Eindruck, daß sie fort war und die Welt dunkel wurde; daß sie irgendwo hinter einer verschlossenen Tür einen Kampf auf Leben und Tod mit seinem Bruder ausfocht und er sie beschützen mußte. Allart war gerade aufgestanden und hatte, um sie vor dem Schänder zu retten, einen Schritt zur Tür getan, als er Cassandra auf der anderen Seite des Zimmers sah. Sie kniete von Schmerzen geschüttelt am Boden, zerrte an ihren Kleidern und stimmte eine Totenklage an, als läge vor ihr eine Leiche.

Ein winziger Rest von Vernunft kämpfte in Allart, wie es schien, stundenlang. *Cassandra bedarf keiner Rettung, wenn sie dort kniet und klagt, als läge ihr Liebster tot vor ihr . . .* Aber in seinem Geist schien es immer noch, als höre er Schreie des Schreckens und der Angst, als riefe sie laut nach ihm.

Allart! Allart! Warum kommst du nicht zu mir? Allart, komm, komm schnell . . . und ein langer, angsterfüllter Schrei voller Verzweiflung und Angst.

Renata war aufgestanden und ging schwankenden Schrittes zur Tür. Allart packte sie um die Hüfte.

»Nein!« sagte er. »Nein, Cousine, du darfst nicht gehen. Das ist Hexerei. Wir müssen dagegen ankämpfen. Wir müssen den Bindezauber anwenden.«

Sie wand sich wie eine Irre in seinen Armen, trat nach ihm und zerkratzte sein Gesicht mit den Fingernägeln, als sei er nicht Allart, sondern ein Feind und darauf aus, sie zu ermorden oder zu vergewaltigen. Ihre Augen waren in innerlichem Entsetzen verdreht, und Allart wußte, daß sie ihn weder sah noch hörte.

»Nein, nein, laß mich los! Es ist das Baby! Sie bringen unser Baby um! Kannst du nicht sehen, daß sie ihn gepackt haben und bereit sind, ihn von der Mauer zu stürzen? Ah, gnädige Avarra . . . Laßt mich los, ihr mörderischen Teufel! Nehmt mich zuerst!«

Ein eisiges Frösteln jagte Allarts Rücken hinab, als er sich bewußt wurde, daß auch Renata gegen eine innere Angst ankämpfte – daß sie Donal oder das noch gar nicht geborene Kind in einer tödlichen Gefahr sah ...

Während er sie festhielt, kämpfte er gegen die Überzeugung an, daß Cassandra irgendwo flehentlich seinen Namen herausschrie und ihn bat, zu ihr zu kommen ... Allart wußte: Wenn er sie nicht schnell zum Schweigen brachte, würde auch er der Kraft unterliegen und aufgeregt die Treppen hinunterstürzen, um sie in jedem Zimmer der Burg zu suchen – obwohl sein Verstand ihm sagte, daß sie in absoluter Nähe war.

Er zog seine Matrix heraus und konzentrierte sich auf sie. *Wahrheit, Wahrheit, laß mich die Wahrheit sehen ... Erde und Luft und Wasser und Feuer ... laß die Natur sich von Illusionen befreien ... Erde und Luft und Wasser und Feuer ...* Er besaß nur die Kraft für den grundlegenden Zauber, das erste der Gebete. Er mühte sich, die nichtexistierenden Schreie Cassandras aus seinen Ohren zu vertreiben und das schreckliche Schuldgefühl abzuschütteln, daß er hier war, während sie irgendwo mit einem Schänder kämpfte ...

Ruhe breitete sich in seinem Geist aus. Es war die Stille des Heilzaubers, die Stille der Kapelle von Nevarsin. Er trat in sie hinein und wurde für einen zeitlosen Augenblick immun. Allart sah jetzt nur, was sich in dem Zimmer abspielte: Sein Blick fiel auf die beiden von einer angsterregenden Illusion gepackten Frauen. Zuerst konzentrierte er sich auf Renata und befahl ihr mit dem Rhythmus des Heilzaubers, ruhig zu werden. Langsam, ganz langsam fühlte er, wie der Zauber in ihren Geist eindrang und sie beruhigte. Sie hörte auf zu kämpfen und sah sich erstaunt um.

»Nichts davon ist wahr«, wisperte sie. »Donal ... Donal ist nicht tot. Unser Kind ... es ist noch nicht einmal geboren. Aber ich habe *gesehen,* Allart, ich habe gesehen, wie sie ihn festhielten, und konnte ihn nicht erreichen.«

»Ein Angstzauber«, sagte Allart. »Ich glaube, jeder hat gesehen, was er am meisten fürchtet. Komm schnell, hilf mir, ihn zu brechen.«

Bebend, aber wieder bei Kräften, nahm Renata ihre Matrix. Sofort konzentrierten sie sich auf Cassandra. Einen Augenblick später hörten ihre erstickten Entsetzensschreie auf. Verwirrt und verzweifelt blickte sie zu ihnen hoch, blinzelte und erkannte, was geschehen war. Jetzt sandten sie, drei Gehirne und drei Matrix-Steine miteinander vereint, den Heilzauber durch die ganze Burg. Vom Keller bis zum Speicher und überall im Innenhof kamen Diener und Soldaten, Wachtposten und Stallburschen aus der Trance, in der sie die

Schreie des am meisten geliebten Menschen gehört und blindwütig danach getrachtet hatten, ihn aus der Hand eines namenlosen Feindes zu retten.

Schließlich lag die gesamte Burg unter dem Rhythmus des Heilzaubers. Aber jetzt bebte Allart vor Grauen. Diesmal war nicht das Grauen einer namenlosen Verfolgung daran Schuld, sondern etwas, das allzu wirklich und angsterregend war.

Wenn sie anfangen, uns auf diese Weise zu bekämpfen, wie können wir sie dann in Schach halten? Innerhalb der Burg standen ihm lediglich die beiden Frauen, die alte Margali, der noch ältere Dom Mikhail, und Donal (den er kaum aus der Organisationsmaschinerie gegen reale Feinde herausnehmen konnte) zur Verteidigung zur Verfügung. Allart befürchtete, daß genau dies die Taktik war, die der Gegner anwenden wollte: die kämpfenden Männer zu verwirren, während sie unter dem Schutz der projizierten Angst angriffen. Eilig suchte er Dom Mikhail auf, um Kriegsrat abzuhalten.

»Ihr wißt, wogegen wir ankämpfen mußten«, sagte er. Der alte Lord nickte. Sein Gesicht war düster, seine Augen falkenhell und drohend.

»Ich glaubte, die von mir am meisten geliebten Menschen erneut sterben zu sehen«, sagte er. »Und ich hörte den Fluch einer Zauberin, die ich vor dreizehn Jahren an die Zinnen hängen ließ. Sie hatte mir höhnisch prophezeit, es werde der Tag kommen, an dem ich voller Gram die Götter anflehen würde, kinderlos zu sterben.« Dann schien er zu erwachen und schüttelte sich wie ein Falke auf der Stange. »Nun, sie ist tot, und ihre Boshaftigkeit mit ihr.«

Er dachte eine Weile nach.

»Wir müssen angreifen«, sagte er schließlich. »Sie können uns schnell zermürben, wenn wir Tag und Nacht gegen Angriffe dieser Art gewappnet sein müssen. Wir können nicht immer in der Defensive bleiben. Irgendwie müssen wir sie in die Flucht schlagen. Wir besitzen nur eine Waffe, die stark genug dazu ist.«

»Ich wußte nicht, daß dem so ist«, sagte Allart. »Wovon sprecht Ihr, mein Fürst?«

Dom Mikhail erwiderte: »Ich spreche von Dorilys. Sie kontrolliert die Blitze. Sie muß den Gegner mit einem Sturm überziehen und sein Lager gänzlich zerstören.«

Allart blickte ihn schockiert an.

»Lord Aldaran, Ihr müßt wahnsinnig sein!«

»Cousin!« sagte Aldaran scharf. Seine Augen entflammten in Ärger. »Ich glaube, du vergißt dich!«

»Wenn ich Euch erzürnt habe, Sir, bitte ich um Vergebung. Laßt meine Zuneigung zu Eurem Pflegesohn – ja, und auch zu Eurer Tochter – als Entschuldigung gelten. Dorilys ist noch ein Kind, und Lady Renata – wie auch meine Frau – haben ihr Äußerstes getan, sie zu lehren, ihre Gabe zu beherrschen und nicht unwürdig einzusetzen. Wenn Ihr sie jetzt bittet, Wut und Zerstörung gegen die feindlichen Truppen zu richten – seht Ihr nicht, mein Fürst, daß Ihr dann alles zerstört, was wir aufgebaut haben? Als Kleinkind hat sie zweimal getötet, als sie mit ihrer unkontrollierten Wut zuschlug. Seid Ihr unfähig zu erkennen, daß, wenn Ihr sie auf diese Weise benutzt . . .« Allart brach vor Erregung zitternd ab.

Dom Mikhail erwiderte: »Wir müssen jede Waffe nutzen, die uns zu Verfügung steht, Allart.« Er hob den Kopf und fuhr fort: »Du hast keinen Einwand erhoben, als sie den grauenhaften Vogel, den dein Bruder gegen dich sandte, herunterholte. Ebensowenig hast du gezögert, sie zu bitten, ihre Gabe einzusetzen, um den Sturm zu bewegen, der euch im Schnee gefangenhielt. Und sie hat die Luftwagen vom Himmel geholt, die genügend Haftfeuer verstreut hätten, um Burg Aldaran in Schutt und Asche zu legen.«

»Das alles trifft zu«, sagte Allart ernsthaft, »aber in all diesen Fällen verteidigte sie sich oder andere gegen die Gewalt eines dritten. Könnt Ihr den Unterschied zwischen Abwehr und Angriff nicht erkennen, Sir?«

»Nein«, sagte Aldaran, »denn mir scheint, in diesem Fall ist Angriff die einzige Verteidigung. Falls wir nicht angreifen, besteht die Möglichkeit, daß wir über kurz oder lang durch eine Waffe überwältigt werden, die noch schrecklicher ist als die, die man schon gegen uns in Gang gesetzt hat.«

Seufzend unternahm Allart einen letzten Versuch.

»Lord Aldaran, Dorilys hat sich noch nicht einmal von der Schwellenkrankheit erholt. Als wir uns in der Brandstation aufhielten, habe ich gesehen, wie krank und schwach sie der Einsatz ihres *Laran* macht. Und damals hatte sie noch nicht die Schwelle der Reife erreicht. Ich habe wirklich Angst vor den Möglichkeiten ihrer Kraft, wenn Ihr sie jetzt einer weiteren Belastung aussetzt. Wollt Ihr nicht so lange warten, bis uns keine andere Wahl mehr bleibt? Ein paar Tage, sogar ein paar Stunden . . .«

Als er das angstverzerrte Gesicht Lord Aldarans sah, wußte Allart, daß er zumindest für den Augenblick einen Sieg errungen hatte.

»Cassandra und ich werden wieder zum Wachtturm gehen und darauf achten, daß man uns nicht erneut ahnungslos vorfindet. Ganz gleich, wie viele *Leroni* sie dort unten haben – nach dem letzten Angriff müssen sie ziemlich erschöpft sein. Ich nehme an, daß sie sich erst ausruhen müssen, ehe sie einen weiteren Zauber wie *diesen* – oder einen schlimmeren – versuchen.«

Allarts Voraussage erwies sich als zutreffend, denn während des ganzen Tages und der Nacht flogen nur ein paar Pfeilhagel gegen die Burgmauern.

Aber am nächsten Morgen wurde er, nachdem er sich ein paar Stunden Schlaf gegönnt und Cassandra als Wache im Turmzimmer zurückgelassen hatte, von einem unheilverkündenden Grollen geweckt. Allart versuchte, den Schlaf mit einigen Spritzern kalten Wassers zu vertreiben, und bemühte sich verwirrt, den Klang zu identifizieren. Kanonen? Donner? War Dorilys wieder erzürnt oder verängstigt? Hatte Aldaran sein Versprechen gebrochen, sie nur im Notfall zu benutzen? Oder was ging hier vor?

Er rannte die Treppen zum Turm empor. Die Stufen schienen unter seinen Füßen zu wanken, und er mußte sich am Geländer festhalten. Sein *Laran* offenbarte ihm plötzlich Risse in den Mauern und zeigte ihm, wie der Turm abbröckelte und zerfiel. Erbleichend stürzte er in das Turmzimmer. Cassandra, vor der Matrix sitzend, sah, seine Angst wahrnehmend, in plötzlichem Schrecken zu ihm auf.

»Komm mit hinunter«, sagte er schnell. »Komm hier raus, sofort!« Als sie die Treppen hinuntereilten, sah er erneut die Risse im Treppenaufgang und hörte das Grollen ... Hand in Hand jagten sie die Stufen hinab. Cassandra, die wegen ihres kranken Knies humpelte, kam kaum noch mit. Schließlich wandte Allart sich um, nahm sie auf die Arme und trug sie die letzten Stufen hinunter. Er hielt nicht einmal an, um Atem zu schöpfen, und hastete durch die Halle. Keuchend setzte er sie ab und klammerte sich an den Türrahmen. Cassandra hatte ihre Arme um ihn gelegt. Dann wankte und polterte der Boden unter ihren Füßen. Ein lautes Geräusch erklang, als würde die Welt auseinandergerissen, dann hob sich der Boden des Turms, den sie gerade verlassen hatten, und beulte sich nach oben. Die Treppen brachen aus dem Mauerwerk, Steine fielen heraus, dann brach der ganze Turm auseinander und fiel. Er krachte mit gewaltigem Donnern auf die Dächer der Festung, Steine ergossen sich in den Hof, fielen in das unter ihnen liegende Tal und lösten Steinschläge und Erdrutsche aus ... Cassandra vergrub ihr Gesicht an Allarts Brust und klammerte sich angstbebend an ihn. Er fühlte, wie seine Knie nachgaben. Zusammen glitten sie auf den unter ihnen schwankenden und bebenden Boden. Schließlich erstarb der Lärm und hinterließ Stille – und merkwürdige, bedrohlich klingende knirschende Geräusche aus dem Erdboden unter ihnen.

Langsam kamen sie wieder auf die Beine. Cassandras Knie war bei dem Sturz erneut verletzt worden, und so klammerte sie sich an Allart, um stehen zu können. Gemeinsam starrten sie auf die große Lücke in der nebligen Dämmerung, an der sich einst ein hoher, dreistöckiger, durch Matrix-Technik erbauter Turm erhoben hatte. Jetzt gab es dort nur noch einen großen Steinhaufen und eine mächtige Lücke, durch die der Morgenregen fiel.

»Was, im Namen aller Götter, war *das?*« erkundigte sich Cassandra schließlich wie betäubt. »Ein Erdbeben?«

»Viel schlimmer, fürchte ich«, sagte Allart. »Ich weiß nicht, welche *Leroni* sie dort unten gegen uns einsetzen, aber ich fürchte, es handelt sich um eine Waffe, die so schlimm ist, daß nicht einmal Coryn sie einsetzen würde.«

Cassandra meinte: »*Das* könnte keine Matrix bewirken.«

»Eine einzelne nicht«, bestätigte Allart, »und kein Techniker. Aber wenn sie einen der großen Matrix-Schirme haben, könnten sie die ganze Welt in die Luft jagen.« Sein Geist schrie: *Würde Damon-Rafael es wagen, das Land, das er beherrschen will, zu verwüsten?* Die Antwort war niederschmetternd.

Damon-Rafael würde überhaupt nichts dagegen haben, seine Macht an einem Teil der Welt zu demonstrieren, für den er keinen dringenden Bedarf besaß und den er darüber hinaus noch für entbehrlich hielt. Wenn er seine Macht hier offen zur Schau stellte, würde es niemand mehr wagen, ihn herauszufordern.

Scathfell mochte boshaft und darauf versessen sein, die Stelle seines Bruders einzunehmen, aber diesmal war Damon-Rafael der Schuldige. Scathfell wollte auf Burg Aldaran herrschen, sie aber nicht zerstören.

Erst jetzt wurden sie sich der Schreie und Bewegungen bewußt, die sie durch die Lücke in der Burgmauer wahrnahmen. Allart erinnerte sich an seine Pflichten.

»Ich muß nachsehen, ob jemand durch herabstürzende Steine verletzt wurde und wie es Donal geht«, sagte er und eilte davon. Im gleichen Moment spürte er, wie die Burg erneut unter ihm erbebte, und fragte sich, welche Teufelei ihnen diesmal bevorstand. Nun, Cassandra konnte die Frauen auch ohne seine Hilfe warnen. Er eilte in den Innenhof hinab, wo er ein unglaubliches Chaos vorfand. Eines der äußeren Gebäude lag vollständig unter den herabgestürzten Steinen des Turms begraben. Ein Dutzend Menschen und viermal soviel Tiere lagen tot in den Ruinen. Weitere hatten herabfallende Trümmer erschlagen.

Dom Mikhail stand da und stützte sich auf Donals Arm. Er trug ein pelzbesetztes Nachtgewand, und sein Gesicht wirkte grau und eingefallen. Allart wurde den Eindruck nicht los, als sei er in einer einzigen Nacht um zwanzig Jahre gealtert. Lord Aldaran klammerte sich an seinen Pflegesohn und bewegte sich vorsichtig durch die Trümmer des Innenhofes. Als er Allart sah, verzog sich sein dünner Mund zu einem entstellten Lächeln.

»Cousin, den Göttern sei gedankt. Ich hatte schon befürchtet, du und deine Frau wäret mit dem Turm gefallen und getötet worden. Ist Lady Cassandra in Sicherheit? Was, im Namen aller Dämonen Zandrus, haben sie diesmal mit uns gemacht? Es wird ein halbes Jahr dauern, dieses Chaos zu beseitigen. Die Hälfte der Milchtiere sind tot. Den Kindern wird es diesen Winter an Milch mangeln . . .«

»Ich bin mir noch nicht sicher«, sagte Allart ernüchtert, »aber ich brauche alle Männer und Frauen dieser Festung, die fähig sind, eine Matrix zu handhaben, wenn ich irgendeine Verteidigung dagegen organisieren soll. Wir sind auf diese Art Kriegführung äußerst schlecht vorbereitet, fürchte ich.«

»Bist du dir dessen sicher, Bruder?« fragte Donal. »In den Bergen hat es auch früher schon Erdbeben gegeben.«

»Das war kein Erdbeben! Darüber bin ich mir so sicher, als stünde Damon-Rafael neben mir und ich könnte sein hämisches Lachen hören.«

Dom Mikhail kniete neben dem Körper eines Getöteten. Nur die zerschmetterten Beine des Mannes ragten unter einem Steinblock hervor. »Armer Kerl«, sagte er. »Wenigstens ist sein Tod schnell eingetreten. Ich fürchte, daß die, die in den Ställen begraben sind, einen weit schrecklicheren hatten. Donal, die Wachen sollen die Toten begraben. Allart braucht dich jetzt nötiger. Ich werde jeden, der *Laran* besitzt, zu dir schicken, damit wir herausfinden, was man uns angetan hat.«

»Im Turm können wir uns jetzt nicht mehr treffen«, sagte Allart düster. »Wir müssen einen Raum haben, der vom Kummer und der Angst derjenigen, die die Trümmer wegräumen, isoliert ist, Lord Aldaran.«

»Nehmt den Wintergarten der Frauen. Vielleicht schafft der Frieden der blühenden Pflanzen dort eine Atmosphäre, die euch nützen wird.«

Als Donal und Allart die Burg betraten, konnte Allart durch seine Fußsohlen ein erneutes schwaches Beben spüren. Erneut fragte er sich, was geschehen war. Der Gedanke, wie nahe Cassandra dem Tode gewesen war, ließ sein Innerstes vor Angst zusammenkrampfen.

Donal sagte: »Ich wünschte, unsere Freunde von Tramontana wären hier. Sie würden wissen, wie man darauf reagiert.«

»Ich bin froh, daß sie nicht hier sind«, erwiderte Allart. »Es wäre nicht gut, wenn die Türme in die Kriege dieses Landes hineingezogen würden.«

Die Sonne brach gerade durch die Wolken, als sie den Wintergarten erreichten. Der ruhige Glanz des Sonnenlichts, das die Kollektoren verbreiteten, der schwache, angenehm feuchte Geruch von Gräsern und Blütenblättern erzeugten einen merkwürdigen Kontrast zu der Furcht, die Allart in den Männern und Frauen, die sich hier versammelten, fühlen konnte. Nicht nur Cassandra, Renata, Margali und Dorilys, sondern auch zwei oder drei Frauen, die er vorher noch nie gesehen hatte, und ein halbes Dutzend Männer kamen. Jeder trug eine Matrix. Allart spürte, daß über die Hälfte von ihnen nur minimale Begabung besaß und gerade einen Matrix-Verschluß öffnen oder mit einem Gleiter umgehen konnte. Nach einer Weile erschien auch Dom Mikhail.

Allart blickte Cassandra an. Sie war länger als er in einem Turm gewesen und vielleicht geübter. Er war bereit, ihr die Führung bei dieser Sache zu überlassen. Aber sie schüttelte den Kopf.

»Du bist in Nevarsin ausgebildet worden. Du bist für Angst und Verwirrung weniger anfällig als ich.«

Allart war nicht sicher, ob das stimmte, aber er akzeptierte ihre Entscheidung und blickte im Kreis der Männer und Frauen umher.

»Ich habe nicht die Zeit, euch der Reihe nach zu untersuchen und den Grad eurer Ausbildung festzustellen. Ich muß euch vertrauen«, sagte er. »Renata, du warst vier Jahre lang Überwacherin. Du mußt einen Schutz um uns legen, denn wir entblößen uns denen, die versuchen, diese Burg und alles, was sich darin befindet, zu zerstören, und sind deswegen verwundbar. Ich will herausfinden, was sie gegen uns einsetzen und ob es eine Abwehr dagegen gibt. Du mußt uns deine Kraft verleihen, denn unser aller Leben liegt in deiner Hand.«

Er blickte im Raum umher und sah die Männer und Frauen an, die bis zu einem gewissen Grad die Gabe der großen Familien teilten. Ob sie alle irgendwie von den Menschen abstammten, die weitläufig mit den Göttern verwandt waren? Stammten sie alle irgendwie durch das Zuchtprogramm von Hasturs und Cassildas Blut ab? Oder besaßen wirklich alle Menschen mehr oder weniger größere Teile dieser Kräfte? Bisher hatte Allart sich immer auf Ebenbürtige, auf seine Verwandten verlassen. Jetzt mußte er mit Gemeinen zusammenarbeiten. Es ernüchterte und demütigte ihn gleichermaßen. Er fürchtete sich, ihnen zu trauen, aber er hatte keine Wahl.

Zuerst verband er seinen Geist mit Cassandra, dann mit Donal; dann mit den anderen im Kreis, einen nach dem anderen, und nahm dabei Spuren ihrer Empfindungen auf ... Angst, Zorn über das, was man gegen sie ausgeschickt hatte, Beunruhigung über die ungewöhnliche Handlung, Fremdheit ... Er fühlte, wie Dorilys in die Verbindung eintrat, und spürte ihre wilde Wut auf die Angreifer, die es gewagt hatten, ihrem Heim etwas anzutun ... Nacheinander nahm er jeden Mann und jede Frau in den Kreis auf und in das vereinte Bewußtsein, bewegte sich immer weiter nach draußen, suchte, und prüfte ...

Beträchtliche Zeit schien vergangen zu sein, als er die Verbindung auseinanderfallen fühlte. Allart hob den Kopf. Er wirkte ernüchtert.

»Bei dem, was sie gegen uns einsetzen«, sagte er, »handelt es sich nicht um eine natürliche Matrix, sondern um eine von einem Turmtechniker künstlich erzeugte. Damit versuchen sie, die natürliche Schwingung im Felsgestein des unter uns liegenden Berges zu verändern.« Während er sprach, streckte er eine Hand aus und konnte das schwache Zittern der Mauern fühlen, die das tiefe Beben der Grundmauern, der Erzadern und alten Felsschichten unter ihnen reflektierte.

Dom Mikhail war unrasiert. Unter den ungepflegten Stoppeln des grauen Bartes war sein Gesicht leichenblaß. »Sie werden die Burg über unseren Köpfen zum Einsturz bringen! Gibt es keine Abwehr, Allart?«

»Ich weiß nicht«, antwortete Allart. »Selbst wenn wir gemeinsam vorgingen, könnten wir einer Matrix dieser Größe kaum etwas entgegensetzen.« Gab es überhaupt eine Hoffnung, oder sollte Aldaran kapitulieren, ehe die ganze Burg zur Ruine wurde? »Wir könnten versuchen, einen Bindezauber über den Berg zu legen«, schlug er zögernd vor. »Ich weiß nicht, ob er halten würde, selbst wenn wir mit vereinten Kräften daran arbeiteten. Aber das scheint unsere einzige Hoffnung zu sein.«

Dorilys sprang auf. Sie war mit ihrer Matrix zum Wintergarten gekommen, ohne sich um ihre Bekleidung zu kümmern, und saß da in ihrem langärmeligen, kindlichen Nachtgewand. Das offene Haar ergoß sich wie eine Kaskade frischen Kupfers über ihre Schultern. »Ich habe eine bessere Idee«, rief sie. »*Ich* kann ihre Konzentration brechen, nicht wahr, Vater? Donal, komm mit mir!«

Fassungslos sah Allart zu, wie sie aus dem Raum eilte. Im Flüstern der Männer und Frauen hörte er wieder den Namen, den man ihr gegeben hatte.

»Sturmkönigin, Herrin der Stürme. Unsere kleine Lady, unsere kleine Zauberin. Sie kann einen Sturm entfachen und den Leuten dort unten wirklich etwas vorsetzen, das sie in Atem hält.«

Allart wandte sich flehend Dom Mikhail zu.

»Mein Fürst . . .«

Langsam schüttelte Lord Aldaran den Kopf. »Ich sehe keine andere Möglichkeit, Cousin. Entweder das – oder sofortige Kapitulation.«

Allart senkte den Blick. Er wußte, daß Dom Mikhail die Wahrheit sprach.

Als er ihnen zu der hohen Brustwehr folgte, wo Dorilys mit Donal stand, konnte er sehen, daß sich die Wolken bereits sammelten und dichter wurden. Als Dorilys die Arme hob und einen wortlosen Schrei ausstieß, zuckte er zurück. Kraft schien aus ihr hervorzubrechen. Sie war nicht mehr länger nur eine junge Frau im Nachtgewand mit wehendem Haar. Über ihren Köpfen tobte der Sturm wie ein Explosivgeschoß los; ein gewaltiger Donnerschlag und aufflammende Blitze, die den Himmel auseinanderzureißen schienen. Ein Wolkenbruch ergoß sich, machte die unter ihnen liegende Szenerie unsichtbar. Dennoch spürte Allart durch den rollenden Lärm der Donnerschläge und den Glanz, der seinen Augen weh tat und die Himmel zerriß, was dort unten geschah.

Wasserfluten rasten auf das Lager am Fuß des Berges zu. Betäubendes Donnern, das Reittiere in Panik versetzte und sowohl in menschlichen wie nichtmenschlichen Lebewesen Angstzustände erzeugte. Ein Blitz traf das Zelt, in dem die Matrix-Arbeiter über dem großen, unnatürlichen Stein saßen, und machte sie blind und taub. Einige wurden verbrannt und getötet. Regen, heftiger, durchnässender, trommelnder Regen, schmetterte das Lager in Grund und Boden und versetzte jeden Fels und jeden Baum, der Schutz bot, in wilde Bewegung. Er reduzierte jedwedes Leben im Lager auf nackte, durchnäßte und animalische Erniedrigung. Und wieder kamen feuerentfachende Blitzschläge. Brände rasten wütend durch die Zelte und legten alles in Schutt und Asche.

Noch nie hatte Allart solch einen Sturm erlebt. Cassandra klammerte sich an ihn, barg ihren Kopf an seiner Brust und schluchzte voller Furcht. Dom Mikhails Gesicht zeigte wilden Triumph, als er zusah, wie der Sturm katastrophale Verwüstungen in den Lagern Scathfells und Damon-Rafaels anrichtete.

Schließlich, Stunden später, begann er wieder nachzulassen. Leises Donnergrollen blieb zurück und erstarb in bebenden Lauten auf den fernen Hügeln. Der Regen wurde allmählich schwächer. Als der

Himmel sich zu weißlichen Wolkenfetzen aufklarte, blickte Allart ins Tal hinab. Zerstört und still lag es vor ihm. Im Lager wüteten noch ein paar Brände, dazwischen rasten die über ihre Ufer getretenen Flüsse dahin. Nirgendwo zeigte sich ein Anzeichen von Leben.

Dorilys – ihr Gesicht war weiß – wankte und fiel in einem Ohnmachtsanfall gegen Donal. Behutsam hob er sie hoch und trug sie hinein.

Sie hat uns alle gerettet, dachte Allart, *zumindest für den Augenblick. Aber zu welchem Preis?*

28

Es war Mittag, bevor es irgendein Lebenszeichen im Lager von Lord Scathfell gab. Hoch über ihnen grollte es immer noch, und der unheilverkündende Lärm des Donners war zu hören und krachte über den Gipfeln. Allart fragte sich, ob Dorilys im erschöpften Schlaf noch immer von dieser schrecklichen Schlacht träumte und das Donnern ihre Alpträume widerspiegelte.

Renata meint, daß Dorilys das Magnetfeld des Planeten anzapft, überlegte er. *Das kann ich mir gut vorstellen! Aber kann sie bei all der Energie, die durch ihren armen kleinen Körper und ihr Gehirn fließt, ohne Schaden zu nehmen überleben?*

Er fragte sich, ob es für Aldaran auf lange Sicht nicht besser gewesen wäre aufzugeben. Was war das für eine Vaterliebe, die ein geliebtes Kind einer solchen Gefahr auszusetzen bereit war?

Gegen Mittag erstarb der Donner. Cassandra, die man gerufen hatte, um Dorilys zu überwachen, berichtete, sie sei aufgewacht, habe gegessen und sei wieder in einen normalen Schlaf gefallen. Doch Allart fühlte immer noch eine angsterfüllte Unruhe, und ihm schien, als zuckten die Blitze immer noch unaufhörlich um die Burg. Auch Donal wirkte sehr beunruhigt. Obwohl er die Aufsicht über die Totengräber übernommen hatte, kam er immer wieder zurück, stahl sich zur Tür von Dorilys' Zimmer und lauschte ihren Atemzügen. Renata sah ihn angsterfüllt an, aber er wich ihren Blicken aus.

Voller Angst fragte sie sich: *Hat ihn der Gedanke an die Macht korrumpiert? Was geht in Donal vor?* Aber auch sie hatte Angst um Dorilys und fragte sich, was die Anwendung jener sengenden Kraft dem Mädchen angetan hatte.

Ein oder zwei Stunden nach Mittag erschien ein Bote auf der zur Burg hinaufführenden Straße. Sie war ausgespült und zum Teil von

Steinen blockiert, die beim Zusammenbruch des Turms hinuntergestürzt waren. Noch immer floß das Wasser in Rinnsalen auf ihr talwärts. Die Botschaft wurde Donal übersandt, der sie sofort zu Dom Mikhail brachte.

»Vater, dein Bruder hat einen Boten mit der Bitte um Friedensverhandlungen gesandt.«

Aldarans Augen blitzten wild auf, aber er sagte ganz ruhig: »Sag meinem Bruder Scathfell, ich werde mir anhören, was er zu sagen hat.«

Nach einiger Zeit kam der Führer der gegnerischen Armee zu Fuß den Pfad hinauf. Ihm folgten ein Friedensmann und zwei Wachen. Als er die Belagerungslinie überquerte, sagte er zu dem einzelnen dort postierten Mann: »Warte, bis ich zurückkehre.« Donal, der ihn zu Aldarans Empfangsraum begleiten wollte, wurde mit einem höchst verächtlichen Blick bedacht. Trotzdem, Scathfell wirkte geschlagen, und alle wußten, daß er gekommen war, um sich zu ergeben. Von seiner Armee war kaum etwas übriggeblieben – und von der Damon-Rafaels überhaupt nichts.

Lord Aldaran, der sich darauf vorbereitet hatte, seinen Bruder im Empfangszimmer zu begrüßen, betrat den Raum mit Dorilys am Arm. Donal dachte an das letzte Zusammentreffen. Scathfell sah älter und verbitterter aus als damals. Das drückende Gewicht der Niederlage hatte auch ihn sichtlich altern lassen. Er blickte Donal und Dorilys in ihrem blauen Gewand an. Ein ernster, abschätzender Blick traf Allart, als dessen Name genannt wurde. Obwohl man ihn als Verräter und Aufrührer gebrandmarkt hatte, blickte Scathfell ihn mit dem fast ehrfürchtigen Blick des niedrigeren Adeligen an.

»Also, mein Bruder«, sagte Aldaran schließlich. »Seit du das letzte Mal in diesen Raum tratest, ist viel zwischen uns geschehen. Ich hätte nie geglaubt, dich noch einmal hier zu sehen. Sag mir: Warum hast du um mein Erscheinen gebeten? Bist du gekommen, dich zu ergeben und für deine Auflehnung gegen meine gesetzmäßigen Forderungen um Vergebung zu bitten?«

Scathfell schluckte schwer, ehe er sprechen konnte. Schließlich sagte er bitter: »Welche Wahl habe ich jetzt noch? Deine Hexen-Tochter hat meine Armee vernichtet und meine Männer getötet, wie sie meinen Sohn und Erben niederstreckte. Kein Mensch könnte solcher Zauberei widerstehen. Ich bin gekommen, um einen Kompromiß zu erbitten.«

»Warum sollte ich mit dir einen Kompromiß schließen, Rakhal? Warum sollte ich dich nicht der Ländereien, die du aufgrund meiner Gnade verwaltest, dich nicht deiner Ehre berauben und dich nackt wie einen getretenen Hund fortjagen? Oder dich an der Brustwehr meiner Burg aufhängen, um allen zu zeigen, wie ich fortan mit allen Aufrührern und Verrätern verfahre?«

»Ich stehe nicht allein«, sagte Scathfell. »Ich habe einen Verbündeten, der vielleicht noch mächtiger ist als du und dein Hexenbalg zusammen. Ich habe den Auftrag, zu erklären, daß Damon-Rafael seine Kräfte sammeln und diesen Berg unter dir zerspringen läßt, wenn ich vor Sonnenuntergang nicht zurückkehre. Dann wird Aldaran über deinem Kopf einstürzen. Ich glaube, du hattest heute bei Sonnenaufgang schon einen Vorgeschmack dieser Kraft. Männer und Armeen können zerschmettert und geschlagen werden, aber wenn du willst, daß dieses Land durch Zauberei in ein Dutzend Teile zerrissen wird, ist das deine Sache und nicht meine. Er hat allerdings nicht den Wunsch, dich zu vernichten, da du jetzt seine Macht kennst. Er bittet nur um die Erlaubnis, mit seinem Bruder zu sprechen; beide sollen sich unbewaffnet vor Sonnenuntergang zwischen unseren Stellungen treffen.«

»Allart Hastur ist mein Gast«, sagte Aldaran. »Soll ich ihn dem sicheren Verrat seines Bruders ausliefern?«

»Verrat? Zwischen Brüdern, die beide Hasturs sind?« fragte Scathfell. Sein Gesicht zeigte ehrliche Empörung. »Er wünscht mit seinem Bruder Frieden zu schließen, Mikhail, so wie ich mit dem meinen.« Unbeholfen beugte er ein Knie.

»Du hast mich geschlagen, Mikhail«, fuhr Scathfell fort. »Ich werde meine Truppen zurückziehen. Und glaube mir, es war nicht ich, der deinen Turm zerstörte. Wirklich, ich habe mich dagegen ausgesprochen, aber Lord Damon-Rafael wollte den Nordländern unbedingt seine Macht zeigen.«

»Ich glaube dir.« Aldaran sah seinen Bruder traurig an. »Geh heim, Rakhal«, sagte er, »geh in Frieden. Ich verlange nur, daß du es auf deinen Eid nimmst, den Gatten meiner Tochter als mir nachfolgenden Erben zu ehren und niemals – weder offen noch im Geheimen – Hand oder Schwert gegen ihn zu erheben. Wenn du diesen Eid im Licht des Wahrzaubers schwörst, sollst du Scathfell auf immer besitzen, ohne daß du von mir oder den meinen behelligt wirst.«

Scathfell hob den Kopf. Wut und Verachtung wetteiferten auf seinem Gesicht.

Donal, der ihn beobachtete, dachte: *Das hätte er nicht von ihm erzwingen sollen! Glaubt er etwa, ich könnte Aldaran nach seinem Tod nicht halten?* Aber es sah ganz so aus, als würde Scathfell kapitulieren.

»Ruf deine *Leronis* und erstelle den Wahrzauber«, sagte er mit ernstem, beherrschtem Blick. »Nie hätte ich geglaubt, daß ich durch dich so weit kommen würde, Bruder, oder daß du solch eine Demütigung von mir forderst.« Unruhig von einem Fuß auf den anderen tretend wartete er ab, bis Margali gerufen wurde. Als die *Leronis* kam, tat er so, als wolle er vor Donal und Dorilys niederknien. Dann schrie er plötzlich: »Nein!« und sprang wieder auf.

»Ich soll einen Eid schwören, den Bastard von Rockraven und dein Höllenbalg nie anzufechten? Eher soll Zandru mich holen! Eher werde ich zustechen und die Erde von ihrer Zauberei befreien«, schrie er. Plötzlich lag ein Dolch in seiner Hand. Donal schrie auf und warf sich vor seine Schwester. Ein schriller Schrei aus Dorilys' Kehle, das blaue Aufflammen eines Blitzes im Zimmer, der die Luft weiß aufglühen ließ – und Scathfell stürzte nieder, zuckte in einem qualvollen Krampf kurz auf. Dann lag er still, sein Gesicht war geschwärzt und zur Hälfte verbrannt.

Im Zimmer war Stille, die Stille des Entsetzens und schieren Grauens. Dorilys schrie auf: »Er hätte Donal getötet! Er hätte uns beide umgebracht! Ihr habt den Dolch gesehen!« Sie bedeckte ihr Gesicht mit den Händen. Donal, der gegen eine Übelkeit ankämpfen mußte, löste den Umhang von seinem Hals und warf ihn über den verbrannten Körper Scathfells.

Mikhail von Aldaran sagte heiser: »Es ist nicht unehrenhaft, einen meineidigen Mann zu töten, der auf dem Boden der Kapitulation auf Mord aus ist. Dich trifft keine Schuld, Tochter.« Er stand auf, trat ins Zimmer hinab, kniete neben dem Körper seines Bruders nieder und zog den Umhang von dessen Gesicht zurück.

»Oh, mein Bruder, mein Bruder«, klagte er. Seine Augen funkelten, zeigten aber keine Tränen. »Wie sind wir so weit gekommen?« Er beugte sich vor und küßte die versengten Brauen. Dann zog er den Umhang sanft wieder über Scathfells Gesicht.

»Trag ihn zu seinen Männern hinunter«, sagte er zu Scathfells Friedensmann. »Du bist Zeuge, daß es keinen Verrat gab, außer dem seinen. Ich werde keine Rache üben, sein Sohn mag Scathfell behalten. Obwohl es nur gerecht wäre, wenn ich Donal als Entschädigung mit diesem Lehen beschenkte und Scathfells Erben nur das Gut, das ich einst für Donal bestimmte, gäbe.«

Der Friedensmann verbeugte sich in dem Bewußtsein, daß Aldaran die Wahrheit sprach.

»Es soll sein, wie Ihr sagt, Fürst. Sein ältester Sohn, Loran, ist siebzehn geworden und wird die Herrschaft über Scathfell antreten. Aber was soll ich Lord Hastur sagen?« Schnell ergänzte er: »Seiner Hoheit, König Damon-Rafael, dem Herrscher über dieses Land?«

Plötzlich verließ Allart seinen Platz und sagte: »Meines Bruders Zorn betrifft mich, Lord Aldaran. Ich werde hinuntergehen und ihn treffen; unbewaffnet, wie er es verlangt hat.«

Cassandra schrie auf: »Allart, nein! Er plant Verrat!«

»Trotzdem muß ich ihn treffen«, sagte Allart. Er hatte verschuldet, daß das Haus Aldaran in den Tieflandkrieg verstrickt worden war. Damon-Rafael würde die Burg über ihren Köpfen zerstören, wenn er nicht zu ihm kam. »Er sagte, er wolle mit seinem Bruder in der gleichen Weise übereinkommen wie Lord Scathfell mit *Euch*. Ich glaube, daß Scathfell in diesem Moment nichts als die Wahrheit sagte und nicht mit Vorbedacht gegen Donal vorging, sondern aus einem plötzlichem Antrieb. Er hat dafür bezahlt. Es kann sein, daß mein Bruder mich nur überzeugen will, daß er tatsächlich der rechtmäßige König dieses Landes ist und daß er meine Unterstützung erbittet. Es trifft zu, daß ich versprach, ihn darin zu unterstützen, ehe ich wußte, was ich tat. Vielleicht hatte er recht, mich einen Verräter zu nennen. Ich muß hinuntergehen und mit ihm sprechen.«

Cassandra umklammerte ihn und hielt ihn reglos fest.

»Ich werde dich nicht gehen lassen! Ich lasse es nicht zu! Er wird dich töten, und du weißt es!«

»Er wird mich nicht töten«, sagte Allart und schob sie mit größter Kraftanstrengung von sich. »Aber ich weiß, was ich tun muß, und ich verbiete dir, mich daran zu hindern.«

»Du verbietest es mir?« Erzürnt rückte sie von ihm ab. »Tu, was du tun zu müssen glaubst, mein Gatte«, sagte sie mit zusammengebissenen Zähnen, »aber sage Damon-Rafael, daß ich jeden Mann, jede Frau und jede Matrix in den Hellers gegen ihn aufbringen werde, wenn er dir etwas antut.«

Als er langsam den Berghang hinabging, schien Cassandras Gesicht ihn zu begleiten. Das *Laran* breitete Bilder des Schreckens vor ihm aus.

Damon-Rafael wird versuchen, mich zu töten, das ist so gut wie sicher. Ich muß ihn zuerst töten, wie ein tollwütiges Tier, das zubeißen will. Wenn er König über dieses Land wird, kommt es zu einer Katastrophe, wie sie die Reiche noch nie erlebt haben.

Ich habe mich nie als Herrscher gesehen und niemals nach Macht gestrebt. Ich habe keinerlei Ehrgeiz dieser Art. Ich wäre zufrieden damit gewesen, in den Mauern von Nevarsin zu leben, oder im Turm von Hali oder Tramontana. Aber jetzt, da mir mein Laran *gezeigt hat, was mit Sicherheit eintritt, wenn Damon-Rafael den Thron besteigt, muß ich ihn daran hindern. Selbst wenn ich ihn töten müßte!*

Die Hand, die er in die Feuer von Hali gestreckt hatte, pochte, als wolle sie ihn an den Eid erinnern, den er geschworen hatte und jetzt brach.

Ich bin dabei, mitleidig zu werden. Aber ich bin ein Hastur, ein Nachkomme des Hastur, von dem man sagt, er sei Sohn eines Gottes gewesen. Und ich bin verantwortlich für das Wohlergehen dieses Landes und seiner Menschen. Ich werde Damon-Rafael nicht auf sie loslassen!

Es war nicht weit bis zum Lager, aber es schien so weit entfernt wie das Ende der Welt. Fortgesetzt zeigte sein *Laran* ihm Bilder von Geschehnissen, die sich ereignen würden oder konnten, wenn er nicht handelte. In allzu vielen dieser Zukunftsmöglichkeiten lag er leblos zwischen den von der Burg herabgestürzten Steinen und hatte Damon-Rafaels Messer in der Kehle. Und Damon-Rafael fuhr fort, die Mauern von Aldaran zu schleifen, die Nordländer und die Reiche in Besitz zu nehmen, als Tyrann viele Jahre zu regieren, alle verbliebenen Freiheiten der Menschen rücksichtslos zu beschneiden und ihre Verteidigungsanlagen mit noch mächtigeren Waffen dem Erdboden gleichzumachen. Schließlich drang er mit seinen *Leroni* in ihre Köpfe ein und machte sie alle zu gefügigen Sklaven seines Willens.

Allarts Herz schrie auf: *Ah, mein Bruder, mein Bruder, wie sind wir so weit gekommen?*

Damon-Rafael war kein schlechter Mensch. Aber er hatte Stolz und den Willen zur Macht; er glaubte ernsthaft zu wissen, was das Beste für die Menschen sei.

Er ist Dom Mikhail nicht unähnlich ... Allart schrak vor diesem Gedanken zurück. Erneut verlor er sich in der erschreckenden Vision, in der dieses Land unter der Tyrannei Damon-Rafaels lag. Eine Vision, die die Gegenwart auslöschte.

Aber mein Bruder ist nicht schlecht. Weiß er das überhaupt?

Schließlich hielt er an. Er sah, daß er auf einem ebenen Stück Straße stand, inmitten der herabgestürzten Trümmer des Turms. Am anderen Ende des ebenen Platzes stand Damon-Rafael und beobachtete ihn.

Wortlos verbeugte sich Allart.

Sein *Laran* schrie auf. *Das also ist der Ort meines Todes.* Aber Damon-Rafael war allein und schien unbewaffnet. Allart spreizte die Hände, um erkennen zu geben, daß auch er keine Waffe trug. Schritt für Schritt gingen die Brüder aufeinander zu.

Damon-Rafael sagte: »Du hast eine treue und liebevolle Frau, Allart. Es wird mir Kummer bereiten, sie dir wegzunehmen. Aber du warst so widerstrebend, sie zu heiraten, und noch widerstrebender, sie in dein Bett zu nehmen, daß ich annehme, es wird dich nicht sehr bekümmern, wenn ich sie nehme. Die Welt und das Königreich sind voll von Frauen, und ich werde dafür Sorge tragen, daß du mit einer vermählt wirst, die du ebensogern magst. Aber Cassandra muß ich haben. Ich brauche die Unterstützung der Aillards. Ich habe entdeckt, daß ihre Gene vor der Pubertät modifiziert worden sind, so daß sie mir einen Sohn mit der Hastur-Gabe, in der die der Aillards dominiert, gebären kann.«

Allart räusperte sich und erwiderte: »Cassandra ist meine Frau, Damon-Rafael. Wenn sie dich liebte oder den Ehrgeiz hätte, Königin zu werden, würde ich euch beiden nicht im Wege stehen. Aber ich liebe sie, und sie liebt mich. Und du hast kein anderes Interesse an ihr, als dem an einer Schachfigur im Spiel um die politische Macht. Deshalb werde ich sie dir nicht überlassen. Eher werde ich sterben.«

Damon-Rafael schüttelte den Kopf. »Ich kann es mir nicht erlauben, sie über deine Leiche zu nehmen. Ich würde es vorziehen, nicht durch den Tod meines Bruders auf den Thron zu gelangen.«

Allart lächelte grimmig. Dann sagte er: »Dann kann ich dir also auf deinem Weg zum Thron Schwierigkeiten bereiten, und sei es durch meinen Tod!«

»Ich verstehe das nicht«, gab Damon-Rafael zurück. »Du hast mich gebeten, dir die Vermählung mit der Aillard-Frau zu ersparen, und jetzt sprichst du wie ein Romantiker von Liebe. Du hast geschworen, meinen Anspruch auf den Thron zu unterstützen, und jetzt verweigerst du mir deine Unterstützung und willst mich aufhalten. Was ist geschehen, Allart? Ist es das, was die Liebe zu einer Frau einem Mann antun kann? Wenn es das ist, bin ich froh, eine solche Liebe nie kennengelernt zu haben.«

»Als ich dir meine Unterstützung gelobte«, sagte Allart, »wußte ich noch nicht, was sich daraus entwickeln wird, wenn du König bist. Jetzt habe ich Prinz Felix Treue gelobt.«

»Ein *Emmasca* kann nicht König sein«, gab Damon-Rafael zurück. »Das ist eines unserer ältesten Gesetze.«

»Wärest du fähig, König zu sein«, erwiderte Allart, »wärest du nicht mit einer Armee unterwegs, um deine Herrschaft über die Nordländer auszuweiten. Du würdest warten, bis der Rat dir den Thron anbietet, und seinen Ratschlag einholen.«

»Wie könnte ich meinem Königreich besser dienen, als dadurch, daß ich seine Macht auch über die Hellers ausweite?« fragte Damon-Rafael. »Komm, Allart, es gibt für uns keinen Grund zum Streiten . . . Cassandra hat eine *Nedestro*-Schwester, die ihr so ähnlich ist wie ein Zwilling dem anderen. Du wirst sie zur Frau nehmen und mein oberster Berater sein. Ich werde jemanden mit deiner Vorausschau und Kraft brauchen. *Ohne Bruder ist dein Rücken bloß ...* Das sagt man, und glaube mir: Es stimmt. Wir wollen unsere Streitigkeiten beilegen, uns umarmen und Freunde sein.«

Dann ist es hoffnungslos, dachte Allart. In dem Moment, als Damon-Rafael seine Arme ausbreitete, um ihn zu umarmen, wurde Allart sich des Dolchs bewußt, den sein Bruder versteckt in der Hand hielt.

Er wollte mir nicht einmal offen entgegentreten, sondern mich umarmen und mein Herz durchbohren, dachte er. *Oh, mein Bruder ...* Als Allart sich ihm näherte, reichte er mit seinem in Nevarsin ausgebildeten *Laran* hinaus und ließ Damon-Rafael zur Bewegungslosigkeit erstarren; der Dolch, den er in der Hand hielt, wurde dabei sichtbar.

Damon-Rafael kämpfte gegen ihn an, konnte sich aber nicht rühren. Allart schüttelte traurig den Kopf.

»Du willst mich also gleichzeitig umarmen und erstechen, Bruder? Ist das die Art von Staatskunst, die dich deiner Meinung nach zum König macht?« In Damon-Rafaels Geist eindringend, schloß er den Kontakt. »Sieh, was für ein König du, der du das Band der Bruderschaft verleugnet hast, sein würdest.«

Er fühlte, wie sein *Laran* die Zukunft durch Damon-Rafaels Geist fließen ließ: Verwüstung, Blut und Plünderung, der unerbittliche Aufstieg zur Macht, der die Reiche verheeren würde, und ohnmächtige Unterwerfung, die man einen einseitigen Frieden nennen würde ... Der Geist der Menschen zu blindem Gehorsam gezwungen; das Land von Kriegen geschüttelt und zerrissen. Alle Menschen beugten sich einem König, der kein gerechter Herrscher und Beschützer seines Volkes, sondern ein Tyrann und Despot geworden war. Und man haßte ihn wie keinen Menschen zuvor ...

»Nein, nein«, wisperte Damon-Rafael und wand sich, den Dolch in der Hand. »Hör auf. Das bin nicht ich, den ich da sehe.«

»Nein, mein Bruder? Du besitzt das Hastur-*Laran*, das alle Entscheidungen sieht. Schau selbst, was für ein König du sein würdest«, sagte Allart. Er lockerte zwar den Griff, hielt seinen Bruder aber immer noch bewegungslos. »Erkenne dein eigenes Schicksal. Schau hinein.«

Er beobachtete Damon-Rafael und sah, wie sich der Blick der Angst und des Grauens auf seinem Gesicht ausbreitete. Er begriff, seine Überzeugung begann sich langsam zu verdichten.

Damon-Rafael befreite sich mit übermenschlicher Anstrengung

aus Allarts Griff und hob den Dolch. Allart wich, obwohl er wußte, daß er im nächsten Augenblick vor seines Bruders Füßen liegen konnte, nicht von der Stelle. Hatte Damon-Rafael sich selbst deutlich genug gesehen, um die Warnung zu erkennen?

»Solch ein König werde ich nicht werden«, flüsterte er gerade laut genug, daß Allart es verstehen konnte. »Ich sage dir, ich werde es verhindern.« Mit einer schnellen Bewegung hob er den Dolch und bohrte ihn tief in die eigene Brust.

Damon-Rafael stürzte zu Boden und flüsterte: »Selbst *deine* Vorausschau kann nicht jedes Ende sehen, kleiner Bruder.« Er hustete, ein Strom roten Blutes schoß aus seinem Mund. Allart fühlte, wie der Geist seines Bruders sich still auflöste.

29

Die Armeen im Tal waren abgezogen, aber noch immer rollte und knisterte der Donner über den Höhen, und vereinzelte Blitzschläge fuhren über das Gebirge. Als sie die untere Halle von Burg Aldaran betraten, warf Cassandra Allart einen ängstlichen Blick zu.

»Es hat nicht aufgehört zu donnern – nicht ein Mal, nicht einen Moment lang –, seit Dorilys Scathfell niedergestreckt hat. Und du weißt, daß sie Renata nicht an sich heran läßt.«

Donal saß da und hatte Dorilys' Kopf in seinem Schoß. Das Mädchen sah krank aus. Es hielt Donals Hand fest in der seinen und wollte sie nicht loslassen. Dorilys' blaue Augen waren geschlossen, und sie öffnete sie mühsam, als Cassandra neben ihr auftauchte.

»Das Gewitter tut meinem Kopf so weh«, flüsterte sie. »Ich kann es nicht aufhalten. Kannst du mir nicht helfen, die Blitze zu stoppen, Cassandra?«

Cassandra beugte sich über sie. »Ich werde es versuchen. Aber ich glaube, es liegt nur daran, daß du übermüdet bis, *Chiya.*« Sie nahm die schlaffen Finger in die ihren, zuckte mit einem Schmerzensschrei zurück, und Dorilys brach in heftiges Schreien aus.

»Das habe ich nicht absichtlich gemacht, wirklich nicht! Es passiert andauernd – ich kann es nicht aufhalten! Ich tue Margali weh; ich habe es Kathya angetan, als sie mich ankleidete. Oh, Cassandra, laß es aufhören, laß es aufhören! Kann niemand den Donner vertreiben?«

Dom Mikhail trat heran und beugte sich über sie. Sein Gesicht wirkte verzerrt und besorgt. »Still, still, mein kleiner Schatz, niemand macht dir Vorwürfe.« Er blickte Cassandra gequält an. »Kannst du ihr helfen? Donal, du besitzt doch auch diese Art *Laran*. Kannst du nichts für sie tun?«

»Ich wünschte wirklich, ich könnte etwas tun«, sagte Donal, während er das Mädchen in den Armen wiegte. Dorilys entspannte sich. Erneut faßte Cassandra ihre Hand. Diesmal geschah nichts, aber sie fühlte sich geängstigt, als sie sich auf die ruhige Sachlichkeit einer Überwacherin vorbereitete.

Einmal blickte sie über Dorilys' Kopf hinweg zu Renata, und diese verstand ihre Gedanken: *Ich wünschte, sie würde erlauben, daß du es tust. Du hast viel mehr Erfahrung als ich.*

»Ich werde dir etwas geben, das dich schlafen läßt«, sagte sie schließlich. »Vielleicht brauchst du nur Ruhe, *Chiya.*«

Als Renata das Schlafmittel brachte, hielt Donal das Fläschchen an ihre Lippen. Dorilys schluckte die Medizin gehorsam, aber ihre Stimme klang kläglich, als sie sagte: »Ich habe Angst vor dem Einschlafen. Meine Träume sind schrecklich, und ich höre, wie der Turm einstürzt. Der Donner ist in mir. Die Stürme sind alle in meinem Kopf . . .«

Donal stand auf. Er hielt Dorilys noch immer in seinen Armen. »Ich werde dich zu Bett bringen, Schwester«, sagte er, aber sie klammerte sich an ihn.

»Nein, nein! Oh, bitte, bitte, ich habe Angst davor, allein zu sein. Ich habe solche Angst. Bitte bleib bei mir, Donal! Laß mich nicht allein!«

»Ich bleibe bei dir, bis du eingeschlafen bist«, versprach Donal seufzend und gab Cassandra ein Zeichen, mit ihnen zu kommen.

Cassandra folgte ihm, als er Dorilys durch die Halle und die lange Treppe hinauftrug. Am Ende des Korridors war das Dach oberflächlich repariert worden, aber ein großer Haufen aus Steinen, Mörtel und Trümmern blockierte ihn noch immer. Cassandra dachte: *Es ist nicht sehr verwunderlich, daß sie es in ihren Alpträumen hört.*

Donal trug Dorilys in ihr Zimmer, legte sie auf das Bett und ließ ihre Damen rufen, die ihr die Kleider aufknöpfen und die Schuhe ausziehen sollten. Aber selbst als sie unter den Decken lag, wollte sie seine Hand nicht loslassen. Sie murmelte etwas, das Cassandra nicht verstehen konnte. Mit der freien Hand streichelte Donal sanft ihre Stirn.

»Jetzt ist nicht die richtige Zeit, darüber zu sprechen, *Chiya.* Du bist krank. Wenn du wieder gesund und kräftig bist und die Schwellenkrankheit ganz überwunden hast – dann ja, wenn du es wünschst.

Ich habe es dir versprochen.« Er beugte sich vor, um sie sanft auf die Stirn zu küssen, aber sie zog seinen Kopf mit beiden Händen hinab, so daß ihre Lippen sich trafen. Der Kuß, den sie ihm gab, war alles andere als der eines Kindes oder einer Schwester. Donal zog sich verlegen zurück.

»Schlafe, Kind, schlafe. Du bist erschöpft. Heute abend mußt du für die Siegesfeier in der Großen Halle gesund und kräftig sein.«

Lächelnd lag sie auf ihren Kissen.

»Ja«, sagte sie schläfrig. »Zum ersten Mal werde ich als Fürstin von Aldaran in dem Hohen Sessel sitzen . . . und du neben mir . . . als mein Gatte . . .«

Das starke Schlafmittel ließ sie immer müder werden. Dorilys schloß die Augen, löste aber den Griff von Donals Hand nicht. Es dauerte einige Zeit, bis sich ihre Finger so weit entspannten, daß er sie freimachen konnte. Cassandra war verlegen, Zeugin dieser Szene geworden zu sein, obwohl sie genau wußte, daß Donal sie gerade deswegen hatte dabeihaben wollen.

Sie ist außer sich. Wir sollten ihr keine Vorwürfe für das machen, was geschieht, wenn sie solcher Belastung ausgesetzt ist. Das arme Kind. Aber im Innern wußte Cassandra, daß Dorilys sich sehr wohl über ihre Beweggründe im klaren war.

An Jahren gemessen ist sie zu alt . . .

Als sie in die Halle zurückkehrten, blickte Renata ihnen fragend entgegen, und Donal sagte: »Ja, sie schläft. Aber im Namen aller Götter, Cousine – was hast du ihr gegeben, daß es so schnell wirkte?«

Renata sagte es ihm, und er starrte sie bestürzt an.

»*Das?* Für ein Kind?«

Dom Mikhail sagte: »Das wäre sogar für einen Mann, der an der Schwarzfäule stirbt, eine zu große Dosis. War das nicht riskant?«

»Ich habe nicht gewagt, ihr weniger zu geben«, sagte Renata. »Hört doch!« Mit erhobener Hand bat sie um Ruhe. Über ihren Köpfen konnten sie das Knistern und Krachen des Donners hören. »Selbst jetzt träumt sie noch.«

»Selige Cassilda, sei gnädig!« sagte Dom Mikhail. »Was quält sie?«

Renata sagte sachlich: »Ihr *Laran* ist außer Kontrolle. Ihr hättet nie zulassen dürfen, daß sie es in diesem Krieg einsetzte, mein Fürst. Ihre Kontrolle zerbrach, als sie sich gegen die Armeen wandte. Ich sah es zum ersten Mal in der Feuerstation, als sie mit den Stürmen spielte. Sie erregte sich über alle Maßen. Und dann wurde ihr schwindlig. Erinnerst du dich, Donal? Damals war sie noch nicht im

Besitz ihrer vollen Stärke. Und auch noch nicht so weit entwickelt. Jetzt ist die Kontrolle, die ich sie lehrte, aus ihrem Geist geschwunden. Ich weiß nicht, was ich für sie tun kann.« Sie wandte sich um und machte eine tiefe Verbeugung vor Aldaran.

»Mein Fürst, ich habe Euch schon einmal darum gebeten, und Ihr habt es abgelehnt. Jetzt glaube ich, gibt es keine Wahl. Ich flehe Euch an: Laßt mich ihre Psi-Zentren ausbrennen. Vielleicht könnte es, solange sie schläft, doch noch getan werden.«

Aldaran sah Renata entsetzt an.

»Jetzt, nachdem ihr *Laran* uns alle gerettet hat? Was würde mit ihr geschehen?«

»Ich glaube . . . ich *hoffe*«, sagte Renata, »daß es nur dazu führen würde, daß die Blitze, die sie so sehr quälen, verschwinden. Sie wäre ohne *Laran*, aber das wünscht sie sich momentan. Ich habe gehört, wie sie Cassandra bat, das Donnern abzuschalten. Sie wäre anschließend vielleicht nicht mehr – und nicht weniger – als eine gewöhnliche Frau ihrer Kaste. Ohne die Gabe des *Laran*, sicher, aber immer noch im Besitz ihrer Schönheit und ihrer anderen Begabungen. Sie könnte immer noch . . .« Sie zögerte, dachte über ihre Worte nach und fuhr mit einem fest auf Donal gerichteten Blick fort: »Sie könnte Eurem Clan immer noch einen Erben mit Aldaran-Blut schenken, der das *Laran* besäße, das ihre Gene enthalten. Sie dürfte zwar nie eine Tochter zur Welt bringen, aber sie könnte Aldaran durchaus einen Sohn geben.«

Donal hatte ihr von dem Versprechen, das er Dorilys während der Belagerung von Burg Aldaran gemacht hatte, berichtet.

»Das ist nur gerecht«, hatte Renata daraufhin gesagt.

Dorilys ist durch die Catenas in eine Ehe gebunden, die ihr aufgezwungen wurde, bevor sie alt genug war, um überhaupt etwas von Ehe und Liebe zu wissen. Sie hat in dieser Ehe zwar den Namen und die Würde einer Ehefrau, aber nicht die Liebe ihres Gatten. Unter diesen Umständen ist es unbedingt gerecht, daß sie etwas bekommt, das nur ihr gehört und das sie lieben und umsorgen kann. Ich mißgönne ihr ein Kind für Aldaran nicht. Es wäre zwar besser, sie würde einen anderen als Donal zum Erzeuger auswählen, aber da in ihrem Leben alles geordnet sein muß, ist es nicht wahrscheinlich, daß sie einen anderen Mann, der für diesen Zweck geeignet ist, kennenlernen wird. Und es ist Lord Aldarans Wille, daß Donals Sohn hier regieren soll, wenn er dahingegangen ist. Ich neide Dorilys Donals Kind nicht. Ich bin seine Frau, und wir alle wissen es oder werden es wissen, wenn die Zeit dafür reif ist.

Renata blickte flehend Lord Aldaran an. Allart erinnerte sich daran, in ebendieser Halle gesehen zu haben, wie die Vasallen Aldarans einem Kind zujubelten, das der Lord vor ihnen hochhielt und zum neuen Erben erklärte. Warum, fragte Allart sich, sollte seine Gabe ihm nur diesen einen Augenblick zeigen? Es schien, als verschwämme alles andere zu Alpträumen und Gewitterwolken. Die gesamten Telepathen sahen dies in Allarts Geist, und Aldaran sagte mit seinem charakteristisch grimmigen Blick: »Ich habe es euch gesagt!«

Donal senkte den Kopf. Er vermied es, Renatas Blick zu begegnen.

»Es erscheint schrecklich, ihr das anzutun, nachdem sie uns gerettet hat. Bist du sicher, daß es ihr nichts Schlimmeres zufügen würde, als nur die Psi-Zentren zu zerstören und den Rest unbeschädigt zu erhalten?« fragte Lord Aldaran.

Renata sagte widerstrebend: »Mein Fürst, das könnte keine *Leronis* versprechen. Ich liebe Dorilys wie eine eigene Tochter und würde für sie das Äußerste meiner Kraft aufbringen. Aber ich weiß nicht, wie viele Sektionen ihres Gehirns von *Laran* durchdrungen sind oder von diesen Stürmen in Mitleidenschaft gezogen wurden. Ihr wißt, daß elektrische Entladungen *innerhalb* des Gehirns sich wie krampfartige Anfälle des Körpers äußern. Dorilys' *Laran* setzt die elektrischen Entladungen im Inneren ihres Gehirns irgendwie in Donner und Blitze um, wobei sie das Magnetfeld des Planeten anzapft. Dieser Vorgang ist jetzt außer Kontrolle. Sie sagte, die Gewitter seien jetzt *in* ihr. Ich weiß nicht, wieviel Schaden sie schon angerichtet haben. Es könnte sein, daß ich einen Teil ihres Gedächtnisses oder ihrer Intelligenz auslöschen müßte.«

Donal erbleichte vor Angst. »Nein!« sagte er, und es klang wie ein Flehen. »Würde sie dann schwachsinnig sein?«

Renata wagte nicht, ihn anzublicken. Sehr leise sagte sie: »Ich kann nicht beschwören, daß diese Möglichkeit gänzlich ausgeschlossen ist. Ich würde mein Bestes für sie tun, aber es könnte tatsächlich so weit kommen.«

»Nein! Alle Götter mögen uns gnädig sein – nein, Cousine!« sagte Aldaran. Der alte Falke wurde lebendig. »Wenn auch nur die geringste Möglichkeit besteht – nein, ich kann es nicht wagen. Selbst wenn alles zum Besten für sie abläuft, Cousine, eine Frau, die Aldarans Erbin ist, kann nicht ohne *Laran* als Gemeine leben. Dann wäre sie besser tot.«

Renata verbeugte sich. Es war eine Geste der Unterwerfung. »Wir wollen hoffen, daß es nicht dahin kommt, mein Fürst.«

Lord Aldaran schaute alle Anwesenden der Reihe nach an. »Ich werde euch heute abend zur Siegesfeier in der Halle treffen«, sagte er. »Ich habe jetzt noch einige Dinge zu erledigen, damit alles meinen Wünschen gemäß erledigt wird.« Hocherhobenen Hauptes ging er aus der Halle.

Ihm nachblickend dachte Renata: *Das ist sein Augenblick des Triumphs. Jetzt ist Aldaran trotz der Zerstörung durch den Krieg ohne Bedrohung in seiner Hand. Dorilys ist ein Teil dieses Triumphs. Er will sie an seiner Seite haben – als Bedrohung für die anderen – eine Waffe für die Zukunft.* Sie fröstelte, als das Gewitter leise und ersterbend über die Burg hinwegrollte.

Dorilys schlief. Ihre Erregung wurde durch die Droge gemildert.

Aber sie würde aufwachen. Und was dann?

Am Abend, als die Sonne unterging, war der Donner noch immer leise zu hören. Allart und Cassandra standen auf dem Balkon ihrer Zimmerflucht und blickten ins Tal hinab.

»Ich kann es kaum glauben, daß der Krieg zu Ende ist«, sagte Cassandra.

Allart nickte. »Und wahrscheinlich auch der mit den Ridenows. Mein Vater und Damon-Rafael wollten sie angreifen und in die Trockenstädte zurücktreiben. Ich glaube nicht, daß es jemandem etwas ausmacht, wenn sie in Serrais bleiben. Den Frauen, die sie dort willkommen hießen, sicherlich nicht.«

»Was wird jetzt in Thendara geschehen, Allart?«

»Wie sollte ich das wissen?« Sein Lächeln wirkte trostlos. »Wir haben genug Beweise der Unzuverlässigkeit meiner Gabe erlebt. Höchstwahrscheinlich wird Prinz Felix regieren, bis der Rat seinen Nachfolger bestimmt. Und du weißt so gut wie ich, wen sie wahrscheinlich wählen.«

Mit leichtem Zittern sagte sie: »Ich will nicht Königin sein.«

»Genausowenig, wie ich König sein will, Liebes. Aber als wir in die großen Ereignisse dieser Zeit verwickelt wurden, war uns beiden klar, daß wir nichts daran ändern konnten.« Er seufzte. »Wenn es so kommt, wird es meine erste Handlung sein, Felix Hastur zu meinem Ersten Berater zu machen. Er ist in der Kunst des Herrschens ausgebildet worden. Er ist *Emmasca* und langlebig wie alle mit *Chieri*-Blut. Möglicherweise wird er zwei oder drei Herrscher überleben. Da er keinen Sohn haben kann, der mich verdrängen könnte, wird er der wertvollste und am wenigsten ehrgeizige aller Berater sein. Zusammen können wir so etwas wie ein König werden.«

Allart legte einen Arm um Cassandra und zog sie an sich. Damon-Rafael hatte ihn daran erinnert: Mit Cassandras modifizierten Genen konnte die Mischung aus Hastur und Aillard schließlich doch noch in einem gemeinsamen Kind sichtbar werden. Cassandra nahm seinen Gedanken auf und sagte: »Mit den Kenntnissen, die ich mir im Turm erwarb, kann ich sicherstellen, keinen Sohn zu empfangen, der mich bei der Geburt tötet oder Gene trägt, die ihn während der Pubertät vernichten können. Es wird immer ein gewisses Risiko geben ...« Sie blickte zu ihm auf und lächelte. »Aber nach dem, was wir gemeinsam überlebt haben, könnten wir durchaus etwas riskieren, glaube ich.«

»Dafür haben wir Zeit«, sagte Allart, »aber wenn es nicht so glücklich enden sollte: Damon-Rafael hat ein halbes Dutzend *Nedestro*-Söhne. Zumindest einer von ihnen sollte das Zeug haben, einen guten König abzugeben. Ich glaube, seine Familie hat eine ausreichende Lektion über den Stolz erhalten, der einen Mann dazu treibt, eine Krone für die eigenen Söhne anzustreben.« Verschwommen und voller Schatten konnte er in der Zukunft das Gesicht eines Jungen sehen, der ihm auf dem Thron nachfolgen würde. Es war ein Kind von Hastur-Blut, aber er wußte nicht, ob es sein eigener oder ein Sohn seines Bruders war. Es interessierte ihn auch nicht.

Allart war erschöpft und über den Tod seines Bruders bekümmerter, als er sich selbst eingestehen wollte. Er dachte: *Auch wenn ich mich dazu entschlossen hatte, ihn zu töten, wenn es nicht anders ging; auch wenn ich es war, der ihm den Spiegel seines Herzens zeigte und ihn dadurch zwang, das Messer gegen sich selbst zu richten, bin ich traurig.* Er wußte, er würde wegen dieser Entscheidung, die die erste bewußte Handlung seiner Herrschaft war, nie völlig frei von Kummer und Schuldgefühlen sein. Und er wußte, daß er nie zu trauern aufhören würde – nicht über den machthungrigen potentiellen Tyrannen, den er zum Selbstmord getrieben hatte, sondern über den älteren Bruder, den er geliebt und mit dem er am Grabe seines Vaters geweint hatte.

Aber *dieser* Damon-Rafael war vor langer, langer Zeit gestorben – falls es ihn überhaupt außerhalb Allarts Vorstellungskraft je gegeben hatte!

Ein schwaches Donnern rollte über ihnen dahin, und Cassandra schreckte hoch. Als ihr Blick auf den herabströmenden Regen fiel, der wie ein dunkler Streifen über dem Tal lag, sagte sie: »Ich glaube, es ist nur ein Sommersturm. Aber ich kann jetzt keinen Blitzschlag hören ...«

Sie hielt inne. »Allart! Glaubst du, Renata hatte recht? Hättest du Dom Mikhail überzeugen sollen, zuzulassen, daß Renata Dorilys' *Laran* zerstörte, solange sie schlief?«

»Ich weiß nicht«, erwiderte Allart besorgt. »Nach allem, was geschehen ist, will ich meiner eigenen Vorausschau nicht unbedingt trauen. Aber auch ich habe meine Gabe als Fluch empfunden, als ich ein Junge auf der Schwelle zum Mannesalter war. Hätte mir damals jemand eine solche Befreiung angeboten, ich glaube, ich hätte sie freudig angenommen. Und doch ... und doch ...« Er streckte seine Arme nach ihr aus und zog sie an sich. Ihm fielen die qualvollen Tage ein, in denen er sich wie gelähmt unter der Kraft des *Laran* geduckt hatte. Je älter er wurde, desto mehr stabilisierte es sich. Er wußte, daß er ohne die Kraft nur halb so lebendig gewesen wäre. »Wenn Dorilys zur Reife gelangt, findet vielleicht auch sie Stabilität und Kraft; vielleicht wird sie für diese Prüfungen gestärkt.«

Wie ich es war, und du, meine Liebste.

»Ich sollte zu ihr gehen«, meinte Cassandra beunruhigt. Allart lachte.

»Ah, das sieht dir ähnlich, Liebes – du, die zukünftige Königin, rennt an das Bett eines kranken Mädchens, das noch nicht einmal deine Untertanin ist.«

Cassandra hob stolz den Kopf.

»Ich war Überwacherin und Heilerin, ehe ich auch nur daran gedacht habe, Königin zu werden. Und ich hoffe, ich werde meine Fertigkeiten nie jemandem verweigern, der ihrer bedarf.«

Allart hob ihre Hand an seine Lippen und küßte sie.

»Die Götter mögen geben, Liebste, daß aus mir ein König wird, der dir in nichts nachsteht.«

In der Burg hörte Renata den Donner und dachte, während sie sich für die Siegesfeier vorbereitete, an Dorilys.

»Wenn du überhaupt irgendeinen Einfluß auf sie hast, Donal«, sagte sie, »solltest du versuchen, sie davon zu überzeugen, daß ich nur ihr Bestes will. Dann kann ich vielleicht weiter daran arbeiten, ihre Selbstkontrolle aufzubauen. Es würde leichter sein, auf das zurückzugreifen, was sie und ich gemacht haben, anstatt daß sie mit einer Fremden von vorne anfängt.«

»Ich werde es tun«, sagte Donal. »Ich ängstige mich nicht um sie. Sie hat sich noch nie gegen mich oder ihren Vater gewandt. Wenn sie sich in bezug auf uns genügend beherrschen kann, sollte sie auch lernen können, sich anderen gegenüber normal zu verhalten. Jetzt ist sie erschöpft und geängstigt und von der Schwellenkrankheit geplagt. Aber wenn sie wieder gesund ist, wird sie die Kontrolle wiedergewinnen. Dessen bin ich sicher.«

»Gott gebe, daß du recht hast«, sagte sie und versuchte, ihre Angst durch ein Lächeln zu verbergen.

Abrupt sagte Donal: »Bei der Siegesfeier will ich meinem Vater und Dorilys sagen, wie es mit uns steht, Liebste.«

Renata schüttelte heftig den Kopf. »Ich glaube nicht, daß Dorilys das schon ertragen kann.«

»Aber es widerstrebt mir«, sagte Donal stirnrunzelnd, »sie anzulügen. Ich wünschte, du hättest gesehen, wie sie sich an mich klammerte, als ich sie zu Bett trug. Ich will, daß sie weiß, daß ich sie immer gern haben und beschützen werde; aber nicht, daß sie das mißversteht oder einen falschen Eindruck davon bekommt, wie die Dinge zwischen uns stehen. Bei dieser Feier . . . wenn sie an meiner Seite sitzt . . .« Beunruhigt unterbrach er sich und dachte an den Kuß, den Dorilys ihm gegeben hatte.

Renata seufzte. Zumindest teilweise konnte man Dorilys' Schwierigkeiten auf die Schwellenkrankheit, die emotionale und körperliche Umwälzung, die jungen, in der Entwicklung befindlichen Telepathen häufig zu schaffen machte, zurückführen. Aldaran hatte auf diese Weise drei Kinder verloren. Renata wußte, daß ein wesentlicher Teil der Gefahr in der enormen Aufwallung telepathischer Kräfte lag, die sich mit der Belastung sich entwickelnder, noch nicht kontrollierter Sexualität vermischte. Auch Dorilys hatte dieses Stadium in jungen Jahren erreicht. Wie bei einer Treibhauspflanze hatte ihr *Laran* auch alle anderen Umwälzungen erzeugt. War es nicht verständlich, daß sie – erfüllt mit all der neuen Kraft und Bewußtheit – sich dem älteren Jungen zuwandte, der seit ihren Kindertagen ihr besonderer Favorit, ihr Idol und Beschützer gewesen war – und jetzt, nach jener grausamen Farce, die sie nicht verstehen konnte, auch ihr Ehemann?

»Es stimmt, daß sie den ersten Anfall überlebte, auch wenn er oft der schlimmste ist. Vielleicht, wenn sie gesund und gefaßt aufwacht . . . aber bei der Siegesfeier, Donal? Wenn sie zum ersten Mal an deiner Seite sitzt, als deine anerkannte Frau? Willst du ihr die Freude *daran* verderben?«

»Welcher Zeitpunkt wäre besser?« fragte Donal lächelnd. »Aber vorher will ich meinem Vater sagen, wie es zwischen uns steht. Er sollte wissen, daß du mein *Nedestro*-Kind trägst. Das ist zwar nicht der Erbe, den er sich für Aldaran wünscht, aber er sollte wissen, daß dieses Kind Schildarm und Friedensmann des Hauses Aldaran sein wird, so wie ich es war, seit meine Mutter mich hierher brachte. Wirklich, wir können es nicht länger geheimhalten. Mit der Schwangerschaft ist es wie mit der Blutfehde: Durch Geheimhalten wird sie nicht geringer. Man soll mich nicht für feige halten. Niemand soll denken, ich würde mich dessen schämen, was ich getan habe. Wenn das bekannt ist, Liebste, ist dein Sohn geschützt. Selbst Dorilys weiß, daß die Pflicht einer Gattin darin besteht, sich um das Wohlergehen jedes Kindes zu kümmern, das ihr Gatte zeugt. Dorilys wird jede Pflicht, die einer Gattin angemessen ist, gerne erfüllen.«

»Vielleicht hast du recht«, sagte Renata. Sie erinnerte sich daran, wie stolz Dorilys – die Näharbeiten ansonsten haßte – ein Feiertagshemd für Donal bestickt hatte.

Donal erinnerte sich, daß er dabeigewesen war – gerade zehn Jahre alt geworden –, wie Dom Mikhail Lady Deonara darüber informiert hatte, daß Aliciane von Rockraven mit seinem Kind schwanger sei. Deonara war aufgestanden, hatte Aliciane vor allen Haushaltsmitgliedern umarmt, sie von der Frauentafel zur Empore geführt und mit ihr aus demselben Glas einen Schluck Wein getrunken – als Zeichen, daß sie das künftige Kind annahm. Renata lachte nervös, als sie sich vorstellte, dieses Zeremoniell mit Dorilys zu wiederholen.

»Du hattest sie doch immer sehr gern«, drängte Donal, »und ich glaube nicht, daß sie das vergessen hat. Und noch eins sollten wir bedenken: Dorilys ist zwar impulsiv und heftigen Launen unterworfen, aber sie ist sich durchaus ihrer Würde als Lady Aldaran bewußt. Wenn man sie einmal zwingt, bei einer formellen Gelegenheit wie dieser höflich zu dir zu sein, wird sie sich daran erinnern, wie freundlich du zu ihr gewesen bist. Nichts würde mich mehr freuen, als euch wieder versöhnt zu sehen. Sie wird wissen, daß ich sie liebe, achte und mich immer um sie kümmern werde. Ich werde ihr sogar ein Kind geben, wenn sie es wünscht. Aber sie muß wissen, was sie von mir zu erwarten hat – und was nicht.«

Renata seufzte und ergriff seine Hände.

»Wie du willst, Liebster«, sagte sie. »Ich kann dir nichts abschlagen.«

Es ist noch nicht einmal ein Jahr her, als ich stolz darauf war, Cassandra Aillard zu sagen, nicht zu wissen, wie es ist, einen Mann zu lieben und mein eigenes Urteil seinem Willen zu unterwerfen. Erleben das früher oder später alle Frauen? Und ich habe gewagt, sie dafür zu verurteilen!

Später am Abend, als Donal sie an der Tür zur Festhalle traf und sie zu ihrem Platz an der Frauentafel führte, dachte Renata, sie könne es ebensogut vor allen versammelten Haushaltsmitgliedern der Burg laut herausschreien. Es war ihr gleichgültig. Hätte alles seinen gerechten Gang genommen, wären sie und Donal zur Mittwinternacht verheiratet gewesen und trügen jetzt die *Catenas*. Aber Aldaran hatte Donal eine andere Ehe aufgezwungen. Dennoch würde sie nicht die erste und nicht die letzte Frau sein, die sich an einen Geliebten klammerte, der eine Zweckehe mit einer anderen eingegangen war.

Sie beobachtete Donal, als er seinen Platz auf der Empore einnahm. Selbst in den alten Rauhleder-Reithosen und dem verblichenen Wams, das er während der Belagerung getragen hatte, war er hübsch gewesen. Aber jetzt hatte er prächtige Kleidungsstücke angelegt: Feuersteine hingen blitzend an seinem Hals und ein juwelenbesetztes Schwert an seiner Seite. Donals Haar war gelockt, an seinen Fingern funkelten Ringe. Er sah stattlich und fürstlich aus. Dom Mikhail, in einen langen, pelzbesetzten, dunkelgrünen Umhang mit weiten Ärmeln und einem juwelenbesetzten Gürtel gekleidet, wirkte stolz, aber auch gütig. Dorilys' Sessel war leer, und Renata fragte sich, ob sie immer noch schlief. Zweifellos würde der Schlaf ihr besser bekommen als die Feier. Neben Donal und Lord Aldaran saßen als ranghohe Ehrengäste nur Allart und Cassandra an der Tafel, und die *Leronis* Margali, die von hohem Adel und Dorilys' Pflegemutter war. Unter normalen Umständen hätte Renata als Dorilys' Gefährtin und Lehrerin selbst dort sitzen müssen, ebenso wie der *Coridom* oder Gutsverwalter, der Erste Haushofmeister, der Erste Kastellan und drei oder vier offizielle Vertreter von Burg Aldaran. Aber bei formellen Festen wie diesen wurden nur die engsten Familienmitglieder und Gäste, die Lord Aldaran gleich- oder höhergestellt waren, auf der Empore plaziert. Die Edlen und Hofbeamten saßen entweder an der Frauentafel, wo Renata mit Lady Elisa und den anderen Hofdamen saß, oder mit den Rittern und anderen wichtigen Männern der Burg zusammen.

Die untere Halle war mit den Rangniederen, Soldaten, Gardisten, Dienern bis hin zu den Stallburschen und Melkerinnen gefüllt.

»Warum schaust du so auf Dorilys' leeren Sessel?« fragte Cassandra.

»Einen Augenblick glaubte ich, sie würde dort sitzen«, murmelte Allart beunruhigt. Er hatte das merkwürdige Aufflammen eines Blitzes gesehen und gedacht: *Ich bin übermüdet. Ich fahre immer noch wegen eines Schattens hoch. Vielleicht liegt es an den Nachwirkungen der Belagerung.*

Dom Mikhail beugte sich zu Margali hinüber und fragte sie, wo Dorilys bliebe. Einen Moment später nickte er, stand auf und sagte zu den in der großen Halle versammelten Leuten: »Laßt uns den

Göttern Dank erweisen, daß die Truppen, die uns umzingelt hatten, besiegt und wieder heimgekehrt sind. Was sie zerstörten, wird wieder aufgebaut; was sie zerbrachen, wird geflickt werden.« Er hob seinen Pokal. »Zuerst wollen wir auf die Ehre jener trinken, die in diesem Krieg ihr Leben ließen.«

Allart erhob sich gemeinsam mit den anderen und trank.

»Und nun werde ich über die Lebenden sprechen«, fuhr Lord Aldaran fort. »Hiermit setze ich fest, daß die Kinder jedes Mannes, der während der Belagerung starb, in meinem oder dem Haushalt meiner Vasallen, entsprechend der rechtmäßigen Stellung ihres Vaters – mag er nun Gemeiner oder Edler gewesen sein – aufgenommen werden.«

Laute Dankesrufe würdigten die Großzügigkeit des Fürsten. Dann sprach er weiter.

»Weiter bestimme ich: Wenn ihre Witwen wieder heiraten wollen, werden meine Haushofmeister sich bemühen, geeignete Ehemänner für sie zu finden. Wenn nicht, wird für einen respektablen Lebensunterhalt Sorge getragen.«

Als die erneuten Dankesrufe erstarben, sagte er: »Jetzt laßt uns essen und trinken. Zuerst trinken wir zur Ehre dessen, der die Burg so gut verteidigt hat – mein Pflegesohn Donal von Rockraven, Ehemann meiner Tochter Dorilys, Lady von Aldaran.«

Während der begeisterten Zurufe sagte Cassandra: »Schade, daß Dorilys nicht hier ist, um zu erleben, wie sie geehrt wird.«

»Ich weiß nicht«, sagte Allart langsam. »Ich glaube, sie besitzt aufgrund ihrer eigenen Machtstellung vielleicht schon zuviel Stolz.«

Dom Mikhail blickte zu Allart und Cassandra hinüber. »Ich wünschte, du könntest hierbleiben, um mein Reich in Ordnung zu bringen, Cousin. Aber ich hege keinen Zweifel, daß es nicht lange dauern wird, bis sie dich nach Thendara rufen. Mit dem Tod deines Bruders bist du der Erbe von Elhalyn.« Mit plötzlicher Vorsicht blickte er Allart an. Dom Mikhail war sich bewußt geworden, daß er es nicht mehr mit einem einfachen Verwandten und Freund zu tun hatte, sondern mit einem künftigen Herrscher, mit dem er bereits in wenigen Tagen behutsamen, von Taktik bestimmten diplomatischen Umgang pflegen mußte. Allart würde möglicherweise noch vor dem Mittsommertag auf dem Thron von Thendara sitzen.

Allart hatte den Eindruck, daß jedes Wort, das Dom Mikhail sprach, mit plötzlicher Vorsicht geäußert wurde.

»Ich hoffe, wir werden immer Freunde sein, Cousin.«

Allart erwiderte aufrichtig: »Ich hoffe wirklich, daß zwischen Thendara und Elhalyn immer Freundschaft bestehen wird.« Aber er fragte sich: *Kann ich überhaupt je wieder wirkliche Freundschaft und einfache persönliche Beziehungen erfahren?* Der Gedanke deprimierte ihn.

Dom Mikhail ergriff wieder das Wort: »Es wird uns ein halbes Jahr kosten, die Trümmer des Turms wegzuräumen, und vielleicht doppelt soviel Zeit, ihn wieder aufzubauen, wenn wir mit normalen Methoden vorgehen. Was meinst du, Donal – sollten wir nach einer Matrix-Mannschaft, vielleicht der von Tramontana, schicken und sie bitten, den Schutt wegzuräumen?«

Donal nickte. »Wir müssen an die Leute denken, die wegen der Truppen ihre Heime verließen. Die Frühjahrssaat hat sich schon verzögert, und wenn wir noch länger warten, wird zur Erntezeit Hunger herrschen.«

Dom Mikhail meinte zustimmend: »So ist es. Und sie können den Turm neu entwerfen und ihn mit Matrix-Hilfe wieder aufrichten. Das wäre zwar teuer und würde lange dauern, aber es würde der Burg zum Stolze gereichen. Wenn eure Kinder hier regieren, wirst du dir einen Aussichtspunkt wünschen, von dem aus du das ganze Umland übersehen kannst. Obwohl es sehr lange dauern wird, bis wieder jemand wagen wird, gegen die Festung Aldaran vorzugehen.«

»Möge dieser Tag weit entfernt sein«, sagte Donal. »Ich hoffe, du wirst noch viele Jahre auf diesem Hohen Stuhl sitzen, Vater.« Er stand auf und verbeugte sich. »Mit Eurer Erlaubnis, Sir«, sagte er und ging zur Frauentafel, wo Renata saß.

»Komm, Renata, und sprich mit ihm. Dann wird er die Wahrheit wissen, und wenn Dorilys sich später zu uns gesellt, wird zwischen uns allen Aufrichtigkeit herrschen.«

Renata lächelte und ergriff die angebotene Hand. Ein Teil von ihr fühlte sich nackt und entblößt. Aber ihr war klar, daß dies der Preis war, den sie für ihre Liebe zahlen mußte. Sie hätte fortgehen und zu ihrer Familie zurückkehren können, als Donal eine andere heiratete. Eine konventionell erzogene Frau hätte das getan. Sie aber hatte sich entschieden, seine *Barragana* zu werden. Sie schämte sich dessen nicht. Warum sollte sie zögern, die wenigen Schritte zwischen der Frauentafel und dem Platz auf der Empore zurückzulegen und an Donals Seite zu sitzen?

Allart sah gespannt zu und fragte sich, was geschehen würde, wenn Renata und Dorilys sich gegenüberstanden. Nein . . . Dorilys war nicht hier, sie war nicht in die Halle gekommen. Aber sein *Laran* zeigte ihm verzerrte, unscharfe Bilder von Dorilys' Gesicht und einer fassungslosen Renata. Er wollte zuerst aufstehen, doch dann machte er sich verzweifelt klar, daß er nichts tun konnte. Er konnte nirgendwo anknüpfen, *noch* war nichts geschehen. Aber der Lärm und die Verwirrung in der Halle, die seine Gabe ihm offenbarten, lähmten ihn. Bestürzt blickte er umher – und sah nur die tatsächlich vorhandene große Halle, hörte nur den vergnügten Lärm der vielen Menschen, die laut aßen und tranken.

Renata sagte: »Ich habe Dorilys sehr gern. Um nichts in der Welt würde ich sie beleidigen wollen. Ich bin immer noch der Meinung, daß wir ihr nichts sagen sollten, bevor wir sicher sind, daß sie die Schwellenkrankheit überwunden hat.«

»Aber wenn sie es selbst herausfindet, wird sie wütend sein, und das mit Recht«, gab Donal zu bedenken, während er Renata zur Empore führte. »Wir sollten es Vater sagen, auch wenn es nicht nötig ist, daß Dorilys es sofort erfährt.«

»Was willst du Vater sagen, das ich nicht wissen soll, mein Gatte?«

Die helle, kindliche Stimme zerbrach die Stille wie klirrendes Glas. Dorilys, in ein blaues Festtagsgewand gekleidet, das Haar tief im Nacken in Locken gelegt und kindlicher denn je aussehend, schritt benommen, fast wie eine Schlafwandlerin, auf sie zu. Allart und Margali standen auf. Dom Mikhail streckte Dorilys eine Hand entgegen. »Mein liebes Kind«, sagte er, »ich freue mich, daß es dir gut genug geht, um an unserem Fest teilzunehmen.« Aber sie schenkte ihm keinerlei Aufmerksamkeit. Ihr Blick war auf Donal und Renata, die Hand in Hand vor ihr standen, gerichtet.

Plötzlich schrie sie auf: »Wie kannst du es wagen, so über mich zu sprechen, Renata?«

Renata konnte Überraschung und Schuldbewußtsein nicht verbergen. Aber sie sah Dorilys lächelnd an.

»Liebes Kind«, sagte sie, »ich habe nichts über dich gesagt, was nicht meine Liebe und Sorge um dich zeigt. Wenn es etwas gibt, was wir dir nicht sagten, dann nur, um dir Kummer zu ersparen, während du erschöpft und krank darniederlagst.« Aber ihre Zuversicht sank, als sie den düsteren Blick in Dorilys' Augen sah. Das Mädchen las jetzt wieder Gedanken. Nicht so deutlich wie ein geübter Telepath, sondern mehr oder minder zufällig, mit unberechenbarer, wahlloser Unvollständigkeit. Dann schrie Dorilys in plötzlichem Erkennen wütend auf wandte sich Donal zu.

»*Du!*« schrie sie hysterisch. »Du hast *ihr* gegeben, was du *mir* verweigert hast! Jetzt glaubst du . . . Du willst es so einfädeln, daß sie den neuen Erben Aldarans zur Welt bringt!«

»Dorilys, nein«, widersprach Renata, aber Dorilys, völlig außer sich, wollte nicht hören.

»Glaubst du, ich kann es nicht erkennen? Glaubst du, ich weiß nicht, daß mein Vater immer plante, dein Kind zum Erben zu machen? Er wollte, daß du ein Kind bekommst, um *meines* zu verdrängen.«

Donal ergriff ihre Hände, aber sie entwand sich ihm.

»Du hast es versprochen, Donal«, schrie sie. »Du hast es versprochen und versucht, mich mit Lügen zu beschwichtigen, als sei ich ein Kind, das man tätschelt und dem man Märchen erzählt. Und während du mich belogst, hast du die ganze Zeit geplant, daß *sie* deinen ersten Sohn zur Welt bringen soll. Aber das wird sie nicht, ich schwöre es! Eher werde ich sie niederstrecken!«

Ein Blitz loderte in der Halle auf, ein Donnerschlag, laut und fast betäubend. Als er erstarb und erschreckte Stille hinterließ, stand Cassandra auf und machte einen hastigen Schritt auf Dorilys zu.

»Dorilys, komm zu mir!«

»Rühr mich nicht an, Cassandra!« kreischte Dorilys. »Du hast mich ebenfalls belogen. Du bist *ihre* Freundin, nicht meine. Du hast zusammen mit ihr intrigiert, du hast gewußt, was sie hinter meinem Rücken vorhatte. Ich bin allein, es gibt niemanden, der mich liebt.«

»Dorilys, es gibt niemanden hier, der dich *nicht* liebt«, sagte Donal.

Dom Mikhail stand ernst und zornig auf. Er hob eine Hand und sagte, indem er die Befehlsstimme einsetzte: *»Dorilys!* Ich sage: *Sei still!*«

Das Mädchen erstarrte und schwieg erschreckt.

»Es ist eine Frechheit!« sagte Lord Aldaran und baute sich vor seiner Tochter auf. »Wie kannst du es wagen, eine solch ungehörige Aufregung in ein Fest hineinzutragen? Wie kannst du es wagen, so mit unserer Verwandten zu sprechen? Setz dich auf deinen Platz und sei still!«

Dorilys trat einen Schritt auf die Tafel zu. Renata dachte mit einem Gefühl der Erleichterung: *Trotz all ihrer Stärke ist sie immer noch ein Kind. Sie ist daran gewöhnt, den Älteren zu gehorchen. Sie ist noch jung genug, ihrem Vater ohne Widerspruch zu folgen.*

Dorilys machte unter dem Druck der Befehlsstimme noch einen Schritt – dann riß sie sich los.

»Nein!« schrie sie, wirbelte herum und trat in der trotzigen Wut, die Renata während der ersten Tage auf der Burg so oft gesehen hatte, mit dem Fuß auf. »Ich will nicht! Ich will nicht auf diese Weise gedemütigt werden! Und du, Renata, die du mich so aus lauter Stolz über das, was du von meinem Gatten bekamst, während ich nur leere Worte, Versprechungen und einen Kuß auf die Stirn bekam, beleidigt hast, wirst deinen Bauch nicht vor mir zur Schau stellen!« Sie wirbelte herum. Ihr Gesicht leuchtete im Lodern des Blitzes auf.

Und Allart erinnerte sich an das, was er in dieser Halle einmal gesehen hatte: das Gesicht eines Kindes, von Blitzen umrahmt ...

Renata trat in panischer Angst zurück und stolperte über einen Stuhl. Donal schrie auf: »Dorilys, nein! Nicht sie!« Er stürzte sich zwischen die beiden. »Wenn du Wut hast, dann laß deinen Zorn an mir aus ...«

Er brach mit einem unartikulierten Laut ab und taumelte, während sein Körper, im Lodern eines Blitzes gefangen, zusammenzuckte. Donal bäumte sich wild auf und fiel hin. Sein Körper war verstümmelt und versengt wie ein Holzklotz. Bereits tot, zuckte er noch einmal auf und lag dann bewegungslos auf dem Steinboden.

Es war alles so schnell geschehen, daß viele der im unteren Teil der Halle sitzenden Gäste nur die Schreie und Anschuldigungen gehört hatten. Margali saß mit offenem Mund an der Tafel und starrte ihren Zögling fassungslos an. Sie konnte nicht glauben, was sie sah. Cassandra stand immer noch mit ausgebreiteten Armen da. Allart nahm sie in den Arm und hielt sie fest.

Dom Mikhail machte einen Schritt auf Dorilys zu. Er taumelte und blieb schwankend stehen. Er hielt sich aufrecht, indem er mit beiden Händen die Tischkante umklammerte. Das Blut war ihm ins Gesicht geschossen, er konnte kaum sprechen. Seine Stimme klang bitter.

»Das ist der Fluch«, sagte er. »Eine Zauberin hat diesen Tag vorausgesagt.« Mit langsamen Schritten, wie ein alter Falke mit gebrochenen Schwingen, ging er auf die Stelle zu, wo Donal lag, und sank neben ihm auf die Knie.

»Oh, mein Sohn«, flüsterte er. »Mein Sohn, mein Sohn ...« Er hob den Kopf. Sein Gesicht, zu Stein erstarrt, wandte sich Dorilys zu.

»Streck auch mich nieder, Mädchen. Worauf wartest du?«

Dorilys hatte sich nicht gerührt. Sie stand wie eine Statue da, als sei der Blitz, der Donal getötet hatte, auch in sie gefahren. Ihr Gesicht war eine grausige, tragische Maske, ihre Augen ausdruckslos und unbeweglich. Ihr Mund war wie zu einem lautlosen Schrei geöffnet, aber sie bewegte sich nicht.

Allart löste sich aus der Erstarrung und begann, auf Dom Mikhail zuzugehen. Plötzlich loderte ein mächtiger Blitz durch die Halle, und Dorilys verschwand in seiner Flamme. Vom Schock betäubt schrak Allart zurück. Blitzschlag auf Blitzschlag fuhr durch den Raum, und jetzt konnten sie Dorilys sehen; ihre Augen loderten im

Wahnsinn. Im unteren Teil der Halle fuhr ein Mann hoch, bäumte sich auf und stürzte tot zu Boden. Nacheinander wichen die Leute Schritt für Schritt von der Stelle zurück, an der Dorilys, umgeben von irrwitzig blitzenden Flammen und betäubt von den Donnerschlägen, stand. Ihr Gesicht war nicht mehr das eines Kindes. Es war überhaupt nicht mehr menschlich.

Nur Renata wagte sich auf das Blitzen zu. *Vielleicht,* dachte Allart in einer entsetzten Ecke seines Verstandes, *hat sie einfach nichts mehr zu verlieren.* Sie trat einen Schritt auf Dorilys zu; noch einen. Und noch einen. Zum ersten Mal, seit Donal gefallen war, bewegte sich Dorilys. Aber Renata blieb weder stehen, noch zuckte sie zurück. Schritt für Schritt ging sie auf das Zentrum der entsetzlichen Blitzschläge zu, wo Dorilys wie eine Gestalt der legendären Hölle aufloderte.

Dom Mikhail sagte erschüttert: »Nein, Renata. Nein ... Bleib von ihr fort. Nicht auch du, Renata ... nicht auch du!«

Allart hörte in seinem Kopf einen Aufruhr, ein verwirrendes Stammeln, ein wildes Spiel verworrener Möglichkeiten. Er sah Renata langsam und ruhig auf Dorilys zugehen, bis sie über Donals Leiche stand. Er sah, wie sie getroffen niederstürzte; wie sie Dorilys mit ihrem eigenen *Laran* erfaßte und sie regungslos festhielt, wie damals, als Dorilys noch ein trotziges Kind gewesen war. Er hörte, wie Renata Dorilys verfluchte; wie sie sie anflehte, sie herausforderte. Er sah alles zugleich in einem wilden Ansturm zukünftiger Möglichkeiten.

Renata breitete ihre Arme weit aus. Ihre Stimme klang ängstlich, aber fest, und war deutlich vernehmbar. »Dorilys«, sagte sie flüsternd. »Dorilys, mein kleines Mädchen, mein Liebling ...«

Sie stand auf, machte einen weiteren Schritt. Und noch einen. Dorilys kam in ihre Arme. Die Blitze erstarben. Plötzlich war Dorilys nichts mehr als ein kleines Mädchen, das von Renatas Armen umklammert wurde und heftig schluchzte.

Renata hielt sie fest, tröstete und streichelte sie und murmelte zärtliche Worte der Zuneigung, während die Tränen über ihr Gesicht liefen. Dorilys blickte benommen um sich.

»Mir ist so übel, Renata«, flüsterte sie. »Was ist passiert? Ich dachte, hier sei eine Feier. Ist Donal sehr zornig auf mich?« Dann heulte sie auf. Es war ein langer schrecklicher Schrei des Entsetzens und der Erkenntnis. Sie fiel zusammen, ein schlaffes, leblos wirkendes Bündel in Renatas Armen.

Der Donner über ihnen wurde leiser, erstarb und war still.

30

»Es ist zu spät«, sagte Renata. »Ich weiß nicht, ob wir es riskieren können, sie jemals wieder aufwachen zu lassen.«

Über ihren Köpfen grollte hin und wieder der Donner, und Blitze flammten um die Türme Aldarans auf. Allart fragte sich schaudernd, welche Träume Dorilys' Schlaf stören mochten. Sie mußten wahrlich fürcherlich sein.

In dem fassungslosen Moment, der Dorilys' Erkenntnis gefolgt war, hatte Renata es geschafft, sie dazu zu bringen, eine Dosis der Droge zu schlucken, die sie vorher schon einmal genommen hatte. Dorilys hatte sie kaum geschluckt, als der Ausdruck der Vernunft auch schon wieder aus ihren Augen wich und der schreckliche Mantel aus Blitzen sich wieder um sie legte. Aber die Droge war mit gnädiger Schnelligkeit wirksam geworden. Dorilys war in eine noch immer anhaltende unruhige Starre gesunken. Die Stürme tobten zwar über ihren Köpfen, näherten sich aber nicht.

»Wir können ihr die Droge nicht noch einmal geben«, wiederholte Renata. »Selbst wenn ich sie dazu bringen könnte – und ich bin mir nicht sicher, ob ich das kann –, würde sie fast mit Gewißheit sterben.«

Aldaran sagte mit erschreckender Bitterkeit: »Besser das, als wenn sie uns ebenso vernichtet wie meinen Jungen.« Seine Stimme brach, die glasige Helligkeit seiner Augen war schlimmer als Tränen. »Gibt es denn keine Hoffnung, Renata? Überhaupt keine?«

»Ich fürchte, es war bereits zu spät, als ich Euch zum ersten Mal fragte«, antwortete Renata. »Zu große Teile ihres Gehirns sind von den Blitzen zerstört worden. Es ist zu spät für Dorilys, mein Fürst. Ich fürchte, Ihr müßt das hinnehmen. Unsere einzige Sorge ist jetzt, sicherzustellen, daß sie, wenn sie stirbt, nicht die gesamte Umgebung zerstört.«

Aldaran schauderte. Schließlich sagte er: »Was können wir tun?«

»Ich weiß nicht, mein Fürst. Wahrscheinlich hat noch niemand mit dieser tödlichen Gabe lange genug gelebt, daß man hätte Erfahrungen sammeln können. Ich muß mich mit den Leuten im Tramontana-Turm oder denen in Hali beraten, während ...« Renata schluckte, rang nach Beherrschung – »während der kurzen Zeit, die ihr noch bleibt. Sie kann das gesamte elektrische Potential des Planeten anzapfen, mein Fürst. Ich bitte Euch, den Schaden, den sie noch anrichten kann, wenn wir sie ängstigen, nicht zu unterschätzen!«

»Ich bin verflucht«, sagte Aldaran leise und bitter. »Ich bin seit dem Tag ihrer Geburt verflucht und wollte es nicht wahrhaben. Du hast versucht, mich zu warnen, und ich habe dir nicht zugehört. Ich bin es, der den Tod verdient, aber er hat nur meine unschuldigen Kinder genommen.«

»Laßt mich meine Kollegen in den Türmen zu Rate ziehen, Lord Aldaran.«

»Und die Nachricht über Aldarans Schande in Nah und Fern verbreiten? Nein, Lady Renata! Ich war es, der diesen schrecklichen Fluch auf unsere Welt gebracht hat. Ohne Boshaftigkeit, und in Liebe, aber trotzdem war ich es. Jetzt werde ich ihn vernichten.«

Er zog seinen Dolch, erhob ihn über Dorilys' schlafender Gestalt und ließ ihn plötzlich niederfahren. Aber aus ihrem Körper fuhr eine blaue Flamme, und Aldaran stürzte zurück und wurde durch den halben Raum geschleudert. Als Allart sich aufrichtete, rang er nach Luft. Einen Moment lang fürchtete Allart, Aldaran läge im Sterben.

Traurig schüttelte Renata den Kopf.

»Habt Ihr vergessen, mein Fürst? Sie ist Telepathin. Selbst im Schlaf kann sie Eure Absicht spüren. Obwohl ich glaube, daß sie gar nicht am Leben bleiben will, gibt es etwas in ihrem Gehirn, das sich selbst schützt. Ich glaube nicht, daß wir sie töten können. Ich muß nach Hali oder Tramontana gehen, mein Fürst.«

Lord Aldaran senkte den Kopf. »Wie du wünschst, Cousine. Willst du dich für die Reise bereit machen?«

»Dafür haben wir nicht genug Zeit – und es ist auch nicht nötig. Ich werde durch die Oberwelt gehen.«

Sie nahm ihre Matrix und sammelte sich. Einem Teil von ihr war sie dankbar für diese Unterbrechung; sie schob den Moment hinaus. Unaufgefordert trat Cassandra näher, um neben ihrem Körper zu wachen, während Renata die Reise durch das unfaßliche Reich des Geistes machte.

Es war, als schlüpfte sie aus einem plötzlich unvorstellbar groß gewordenen Kleid. In der gräulichen Umgebung der Schattenzone, die über der festen, stofflichen Welt lag, konnte Renata einen Moment lang ihren Körper sehen. Er sah ebenso leblos aus wie der von Dorilys und trug immer noch das kunstvolle Gewand, das sie zur Siegesfeier angelegt hatte. Cassandra stand bewegungslos neben ihr. Gedankenschnell dahinziehend stand sie plötzlich auf der höchsten Spitze des Tramontana-Turms und fragte sich, wie sie hierhergkommen war . . . Sie sah Ian-Mikhail von Tramontana. Er trug das scharlachrote Gewand eines Bewahrers.

Er sagte sanft: »Donal ist also tot? Ich war sein Freund und Lehrer. Ich muß ihn in den Reichen des Jenseits aufsuchen, Renata.

Wenn er plötzlich und durch äußere Gewalt gestorben ist, weiß er möglicherweise nicht, daß er tot ist. Sein Geist kann in der Nähe seines Körpers gefangen sein, und womöglich versucht er, wieder in ihn einzudringen. Ich war besorgt um ihn; aber ich wußte nicht, was passierte, bis ich dich sah, Cousine.«

In den nebelhaften Räumen der Oberwelt, wo körperliche Berührungen sich nur als Gedanken manifestieren konnten, tastete er sanft nach Renatas Hand.

»Wir teilen deinen Kummer, Renata. Wir haben ihn alle geliebt. Er hätte einer von uns werden sollen. Ich muß zu ihm.« Sie sah das schwache Flimmern der grauen Räume, das ankündigte, daß Ian-Mikhails Gedanken und seine Gegenwart sich von ihr entfernten. Sie klammerte sich mit einem verzweifelten Impuls, der die Oberwelt wie ein Schrei durchschnitt, an ihn.

»Was ist mit Dorilys? Was können wir für sie tun?«

»Ich weiß es nicht, Renata. Ihr Vater wollte sie uns nicht anvertrauen, und wir kennen sie nicht. Es ist bedauerlich. Wir hätten einen Weg finden können, ihr zu helfen, aber die Berichte über die Zuchtprogramme liegen in Hali und Arilinn. Vielleicht hat man dort einige Erfahrungen gemacht und kann dir einen Rat geben. Aber jetzt halte mich nicht länger auf, Schwester. Ich muß zu Donal.«

Renata sah zu, wie Ian-Mikhails Abbild zurückwich und sich entfernte. Er ging, um Donal zu suchen und sich zu vergewissern, daß er nicht in der Nähe seines nutzlosen Körpers weilte. Renata beneidete ihn. Sie wußte, daß der Kontakt zwischen den Toten und den Lebenden gefährlich und daher verboten war. Man durfte den Toten nicht erlauben, dem Kummer der Hinterbliebenen zu nahe zu sein. Und die Lebenden durften nicht in Bereiche gezogen werden, in denen sie nichts zu suchen hatten. Ian-Mikhail, von Jugend an zur Sachlichkeit eines Bewahrers erzogen, konnte seinem Freund allerdings diesen Dienst erweisen, ohne allzusehr in Mitleidenschaft gezogen zu werden.

Erschöpft und unsicher, nur an Donal und ihren Verlust denkend, wandte Renata sich Hali zu. Sie bemühte sich, ruhig zu werden, denn ihr war klar, daß zu große Erregung sie aus der Ebene schleudern konnte; doch ihre Gefühle drohten sie zu übermannen. Sie begriff, daß sie völlig zerbrechen würde, wenn sie die quälenden Erinnerungen nicht vertrieb.

Aber das Grau der Oberwelt schien endlos. Als sie den Turm von Hali verschwommen in der Ferne auftauchen sah, schienen ihr die Glieder nicht mehr zu gehorchen. Dasselbe geschah mit ihren

Gedanken, obwohl sie versuchte, sich auf den Turm zu konzentrieren. Sie bewegte sich durch eine graue, unbewohnte geistige Öde ...

Dann schien es, als sähe sie weit in der Ferne eine vertraute Gestalt. Sie war jung und lachte, war aber zu weit weg, um sie zu erreichen ... Donal! Donal, so fern von ihr! Sie begann, hinter der sich zurückziehenden Gestalt herzueilen, ließ einen Freudenschrei ertönen.

Donal! Donal, ich bin hier! Warte auf mich, Geliebter ...

Aber er war zu weit entfernt. Er wandte sich nicht nach ihr um. Mit einem letzten Funken von Vernunft dachte sie: *Nein! Es ist verboten. Er ist dorthin gegangen, wohin niemand ihm folgen kann.*

Ich will nicht zu weit gehen. Aber ich muß ihn wiedersehen. Ich muß ihn sehen, nur dieses eine Mal, und ihm den Abschiedsgruß sagen, um den man uns so grausam betrogen hat ... nur dieses eine Mal, und dann nie wieder ...

Sie eilte der zurückweichenden Gestalt nach. Ihre Gedanken schienen sie rasch durch das Grau der Oberwelt zu tragen. Als Renata sich umschaute, waren alle vertrauten Geländepunkte und der Ausblick auf den Hali-Turm verschwunden. Sie war allein in diesem Grau, in dem nichts existierte als die kleine, zurückweichende Gestalt Donals am Horizont, die sich immer weiter von ihr entfernte ...

Nein! Das ist Wahnsinn! Es ist verboten. Ich muß umkehren, ehe es zu spät ist. Seit ihrem ersten Jahr im Turm wußte sie, daß die Lebenden nicht in das Reich der Toten eindringen konnten, es nicht *durften*. Und sie wußte auch, warum. Aber jetzt war fast jede Vorsicht von ihr gewichen. Verzweifelt dachte sie: *Ich muß ihn noch einmal wiedersehen, nur einmal, muß ihn küssen, ihm Lebewohl sagen ... Ich muß, oder ich kann nicht weiterleben! Sicher kann es nicht verboten sein, ihm nur Lebewohl zu sagen. Ich bin eine geübte Matrix-Arbeiterin. Ich weiß, was ich tue, und es wird mir die Kraft geben, ohne ihn weiterzuleben ...*

Ein letzter Hauch von Vernunft ließ sie sich fragen, ob es wirklich Donal war, der sich dort am Horizont bewegte und sie ins Nichts lockte. War es nur eine aus Kummer und Sehnsucht geborene Illusion, weil sich ihr Bewußtsein weigerte, die Unwiderruflichkeit seines Todes zu akzeptieren? Hier, im Reich der Gedanken, konnte ihr Geist eine Illusion von Donal erzeugen und ihr folgen, bis sie ihm begegnete.

Mir ist es gleichgültig! Mir ist es gleichgültig! Sie schien jetzt hinter der zurückweichenden Gestalt herzurennen. Dann verlangsamte sich ihre Geschwindigkeit, und sie blieb stehen. Zur Bewegung unfähig, sandte sie ihm einen letzten Verzweiflungsschrei nach:

Donal! Warte . . .

Plötzlich lichtete sich das Grau und wurde dünner. Eine schattige Gestalt versperrte ihr den Weg. Jemand sagte ihren Namen. Es war eine vertraute, sanfte Stimme.

»Renata, Cousine – Renata, nein.«

Vor ihr stand Dorilys. Nicht die schreckenerregende, unmenschliche Flamme, nicht die Herrin der Stürme, sondern die frühere, kleine Dorilys aus dem Sommer ihrer Liebe. In dieser veränderlichen Welt waren alle Dinge so, wie der Geist sie hinmalte. Dorilys war wieder das kleine Mädchen von einst, dessen Haar zu einem langen Zopf geflochten war, während das kindliche Kleid ihr kaum bis zu den Knöcheln reichte.

»Nein, Renata, Liebste, es ist nicht Donal. Es ist eine aus deiner Sehnsucht entstandene Illusion. Du würdest ihr umsonst nachlaufen. Geh zurück. Man braucht dich *dort* . . .«

Renata schaute in die Halle von Burg Aldaran, wo ihr lebloser Körper, bewacht von Cassandra, auf dem Boden lag.

Sie hielt inne, blickte Dorilys an.

Sie hatte Donal getötet . . .

»Nicht ich, sondern meine Gabe«, sagte Dorilys. Ihr kindliches Gesicht wirkte tief traurig. »Ich will nicht mehr töten, Renata. In meinem Stolz und meinem Eigensinn wollte ich nicht hören, und jetzt ist es zu spät. Du mußt zurückgehen und es den anderen sagen: Ich darf nie wieder aufwachen.«

Renata senkte den Kopf. Sie wußte, daß das Kind die Wahrheit sprach.

»Sie brauchen dich, Renata. Geh zurück. Donal ist nicht hier«, drängte Dorilys. »Ich selbst wäre beinahe auf die Illusion hereingefallen. Aber jetzt, da Stolz und Ehrgeiz mich nicht mehr blenden, kann ich deutlicher sehen. Ich weiß nun, was Donal ein Leben lang für mich war: eine Illusion. Mein eigener Glaube gaukelte mir das vor, was ich in ihm sehen wollte. Ich . . .« Dorilys' Gesicht verschwamm, bewegte sich. Renata sah das Kind, das sie hätte sein können, die Frau, zu der sie geworden war, aber nun nie sein würde. »Ich weiß, daß er für dich bestimmt ist. Ich war zu selbstsüchtig, das zu akzeptieren. Und jetzt habe ich nicht einmal das, was er mir aus eigenem Willen zugestehen wollte.«

Sie winkte: »Geh zurück, Renata. Für mich ist es zu spät.«

»Aber was wird aus dir, mein Kind?«

»Du mußt deine Matrix benutzen«, sagte Dorilys, »und mich hinter einem Kraftfeld isolieren . . . Du hast mir erzählt, daß die Leute von Hali Dinge, die zu gefährlich sind, auf diese Art abschirmen. Du kannst mich nicht töten, Renata. Meine Gabe arbeitet jetzt unabhängig von mir. Ich weiß nicht, wie, aber *sie* wird zuschlagen, um meinen Körper zu schützen, wenn man mich angreift, auch wenn ich nicht mehr länger leben will. Renata, versprich mir, daß du nicht zuläßt, daß ich jene, die ich liebe, weiter zerstöre.«

Es könnte gehen, dachte Renata. *Man kann Dorilys nicht töten. Aber man könnte sie hinter einem Kraftfeld isolieren und ihre Lebenskräfte reduzieren.*

»Laß mich in Sicherheit so lange schlafen, bis keine Gefahr mehr besteht, mich wieder aufzuwecken«, sagte Dorilys. Renata zitterte. Wenn sie das taten, würde Dorilys in der Oberwelt allein hinter dem Kraftfeld, das selbst ihren Geist abschirmte, allein sein.

»Liebes, was wird dann mit dir geschehen?«

Dorilys' Lächeln war kindlich und weise zugleich.

»Nun, in dieser langen Zeit – obwohl, das weiß ich, *hier draußen* Zeit nicht existiert – werde ich vielleicht endlich Klugheit erlernen, wenn ich weiterlebe. Und falls nicht« – sie zeigte ein merkwürdig entrücktes Lächeln –, »es gibt andere, die vor mir gegangen sind. Ich glaube nicht, daß Klugheit je verschwendet wird. Geh zurück, Renata. Laß nicht zu, daß ich noch jemanden töte. Donal ist meiner Reichweite entzogen – und auch der deinen. Aber du mußt zurückgehen und leben – seines Kindes wegen. Es verdient eine Chance.«

Danach fand Renata sich im Sessel der großen Halle von Burg Aldaran wieder. Über den Höhen der Burg brachen sich die Stürme . . .

»Es könnte gehen«, sagte Allart schließlich bedachtsam. »Zu dritt könnten wir es schaffen. Dorilys' Lebenskräfte könnten so weit reduziert werden, daß sie keine Gefahr mehr darstellen. Vielleicht wird sie sterben. Vielleicht wird sie aber auch eines Tages wieder aufwachen. Aber es ist wahrscheinlicher, daß sie immer tiefer in ihre Geisteswelt hinabsinkt und eines Tages – vielleicht auch erst in Jahrhunderten – stirbt. In jedem Fall ist sie frei, und wir sind sicher . . .«

Und so geschah es. Wie Allart es mit seinem *Laran* vorhergesehen hatte, lag sie reglos auf der Totenbahre in dem großen gewölbten Raum der Burgkapelle.

»Wir werden sie nach Hali tragen«, sagte Allart, »und sie dort für immer aufbahren lassen.«

Lord Aldaran nahm Renatas Hand. »Ich habe keinen Erben. Ich bin alt und allein. Es ist mein Wille, daß Donals Sohn hier regieren soll, wenn ich nicht mehr bin. Es wird nicht lange dauern, Cousine«, sagte er und blickte ihr in die Augen, »willst du mich durch die *Catenas* heiraten? Ich habe dir nichts anzubieten, außer diesem: Wenn ich dein Kind als meinen Sohn und Erben anerkenne, gibt es keinen Menschen, der mir das bestreiten kann.«

Renata verbeugte sich. »Um Donals Sohn willen. Es soll geschehen.« Aldaran breitete die Arme aus, zog sie an sich und küßte sie sanft und leidenschaftslos auf die Stirn. Mit dieser Geste brach er alle Barrieren. Zum ersten Mal seit Donals Tod begann Renata zu weinen.

Allart wußte endlich, daß dieser Tod nicht auch Renata treffen würde. Sie würde leben und sich eines Tages erholen. Es würde der Tag kommen, an dem Aldaran Donals Sohn in diesem Raum zu seinem Erben machte, wie er es vorausgesehen hatte . . .

Bei Tagesanbruch machten sie sich auf den Weg nach Norden. Dorilys' Körper lag in einem Sarg und war mit einem Kraftfeld versiegelt; man würde sie nach Hali bringen, wo ihre letzte Ruhestätte war. Allart und Cassandra ritten neben ihr.

Hoch über ihnen beobachteten Renata und Dom Mikhail vom höchsten Balkon der Burg, wie sie sich entfernten: schweigend, reglos, von Kummer gebeugt.

Während sie den Pfad hinabritten, dachte Allart, daß er nie zu trauern aufhören würde – um Donal, den auf der Höhe seines Sieges der Tod ereilt hatte; um Dorilys in ihrer Schönheit und ihrem Eigensinn; um den stolzen alten Mann, der gebrochen dort oben stand; und um die neben ihm ausharrende Renata.

Auch ich bin gebrochen. Ich werde König sein, obwohl ich nicht regieren will. Und doch kann nur ich dieses Reich vor dem Zerfall bewahren. Ich habe keine Wahl. Er ritt mit gesenktem Kopf und nahm Cassandra kaum wahr, bis sie schließlich nach ihm griff und ihre schlanke, sechsfingrige Hand um die seine schloß.

»Mein Liebster, es wird eine Zeit kommen«, sagte sie, »in der wir endlich Lieder singen, statt Krieg zu führen. Ich habe nicht dein *Laran*. Aber ich sehe es voraus.«

Allart dachte: *Ich bin nicht allein . . . und um sie muß ich nicht trauern.* Er hob den Kopf und blickte der Zukunft entschlossen entgegen. Er winkte noch einmal zu der Burg hinauf, die er nie wiedersehen würde, aber es war auch ein Abschiedsgruß an Renata, von der er sich, wie er wußte, nur eine kurze Weile trennte.

Sie folgten der Prozession, die die Herrin der Stürme zu ihrem letzten Ruheplatz trug, den Pfad von Burg Aldaran hinab. Allart bereitete sich darauf vor, den Männern zu begegnen, die ihm in diesem Moment entgegenritten, um ihm die ungewollte Krone anzubieten. Der Himmel über ihnen war grau und still. Als hätte kein Gewitter diesen ruhigen Ort jemals erschüttert.

Marion Zimmer Bradley

Der Darkover-Zyklus

Die Bände in der Reihenfolge
ihrer inneren Chronologie

Landung auf Darkover
Roman 63653
*
Herrin der Stürme
Roman 62835
*
Die Zeit der Hundert Königreiche
Roman 63584
*
Herrin der Falken
Roman 63886
*
Die Erben von Hammerfell
Roman 62861
*
Die zerbrochene Kette
Roman 62862
*
Das Zauberschwert
Roman 62807

Gildenhaus Thendara
Roman 62834
*
Die schwarze Schwesternschaft
Roman 62846
*
Der verbotene Turm
Roman 63553
*
Kräfte der Comyn
Roman 62851
*
Die Winde von Darkover
Roman 62803
*
Das Schwert des Aldones
Roman 62860
*
Die blutige Sonne
Roman 62822
*
Hasturs Erbe
Roman 63515
*
Sharras Exil
Roman 62863
*
Die Weltenzerstörer
Roman 62855